HEYNE ‹

D1700268

Zum Buch

Joe hat sein Leben scheinbar fest im Griff – tagsüber jobbt er als Putzmann bei der Polizei, abends geht er anderen Tätigkeiten nach. Er denkt daran, seine Fische zweimal täglich zu füttern und seine Mutter mindestens einmal pro Woche zu besuchen, obwohl er ihren Kaffee ab und zu mit Rattengift verfeinert. Er stört sich kaum an den Nachrichten über den Schlächter von Christchurch, der – so wird behauptet – sieben Frauen umgebracht hat. Joe weiß, dass der Schlächter nur sechs getötet hat. Er weiß es ganz einfach. Und Joe wird diesen Nachahmer finden; er wird ihn für die eine Tat bestrafen und ihm die anderen sechs Morde anhängen. Ein perfekter Plan, denn er weiß bereits, dass er die Polizei überlisten kann. Das Einzige, was noch getan werden muss, ist, sich um all die Frauen zu kümmern, die nicht aufhören, ihm im Weg zu stehen. Seine dominante Mutter zum Beispiel. Und Sally, die Kollegin, die in Joe den Ersatz für ihren toten Bruder sieht. Und dann ist da noch die mysteriöse Melissa, die einzige Frau, die Joe jemals verstanden hat, deren Erpressungs- und Folter-Fantasien jedoch keinen Platz in seinen Plänen haben.

Zum Autor

Paul Cleave wurde am 10. Dezember 1974 in Christchurch, Neuseeland geboren, dem Ort, wo auch seine Romane spielen. Neben dem Schreiben renoviert er Immobilien (»Ich kaufe ein Haus, lebe etwa ein Jahr in ihm, während ich es renoviere, und verkaufe es dann«). Der Fan von Stephen King und Lee Child begann im Jahr 2000 mit der Arbeit an seinem Debütroman. Sein zweiter Roman, der auch bei Heyne erscheinen wird, ist in Vorbereitung.

Weitere Infos unter: www.paulcleave.com

PAUL CLEAVE

DER SIEBTE TOD

Roman

Aus dem Englischen von
Martin Ruf

WILHELM HEYNE VERLAG
MÜNCHEN

Die Originalausgabe THE CLEANER erschien bei
Random House, Neuseeland

FSC
Mix
Produktgruppe aus vorbildlich
bewirtschafteten Wäldern und
anderen kontrollierten Herkünften
Zert.-Nr. SGS-COC-1940
www.fsc.org
© 1996 Forest Stewardship Council

Verlagsgruppe Random House FSC-DEU-0100
Das für dieses Buch verwendete FSC-zertifizierte Papier *München Super* liefert
Mochenwangen.

Vollständige deutsche Erstausgabe 05/2007
Copyright © 2006 by Paul Cleave
Copyright © dieser Ausgabe 2007
by Wilhelm Heyne Verlag, München,
in der Verlagsgruppe Random House GmbH
Printed in Germany 2007
Redaktion: Alexander Wagner und Tamara Rapp
Umschlaggestaltung: Eisele Grafikdesign, München
Satz: IBV Satz- und Datentechnik GmbH, Berlin
Druck und Bindung: GGP Media GmbH, Pößneck
ISBN: 978-3-453-43247-5

www.heyne.de

Für Quinn
Wir vermissen dich noch immer,
Kumpel

Kapitel 1

Ich steuere den Wagen in die Auffahrt. Lehne mich zurück. Versuche mich zu entspannen.

Ich schwöre bei Gott, heute hat es mindestens fünfunddreißig Grad. Christchurch-Hitze. Schizophrenes Wetter. Schweiß rinnt mir über den ganzen Körper. Meine Finger sind wie feuchter Gummi. Ich beuge mich vor, schalte den Motor aus, greife nach meinem Aktenkoffer und steige aus dem Wagen. Hier in der Gegend funktionieren immerhin die Klimaanlagen. Noch ein paar Schritte bis zur Eingangstür, dann fummle ich am Schloss herum. Und stoße einen Seufzer der Erleichterung aus, als ich eintrete.

Ich schlendere durch die Küche. Wie ich höre, ist Angela oben unter der Dusche. Ich werde sie später stören. Jetzt brauch ich erst mal etwas zu trinken. Der Kühlschrank hat eine Edelstahltür, aus der mich mein Spiegelbild anstarrt wie ein Geist. Ich öffne die Tür, gehe in die Knie und bleibe fast eine Minute lang so hocken, während ich mich mit der kühlen Luft anfreunde. Der Kühlschrank bietet mir Bier und Coke an. Ich gebe dem Bier den Vorzug, drehe den Verschluss auf und setze mich an den Tisch. Eigentlich trinke ich nicht besonders viel, aber diese Flasche schütte ich innerhalb von zwanzig Sekunden in mich hinein. Der Kühlschrank offeriert mir noch eine Flasche. Wer bin ich schon, dass ich dazu Nein sage? Ich lehne mich auf dem Stuhl zurück. Lege die Füße auf den Tisch. Denke darüber nach, die Schuhe auszuziehen. Kennen Sie das Gefühl? Sie arbeiten den ganzen

Tag bei glühender Hitze. Acht Stunden Stress. Dann hocken Sie sich mit einem kühlen Bier in der Hand hin, legen die Füße hoch und ziehen die Schuhe aus.

Ein absoluter Hochgenuss.

Während ich der Dusche oben lausche, nippe ich entspannt an meinem zweiten Bier in diesem Jahr. Für das hier brauche ich ein paar Minuten, dann kriege ich Hunger. Zurück zum Kühlschrank und dem Stück kalter Pizza, das ich vorhin erspäht habe. Ich zucke mit den Schultern. Warum nicht? Ist ja nicht so, als ob ich auf mein Gewicht achten müsste.

Ich setze mich wieder an den Tisch. Die Füße hoch. So schmeckt auch die Pizza, nur die Schuhe wäre ich gerne noch los. Bloß hab ich im Augenblick nicht die Zeit dazu. Ich schlinge die Pizza runter, nehme meinen Aktenkoffer und gehe nach oben. Aus der Stereoanlage im Schlafzimmer dröhnt ein Lied, das ich kenne, dessen Titel mir aber nicht einfällt. Ebenso wenig wie der Name des Sängers. Trotzdem ertappe ich mich beim Mitsummen, als ich den Aktenkoffer aufs Bett lege; sicher wird mir die Melodie noch stundenlang im Kopf rumgehen. Ich nehme neben dem Aktenkoffer Platz. Öffne ihn. Hole die Zeitung raus. Auf der Titelseite prangen lauter reißerische Schlagzeilen. Oft frage ich mich, ob die Medien nicht die Hälfte von diesem Zeug erfinden, nur um die Auflage zu steigern. Offensichtlich gibt es einen echten Markt für solche Meldungen.

Ich höre, wie die Dusche abgedreht wird, ignoriere das aber und lese lieber weiter in der Zeitung. Einen Artikel über einen Kerl, der die Stadt terrorisiert. Frauen umbringt. Folter. Vergewaltigung. Mord. Der Stoff, aus dem man Filme macht. Ein paar Minuten vergehen, und ich hocke noch immer da und lese, als Angela, umgeben von weißem Dampf und dem Duft ihrer Körperlotion, aus dem Bad kommt. Sie trocknet sich die Haare mit einem Handtuch.

Ich lasse die Zeitung sinken und lächle.

Sie sieht zu mir rüber.

»Scheiße, wer sind Sie denn?«, fragt sie.

Kapitel 2

Die Sonne steht hoch am Himmel und blendet sie. Unter ihrem Kleid rinnen ihr Schweißperlen den Körper hinab und befeuchten den Stoff. Der polierte Grabstein aus Granit funkelt, und sie muss blinzeln, doch sie weigert sich, den Blick von den Buchstaben abzuwenden, die vor fünf Jahren dort eingraviert wurden. Das helle Licht treibt ihr das Wasser in die Augen - was nicht weiter ungewöhnlich ist; ihre Augen sind immer feucht, wenn sie hierherkommt. Sie hätte eine Sonnenbrille aufsetzen, ein leichteres Kleid anziehen sollen. Mehr tun sollen, um seinen Tod zu verhindern.

Sally greift nach dem Kruzifix an ihrem Hals, und die vier Spitzen bohren sich in ihre Hand. Sie kann sich nicht daran erinnern, wann sie es das letzte Mal abgenommen hat, und fürchtet, wenn sie es täte, würde sie sich zu einer kleinen Kugel zusammenrollen und bis in alle Ewigkeit nur noch weinen. Sie hatte es bei sich, als die Ärzte in der Klinik ihrer Familie die Nachricht überbrachten. Sie hielt es fest umklammert, als man sie bat, sich zu setzen und ihr mit düsterer Miene mitteilte, was sich wohl schon zahllose andere Familien hatten anhören müssen, deren Angehörige im Sterben lagen und die dennoch die Hoffnung nicht aufgeben wollten. Es hing über ihrem Herzen, als sie ihre Eltern zum Beerdigungsinstitut fuhr, sich mit dessen Inhaber zusammensetzte und bei Kaffee und Tee, den niemand anrührte, Sargbroschüren durchsah. Als sie die Seiten voller Hochglanzbilder umblätterte und versuchte, etwas zu finden, in dem ihr Bruder gut aussehen würde. Die gleiche Prozedur fand dann auch noch für den Anzug statt. Sogar der Tod war modebewusst. Auf den Fotos in den Katalogen hingen die Anzüge an Schaufensterpuppen; es wäre wohl zu geschmacklos gewesen, hätten unbeschwert lächelnde Menschen sie getragen und dabei versucht, sexy auszusehen.

Seither hatte sie das Kruzifix keinen einzigen Tag mehr abgelegt. Es half ihr dabei, Orientierung und Hilfe zu finden; es erinnerte sie immer daran, dass sich Martin jetzt an einem besseren Ort befand; dass das Leben nicht so schlecht war, wie es schien.

Unfähig sich zu rühren, betrachtet sie nun schon seit vierzig Minuten das Grab. Die Schatten der nahen Eichen sind ein wenig länger geworden. Gelegentlich reißt der Nordwestwind eine der reifen Eicheln von den Zweigen und schleudert sie auf einen Grabstein, mit einem knackenden Geräusch, als bräche ein Finger. Der Friedhof besteht aus einer weitläufigen, üppigen Rasenfläche, die von Wegweisern aus Zement unterteilt wird und im Augenblick größtenteils verlassen daliegt; vor den Grabsteinen stehen nur eine Handvoll Menschen, alle in ihre eigene, persönliche Tragödie vertieft. Sie fragt sich, ob im Laufe des Tages noch mehr Leute kommen werden, ob es auch auf dem Friedhof eine Art Hauptverkehrszeit gibt. Sie hofft es. Ihr gefällt die Vorstellung nicht, dass Menschen sterben und einfach vergessen werden. In einiger Entfernung fährt ein Kerl auf einem Aufsitz-Rasenmäher um und über die Gräber. Er steuert das Gerät wie einen Rennwagen; wahrscheinlich will er so schnell wie möglich mit seiner Arbeit fertig werden und von hier verschwinden. Der Wind trägt den Lärm des Motors bis zu ihr. Eines Tages wird dieser Kerl, der Hausmeister, auch hier begraben sein. Wer mäht dann den Rasen?

Sie weiß nicht mal, warum sie solche Dinge denkt. Sterbende Hausmeister, Hauptverkehrszeiten, Menschen, die die Toten vergessen. Sie ist immer so, wenn sie hierherkommt. Morbid, völlig durcheinander, als hätte jemand ihre Gedanken in einen Cocktailshaker gesteckt und sie wie verrückt durchgeschüttelt. Sie kommt gerne her, wenigstens einmal im Monat – wenn »gerne« das richtige Wort ist. Immer, absolut immer schafft sie es, an Martins Todestag hier zu sein, und der ist heute. Morgen hätte er Geburtstag. Oder hat er Geburtstag. Sie hat keine Ahnung, ob es noch zählt, wenn man unter der Erde liegt. Aus irgendeinem Grund, den sie nicht erklären kann, besucht sie ihn nie an seinem Geburtstag. Das hätte genau die gleichen Folgen, wie wenn sie das Kruzifix abnehmen würde, da ist sie sich sicher. Ihre Eltern waren bereits früher am Nachmittag hier; das sieht sie an den frischen Blumen, die neben ihren eigenen stehen. Sie ist nie gemeinsam mit ihnen da. Das ist auch so was, das sie nicht erklären kann, nicht einmal sich selbst.

Sie schließt kurz die Augen. Warum bringt dieser Ort sie nur immer dazu, über unlösbare Fragen nachzugrübeln? Sobald sie den Friedhof verlassen hat, wird es ihr wieder besser gehen. Sie kniet sich hin, streicht zärtlich über die Blumen, die vor dem Grabstein stehen, und fährt dann mit den Fingern über die Inschrift. Ihr Bruder war fünfzehn, als er starb. Einen Tag vor seinem sechzehnten Geburtstag. Ein Tag Unterschied zwischen Geburts- und Todestag. Wahrscheinlich nicht einmal das. Eher ein halber Tag. Sechs oder sieben Stunden. Was für einen Sinn hat es, dass er mit fünfzehn, fast sechzehn gestorben ist? Die Leute, die hier begraben liegen, sind durchschnittlich zweiundsechzig Jahre alt. Das weiß sie so genau, weil sie es ausgerechnet hat. Sie ist von Grab zu Grab gegangen, hat die Zahlen in einen Taschenrechner getippt und dann geteilt. Sie war neugierig. Wollte wissen, um wie viele Jahre Martin betrogen wurde. Seine knapp sechzehn Jahre auf dieser Erde waren etwas Besonderes, und die Tatsache, dass er geistig behindert war, in Wahrheit ein Segen. Er hatte ihr Leben reicher gemacht, und auch das ihrer Eltern. Er wusste, dass er anders war, dass viele Dinge eine Herausforderung für ihn waren, aber er empfand sein Anderssein nie als Problem. Für ihn ging es im Leben darum, Spaß zu haben. Was konnte daran schon falsch sein?

Sie hatte nie eine Antwort auf ihre Fragen gefunden, nicht hier, nicht beim Verlassen des Friedhofs. Und daran würde sich wohl auch nie was ändern.

Nach einer Stunde wendet sie sich vom Grab ab. Sie möchte ihrem toten Bruder von dem Mann erzählen, mit dem sie zusammenarbeitet und der sie in mancherlei Hinsicht an Martin erinnert. Er hat ein reines Herz und eine kindliche Unschuld, die derjenigen Martins gleicht. Sie möchte ihrem Bruder davon erzählen, doch sie verlässt den Friedhof ohne ein Wort.

Noch bevor sie ihren Wagen erreicht, hat das Kruzifix begonnen, ihren Schmerz zu lindern.

Kapitel 3

Die Zeitung interessiert mich nicht mehr. Warum Nachrichten lesen, wenn ich derjenige bin, der sie macht? Also falte ich sie einmal zusammen und lege sie neben mir aufs Bett. Ich habe Druckerschwärze an den Fingern und wische sie an der Tagesdecke ab, während ich Angela mustere. Sie hat diesen bestimmten Gesichtsausdruck, als versuchte sie, eine wirklich schlimme Nachricht zu verdauen, wie etwa, dass ihr Vater von einem Auto angefahren wurde, oder dass ihr das Parfüm ausgegangen ist. Ich beobachte ihr Handtuch. Es rutscht an ihr runter. Sie sieht verdammt gut aus, wenn sie so halbnackt vor mir steht.

»Ich heiße Joe«, sage ich und lange nach meinem Aktenkoffer. Ich wähle das zweitgrößte Messer, das ich darin aufbewahre. Eine Klinge von feinster Schweizer Machart. Ich halte es hoch. Wir können es beide sehen. Für sie sieht es größer aus, obwohl ich näher dran bin. Hat irgendwas mit der Perspektive zu tun.

»Vielleicht haben Sie schon von mir gelesen. Ich bin die Nachricht auf den Titelseiten.«

Angela ist eine große Frau mit endlos langen Beinen. Blondem

Haar, offensichtlich naturblond, das ihr bis zum Hintern reicht. Sie hat eine gute Figur mit all den Formen und Kurven, die mich überhaupt erst hierhergeführt haben. Ein attraktives Gesicht, das in Zeitschriften für Kontaktlinsen oder Lippenstift werben könnte. Blaue Augen voller Leben und, im Augenblick, voller Angst. Die Angst in ihren Augen erregt mich. Die Angst in ihren Augen verrät, dass sie in der Tat schon von mir gelesen hat, dass sie im Radio von mir gehört oder die Geschichten über mich im Fernsehen gesehen hat.

Sie fängt an, den Kopf zu schütteln, als beantwortete sie eine ganze Reihe von Fragen mit Nein, obwohl ich sie noch gar nicht gestellt habe. Wassertropfen fliegen nach rechts und links, waagerechter Regen mitten im Zimmer. Ihr Haar wirbelt nach hinten, die nassen Spitzen streifen über die Wände. Es schwingt wieder nach vorn und bleibt auf ihrem Gesicht kleben. Und sie bewegt sich rückwärts, als hätte sie woanders was zu tun.

»Was – was wollen Sie?«, fragt sie. All die selbstsichere Empörung ihrer ersten Frage ist ziemlich genau in dem Augenblick verschwunden, als sie das Messer gesehen hat.

Ich zucke mit den Schultern. Ich kann mir mehrere Dinge vorstellen, die ich gerne hätte. Ein nettes Haus. Ein nettes Auto. Ihre Stereoanlage, die immer noch dasselbe Lied spielt – das jetzt unser Lied ist. Ja. Zu einer netten Stereoanlage würde ich nicht Nein sagen. Aber es steht nicht in ihrer Macht, mich damit auszustatten. Ich wollte, es wäre anders, aber das Leben ist nicht so einfach. Ich beschließe, das im Augenblick nicht zu erwähnen. Wir werden uns später noch unterhalten können.

»Bitte, bitte. Gehen Sie einfach.«

Ich habe das schon so oft gehört, dass ich fast gähne, aber das mache ich nicht, denn ich bin ein wirklich höflicher Mensch. »Sie sind aber eine schlechte Gastgeberin«, sage ich. Höflich.

»Sie sind wahnsinnig. Ich rufe die Polizei.«

Ist sie wirklich so dämlich? Glaubt sie wirklich, dass ich ruhig zusehe, wie sie den Hörer abnimmt und die Nummer eintippt? Dass ich mich auf dem Bett zurücklehne und das Kreuzworträtsel in meiner Zeitung löse, bis sie kommen, um mich festzunehmen? Ich fange an, den Kopf zu schütteln wie sie vorhin, nur dass meine Haare trocken sind.

»Sie könnten es versuchen«, sage ich, »*wenn* der Hörer noch in der Halterung hinge.« Was nicht der Fall ist. Ich habe ihn rausgenommen, während ich meine Pizza aß. *Ihre* Pizza.

Sie dreht sich um und rennt in Richtung Bad. Ich bewege mich auf sie zu. Sie ist schnell. Ich bin schnell. Ich werfe das Messer. Klinge über Griff, Griff über Klinge. Der ganze Trick beim Messerwerfen ist einzig und allein die Balance ... wenn man ein Profi ist. Wenn nicht, läuft alles auf pures Glück hinaus. Wir beide hoffen in diesem Moment auf Letzteres. Die Klinge streift seitlich ihren Arm, trifft die Wand und fällt klirrend zu Boden, während Angela hinter der Badezimmertür verschwindet. Sie knallt sie zu, verschließt sie, und ich krache mit voller Wucht seitwärts in die Tür. Sie rührt sich kaum in ihrem Rahmen.

Ich trete ein paar Schritte zurück. Ich kann immer noch nach Hause gehen. Mein Zeug zusammenpacken. Den Aktenkoffer schließen. Meine Latexhandschuhe ausziehen. Verschwinden. Aber so einfach ist das nicht. Ich hänge an meinem Messer und an meiner Anonymität. Das bedeutet, ich muss bleiben.

Sie ruft um Hilfe. Aber die Nachbarn werden sie nicht hören. Ich weiß das, denn ich habe meine Hausaufgaben gemacht, bevor ich hergekommen bin. Das Haus liegt weit zurückversetzt, dahinter beginnt eine Wiese; wir befinden uns im obersten Stockwerk, und keiner ihrer nächsten Nachbarn ist zu Hause. Die Hausaufgaben sind das Entscheidende. Wenn man mit irgendwas im Leben Erfolg haben will, muss man sie ordentlich erledigen. Das kann man gar nicht oft genug betonen.

Ich gehe durchs Schlafzimmer und wähle ein weiteres Messer

aus. Es ist das größte. Gerade will ich zum Bad zurückgehen, als eine Katze ins Zimmer kommt. Das verdammte Vieh ist auch noch freundlich. Ich beuge mich runter und tätschle es. Es schmiegt sich gegen meine Hand und fängt an zu schnurren. Ich hebe es hoch.

Zurück an der Badezimmertür rufe ich laut: »Kommen Sie raus, oder ich breche Ihrer Katze das Genick.«

»Bitte, bitte, tun Sie ihr nicht weh.«

»Das ist Ihre Entscheidung.«

Also warte ich. Wie alle Männer, wenn die Frauen im Bad sind. Wenigstens schreit sie nicht. Ich kraule Fluffy unter ihrem weichen Hals. Sie schnurrt nicht mehr.

»Bitte, was wollen Sie?«

Meine Mutter, Gott schenke ihrer Seele Frieden, hat mich immer ermahnt, ehrlich zu sein. Aber manchmal ist das einfach nicht der richtige Ansatz. »Nur mit Ihnen reden«, lüge ich.

»Werden Sie mich umbringen?«

Ich schüttele ungläubig den Kopf. Typisch Frau. »Nein.«

Das Schloss gibt ein deutliches Knacken von sich, als sich die Badezimmertür öffnet. Sie wird also eher ihr Glück mit mir versuchen, als zuzulassen, dass ihre Katze getötet wird. Vielleicht ist die Katze ja wertvoll.

Langsam geht die Tür auf. Ich rühre mich nicht von der Stelle. Ich bin viel zu erstaunt über ihre Dummheit, als dass ich mich bewegen würde. Als die Tür weit genug offen steht, lasse ich Fluffy fallen. Sie landet als wirrer Fellklumpen mit seitlich verdrehtem Kopf und in sämtliche Richtungen abstehenden Beinen, die auf denjenigen zu deuten scheinen, der dafür verantwortlich ist. Angela sieht die Katze fallen, hat aber keine Gelegenheit zu schreien. Ich drücke mit dem ganzen Körper gegen die Tür, und sie ist nicht stark genug, um mich draußen zu halten. Die Tür gibt nach, als Angela das Gleichgewicht verliert. Sie knallt gegen die Duschkabine, und das Handtuch rutscht ihr aus den Händen.

Ich trete ins Badezimmer. Der Spiegel ist noch immer beschlagen. Der Duschvorhang ist mit ein paar Dutzend Gummienten verziert, die mich allesamt anlächeln. Sie sind alle genau gleich ausgerichtet und sehen aus, als zögen sie übers Meer in einen Krieg. Angela fängt wieder mit dem üblichen Gekreische an, das ihr bisher überhaupt nichts gebracht hat und ihr auch jetzt nichts bringen wird. Ich schleife sie zurück ins Schlafzimmer, wobei ich ihr ein paar verpassen muss, um sie zum Mitspielen zu überreden. Sie versucht, mich abzuwehren, aber ich habe mehr Erfahrung damit, Frauen gefügig zu machen, als sie, sich selbst zu verteidigen. Sie verdreht die Augen und besitzt die Frechheit, in meiner Gegenwart ohnmächtig zu werden.

Die Stereoanlage läuft noch immer. Vielleicht werde ich sie mitnehmen, wenn das hier vorbei ist. Ich ziehe Angela hoch, werfe sie aufs Bett und rolle sie auf den Rücken. Dann gehe ich durchs Schlafzimmer, nehme die Fotos ihrer Familie von den Wänden und klappe diejenigen um, die noch auf den Regalen und der Fensterbank stehen. Das letzte Bild, auf das ich einen Blick werfe, zeigt ihren Mann und zwei Kinder. Ich vermute mal, dass er problemlos das Sorgerecht erhalten wird.

Der nächste Schritt unserer Romanze besteht darin, dass ich meine Glock 9 Millimeter Automatik auf den Nachttisch lege, wo ich sie leicht erreichen kann. Ein hübsches Exemplar. Ich habe sie vor vier Jahren gekauft, als ich mit der Arbeit anfing. Hat mich dreitausend Dollar gekostet. Waffen auf dem Schwarzmarkt sind immer teurer, aber dafür anonym. Ich habe das Geld von meiner Mutter gestohlen, die den Nachbarskindern die Schuld gab. Sie ist eine dieser verrückten Frauen, die sich davor fürchten, auf die Bank zu gehen, weil sie den Angestellten dort misstrauen. Die Waffe hab ich für den Fall, dass der Ehemann früher nach Hause kommt. Oder wenn ein Nachbar vorbeischaut. Vielleicht hat Angela ja auch eine Affäre. Vielleicht fährt ihr Liebhaber gerade in diesem Augenblick vor dem Haus vor.

Meine Glock ist wie ein Wundermittel – sie kuriert alle Eventualitäten.

Ich ziehe das Telefon aus der Wand. Reiße das Kabel an einem Ende ab und benutze es, um ihre Hände zu umwickeln. Ich will nicht, dass sie sich zu sehr hin und her windet, also binde ich ihre Handgelenke ans obere Ende des Bettes.

Ich bin gerade damit fertig, ihre Füße mit ihrer Unterwäsche zu fesseln, als sie aufwacht. Sie bemerkt drei Dinge gleichzeitig. Erstens, dass ich immer noch hier bin und dass das kein Traum ist. Zweitens, dass sie nackt ist. Drittens, dass sie mit gespreizten Armen und Beinen ans Bett gefesselt ist. Ich kann sehen, wie sie diese Dinge auf einer mentalen Liste abhakt. Eins. Zwei. Drei.

Und dann wird ihr bewusst, welche Dinge bis jetzt noch nicht geschehen sind. Vier. Fünf. Und sechs. Ich verfolge, wie ihre Fantasie verrückt spielt. Sämtliche Muskeln in ihrem Gesicht spannen sich, während sie über eine Frage nachdenkt, die sie mir stellen könnte. Ihr Blick springt unruhig hin und her, als sie rauszufinden versucht, auf welchen Teil von mir sie sich konzentrieren soll. Schweiß glänzt auf ihrer Stirn. Ich kann sehen, wie sie im Kopf nach verschiedenen Hebeln greift, auf der Suche nach dem einen, der ihr helfen wird, ihren Kopf aus der Schlinge zu ziehen. Doch die Hebel gleiten ihr allesamt aus den Händen.

Ich zeige ihr noch einmal mein Messer. Ihr Blick bleibt schließlich an der Klinge hängen. »Sehen Sie das?«

Sie nickt. Ja, sie sieht es. Und sie fängt an zu weinen.

Ich führe die Spitze der Klinge an ihre Wange und bitte sie, den Mund zu öffnen. Sie ist voller Eifer bereit, meiner Bitte nachzukommen, als die Klinge ihre Haut ritzt. Dann greife ich in meinen Aktenkoffer, ziehe ein Ei heraus und schiebe es ihr in den Mund. Die Zusammenarbeit klappt immer einwandfrei, wenn sie die Situation erst mal akzeptiert haben. An dem Ei ist absolut nichts Anomales, es ist nichts weiter als ein rohes Ei. Das Großartige an Eiern ist, dass sie viel Eiweiß enthalten. Und dass sie sich wunderbar als Knebel eignen. »Falls Sie ein Problem damit haben«, sage ich, »dann geben Sie mir einfach Bescheid.«

Sie sagt nichts. Offensichtlich gibt es keine Probleme.

Ich gehe ins Badezimmer, finde ihr Handtuch und bedecke ihr Gesicht damit. Ich ziehe meine Kleider aus und steige aufs Bett. Sie bewegt sich kaum, beklagt sich nicht, weint immer nur weiter, bis sie nicht mehr weinen kann. Als wir fertig sind und ich wieder runtersteige, bemerke ich, dass das Ei irgendwann in ihrem Mund nach hinten geglitten sein muss und ihr immer weniger Luft zum Atmen ließ. Schließlich gar keine mehr. Das erklärt das Würgen, das ich gehört und zunächst für was anderes gehalten hatte. Hoppla.

Ich dusche, ziehe mich an, packe meine Sachen zusammen. Die Gesichter auf den Fotos im Treppenaufgang beobachten mich, als ich runtergehe. Ich erwarte die ganze Zeit, dass sie irgendwas zu mir sagen oder sich wenigstens darüber beschweren, was ich hier getan habe. Als ich nach draußen komme und sie zurücklasse, geht eine warme Woge der Erleichterung auf mich nieder.

Die Erleichterung hält nicht lange an, und schon ein paar Sekunden später fühle ich mich mies. Ich senke den Blick und betrachte beim Gehen meine Füße. Jepp. Ich fühle mich schlecht. Bin deprimiert. Die Dinge sind nicht so gelaufen, wie sie hätten laufen sollen, und das alles hat dazu geführt, dass ich schließlich jemandem das Leben genommen habe. Ich bleibe im Garten stehen und pflücke eine Blume von einem Rosenstrauch. Ich halte sie mir unter die Nase und rieche an den Blütenblättern, doch sie kann mir kein Lächeln aufs Gesicht zaubern. Ein Dorn sticht mir in den Finger, und ich stecke ihn mir in den Mund. Das Blut verdrängt nach und nach Angelas Geschmack.

Ich stecke die Blume in die Tasche und trete zu ihrem Auto. Die Sonne scheint noch, doch jetzt steht sie tiefer und blendet mich. Es ist kühler geworden, sodass die Hitze, die ich spüre, vielleicht doch nicht von der Sonne kommt, sondern aus mir selbst. Ich möchte lächeln, ich möchte den zu Ende gehenden Tag genießen, doch ich kann nicht.

Ich habe jemandem das Leben genommen.

Die arme Fluffy.

Das arme Kätzchen.

Manchmal muss man Tiere als Werkzeuge benutzen. In diesem verrückten, chaotischen Universum steht es mir nicht zu, solche Dinge infrage zu stellen. Und doch, ich kann nicht anders, mir ist elend zumute, weil ich dieser kleinen Katze das Genick gebrochen habe.

Ich steige in Angelas Auto und muss über den Rasen vor dem Haus fahren, um dem gestohlenen Wagen auf dem Parkplatz auszuweichen. Das mustergültige Haus, das für ein mustergültiges Familienleben steht, wird im Rückspiegel immer kleiner. Der fein säuberlich gepflegte Garten, den ich von hier aus nicht mehr riechen kann, wirkt wie ein Minigolfplatz. Die Rose aus dem Garten fühlt sich warm an in meiner Tasche. Ich fahre an drei oder vier parkenden Autos vorbei. Leute gehen die Auffahrt rauf und betreten ihr Zuhause. Über einen niedrigen Zaun hinweg unterhalten sich zwei alte Frauen – über was auch immer alte Frauen eben so reden. Eine andere alte Frau bemalt auf Knien ihren Briefkasten. Ein Junge liefert die Zeitung aus. Die Leute sind hier zu Hause, und sie leben in Frieden. Sie kennen mich nicht, achten nicht auf mich, als ich an ihren Fenstern vorbeiziehe und aus ihrem Leben verschwinde.

Langsam weicht die Januarhitze einer milden Brise. Blätter rascheln an den Birken, die zu beiden Seiten der Straße stehen und die hoch über mir, wo ihre fingerartigen Zweige einander durchdringen, eine grüne Kuppel bilden. Vögel spielen dort droben. In der Ferne kann ich Rasenmäher hören, die den Nachmittag beenden und den Abend einläuten. Es wird eine schöne Nacht werden. Es wird eine dieser Nächte werden, in denen ich froh bin, am

Leben zu sein. Eine dieser Nächte, für die das sommerliche Neuseeland berühmt ist.

Schließlich fange ich an, mich zu entspannen. Ich schalte die Stereoanlage ein und höre dasselbe Lied, das in Angelas Haus lief. Na, so ein Zufall. Ich summe mit, fahre singend in den Abend. Meine Gedanken wenden sich von Fluffy ab, richten sich auf Angela, und dann kehrt endlich das Lächeln in mein Gesicht zurück.

Kapitel 4

Ich lebe in einem großen Mietshaus, das profitabler wäre, würde man es als Bauschutt verkaufen. Aber wegen seiner Lage wird man es nie abreißen und ersetzen, weil auch die neuen Wohnungen nicht mehr Miete einbrächten. Diejenigen, die hier leben, halten es eigentlich nicht für die übelste Gegend der Stadt; alle anderen schon. Das Haus ist kaum bewohnbar, aber es ist billig, also muss man gewisse Einbußen in Kauf nehmen. Der Gebäudekomplex hat vier Stockwerke und nimmt den größten Teil des Blocks in Anspruch; ich wohne ganz oben, wodurch ich den besten Blick auf die überaus armselige Umgebung habe. Insgesamt gibt es dreißig Wohnungen, glaube ich.

Ich begegne keinem meiner Nachbarn, als ich nach oben gehe, doch das ist weder unangenehm noch ungewöhnlich. Ich ertappe mich dabei, wie ich an die arme Fluffy denke, als ich die Tür aufschließe und eintrete. Meine Wohnung besteht aus zwei Zimmern. Eins davon ist mein Bad und das andere eine Kombination aus allem Übrigen was man so zum Wohnen braucht. Kühlschrank und Herd sind so alt, dass man wahrscheinlich nicht mal mehr mithilfe der Radiocarbon-Methode ihr Alter bestimmen könnte. Der Boden besteht aus nackten Dielenbrettern, sodass ich die ganze Zeit Schuhe tragen muss, um mir keine Splitter einzufangen. An den Wänden klebt eine dunkelgraue Tapete, die so ausgetrocknet ist, dass jedes Mal ein paar Fetzen mehr davon abfallen, wenn ich die Tür öffne und etwas Zugluft reinkommt. An mehreren Stellen haben sich die Ränder gelöst und hängen runter wie schlaffe Zungen. An der einen Wand gibt es ein unterteiltes Fenster, das mir eine Aussicht auf Stromleitungen und ausgebrannte Autos verschafft. Ich habe eine alte Waschmaschine, deren Umdrehungen einen horrenden Lärm machen, und an der Wand darüber schwebt ein Trockner, der genauso laut ist. Vor dem Fenster befindet sich eine Leine, an der ich im Sommer meine Wäsche aufhänge. Im Augenblick ist sie leer.

Ich besitze ein schmales Bett, einen kleinen Fernseher, einen Videorecorder und eine Grundausstattung an Möbeln, die zusammen mit einer Bauanleitung in sechs verschiedenen Sprachen in Pappkartons verkauft werden. Nichts davon steht gerade, doch ich kenne niemanden, der mich besuchen und sich darüber beklagen würde. Mehrere Taschenbücher, romantische Liebesromane, liegen auf meinem Sofa. Alle Titelbilder zeigen kräftig aussehende Männer und schwach aussehende Frauen. Ich lasse meinen Aktenkoffer daraufallen, bevor ich zum Anrufbeantworter gehe. Das Lämpchen blinkt, also drücke ich den Abspielknopf. Es ist meine Mutter. Sie hat eine Botschaft hinterlassen, die mir verrät, wie brillant sie im Ziehen logischer Schlussfolgerungen ist. Weil ich weder daheim noch bei ihr bin, kann das ihrer Meinung nach nur bedeuten, dass ich mich auf dem Weg zu ihr befinde.

Ich habe vorhin gesagt: »Gott schenke ihrer Seele Frieden.« Damit habe ich nicht gemeint, dass sie tot ist. Auch wenn sie's bald sein wird. Verstehen Sie mich nicht falsch. Ich bin echt kein schlechter Kerl. Ich würde nie was tun, das ihr schadet, und jeder, der das nicht glaubt, sollte sich schämen. Es ist einfach nur so, dass sie alt ist. Alte Leute sterben. Einige früher als andere. Gott sei Dank.

Ich sehe auf die Uhr. Es ist bereits halb sieben. Ich schiebe ein paar Bücher zur Seite, setze mich aufs Sofa, strecke die Arme über die Rückenlehne und versuche mich zu entspannen. Denke darüber nach, was das Beste für mich ist. Wenn ich nicht mit meiner Mutter zu Abend esse, wird das katastrophale Folgen haben. Sie wird mich jeden Tag anrufen. Mir stundenlang ununterbrochen auf die Nerven gehen. Sie versteht nicht, dass ich ein eigenes Leben habe. Ich habe Verpflichtungen, Hobbys, Orte, die ich besuchen, Leute, die ich erledigen will, aber das begreift sie einfach nicht. Sie glaubt, mein Leben besteht aus nichts anderem, als zu Hause zu sitzen und darauf zu warten, dass sie anruft.

Ich ziehe mich etwas respektabler an. Nicht zu auffällig, aber auch nicht mehr so leger wie vorhin. Sonst kommt Mum wieder auf die Idee, mir Kleider zu kaufen. Vor einem Jahr hat sie diese Phase durchgemacht und mir Hemden, Unterwäsche und Socken besorgt. Manchmal erinnere ich sie daran, dass ich schon über dreißig bin und das alles selber kann, aber es gibt Zeiten, da ist sie nicht davon abzubringen.

Auf dem kleinen Couchtisch in meinem kleinen Wohnzimmer, vor dem kleinen Sofa, das aussieht, als gehörte es in irgendein Hippie-Tonstudio, steht ein großes Goldfischglas mit meinen beiden besten Freunden darin, Pickle und Jehova. Meine Goldfische beklagen sich nie. Das Gedächtnis eines Goldfischs umfasst nur fünf Sekunden, also kann man sie richtig verarschen, und hinterher erinnern sie sich an nichts mehr. Man kann vergessen, sie zu füttern, und sie vergessen, dass sie Hunger haben. Man kann sie aus dem Wasser holen und auf den Boden werfen, und sie zucken wild hin und her und haben gleich danach vergessen, dass sie drauf und dran waren zu ersticken. Pickle habe ich am liebsten; ihn habe ich zuerst bekommen – vor zwei Jahren. Er ist ein Albino-Goldfisch aus China mit einem weißen Körper und roten Flossen, und er ist in etwa so groß wie meine Handfläche. Jehova ist ein bisschen kleiner, aber sie ist goldfarben. Goldfische können bis zu vierzig Jahre alt werden, und ich hoffe, dass meine es mindestens so lange schaffen. Ich weiß nicht, was sie treiben, wenn ich sie nicht beobachte, aber bisher sind noch keine kleinen Goldfische aufgetaucht.

Ich stäube etwas Futter ins Glas, sehe, wie sie an die Oberfläche kommen, und schaue ihnen beim Fressen zu. Ich liebe sie von ganzem Herzen, gleichzeitig komme ich mir ihnen gegenüber vor wie Gott. Egal wie ich sie behandle, egal was ich tue, meine Goldfische blicken zu mir auf. Ihr Tagesablauf, die äußeren Bedingungen, unter denen sie leben, wann sie ihr Futter kriegen – alle diese Dinge liegen allein bei mir.

Ich rede mit ihnen, während sie fressen. Ein paar Minuten verstreichen. Dann habe ich genug geplaudert. Der Schmerz über Fluffy ist jetzt fast ganz abgeklungen.

Ich mache mich auf den Weg zur nächsten Bushaltestelle. Ich warte etwa fünf Minuten, bis schließlich ein Bus vorbeikommt.

Mum lebt in South Brighton, nahe der Küste. Kein Fleckchen Grün da draußen. Alles hat eine rostrote Färbung, wie die Metalloberfläche der Dächer, die fortwährend der Salzluft ausgesetzt sind. Würde man dort auch nur einen Rosenstock anpflanzen, stiege gleich der Wert des ganzen Wohnblocks. Die meisten Häuser sind sechzig Jahre alte Bungalows, standhaft darum bemüht, ihre Würde zu wahren, während die Farbe abblättert und die Schindeln vor sich hin rotten. Sämtliche Fenster sind durch das Salz angelaufen. Die Holzveranden sind schmutzig und von toten Kiefernnadeln und Sand bedeckt. Wülste von Dichtungsmitteln und Kitt verstopfen die Löcher und halten das Innere trocken. Sogar was Verbrechen betrifft, muss man hier Nachteile in Kauf nehmen – wenn man die Benzinkosten einrechnet, stellt sich üblicherweise heraus, dass es teurer ist, in eines der Häuser einzubrechen, als es zu lassen.

Der Bus braucht dreißig Minuten bis zu Mums Haus. Als ich aussteige, kann ich hören, wie die Wellen gegen den Strand schlagen. Der Klang ist beruhigend. Das ist der einzige Vorteil von South Brighton. Bis zum Strand ist es nur eine Minute, und würde ich noch hier leben, könnte ich jederzeit hinlaufen und einfach rausschwimmen. Im Augenblick fühlt es sich so an, als stünde ich mitten in einer Geisterstadt. In ein paar Häusern brennt Licht. Jede vierte oder fünfte Straßenlaterne ist kaputt. Niemand unterwegs.

Ich sauge die salzige Luft ein während ich am Tor stehe. Schon jetzt stinken meine Kleider nach fauligem Tang. Mums Haus ist so runtergewirtschaftet wie jedes andere hier im Viertel. Sollte ich vorbeikommen und es anstreichen, würden die Nachbarn sie wahrscheinlich rauswerfen. Würde ich den verdorrten Rasen mähen, müsste ich auch alle anderen mähen. Ihr Haus ist ein einstöckiges Schindelgebäude. Weiße Farbe, die inzwischen einen stumpfen Smog-Ton angenommen hat, blättert von den schiefen Wänden und landet im Hof auf der dünnen Rostschicht, die vom Eisendach stammt. Die Fenster werden von rissigem Kitt und purem Zufall an Ort und Stelle gehalten.

Ich gehe zur Tür. Klopfe an. Und warte. Eine Minute vergeht, bevor ich sie herausschlurfen höre. Sie muss kräftig ziehen, denn die Tür hat sich im Rahmen verkeilt. Dann öffnet sie sich vibrierend und mit quietschenden Angeln.

»Joe, weißt du, wie spät es ist?«

Ich nicke. Es ist fast halb acht. »Ja, Mum, ich weiß.«

Sie schließt die Tür. Ich höre das Rasseln der Sicherheitskette, dann schwingt die Tür erneut auf. Ich trete ein.

Mum wird dieses Jahr vierundsechzig, aber sie sieht keinen Tag älter aus als siebzig. Sie ist nur knapp einssechzig groß und hat Kurven an den falschen Stellen. Einige dieser Kurven überlappen sich, und einige sind so schwer, dass sie die Falten in ihrem Hals straff ziehen. Ihr graues Haar ist normalerweise zu einem festen Knoten gebunden, doch im Augenblick trägt sie was darüber – eines dieser alten Haarnetze, an denen zugleich

Lockenwickler befestigt sind. Sie hat blaue Augen, die so hell sind, dass sie fast grau wirken hinter ihrer Brille mit dem dicken Gestell, das noch nie in Mode war. Sie hat drei Leberflecken im Gesicht, und aus jedem wuchert ein dickes schwarzes Haar, das sie nie abschneidet. Auf ihrer Oberlippe wächst ein weicher Streifen Flaum. Sie sieht aus, als gehöre sie als Oberschwester in ein Pflegeheim.

»Du bist spät dran«, sagt sie, wobei sie mir den Weg verstellt und einen der Lockenwickler in ihrem Haar zurechtrückt. »Ich hab mir Sorgen gemacht. Ich hätte beinahe die Polizei alarmiert. Hätte beinahe in sämtlichen Krankenhäusern angerufen.«

»Ich war beschäftigt, Mum. Arbeit und so«, sage ich, erleichtert, dass sie keine Vermisstenmeldung aufgegeben hat.

»Zu beschäftigt, um deine Mutter anzurufen? Zu beschäftigt, um dir drüber Sorgen zu machen, ob mir das Herz bricht?«

Ich bin alles, was sie noch hat. Kein Wunder, dass Dad gestorben ist. Der Bastard hatte Glück. Anscheinend ist Reden das Einzige, wofür Mum lebt. Und dafür, sich zu beklagen. Was für ein Glück, dass sich beides so gut vereinbaren lässt.

»Ich hab doch gesagt, es tut mir leid, Mum.«

Sie zwickt mich ins Ohr. Nicht fest, aber fest genug, um mir zu zeigen, dass sie enttäuscht ist. Dann umarmt sie mich. »Ich hab Hackbraten gemacht, Joe. Hackbraten. Dein Lieblingsessen.«

Ich gebe ihr die Rose, die ich in Angelas Garten gepflückt habe. Sie ist ein bisschen zerdrückt, aber Mums Gesichtsausdruck ist unbezahlbar, als ich ihr die rote Blume überreiche.

»Oh, du bist so aufmerksam, Joe«, sagt sie und hält sie sich unter die Nase, um daran zu riechen.

Ich zucke mit den Schultern. »Ich wollte dich einfach nur glücklich machen«, sage ich, und ihr Lächeln lässt auch mich lächeln.

»Autsch«, sagt sie, als sie sich an einer der Dornen sticht. »Du gibst mir eine Rose mit Dornen? Was für ein Sohn bist du, Joe?«

Offensichtlich ein schlechter. »Tut mir leid. Ich wollte nicht, dass das passiert.«

»Du denkst nicht genug nach, Joe. Ich werd sie ins Wasser stellen«, sagt sie und tritt beiseite. »Du kannst genauso gut reinkommen.«

Sie schließt die Tür hinter mir, und ich folge ihr durch die Diele in die Küche, vorbei an Fotos von meinem toten Vater und einem Kaktus, der schon tot aussah, als sie ihn bekam, sowie an einem Seegemälde, das einen Ort zeigt, den meine Mutter möglicherweise gerne besuchen würde. Der Tisch mit der Resopalplatte ist für zwei Personen gedeckt.

»Möchtest du was trinken?«, fragt sie, während sie die Rose in ein Glas stellt.

»Ich hab alles, was ich brauche«, sage ich und schlinge meine Jacke enger um mich. Es ist immer kalt in diesem Haus.

»Im Supermarkt gibt's Coke im Angebot.«

»Ich hab alles.«

»Drei Dollar das Sixpack. Hier, ich kann dir den Kassenzettel zeigen.«

»Lass nur, Mum. Ich sag dir doch, ich möchte nichts.«

»Das macht überhaupt keine Mühe.«

Sie schlurft davon und lässt mich allein. Ich kann es einfach nicht netter ausdrücken – meine Mutter wird jeden Tag verrückter. Ich glaube ihr, dass Coke im Angebot ist, und doch fühlt sie sich verpflichtet, mir den Kassenzettel zu zeigen. Während der nächsten Minuten bleibt mir nichts anderes übrig, als den Ofen und die Mikrowelle anzustarren, und so verbringe ich die Zeit damit, mir vorzustellen, wie kompliziert es wäre, wenn man einen ganzen Menschen in eines der beiden Geräte stecken würde. Als sie zurückkommt, hat sie den Prospekt vom Supermarkt dabei, in dem die Anzeige für die Coke steht.

Ich nicke. »Nur drei Dollar? Unglaublich.«

»Dann möchtest du also eine?«

26

»Klar.« So ist es am leichtesten.

Sie bringt das Essen. Wir setzen uns und fangen an. Das Esszimmer hat eine Verbindung zur Küche, und das Einzige, was ich von hier aus sehen kann, ist entweder meine Mutter oder die Wand hinter ihr. Also betrachte ich die Wand. Die Geräte hier waren schon außer Mode, als die Elektrizität erfunden wurde. Die Linoleumböden sehen aus, als hätte man Kermit den Frosch gehäutet. Der Esszimmertisch hat die Farbe von Bananen. Seine Beine bestehen aus kaltem Metall. Die Stühle sind gepolstert und wackeln ein wenig, wenn ich mich bewege. Mums Stuhl besitzt eine zusätzliche Verstrebung.

»Wie war dein Tag?«, fragt sie. Ein winziges Stück Karotte klebt an ihrem Kinn. Einer der behaarten Leberflecken sieht aus, als wolle er es aufspießen.

»Gut.«

»Ich hab die ganze Woche nichts von dir gehört.«

»Ich musste meine Hausaufgaben erledigen.«

»Die Arbeit?«

»Die Arbeit.«

»Dein Cousin Gregory heiratet. Hast du das gewusst?«

Jetzt weiß ich's. »Wirklich?«

»Wann wirst du dir endlich eine Frau suchen, Joe?«

Mir ist aufgefallen, dass alte Leute immer mit offenem Mund kauen, sodass man hören kann, wie das Essen gegen ihren Gaumen klatscht. Der Grund dafür ist, dass sie immer kurz davor stehen, was zu sagen.

»Ich weiß nicht, Mum.«

»Du bist doch nicht schwul, oder?«

Das sagt sie, während sie gleichzeitig kaut. Als sei das keine große Sache. Als würde sie sagen: »Dieses Hemd steht dir.« Oder: »Schönes Wetter heute.«

»Ich bin nicht schwul, Mum.«

Es ist wirklich keine große Sache. Ich hab nichts gegen Schwule. Überhaupt nichts. Wenn man's genau nimmt, sind das ja schließlich auch bloß Menschen. So wie jeder andere. Ich hab nur was gegen Menschen.

»Hmm«, grummelt sie.

»Was?«

»Nichts.«

»Was ist, Mum?«

»Ich frage mich nur, warum du dann keine Freundin hast.«

Ich zucke mit den Schultern.

»Männer sollten nicht schwul sein, Joe. Das ist nicht …«, sie sucht nach dem richtigen Wort, »…fair.«

»Ich kann dir nicht ganz folgen.«

»Spielt keine Rolle.«

Eine Minute lang essen wir schweigend weiter, doch länger hält es meine Mutter nicht aus, bevor sie wieder was sagen muss. »Ich habe heute ein Puzzle angefangen.«

»Hmm.«

»Es war im Angebot. Runtergesetzt von dreißig Dollar auf zwölf.«

»Ein Schnäppchen.«

»Warte, ich zeig dir den Kassenzettel.«

Ich esse weiter, während sie draußen ist, obwohl ich weiß, dass schnell zu essen keineswegs bedeutet, dass ich auch schnell wieder gehen kann. Ich starre auf die Uhren an der Mikrowelle und am Herd, und dann vergleiche ich sie mit der Wanduhr, doch auf allen dreien schleppt sich die Zeit gleichermaßen dahin. Mum braucht nicht lange, bis sie den Kassenzettel gefunden hat, weshalb ich vermute, dass sie ihn schon irgendwo auf die Seite gelegt hatte, um ihn mir zu zeigen. Als sie wieder reingewatschelt kommt, hat sie auch den Prospekt dabei. Ich gebe mir alle Mühe, meine Begeisterung im Zaum zu halten.

»Siehst du, zwölf Dollar.«

»Ja. Ich seh's.« Quer über den Prospekt zieht sich das Wort

»Superwahnsinnsunterhaltung«. Ich frage mich, was sich der Verfasser dabei gedacht hat. Oder welchen Stoff er beim Schreiben eingeworfen hat.

»Das macht achtzehn Dollar. Na ja, eigentlich haben sie's von neunundzwanzig fünfundneunzig auf zwölf Dollar runtergesetzt, also sind es genau genommen achtzehn Dollar und fünfundneunzig Cent.«

Ich rechne nach, während sie mir das erzählt, und sehe sofort, dass sie einen Dollar daneben liegt. Am besten sage ich jetzt gar nichts. Ich vermute, wenn ihr auffällt, dass sie nur achtzehn statt neunzehn Dollar gespart hat, bringt sie das Ding wieder zurück. Selbst wenn sie das Puzzle dann schon fertig hat.

»Es ist ein Bild von der Titanic, Joe«, sagt sie, obwohl das Bild im Prospekt schon alles sagt: Es zeigt einen Ozeanriesen, dessen Steuerruder die Aufschrift »Titanic« trägt. »Du weißt schon, das Schiff.«

»Ach, *die* Titanic.«

»Eine wahre Tragödie.«

»Der Film?«

»Das Schiff.«

»Ich hab gehört, es soll gesunken sein.«

»Bist du sicher, dass du nicht schwul bist, Joe?«

»Würd ich doch wohl wissen, oder?«

Nach dem Essen biete ich ihr an abzuspülen, obwohl ich weiß, was sie sagen wird.

»Glaubst du, ich möchte, dass du hierherkommst, damit du als Küchenmädchen arbeitest? Ich mach das Geschirr. Was wäre das denn für eine Mutter, die sich nicht um ihren Sohn kümmert? Ich sag dir, was das für eine Mutter wäre – eine schlechte Mutter, das wäre sie.«

»Ich werd spülen.«

»Ich will nicht, dass du abwäschst.«

Ich setze mich ins Wohnzimmer und starre in den Fernseher.

Gerade läuft irgendeine Sondermeldung. Etwas über eine Leiche. Jemand ist in ein Haus eingedrungen. Ich wechsle den Kanal. Schließlich kommt Mum ins Wohnzimmer.

»Ich habe mein ganzes Leben damit verbracht, deinem Vater hinterherzuräumen, und jetzt verbringe ich anscheinend den Rest meines Lebens damit, hinter dir herzuräumen.«

»Ich hab doch angeboten, dass ich dir helfe, Mum«, sage ich und stehe auf.

»Tja, dazu ist es jetzt zu spät. Es ist alles erledigt«, sagt sie knapp. »Du solltest langsam lernen, deine Mutter zu schätzen. Ich bin alles, was du hast.«

Ich kenne diesen Vortrag und habe mich schon genauso oft entschuldigt, wie ich ihn mir anhören musste. Ich bitte sie noch mal um Verzeihung; es scheint, als bestünden fünfzig Prozent der Gespräche mit meiner Mutter daraus, dass ich mich entschuldige. Sie setzt sich, und wir sehen ein wenig fern – eine englische Serie über Leute, die *nuffink* sagen statt *nothing,* und was zum Teufel *bollocks* eigentlich genau bedeuten soll, verstehe ich auch nicht.

Mum sieht so aufmerksam zu, als wüsste sie nicht schon längst, dass Fay mit Edgar schläft, weil der eine Erbschaft gemacht hat, und Karen von Stuart schwanger ist – dem stadtbekannten Säufer, der gleichzeitig ihr lange verschwundener Bruder ist. Als die Werbung anfängt, berichtet sie mir das Neueste über die Figuren, als gehörten sie zur Familie. Ich höre zu und nicke und vergesse schon nach wenigen Sekunden, was sie mir erzählt. Genau wie ein Goldfisch. Als der Film weitergeht, ertappe ich mich dabei, wie ich den Teppichboden betrachte, dessen braune, symmetrische Muster ich unterhaltsamer finde. In den Fünfzigerjahren war jeder ganz versessen darauf – was nur beweist, dass damals alle komplett verrückt waren.

Die Folge endet, und die überaus deprimierende Titelmelodie setzt ein. Obwohl sie so traurig ist, bin ich in bester Stimmung, denn die Musik bedeutet, dass es für mich Zeit wird zu gehen. Bevor ich aufbreche, berichtet mir Mum noch mehr über meinen Cousin Gregory. Er hat ein Auto. Einen BMW.

»Warum hast du keinen BMW, Joe?«

Weil ich noch nie einen gestohlen habe. »Weil ich nicht schwul bin.«

Ich bin der einzige Fahrgast im Bus. Der Fahrer ist alt, und seine Hände zittern, als ich ihm das genau abgezählte Geld für den Fahrschein gebe. Während der Fahrt frage ich mich, was wohl passiert, wenn er niesen muss. Wird sein Herz explodieren? Wird er einen anderen Wagen rammen? Ich habe fast das Bedürfnis, ihm einen Dollar Trinkgeld zu geben, als er mich sicher zu meiner Haltestelle bringt, aber ich kann mir gut vorstellen, dass die Aufregung ihn umbringen würde. Er wünscht mir eine gute Nacht als ich aussteige, aber ich weiß nicht, ob er es ehrlich meint. Ich erwidere seinen Gruß nicht. Ich habe nicht vor, irgendwelche Freunde zu finden. Besonders keine alten Knacker wie den da.

Als ich nach Hause komme, dusche ich und verwende eine Stunde darauf, mir meine Mutter vom Leib zu schrubben. Nach dem Duschen verbringe ich ein wenig Zeit mit Pickle und Jehova. Sie scheinen froh zu sein, mich zu sehen. Ein paar Minuten später lösche ich das Licht. Ich gehe ins Bett. Ich träume nie, und die heutige Nacht wird keine Ausnahme sein.

Ich denke an Angela und an Fluffy, und dann denke ich an überhaupt nichts mehr.

Kapitel 5

Ich erwache Punkt halb acht. Ohne Wecker, der mich aus dem Schlaf reißt. Ich habe eine innere Uhr. Sie muss nie aufgezogen werden. Geht nie kaputt. Tickt einfach immer weiter.

Ein neuer Morgen in Christchurch, und ich langweile mich bereits. Ich werfe einen Blick auf die Kleider in meinem Schrank, doch das bessert meine Laune auch nicht gerade. Nach dem Anziehen frühstücke ich. Toast. Kaffee. Mehr Luxus ist nicht drin. Ich unterhalte mich mit meinen Fischen und erzähle ihnen von Karen und Stewart und dem Rest der *Nuffink-Truppe*. Aufmerksam lauschen sie meinen Worten. Als Belohnung für ihre Loyalität kriegen sie ihr Futter.

Ich gehe aus dem Haus. Noch immer ist niemand unterwegs. Leider besitze ich kein Auto; Angelas Wagen habe ich irgendwo am anderen Ende der Stadt abgestellt. Die Schlüssel habe ich stecken lassen, falls jemand eine kleine Spritztour unternehmen will. Die Schlüssel zu stehlen ist viel leichter als einen Wagen kurzzuschließen, obwohl ich mit beidem genügend Erfahrung habe. Gestern habe ich eine Stunde gebraucht, um nach Hause zu marschieren, deshalb wurde es auch so spät.

Ich stehe mit dem Fahrschein in der Hand an der Haltestelle, als der Bus kommt. Die eine Seite des Fahrzeugs ist bedeckt mit Werbung für Vitaminpillen und Verhütungsmittel. Zischend öffnen sich die Türen. Ich steige ein.

»Wie geht's, Joe?«

»Joe geht's gut, Mr. Stanley.«

Ich reiche Mr. Stanley meinen Fahrschein. Er nimmt ihn kurz, entwertet ihn aber nicht, sondern gibt ihn mir wieder zurück. Er blinzelt mir zu in der typischen Art älterer Busfahrer; nur die eine Seite seines Gesichts verzieht sich, als hätte er einen Schlaganfall. Mr. Stanley ist etwa Mitte fünfzig, und er sieht aus, als wäre das Leben für ihn ein Riesenspaß. An Tagen wie diesen sagt er meistens: »Heiß, was?« Er trägt die gleiche Uniform wie alle anderen Busfahrer: dunkelblaue Shorts, ein hellblaues, kurzärmeliges Hemd und schwarze Schuhe.

»Das geht heute auf die Stadt, Joe«, sagt er, immer noch blinzelnd und nur für den Fall, dass ich nicht mitbekommen habe, was er getan hat. »Ein richtig heißer Tag heute, was, Joe?«

Ich vermute, dass ich noch öfter kostenlos mit dem Bus fahren kann, wenn ich sein Lächeln erwidere. »Und wie. Joe dankt Ihnen, Mr. Stanley.«

Mr. Stanley lächelt mich an, und ich frage mich, was für ein Gesicht er wohl machen würde, sollte ich meine Aktentasche öffnen und ihm den Inhalt zeigen. Ich stecke den Fahrschein in die Tasche und gehe den Gang runter. Der Bus ist ziemlich leer. Hier und da sitzen ein paar Schulkinder, dazu eine Nonne in ihrem gestärkten schwarz-weißen Habit und ein Geschäftsmann mit einem Schirm, obwohl es draußen dreißig Grad hat.

Ganz gewöhnliche Leute. So wie ich.

Ich setze mich weit hinten in den Bus, hinter zwei sechzehnjährige Schulmädchen, und lege meinen Aktenkoffer auf den leeren Sitz neben mich. Niemand sitzt hinter mir oder auf der anderen Seite des Ganges. Mit dem Daumen stelle ich die Kombination der beiden Zahlenschlösser ein. Schiebe die Verschlüsse zur Seite. Öffne den Aktenkoffer. Jedes Messer darin hat seinen festen Platz – drei im oberen Teil, drei im unteren. Schlaufen, die über Druckverschlüsse mit dem Koffer verbunden sind, halten die Messer an Ort und Stelle. Nur die Pistole kann sich frei hin und her bewegen, doch sie befindet sich in einem schwarzen Lederbeutel, der sie und die Messer voreinander schützt. Die Waffe besitzt eine dreifache Sicherung, sodass es nur dann zu einem Unfall kommen kann, wenn ich gleich dreimal hintereinander Pech habe – oder wenn ich mich wirklich bescheuert anstelle. Die Schulmädchen vor mir kichern.

Ich hole ein Messer raus, dessen Klinge nur fünf Zentimeter lang ist und das mich fünfundzwanzig Dollar gekostet hat. Man muss schon sehr oft zustechen, wenn man jemand mit so einem Messer umbringen will. Einmal, vor etwa achtzehn Monaten, habe ich über einhundert Stiche gebraucht, bis dieser Schwachkopf damals endlich tot war. Kleine Schnitte. Jede Menge Blut. Hinterher habe ich geschwitzt wie ein Schwein. Das Hemd klebte mir am Körper. Aber der Kerl hatte es verdient.

Mr. Stanley ist ein viel netterer Busfahrer.

Ich streiche mit der Klinge über die Lehne des Platzes, auf dem das Mädchen links vor mir sitzt. Ich denke gerade an Frauen im Allgemeinen, als sich ihre Freundin, eine Blondine, umdreht, weil sie das leise Kratzen gehört hat. Ich verstecke das Messer hinter meinem Bein. Lächle so unschuldig, als wüsste ich nicht mal, wo ich gerade bin. Als würde ich nichts weiter tun, als vor mich hinzusingen: *Die Räder an dem Autobus, die drehn sich, drehn sich, drehn sich.* Sie starrt mich an. Während mein Blick auf ihr ruht, spüre ich, wie zwischen uns eine Beziehung entsteht.

Ohne ein Wort zu sagen, wendet sie sich ab, und die beiden fangen wieder an zu kichern. Ich verstaue das Messer im Aktenkoffer. Ich weiß nicht, warum ich es rausgenommen habe. Als wir uns der Stelle nähern, an der ich aussteigen muss, habe ich den Koffer wieder fest verschlossen. Mr. Stanley macht eine große Ausnahme für mich und hält direkt vor dem Gebäude, in dem ich arbeite. Vom Heck des Busses aus lächle ich ihn an. Wir winken einander zu, als ich hinten aussteige.

Christchurch. Nicht gerade die Stadt der Engel. Neuseeland ist berühmt für Ruhe, Schafe und Hobbits. Christchurch ist berühmt für Gärten und Gewalt. Wirf eine Tüte Kleber in die Luft, und hundert Typen auf Stütze rennen sich gegenseitig über den Haufen, um daran zu schnüffeln. Es gibt hier nicht viel zu sehen. Jede Menge Gebäude, aber alle grau und völlig hinüber. Jede Menge Straßen. Die sind genauso grau – und die meiste Zeit im Jahr ist der Himmel es auch.

Die Stadt ist ein Betondschungel wie jede andere, aber mitten im Beton findet sich doch Platz für etwas Grün: Bäume, Sträucher, Blumen. Man kann keine zwanzig Schritte gehen, schon stößt man auf irgendein Fleckchen Natur. Große Teile der Stadt, wie zum Beispiel die botanischen Gärten, widmen sich der Aufgabe, dem Rest der Welt zu zeigen, wie geschickt wir darin sind, aus Samen Pflanzen entstehen zu lassen. In diesen Gärten gibt es tausende von Blumen und hunderte von Bäumen, aber nachts darf man sich dort nicht blicken lassen, weil man sonst erstochen oder erschossen würde, um dann als Leiche den Pflanzen beim Wachsen zu helfen.

Ich gehe ein paar Schritte, doch meine Langeweile lässt sich einfach nicht vertreiben. Das liegt an der Stadt. Niemand fühlt sich besonders inspiriert, wenn er von lauter Gebäuden umgeben ist, die hundert Jahre alt sind. Zwischen den Gebäuden befindet sich ein Labyrinth von Gassen, in dem sich jeder Drogensüchtige, der was auf sich hält, mit geschlossenen Augen zurechtfindet. Christchurchs Irre leben in diesen Gassen. Sollte sich ein Geschäftsmann oder eine Geschäftsfrau hierher wagen, hätten sie eine größere Chance, Jesus zu begegnen, als wieder rauszufinden, ohne belästigt oder vollgepisst worden zu sein. Und was das Einkaufen betrifft, nun, das gestaltet sich ungefähr so entspannt wie ein Auftritt Eddie Murphys vor dem Ku-Klux-Klan. Shoppen ist hier einfach nicht mehr in Mode, was man an den leeren Geschäften mit den »Zu Vermieten«- und »Zu Verkaufen«-Schildern sehen kann. Trotzdem findet man nirgends einen verdammten Parkplatz.

Wenn man sich mal die Zeit nimmt und sich um die eigene Achse dreht, sieht man die Port Hills im Süden, und im Osten, Westen und Norden nichts außer jeder Menge platter Landschaft. Christchurch wurde zu einem der freundlichsten Orte der Welt gewählt. Ich habe keine Ahnung, von wem. Auf jeden Fall von niemandem, den ich kenne. Aber Christchurch ist trotz allem meine Heimat.

Die Luft flimmert vor Hitze, und von weitem sieht es so aus, als seien die Straßen nass. Alle haben die Fenster ihrer Autos heruntergekurbelt, die Arme der Fahrer hängen in der Brise, und

Zigarettenasche fällt auf den Bürgersteig. Der Verkehr rauscht so dicht gedrängt vorüber, dass ich mich nicht einfach durchschlängeln kann, also drücke ich den Knopf an der Ampel und warte. Als es grün wird und der Piepton zu hören ist, warte ich noch ein paar Sekunden, bis die letzten Wagen vorbei sind, die noch bei Rot durchrasen. Dann gehe ich über die Straße. Ich rolle die Ärmel hoch. Die Luft fühlt sich gut an auf meinen Unterarmen. Ich spüre, wie mir der Schweiß über den ganzen Körper rinnt.

Zwei Minuten später habe ich das Gebäude erreicht, in dem ich arbeite.

Mein Ziel ist der dritte Stock, wobei ich die Treppe nehme, denn Autos zu stehlen verschafft einem nicht gerade ausreichende sportliche Betätigung. Unten stinkt das Treppenhaus nach Urin, doch je höher ich komme, umso intensiver wird der Geruch nach Desinfektionsmitteln. Im dritten Stock betrete ich das Besprechungszimmer, lege meinen verschlossenen Aktenkoffer auf den Tisch und stelle mich vor die Fotos, die an der Wand hängen.

»Morgen, Joe. Wie geht's dir heute?«

Ich mustere den Mann, neben dem ich jetzt stehe. Schroder ist ein großer Kerl mit mehr Muskeln als Hirn. Wie der typische Held in einem Actionfilm sieht er auf raue Art gut aus, doch ich bezweifle, ob er tatsächlich auch nur eine Spur Heroismus in sich hat. Er hasst diese Stadt so sehr wie jeder andere. Schroder hat kurze, graue Stoppelhaare, die besser zu einem sechzigjährigen Sergeant in einer Ausbildungskompanie passen würden als zu diesem vierzigjährigen Detective der Mordkommission. Der Stress hat ihm Falten in Stirn und Gesicht gegraben, wofür zweifellos ich verantwortlich bin. Im Augenblick versucht er wie ein hart arbeitender Ermittler auszusehen, was ihm angesichts des teuren Hemds mit den aufgerollten Ärmeln und der gelockerten Designer-Krawatte auch hervorragend gelingt. Hinter seinem Ohr klemmt ein Bleistift, und in der Hand hält er einen zweiten, auf dem er herumgekaut hat, bevor er mich grüßte. Sein einer Fuß steht ein Stückchen vor dem anderen, als stünde er kurz davor, sich auf die Wand zu stürzen und dagegen zu hämmern.

»Morgen, Detective Schroder.« Ich nicke in Richtung der Fotos, als wollte ich meiner Bemerkung Nachdruck verleihen. »Irgendwelche neuen Spuren?«

Detective Inspector Schroder ist der leitende Ermittler in diesem Fall, und zwar schon seit dem zweiten Mord. Er schüttelt den Kopf, wie um sich selbst zu widersprechen, streckt sich, drückt die Hände gegen den Rücken, als wollte er eine Verspannung lösen, und wendet sich wieder den Fotos zu. »Noch nicht, Joe. Nur neue Opfer.«

Ich antworte nicht sofort, sondern tue so, als müsse ich über das nachdenken, was er gesagt hat. Gründlich überlegen und die Worte erst mal verarbeiten. Wenn ich vor einem Cop stehe, ist es wichtig, mir damit besonders viel Zeit zu lassen.

»Oh. Ist das letzte Nacht passiert, Detective Schroder?«

Er nickt. »Dieser kranke Bastard ist in ihr Haus eingebrochen.«

Seine großen Fäuste zittern. Der Bleistift in seiner Hand zerbricht. Er wirft ihn auf den Tisch, wo sich bereits ein kleiner Friedhof zerbrochener Bleistifte befindet; dann greift er nach dem hinter seinem Ohr. Er muss einen ganzen Vorrat für solche Gelegenheiten haben. Ein paar Sekunden lang kaut er auf dem Stift herum, bevor er sich mir zuwendet und ihn ebenfalls zerbricht.

»Tut mir leid, Joe. Entschuldige meine Ausdrucksweise.«

»Schon okay. Sie sagen *neue Opfer*. Bedeutet das, es gab mehr als eins?«

»Man hat noch eine Frau gefunden. Im Kofferraum ihres Autos. Der Wagen stand in der Auffahrt zum Haus des Opfers.«

Ich atme heftig aus. »Unglaublich. Ich vermute mal, deswegen sind Sie der Ermittler, Detective Schroder, und nicht ich. Ich hätte nie im Kofferraum nachgeschaut. Sie wäre sogar jetzt noch drin, allein und alles.« Ich schüttle meine Fäuste wie der Detective. »Unglaublich. Ich wäre eine Riesenenttäuschung für alle gewesen«, füge ich mit zusammengebissenen Zähnen, aber so laut, dass er es hören kann, hinzu.

»Hey, Joe, mach dich nicht verrückt. Auch ich habe zuerst nicht im Kofferraum nachgesehen. Wir haben das zweite Opfer erst heute Morgen entdeckt.«

Er lügt. Sein raues Gesicht blickt mich voller Mitleid an.

»Wirklich?«

Er nickt. »Aber klar doch.«

»Kann ich Ihnen einen Kaffee bringen, Detective Schroder?«

»Ja, danke, Joe. Aber nur, wenn's dir keine Umstände macht.«

»Es macht überhaupt keine Umstände. Schwarz, ein Stück Zucker, richtig?«

»Zwei Stück Zucker, Joe.«

»Richtig.« Ich achte darauf, dass er mich jedes Mal daran erinnern muss. »Kann ich meinen Aktenkoffer hier auf dem Tisch stehenlassen, Detective Schroder?«

»Nur zu. Was schleppst du eigentlich rum in diesem Ding?«

Ich zucke mit den Schultern und sehe weg. »Ach wissen Sie, Detective, bloß ein paar Unterlagen und so.«

»Hab ich mir gedacht.«

Schwachsinn. Der Bastard glaubt, dass mein Mittagessen drin ist und höchstens noch ein Comic. Wie auch immer. Ich verlasse den Raum und trete auf den Gang, wo ich mich inmitten Dutzender Beamter, Wachtmeister und Ermittler bewege. Ich gehe an mehreren winzigen Arbeitsbereichen vorbei direkt zur Kaffeemaschine. Sie ist leicht zu bedienen, doch ich sorge dafür, dass es sehr kompliziert aussieht. Ich habe Durst, also lasse ich mir zuerst selbst einen Becher raus und trinke ihn schnell, denn er ist nicht sehr heiß. Außerdem muss man diesen Kaffee schnell trinken, denn er schmeckt wie Schmutzwasser. Die meisten anderen Cops nicken mir zu. Sie grüßen auf diese stumme Art, die im Augenblick in Mode ist – abruptes Nicken, Heben der Augenbrauen – , und bei der man sich unwohl fühlt, wenn man mehrfach hintereinander denselben Leuten begegnet. Irgendwann kommt man nicht mehr um einen kleinen Small Talk herum. Die Montage sind okay, denn da fragen sie einen, wie das Wochenende war, und die Freitage sind auch okay, denn dann fragen sie, was man am Wochenende vorhat, aber die Tage dazwischen sind wirklich hart.

Ich fülle Schroders Becher. Schwarz. Zwei Stück Zucker.

Während der letzten Monate ging es auf dem Revier ziemlich hektisch zu. Überall sah man gestresste und besorgte Ermittler. Am Mordtag und am Tag darauf ist die Hektik immer am größten. Stündlich werden Besprechungen abgehalten. Abgetippte Aussagen von Leuten, die das Opfer kannten, werden von aufmerksamen Augen gelesen, die nach entscheidenden Hinweisen oder Widersprüchen suchen. Informationen werden gesammelt und als Indizien behandelt – und sofort wieder vergessen, wenn ein weiterer Mord geschieht. Nach so vielen Morden haben die Ermittler noch immer nichts in der Hand. In gewisser Weise fühle ich mich deswegen sogar schlecht – all diese endlose Arbeit, die zu nichts führt. Im Lauf des Tages tauchen dann ständig Reporter auf, sobald sie erfahren haben, dass ein neues Indiz entdeckt, mit einem neuen Zeugen gesprochen oder – und das ist ihnen am liebsten – ein neues Opfer gefunden wurde. Letzteres sorgt dafür, dass sie noch mehr Zeitungen verkaufen und die Werbeeinnahmen der Radio- und Fernsehstationen steigen, sobald die Berichte gesendet werden. Jedem, der das Gebäude betritt oder verlässt und der wie ein Polizist aussieht, schleudern die Reporter ihre Fragen entgegen. Kameras werden geschwenkt und Mikrofone umklammert. Dieser ganze Aufwand – und dann ignorieren sie den einzigen Menschen, der ihnen den sensationellen Insiderbericht liefern könnte.

Ich bringe den Kaffee zurück ins Besprechungszimmer. Inzwischen haben sich dort weitere Ermittler versammelt. Ich spüre die gedrückte Stimmung, den verzweifelten Wunsch, denjenigen zu erwischen, der ihnen und ihrer Stadt so was antut. Der Raum riecht nach Schweiß und billigem Aftershave. Lächelnd reiche ich Schroder den Kaffee. Er bedankt sich bei mir. Ich nehme meinen Aktenkoffer und gehe, ohne dass die Messer einen Mucks machen.

Mein Büro liegt auf der selben Etage. Im Gegensatz zu den von Trennwänden abgeteilten Boxen der anderen habe ich ein richtiges Zimmer. Es liegt am Ende des Korridors, direkt gegenüber den Toiletten. An der Tür steht mein Name auf einem dieser kleinen goldenen Schilder mit schwarzen Buchstaben. Joe. Kein Nachname. Keine weiteren Initialen. Einfach nur »Joe«. Wie ein alltäglicher, durchschnittlicher Joe. Tja, genau das bin ich. Alltäglich und durchschnittlich.

Meine Hand liegt schon auf der Türklinke, die ich gerade runterdrücken will, als sie von hinten an mich herantritt und mir auf die Schulter klopft.

»Wie geht's dir heute, Joe?«

Ihre Stimme ist ziemlich laut, und sie spricht ein wenig langsam, als müsste sie die Sprachbarriere gegenüber einem Marsmenschen überwinden.

Ich ringe mir ein Lächeln ab – dasselbe, das auch Detective Schroder jedes Mal zu sehen bekommt, wenn er mir was Nettes sagt. Ich schenke ihr ein großes Kinderlächeln, bei dem man alle meine Zähne sehen kann, und reiße die Lippen so weit wie möglich auseinander.

»Guten Morgen, Sally. Mir geht's gut. Danke der Nachfrage.«

Sally grinst mich an. Sie trägt einen schwarzen Overall, der ihr etwas zu groß ist und nicht verbergen kann, dass sie selbst etwas zu voluminös ist. Nicht dick, nur irgendwo zwischen kräftig und ein bisschen rundlich. Sie hat ein hübsches Gesicht, wenn sie lacht, aber es ist nicht so hübsch, dass jemand ihre zusätzlichen Pfunde ignorieren und ihr einen Ring an den Finger stecken würde. Jetzt, mit fünfundzwanzig Jahren, schwinden nur ihre Chancen und nicht ihr Gewicht. Ein paar Schmutzflecken auf ihrer Stirn wirken wie eine abklingende Schwellung. Sie hat ihr blondes Haar zu einem Pferdeschwanz gebunden, doch es sieht nicht so aus, als sei es in den letzten Wochen mal gewaschen worden. Ihr Äußeres lässt nicht unbedingt darauf schließen, dass sie etwas unterbelichtet ist. Erst wenn sie spricht, wird einem klar, dass man sich mit jemandem unterhält, bei dem zwar die Lichter brennen, wo aber niemand zu Hause ist.

»Kann ich dir einen Kaffee holen, Joe? Oder einen Orangensaft?«

»Ich hab alles, was ich brauche, Sally. Aber es ist nett, dass du fragst.«

Ich öffne meine Tür und schaffe einen halben Schritt nach drinnen, bevor sie mir wieder auf die Schulter klopft.

»Bist du sicher? Es wär kein Problem. Wirklich nicht.«

»Ich habe gerade keinen Durst. Vielleicht später.«

»Na dann, einen schönen Tag noch, okay?«

Aber klar. Ich nicke langsam. »Okay.« Und einen Augenblick später schaffe ich den Rest des Weges in mein Büro und schließe die Tür.

Kapitel 6

Auf dem Weg zum Aufzug grüßt Sally jeden den sie kennt, und all denjenigen, die nicht in Hörweite sind, winkt sie kurz zu. Sie drückt den Knopf und wartet geduldig. Nie hat sie das Bedürfnis, mehrmals hintereinander zu drücken, wie das die anderen machen. Der Aufzug ist leer, und das ist schade, denn sie hätte sich auf dem Weg in ihr Stockwerk gerne mit jemandem unterhalten.

41

Sie denkt an Joe, denkt daran, was für ein netter junger Mann er ist. Sie konnte schon immer erkennen, wie die Leute wirklich sind, und sie weiß, dass Joe ein wunderbarer Mensch ist. Was eigentlich für die meisten zutrifft, denkt sie, denn schließlich hat Gott einen jeden nach seinem Ebenbild geschaffen. Trotzdem wünscht sie sich, dass es mehr Menschen wie Joe gäbe. Wünscht sich, es gäbe mehr, was sie für ihn tun könnte.

Als der Aufzug hält, steigt sie aus, bereit, allen ein Lächeln zu schenken, doch der Korridor ist leer. Sie geht bis zum Ende des Ganges und dann durch eine Tür mit der Aufschrift »Hauswartung«. Der Raum ist voll ordentlich aufgeräumter Regale, auf denen sich mehrere Arten von Werkzeugen befinden – einige davon elektrisch –, sowie Holz- und Metallleisten unterschiedlicher Form und Größe, verschiedene Arten von Deckeneinsätzen, Boden- und Wandkacheln, Dosen voller Kleister und Schmierfett, Gläser voller Schrauben, Nägel und Klemmen, eine Wasserwaage, verschiedene Sägen, verschiedene Ausführungen von einfach allem.

Sie geht zum Fenster und greift nach dem Glas Orangensaft, das sie zwanzig Minuten zuvor dort abgestellt hat, kurz bevor sie nach unten gerannt ist, um Joe Guten Tag zu sagen. Sie ist nicht sicher, warum sie sich die Mühe gemacht hat. Wahrscheinlich wegen Martin. Während dieser beiden Tage im Jahr denkt sie mehr an Martin als sonst, und das hat sie irgendwie dazu gebracht, an Joe zu denken. Leute, die nicht zu ihrer Familie gehörten, taten nicht viel, um Martin zu helfen. Einige, vor allem die Kinder in der Schule, haben sich sogar besondere Mühe gegeben, ihm das Leben schwer zu machen. Wie es allen Kindern ergeht, die anders sind. Und das wird auch immer so sein, denkt sie, als sie an ihrem Orangensaft nippt. Der Saft ist wärmer, als sie es mag, doch der Geschmack malt immer noch ein Lächeln auf ihr Gesicht.

Sie leert das Glas und geht zu einer großen Kiste, in der dicht an dicht mit Papphüllen geschützte Neonröhren stecken. Sie nimmt zwei heraus, eine für dieses Stockwerk, die andere für das Erdgeschoss.

Während sie die erste kaputte Röhre ersetzt, erinnert sie sich daran, wie Martins Behinderung ihr eigenes Leben verändert hat. Weil sie mit ihm zusammen aufwuchs, entwickelte sie den Wunsch, Krankenschwester zu werden. Sie wollte lernen Menschen zu helfen.

Die letzten drei Jahre hat sie eine Schwesternschule besucht, bis vor sechs Monaten. Es fiel ihr schwer, zu entscheiden, welchen Weg sie weiterverfolgen sollte, ob sie in einem Krankenhaus oder einem Pflegeheim arbeiten oder geistig Behinderten wie Martin und Joe helfen sollte. Möglichkeiten hätte es viele gegeben, doch sie bekam nie eine Chance. Martin starb, und dadurch wurde es schwieriger, den Wunsch zu verwirklichen, anderen zu helfen. Es gab zu viele Krankheiten da draußen, zu viele Viren. Selbst wenn man das Beste aus seinem Leben machte, die richtigen Dinge tat und die richtigen Entscheidungen traf, konnte man immer noch von irgendwas umgebracht werden, mit dem man geboren worden war und das die ganze Zeit nur darauf gewartet hatte zuzuschlagen. Es existierten einfach zu viele Möglichkeiten, zu Tode zu kommen. Als sie jedoch darüber nachdachte, was Martin wohl von ihr gewollt hätte, kam es ihr wie eine Schande vor, ihre Ausbildung jetzt noch abzubrechen. Sie konnte ihm nicht mehr helfen – und nichts hätte klarer und schmerzlicher sein können –, doch das brauchte sie nicht davon abzuhalten, anderen zu helfen.

Am Ende hielt sie aber etwas anderes davon ab. Vor zwei Jahren wurde bei ihrem Vater Parkinson festgestellt, und kurz darauf verlor er seine Arbeit. Seither war die Krankheit immer weiter fortgeschritten. Er konnte nicht mehr arbeiten, und die wöchentliche Sozialhilfe reichte nicht aus, um die Arztrechnungen zu bezahlen. Auch die Krankenversicherung trug kaum dazu bei, den neuen Albtraum, unter dem ihre Familie litt, zu bannen. So konnte sie sich den Luxus, ihre Ausbildung zu beenden, nicht mehr leisten. Ihre Familie brauchte sie. Sie musste nicht nur helfen, ihren Vater zu versorgen, sondern auch zum Überleben der Familie beitragen. Sie musste Geld verdienen. Sie wollte etwas dazu beisteuern, damit sie das alles überstanden.

Ein Freund ihres Vaters arbeitete als Hausmeister im Polizeigebäude. Dieser Freund war schon etwas älter und auf der Suche nach einem Assistenten, der eines Tages seine Stelle übernehmen würde. Sally akzeptierte den Job, und jetzt, sechs Monate später, hat sie bereits seinen Schreibtisch samt der Aussicht vor seinem Fenster geerbt.

Sie steigt in den Aufzug und fährt an Joes Stockwerk vorbei ins Erdgeschoss, ohne der Versuchung nachzugeben, bei ihm vorbeizuschauen.

Kapitel 7

Das Polizeirevier ist eine zehn Stockwerke hohe Ödnis, die man aus Betonplatten und schlechtem Geschmack zusammengeschustert hat. Mein Zimmer ist klein, möglicherweise das kleinste im ganzen verdammten Gebäude. Doch es gehört allein mir. Ich teile es mit niemandem, und das ist das Wichtigste.

Ich stelle meinen Aktenkoffer auf die Arbeitsplatte, gehe zum Fenster und blicke über die Stadt. Draußen ist es heiß, hier drinnen ist es warm. Warm und stickig. Es ist ein wunderbares Wetter, um nicht zu arbeiten. Die Frauen auf den Straßen tragen Röcke und Tops, die aus so gut wie nichts bestehen. An einem guten Tag kann man ihnen von hier oben in die Kleider schauen. An einem wirklich guten Tag kann man ihre Brustwarzen erkennen. Am Abend werden all diese Frauen wieder verschwunden sein. Sie fürchten, das nächste Opfer zu werden, das riesengroß auf den Titelseiten erscheint. Nachts macht sich eine Stimmung von Anspannung und Angst breit, und das wird sich auch so schnell nicht ändern. Jetzt, untertags, tun diese Frauen alles, um den Eindruck zu erwecken, als könnte ihnen nichts Schlimmes zustoßen.

Ich wende mich vom Fenster ab und öffne den obersten Knopf meines Overalls. Mein Büro besteht im Wesentlichen aus einer etwa vier Meter langen Arbeitsfläche an der Fensterseite des Raums. Ein Stuhl bildet die andere Hälfte des Mobiliars. Überall in meinem Büro sind Farbdosen, jede Menge Lappen, Besen und Lösungsmittel verstaut, von denen ich manchmal Kopfweh bekomme. Es gibt Eimer und Mopps, Werkzeuge, Kabel, zusätzliche Regalbretter und Ersatzteile aller Art. Das Büro ist hell, weil es die meiste Zeit über Sonne abbekommt, und das ist gut so, denn nicht einmal die Hälfte der vier Neonröhren an der Decke funktioniert. Ich vergesse immer wieder, Sally darum zu bitten, sie zu ersetzen, und wenn es mir wieder einfällt, habe ich Angst, sie zu fragen. Ich bin sicher, sie ist vernarrt in mich, was vielen Frauen so geht, aber bei jemandem wie Sally ist mir das unheimlich.

Weil die Klimaanlage in meinem Büro nicht richtig funktioniert und das Fenster sich nicht öffnen lässt, habe ich einen elektrischen Ventilator auf meinem Schreibtisch stehen, der laut surrt, wenn ich ihn einschalte. Daneben ein Kaffeebecher mit meinem Namen. Ein wohl überlegtes Geschenk meiner Mutter. Am einen Ende meiner Arbeitsfläche befindet sich ein gerahmtes Foto von Pickle und Jehova.

Ich hole den Eimer aus der Ecke meines Zimmers, greife nach dem Mopp daneben und trete hinaus in den klimatisierten dritten Stock. Dann gehe ich in die Herrentoilette, wo es sogar noch kühler ist. Der Geruch nach Desinfektionsmitteln ist so stark, dass ich durch den Mund atmen muss, um nicht ohnmächtig zu werden.

»Hi, Joe.«

Ich drehe mich um und entdecke einen Mann, der mithilfe einer Handvoll Haargel und einem dürftigen Schnauzbart zu verhindern sucht, dass er wie ein Waschlappen aussieht.

»Morgen, Constable Clyde«, sage ich und stelle den Eimer auf den Boden.

»Ein schöner Morgen, Joe, was?«

»Oh ja, Constable Clyde«, antworte ich und bestätige damit seine außerordentlich scharfsinnige Beobachtung. Doch genau genommen ist es nicht nur ein schöner Morgen. Es war auch eine schöne Woche.

Ich starre die Wand an und versuche, seinen kleinen Pimmel zu übersehen, denn es dauert einige Zeit, bis er sich endlich erleichtert hat. Er beugt die Knie, als er den Reißverschluss zuzieht, als bräuchte er so viel Schwung wie nur möglich, um seine Hose zu schließen. Er wäscht sich nicht die Hände.

»Schönen Tag noch, Joe«, sagt er und lächelt mich mitleidig an.

Ich lasse Wasser in meinen Eimer laufen. »Ich tu mein Bestes.«

Er blinzelt mir zu und formt die Finger zu einer Pistole. Er schießt damit auf mich und schnalzt beim Hinausgehen mit der Zunge. Nachdem der Eimer voll ist und ich das Putzmittel reingeschüttet habe, wische ich mit dem Mopp den Toilettenboden. Schon bald fängt das Linoleum an zu glänzen und wird zu einer Gefahr für die Gesundheit. Ich stelle ein Plastikschild auf den Boden, das mit dem Wort »Vorsicht« beschriftet ist. Es informiert darüber, dass der Boden feucht ist, und zeigt ein rotes Strichmännchen, das gerade ausrutscht und kurz davor steht, sich den makellos runden Strichmännchenkopf aufzuschlagen.

Ich arbeite nun schon seit vier Jahren hier. Davor war ich arbeitslos. Ich kann mich dran erinnern, jemanden umgebracht zu haben. Den Namen weiß ich zwar nicht mehr, aber das war mein erster. Don oder Dan, glaube ich. Was bedeutet schon ein Name? Damals war ich achtundzwanzig. Meine Fantasien über eine solche Tat verschmolzen mit dem Verlangen, sie auszuführen, und schließlich musste ich es unbedingt wissen. Die Wirklichkeit war besser als die Fantasie, wenn auch viel blutiger, doch es war eine notwendige Erfahrung, und wie man so sagt: Übung macht den Meister. Ron oder Jim oder Don, oder wie immer er auch hieß, muss ein wichtiger Typ gewesen sein, denn zwei Monate nachdem man seine Leiche gefunden hatte, wurde eine Belohnung von fünfzigtausend Dollar ausgesetzt. Als ich ihn umbrachte, hatte er nur ein paar hundert Dollar in seiner Tasche, also fühlte ich mich regelrecht betrogen. Als ob Gott oder das Schicksal sich über mich lustig machten.

Ich fing an, nervös zu werden. Unruhig. Ich musste wissen, ob die Polizei kurz davor stand, mich festzunehmen. Ich konnte nicht anders. Das Bedürfnis zu erfahren, wie weit die Ermittlungen vorangekommen waren, brachte mich in diesen zwei Monaten um den Schlaf. Ich konnte förmlich spüren, wie ich langsam zusammenbrach. Jeden Morgen starrte ich auf meine beschissene Aussicht und fragte mich, ob es das letzte Mal war, dass ich sie sah. Ich fing an zu trinken. Ich ernährte mich schlecht. Ich wurde zu einem so verzweifelten Wrack, dass ich die mutigste Tat meines Lebens vollbrachte: Ich ging aufs Polizeirevier und »gestand«.

Detective Inspector Schroder hat sich um mich gekümmert. Ich hatte keine Angst. Ich war viel zu gerissen, um Angst zu haben, viel gerissener als jeder Cop. Ich hatte keine Spuren hinterlassen, denn ich hatte die Leiche verbrannt, wodurch die von mir stammende DNS zerstört worden war. Dann hatte ich den verbrannten Kadaver in einen Fluss geworfen, und so waren alle möglicherweise noch vorhandenen DNS-Reste fortgespült worden. Ich wusste, was ich tat. Würde ich es noch mal machen? Definitiv nicht.

Zwei Beamte saßen mir in einem kleinen Verhörzimmer gegenüber. Der Raum besaß vier Betonwände und keine Aussicht. In der Mitte standen ein Holztisch und ein paar Stühle.

Topfpflanzen gab es keine. Keine Gemälde. Nur einen Spiegel. Die Beine an der Vorderseite meines Stuhls waren ein klein wenig kürzer, sodass ich ständig nach vorn rutschte, was ziemlich unbequem war. Ein Tonband stand auf dem Tisch. Heute putze ich diesen Raum jede Woche.

Zuerst sagte ich, ich wolle den Mord an der Frau gestehen, die vor ein paar Monaten umgebracht worden war.

»Welche Frau, Sir?«

»Sie wissen schon. Die, die tot ist und für die es eine Belohnung gibt.«

»Das war ein Mann, Sir.«

»Genau. Den hab ich umgebracht. Kann ich jetzt mein Geld haben?«

Sie hatten keine Probleme damit, meine Geschichte anzuzweifeln. Als ich die Belohnung verlangte und behauptete, ich hätte sie verdient, weil ich ihn umgebracht habe, und als ich auf die Frage, wo ich auf mein Opfer eingestochen hätte, antwortete »draußen irgendwo« – da war meine Rolle als »Joe, der etwas zurückgeblieben ist« perfekt etabliert. Während ich mich innerhalb weniger Sekunden von Hannibal Lecter in Forrest Gump verwandelte, wurde mir klar, dass die Polizei überhaupt keine Verdächtigen hatte. Die Belohnung bekam ich nicht, dafür jedoch Kaffee und ein Sandwich. Nachdem ich in jener Nacht nach Hause gekommen war, schlief ich wie ein Stein. Am nächsten Tag fühlte ich mich wie ein neuer Mensch. Ich fühlte mich fantastisch.

Als ich wiederkam, um noch ein Geständnis abzulegen – diesmal ging es um einen Mord, über den ich rein gar nichts wusste –, hatten sie Mitleid mit mir. Ich war ein netter Kerl, so viel war ihnen klar, der an den falschen Orten Aufmerksamkeit suchte. Als dann jemand von ihrem Reinigungspersonal »zufällig« verschwand, bewarb ich mich um die Stelle und erhielt sie auch. Weil wir in einer Welt leben, die politisch besonders korrekt sein will, muss jede Behörde im ganzen Land laut Regierungsverordnung eine bestimmte Quote erfüllen, wenn es um Neueinstellungen von Leuten geht, die geistig oder körperlich nicht ganz auf der Höhe sind. Die Polizisten schienen glücklich zu sein, mich einstellen zu können, da sie der Ansicht waren, ich müsse nicht viel mehr können, als einen Staubsauger bedienen und einen Mopp ins Wasser stellen. Sie konnten entweder mich nehmen oder sich auf die Lotterie einlassen, einen anderen Behinderten auszuwählen.

Und so bin ich jetzt der harmlose Typ, der mit Besen und Mopp durch die Korridore zieht, ein Lakai, der gerade mal den Mindestlohn bekommt. Aber wenigstens liegen die schlaflosen Nächte hinter mir.

Üblicherweise brauche ich eine Stunde, um die Herrentoiletten zu reinigen, und heute ist das auch nicht anders. Als ich fertig bin, gehe ich in die Damentoilette, wobei ich als Erstes ein Schild an die Tür hänge, das darauf hinweist, dass gerade sauber gemacht wird. Frauen kommen nie rein, solange ich putze. Vielleicht halten sie das rote Strichmännchen auf dem Schild für einen Perversen. Wenn ich fertig bin, leere ich den Eimer und trage ihn zusammen mit dem Mopp zurück in mein Büro. Ich hole mir einen Besen und fege damit die Korridore und den Boden vor den kleinen Arbeitsbereichen, wobei ich mich immer weiter auf das Besprechungszimmer zu bewege. Sobald ich es erreicht habe, brauche ich mich nicht mehr darum zu bemühen, unsichtbar zu erscheinen, denn ich bin der Einzige in diesem Raum. Die tägliche Arbeit hat begonnen. Man hat Spuren gefunden. Indizien, denen man folgen muss. Gebete, die nicht erhört werden.

Ich lehne den Besen gegen die Tür. Das Besprechungszimmer ist ziemlich groß. Rechts zieht sich ein Fenster über die gesamte Breite des Raums, von dem aus man einen Blick über die ganze Stadt hat. Links sieht man durch ein weiteres Fenster auf den übrigen dritten Stock. Im Augenblick kann man nur dünne, graue Jalousien erkennen, die allesamt geschlossen sind. In der Mitte des Zimmers steht ein langer, rechteckiger Tisch mit mehreren Stühlen darum. Früher wurde der Raum für Verhöre benutzt, weil er so einschüchternd wirkt. Bei so einer Gelegenheit wurden Hunderte Fotos an den Wänden aufgehängt und Papiere auf dem Boden gestapelt, und Beamte mit Akten auf den Armen gingen vor dem Fenster hin und her, bevor sie kurz vorbeischauten und dem Ermittler, der das Verhör führte, was zuflüsterten. Die Mordwaffe lag dann ebenfalls irgendwo in der Nähe, wo der Verdächtige sie gut sehen konnte, und schon bald glaubte er, dass die Ermittler genügend Informationen über ihn hatten, und er brach unter dem Druck zusammen. In der Ecke neben dem Fenster steht eine große Topfpflanze. Ich gieße sie besonders sorgfältig.

Wieder trete ich vor die Wand mit den Fotos. Man hat Bilder der Opfer und der Tatorte an ein langes Korkbrett gepinnt. Auch Fotos der letzten Opfer, Angela Durry und Martha Harris, hängen dort, was insgesamt sieben Leichen während der letzten dreißig Monate ergibt. Sieben ungelöste Mordfälle. Bereits nach zweien war den Beamten klar, dass es eine Verbindung gab, trotz eines unterschiedlichen MO, des Modus Operandi. Ein MO ergibt sich aus allem, was sich bei der Durchführung der jeweiligen Verbrechen ähnelt – dieselbe Waffe, die Einbruchsmethode, die Art, wie der Täter sein Opfer angreift. Das ist was anderes als die so genannte Signatur. Die Signatur ist das, was der Killer tun muss, um seine Befriedigung zu erreichen – vielleicht masturbiert er über der Leiche oder folgt einem bestimmten Drehbuch oder zwingt sein Opfer, eine bestimmte Rolle zu übernehmen. Einen MO kann man verbessern. Bei meinem ersten Einbruch in ein Haus habe ich ein Fenster eingeschlagen. Später ist mir klar geworden, dass das Glas nicht splittert und weniger Lärm entsteht, wenn man ein paar Klebestreifen anbringt. Danach habe ich gelernt, wie man ein Schloss knackt.

Eine Signatur kann man nicht verbessern. Eine Signatur ist das, worum es bei einem Mord überhaupt geht. Sie ist der Lohn. Ich habe keine, weil ich keiner dieser kranken, perversen Bastarde bin, die Frauen umbringen, weil sie das für ihre sexuelle Befriedigung brauchen. Ich mache es aus Spaß. Und das ist ein großer Unterschied.

Ich bin nur für sechs der sieben ungelösten Mordfälle verantwortlich. Der siebte wurde mir aufs Auge gedrückt, weil die Polizei unfähig ist. Doch es ist schon komisch, wie die Dinge in dieser Welt dazu neigen, einen gewissen Ausgleich zu schaffen; eine Frau, die ich umgebracht habe, ist nämlich nie mehr aufgetaucht. Und wo ist sie?

Auf einem Dauerparkplatz. Ich habe ihre Leiche im Kofferraum ihres Autos verstaut, bin in die Stadt gefahren, habe mir in einem Parkhaus ein Ticket besorgt und den Wagen auf dem obersten Parkdeck abgestellt. Es kommt nur sehr selten vor, dass das Gebäude so voll wird, dass jemand seinen Wagen ganz oben abstellt. Ich habe ihre Leiche in eine Plastikplane gewickelt, weil ich dachte, dass das den Geruch vielleicht ein oder zwei Tage zurückhält. Drei, wenn ich Glück habe. Und sollte ich wirklich das ganz große Los gezogen haben, würde eine Woche lang keiner nach oben kommen.

Sie war die zweite von meinen sieben, und sie ist immer noch dort. Der Wind braust durch das frei liegende oberste Parkdeck und vertreibt den Geruch. Gut möglich, dass bisher noch niemand dort oben war.

Ich wäre nie auf die Idee gekommen, im Kofferraum nachzuschauen, Detective Schroder.

Ich habe das Ticket noch immer als Andenken. Es liegt bei mir zu Hause unter der Matratze versteckt.

Als ich anfing, dachte ich, es ist das Wichtigste, die Leiche verschwinden zu lassen. Davon bin ich aber bald abgekommen, denn in allen anderen Fällen wurde die Leiche am Ende ohnehin gefunden, und nach der Identifizierung marschierten die Cops immer zuerst in die Wohnung des Opfers. Also hatte ich mir diese zusätzliche Arbeit ganz umsonst gemacht. Nun, wie heißt es so schön? Man lernt nie aus. Also hab ich sie von da an einfach in ihren Wohnungen gelassen.

Die Frau auf dem Dauerparkplatz fehlt unter den Gesichtern, die mich ansehen. Stattdessen starrt mir eine Fremde entgegen. Nummer vier meiner angeblichen sieben. Ich kenne ihren Namen, und ich kenne ihr Gesicht, doch ich hatte sie noch nie gesehen, bevor ihr Bild hier angepinnt wurde. Sie ist jetzt schon seit sechs Wochen da, und jeden Tag lege ich eine kleine Pause ein, um ihr Gesicht zu betrachten. Daniela Walker. Blond, hübsch, mein Typ Frau – doch leider hatte ich nicht das Vergnügen. Noch im Tod funkeln die Augen im Gesicht der Leiche wie sanfte Smaragde. Es gibt Fotos von ihr vor und nach ihrem Tod. Wegen der Bilder wollte Detective Inspector Schroder zuerst nicht, dass ich hier reinkomme. Aber entweder hat er das inzwischen einfach vergessen, oder es macht ihm nichts mehr aus.

Das Bild der lebenden Daniela Walker zeigt sie etwa zwei oder drei Jahre vor ihrem Tod als glückliche Frau Mitte dreißig. Ihr Haar schimmert über ihrer Schulter, als sie sich der Kamera zuwendet. Ihre Lippen öffnen sich zu einem Lächeln. Seit ihr Foto hier hängt, habe ich es keinen einzigen Tag mehr aus dem Kopf bekommen. Und warum?

Weil derjenige, der sie umgebracht hat, mir diesen Mord untergeschoben hat. Wer auch immer es war, er hatte zu viel Angst, um diese Leistung für sich zu beanspruchen; anstatt also zu versuchen, sich auf seine eigene Art stilvoll aus der Affäre zu ziehen, kommt er davon, indem er meinen Namen benutzt. Und das alles ohne meine Erlaubnis!

Ich betrachte die Fotos von Nummer vier. Eins im Leben. Eins im Tod. Die grünen Augen funkeln auf beiden.

Während der letzten sechs Wochen habe ich an kaum etwas

anderes gedacht, als daran, den Mann zu finden, der uns das angetan hat. Kann das so schwierig sein? Die Mittel dazu habe ich. Ich bin schlauer als jeder andere in dieser Abteilung, und wenn ich das sage, dann spricht da nicht nur mein Ego. Ich lasse meinen Blick über die Opfer gleiten. Ich mustere sie genau. Vierzehn Augen starren mich an. Beobachten mich. Sieben Augenpaare. Vertraute Gesichter.

Bis auf eins.

Eine Reihe tiefer Druckstellen bildet eine Halskette um Daniela Walkers Kehle, denn sie wurde erwürgt. Die Druckstellen sind deutlich voneinander abgesetzt, also kann es kein Schal oder Seil gewesen sein; es sieht eher aus, als stammten sie von Knöcheln. Mit den Knöcheln kann man kräftiger zudrücken als mit den Fingern. Außerdem ist es schwieriger, sich dagegen zu verteidigen. Das Problem beim Erwürgen besteht allerdings darin, dass es vier bis sechs Minuten dauert, bis man fertig ist. Gut, irgendwann während der ersten Minute hören sie auf sich zu wehren, doch man muss den Druck noch mindestens weitere drei Minuten lang aufrechterhalten, um dem Körper die Sauerstoffzufuhr abzuschneiden. Das sind drei Minuten, die ich für was Besseres nutzen könnte. Wenn man die Knöchel benutzt, steigt die Chance, dass man die Luftröhre des Opfers zerquetscht.

Unter der Pinnwand befinden sich mehrere Regale, und darauf liegen sieben Aktenstapel – einer pro Opfer. Es ist, als betrachte man eine Speisekarte, obwohl man schon vorher weiß, was man essen wird. Ich trete vor den vierten Stapel und nehme eine der Akten von oben herunter.

Jeder Ermittler, der an diesem Fall arbeitet, besitzt eine dieser Akten, und die zusätzlichen Exemplare stehen all denen zur Verfügung, die dem Fall möglicherweise noch zugeteilt werden.

Wie ich.

Ich öffne den Reißverschluss meines Overalls, schiebe die Akte hinein und schließe ihn wieder. Zurück vor die Wand der Toten.

Ich lächle den letzten beiden zu. Es ist ihr erster Morgen in dieser Gruppe. Sie lächeln nicht zurück.

Angela Durry. Die neununddreißigjährige leitende Mitarbeiterin einer Anwaltskanzlei. Sie ist an einem Ei erstickt.

Martha Harris. Eine zweiundsiebzigjährige Witwe. Ich brauchte ein Auto. Sie hat mich dabei ertappt, wie ich ihren Wagen gestohlen habe.

Ich nehme meine Sprühflasche und meine Lappen und gehe zum Fenster. Ich putze es fünf Minuten lang, während ich durch die Wasserstreifen und meine Spiegelung hindurch auf die Welt da draußen starre. Schließlich hab ich hier einen Job zu erledigen. Ich putze den riesigen Tisch und laufe dann kurz zurück in mein Büro, um den Staubsauger zu holen. Ich widme mich ausgiebig der Pflege der Topfpflanze und nehme die Mikrokassette aus dem Recorder, den ich dort versteckt habe, wobei ich darauf achte, den Recorder nur mit dem Lappen zu berühren. Dann stecke ich das Band in meine Tasche.

Ich verlasse das Besprechungszimmer so, wie ich es vorgefunden habe – nur sauberer und mit einer Akte weniger. Ich rolle den Staubsauger in den Vorratsraum auf der anderen Seite des Flurs und fange an, sauber zu machen. Weil niemand in der Nähe ist, besorge ich mir getreu dem Pfadfinder-Motto »allzeit bereit« ein paar neue Handschuhe, auch wenn ich heute Abend niemanden umbringen werde. Ich leide nicht unter dem Zwang, ständig Leute ermorden zu müssen. Ich bin kein Tier. Ich reagiere nicht irgendwelche Aggressionen ab, die aus meiner Kindheit stammen, während ich gleichzeitig nach Ausreden suche, warum ich töte. Ich verspüre kein Bedürfnis danach, mir einen Namen zu machen oder so berüchtigt zu werden wie Ted Bundy oder Jeffrey Dahmer. Bundy war ein Freak, der während und nach seinem Prozess jede Menge Groupies hatte, und er hat sogar geheiratet, nachdem er zum Tod verurteilt worden war. Er war ein Versager, der, nachdem er mehr als dreißig Frauen umgebracht hatte, geschnappt wurde. Ich will keinen Ruhm. Ich will nicht heiraten. Wenn ich auf Ruhm aus wäre, würde ich jemanden umbringen, der berühmt ist – wie dieser Typ namens Chapman, der John Lennon so sehr liebte, dass er ihn erschossen hat. Ich bin ein ganz gewöhnlicher Kerl. Joe, ein absoluter Durchschnittstyp. Der einfach ein Hobby hat. Ich bin kein Psychopath. Ich höre keine Stimmen. Ich töte nicht für Gott oder Satan oder den Nachbarshund. Ich bin nicht mal religiös. Ich töte für mich selbst. So simpel ist das. Ich mag Frauen, und ich möchte gerne Sachen mit ihnen machen, die sie mich nicht machen lassen. Es gibt wahrscheinlich zwei oder drei Milliarden Frauen auf der Welt. Eine pro Monat umzubringen, fällt nicht weiter ins Gewicht. Es kommt nur auf die Perspektive an.

Ich lasse noch ein paar andere Dinge mitgehen. Nichts Besonderes. Dinge, die die Beamten selbst immer wieder mitnehmen. Nichts, bei dem jemand bemerken würde, dass es fehlt. Hier merkt ohnehin niemand irgendwas. Der Vorratsraum ist schwer in Ordnung. Er liefert Vorräte ohne Ende. Es gibt keinen Grund, warum er ausgerechnet meine Vorräte nicht aufstocken sollte. Ich schaue auf die Uhr. Zwölf – Mittagspause. Ich gehe zurück in mein Büro. All die Werkzeuge, Drähte und Farben dort benutze ich nicht. Ich putze nur. Jeder hier glaubt, ich hätte den IQ einer Wassermelone. Aber das ist schon okay. Sogar mehr als das – es ist perfekt.

Kapitel 8

Mein Stuhl ist unbequem und mein Mittagessen ist nicht gerade großartig. Da ich vom Fenster aus einen hübschen Ausblick habe, beuge ich mich vor und betrachte einige Frauen, die als meine zukünftigen Geliebten infrage kommen. Soll ich hinuntergehen? Rausfinden, wo eine von ihnen arbeitet? Wo sie

wohnt? Um sie dann eines Nachts irgendwo dazwischen abzu-
passen?

Männer und Frauen schlendern hin und her und nutzen die
Straße an diesem warmen Mittag wie eine Single-Bar. Die Frau-
en ziehen sich an wie Huren und sind beleidigt, wenn die Männer sie anstarren. Die Männer ziehen sich an wie Zuhälter und
sind beleidigt, wenn niemand sie bemerkt.

Ich verwende mein Messer mit der fünf Zentimeter langen
Klinge, um meinen Apfel zu schneiden. In kleine Stücke, die ich
kaue, während ich mir ein Ziel ausspähe. Der Apfel ist saftig. Vor
jedem Bissen läuft mir das Wasser im Mund zusammen.

Natürlich kann ich nicht da runtergehen. Ich hab jetzt was
anderes zu tun, ein neues Hobby. Was wäre ich für ein Mensch,
würde ich mir ein neues Hobby suchen und es bereits nach einer Stunde wieder aufgeben? Ich wäre ein Versager. Jemand, der
nicht vollendet, was er angefangen hat. Und so bin ich nicht.
Sonst hätte ich es nie so weit gebracht.

Das Klopfen an der Tür reißt mich aus meinen Gedanken.
Niemand kommt je während meiner Mittagspause hierher, und
für einen winzigen Augenblick bin ich sicher, dass gleich die
Cops ins Zimmer stürmen und mich festnehmen werden. Ich
greife gerade nach meiner Aktentasche, als sich die Tür öffnet,
und einen Augenblick später steht Sally vor mir.

»Hi, Joe.«

Ich lehne mich zurück. »Hi, Sally.«

»Wie ist der Apfel? Ist er gut?«

»Er ist gut«, sage ich und schiebe mir schnell ein Stück in den
Mund, damit ich nicht noch mehr Konversation machen muss.
Verdammt, was will sie nur?

»Ich habe dir ein Thunfisch-Sandwich gemacht«, sagt sie,
schließt die Tür hinter sich und kommt zu mir rüber.

In meinem Büro gibt es nur einen Stuhl, und darauf sitze ich.
Ich biete ihn ihr nicht an, denn ich will nicht, dass sie bleibt. Ich

nehme ihr das Thunfisch-Sandwich ab und lächle sie an, um ihr gleichzeitig meine Dankbarkeit und meinen Mund voll Apfelstücken zu zeigen. Sie schenkt mir ein Lächeln, das verrät, dass sie mit mir schlafen würde, wenn ich sie doch nur fragen würde – *bitte, lieber Gott, wann fragt er denn endlich.* Aber das werde ich nicht tun. Ihre Thunfisch-Sandwichs sind ziemlich gut, aber *so* gut nun auch wieder nicht. Ich schlucke das Stück Apfel runter und nehme einen großen Bissen Thunfisch und Brot.

»Hmm«, sage ich und achte darauf, dass mir ein paar Krümel aus dem Mund fallen. Obwohl Sally dümmer ist als eine Karotte (und ich vermute, dass ihre Mutter die Sandwichs macht), muss ich auch in ihrer Gegenwart den guten alten Joe spielen, der so schwer von Begriff ist. Ich darf niemals zulassen, dass irgendjemand ahnt, wie intelligent ich wirklich bin, nicht einmal ein Schwachkopf wie sie.

Sally lehnt sich gegen die Arbeitsplatte und starrt zu mir herunter, während sie von einem identischen Sandwich abbeißt. Das bedeutet vermutlich, dass sie ein wenig bleiben möchte. Sie lächelt mich sogar noch beim Kauen an. Ich kann mich nicht erinnern, sie jemals ohne dieses dämliche Grinsen im Gesicht gesehen zu haben. Sie spricht mit mir, während ich esse. Erzählt von ihrer Mutter, ihrem Vater und ihrem Bruder. Sie sagt, dass ihr Bruder heute Geburtstag hat, aber ich mache mir nicht die Mühe zu fragen, wie alt er ist. Sie wird's mir ohnehin verraten.

»Einundzwanzig.«

»Bereitest du eine Feier vor?«, frage ich, weil das von mir erwartet wird.

Sie möchte was sagen, unterbricht sich aber, und ich sehe, dass sie wie üblich über das Verhältnis von Behinderten und nicht Behinderten nachdenkt und ihr vor lauter Grübeln bald nicht mal mehr klar ist, ob sie überhaupt einen Bruder hat und ob er heute wirklich einundzwanzig wird. Mag sein, Frauen kommen von der Venus, aber wo jemand wie Sally herkommt, weiß wirklich niemand.

»Wir machen nur eine ganz einfache Feier zu Hause«, sagt sie. Sie klingt traurig, und vermutlich würde ich auch traurig klingen, wenn ich bei mir zu Hause eine Familienfeier abhalten müsste. Sie greift nach dem Kruzifix, das sie um den Hals trägt. Ich fand es schon immer überaus paradox, dass manche geistig Behinderten nicht nur an Gott glauben, sondern Ihn auch noch für einen wunderbaren Kerl halten. Ihr Kruzifix besteht aus einem unförmigen Jesus aus Metall, der ans Kreuz gelötet wurde. Dieser Jesus macht ein gequältes Gesicht, aber nicht, weil er gekreuzigt wurde, sondern weil sein Kopf unbeweglich nach unten hängt, sodass er gezwungen ist, Sally ständig in den Ausschnitt zu schauen.

Ich spüre, wie die Minuten verrinnen. Die Akte steckt noch immer in meinem Overall. Ich will, dass Sally mich allein lässt, weiß aber nicht, wie ich es sagen soll. Ich fange mit dem zweiten Sandwich an, das sie mir gibt. Sie versucht, mich in ihre Konversation einzubeziehen, indem sie mich nach meiner eigenen Familie fragt. Zu diesem Thema könnte ich ihr nur die Information anbieten, dass meine Mutter verrückt und mein Vater tot ist, und da sich an beidem nie etwas ändern wird, behalte ich es für mich. Dann fragt sie mich, wie mein Tag bisher gelaufen ist, wie es gestern war und morgen sein wird. Das ist genauso schlimm, als würden wir über das Wetter sprechen – nichts als Konversationsfüllsel, an denen ich kaum desinteressierter sein könnte.

Nachdem ich zwanzig Minuten wirklich langsam gekaut und ebenso langsam genickt habe, während eine Ecke der Akte die ganze Zeit über meinen Magen kitzelt, streckt sich Sally schließlich und zieht ab, wobei sie mir in der Tür noch ein »Bis bald« zuruft. Sobald sie verschwunden ist, hole ich die Akte aus meinem Overall und lege sie auf die Arbeitsfläche. Nie zuvor war ich nervös, wenn ich was hierher gebracht habe, aber jetzt bin ich's. Sally könnte zurückkommen, aber ich denke, sie würde nicht verstehen, was sie da zu Gesicht bekäme, also ist es in Ordnung, wenn ich weitermache.

Vorsichtig wie ein Archäologe, der ein neu entdecktes Evangelium öffnet, schlage ich die erste Seite auf. Das Erste, was ich sehe, ist Daniela Walker. Sie sieht mit offenen Augen und Druckstellen am Hals zu mir auf. Ich ziehe das Foto raus und lege es mit dem Bild nach oben auf meine Arbeitsplatte. Es ist nur das erste in einer Serie von neun. Sie ist nicht auf allen zu sehen, aber auf den meisten.

Ich lege sie nebeneinander in eine Reihe, als spielte ich eine völlig abgedrehte Art von »Solitaire« mit unheimlichen Spielkarten. Auf vier Fotos blickt sie mich an, und ihre Haut scheint mit jedem neuen Bild etwas grauer zu werden. Die eincodierte Aufnahmezeit verrät, dass die Fotos im Verlauf einer Stunde entstanden sind, weswegen es durchaus sein kann, dass sich ihre Hautfarbe verändert hat. In der Tat, auf dem letzten Bild funkeln ihre grünen Augen nicht mehr. Sie haben die Färbung verdorbener Pflaumen angenommen. Die anderen sechs Fotos zeigen das Schlafzimmer aus verschiedenen Blickwinkeln.

Laut den Notizen in der Akte wurden einhundertzwanzig Aufnahmen gemacht – eine beeindruckende Sammlung – , und auf diesen Bildern sind viele einzelne Gegenstände aus dem Haus, andere Zimmer und das Gebäude von außen zu sehen. Die Auflistung dieser Fotos ist sehr spezifisch: Türen, Treppen, das Bett, Möbel, verschmierte Flecken auf den Türgriffen. Alles und jedes.

Ich studiere die Bilder gründlich, doch ich sehe nichts. Also schaue ich noch genauer hin. Ich versuche mir vorzustellen, dass ich in diesem Haus bin. Das ist schwierig, denn ich habe nur die Aufnahmen vom Schlafzimmer. Spontane Einsichten, die ich aufgrund meiner eigenen Erfahrung erwartet hätte, habe ich überhaupt keine.

Ich überfliege den Bericht. Ihr Ehemann hat sie gefunden; die

Leiche war vollständig in ein Bettlaken eingewickelt. Hat sich ihr Mörder nach der Tat schlecht gefühlt? Hat er die Leiche aus Taktgefühl verhüllt?

Ich lese den Bericht der Toxikologie. Ich brauche fast meine gesamte Mittagspause, um zu begreifen, dass der zehnseitige Report mir nur verrät, dass ich meine Zeit verschwendet habe und sich keinerlei Spuren von Drogen in ihrem Körper fanden. Auch kein Alkohol. Und keine Gifte.

Der Obduktionsbericht ist noch länger, aber nicht so kompliziert. Er ist leicht zu lesen, und ich kenne das Ergebnis schon, bevor ich das Ende erreicht habe. Mit einem außerordentlichen Mangel an emotionalem Engagement stellt er dar, was Daniela durchgemacht hat, wahrscheinlich, weil der Pathologe das alles zuvor schon mehrmals gesehen hat und es ihn inzwischen langweilt. Im Bericht finden sich einige vorgedruckte Skizzen, die den weiblichen Körper und seine Anatomie darstellen; die hat der Pathologe benutzt, um zu markieren, wo was während ihres Martyriums zu Schaden gekommen ist. Es gab keine Spermaspuren. Offenbar wurde ein Kondom benutzt. Der Mörder hat ihr Schamhaar gewaschen und gekämmt, um seine Haar- und Hautzellen zu beseitigen, die dort sonst zu finden sein müssten. Ich habe das noch nie gemacht, und ich werde es auch nicht tun, obwohl die Idee gar nicht so schlecht ist. Man muss wohl vermuten, dass der Killer keineswegs verrückt ist und dass er über gewisse Einsichten in die Arbeit der Polizei verfügt.

Sie hatte Blutergüsse an allen Stellen, wo man es erwarten würde, sowie zwei gebrochene Rippen. Der Täter hatte sie einmal gegen ein Auge und einmal auf den Mund geschlagen, und sie hatte noch andere, ältere Verletzungen im Gesicht; einige davon waren ihr erst zwei Monate vor ihrem Tod zugefügt worden. Sie hatte diese Verletzungen nicht gemeldet – Verletzungen, die sie sich nach Ansicht des Pathologen deshalb zugezogen hatte, weil sie regelmäßig verprügelt worden war. Also kannte Daniela schon, was ihr schließlich den Rest gab. Todesursache: Strangulation.

Der Rest des Autopsieberichts bringt nur noch das Übliche und ist uninteressant. Er liest sich wie die Notizen eines Automechanikers. Alle wichtigen Organe wurden der Leiche entnommen und untersucht. Das Gewicht der Organe. Die Größe ihres Gehirns. Detaillierte Kommentare zu Fotos, die während der Autopsie gemacht wurden, füllen zwei Seiten: Fotos der Hände, des Halses und der Füße. Ich mache mir nicht die Mühe, diesen Abschnitt genauer zu lesen.

Keine Fingerabdrücke. Der Killer hat Latex-Handschuhe benutzt, ähnlich denen, die auch ich verwende. Rückstände der Handschuhe, die von den Fingerteilen stammen, fanden sich auf den Türklinken. Weitere zahlreiche Rückstände gab es überall am Körper des Opfers. Der Killer muss zwei Paar Handschuhe übereinander getragen haben, da alle diese Abdrücke keine von Hautrillen herrührenden Unebenheiten aufwiesen. Einzig auf ihren Augenlidern fand man direkte Abdrücke, doch die waren so unvollständig, verschmiert und undeutlich, dass sie nicht zu verwenden sind. Das ist das Schöne an menschlicher Haut: Auf ihr bleiben Fingerabdrücke kaum haften. An einer anderen Stelle wurde allerdings ein Haar gefunden. Und Teppichfasern. Und Abdrücke von Schuhen. Alle, die man bisher zuordnen konnte, stammen vom Ehemann sowie von den Constables und Detectives, die am Tatort gearbeitet haben. Es ist unmöglich, einen Tatort von Kontaminationen frei zu halten. Um das zu erreichen, müsste sich das Zimmer in einer gewaltigen Kunststoffblase befinden, die niemand betreten dürfte, um die makellosen Spuren zu sichern.

Die Polizei verfügt über eigene Datenbanken mit der DNS der Ermittler, die direkt am Tatort beschäftigt sind. Dadurch können alle Spuren ausgeschlossen werden, die von den eigenen Beamtinnen und Beamten stammen. In einem nächsten Schritt nimmt man Blutproben von Familienmitgliedern, Freunden und Nachbarn des Opfers, um den möglichen Täterkreis weiter einzugrenzen. Letzte Nacht habe ich jede Menge Spuren hinterlassen: Speichel an den beiden Bierflaschen, Teppichfasern, Haare. Aber ich bin nicht vorbestraft. Es gibt nichts, das meinen Namen damit in Verbindung bringen könnte. Deshalb bin ich ein freier Mann.

Der Killer, der Daniela umgebracht hat, könnte vorbestraft sein.

Die Spuren, die ich hinterlasse, bilden die Verbindung zwischen meinen Morden. Ich weiß nicht, wer entschieden hat, dass Walker ebenfalls zum Kreis dieser Frauen gehört, doch das war eine schlechte Entscheidung.

Ich esse meinen Apfel zu Ende, mehr habe ich nicht. Keine Eier heute. Die Mittagspause ist fast vorbei, aber ich habe noch Zeit, mich ein wenig mit dem Autopsiebericht zu beschäftigen. Man hat ihr nach dem Tod die Fingernägel geschnitten, also wird sie den Killer wahrscheinlich gekratzt haben. Auch ich bin schon mehrmals gekratzt worden, allerdings nicht im Gesicht. Mir macht das nichts aus, das bringt die Arbeit eben so mit sich. Ich verzichte einfach darauf, die Ärmel hochzurollen, bis diese Kratzer verschwunden sind. Ich bin noch nie auf die Idee gekommen, jemandem hinterher die Fingernägel zu schneiden, um die Spuren zu verwischen. Warum sollte ich einem der Opfer die Nägel schneiden und das Schamhaar waschen, aber allen anderen nicht? Wie kann die Polizei diesen Todesfall in eine Reihe mit allen anderen stellen?

Ich lege die Fotos, die Berichte und die Mikrokassette aus dem Besprechungszimmer in meinen Aktenkoffer, schließe ihn ab und lasse ihn auf der Arbeitsplatte stehen. Dann gehe ich hoch in den dritten Stock, wo es mehr Zimmer, weniger Leute und keinen Besprechungsraum gibt. Hier wiederhole ich mit Mopp und Staubsauger dieselbe Prozedur wie unten. Ich grüße jeden. Alle lächeln mich an, als wäre ich ihr bester Freund.

Ich erledige meine Aufgabe, und ich erledige sie gut, weshalb ich auch schon um halb fünf Schluss machen kann, früher als jeder andere. Dadurch erreiche ich einen früheren Bus nach Hause. Ich grüße jeden auf meinem Weg nach draußen, und jeder wünscht mir einen schönen Abend. Ich wiederhole brav, dass ich mir alle Mühe geben werde. Sally ruft mir zum Abschied einen Gruß zu, aber ich tu so, als hätte ich nichts gehört.

Christchurch vibriert vor Leben. Autos verstopfen die Straßen. Fußgänger verstopfen die Bürgersteige. Ich bewege mich unter all diesen Menschen, und niemand weiß, wer ich bin. Sie schauen mich an und sehen nichts weiter als einen Mann in einem Overall. Ihr Leben liegt in meinen Händen, und ich bin der Einzige, der das weiß. Ich fühle mich einsam und mächtig zugleich.

Ein paar Leute warten an der Bushaltestelle, unauffällige Menschen, die ich hier und jetzt umbringen könnte, wenn ich wollte. Als der Bus ankommt, steige ich als Letzter ein. Wie üblich halte ich meinen Aktenkoffer in der Rechten und meinen Fahrschein in der Linken. Ich reiche ihn der Fahrerin.

»Hi, Joe.« Sie schenkt mir ein großes Lächeln.

»Hi, Miss Selena. Wie geht's Ihnen?«

»Sehr gut, Joe«, antwortet sie und entwertet meinen Fahrschein. »Ich hab dich gestern vermisst, Joe.«

Ich konnte ja wohl kaum mit dem Bus zu Angelas Haus fahren. »Ich war spät dran, Miss Selena.«

Sie gibt mir den Fahrschein zurück. Ich beobachte, wie sie sich bewegt, wie sie spricht, wie ihre Augen mich von oben bis unten mustern. Sie riecht nach Seife und Parfüm, und ich muss an andere Frauen denken, mit denen ich zusammen war. Ihr schulterlanges schwarzes Haar ist ein bisschen feucht. Ich kann nur vermuten, dass sie im Gedanken an unser Zusammentreffen geduscht hat. Wegen ihrer olivfarbenen Haut wirkt sie durchaus exotisch, und sie spricht mit einem erotischen Akzent. Sie hat einen hübschen, festen Körper und straffe Haut. Ihre blauen Augen fangen meinen Blick auf. Sie sieht mich ganz anders als Mr. Stanley. Er sieht eine fast erloschene Persönlichkeit, die in einem gesunden Körper gefangen ist. Miss Selena betrachtet mich als Mann, der sie befriedigen kann. Nicht zufällig streifen ihre Finger meine Hand. Sie will mich. Unglücklicherweise mag ich sie als Busfahrerin so sehr, dass ich ihr diesen Wunsch nicht erfüllen kann. Vielleicht sollte ich warten, bis sie einen anderen Job hat.

Ich gehe den Gang runter. Der Bus ist zwar nicht überfüllt, aber ich muss mir einen Platz neben jemandem suchen. Ich setze mich neben einen jungen Punker. Es würde mir nicht im Traum einfallen, mich mit ihm zu unterhalten, denn ich bezweifle, dass er über das Wetter sprechen könnte, ohne damit zu drohen, einem an die Gurgel zu gehen. Er ist vollkommen schwarz angezogen und trägt ein schwarzes Nietenhalsband. Er hat rote Haare, mehrere Nasenpiercings und Sicherheitsnadeln in den Ohrläppchen. Ein ganz gewöhnlicher Bürger dieser schönen Stadt. Eine Kette verläuft von seiner Unterlippe bis zu seinem Hals. Ich denke kurz darüber nach, ob ich daran ziehen soll. Vielleicht funktioniert sie ja wie eine Art mentale Klospülung. Sein T-Shirt teilt mir mit: *Keine Panik! Das mit deinem Hymen geht klar.*

Es ist halb sechs, als ich nach Hause komme. Ich öffne meinen Aktenkoffer, nehme die Mikrokassette raus und höre mir die Aufnahme an, während ich mich umziehe. Nichts Interessantes. Im Besprechungszimmer geben sie zu, dass sie nichts in der Hand haben. Den Medien gegenüber behaupten sie, sie hätten mehrere Spuren.

Ich unterdrücke ein Lachen und werfe das Band zurück in den Aktenkoffer. Morgen werde ich die Kassetten austauschen.

Ich sitze auf dem Sofa und beobachte meine Goldfische. Ich gebe ihnen Futter, und sie schwimmen nach oben und fangen an zu fressen. Obwohl ihr Gedächtnis nur fünf Sekunden umfasst, erkennen sie ihr Futter jedes Mal. Und sie erkennen mich. Wenn ich den Finger an den Rand des Glases lege, schwimmen sie darauf zu. Manchmal denke ich, dass wir in einer wunderbaren Gesellschaft leben würden, wenn jeder von uns nur eine Erinnerungsspanne von fünf Sekunden hätte. Ich könnte so viele Menschen umbringen wie ich will. Aber vielleicht würde ich mich dann gar nicht mehr daran erinnern, dass es mir Spaß macht, jemanden umzubringen, also wäre das Ganze vielleicht doch nicht so ideal. Vielleicht wäre ich gerade dabei, jemanden zu fesseln, und würde vergessen, warum ich überhaupt dort bin.

Nachdem Pickle und Jehova gefressen haben und wieder wie üblich im Kreis herumschwimmen, verlasse ich die Wohnung und gehe nach unten, den Aktenkoffer fest in der Hand. Ich laufe ein paar Blocks, während ich die Autos am Straßenrand mustere. Fünfzehn Minuten später fahre ich zu der Adresse, die auf der zweiten Seite der mitgebrachten Akte angegeben ist. Ich sitze in einem Honda Integra, bei dem der Geruch nach Zigaretten tief in die Sitze und Bodenmatten eingedrungen ist. Es ist ein 94er- oder 95er-Modell, weinrot, fünf Gänge, Einspritzmotor. Fährt sich ganz nett. Ich finde, Autos wie das hier sind leichter zu lenken, wenn keine Leiche im Kofferraum liegt. Langsam fahre ich an Daniela Walkers Haus vorbei. Es ist ein zweistöckiges Stadthaus, das aussieht, als sei es erst kürzlich gebaut worden – leuchtend roter Backstein, dunkelbraunes Stahldach, Fensterrahmen aus Aluminium. Ich bin überrascht, dass an keiner der Ecken ein Preisschild hängt. Der Garten sieht etwas verwildert aus, aber er ist nicht allzu groß: wenige Büsche, einige winzige Bäume, einzelne Beete voller Blumen. An denen auch kein Preisschild hängt. Steinplatten bilden die Auffahrt. Dazu ein kleiner Weg, mit Kopfsteinen gepflastert. Das Gras ist ausgedörrt und lang. Im Briefkasten stecken Werbeprospekte. Ein Gartenzwerg mit aufgemalter roter Hose und aufgemaltem blauen Hemd liegt seitlich ausgestreckt im Garten. Er sieht aus, als hätte man ihn erschossen.

Ich fahre um den Block, und als ich wieder zurückkomme, stelle ich zufrieden fest, dass mich niemand beobachtet. Ich parke vor dem Haus. Hüpfe aus dem Wagen, streiche meine Krawatte glatt, rücke mein Jackett zurecht und zupfe an meiner Hose, falls sie mir hinten in die Socken gerutscht sein sollte, denn dann würde ich wie ein Schwachkopf aussehen. Ich nehme meine Aktentasche mit zur Vordertür. Ich lasse sie nur selten irgendwo zurück.

Ich klopfe.

Warte.

Klopfe wieder.

Warte wieder.

Niemand zu Hause. Genau wie der Bericht behauptet hat. Seit dem Mord ist der Ehemann, meiner Meinung nach der Verdächtige Nummer eins, hier nicht mehr aufgetaucht. Seine Post wird an die Adresse seiner Eltern geliefert, wo er im Augenblick mit den Kindern wohnt.

Zwei Tage nach dem Mord hat die Polizei das Absperrband an der Vordertür abgenommen. Dieses Zeug gehört zu den Dingen, die nichts als Ärger machen. Die Vandalismus provozieren. Es ist, als würde man über einer großen Klingel ein Schild anbringen mit der Aufschrift: »Nicht klingeln«.

Ich krame in meiner Tasche und finde, versteckt unter einem Taschentuch, meine Schlüssel. Fummle etwa zehn Sekunden lang am Schloss herum. Darin bin ich gut.

Schnell werfe ich einen Blick über die Schulter auf die Straße. Ich bin völlig allein.

Ich öffne die Tür und gehe ins Haus.

Kapitel 9

Sally verlässt ihren Arbeitsplatz zur gleichen Zeit wie Joe, und obwohl sie versucht, ihn einzuholen und mehrere Male nach ihm ruft, hört er sie nicht. Er erreicht die Bushaltestelle, und einen Augenblick später fährt der Bus schon ab. Das ganze Fahrzeug vibriert und stößt eine Wolke Dieselrauch aus. Sie wüsste zu gern, wohin Joe fährt. Manchmal geht er zu Fuß, manchmal nimmt er den Bus. Lebt er bei seinen Eltern? Lebt er mit anderen zusammen, die so sind wie er? An Joe gefällt ihr besonders, dass er unabhängig zu sein scheint, und es würde sie nicht überraschen, wenn er irgendwo in einer eigenen Wohnung oder einem eigenen Apartment leben und für sich selbst sorgen würde. Hat er überhaupt eine Familie? Darüber spricht er nie. Aber sie hofft, dass es so ist. Die Vorstellung, dass Joe ganz allein auf dieser Welt lebt, ist beunruhigend. Sie muss sich mehr Mühe geben, an seinem Leben teilzuhaben, denn genau das würde sie auch von anderen Leuten erwarten, ginge es um Martin. Wenn er noch am Leben wäre.

Heute wäre er einundzwanzig geworden. Wie hätten sie das gefeiert? Sie hätten eine Party geschmissen, die Familie und Freunde eingeladen, jede Menge Ballons aufgehängt und auf einem Schokoladenkuchen in der Form eines Rennwagens einundzwanzig Kerzen angezündet. Sie geht zum Parkhaus, in dem sie immer ihren Wagen abstellt. Sie sollte Joe anbieten, dass er mit ihr fahren kann. Vielleicht möchte er das ja. Und so würde sie ihn auch besser kennenlernen. Sie wird ihn morgen fragen.

Christchurch ist schön, denkt sie, und sie liebt es besonders, am Avon entlangzugehen, dessen dunkles Wasser von üppigen grünen Uferstreifen umgeben ist – ein Fleckchen Natur, das sich durch die ganze Stadt zieht. Manchmal isst sie ihre Lunchbrote hier draußen. Sie sitzt im Gras, beobachtet die Enten und wirft ihnen Brotstückchen zu, während sie lustig im Wasser auf und ab wippen. Sie sollte Joe fragen, ob er sie begleiten möchte. Sie ist sicher, dass es ihm gefallen würde. Er erinnert sie immer mehr an ihren Bruder, und da sie Martin nicht mehr helfen kann, kann sie vielleicht Joe helfen. Ist diese Idee wirklich so abwegig?

Sie reicht einem Obdachlosen, der vor dem Parkhaus sitzt, eine kleine Plastiktüte voller Sandwichs. Er öffnet sie und wirft einen Blick rein.

»Wie geht's dir heute, Henry?«

»Jetzt schon besser, Sally«, sagt er, steht auf und steckt die Hände in die Taschen seiner zu großen, abgewetzten Jeans. »Jetzt ist es schon besser. Wie geht's deinem Vater?«

»Es geht ihm ganz gut«, antwortet sie, aber natürlich stimmt das nicht. Es geht ihm schlecht. Denn genau das passiert, wenn man Parkinson hat: Es geht einem nie mehr besser. Die Krankheit dringt in den Körper ein, nistet sich ein und bleibt für immer. Damit zurechtzukommen ist das Beste, was man sich noch erhoffen kann. »Er hat diese Woche Geburtstag. Wir gehen alle zusammen in ein Restaurant«, sagt sie, aber sie weiß, dass das kein Vergnügen werden wird. So richtig schön war sein Geburtstag nie mehr seit Martins Tod. Vielleicht wäre es einfacher, wenn er einen Monat früher oder später Geburtstag hätte, aber in derselben Woche ...

»Na, mach dir 'ne nette Zeit«, sagt Henry und reißt sie aus ihren Gedanken. »Grüß ihn von mir. Und vergiss nicht, Sally: Jesus liebt dich.«

Sie lächelt Henry an. Seit sie hier parkt, hat sie ihn jeden Tag getroffen. Als sie anfing, ihm Sandwichs zu machen – sie gibt ihm nie Geld, das würde er nur für Substanzen verwenden, die zur Sünde verführen –, war sie es, die ihm sagte, dass Jesus ihn liebt, und seine Antwort war nie positiv. Er sagte, dass Gott und Jesus ihn hassten. Gott hatte ihm seine Arbeit genommen. Gott hatte ihn obdachlos gemacht. Sie behauptete, dass der Grund dafür doch wohl eher bei Henry selbst lag. Henry erwiderte, dass die Leute sich nicht umeinander kümmern würden, und wenn der Mensch Gottes Ebenbild sei und die Menschen nichts täten, um ihm zu helfen, dann helfe ihm Gott ja wohl auch nicht. Würde Gott diese Welt besuchen, sagte Henry, und sehen, wie er vor dem Parkhaus hockt und um Kleingeld und Essen bettelt, würde Gott glatt durch ihn hindurchschauen und einfach vorbeigehen. So wie jeder andere auch.

Außer Sally. Sally würde nie an jemandem vorbeigehen, der in Not ist. Nachdem sie ihm monatelang Sandwichs gebracht hatte, erlaubte er ihr, dass sie ihm mehr vom wahren Willen Gottes erzählte. Möglicherweise natürlich nur deshalb, damit sie ihm auch weiterhin was zu essen bringt.

»Dann bis morgen, Henry. Pass auf dich auf.«

Henry setzt sich wieder und beginnt, auf sich aufzupassen, indem er in die Plastiktüte greift. Sie geht ins Parkhaus und nimmt den Lift zu ihrem Auto.

Kurz darauf fädelt sich ihr Wagen in den Stadtverkehr ein. Es ist wirklich eine schöne Stadt, denkt sie. Man hat sie zur freundlichsten Stadt der Welt gewählt. Der Grund dafür ist offensichtlich. So viele gute Menschen. Menschen, die sich um andere kümmern. Viele der über einhundert Jahre alten Gebäude wurden sorgfältig gepflegt, und das verbindet die Stadt mit ihren Wurzeln. Und viele Renovierungen wurden ganz im Stil der alten Gebäude durchgeführt. Das war zwar ziemlich teuer, doch so hat man die Tradition der Stadt bewahrt. So viele Blumenrabatte, so viele Bäume, ein Fluss, der mitten durchs Stadtzentrum fließt: Wie könnte es da einen anderen Ort geben, an dem sie gerne leben würde?

Kapitel 10

Zuerst fällt mir auf, wie stickig es im Haus ist. Als befinde man sich in einem elektrischen Trockner. Seit Weihnachten und Neujahr staut sich die Hitze hier drin. Ich wollte, ich könnte ein Fenster aufmachen.

Zeit für einen kleinen Rundgang. Im Kühlschrank finde ich ein paar Flaschen Bier. Warum nicht? Das Trinken erfrischt mich, während ich mich hinsetze und noch einmal Danielas Akte durchsehe. Als ich fertig bin, lege ich die Flasche in meinen Aktenkoffer und mache mich auf den Weg nach oben.

Dort ist es sogar noch heißer. Ich ziehe meine Jacke aus und lege sie auf einen kleinen Tisch, und als ich mir etwas Platz verschaffen will, fällt eine Vase auf den Boden. Sie zerbricht. Oje. Man hat die Leiche im Elternschlafzimmer gefunden. Anstatt noch mehr Zeit zu verschwenden, gehe ich direkt dorthin.

Die Fenster zeigen nach Westen, und die untergehende Sonne strahlt jetzt voll herein. Das Schlafzimmer ist etwa so groß wie alle anderen, in die ich bisher eingebrochen bin. Der dunkle Teppichboden schimmert irgendwo zwischen Blau und Grau. Überall liegen Plastikmarkierungen, und jede von ihnen trägt eine Zahl. Sie sind etwas größer als diejenigen, die manche Restaurants und Cafés verteilen, damit man den Überblick behält, wer den Lachs und wer den Milchkaffee bestellt hat. In der Akte stehen diese Zahlen für all die Dinge, die an der entsprechenden Stelle gefunden wurden, wie etwa Haare, Blut und Unterwäsche. Nicht benötigte kleine Plastikbeutel, in denen man Beweismaterial aufbewahrt, liegen hier und da verstreut. Kein Wunder, dass die Polizei nie mit ihrem Budget zurechtkommt. Jedes Mal, wenn ich jemanden umbringe, müssen sie mehr Geld ausgeben. Hoffentlich hat das am Ende nicht noch Auswirkungen auf mein Gehalt.

An den Wänden hängt eine rote Strukturtapete, die für dieses

Zimmer etwas zu hell ist, sodass es einem hier drin noch heißer vorkommt. Der Todesgeruch ist noch nicht ganz verschwunden. Er ist in den Teppichboden eingedrungen und wird wahrscheinlich für immer darin haften bleiben. Die Fenster machen den größten Teil der gegenüberliegenden Wand aus, und neben mir befindet sich ein begehbarer Kleiderschrank. Ein Druck, der eine exotische Landschaft zeigt, die afrikanisch oder australisch sein könnte, hängt über dem Bett, und ich denke kurz darüber nach, ob ich ihn für Mum mitnehmen soll. Auf einem der Nachttische steht dieser ganze Scheiß, den man dort immer findet: eine Packung Schmerztabletten, ein kleines Töpfchen mit Nachtcreme – was immer das sein mag – , ein Wecker und eine Schachtel Papiertaschentücher. Überall im Zimmer und überall im Haus klebt weißes Fingerabdruckpuder. Es sieht aus wie Kokain.

Ich werfe einen Blick auf die Skizze des Schlafzimmers, die zur Akte gehört. Es gibt auch einen Plan des gesamten Obergeschosses. Man kann sich hier nicht verirren. Die Karte dient dazu, alle Orte, an denen was Wichtiges gefunden wurde, aus einer einheitlichen Perspektive darzustellen. Sie verrät mir, dass sich auf der anderen Seite des Bettes eine Tür befindet, die zu einem Badezimmer führt. Ich folge der Karte und sehe, dass sie recht hat.

Die Leiche wurde auf dem Bett gefunden. Das Klebeband, mit dem die Umrisse der Leiche markiert wurden, befindet sich noch immer an Ort und Stelle. Es sieht aus, als wäre es von einem Schulkind angebracht worden. Das muss die leichteste Arbeit bei der Polizei sein. Ich kann mir schon denken, wie das Vorstellungsgespräch läuft: »Also, wenn Sie die Umrisse dieser Orange markieren können, dann haben Sie den Job.«

Vorsichtig durchquere ich das Zimmer und weiche den Plastikmarkierungen und den Beuteln für das Beweismaterial aus. Ich setze mich auf die Ecke des Bettes. Die Umrisse der Leiche sacken ein wenig ab und verschieben sich. Bisher habe ich nichts weiter getan, als eine Vase umzuwerfen und mich auf ein bequemes Bett zu setzen, und doch schwitze ich bereits. Ich wische mir über die Stirn, und der Ärmel meines Hemdes wird davon ganz nass. Ich rolle beide Ärmel hoch und lege den Aktenkoffer aufs Bett. Ich öffne ihn, um meine Pistole in Reichweite zu haben.

Ich weiß nicht genau, wonach ich suche, also beschließe ich, mir heute Abend erst mal eine Reihe kleinerer Ziele zu setzen. Winzige Schritte. Mein kurzfristiges Ziel muss einfach sein: Finde was, mit dem du arbeiten kannst, arbeite damit und entwickle dann ein langfristiges Ziel. Du musst diesem Kerl alle sieben Morde unterschieben – und den achten noch dazu, sollte die Leiche jemals gefunden werden. Ich habe immer noch das Ticket des Parkhauses, das ich als Indiz einsetzen kann. Aber das ist dann der spätere Plan. Zuerst muss ich mein kurzfristiges Ziel erreichen.

Ich fange an mich umzusehen. Ein hübsches Haus. Hier könnte ich leben. Ein schicker Fernseher mit einer 50-Zentimeter-Bilddiagonale in der Ecke. Auf den Fotos läuft er noch. Jetzt hat man ihn ausgeschaltet. Vielleicht hat der Killer ferngesehen, als er sie vergewaltigt hat. Oder vielleicht hat sie ferngesehen. Überall im Zimmer gibt es die üblichen Familienfotos, auf denen alle ein falsches Lächeln für die Kamera aufsetzen. Einige stehen auf den Nachttischen, andere hängen an den Wänden. Falls diese Augen mich anschauen, spüre ich nichts davon.

Ein Magazin mit Kreuzworträtseln liegt auf dem zweiten Nachttisch neben dem Bett, dazu ein Telefon. Das Telefon ist jedoch nicht zu gebrauchen, denn es wurde aus der Wand gerissen. Auf dem Boden vor dem Nachttisch liegt die Fernbedienung des Fernsehers. Auf allen Knöpfen haftet das weiße Fingerabdruckpulver. Ich lege das Kreuzworträtselheft in meinen Aktenkoffer und sehe mir dann den Schrank an. Ganz nett. Ihre Kleider sind nicht so sehr nach meinem Geschmack, und die des Ehemanns haben die falsche Größe. Ihre Unterwäsche riecht nach Weichspüler und fühlt sich zart an meinem Gesicht an. Ich werfe ein Höschen in meinen Aktenkoffer.

Im Bad gibt es nichts Interessantes. Der elektrische Rasierer des Ehemanns auf dem Waschbecken sieht besser aus als meiner. Er gehört zu den vielen Dingen, die der Mann zurückgelassen hat. Ich gehe wieder ins Schlafzimmer, setze mich auf die gleiche Ecke des Bettes wie zuvor und lege den Rasierer in meinen Aktenkoffer, wobei ich ihn zuerst in das Höschen wickle, um meine Messer zu schützen.

Rote Wände. Blaugrüner Teppichboden. Weil ich nie weiß, was modemäßig gerade angesagt ist und was nicht, bin ich nicht sicher, ob diese Farben zum ersten Mal im Kommen oder schon wieder passé sind, oder ob man sie gerade wiederentdeckt. Ich weiß nicht, ob ich sie mögen soll.

Konzentrier dich.

Ich denke zurück an den Autopsiebericht. Daniela war in der Lage, ihren Killer zu kratzen, und da sich an ihren Handgelenken Fesselspuren befanden, muss sie ihn gekratzt haben, bevor er anfing, sie zu erwürgen. Einmal war meine Brust so sehr zerschrammt, dass die Wunde genäht werden musste, aber weil ich nicht zu einem Arzt gehen konnte, habe ich mir im Supermarkt medizinisches Garn besorgt. Zwölf Stiche waren notwendig, um die Wunde zu schließen. Sie ist ganz gut verheilt. Abgesehen von der Infektion.

Man hat am Tatort nur ihr Blut gefunden. Er hat sie nicht erstochen, sondern ihr nur ein paarmal ins Gesicht geschlagen. Er hat ihr Gesicht gegen das Bett gedrückt, und die Blutstropfen auf dem Kissen sehen aus wie rote Tränen. Weitere kleine Tropfen sind auf den Boden gespritzt. An der Klinke der Haustür befindet sich neben einem verschmierten Abdruck, der von einem der Latex-Handschuhe stammt, ein Blutfleck.

Ich lese die Berichte noch einmal und sehe dann die Zeugenaussagen durch. Ich würde noch immer auf den Ehemann setzen, aber die Wette ist inzwischen nicht mehr so vielversprechend, denn er hat ein außerordentlich gutes Alibi. Als man ihre Leiche fand, waren die Arme über der Brust gekreuzt, und sie lag unter einem Bettlaken. Ihre Augen waren offen, aber die verschmierten Abdrücke auf ihren Lidern weisen darauf hin, dass der Killer sie ihr geschlossen hat, bevor er die Handschuhe anzog, um sauber zu machen. Wenn das stimmt, haben sich die Augen von selbst geöffnet. Wieder denke ich, dass er sich nach seiner Tat möglicherweise schlecht fühlte. Vielleicht glaubte er in seiner Verwirrung, er könne seinem Opfer im Tod etwas Würde zurückgeben, um so einen gewissen Ausgleich dafür zu schaffen, dass er sie umgebracht hat. Es sieht wie der klassische Mord unter Ehepartnern aus, wäre da nicht das Alibi. Und es kommt noch hinzu, dass ich den Ehemann am Morgen nach dem Mord auf dem Revier gesehen habe, und er wirkte wirklich völlig fertig – als könnte er es nicht fassen, dass irgendjemand in der Lage war, seiner Frau so was anzutun.

Ich nehme mir wieder die Akte vor. Nichts wurde als gestohlen gemeldet. Kein Schmuck fehlt, kein Bargeld. Mordende Ehemänner sorgen in den meisten Fällen dafür, dass es so aussieht, als sei ein Einbruch aus dem Ruder gelaufen. Ich stehle nie was, wenn ich jemanden umbringe, und weil dieser Täter versucht hat, mich zu kopieren, hat auch er nichts mitgenommen. Wie konnte er das wissen? Nicht durch die Medien, so viel ist klar. Ist das nur ein Zufall?

Ich bin jetzt schon seit fast vierzig Minuten hier. Ich hätte ein Fenster öffnen sollen. Die Luft ist immer noch stickig, aber die Sonne scheint nicht mehr so stark. Ich öffne meine Hand, in der ich die dicke Akte halte, und der Inhalt ergießt sich über das Bett. Meine Ideen lösen sich nach und nach in Luft auf. Die Zeit vergeht, und mir wird klar, dass mein Denken zum Stillstand gekommen ist. Meine Blicke schweifen über den Tatort, und ich stelle mir vor, was hier passiert ist. Ich versuche mich in den Killer hineinzuversetzen. Für jemanden wie mich ist das kein Problem. Ein paar Minuten lang, während sie stirbt, kann ich sie fast körperlich spüren.

Ich war so sicher, hier Antworten auf meine Fragen zu bekommen, doch das klappt einfach nicht. Keine wunderbaren Einsichten, keine heulenden Sirenen, kein Glockengeläut, das den großen Durchbruch in diesem Fall ankündigt. Stattdessen nur ein dummer Zufall und ein verschwitztes Hemd. Ich dachte, es wäre leichter. Verdammt, es sollte leichter sein. Doch das ist es nie. Nicht, wenn es um etwas geht, das man wirklich will. Ich möchte dieser toten Frau ebenso sehr helfen, wie ich mir selbst helfen will, doch spielt das eine Rolle? Wird es dadurch leichter, Antworten zu finden? Natürlich nicht. Ich habe zu nichts mehr Lust; ich will nur noch mit meinem kostenlosen elektrischen Rasierer und dem Kreuzworträtsel von hier verschwinden und nie wieder herkommen. Nach Hause gehen, meine Fische füttern, ein Nickerchen halten. Diese Episode hinter mir lassen, wie ich andere Episoden in meinem Leben hinter mir gelassen habe. Wie ich es immer gemacht habe. Weitergehen. Wohin? Ich weiß noch nicht.

Ich strecke mich und gähne, bereit aufzubrechen, bereit aufzugeben. Die warme Luft verstärkt meine Niedergeschlagenheit nur noch mehr. Beim Gähnen muss ich blinzeln, rasch mehrmals hintereinander blinzeln, und dadurch zirkuliert das Blut in meinen Augen besser. Sie sehen wieder klarer, das Bild des Zimmers wird schärfer, die Gegenstände treten deutlich hervor wie auf einem 3-D-Foto ...

Und da ist es!

Innerhalb eines einzigen Augenblicks überwältigen mich die unterschiedlichsten Gedanken und Gefühle. Zuallererst bin ich angewidert. Ich schäme mich, weil ich schon so lange hier bin und es bisher nicht bemerkt habe. Ich bin aufgeregt, weil ich plötzlich was vor Augen habe – oder gerade eben nicht vor Augen habe, um genau zu sein – , das sich als entscheidend erweisen könnte. Und vor allem bin ich erleichtert. Ich bin dankbar dafür, dass ich weitermachen kann, dankbar, dass ich meine Ermittlung nicht aufgeben muss – wenigstens noch nicht – , und ich freue mich, dass Daniela die Gerechtigkeit zuteil werden wird, die sie verdient.

Ich fange an zu grinsen. Ich kann mein Glück kaum fassen. Aber natürlich ist es kein Glück. Es ist meine Brillanz. Und das richtige Verständnis. Ja, hier geht es ganz besonders um das richtige Verständnis der Dinge.

Ich greife nach den Fotos und blättere sie rasch durch, bis ich die Aufnahme gefunden habe, die die Wand und die Tür zeigt, die auf den Flur hinausführt. Ich halte das Foto hoch. Studiere es. Senke die Hand. Studiere die reale Szenerie. Die Tür ist beide Male da. Ebenso die Wände. Und der Teppichboden, diese Herausforderung an den guten Geschmack. Eine Topfpflanze, auf dem Foto noch üppig und grün, ist inzwischen braun und völlig vertrocknet. Außer dem Sensenmann hat sich niemand für sie interessiert. Auf dem Foto liegt unten an der Wand neben der noch grünen Pflanze ein Füllfederhalter. Jetzt liegt ein Kugelschreiber neben der Pflanze. Natürlich ist ein Kugelschreiber nur eine Kleinigkeit im großen Plan der Dinge, doch er ist deshalb so interessant, weil er nicht katalogisiert und sichergestellt wurde, woraus man schließen kann, dass niemand ihn für wichtig gehalten hat.

In Wahrheit ist er außerordentlich wichtig. Wurde der ursprüngliche Füllfederhalter als Waffe benutzt? War er mächtiger als das Schwert? Ich trete vor die Pflanze, gehe in die Hocke und mustere die Wand. Es ist schwer, den winzigen Kratzer darin zu sehen, aber nicht unmöglich. In der Mitte erkenne ich einen Tropfen Tinte. Wurde der Füllfederhalter gegen die Wand geschleudert? Wo ist er jetzt? Warum hat ihn jemand gegen einen Kugelschreiber ausgetauscht? Hat Daniela ihren Angreifer damit verletzt? Wurde der Stift deshalb gegen die Wand geworfen?

Wenn das stimmt, müsste am Füllfederhalter die DNS des Täters nachzuweisen sein. Der Stift ist dann eine Landkarte, die zu ihrem Mörder führt. Man würde von dem Füllfederhalter ein eigenes Foto machen. Vielleicht auch zwei oder drei. Es gäbe sogar einen eigenen Bericht darüber.

Ich hebe den Kugelschreiber mit meiner behandschuhten Hand auf. Er ist von einer dünnen Schicht weißem Puder überzogen. Man hat versucht, Fingerabdrücke sicherzustellen, und dann hat man ihn wieder zurückgelegt. Offensichtlich kam nichts Interessantes dabei heraus. Die Stifte wurden vertauscht, nachdem das Foto gemacht worden war und noch bevor jemand den Kugelschreiber auf Abdrücke untersucht hat. Wer hat sie vertauscht?

Der Mörder. Wer sonst? Und die einzigen Menschen, die sich während dieser Zeitspanne im Zimmer befanden, haben sich mit der Leiche und dem Tatort beschäftigt! Der Killer muss ein Cop sein.

Ein paar Sekunden lang schließe ich die Augen und stelle mir vor, was passiert ist. Er war hier. Hat sie angegriffen. Ihr ins Gesicht geschlagen. Dann hat sie ihn mit dem Füllfederhalter gestochen. Sie hat ihn nicht ernsthaft verletzt, doch er wurde so wütend, dass er ihr das Ding entrissen und gegen die Wand geschleudert hat. Die Feder hat sich in die Wand gebohrt. Er hat das Opfer aufs Bett geworfen. Er hatte nicht vor, sie umzubringen, doch er musste sicherstellen, dass er später nicht wiedererkannt wurde. Es war spontan. Ungeplant. Um sie zu fesseln, musste er Dinge verwenden, die er vor Ort fand. Er hat ihr die Fingernägel mit ihrer eigenen Schere geschnitten, um seine Haut zu beseitigen, die sich darunter befand. Er hat ihren Kamm benutzt, um ihr Schamhaar zu reinigen. Keinen dieser Gegenstände hat er mitgebracht, denn das hatte überhaupt nicht zum Plan gehört. Kaum war sie tot, hat er sich sofort schuldig gefühlt. Er tat, was er konnte, um seine Spuren zu beseitigen, dann hat er ihr zuerst die

Augen geschlossen und anschließend ihre Leiche zugedeckt. Aber er musste von hier verschwinden. Schnell. Vielleicht hat er ein Gebet für sie gesprochen. Vielleicht auch nicht. Jedenfalls hat er ihren Füllfederhalter vergessen – bis er wieder hierhergekommen ist, um ihren Tod zu untersuchen. Dann hat er den Stift auf dem Boden gesehen und sich wieder daran erinnert. Die Fotos waren bereits gemacht. Er konnte den Stift nicht einfach verschwinden lassen. Aber er hatte auch keinen zweiten Füllfederhalter dabei, den er gegen den ersten hätte austauschen können. Also ging er das Risiko ein, dass niemandem der Unterschied auffallen würde, und eine Zeit lang hat das ja auch funktioniert. Es ist niemandem aufgefallen. Ich bin niemand, und bekanntlich ist ja niemand vollkommen. Es ist nur ein Kugelschreiber. Ein Kugelschreiber neben einer Topfpflanze in der Ecke des Zimmers. In der Mitte des Zimmers befindet sich die Leiche. Die Leiche erweist sich schließlich als klassisches Ablenkungsmanöver. Man starrt auf die eine Sache und übersieht eine andere.

Ich öffne die Augen. Ich bin jetzt eine Stunde hier, und schon weiß ich, dass der Mörder ein Polizist ist. Und noch wichtiger: Ich bin mir völlig sicher, dass ich recht habe. In allen Büchern, die ich gelesen habe, war der Serienkiller immer der Polizist. Oder der Leichenbeschauer, oder der Kriminaltechniker. Also warum nicht auch hier? Warum sollte das jetzt anders sein? Auf irgendeine verquere Art bin ich sogar enttäuscht, dass die Ermittlungsarbeit so einfach ist. Wenn weder der Ehemann noch der Freund der Mörder ist, holt man sich einfach einen Zeugen und organisiert eine Gegenüberstellung mit ein paar Cops, aus denen sich der Zeuge dann einen aussucht.

Ich lasse den Kugelschreiber liegen, denn mehr ist von ihm nicht zu erfahren. Zurück beim Bett packe ich meinen Aktenkoffer. Ich habe Lust zu schreien, zu singen, zu tanzen und die Sirenen und Glocken und Pfeifen zu hören, die in so einem Augenblick erklingen sollten. Als ich die Eingangstür erreiche, drehe ich mich noch einmal um, als wollte ich mich von diesem Haus verabschieden. Ich habe keinen Grund wiederzukommen. Ich betrachte den Flur und die Zimmer, die davon abzweigen. Überhaupt keinen Grund.

Es sei denn ...

Grinsend laufe ich noch mal nach oben.

Kapitel 11

Als sie von der Arbeit nach Hause kommt, findet sie oben ihre weinende Mutter. Zuerst bleibt sie in der Tür stehen, unsicher, ob sie das Schlafzimmer ihrer Eltern betreten soll. Nach Martins Tod hat ihre Mutter viel geweint, und auch seit einigen Tagen weint sie wieder viel.

»Sally?«

»Hi, Mum. Geht es dir gut?«, fragt Sally und denkt, dass die Zeiten, in denen es ihrer Mutter »gut« ging, schon lange vorbei sind.

»Alles in Ordnung. Ich weiß auch nicht, was mit mir los ist.«

Als Sally ihrer Mutter einen Arm um die Schulter legt, zuckt sie zusammen, doch dann entspannt sie sich. Das Zimmer riecht nach Weihrauch, und die warme Luft ist ein wenig verbraucht. Sally weiß genau, was mit ihrer Mutter los ist, und ihre Mutter weiß es auch. Es ist Martins Geburtstag. Sie hat ihrem toten Bruder eine Geburtstagskarte gekauft, eine Kleinigkeit darauf geschrieben und sie dann tief in einer ihrer Schubladen unter einem Stapel Kleider versteckt. Sie ist sich nicht sicher, ob ihre Eltern dasselbe oder was Ähnliches machen, aber sie hat das Gefühl, dass es nicht besonders gut für sie wäre. Natürlich hat keiner von ihnen den Mut, darüber zu sprechen. Das hieße nämlich zuzulassen, dass ihre Trauer noch mehr Raum gewinnt, sich über sie alle erhebt und sie niederdrückt. In gewisser Hinsicht beneidet sie Joe. Sie wäre gerne ein ebenso simpler Mensch wie er, dann bräuchte sie sich keine Sorgen mehr über das Leid in der Welt zu machen, müsste sich nur noch von A nach B bewegen, dabei anderen aus dem Weg gehen, um ihr Glück nicht zu stören, und ansonsten für das eigene Wohlergehen sorgen.

»Alles wird gut, Mom«, sagt sie, und da ist dieses Wort schon wieder. »Ich glaube, Dad freut sich auf seinen Geburtstag.«

Ihre Mutter nickt, und sie unterhalten sich darüber, wie nett es sein wird, in einem Restaurant zu Abend zu essen. Aber der Geburtstag ihres Vaters wird auch eine Herausforderung sein. Dieses Jahr hat er das Haus nur noch zu Arztterminen und Besuchen auf dem Friedhof verlassen. Ob sie es überhaupt schaffen, am Donnerstagabend auszugehen, steht noch überhaupt nicht fest.

Sally öffnet das Fenster. Draußen ist es abgekühlt. Die warme Luft aus dem Schlafzimmer strömt ins Freie, während die kühlere Luft sie nach und nach ersetzt. Sally wünscht sich, die Krankheit ihres Vaters wäre ebenso leicht auszutauschen. Sie wäre glücklich, sie im eigenen Körper zu haben und ihren Vater davon zu befreien. Das wäre das Mindeste, was sie tun könnte, nach dem, was mit Martin passiert ist.

»Tut mir leid«, sagt ihre Mutter, und ihre Hand, die mehrere feuchte Taschentücher umklammert, entspannt sich. »Früher hatte ich mehr Kraft.« Sie reibt das silberne Kruzifix, das sie um den Hals trägt, mit Daumen und Zeigefinger.

»Alles wird gut, Mum«, antwortet Sally und starrt auf das Kruzifix, das sichtbar wird und verschwindet, sichtbar wird und verschwindet, wieder und immer wieder. »Du wirst schon sehen.«

Natürlich hat ihre Mutter schon viele Male genau dasselbe gesagt seit jenen Worten von Martins Arzt, die sie zwangen, darüber nachzudenken, wo sie ihren Sohn begraben wollten. Seltsamerweise litt Martin am wenigsten, denn er verstand nicht, dass er im Sterben lag. Sogar ganz am Ende dachte er, es würde ihm besser gehen. Und hatten sie das nicht alle gedacht?

Ja. Das Leben würde bald besser werden.

Daran müssen sie immer denken. Sie dürfen den Glauben nicht verlieren.

Ihre Gedanken wandern zu Joe. Sie fragt sich, ob er an Gott glaubt. Vermutlich schon. Er ist ein so herzensguter Mensch, da kann es eigentlich gar nicht anders sein. Trotzdem beschließt sie, es rauszufinden, denn Gott könnte das Einzige sein, was sie gemeinsam haben.

Kapitel 12

Ich bin mir nicht sicher, woher Ideen kommen, ob sie einfach nur da draußen in einer anderen Dimension herumschweben, die unserer Welt nahe ist, ihr aber nicht ganz genau entspricht, sodass unser Geist sozusagen danach greifen und sie pflücken kann; oder ob eine Reihe feuernder Synapsen in unserem Kopf aus nackten Daten mechanisch verschiedene Möglichkeiten erschließen; oder ob es noch simpler ist und eine bestimmte Gedankenfolge irgendwann unweigerlich einen Glückstreffer hervorbringt. Ideen kann man zu jedem beliebigen Zeitpunkt haben, besonders wenn man sie nicht erwartet. Ich hatte sie schon beim Schrubben der Toilettenböden, und ich hatte sie, während ich den gefürchteten Weg zur Tür des Hauses meiner Mutter hinter mich brachte. Spontane Ideen sind oft die besten. Manchmal lösen sie einen Schock aus, der einen dazu bringt, sofort eine Entscheidung zu treffen. Erst hinterher weiß man, ob das gut war oder schlecht.

Ich werfe ein Leintuch über das Bett, um die Umrisse der Leiche und die Blutflecken zu verdecken. Ich hebe die Plastikmarkierungen auf und werfe sie in den Schrank neben ein Schuhregal und einen Haufen alter Kleider. Dort verstaue ich auch die nicht benutzten Plastikbeutel, die für Beweismaterial gedacht sind. Das Zimmer sieht nicht mehr wie ein Tatort aus, sondern wie ein Musterbeispiel für *Schlechter Wohnen*. Mit einem Hemd des Ehemanns wische ich das Fingerabdruckpuder auf, dann gehe ich nach unten und mache dort dasselbe. Es ist neun als ich fertig bin und das Haus verlasse. Die Sonne ist verschwunden, aber es ist noch nicht dunkel. So wird es noch zwanzig Minuten bleiben.

Ich gehe den Weg zurück zum Honda, steige ein und werfe den Aktenkoffer auf den Beifahrersitz. Schon seit ich den Wagen das erste Mal gesehen habe, trage ich Latex-Handschuhe. Ich schwitze darin, doch das ist besser, als Fingerabdrücke zu hinterlassen. Ich ziehe sie aus. Sie sind wie eine zusätzliche Hautschicht. Ich trockne mir die Hände und ziehe ein neues Paar an. Schon viel besser. Dann fahre ich in die Stadt. Ich habe eine Aufgabe zu erledigen, und ich möchte nicht, dass es allzu spät wird. Anstatt nach einem unschuldigen Opfer zu suchen, beschließe ich, nach jemandem Ausschau zu halten, der sich gerne zur Verfügung stellt, wenn der Preis stimmt.

Ich finde sie in der Stadt an einer Ecke der Manchester Street. Ihr Rock ist so kurz, dass er eher wie ein breiter Gürtel aussieht. Tief ausgeschnittenes Top. Netzstrümpfe. Modeschmuck an den Fingern. Eine kleine Tätowierung am Hals, eine zweite oben auf ihrer linken Brust. Andere Nutten treiben sich in der Nähe rum und versuchen, Kunden anzulocken. Sie sehen aus wie Frauen, die man an ihren toupierten Haaren aus irgendeinem Wohnwagen gezerrt hat. Falls ihr Zuhälter in der Nähe ist, fällt ihm vielleicht das Nummernschild meines gestohlenen Wagens auf. Vielleicht auch nicht. So oder so, es spielt keine Rolle.

Ich fahre direkt an sie ran, und noch bevor ich was sagen kann, macht sie die Beifahrertür auf. Ich räume den Sitz für sie frei. Sie fängt sofort an, über den Preis zu verhandeln, wobei sie mich auf ein paar ihrer Spezialitäten hinweist, als lese sie sie von einer Speisekarte ab. Sie sagt mir, was ich für zwanzig, sechzig oder sogar hundert Dollar bekomme. Ich frage, was ich für fünfhundert haben kann.

Sie sagt: »Was immer du willst, Baby.«

Sie schließt die Tür, und das Innenlicht erlischt, doch zuvor werfe ich leider einen längeren Blick auf sie, als ich eigentlich vorhatte. Sie ist wahrscheinlich Ende zwanzig. Untergewichtig. Sie sieht aus, als wäre sie aus einem Werbeplakat für hungernde Kinder in der Dritten Welt geklettert. Ihr Haar ist blond, aber schwarz an den Wurzeln, und sie benutzt so viel Haarspray, dass nicht einmal der kräftige Nordwestwind der letzten Tage ihre Frisur außer Form bringen konnte. Ihre braunen Augen verraten nichts; ihr Geist ist irgendwo anders, vielleicht in einer Welt, in der sie ihre Beine und Lippen nicht für Geld über Teile der männlichen Anatomie stülpen muss. Als sie mich anlächelt, glänzen ihre angeschwollenen Lippen feucht.

Ich fahre zurück zu Danielas Haus. Unterwegs plaudern wir ein bisschen, in erster Linie übers Wetter. Ich bin sicher, dass sie die Nachrichten gehört hat und weiß, was mit verschiedenen Frauen in dieser Stadt passiert ist, doch als sie jetzt mit einem Mann im Auto sitzt, den sie gerade mal zwei Minuten kennt, wirkt sie überhaupt nicht nervös. Ich habe kein Interesse zu erfahren, was sie außerhalb ihrer Arbeit tut. Sie will nicht wissen, wer ich bin. Stattdessen sorgen wir einfach für etwas Stimmung. Sie sagt mir, dass ich ein hübsches Auto habe. Ich sage ihr, dass sie einen großartigen Körper hat. Sie sagt mir, dass der Fick mit ihr absolut überwältigend sein wird. Ich sage ihr, dass man das für fünfhundert Dollar auch erwarten kann. Wir erreichen das Haus, und ich mache mir keine Mühe, um den Block zu fahren, sondern parke direkt in der Auffahrt. Falls irgendjemand unterwegs ist, wird er mich nicht besonders gut sehen können. Selbst wenn der Betreffende herumschnüffelt, wird er glauben, dass der

Ehemann zurückgekommen ist, um seinen sexuellen Durst zu stillen.

»Kannst du mir den Aktenkoffer geben, der hinter dir steht?«

»Klar, Schätzchen.«

Wir steigen aus und gehen zur Vordertür. Ich hab vorhin nicht abgeschlossen. Ich öffne die Tür, führe sie rein und sperre hinter uns ab.

»Möchtest du was trinken?«

»Heiß hier drin.«

»Ist das ein Ja?«

»Klar.«

Sie folgt mir in die Küche. Ich brauch keine Karte mehr vom Haus, um zu wissen, wohin ich gehe. Ich schalte das Licht an, schaue in den Kühlschrank und hole zwei Flaschen Bier heraus. Ihres ist schon halb leer, bevor ich meins auch nur öffnen kann.

Je mehr Licht, desto schlechter kommt sie weg. Sie scheint auf Drogen zu sein. Wenn sie nicht früh von der Schule geflogen und schwanger geworden wäre, keine Abtreibung gehabt hätte und wieder schwanger geworden wäre, könnte sie vielleicht ein respektableres Leben führen. Ich sage nicht, dass Prostituierte keinen Respekt verdienen – sie befriedigen ein gesellschaftliches Bedürfnis. Wo könnte man sonst kurzfristig jemanden auftreiben, den man umbringen kann, ohne dass es einen Menschen interessiert? Sie sind bereit, mit einem überall hinzugehen. Es ist verrückt. Nacht für Nacht nehmen sie ihr Leben in die Hand und bieten jedem beliebigen Freier an, es ihnen wegzunehmen. Die einzigen ebenso leichten Opfer, die allerdings nicht immer verfügbar sind, sind Tramperinnen. Bei ihnen besteht der Trick darin, an den Straßenrand zu fahren und auf die Uhr zu schauen, um ihnen den Eindruck zu geben, dass man schnell irgendwohin muss, vielleicht zu einer Besprechung. Dann murmelt man vor sich hin, dass man nur die Zeit hat, sie in der Nähe des Ortes abzusetzen, wo sie eigentlich hin wollen. Das lullt sie ein, gibt ihnen ein wunderbares Gefühl falscher Sicherheit und lockt sie in den Wagen. Ich bin bloß an keiner Tramperin vorbeigekommen auf dem Weg in die Stadt.

Ich lehne mich gegen die Spüle, nippe an meinem Bier, und die Nutte vor mir steht ganz zu meiner Verfügung und sieht im Licht der Küche immer schlimmer aus. Ihr Make-up ist dick und verkrustet. Ich habe so eine Ahnung, warum ihre Lippen so geschwollen sind, und weiß, dass der Grund dafür sechzig Dollar kostet.

»Wie heißt du?«, frage ich.

»Candy.«

Aber klar doch. Warum nicht. »Nenn mich Joe.«

»Mach ich«, sagt sie und macht einen Schritt auf mich zu. »Also, Joe, was soll's denn sein?«

Ich zucke mit den Schultern. Ich weiß es wirklich noch nicht genau. »Gehen wir hoch.«

Sie trägt immer noch meinen Aktenkoffer, als ich sie nach oben führe. Ich nippe an meinem Bier. Es ist angenehm kühl. Sie hat ihres bereits getrunken.

»Wie lang machst du das schon, Candy?«

»Sechs Monate. Ich will nur so viel verdienen, dass es für mein Studium reicht.«

Ich schätze, sie versucht genug zu verdienen, um ihren Versager von Freund zu unterstützen, wenn der wieder aus dem Gefängnis kommt, nachdem er mit Drogen gedealt hat.

»Was möchtest du denn studieren?«

»Ich möchte Anwältin werden. Oder Schauspielerin.«

»Kein großer Unterschied, stimmt's?«

Als wir ins Schlafzimmer treten, wirft sie den Aktenkoffer aufs Bett. Der Inhalt klirrt. Ich lasse sie weiter Konversation machen, damit sie sich wohlfühlt.

»Was hast du denn da drin? Peitschen und so Zeug?«

Ich lächle, weil sie dermaßen daneben liegt. »So was Ähnliches.«

Sie lächelt, und um ihren Mund und ihre Augen erscheinen kleine Risse im Make-up. »Ich mag Peitschen und das ganze Zeug. Aber es kostet extra, wenn du sie benutzen willst.« Ich bezweifle, dass ihr meine Definition von »Peitschen und so Zeug« gefallen wird. Sie fängt an, meine Krawatte zu lockern. »Warum trägst du Latex-Handschuhe?«

»Ich hab ein Ekzem.«

»Oh, mein armer Liebling. Meine Großmutter hat ein Ekzem. Wirklich übel.«

Einen Augenblick lang denke ich an meine Mutter und an die Zeit, als ihre Hände und ihre Stirn mit Ekzemen bedeckt waren, und plötzlich habe ich keine Lust mehr, Candy umzubringen. Wir haben mehr gemeinsam, als ich dachte.

Sie knöpft mir das Hemd auf. »Du hast tolle Muskeln.«

Sie beugt sich vor und küsst meine Brust. Das ist großartig! So was hab ich noch nie gemacht. Ich greife nach unten und drücke ihre Brüste. Sie fängt an zu stöhnen. Es klingt wie in einer Shampoo-Werbung. Kann es wirklich sein, dass sie es so sehr genießt?

Sie fummelt an meinem Gürtel herum, als wollte sie die ganze Sache hinter sich bringen und einem beliebigen Kerl, der vorbeifährt, »der Nächste, bitte« zurufen. Dadurch wird mir klar, dass dieses Stöhnen nicht echt ist, dass sie das alles überhaupt nicht genießt. Ich bin nichts weiter als irgendein Kunde. Tja, für mich ist sie nichts weiter als ein Werkzeug. Wie Fluffy, die schlaffe Katze.

»Also, was soll's denn nun sein?«

Ich schlucke. Heftig. »Geh zum Bett.«

Sie macht ein paar Schritte nach hinten und zieht sich gleichzeitig das Top über den Kopf. Ihre Brüste sind klein. Ich betrachte sie und verstehe plötzlich, welche Enttäuschung ein Wonderbra verursachen kann. Ihre Tätowierung zeigt einen kleinen Drachen. Er könnte etwas symbolisieren, aber vielleicht ist er auch nur ihr einziger Freund. Ich folge ihr. Sie setzt sich auf den Bettrand und macht sich wieder an meiner Hose zu schaffen. Sie braucht nicht lange. Die Gürtelschnalle klappert.

Ich habe auch schon vorher Sex gehabt, aber mit niemandem, der von sich aus dazu bereit gewesen wäre, und das macht mich nervös. Was ist, wenn sie es nicht genießt? Was ist, wenn sie mich nicht gut findet? Wird sie mich dann auslachen? Von den anderen hat keine gelacht. Sie hatten auch keinen Grund dazu.

Das Vergnügen lässt schnell nach. Irgendwie muss ich es wiederfinden.

Ich ramme ihr meine Faust von der Seite gegen den Kopf. Sie zuckt zurück und versucht aufzustehen, doch das gelingt ihr nicht, und so fällt sie auf den Hintern und rutscht dann auf den Rücken. Mit Tränen in den Augen sieht sie besser aus als vorher.

»Das kostet extra.«

»Ich dachte, ich kann tun, was ich will?«

»Wenn du mich zusammenschlagen willst, kostet das einen Tausender.«

Ich zucke mit den Schultern. Beuge mich vor. Greife nach ihrem Arm und zieh sie wieder hoch. »Dann will ich mal dafür sorgen, dass ich auch was für mein Geld bekomme.«

Ich versuche, sie aufs Bett zu schubsen, doch das ist schwierig, weil mir die Hose auf die Knöchel rutscht. Ich packe sie am Arm, rolle sie herum, drücke ihr den Arm auf dem Rücken nach oben und bemühe mich wirklich, ihn nicht zu brechen – doch solche Dinge passieren einfach. Sie beginnt zu schreien, also presse ich ihr Gesicht runter ins Bett, um die Schreie zu ersticken, und das funktioniert ziemlich gut. Ich lasse den Arm los. Er bewegt sich nicht. Er steht nur in einem Winkel vom Körper ab, den ich bei einem Arm noch nie gesehen habe. Der zweite liegt unter ihrer Brust. Als ich versuche, den Arm auf ihrem Rücken zu bewegen, gibt er an der Stelle, wo der Knochen gebrochen ist, ein Knirschen von sich.

Ich schleudere mir die Hose von den Beinen. Unsere Romanze ist kurz und befriedigend, doch anscheinend drücke ich ihren Kopf zu fest nach unten, denn als ich fertig bin und zurücktrete, habe ich sie erstickt. Sieht so aus, als ob zur Zeit einfach nichts klappt bei mir. Wenigstens habe ich fünfhundert Dollar gespart. Oder waren es tausend? Ich bin schon ein bisschen enttäuscht, dass ich keines der Werkzeuge aus meinem Aktenkoffer benutzen konnte, aber wenn immer alles nach Plan laufen würde, dann wäre ich sowieso Millionär und würde meine Opfer einfliegen lassen.

Ich ziehe mich an. Es war eine großartige Nacht für mich, doch die Wirkung all dieser aufregenden Ereignisse lässt langsam nach und ich werde müde. Der Plan, Candy an dem Ort umzubringen, wo auch Daniela Walker gestorben ist, hat problemlos funktioniert. Damit hinterlasse ich eine Botschaft für den ursprünglichen Killer. Ich kann die Polizisten bei der Arbeit auf dem Revier beobachten, kann sie genau studieren. Einer von ihnen wird nervös werden. Einer von ihnen wird begreifen, dass irgendjemand Bescheid weiß. Er wird sich fragen, was dieser Unbekannte will. Er wird reagieren. Er wird zu einem totalen psychischen Wrack werden. Ich beschließe, den Kugelschreiber mitzunehmen, um meine Botschaft noch deutlicher zu machen.

Natürlich könnte es Tage oder sogar Wochen dauern, bevor man sie findet, und das ist ein Problem. Plötzlich habe ich den Eindruck, eine Stunde meiner Zeit verschwendet zu haben. Und ich hab mir auch noch das Hemd zerknittert. Ich versuche, es mit den Händen glatt zu streichen, aber das klappt nicht. Ich werde es bügeln müssen, wenn ich nach Hause komme. Und waschen. Denn Candy hat ein paar Tropfen Blut darauf hinterlassen. Warum muss das Leben so kompliziert sein? Ich schüttle den Kopf, greife nach meinem Aktenkoffer und gehe nach unten, und dabei finde ich die Antwort auf mein Problem. Morgen werde ich von einer öffentlichen Telefonzelle aus die Polizei anrufen und ihr einen anonymen Tipp geben.

Draußen ist es dunkel und warm. Eine Million Sterne funkeln auf mich herab und lassen meine bleiche Haut noch ein bisschen bleicher aussehen. Eine leichte Brise weht mir ins Gesicht, als ich mich auf den Heimweg mache. Ich komme an mehreren Frauen vorbei. Die meisten von ihnen sind Nutten, aber ich schenke ihnen keinen zweiten Blick. Ich bin kein Tier. Ich muss niemanden umbringen, nur weil er gerade da ist. Ich hasse Typen, die so was tun. Und das unterscheidet mich von allen anderen.

Meine Menschlichkeit.

Kapitel 13

Verglichen mit dem Haus, aus dem ich gerade komme, ist meine Wohnung nicht größer als ein Wandschrank. Manchmal brauche ich nicht mehr. Manchmal fühle ich mich richtiggehend beengt. Aber ich will mich nicht beklagen. Bei wem auch?

Kaum bin ich zu Hause, öffne ich als Erstes meinen Aktenkoffer und werfe den neuen Hefter auf den Tisch zu den anderen, die ich während der letzten Monate mitgenommen habe. Die anderen sind Erinnerungsstücke, aber Danielas Akte hatte ich nicht mitgenommen, weil es sinnlos war. Warum sollte man ein Andenken an das Verbrechen eines anderen aufheben? Ich muss mir noch die Berichte über die beiden Opfer von gestern besorgen. Und die Akte über den heutigen Mord wird in den nächsten Tagen vorerst nicht zu bekommen sein.

Ein paar Minuten lang beobachte ich Pickle und Jehova und frage mich, was sie wohl denken. Dann gehe ich ins Bett. Ich stelle meine innere Uhr auf halb acht und will gerade unter die Decke schlüpfen, als mein Blick auf den Anrufbeantworter fällt. Das Lämpchen blinkt. Na wunderbar. Ich trage nichts als meine Pyjama-Shorts und bin nicht in der Stimmung, mir anzuhören, was irgendjemand zu sagen hat, aber dann denke ich mir, dass es wahrscheinlich Mum ist. Wenn ich mich nicht darum kümmere, was sie will, wird sie immer weiter anrufen und mir auf die Nerven gehen.

Sechs Nachrichten. Alle von ihr. Wenn ich nicht bei ihr auftauche, wird sie mir das Leben zur Hölle machen. Als ich das letzte Mal nicht wie geplant zum Abendessen kam, hat sie die ganze Woche am Telefon verbracht und sich die Augen ausgeheult, bis ich schließlich zugegeben habe, was für ein schlechter Sohn ich bin.

Ein paar Blocks von ihrem Haus entfernt steige ich aus dem Bus, laufe in einen Supermarkt, der rund um die Uhr geöffnet hat, und kaufe schnell ein paar Sachen ein. Der Typ hinter der Kasse ist so müde, dass er mir zu wenig Wechselgeld rausgibt, aber ich hatte einen so großartigen Tag, dass ich ihn nicht darauf hinweise. Mein Herz rast, als ich zu Mums Haus gehe. Ich stehe auf dem Bürgersteig und atme tief durch. Die Luft schmeckt nach Salz. Ich blicke hoch in den dunklen Himmel. Gibt es irgendeine Möglichkeit zu vermeiden, was gleich kommen wird? Solange ich sie nicht in ein Pflegeheim einweisen lasse, lautet die Antwort: Nein. Ich klopfe an die Haustür. Zwei Minuten vergehen, aber ich weiß, dass sie nicht im Bett ist, denn die Lichter brennen. Ich klopfe wieder. Sie wird aufmachen, wenn sie so weit ist.

Ein paar Minuten später höre ich, wie sich Schritte nähern. Ich strecke mich, denn ich will nicht, dass sie meine schlechte Haltung kritisiert, und fange an zu lächeln.

»Weißt du, wie spät es ist, Joe? Ich hab mir Sorgen gemacht. Ich hätte beinahe die Polizei alarmiert. Hätte beinahe in sämtlichen Krankenhäusern angerufen. Macht es dir denn gar nichts aus, wenn mir das Herz bricht?«

»Es tut mir leid, Mum.«

Die Sicherheitskette verhindert, dass die Tür noch weiter aufgeht. Meine Mum, Gott segne sie, hat die Sicherheitskette vor vier Jahren angebracht, als die »Nachbarskinder« ihr Geld gestohlen haben. Aber sie hat die Kette so angebracht, dass man das eine Ende auf und ab bewegen muss und nicht von einer Seite zur anderen, sodass jemand, der wirklich reinwill, einfach nur seinen Finger in den Spalt stecken und die Kette nach oben schnippen muss. Sie schließt die Tür, schiebt die Kette zurück und öffnet die Tür ganz. Ich trete ein und wappne mich gegen das, was jetzt kommt.

Sie zwickt mich ins Ohr. »Lass dir das eine Lehre sein, Joe.«

»Es tut mir leid, Mum.«

»Nie kommst du vorbei und besuchst mich. Jetzt ist es schon wieder eine Woche her, seit du das letzte Mal hier warst.«

»Ich war gestern Abend hier, Mum.«

»Du warst letzten Montag hier.«

»Und heute ist Dienstag.«

»Nein, es ist Montag. Du warst letzten Montag hier.«

»Mum, es ist Dienstag.«

Sie zwickt mich ins Ohr. »Du sollst deiner Mutter nicht widersprechen.«

»Ich widerspreche dir nicht, Mum.«

Rasch hebt sie die Hand, und ich beeile mich mit meiner Entschuldigung.

»Ich hab Hackbraten gemacht, Joe. Dein Lieblingsessen.«

»Du brauchst mich nicht daran zu erinnern.«

»Was meinst du damit?«

»Nichts.« Ich öffne die Tüte mit den Sachen, die ich eingekauft habe, und greife nach einem Blumenstrauß. Ich überreiche ihn ihr. Keine Dornen diesmal.

»Die sind aber schön, Joe«, sagt sie, und ihr Gesicht strahlt vor Freude.

Sie führt mich in die Küche. Ich stelle meinen Aktenkoffer auf den Tisch, öffne ihn und werfe einen Blick auf die Messer darin. Ich sehe mir auch die Pistole an. Mum stellt die Blumen in eine Vase, füllt aber kein Wasser ein. Vielleicht will sie ja, dass sie sterben. Die Rose von gestern ist verschwunden. Vielleicht hat sie gedacht, die sei schon eine Woche alt.

»Ich hab dir noch etwas mitgebracht, Mum.«

Sie sieht zu mir rüber. »Oh?«

Ich ziehe eine Schachtel Schokoriegel heraus und reiche sie ihr.

»Willst du mich vergiften, Joe? Willst du Zucker in mein Cholesterin schütten?«

Jesus Christus. »Ich versuche einfach nur nett zu sein, Mum.«

»Nun, dann sei so nett und kauf mir keine Schokolade.«

»Aber auch in Coke ist Zucker, Mum.«

»Bist du jetzt auf einmal ganz besonders schlau?«

»Natürlich nicht.«

Sie wirft die Schachtel nach mir, und eine Ecke trifft mich an der Stirn. Ein paar Sekunden lang sehe ich Sterne. Ich reibe mir den Kopf, wo ich getroffen wurde. Die Schachtel hat eine kleine Druckstelle hinterlassen, aber es fließt kein Blut.

»Dein Abendessen ist kalt, Joe. Ich habe meins schon gegessen.«

Ich lege die Schokolade gerade zurück in meinen Aktenkoffer, als sie mir mein Abendessen bringt. Sie bietet mir nicht an, es für mich aufzuwärmen, und ich habe Angst, sie darum zu bitten. Ich trete zur Mikrowelle und will es selbst erledigen.

»Dein Essen ist kalt, Joe, weil du es hast kalt werden lassen. Bilde dir nur nicht ein, dass du meinen Strom benutzen kannst, um es wieder aufzuwärmen.«

Wir gehen ins Wohnzimmer und setzen uns vor den Fernseher. Es läuft irgendeine Serie – ich kenne sie, aber ich weiß nicht, wie sie heißt. Sie sind sowieso alle gleich. Eine Gruppe junger weißer Männer und Frauen lebt in einem Haus in der Innenstadt. Jedes Mal, wenn was schiefgeht, lachen sie sich kaputt, und es geht viel schief. Ich würde nicht lachen, wenn mir das alles passieren würde. Ich frage mich, ob es so ein Gebäude bei uns in der Innenstadt gibt – oder überhaupt irgendwo im richtigen Leben. Falls ja, hätte ich nichts dagegen, es zu finden. Nach allem, was das Fernsehen zeigt, sind die Frauen in solchen Häusern verdammt sexy. Vielleicht kenne ich diese Folge schon, aber ich bin mir da einfach nicht sicher, denn die Männer und Frauen machen jede Woche dasselbe.

Mum spricht nicht mit mir, während ich esse. Das ist eine Überraschung, denn im Allgemeinen krieg ich sie kaum dazu, dass sie mal die Klappe hält. Es gibt immer etwas, über das sie sich beklagen muss. Am häufigsten über die Preise. Ihre Enttäuschung erfüllt den Raum. Ich bin so sehr daran gewöhnt, dass mir dieses Gefühl fast schon wie ein zusätzliches Möbelstück vorkommt. Nachdem ich mir den letzten Bissen kalten Hackbraten in den Mund geschoben habe, greift Mum nach der Fernbedienung, schaltet das Gerät ab und wendet sich mir zu. Ihr Mund klappt auf, sie bleckt die Zähne, und ich sehe zu, wie sich der Anfang eines Satzes bildet.

»Wenn dein Vater wüsste, wie du mich behandelst, würde er sich im Grab umdrehen, Joe.«

»Er wurde eingeäschert, Mum.«

Sie steht auf, und ich zucke zurück. »Dann kann ich ja dein Geschirr spülen.«

»Mach ich schon selbst.«

»Gib dir keine Mühe.« Sie nimmt meinen Teller, und ich folge ihr in die Küche.

»Soll ich dir etwas zu trinken machen, Mum?«

»Was? Damit ich die ganze Nacht über ständig auf die Toilette rennen muss?«

Ich öffne den Kühlschrank. »Möchtest du was von da drin?«

»Ich hab zu Abend gegessen, Joe.«

Ich muss sie aufmuntern, also entscheide ich mich für ein Thema, bei dem sie in ihrem Element ist. »Ich war im Supermarkt, Mum. Ich hab gesehen, dass es Orangensaft im Angebot gibt.«

Noch immer meinen Teller schrubbend, dreht sie sich zu mir um, das Fleisch um ihren Mund zieht sich zurück, und sie lächelt strahlend. »Wirklich? Welche Marke?«

»Die Marke, die du trinkst.«

»Bist du sicher?«

»Absolut.«

»Im Drei-Liter-Pack?«

»Ja.«

»Wie viel?«

Ich kann nicht einfach »drei Dollar« sagen. Ich muss präzise sein. »Zwei neunundneunzig.«

Ich kann sehen, wie sie angestrengt nachrechnet, aber ich unterbreche sie nicht mit der Lösung. »Das macht zwei vierundvierzig weniger. Da spart man ganz schön. Hast du mein neuestes Puzzle gesehen?«

Genau genommen sind es zwei sechsundvierzig weniger, aber das sag ich ihr nicht. »Noch nicht.«

»Geh und schau's dir an. Es liegt neben dem Fernseher.«

Ich sehe mir das Puzzle an. Ja, ich betrachte es wirklich gründlich, denn ich weiß, sie wird mir Fragen dazu stellen. Ein Landhaus. Bäume. Blumen. Himmel. Ich vermute mal, Puzzles sind wie Sitcoms – sie sehen sich alle so beschissen ähnlich. Ich gehe zurück in die Küche. Sie trocknet meinen Teller ab.

»Na, was meinst du?«

»Hübsch.«

»Hat dir das Cottage gefallen?«

»Ja.«

»Und was ist mit den Blumen?«

»Die reinste Pracht.«

»Welche haben dir am besten gefallen?«

»Die roten. In der Ecke.«

»In der linken oder in der rechten Ecke?«

»Mum, du hast erst die linke Ecke gelegt.«

Sie ist zufrieden, weil ich die Wahrheit gesagt habe, und stellt den Teller weg. Wir setzen uns wieder ins Wohnzimmer und unterhalten uns weiter. Ich habe keine Ahnung worüber. Ich kann nur noch daran denken, wie es wohl wäre, würde sie ihre Stimme verlieren.

»Ich mach mir schnell selbst etwas zu trinken, Mum. Bist du sicher, dass du nichts möchtest?«

»Doch. Wenn du dann die Klappe hältst. Mach mir einen Kaffee, und mach ihn stark.«

Ich gehe in die Küche. Stelle den Kessel auf den Herd. Gebe etwas Kaffee in zwei Tassen. Ich greife nach der Tüte Rattengift, die im Supermarkt ebenfalls im Angebot war, auch wenn man dabei nicht ganz so viel sparen konnte wie beim Orangensaft, den ich nicht gekauft habe. Ich schütte eine beträchtliche Menge in ihren Kaffee. Mums Kaffee muss stark sein, denn die Geschmacksknospen auf ihrer Zunge lassen sie so langsam im Stich. Sobald das Wasser im Kessel kocht, verrühre ich das Zeug zwei Minuten lang, bis es sich auflöst.

Im Wohnzimmer läuft wieder der Fernseher, aber Mum will sich trotzdem mit mir unterhalten. Ich reiche ihr die Tasse. Sie stellt die Lautstärke des Fernsehers so ein, dass sie die Stimmen immer noch hören kann, während sie mit mir spricht. Die weißen Jungs machen irgendwas schrecklich Komisches. Ich frage mich, nach wie viel Komik ihnen zumute wäre, wenn sie in einer Mietskaserne wohnen würden wie ich. Mum beugt sich vor und nippt langsam an ihrer Tasse, die sie schützend umklammert, als wäre jemand drauf und dran, sie ihr zu entreißen. Als sie fertig ist, biete ich ihr an, die Tasse abzuwaschen. Sie weigert sich, macht es selbst und beklagt sich dann. Da sie ohnehin schon am Jammern ist, sehe ich mit großer Geste auf die Uhr, verziehe das Gesicht vor Überraschung darüber, wie spät es geworden ist, und sage ihr, dass ich jetzt wirklich aufbrechen muss.

Ich muss das ganze Theater mitmachen und ihr auf der Schwelle einen Abschiedskuss geben. Sie dankt mir für die Blumen, und ich muss ihr versprechen, dass wir in Kontakt bleiben werden, als wäre ich auf dem Weg in ein anderes Land und nicht etwa ans andere Ende derselben Stadt. Ich verspreche ihr, was sie sich wünscht, und sie fixiert mich, als würde ich sie für den Rest ihres Lebens ignorieren. Es ist dieser Blick, bei dem man sich schuldig fühlen soll. Ich kenne ihn gut, aber trotzdem fühle ich mich schlecht. Ich habe mich auch schon vorher schlecht gefühlt. Schlecht, weil sie alleine ist. Schlecht, weil ich ein schlechter Sohn bin. Traurig, weil ihr eines Tages etwas passieren könnte. Was Gott verhüten möge.

Ich winke ihr vom Gehweg aus zu, aber sie ist schon verschwunden. Wo wäre ich bloß ohne Mum? Ich weiß es nicht und will es auch nie rausfinden.

Der Bus kommt, aber es ist nicht derselbe alte Fahrer von letzter Nacht. Der ist wahrscheinlich schon tot. Dieser Fahrer ist ein junger Kerl Mitte zwanzig. Er nennt mich »Mann«, grinst mich an und fühlt sich verpflichtet, sich mit mir zu unterhalten, weil ich der Einzige bin, der mitfährt. Ich starre aus dem Fenster, nicke und sage »ja«, wenn er es erwartet.

Wir haben schon mehr als drei Viertel meines Nachhausewegs hinter uns, als ich *ihn* sehe. Er liegt einfach so am Straßenrand. Er bewegt sich noch. Irgendwie.

»Halten Sie an«, sage ich und stehe auf.

»Aber Sie sagten doch …«

»Halten Sie einfach an, okay?«

»Sie sind der Boss, Kumpel.«

Er hält an, und wenn ich wirklich sein Kumpel wäre, würde er mir ein Viertel des Fahrpreises zurückgeben. Das Zischen der Türen, die sich hinter mir schließen, das Brummen des Motors, das Zittern des schweren Metalls – dann ist der Bus verschwunden. Ich renne über die Straße und gehe neben ihm in die Hocke. Er ist weiß und hat ein paar rötlich gelbe Streifen. Sein Maul steht ein bisschen offen. Er bewegt sich nicht: Vielleicht habe ich mich geirrt, als ich ihn zuerst gesehen habe. Als ich ihm die Hand auf das Fell lege, spüre ich, dass er noch warm ist. Seine Augen sind offen und blicken mich an. Er versucht zu miauen, schafft es aber nicht. Eines seiner Beine steht auf dieselbe merkwürdige Art von seinem Körper ab wie Candys Arm.

Es ist schon komisch, wie das Schicksal mit uns spielt. Noch vor zwei Nächten stand es mir nicht zu, die Tatsache infrage zu stellen, dass in dieser verrückten, chaotischen Welt Tiere manchmal als Werkzeuge verwendet werden. Tag für Tag werden sie so benutzt. Chemikalien werden an ihnen getestet, damit wir unsere Gesundheitsvorsorge verbessern können, damit wir bessere Shampoos, passende Eyeliner und wärmere Kleider haben. Andere werden umgebracht, weil wir sie essen möchten. Und jetzt habe ich die Gelegenheit, die Waagschalen wieder ein bisschen auszugleichen nach dem, was ich der armen Fluffy angetan habe.

Ich hebe den Kater hoch, wobei ich sorgfältig darauf achte, sein gebrochenes Bein nicht zu berühren. Er stößt ein lautes Miauen aus und windet sich hin und her, doch er hat nicht genügend Energie, um sich großartig zu wehren. Die lange Schürfwunde, die sich über die Seite seines Körpers zieht, sieht roh und blutig aus. Sein Fell ist verklebt. Er gibt seltsame Töne von sich. Anstatt ihn gegen mich zu drücken, nehme ich die Einkaufstüte aus meinem Aktenkoffer und setze den Kater hinein. Dann mache ich mich zu Fuß auf den Weg nach Hause.

Nach weniger als einem halben Kilometer komme ich an einer Telefonzelle vorbei. Ich finde die Nummer einer Tierklinik, die nachts Dienst hat, und sage, dass ich unterwegs zu ihnen bin. Dann rufe ich ein Taxi. Fünf Minuten später ist es da. Der Fahrer ist Ausländer und spricht ungefähr so viel Englisch wie der Kater. Ich habe die Seite aus dem Telefonbuch gerissen und reiche sie ihm. Er liest die Adresse und fährt los. Der Kater miaut nicht mehr, aber er lebt noch. Ich hebe ihn aus der Tüte, bevor ich durch die Kliniktüren gehe.

Am Empfang erwartet mich eine Frau, die etwa so alt ist wie ich. Sie hat ihr langes, rotes Haar zu einem Pferdeschwanz gebunden und ein wenig Make-up aufgetragen, was gar nicht nötig wäre – sie ist eine natürliche Schönheit mit sanften braunen Augen und vollen Lippen. Sie trägt einen kurzen, weißen Krankenschwesternkittel, an dem die Hälfte der Knöpfe offen steht, als sei sie gerade dabei, den Set eines Pornofilms zu betreten. Darunter trägt sie ein blaues T-Shirt. Zwei bemerkenswerte Brüste drücken gegen den Stoff. Sie lächelt mich weniger als eine Sekunde lang an, bevor sie ihre Aufmerksamkeit dem Kater zuwendet.

»Waren Sie das, der gerade angerufen hat?«

»Ja.«

»Sie haben den Kater überfahren?«, fragt sie mit einer weichen Stimme, die nicht anklagend klingen soll.

»Ich hab ihn gefunden«, sage ich. »Deshalb musste ich ein Taxi nehmen.«

Sie nimmt mir den Kater kommentarlos ab und verschwindet. Ich bleibe allein zurück und frage mich, warum ich das Bedürfnis hatte, mich zu rechtfertigen, wo sich doch alles genau so abgespielt hat. Ich schaue mich rasch in der Klinik um. Es gibt nicht viel zu sehen. An zwei Wänden stapeln sich Produkte wie Halsbänder, Leinen, Flohpuder, Fressnäpfe, Käfige und Tiernahrung. Vor der nächsten Wand gibt es Tausende Broschüren und Prospekte, die mir allesamt nichts nützen, weil nichts davon die Frage betrifft, wie man mit einem Mord davonkommt. Ich setze mich. Ich sollte inzwischen im Bett sein. Sollte schlafen. Ich starre auf mehrere Säcke Katzenstreu und registriere, dass die hier doppelt so teuer sind wie im Supermarkt.

Ich setze mich und warte geduldig. Aus fünf Minuten werden zehn, dann zwanzig. Ich greife nach einer Broschüre über den Umgang mit Flöhen. Auf der ersten Seite hat ein Künstler einen riesigen Floh dargestellt, der eine Sonnenbrille und eine Lederjacke trägt und im Fell einer Katze eine Party schmeißt. Die zweite Seite zeigt die hundertfach vergrößerte Aufnahme eines richtigen Flohs. Offensichtlich hat der Künstler seinen Gegenstand vollkommen verfehlt. Ich habe die Broschüre zur Hälfte gelesen, als die Rothaarige zurückkommt. Ich stehe auf.

»Der Kater kommt wieder ganz in Ordnung«, sagt sie und schenkt mir ein Lächeln.

»Was für eine Erleichterung«, sage ich, doch ich bin so müde, dass ich fast nichts mehr empfinde.

»Wissen Sie, wem er gehört?«

»Nein.«

»Er wird ein paar Tage hierbleiben müssen.«

»Sicher. Natürlich. Das klingt gut«, sage ich, dankbar für ihre Hilfe. »Hmm, was passiert, wenn sich der Besitzer nicht meldet? Ich meine, Sie werden das Tier doch nicht im Stich lassen, oder?«

Sie zuckt mit den Schultern, als wüsste sie nicht, was dann passiert, doch ich glaube, sie weiß es sehr wohl. Ich gebe ihr meinen Namen und meine Telefonnummer und bezahle für die medizinische Versorgung des Katers. Sie weist meine Großzügigkeit nicht zurück, doch immerhin fällt sie ihr auf. Sie sagt, ich sei ein unglaublich netter Mensch. Ich sehe keine Veranlassung, dieser Wahrheit zu widersprechen. Sie sagt, sie werde mich anrufen, um mir von den Fortschritten des Katers zu berichten.

Ich frage sie, ob sie mir ein Taxi rufen kann, doch sie meint, auch sie werde gleich nach Hause gehen, und bietet mir an, mich mitzunehmen.

Ich sehe auf die Uhr. So eine Fahrt mit ihr würde mir durchaus

Spaß machen, aber wo soll ich dann die Leiche loswerden? »Ich möchte Ihnen keine Umstände machen. Ein Taxi ist schon in Ordnung.«

Der Taxifahrer ist ein großer Mann, dessen Bauch auf dem Steuer ruht und jedes Mal gegen die Hupe drückt, wenn wir über eine unebene Stelle fahren. Er setzt mich direkt vor meiner Wohnung ab. Ich ignoriere meine Fische, um mir endlich den Luxus meines Bettes zu gönnen, und schlafe sofort ein.

Kapitel 14

Es ist halb acht, und meine Augen sind offen. Pünktlich. Ich muss mir nicht die Mühe machen, die letzten Reste eines Traums abzuschütteln, denn ich träume nie. Das liegt vermutlich daran, dass ich die Hälfte der Scheiße, die andere Leute träumen, tatsächlich mache. Falls ich träumen würde, dann wahrscheinlich von einer pummeligen Ehefrau, die in jeder Hinsicht einen schlechten Geschmack hat, egal ob es um Mode oder um Stellungen beim Sex geht. Ich würde in einem Haus leben, dessen Hypotheken ich ein Leben lang abzahlen müsste, und ich hätte zwei unfähige Kinder, die mir jeden Tag auf die Nerven fallen. Ich würde den Müll rausbringen und den Rasen mähen. Jeden Sonntagmorgen, wenn ich auf dem Weg zur Kirche mit meinem Kombi aus der Auffahrt rolle, müsste ich darauf achten, den Hund nicht zu überfahren. Ein gottverdammter Albtraum.

Ich bin gerade dabei, mich anzuziehen, als ich plötzlich von einem düsteren Gefühl gepackt werde. Es ist, als gäbe es schlechte Nachrichten, und ich hätte sie nur noch nicht erhalten. Ich bin nicht sicher, was dieses Gefühl bedeutet, aber es lässt mich nicht mehr los, während ich die übliche Routine vor der Arbeit hinter mich bringe. Tränen schießen mir in die Augen, mein Blick wird trüb, und nicht einmal Pickle und Jehova können mich aufheitern. Ich denke an den Kater, den ich letzte Nacht gerettet habe. Etwas Schlimmes ist passiert. Ich denke an Mum und hoffe, dass es ihr gut geht.

Ich frühstücke rasch, bevor ich mich zur Arbeit aufmache. Es hat keinen Sinn, nur wegen einer düsteren Vorahnung hungrig zu bleiben. Im Bus entwertet Mr. Stanley meinen Fahrschein und macht die üblichen netten Bemerkungen. Ich mag Mr. Stanley. Der Mann ist okay.

Obwohl Mr. Stanley meinen Albtraum lebt. Er ist verheiratet und hat zwei Kinder, von denen eines im Rollstuhl sitzt. Ich weiß das, weil ich ihm eines Tages nach Hause gefolgt bin. Nicht weil ich ihn als potenzielles Opfer betrachte (obwohl, wie ich in der Schule gelernt habe, jeder ein gewisses Potenzial hat), sondern einfach nur aus Neugier. Es ist erstaunlich, dass ein Kerl mit einem nutzlosen Kind, einer hässlichen Frau und einem beschissenen Job jeden Tag so freundlich sein kann.

Ich gehe den Gang runter. Finde einen Platz hinter zwei Geschäftsleuten. Beide reden laut über Geld, Fusionen und Akquisitionen. Ich frage mich, wen sie in diesem Bus damit beeindrucken wollen. Vielleicht sich selbst.

Nur für mich hält Mr. Stanley den Bus direkt vor meinem Arbeitsplatz an. Die Türen öffnen sich. Ich steige aus. Wieder haben wir einen heißen Sommertag. Vermutlich wird das Thermometer auf zweiunddreißig, dreiunddreißig Grad klettern. Ich öffne den Reißverschluss meines Overalls und rolle die Ärmel hoch. Seit fast zwei Monaten gibt es keine Kratzer mehr auf meinen Armen.

Die Luft flimmert. Es ist ruhig. Ich warte, bis zwei Autos vorbei sind, die noch bei Rot über die Ampel rasen, bevor ich die Straße überquere. Vor dem Revier kneifen Betrunkene, die die Nacht in den Ausnüchterungszellen verbracht haben, die Augen gegen die strahlende Sonne zu.

Die Luft im Polizeigebäude ist kühl. Sally wartet vor dem Aufzug. Sie entdeckt mich, bevor ich im Treppenhaus verschwinden kann, also muss ich zu ihr gehen. Ich drücke den Knopf und lasse den Finger an Ort und Stelle, denn das erwartet man von jemandem, der keine Ahnung davon hat, wie die Dinge in dieser Welt funktionieren.

»Morgen, Joe«, sagt sie und benutzt dabei die genau akzentuierende, lang gezogene Sprechweise einer Frau, der nicht ganz klar ist, wozu Sprache eigentlich dient. Ich muss mit meiner eigenen Version dieser Sprechweise antworten, denn ob ich nun zurückgeblieben bin oder nicht, jeder hier erwartet von mir, dass ich rede wie ein Schwachsinniger.

»Hi, Morgen, Sally«, sage ich, und dann schenke ich ihr dieses große Kinderlächeln, bei dem man alle meine Zähne sieht und das zeigen soll, wie stolz ich darauf bin, drei Worte zu einem Satz zusammengefügt zu haben, selbst wenn der nicht ganz korrekt ist.

»Was für ein schöner Tag. Magst du dieses Wetter, Joe?«

Ehrlich gesagt, ist es mir ein bisschen zu heiß. »Ich mag die warme Sonne. Ich mag den Sommer.« Ich rede wie ein Idiot, damit die begriffsstutzige Sally mich versteht.

»Du solltest über Mittag mit mir zum Fluss kommen«, sagt sie. Sie versucht doch tatsächlich mich anzumachen, und ich kann gerade noch ein Würgen unterdrücken. Den Spaß kann ich mir wirklich vorstellen. Den Spaß, zu beobachten, wie Leute vorbeigehen und einem Menschen zusehen, der so tut, als sei er behindert, während der andere so tut, als sei er normal. Wir könnten den Enten Brotkrümel zuwerfen und einander erzählen, welche Wolken wie Piratenschiffe und welche wie die aufgeblähten Leichen Ertrunkener aussehen. Verdammt, weiß Sally überhaupt, dass sie nicht normal ist? Was wissen Leute wie sie eigentlich über sich selbst?

Der Aufzug kommt. Ich weiß nicht, ob ich mich wie ein Gentleman verhalten und ihr den Vortritt lassen soll, oder ob es besser wäre, mich wie ein Behinderter an ihr vorbeizudrängen. Ich entscheide mich für die Gentleman-Haltung, denn würde ich meine Behindertenshow abziehen, müsste ich schreien, während der Lift die paar Stockwerke nach oben fährt, und dann in Ehrfurcht erstarren angesichts der Tatsache, dass alles anders aussieht, wenn sich die Türen wieder öffnen.

»Dritter Stock, Joe?«

»Klar.«

Die Türen schließen sich.

»Also ...«

»Also?«

»Also, wie sieht's aus? Kommst du über Mittag mit?«

»Ich mag mein Büro, Sally. Es gefällt mir, im Büro zu sitzen und aus dem Fenster zu schauen.«

»Das weiß ich doch, Joe. Aber es täte dir gut, da mal rauszukommen.«

»Nicht immer.«

»Naja, ich hab dir jedenfalls wieder Lunchbrote gemacht. Ich bring sie dir vorbei.«

»Danke.«

»Ist es schön, mit dem Bus nach Hause zu fahren?«

»Was? Natürlich. Ich glaub schon.«

»Ich könnte dich gelegentlich mitnehmen, wenn du möchtest.«

»Der Bus gefällt mir.«

Sie zuckt mit den Schultern und gibt auf. »Ich bring dir dann deine Brote.«

»Danke, Sally. Das ist nett.«

Und es ist wirklich nett. Sally ist zwar ein Schwachkopf und vernarrt in mich, aber sie war immer gut zu mir. Immer freundlich. Niemand sonst hat mir jemals was zu essen angeboten, niemand hat mir jemals angeboten, mich nach Hause zu bringen (obwohl sie sicher nicht fahren kann, sie meint wohl, dass ihre Mutter uns abholt oder so was). Ich könnte also viel schlechter dran sein. Ich mag sie zwar nicht, aber alle anderen mag ich noch weniger. In gewisser Weise macht sie diese Tatsache zu jemandem, der für mich einem Freund am nächsten kommt. Abgesehen von meinen Goldfischen.

Die Türen schließen sich, und das Lächeln, das ich Sally schenke, ist nicht gezwungen, es ist natürlich. Das wird mir jedoch erst klar, als es zu spät ist und ich nicht mehr das breite Grinsen eines kleinen Jungen aufsetzen kann. Die Türen sind zu, Sally ist verschwunden, und einen Augenblick später denke ich schon nicht mehr an sie.

Ich gehe direkt zum Besprechungszimmer.

»Hi, Joe.«

»Morgen, Detective Schroder.«

Ich fange an, ihn als Verdächtigen zu betrachten, und versuche mir vorzustellen, wie er Daniela Walker umbringt. Schroder ist ein großer Kerl, der ausschließlich aus einem Haufen straffer Muskeln zu bestehen scheint, über denen sich seine Haut spannt. Sollte ich jemals gefasst werden, werde ich ganz besonders darauf achten, dass nicht ausgerechnet er mich festnimmt. Von nun an werde ich jeden, der mit dem Fall zu tun hat, als Verdächtigen betrachten, vom Polizeifotografen bis zum Pathologen, und als Erstes brauche ich eine Liste all dieser Leute. Dann kann ich anfangen, sie zu eliminieren. Natürlich nur *als Verdächtige* zu eliminieren.

»Wie ist die Erm... Ermi... Ermitte...« Ich halte inne. Gerade so lange, dass er merkt, ich gehöre zu dem halben Prozent der Bevölkerung mit einem zusätzlichen Chromosom. »Wie sieht's aus in dem Fall, Detective Schroder? Haben Sie den Killer schon gefunden?«

Er schüttelt langsam den Kopf, als ob er versucht, ein paar Gedanken zu fassen – aber immer schön vorsichtig, damit keiner dabei kaputtgeht.

»Noch nicht, Joe. Aber wir kommen voran.«

»Irgendwelche Verdächtigen, Detective Schroder?«

»Ein paar. Und Joe, du kannst mich Carl nennen.«

Ich werde ihn nicht Carl nennen. Er hat es mir früher schon angeboten. Immerhin habe ich »Detective Inspector« schon zu »Detective« verkürzt.

Er starrt auf die Fotos und zieht eine Grimasse, was er inzwischen jeden Morgen tut. Es ist fast so, als erwartete er, dass eines der Opfer auf den Porträts in der Zwischenzeit die Hand ausgestreckt und den Namen des Täters für ihn aufgeschrieben hat. In Wirklichkeit hat er nichts, überhaupt nichts in der Hand. Er weiß es. Ich weiß es. Jeder weiß es. Besonders die Medien.

»Sind Sie sicher, dass es immer derselbe war, der sie alle umgebracht hat, Detective Schroder?«

»Hey, Joe, was ist denn das? Wirst du jetzt noch zu einem zweiten Sherlock Holmes?«

Ich sehe zu Boden. »Hmm ... nein, Detective Schroder. Ich bin bloß neugierig. Sie wissen schon, das ist alles so seltsam.«

»Das Leben ist in der Tat seltsam, Joe. Ja, sie sind alle miteinander verbunden.«

Rasch hebe ich den Kopf, glotze ihn an und reiße die Augen auf, wodurch ich hoffentlich überrascht aussehe. »Verbunden miteinander wie Schwestern, Detective Schroder?«

Verdammt, ich sollte einen Emmy für diese Vorstellung bekommen.

»Nein, nicht auf diese Art und Weise, Joe«, seufzt er nach einer Pause von zehn Sekunden. »Ich meine, dass alle von einem einzigen Menschen umgebracht wurden.«

»Oh. Sind Sie sicher?«

»Du wirst doch niemandem davon erzählen, Joe, oder? Du hast nicht zufällig Freunde bei der Zeitung?«

Ich versuche, den Kopf genauso zu schütteln wie Schroder vor ein paar Minuten. Er denkt, ich habe keine Freunde. Er weiß nichts von Pickle und Jehova. »Ihr Leute hier seid die einzigen Freunde, die ich hab, Detective Schroder.«

»Hast du schon mal von einem *copycat killer* gehört, Joe?«

Ich höre auf, den Kopf zu schütteln, bevor mir schwindlig wird. »Ein Kopier-Katzen-Killer? Warum sollte denn jemand eine Katze umbringen?«

Wieder schweigt Schroder lange, und mir schwant, dass ich vielleicht etwas zu dick aufgetragen habe.

»Nicht ganz, Joe. Ein *copycat killer* ist jemand, der tötet, um einen Serienkiller nachzuahmen.«

»Warum sollte er so was tun?«

»Weil er es kann. Weil er es will. Weil er wahnsinnig ist.«

»Oh. Warum laufen diese Leute dann frei herum, Detective Schroder? Warum werden sie nicht ins Gefängnis gesteckt?«

»Das ist eine gute Frage«, sagt er, und ich lächle über sein Lob. »Und sie hat eine ganz einfache Antwort. Die Welt ist total verkorkst. Du hast doch schon mal in den Nachrichten gesehen, wie irgendein Bastard seine ganze Familie und noch ein paar Nachbarn erschossen hat?«

Ich nicke. Erstich deinen Nächsten. Kenne ich.

»Andere Familienmitglieder, andere Nachbarn – sie alle erzählen dir, wie ruhig dieser Typ war. Aber er hatte jede Menge Waffenmagazine und jede Menge Probleme. Die Erkenntnisse, die wir im Nachhinein gewinnen, wollen wir für die Vorbeugung nutzen, aber für diesen einen Fall ist es zu spät. Da kann man nicht mehr vorbeugen, weil alle bereits tot sind ... Tut mir leid, Joe«, sagt er seufzend. »Ich quassle da einfach so vor mich hin. Ich sollte dich nicht mit diesen Dingen belasten.«

»Das ist schon in Ordnung.«

»Ich wollte nur, wir könnten mehr tun. Ich meine, wir sehen diese Typen jeden Tag, aber können wir irgendwas gegen sie unternehmen? Nein. Weil sie Rechte haben. So wie wir alle. Und bevor sie schließlich jemanden umbringen – und oft versuchen sie das ja –, sorgen diese Rechte dafür, dass sie unangreifbar sind. Verstehst du, was ich sagen will, Joe?«

»Ich glaub schon, Detective Schroder.«

Er macht eine Geste in Richtung Wand. »Hundert zu eins, dass wir mit diesem Kerl schon irgendwann mal gesprochen haben. Wir wissen, dass er Drogen nimmt oder nicht ganz richtig im Kopf ist, aber bisher haben wir nie was unternehmen können. Er beobachtet uns, hier und heute. Macht sich lustig über uns, lacht über uns. Ich garantier dir, wir wollten diesen Kerl schon mal festnehmen, aber wir durften nicht. Ich garantier dir, wir hatten diesen Kerl schon mal auf dem Revier.«

Er hat zugleich recht und unrecht, aber das kann ich ihm nicht sagen. Ich würde nicht darauf wetten, dass er selbst der Täter ist. Angesichts der Predigt, die er mir hält, macht sich Schroder in meinen Augen als Verdächtiger nicht mehr besonders gut. »Ich verstehe, Detective Schroder.«

»Wenn das stimmt, dann bist du einer von ganz wenigen, Joe. Willst du mal was Komisches hören?«

»Klar.«

»Serienkiller wollen immer um eine Nasenlänge voraus sein, und weißt du, wie sie das machen?«

Natürlich weiß ich das. Sie treiben sich irgendwo am Rand der Ermittlungen herum. Manchmal kommen sie aufs Revier und behaupten, dass sie irgendwas gesehen haben. Sie kommen her und versuchen, ein Gefühl für die Ermittlung zu entwickeln. Manche tauchen sogar in den Bars auf, die von Cops frequentiert werden. Sie hören sich den Tratsch an, mischen sich womöglich in die Unterhaltung ein. Oder sie hängen mit den Reportern rum, die auf der Suche nach einem exklusiven Insiderbericht sind.

»Nein. Wie denn?«

Wieder zuckt er mit den Schultern. »Tut mir leid, Joe, ich sollte dich nicht so volllabern.«

»Und was ist jetzt mit dem Katzenkiller?«

»Ein andermal«, seufzt er, und als ich gehe, starrt er stumm auf die Wand mit den Toten.

Ich lange nach oben und streiche mit dem Finger über das Namensschild an meiner Bürotür. Rechts und links davon befinden sich jeweils zwei kleine Schraubenlöcher. Ursprünglich stand da »Hausmeisterei«, bis Sally eines Tages mit dem kleineren Schild mit meinem Namen auftauchte. Ich gehe rein, schiebe meine Gedanken beiseite und greife nach dem Mopp und dem Eimer. Dann mache ich mich daran, die Toiletten zu putzen. Vor der Mittagspause trage ich den Staubsauger in das Büro von Detective Superintendent Stevens, als der gerade am Gehen ist. Er ist der Mann, dem jeder Rede und Antwort steht, obwohl er selbst weder Laufarbeiten erledigt, noch Befragungen durchführt, noch allzu viel Gedankenarbeit auf die Lösung des Falles verwendet. Stevens wurde von Wellington eingeflogen. Er ist einer der höchstrangigen Ermittler in diesem Land, auch wenn ich nicht weiß, warum. Er tut nichts weiter, als in dem Büro zu sitzen, das man ihm zur Verfügung gestellt hat, von wo aus er die Leute herumkommandiert und Antworten verlangt. Manchmal geht er hin und her, nimmt sich einen Stapel Papier oder eine Akte und versucht den Eindruck zu erwecken, als hätte er irgendwas zu tun oder würde dringend irgendwo erwartet. Die meiste Zeit ist er ziemlich mies gelaunt. Ich mag ihn nicht, kann aber nichts dagegen tun. Die Ermittlungen bei der Ermordung eines Superintendent würden viel zu viel Aufmerksamkeit auf das Revier lenken und damit möglicherweise auch auf mich.

Stevens ist Ende fünfzig, hat dünnes schwarzes Haar und sieht aus wie ein Polizist, an den sich niemand wenden würde, wenn er Hilfe braucht. Er ist knapp über einen Meter achtzig groß und kräftig und hat jene schwarzen Augen, die Autoren in der Regel verrückten Serienkillern zuschreiben. Über die ganze Länge seines schmalen Gesichts ziehen sich unzählige Fältchen, die wie flache Schnittwunden aussehen. Seine dunkle Haut ist am Hals mit alten Aknenarben übersät. Er spricht mit tiefer Stimme und einem Akzent, der karibisch klingt, aber das liegt wahrscheinlich an den Zigarren, die er die ganze Zeit raucht. Er ist einer dieser nutzlosen Idioten, die Sakkos mit aufgenähten Lederflicken an den Ellbogen tragen.

Ich frage mich, ob der Kugelschreiber am Tatort ihm gehört. Ich spähe in seine schwarzen Augen und suche nach dem Bösen, das, wie die Romane behaupten, dort angeblich lauern soll, aber ich entdecke nichts davon.

Er fordert mich auf, ordentlich sauber zu machen, und sagt, er werde nach dem Mittagessen wieder zurück sein. Das verschafft mir viel Zeit. Jetzt bin nur noch ich im Büro. Ich und Mr. Staubsauger. Ich schiebe das Ding über den Teppichboden, als würde das irgendwas bewirken, während ich mich gründlich umsehe und nach nützlichen Informationen Ausschau halte. Genau wie das Besprechungszimmer liegt Stevens' Büro am Korridor im dritten Stock, was bedeutet, dass jeder reinschauen kann, wenn die Jalousien offen sind, und das sind sie im Augenblick. Zehn Minuten sauge ich über ein und dasselbe Stück Teppichboden und es wird einfach nicht sauberer. Ich werfe einen Lappen hinter den Schreibtisch, bücke mich und nutze die Gelegenheit für einen Blick in die Schubladen. Ich greife nach dem obersten Hefter und öffne ihn. Darin befindet sich eine Liste all derer, die mit dem Fall zu tun haben. Ich stecke sie in meinen Overall. Dann fange ich an zu husten. Ja, Joe, der Behinderte, braucht was zu trinken. Ich gehe zum Wasserspender. Auf dem Weg zurück komme ich am Raum mit dem Fotokopierer vorbei. Er ist leer, und so kopiere ich die Liste. Gehe zurück ins Büro. Verstaue das Dokument wieder in seinem Hefter. Höre pünktlich zur Mittagspause mit dem Staubsaugen auf.

Die Sonne scheint in mein Büro, also setze ich mich ans Fenster und tue so, als würde ich mich bräunen lassen. Ich muss mir wirklich Mühe geben, damit andere es sehen können. Sally klopft an meine Tür, kommt rein und gibt mir ein kleines Lunchpaket. Ich bedanke mich. Wieder fragt sie mich, ob ich mit ihr nach draußen kommen will, und ich mache den Fehler, ihr zu sagen, dass ich vielleicht das nächste Mal mitkomme. Als sie das hört, strahlt sie übers ganze Gesicht, dann geht sie. Ich starre aus dem Fenster, denn vielleicht entdecke ich sie ja da draußen, doch von hier aus ist der Fluss nicht zu erkennen, und die einzigen Menschen, die ich sehe, sind Fremde.

Ich esse meine Sandwichs, während ich mir die Liste anschaue. Sie ist ziemlich lang. Es stehen über neunzig Namen drauf, vierundneunzig, um genau zu sein. Ich weiß nicht, was ich erwartet hatte – vielleicht ein halbes Dutzend oder so – , doch vierundneunzig Leute bedeutet, dass eine ganze Menge Beamte verwirrt durch die Gegend laufen und keine Ahnung von dem Fall haben. Es gibt Dutzende von Constables, die die Zeugenaussagen aufgenommen haben, doch nur die Detectives arbeiten am Tatort. Nur sie sehen die Leiche.

Panik beschleicht mich. Das hier könnte ewig dauern. Ich bekomme das Gefühl, dass ich bloß meine Zeit verschwende, kaum mehr aus dem Kopf. Aber Moment: nicht jeder, der auf dieser Liste steht, war auch an jedem Tatort, stimmt's? Wahrscheinlich gilt das nur für die Hälfte der Leute hier, wenn überhaupt. Der Trick besteht darin, rauszufinden, wer von diesen vierundneunzig Beamten Daniela Walkers Haus betreten hat.

Die Dienstpläne.

Daniela wurde an einem späten Freitagabend gefunden. Deshalb müssen mehrere Leute angerufen worden sein, die auf dieser Liste stehen. Keiner dieser Detectives hat so spät noch gearbeitet. Sie hatten das Revier längst verlassen und saßen mit ihren Ehefrauen oder Freundinnen beim Abendessen, als der Anruf kam und sie darüber informierte, dass das Essen zu Ende war. Nur einer von ihnen wusste bereits Bescheid, denn er hatte sich selbst in Stimmung gebracht, indem er Daniela erwürgte und ihren Füller durchs Zimmer warf.

Ich bin mit meinen Lunchbroten noch nicht fertig, doch viel

zu aufgeregt, um weiterzuessen. Ich gehe in den Aktenraum und lasse ihm einen ordentlichen Frühjahrsputz angedeihen. Ich nehme mir besonders viel Zeit in der Nähe der Geräte zur Anrufaufzeichnung. Dort schrubbe ich äußerst gründlich.

In der Nacht, als Daniela Walker ermordet wurde, erreichten fünfzehn von zwanzig Anrufen den gewünschten Teilnehmer. Das waren die Detectives, die zum Tatort kamen. Plus eine unbekannte Anzahl von Constables, die die Berichte aufnahmen.

Der ursprüngliche Anruf vom Ehemann des Opfers, der in der Notrufzentrale der Polizei einging, befindet sich ebenfalls hier. Ich fange an, ihn zu lesen, aber er bietet nur wenig Interessantes.

Die Notrufzentrale hat die Streife, die dem Tatort am nächsten war, damit beauftragt, das Gelände zu sichern, bevor die Kavallerie anrückte. Zwei Constables. Ihre Namen stehen auf meiner Liste. Ich ziehe einen Kreis um sie. Ebenfalls einen Kreis ziehe ich um die fünfzehn, die in jener Nacht alarmiert wurden, wozu auch der Pathologe, der Polizeifotograf und Detective Superintendent Stevens mit den pechschwarzen Augen gehören.

Das bedeutet, dass ich gerade fast achtzig Leute aus meiner Liste der Verdächtigen gestrichen habe. Die Angst, dass das alles nur eine riesige Zeitverschwendung sein könnte, lässt langsam nach. Jetzt geht es nur noch um siebzehn Beamte. Ich bezweifle, dass die beiden Constables, die das Opfer fanden, was mit dem Mord zu tun haben. Erstens hatten sie während der sechs Stunden davor eine gemeinsame Schicht. Zweitens, wie hoch stehen die Chancen, dass der Mörder ausgerechnet der Constable war, der später zum Tatort gerufen wurde? Ziemlich gering. Ich streiche ihre Namen von der Liste.

Fünfzehn Verdächtige.

Ich denke über den Pathologen nach. Er hat mehrere Unterschiede zwischen dieser Leiche und den anderen entdeckt. Weil er alleine arbeitet, hätte er problemlos Beweismaterial manipulieren und die Rückstände und Fasern, die bei diesem Opfer gefunden worden waren, mit denen in Übereinstimmung bringen können, die von den anderen Opfern stammten. Aber genau das hat er nicht getan. Wer würde seine Arbeit überprüfen? Niemand. Hätte er sie umgebracht, wären die Ergebnisse dieser Untersuchung identisch mit den Ergebnissen seiner früheren Untersuchungen gewesen. Aber das war nicht der Fall.

Also ist er es nicht.

Vierzehn Verdächtige.

Könnte ich mir das alles nicht ein bisschen einfacher machen?

Ich sehe auf die Uhr. Es ist fast vier. Ich war den ganzen Nachmittag über in diesem Zimmer, und die meiste Zeit habe ich geputzt. Der Geruch von Möbelpolitur lässt mich fast würgen, und ich mache mir Sorgen, wie meine Lungen wohl aussehen, nachdem ich ein paar Dosen von dem Zeug eingeatmet habe. Ich mache mich auf den Rückweg in mein Büro, hole mir unterwegs einen Kaffee und schaue kurz im Besprechungszimmer vorbei, um die Kassetten auszutauschen.

Als ich wieder in meinem Büro sitze und mir noch mal die Liste vornehme, fällt mir was auf, das ich im Aktenzimmer übersehen habe. Von den mittlerweile vierzehn Verdächtigen sind vier Frauen. Ich streiche sie aus. Ich hätte auch die ursprünglichen vierundneunzig Namen daraufhin durchgehen und zusammenstreichen können, aber das spielt jetzt keine Rolle mehr. Zehn Leute. Ich schreibe ihre Namen auf ein neues Stück Papier und sitze dann einfach nur noch da und starre sie an, bis die Zeiger der Uhr auf halb fünf gekrochen sind. Als ich das Gebäude verlasse, verabschiede ich mich von jedem, der mir über den Weg läuft. Sally ist nicht dabei. Auf dem Weg zum Bus fällt mir ein, dass ich heute Morgen das Gefühl hatte, meiner Mutter sei was passiert, und ich mache mir Vorwürfe über so viel Dummheit meinerseits. Wenn was passiert wäre, hätte ich die schlechten Nachrichten inzwischen schon bekommen.

Ich nehme den Bus nach Hause. Lege mich aufs Bett. Starre hoch an die Decke. Ich kann den Mörder unter zehn Verdächtigen suchen. Die Polizei kann ihren Mörder in zehn Telefonbüchern suchen. Ich sehe auf die Uhr. Ich kann nicht ewig auf dem Bett liegen bleiben. Dazu ist die Zimmerdecke einfach nicht interessant genug. Ich stehe auf und greife nach meiner Aktentasche. Es liegt noch jede Menge Arbeit vor mir.

Kapitel 15

Das Lächeln hat sie den ganzen Tag begleitet. Von dem Augenblick an, als sich die Aufzugtüren schlossen und Joes Lächeln verbargen, hat sie kaum an etwas anderes denken können. Sie hatte immer gedacht, sein großes, ausdrucksvolles Lächeln sei ganz natürlich und rein, denn genauso hatte Martin gelächelt. Doch das Lächeln heute Morgen war anders. Rein? Ja, davon ist sie überzeugt. Joe hat so eine reine Seele. Aber da ist noch etwas, und sie muss sich größte Mühe geben, dieses Etwas zu erkennen. In diesen wenigen Sekunden war Joe eher ein Mann als ein Junge, vielschichtiger, nicht so ungeschickt. Da war ein gewisses Funkeln, das anzudeuten schien, dass in Joe noch viel mehr steckt, als sie bisher vermutet hat.

Aber was genau?

Es gefällt ihr, sich dieses Lächeln als Zeichen dafür vorzustellen, dass Joe sie mag, dass ihre Freundschaft sich so entwickelt, wie sie sich das wünscht. Natürlich kann das auch nur ein zufälliger Glückstreffer gewesen sein. Vielleicht hat Joe nur ins Leere geblickt, wie er das oft tut, wenn sie in seiner Nähe ist.

Und doch lässt sich kaum leugnen, dass er mit diesem Lächeln erwachsener ausgesehen hat, irgendwie ... attraktiver?

Unglücklicherweise ist das so. Joe ist attraktiv, auch wenn ihr das bisher noch nicht aufgefallen ist.

Sie verbringt den Tag damit, an einem Abschnitt der Klimaanlage zu arbeiten, der nicht richtig funktioniert. Diese Aufgabe nimmt schon seit ein paar Wochen einen großen Teil ihrer Zeit in Anspruch. Die Klimaanlage gibt alle ein bis zwei Jahre den Geist auf, und die Regierung ist nicht bereit, der Polizei weitere Mittel zur Verfügung zu stellen, besonders dann nicht, wenn es darum geht, das Revier für die Mitarbeiter ein wenig angenehmer zu machen. Also tut Sally ihr Möglichstes. Sie flickt die Dinge provisorisch zusammen, damit sie so lange funktionieren, bis eines Tages auch dieser Notbehelf versagt.

Sie lächelt, wenn sie an Joe denkt. Sie ist überzeugt davon, er weiß nicht, dass er nicht der einzige Putzgehilfe ist, der hier arbeitet. Lange nachdem Joe nach Hause gegangen ist, kommt jeden Abend um sechs ein Reinigungstrupp vorbei und erledigt seine Aufgabe. Sie bedienen die Staubsauger, wischen, stauben ab, reinigen die Toiletten, füllen die Papiertücher auf, spülen und verstauen das Geschirr in den Pausenräumen, ersetzen die schmutzigen Handtücher durch saubere und leeren die Papierkörbe. Einmal pro Woche oder alle paar Wochen erledigt auch Joe einige dieser Dinge, doch er weiß nicht, dass sich andere Leute jeden Tag darum kümmern. Joe ist untertags hier, um dafür zu sorgen, dass alles sauber und ordentlich ist, und, so vermutet sie, um die Leute glücklich zu machen. Besondere Leute wie Joe können sich darum bemühen, Arbeit zu finden, aber in einer Welt, in der auch sie ihren Beitrag leisten und für sich selbst sorgen müssen, muss die Regierung manchmal eingreifen und Stellen für sie schaffen. Sie weiß, dass niemand Joe gesagt hat, dass er seine Arbeiten hier nicht alleine erledigt, denn das würde die Vorstellung erschüttern, die er von seiner eigenen Wichtigkeit hat. Der liebe, liebe Joe.

Sie sieht Joe nicht, als sie nach Hause geht. Nur ein paar Leute hören schon um halb fünf auf, und wegen der Krankheit ihres Vaters gehört sie dazu. Sie schlendert die Cashel Mall hinab, bleibt vor den Schaufenstern stehen, geht in einige der Geschäfte, sieht sich um und sucht ein Geschenk, das ihrem Vater gefallen könnte. Sie braucht auch noch eine Geburtstagskarte. Irgendwas Lustiges. Etwas, das ihn wenigstens für einen kurzen Augenblick ablenkt von seinem Körper, der ihn im Stich lässt, und von ihrem Bruder, der nicht mehr lebt. Aber was kauft man einem Vater, der im Begriff ist, alles zu verlieren?

Die Antwort lautet: einen DVD-Player. Mit der Hilfe eines Verkäufers findet sie das am einfachsten zu bedienende Gerät, das sie sich noch leisten kann, und besorgt dazu vier klassische Western, die ihr Vater sicher lieben wird. In allen spielt Clint Eastwood mit. Was Besseres lässt sich kaum denken.

Sie trägt ihre Einkäufe zum Auto und bleibt nur einmal kurz stehen, um Henry seine kleine Tüte mit Sandwichs zu geben. Sie fragt sich, ob jemand wie Henry jemals versucht, auf irgendwas zu sparen. Wie schwer muss es sein, sich im Leben Ziele zu setzen, wenn man überhaupt nichts hat. Dieser arme Kerl kann sich schließlich nicht mal einen Anzug kaufen, um zu einem Bewerbungsgespräch zu gehen. Und genauso wenig kann er dort in den Kleidern auftauchen, die er jetzt trägt.

»Jesus liebt dich«, erinnert er sie und öffnet die Tüte. »Denk immer daran, Sally, dann wird alles gut.«

Als sie ihren Wagen erreicht, möchte sie am liebsten weinen. Nicht einmal der Gedanke an Joes Lächeln kann sie noch aufmuntern.

Kapitel 16

Ich schiebe die neueste Kassette aus dem Besprechungszimmer in den Recorder, und lauschen während ich auf und ab gehe dem vertraulichen Gespräch. Tatsächlich: Ich höre nicht einfach nur zu; ich lausche aufmerksam. Während der letzten Monate habe ich alle anderen Bänder abgehört, doch da hab ich nur nach Hinweisen auf den Stand der Ermittlungen gesucht. Jetzt gibt es etwas Neues, auf das ich achten muss.

Detective Taylor vertritt die Theorie, dass sie nach mehr als einem Killer suchen.

Das meint auch Detective McCoy, der vermutet, dass beide Killer zusammenarbeiten.

Detective Hutton ist immer noch der Meinung, dass es sich nur um eine Person handelt.

Weitere Theorien. Kombinationen von Theorien. Wirre Theorien.

Eine wirre Ermittlung ist eine schlampige Ermittlung. Über nichts ist man sich einig. Nichts wird erledigt. Dadurch wird es schwierig, den Täter zu fassen. Und umso leichter für mich.

Ich mache mir was zu essen. Nichts Besonderes. Fertigpasta, die man schnell in der Mikrowelle zubereiten kann, und ein bisschen Kaffee. Dann ziehe ich was Lässigeres an – Jeans und ein Hemd. Ich sehe ziemlich gut aus. Besser als nur gut. Ich ziehe ein dunkles Jackett an. Noch besser.

Ich will gerade gehen, als das Telefon klingelt. Sofort denke ich an Mum und erinnere mich an das bedrückende Gefühl, das ich heute Morgen hatte, also ist mein nächster Gedanke, dass Mum nicht selbst anruft, sondern irgendjemand, der mir was über Mum mitteilen möchte. Plötzlich sehe ich mich, wie ich die Beerdigung organisiere und Bratwürste und Brötchen für den Leichenschmaus herrichte. Ich setze mich, um mich für den Schock zu wappnen, der meiner Ermittlung wie meinem Leben einen plötzlichen Stillstand aufzwingen wird. Mein Herz rast, als ich die Hand nach dem Hörer ausstrecke. Bitte, Gott, lass nicht zu, dass das so ist. Lass nicht zu, dass meiner Mutter irgendwas passiert.

Ich nehme den Hörer ab und bemühe mich, so ruhig wie möglich zu klingen. »Hallo?«

»Joe? Bist du das?«

»Mum. Junge, Junge, bin ich froh, dich zu hören«, sage ich,

und die Worte kommen wie ein einziger langer Klumpen aus meinem Mund.

»Hier ist deine Mutter. Ich habe den ganzen Tag versucht, dich anzurufen.«

Ich werfe einen Blick auf meinen Anrufbeantworter. Das Lämpchen blinkt nicht. »Du hast keine Nachricht hinterlassen.«

»Du weißt, dass ich nicht gerne mit einer Maschine spreche.«

Das ist natürlich ein Irrtum. Meine Mutter redet mit allem, wenn es nur lange genug stillhält.

»Besuchst du mich heute Abend, Joe?«

»Heute ist Mittwoch.«

»Ich weiß, welcher Tag heute ist, Joe. Das brauchst du mir nicht zu sagen. Ich dachte nur, dass du vielleicht vorbeikommen und deine Mutter besuchen möchtest.«

»Ich kann nicht. Ich hab was vor.«

»Eine Freundin?«

»Nein.«

»Oh. Verstehe. Nun, es ist nicht schlimm, wenn man ...«

»Ich bin nicht schwul, Mum.«

»Wirklich nicht? Ich dachte, vielleicht ...«

»Was willst du, Mum?«

»Ich dachte, dass du vielleicht kommen und nach mir schauen möchtest, nachdem mir die ganze Nacht lang schlecht war.«

»Schlecht?«

»Mehr als schlecht, Joe. Ich war die ganze Nacht wach und hab auf der Toilette gesessen. Ich hatte fürchterliche Bauchschmerzen. So was hab ich noch nie erlebt. Das Wasser ist nur so rausgespritzt.«

Ich sehe mich im Zimmer um und suche nach einem Sicherheitsnetz, irgendwas, das mich noch in der wirklichen Welt festhält, das verhindert, dass ich ohnmächtig werde. Das dieses Bild beiseitewischt. Glücklicherweise sitze ich bereits. Glücklicherweise hatte ich mit einem Schock gerechnet.

»Der Durchfall war so schlimm, Joe, dass ich eine ganze Stunde lang hin und her gerannt bin und mein Nachthemd immer schmutziger wurde, bis ich schließlich beschlossen hab, die ganze Nacht auf dem Klo zu verbringen. Ich hab mir dann noch eine Decke geholt, denn es war kalt, und ich habe mein Puzzle mitgenommen, um was gegen die Langeweile zu tun. Ich hab übrigens die Ecke fertig gelegt. Sie sieht gut aus. Du solltest kommen und sie dir anschauen.«

»Würd ich gerne«, höre ich mich selbst sagen.

»Ich musste nicht mal drücken, Joe. Es lief einfach aus mir raus.«

»Hmm. Aha. Ja.« Die Worte klingen in meinen Ohren, als kämen sie aus einer Meile Entfernung.

»Mir war so schlecht.«

»Tut mir leid, Mum. Ich komm bald mal vorbei und helf dir, okay?«

»Okay, Joe, aber ...«

»Ich muss jetzt wirklich los, Mum. Das Taxi wartet. Ich liebe dich.«

»Ja. Okay, Joe, ich liebe ...«

»Bye, Mum.« Ich lege auf.

Ich gehe zum Waschbecken. Stürze ein Glas Wasser runter. Spüle mir den Mund aus. Lasse mir noch ein Glas Wasser einlaufen. Die Bilder von meiner Mutter, die auf der Toilette sitzt, vor sich auf einem Hocker das Brett mit dem Tausend-Teile-Puzzle, während ihr die schmutzige Unterwäsche um die Knöchel schlottert, sind schwer abzuschütteln. Das Cottage ... blauer Himmel ... Blumen ... Bäume. Ich gehe zum Sofa und setze mich zu meinen Fischen. Ich füttere sie, und eine Sekunde später klingelt das Telefon. Was will sie jetzt schon wieder? Mir sagen, wie viel Blatt Klopapier sie verbraucht hat? Ich warte, bis der Anrufbeantworter sich einschaltet.

Es ist die Frau aus der Tierklinik. Sie stellt sich als »Jennifer«

vor und berichtet, dass es dem Kater gut geht. Sie sagt, sie habe bei der Suche nach dem Besitzer des Tieres keinen Erfolg gehabt. Sie bittet mich zurückzurufen und fügt hinzu, dass sie bis zwei Uhr morgens arbeiten wird.

Ich verabschiede mich von meinen Fischen und gehe gerade zur Tür, als mir plötzlich einfällt, dass ich noch gar nichts wegen Candy unternommen habe – dass ich den anonymen Anruf noch nicht erledigt habe, den ich eigentlich machen wollte. Ich beschließe zu warten, bis ich meine Liste noch weiter zusammengestrichen habe. Es wird leichter sein, nach Danielas Killer Ausschau zu halten, wenn nur noch ein paar Namen übrig sind.

Weil die Polizei keine Spuren hat, kann ich mir für die Lösung meines Falles so viel Zeit lassen, wie ich will. Es macht nichts, wenn ich Tage oder Wochen dafür brauche. Doch andererseits habe ich diesen ehrgeizigen Zug an mir. Gerade jetzt treibt er mich an, sagt mir, dass ich mit der Konzentration nicht nachlassen darf und meine Ermittlungen voranbringen soll. Ich möchte mir beweisen, dass ich so was kann und dass ich es gut kann. Dass ich besser bin als die Polizei, nicht nur, wenn es darum geht, allen zu entwischen, sondern auch, indem ich einen ihrer eigenen Fälle löse. Was wäre das für ein Mensch, der nicht versuchen würde, sich weiter zu entwickeln? Der sich keinen Herausforderungen mehr stellt?

Ein anderer Teil von mir, der die Dinge gern von der lockeren Seite angeht, fragt sich: Warum sollte ich es der Polizei nicht ein bisschen schwerer machen? Vielleicht ein weiteres Opfer ins Spiel bringen, in dessen Fall dann ermittelt werden muss? Wenn die Untersuchungen nur ein Opfer betreffen, wird die Polizei zwei- bis dreihundert oder sogar tausend Aussagen aufnehmen. Dann wird in diesen Aussagen nach Querverweisen gesucht, um so einen Plan der Aktivitäten des Opfers am entsprechenden Tag zusammenzustellen. Wenn man ein zusätzliches Opfer ins Spiel bringt, verdoppelt sich die Anzahl der Aussagen und damit natürlich auch die Arbeitsbelastung. Die Beamten verbringen weniger Zeit mit Personen aus dem Umkreis des ersten neuen Opfers und so gut wie überhaupt keine mit Leuten, die mit den früheren Opfern in Verbindung stehen. Eine Spur ist noch frisch, die andere wird schon kalt. Schon bald konzentriert sich niemand mehr auf die Indizien, sondern alle warten nur noch auf das nächste Opfer, weil sie hoffen, dass sie dann einen Durchbruch in ihrem Fall erzielen. Es gibt viel zu wenig Personal, und alle sind zunehmend überarbeitet. Ein gestresster Ermittler ist ein nachlässiger Ermittler. Sobald zwei Opfer direkt hintereinander ermordet werden, landen alle früheren Aussagen auf einem Haufen in einer großen Kiste unter dem Tisch des Besprechungszimmers.

Alle paar Tage oder so fahre ich mit dem Staubsauger darum herum.

Ich nehme den Bus in die Stadt. In ein Polizeirevier reinzukommen ist leicht, wenn man dort arbeitet und eine Magnetkarte hat, mit der man eine Seitentür öffnen kann. Genau das mache ich auch, und dann betrete ich das hintere Treppenhaus. Ich weiß, dass die Benutzung der Magnetkarten aufgezeichnet wird, aber diese Unterlagen sieht sich nie jemand an. Sollte es doch geschehen und fragt man mich danach, werde ich einfach sagen, dass ich mit der Uhrzeit durcheinandergekommen bin oder dass ich meine Lunchbox holen wollte. Ich nehme die Treppe hoch in den dritten Stock. Das ist weniger riskant. Ich begegne niemandem. Im Gegensatz zu einfachen Streifenbeamten hat ein Detective die Arbeitszeit eines echten Gentleman. Wenn nicht gerade ein Tötungsdelikt gemeldet wurde oder man kurz davorsteht, die Tat aufzuklären, arbeiten Detectives von neun bis halb sechs. Danach gehen sie nach Hause, und die Arbeitsbereiche, der Besprechungsraum und die Büros sind fast leer.

Ich sehe mir noch einmal die Wand im Besprechungszimmer an. Die Prostituierte, die ich letzte Nacht umgebracht habe, haben sie noch immer nicht gefunden. Dasselbe gilt für die Frau, die im Kofferraum eines Wagens auf einem Dauerparkplatz steht. Weil ich keine Zeit zu verlieren habe, tausche ich rasch die Kassetten aus und gehe. Mein Mikrokassettenrecorder reagiert auf Stimmen. Dadurch bleibt er im Stand-by-Modus und nimmt so lange nichts auf, bis irgendwelche Geräusche zu hören sind. Wenn es wieder still wird, pausiert die Aufnahme, sodass ich das Gerät an Ort und Stelle lassen kann und kein Band verschwende. Die Batterien ersetze ich ebenfalls.

Von den zehn Personen auf meiner Liste arbeiten nur ein paar in diesem Stockwerk. Einige arbeiten normalerweise nicht mal in diesem Gebäude, sondern sind aus anderen Städten hierhergekommen, um die Ermittlungen zu unterstützen. Es ist gut möglich, dass einer dieser Männer der Täter ist. Es ist ziemlich schwer, die Gelegenheit zu einem Mord ungenutzt verstreichen zu lassen, wenn Frau und Kinder nicht in der Nähe sind.

Ich beschließe, mit dem ersten Namen auf meiner Liste anzufangen.

Detective Wilson Hutton war schon lange Ermittler, bevor ich hier zu putzen anfing, und lange bevor er Ermittler wurde, hat er sich angewöhnt, zu viel zu essen. Er mag mich, genau wie die anderen. Ich gehe den Gang runter, werfe einen Blick auf die Arbeitsbereiche rechts und links und vergewissere mich mehrmals, dass ich ganz allein bin. Die meisten Deckenlampen sind ausgeschaltet. Nur jede fünfte brennt noch, sodass das Licht ziemlich schwach ist, fast, als stünde man draußen unter einer schmalen Mondsichel. Das spart Geld, gleichzeitig wirkt der Ort nicht völlig verlassen. Die Beamten können herkommen, ohne gegen die Möbel zu laufen. Ich kann das leise Summen der Lampen und das Ticken der Klimaanlage hören. Aber keinen einzigen Menschen. Das ganze Stockwerk wirkt, als befinde man sich in einem leeren Haus. Oder in einem Grab. Die Tischlampen leuchten nicht, die Bürostühle quietschen nicht, niemand verlagert sein Gewicht von der einen auf die andere Seite, niemand hustet oder gähnt. Die Dinge sehen ordentlicher aus in diesem Licht. Sauberer. Das liegt daran, dass anderthalb Stunden nachdem ich das Gebäude verlasse, ein Reinigungstrupp auftaucht und zwei Stunden damit verbringt, all das zu erledigen, wofür man mich zu dämlich hält. Niemand hat das mir gegenüber jemals erwähnt. Vielleicht glauben sie, ich sei der Ansicht, dass regelmäßig eine Gruppe Heinzelmännchen auftaucht und den Dingen ihren strahlenden Glanz verleiht.

Ich finde Huttons Arbeitsbereich und setze mich. Er ist ein großer Kerl, und der Abdruck seines Arschs auf der Sitzfläche seines verstärkten Bürostuhls verrät das deutlich genug. Ich versuche, es mir einigermaßen bequem zu machen. Mit achtundvierzig ist Hutton der typische Kandidat für einen Herzinfarkt, und es würde mich nicht wundern, wenn er schon mehrere kleine Infarkte hinter sich hätte. Die einzige Art Sport, die er meines Wissens betreibt, besteht darin, Junkfood zu kauen. Mir wird schon übel, wenn ich nur auf seinem Stuhl sitze. Außerdem bekomme ich den Eindruck, dass ich an Gewicht zulege.

Ich knipse seine Schreibtischlampe an. Vor mir auf dem Tisch steht das metallene Namensschild, wahrscheinlich ein Geschenk von seiner Frau. Die Aufschrift lautet *Detective Inspector Wilson Q. Hutton*. Ich weiß nicht, wofür das Q steht. Wahrscheinlich für quengelige Schwuchtel. Ich sehe mir die Fotos seiner Familie an, die er an die Innenseite seines Raumteilers gepinnt hat. Seine Frau hat ähnliche Gewichtsprobleme wie er, doch das ist noch nicht alles. Die Haare auf ihren Armen und Beinen und die einzelnen Härchen in ihrem Gesicht sehen aus wie Wolle. Das Paar wirkt glücklich. Ich streiche seinen Namen von der Liste und schalte die Lampe aus. Mr. Schmalzkringel hat die Tat nicht begangen. Das ist einfach unmöglich. Er wäre wahrscheinlich schon bei dem Versuch gestorben, sein Opfer die Treppe hinaufzujagen, und ich bezweifle, dass er in der Lage ist, eine Erektion zu bekommen – von der der Killer nachweislich mehrfach Gebrauch gemacht hat. Auch wenn Hutton sein eigenes Organ wenigstens zweimal benutzt haben muss: Auf den Fotos sieht man zwei übergewichtige Kinder.

Bleiben noch neun Verdächtige.

Ich schiebe den Schreibtischstuhl wieder in seine ursprüngliche Position zurück. Sie ist leicht zu finden, denn an den Stellen, an denen sich üblicherweise die Räder befinden, ist der Teppichboden fast vollständig durchgeschabt. Was auch für den Fußboden darunter gilt. Ich gehe zum nächsten Arbeitsbereich.

Detective Anthony Watts ist seit fünfundzwanzig Jahren bei der Polizei, und seit zwölf Jahren bekleidet er den Rang eines Detective. Ich versuche ihn mir als Verdächtigen vorzustellen, während ich mich setze und seine Schreibtischlampe anmache. Auch hier gibt es ein Foto. Watts und seine Frau teilen einen glücklichen Augenblick. Mein Gott, immer wenn diese Leute glücklich sind, muss irgendein Schwachkopf in der Nähe sein, um als Beweis ein Foto davon zu schießen.

Wieder fange ich mit dem Offensichtlichen an. Watts hat zahllose Fältchen im Gesicht, was bei einem Sechzigjährigen keine Überraschung ist. Eigentlich hat er graues Haar, doch allzu viel ist davon nicht mehr übrig. Ich versuche mir auszumalen, wie er mit Daniela ringt, doch nicht mal das schaffe ich, ganz zu schweigen davon, dass sie ja auch noch erwürgt wurde. Also stelle ich mir vor, dass er sie auf die Art vergewaltigt, in der sie vergewaltigt wurde. Auch das gelingt mir nicht. Das steckt einfach nicht in Watts. Also steckte er nicht in Daniela.

Ich streiche ihn von der Liste. Knipse seine Lampe aus. Schiebe seinen Stuhl in die ursprüngliche Position.

Acht Verdächtige. Langsam macht mir die Sache Spaß.

Der Mittelgang verzweigt sich am Ende in Form eines »T«. Ich gehe nach links zu Detective Shane O'Connells Arbeitsbereich.

Hier mache ich mir gar nicht erst die Mühe, mich hinzusetzen. O'Connell ist ein einundvierzigjähriger Detective, der sehr begabt darin ist, Fälle zu lösen, bei denen ein unterschriebenes Geständnis vorliegt. Er hat sich sechs Wochen vor dem Mord den Arm gebrochen. Zwar trägt er ihn inzwischen nicht mehr in Gips, doch genau das war der Fall, als er an den Tatort kam. Selbst wenn er kräftig genug gewesen wäre, den Mord auszuführen, bleibt immer noch die Tatsache, dass keine Rückstände von einem Gipsverband an der Leiche oder im Bett gefunden wurden.

Sieben Verdächtige.

Mein nächster Stopp liegt zwei Arbeitsbereiche entfernt und gilt Detective Brian Travers. Ich setze mich und mache Licht. Hier gibt es keine Familienfotos – ich entdecke nur Kalender von jungen Frauen in Badeanzügen. Den Kalender von diesem Jahr, von letztem Jahr und vom vorletztem Jahr. Ich kann gut verstehen, warum er zögert, diese alten Dinger wegzuwerfen.

Ich blättere den Kalender von letztem Jahr durch. Schaue unter dem Tag nach, an dem Daniela Walker ermordet wurde. Er hat nichts eingetragen. Ich sehe einen alten Schreibtischkalender durch und finde dort genauso wenig. Es gibt keine Notiz, die besagen würde: »Heute Nacht die Schlampe umbringen. Milch einkaufen.«

Ich öffne die Schubladen und durchsuche sie. Sehe mir Ordner, Schnellhefter und ein paar lose Blätter an. Ich finde nichts, was auf seine Schuld hindeutet. Oder auf seine Unschuld. Ich stelle den Ton seines Anrufbeantworters leise und höre mir die Mitteilungen an. Ich kippe den Papierkorb unter seinem Tisch aus, doch der ist leer.

Travers ist Mitte dreißig. Er ist schlank, kräftig und knapp unter einsachtzig groß. Er sieht auf diese lässige Art gut aus, die viele Frauen anzieht, und sollte er jemals wegen Vergewaltigung angeklagt werden, käme er garantiert mit dem Argument frei:

»Er ist so attraktiv, er könnte doch jede Frau haben, die er will.« So was überzeugt die Geschworenen bis heute. Er ist nicht verheiratet, und sollte er eine Freundin haben, dann hat er keine Fotos von ihr aufgehängt. Es sei denn, bei dieser Freundin handelt es sich um Miss Januar.

Ich mache ein Fragezeichen hinter seinen Namen.

Immer noch sieben Verdächtige.

Ich verfolge meinen vergnüglichen Weg weiter und setze mich hinter den Schreibtisch von Detective Lance McCoy. Ich mache dasselbe, was ich an Travers' Arbeitsplatz gemacht habe. McCoy ist Anfang vierzig, verheiratet und hat zwei Kinder. Das Foto, das mir das alles verrät, steht in einem kleinen Rahmen auf seinem Schreibtisch, genau in der Mitte. Andere Bilder hängen innen an den Raumteilern, die seinen Arbeitsbereich umgeben. Seine Frau sieht zehn Jahre jünger aus als er. Seine Tochter ist ziemlich attraktiv, aber sein Sohn sieht aus wie ein Schwachsinniger. McCoy ist ein hingebungsvoller Familienmensch. Das sehe ich schon, wenn ich einfach nur an seinem extrem ordentlichen Arbeitsplatz sitze. Überall sind kurze Mottos zu lesen – auf Kaffeetassen, Notizblöcken und kleinen Schildchen: »Arbeite, um zu leben, lebe nicht, um zu arbeiten« und »Nachlässigkeit ist der schnellste Weg zur Depression«. Ich habe keinen Erfolg bei meiner Suche nach dem Motto: »Nur eine tote Schlampe ist eine gute Schlampe«, also kann ich ihn auch nicht als meinen Hauptverdächtigen betrachten. Ich male ein kleines Fragezeichen hinter seinen Namen.

Sieben Verdächtige. Sollte es nicht eigentlich nach und nach leichter werden?

Ich sehe auf die Uhr. Es ist fünfunddreißig Minuten nach neun, doch meine innere Uhr sagt mir, dass es erst dreißig Minuten nach acht ist, also kann irgendwas nicht stimmen. Als ich Detective Alex Hensons Büro betrete – ja, es ist ein Büro, nicht nur ein Arbeitsbereich –, sehe ich, dass meine Armbanduhr recht hatte. Neben Schroder ist Henson der zweite wichtige Mann bei diesem Fall. Vor zwei Jahren war er persönlich daran beteiligt, den allerersten Serienkiller in diesem Land festzunehmen.

Mir ist aufgefallen, dass die meisten Detectives Computer benutzen, doch das gilt nicht für Hutton und Watts. Hutton ist einfach zu dick. Selbst wenn er es schaffen sollte, zusammenhängende Sätze in die Tastatur zu hämmern, würden sich die Tasten bald verkeilen, weil ihm ständig Krümel aus dem Mund fallen. Und Watts ist einfach zu alt. Ich sehe Hensons Akten durch, finde jedoch nichts Verdächtiges. Er glaubt, dass wir es mit zwei verschiedenen Killern zu tun haben.

Da hat er natürlich recht.

Ich streiche Henson von meiner Liste. Es ist unwahrscheinlich, dass er der Killer ist, nicht nach allem, was er vor zwei Jahren durchgemacht hat, und wäre er der Täter, würden seine Notizen nur auf einen einzigen Killer hindeuten.

Ich trete hinaus auf den Mittelgang und gehe direkt zum Büro von Detective Superintendent Stevens. Fummle am Schloss herum. Acht Sekunden.

Ich schließe die Jalousien und schalte die kleine Taschenlampe ein, die ich mitgebracht habe. Sich in Stevens' Büro umzusehen, ist viel auffälliger, als zu den Arbeitsbereichen zu schleichen. Auf seinem Schreibtisch liegt die Kopie eines Berichts, den er für seine Vorgesetzten verfasst hat.

Er erklärt detailliert, wozu die Ermittlung inzwischen geführt hat. In einfachen Worten: zu nichts. Er erklärt die Theorien, die im Umlauf sind, und führt auch Stevens' Vermutung an, dass Daniela Walker von einem anderen Täter umgebracht wurde. Stevens empfiehlt eine separate Untersuchung ihres Todes. Wäre Stevens der Killer, würde er das unter keinen Umständen machen. Ich streiche ihn von der Liste.

Fünf Verdächtige.

Es ist fast schon elf, und es wird Zeit, zu verschwinden. Ich nehme den Bus nach Hause, steige aber schon einen Kilometer früher aus, denn ich kann einen Spaziergang vertragen. Die Nacht ist sehr schön. Der Nordwestwind ist Balsam für jeden, der sich niedergeschlagen fühlt. Doch er nervt alle anderen. Für mich ist dieser Wind jedenfalls eine Labsal.

Aber ich mache hier keine Vorhersagen.

Vor mir liegen noch viele lange Tage und viele lange Nächte, also haue ich mich unverzüglich in die Falle, als ich meine Wohnung erreicht habe, und schlafe sofort ein.

Kapitel 17

Zwei Minuten nach acht sitze ich schweißüberströmt auf dem Rand meines Bettes. Zum ersten Mal seit Jahren habe ich geträumt. Das allgemeine Gefühl war nicht unangenehm, der Traum selbst aber schon. Ich war Polizist und verhörte mich selbst wegen eines Mordes. Um ein Geständnis zu kriegen, spielte ich »guter Bulle, böser Bulle«. Doch ich gab nicht nach. Stattdessen deutete ich eine obszöne Handlung an, und danach verlangte ich einen Anwalt. Der Anwalt, der dann kam, war Daniela Walker. Sie sah genauso aus wie auf ihrem Foto. Die Blutergüsse an ihrem Hals wirkten wie eine Kette deformierter schwarzer Perlen. Sie blinzelte nicht ein einziges Mal, und ihre glasigen Augen starrten mich die ganze Zeit über an. Sie sagte nur, ich solle den Mord gestehen. Diese Worte wiederholte sie wie ein Mantra immer und immer wieder. Ich war verwirrt und gestand eine ganze Reihe von Morden. Die Wände des Verhörzimmers glitten zur Seite, als sei ich in einer Gameshow, und ich merkte, dass ich mich in einem Gerichtssaal befand. Es gab einen Richter, Geschworene und einen Anwalt. Ich erkannte niemanden wieder. Es gab sogar eine Band – eine dieser Swing-Bands, bei denen die Musiker Anzüge tragen. Sie hielten ihre frisch polierten Instrumente in der Hand, doch keiner von ihnen spielte darauf. Obwohl ich auf schuldig plädierte, gab es eine Jury, und sie befanden mich für schuldig. Ebenso der Richter. Er verurteilte mich zum Tode. Die Band fing an, dasselbe Lied zu spielen, das aus Angelas Stereoanlage gedrungen war, und während sie sich ins Zeug legten, rollten die beiden Geschäftsleute, die ich gestern gesehen hatte, einen elektrischen Stuhl herein. Ich erwache, unmittelbar nachdem die metallenen Arm- und Beinfesseln des elektrischen Stuhls eingerastet sind.

Sogar jetzt, während ich auf dem Bettrand sitze, kann ich noch das verbrannte Fleisch riechen. Zum ersten Mal hat mich mein innerer Wecker im Stich gelassen. Ich schließe die Augen und versuche innerlich, die großen Reset-Knöpfe zu drücken. Warum habe ich geträumt? Wie konnte es passieren, dass ich verschlafe? Etwa deswegen, weil ich versuche, Gutes zu tun? Das könnte sein. Ich will dafür sorgen, dass Daniela Walkers Familie einen Schlussstrich ziehen kann, und das fühlt sich nicht richtig an. Ich muss leiden wegen meiner Menschlichkeit.

Weil ich meinen Bus nicht verpassen will, verzichte ich aufs Frühstück. Ich kann mir auch keine Lunchbrote mehr machen, also werfe ich etwas Obst in meinen Aktenkoffer und hetze aus der Tür. Nicht einmal mehr meine Fische kann ich füttern. Draußen ist es bedeckt und schwül. Geradezu lähmend. Das ist schlimmer als ein sonniger, heißer Tag. Ich schwitze bereits, als Mr. Stanley darauf verzichtet, meinen Fahrschein zu entwerten.

Ich gehe durch den Bus und setze mich hinter die beiden Geschäftsleute, von denen ich geträumt habe. Sie unterhalten sich bereits lautstark. Geschäfte dies, Geld das. Ich denke darüber nach, was sie wohl in ihrer Freizeit machen. Wenn sie nicht sowieso miteinander schlafen, sind sie wahrscheinlich mit Frauen verheiratet, die eine Affäre haben. Ich glaube nicht, dass sie den

Mumm hätten, ihre Frauen loszuwerden, sollten sie entdecken, dass sie betrogen werden. Und ich spreche nicht von Scheidung.

Sally wartet vor dem Revier auf mich. Keine flimmernde Hitze heute, nur schrecklich drückend. Sally sieht aus, als ob sie versucht, etwas über mich rauszufinden, als ob sie den Eindruck hat, dass sie mich von irgendwoher kennt, aber nicht genau weiß, wer ich bin. Dann strahlt sie übers ganze Gesicht, streckt die Hand aus und berührt mich an der Schulter. Ich habe nicht das Bedürfnis, mich ihr zu entziehen.

»Wie geht's dir, Joe? Bist du bereit für einen neuen Tag voll harter Arbeit?«

»Klar. Ich arbeite gern hier. Ich mag die Leute hier.«

Ich merke, dass sie etwas sagen will. Dann schließt sie den Mund und öffnet ihn wieder. Sie kämpft mit irgendwas, und am Ende verliert sie die Schlacht. Ihr Arm sackt nach unten. »Tut mir leid, Joe, aber ich bin heute nicht dazu gekommen, dir ein paar Brote zu machen.«

Ich bin nicht sicher, ob sie die Brote wirklich selbst macht, ob sie sie kauft, oder ob ihre Mutter sie für sie macht, ohne zu wissen, dass sie für mich bestimmt sind, aber die Enttäuschung, die bei dieser Nachricht auf meinem Gesicht zu lesen ist, ist echt. »Oh. Na gut, okay«, sage ich, weil ich nicht weiß, was ich sonst sagen soll. Kein Frühstück. Keine Lunchbrote. Nur das beschissene Obst in meinem Aktenkoffer, das für den ganzen Tag ausreichen muss. Sie hat mir zweimal was zu essen gebracht. Warum nur habe ich erwartet, dass sie es in Zukunft regelmäßig tun würde?

»Heute hat mein Vater Geburtstag.«

»Alles Gute zum Geburtstag.«

Sie lächelt. »Ich werd's ausrichten.«

Im Foyer funktioniert die Klimaanlage. An einem Tag ist sie in Ordnung, am nächsten Tag schon wieder nicht. Der alte Wartungsarbeiter, der hier beschäftigt war, muss gestorben sein. Ich hab ihn schon länger nicht mehr gesehen. Sally hat früher für ihn gearbeitet, ihm Lappen gereicht und die Werkzeuge geputzt. Dinge, bei denen den Menschen warm ums Herz wird, weil sie sehen, wie ein geistig minderbemitteltes Wesen einen schlecht bezahlten, beschissenen Job bekommen hat, der es ihm ermöglicht, seinen Platz in der Gesellschaft zu finden.

»Was hast du gemacht, bevor du zum Putzen hierhergekommen bist, Joe?«

»Gefrühstückt.«

»Nein, ich meine, vor ein paar Jahren, bevor du mit dieser Arbeit angefangen hast.«

»Oh. Ich weiß nicht. Nicht viel. Niemand wollte jemandem wie mir einen Job geben.«

»Jemandem wie dir?«

»Du weißt schon.«

»Du bist was Besonderes, Joe. Denk immer daran.«

Ich denke im Aufzug auf dem Weg zu meinem Stockwerk daran, und ich denke daran, als ich mich von der Frau verabschiede, die mir heute keine Lunchbrote gebracht hat. Sogar als ich das Besprechungszimmer ignoriere und direkt zu meinem Büro gehe, denke ich daran, dass ich wirklich was Besonderes bin. Das muss ich ja auch wohl sein, oder? Nur deswegen konnte ich meine Liste auf fünf Verdächtige zusammenstreichen, während der Rest der Abteilung Dart-Pfeile auf ein Telefonbuch wirft.

Fünf Verdächtige. Die Detectives Taylor und Calhoun, die nicht hier aus der Stadt sind, sowie Travers, McCoy und Schroder.

Ich glaube, es gibt eine Möglichkeit, Travers von meiner Liste zu streichen, doch dazu muss ich zuerst mehr über ihn rausfinden. Bei Calhoun und Taylor wird das schwierig; der eine kommt aus Wellington, der andere aus Auckland. Nach der Rede von gestern Morgen glaube ich nicht, dass Schroder der Täter ist, aber ich darf nichts überstürzen. Alle fünf werden vorerst meine Hauptverdächtigen bleiben.

Der Tag schleppt sich dahin, die immer gleiche Routine. Ich erfahre nichts, was ich nicht schon wüsste. Ich schrubbe und moppe und sauge Staub. Lebe, um zu arbeiten. Arbeite, um zu leben. Die Aufschrift auf McCoys Kaffeetasse ist falsch.

Als es endlich halb fünf ist, gehe ich nicht wie üblich gleich nach Hause, sondern warte auf Travers. Er erledigt die Laufarbeit, spricht mit Zeugen und tut alles, was in seiner Macht steht, um den Killer zu finden. Gegen halb sechs wird er zurückerwartet, und anstatt mich vor das Polizeigebäude zu setzen, suche ich ihn in einer nahe gelegenen Markthalle auf. Ich bin kurz davor, zu verhungern, weil ich heute nur Obst gegessen habe. Ich entscheide mich für was Chinesisches. *Geblatene Leis*. Der Kerl, der mich bedient, ist Asiate und hält mich offensichtlich ebenfalls für einen, denn er spricht mit mir in seiner Muttersprache. Nachdem ich fertig bin, stehle ich ein Auto. Ich denke kurz an das neueste Mercedes-Modell, doch man kann keine teuren europäischen Autos klauen und dann darin vor dem Polizeigebäude warten.

Ich entscheide mich für einen unauffälligen und hoffentlich zuverlässigen Honda, den ich in weniger als einer Minute aufgebrochen und kurzgeschlossen habe. Der Wagen stammt aus einem Parkhaus, denn dort sind meist nur wenig Menschen unterwegs. Als ich nach draußen fahre, reiche ich das Ticket, das zusammen mit etwas Kleingeld auf dem Armaturenbrett lag, dem Kerl am Schalter. Er nimmt mich kaum wahr.

Das Auto, das ich requiriert habe, ist eines der schmutzigsten, das ich finden konnte. Ich fahre zu einem Supermarkt und benutze eines der Messer in meinem Aktenkoffer, um die Nummernschilder abzuschrauben. Ich tausche sie gegen die eines Mitsubishi, fahre zu einer in der Nähe gelegenen Tankstelle und rolle mit dem Wagen durch die Waschstraße. Mit dem sauberen Wagen fahre ich zurück zum Polizeigebäude, zufrieden, dass ich die meisten oder vielleicht sogar alle Risiken für eine Festnahme ausgeschlossen habe. Ohne Risiko ist das zwar alles nicht besonders aufregend, aber im Augenblick suche ich auch nicht nach Aufregung.

Sechzehn Minuten nach sechs kommt Travers zurück. Weitere fünfunddreißig Minuten vergehen, bevor er das Gebäude verlässt. Ich folge ihm nach Hause. Hübsches Viertel. Die Dächer rosten nicht, und die Pflanzen in den Gärten gedeihen. Die Wände glänzen, die Fenster sind sauber, und in der Auffahrt stehen nette Autos. Sein Haus ist ein etwa dreißig Jahre altes, einstöckiges Gebäude; die Fensterrahmen sind aus Aluminium, alles wirkt sehr gepflegt. Ich warte ungefähr eine Stunde, bevor er wieder auftaucht. Jetzt trägt er rote Jeans und ein Polohemd. Er sieht aus wie eine Comicfigur, die unversehens in der wirklichen Welt gelandet ist. Er wirft eine Sporttasche auf den Beifahrersitz und lenkt seinen Wagen auf die Straße.

Ich wusste, dass er heute ausgehen wird – ich habe die Nachricht auf seinem Anrufbeantworter gehört. Ich folge ihm durch einige Vorstädte, bis er schließlich vor einem attraktiven zweistöckigen Haus in Redwood anhält. Hier strahlen die Wände noch heller, und die Autos sind ein bisschen teurer. Er parkt in der Auffahrt, greift nach der Sporttasche und verschließt den Wagen.

Ein Kerl, der ebenfalls etwa Mitte dreißig ist, kommt an die Tür. Nachdem Travers im Haus verschwunden ist, sieht sich sein Freund – er hat dunkelbraunes Haar und einen kleinen, gestutzten Schnurrbart –, auf der Straße um, als suche er etwas oder jemanden. Sollte diese Suche mir gelten, dann hat sie keinen Erfolg. Er spielt am Kragen seines hellgrünen Hemds herum und zieht die Tür hinter sich zu.

Heute Abend essen sie zusammen.

Ich werde ein paar Stunden warten müssen. Ich habe Danielas Kreuzworträtselheft mitgebracht, um mir die Zeit zu vertreiben und geistig fit zu bleiben. Vier senkrecht. Allwissendes Wesen. Zweiter Buchstabe ein »O«.

Joe.

Die Zeit vergeht, und schließlich leuchten die Straßenlaternen auf. Ich sehe mich nach irgendwelchen Lebenszeichen in dieser gepflegten Vorstadt um, doch ich finde nichts. Ich frage mich, wo all diese Leute sind. Vielleicht sind sie ja tot.

Ich mache noch ein paar Kreuzworträtsel, bevor schließlich oben im Haus die Lichter angehen und es unten dunkel wird. Ich warte noch mal zehn Minuten, bis auch oben die hellen Lichter gelöscht und durch eine kleinere, schwächere Version ersetzt werden. Vermutlich eine Nachttischlampe. Travers ist immer noch drin.

Ich öffne meinen Aktenkoffer. Nehme die Glock heraus. Ich will niemanden erschießen, aber wenn man alles sorgfältig gegeneinander abwägt, ist das noch immer eine bessere Option, als geschnappt zu werden. Ich stecke die Waffe in die Tasche meines Overalls.

Am liebsten würde ich auf einen Baum klettern, um von Weitem einen Blick auf das zu werfen, was ich zu sehen befürchte. Ich hab schon einige ziemlich seltsame Dinge miterleben müssen, aber so was noch nie. Ich hole tief Luft. Konzentriere mich auf die Aufgabe, die vor mir liegt. Ich muss es mir ja nur kurz anschauen. Ich muss es nicht selber tun.

Ich fummle am Schloss herum. Mit zitternden Händen. Fünfzehn Sekunden lang.

Das Haus ist so sauber und ordentlich, dass es wie eine Musterwohnung wirkt. Leise gehe ich durch den Wohnbereich im unteren Stock und bleibe vor dem großformatigen Fernseher stehen. Ich wollte, es gäbe eine Möglichkeit, ihn mitzunehmen. Auch die Chaiselongue hätte ich gerne, wenn das verdammte Ding in meine Wohnung passen würde. Der große Läufer in der Mitte des Zimmers verbindet die Möbel miteinander. Alles ist farbig: Die Sofas sind hellrot, der Teppichboden ist rehbraun, die Wände strahlend orange. Ich ertappe mich dabei, wie ich Zeit zu gewinnen versuche.

Die Waffe im Anschlag, laufe ich zur Treppe und gehe dann langsam nach oben. Ich halte mich an die teppichbezogene Mitte der Stufen, um so wenig Lärm wie möglich zu machen.

Als ich oben ankomme, wird mir klar, dass das raue Stöhnen, das ich jetzt höre, jedes Geräusch meinerseits übertönt hätte. Ich bleibe regungslos stehen und denke an die Liste. Fünf Namen. Nur ein kurzer Blick ins Schlafzimmer, dann sind es mit ziemlicher Sicherheit nur noch vier. Das Stöhnen wird lauter.

Vom Gang hier oben gehen vier Zimmer ab, doch es ist das nächstgelegene, mit dem ich es zu tun habe. Ich erreiche das Schlafzimmer, aus dem die Geräusche kommen. Es klingt, als würde jemandem ein Kissen in die Kehle gestopft. Die Tür ist angelehnt, doch das spielt keine Rolle. Wenn sie geschlossen gewesen wäre, hätte ich sie unbemerkt geöffnet. Und hätte das nicht geklappt – na, ich habe noch immer meine Waffe. Ich schiebe den Kopf vor und versuche, durch den schmalen Spalt zu spähen. Nur ein ganz kurzer Blick, denke ich, und schon bin ich wieder weg. Die Treppe runter und raus in die Nacht, und meine Liste wäre um einen Namen kürzer. Aber ich kann nichts erkennen. Das Bett ist nicht zu sehen. Ich beuge mich weiter vor. Jetzt habe ich freien Blick.

Plötzlich wird mir übel. Mein Magen revoltiert. Ich stolpere rückwärts und falle dabei fast hin. Hole tief Luft und versuche mich nicht zu übergeben, aber ich bin nicht sicher, ob ich das schaffe. Meine Beine verwandeln sich in Gelee, und mir dreht sich der Kopf. Ich habe gesehen, was ich erwartet hatte, aber ich hatte nicht damit gerechnet, dass ich so heftig reagieren würde.

Mein Magen versucht, sich durch meine Kehle auf und davon zu machen. Ich drücke mir mit der Hand gegen den Bauch und lehne mich an die Wand. Wieder atme ich tief ein, dann halte ich eine halbe Minute lang die Luft an. Langsam verschwindet der Drang, mich auf den Teppichboden zu erbrechen.

Jetzt gibt es tatsächlich nur noch vier Verdächtige, aber ich fühle mich deswegen keineswegs besser.

Ich wanke die Treppe hinunter und klammere mich am Geländer fest, um nicht zu stürzen. Ich halte inne und denke nach über das, was ich gerade gesehen habe. Ich denke an meine Mutter, die mich immer wieder fragt, ob ich schwul bin. Ist mir deswegen so schlecht? Weil sie glaubt, dass ich das, was ich gerade gesehen habe, selbst mache?

Und noch was geht mir im Kopf herum. Etwas, worüber ich mir selbst nicht im Klaren bin. Es ist, als könnte ich es schemenhaft vorbeitreiben sehen, doch wenn ich mein Netz auswerfe und das verdammte Ding an Bord holen will, rutscht es mir aus den Händen, und alles entzieht sich wieder. Wird es wiederkommen, wenn ich einen weiteren Blick riskiere? Um keinen Preis würde ich das tun.

Ich hebe die Hand zum Mund und beiße mir auf die Knöchel. Verflucht, ich spüre fast überhaupt nichts. Meine Hand schmeckt nach Schweiß. Ich frage mich, ob mich mein Vater jemals für schwul gehalten hat.

Soll ich zurückgehen und diese beiden Männer erschießen, weil sie schuld daran sind, dass ich mich so fühle? Ich blicke hoch zur Decke und verliere fast das Gleichgewicht. Die Knöchel habe ich immer noch im Mund. Was würde Jesus tun? Es wäre christlicher von mir, raufzugehen und die beiden zu erschießen. Anomale Akte wie dieser können Ihn nur verspotten.

Was würde Dad von mir wollen?

Ich habe keine Ahnung, warum ich seine Meinung in dieser Sache auch nur in Erwägung ziehe. Und so stehe ich jetzt hier und habe noch ein Problem. Ich bin sicher, dass Gott nichts dagegen hätte, wenn ich die beiden erschieße, Dad jedoch sehr wohl. Genau genommen drängt mich Gott dazu. Ich würde Ihm und der Menschheit einen Gefallen tun. Aber habe ich überhaupt Lust, Gott einen Gefallen zu tun? Ich versuche, an eine Situation zu denken, in der Er schon mal was für mich getan hat, aber Er hat nur eine Sache zustande gebracht: Er hat mir meinen Vater genommen und mich meiner Mutter überlassen. Nein, ich schulde Ihm nichts.

Ich sehe in Richtung Schlafzimmer. Ich höre, wie Dad mir sagt, dass das einfach Menschen sind, die was ganz Menschliches tun, und dass ich sie in Ruhe lassen soll. Jeder hat ein Recht darauf, glücklich zu sein. Niemand hat das Recht, einen anderen zu verurteilen, weil dieser sich in einen Vertreter des eigenen Geschlechts verliebt. Das würde er sagen. Doch ich höre ihm nicht zu, denn er ist tot. Und normale Menschen machen so was einfach nicht.

Es reicht für heute Nacht. Wenn ich morgen Candys Leiche melde, gibt es nur noch vier Verdächtige, auf die ich ein Auge haben muss. Es wird langsam spät. Wenn ich nicht bald nach Hause komme, verschlafe ich morgen vielleicht wieder. Ich sollte schon längst wieder aus dieser verdammten Tür sein.

Andererseits ist das eine Gelegenheit. Ich bin bereits im Haus. Mit einer Waffe. Und keiner von beiden weiß, dass ich hier bin. Sie sind viel zu sehr miteinander beschäftigt. Bedeutet das, dass sie den Tod verdienen? Ich weiß nur, dass sie an meiner Verwirrung und meiner Übelkeit schuld sind, und dafür müssen sie bezahlen. Niemand tut mir so was an. Niemand.

Und doch, ist das wirklich ihre Schuld?

Mein Gott! Wie kann ich nur so etwas fragen? Was ist bloß aus mir geworden?

Ich bin Joe. J steht für Joe, J steht für Justiz, gerecht und erbarmungslos. Ich bin stark, ich habe alles unter Kontrolle, und wenn ich mich zu etwas entschließe, dann ist das meine Entscheidung – nicht die Gottes. Nicht die meines Vaters. Es ist mir egal, was die beiden davon halten.

Ich gehe zurück zum Schlafzimmer. Bleibe an der Tür stehen. Ziele. Aber ich drücke den Abzug nicht. Stattdessen denke ich über die technischen Aspekte nach. Die ballistische Untersuchung wird ergeben, dass schon zuvor eines der Opfer mit dieser Waffe erschossen wurde. Der Serienkiller schlägt wieder zu, und das wird sie verwirren. Es wird sie blind machen gegenüber dem wahren Motiv. Warum hat sich der Killer einen schwulen Polizisten als Ziel ausgesucht? Und ist es wirklich so ideal, wenn die anderen Detectives begreifen, dass jemand hinter ihnen her ist? Könnte ich mich dann noch ohne Weiteres in ihren Häusern bewegen, falls das nötig sein sollte? Oder in ihren Motelzimmern?

Ich trete einen Schritt zurück, aber das Stöhnen scheint nur noch lauter zu werden. Die knarrenden Bettfedern klingen, als schrien sie vor Angst. Ich drücke die Hände gegen meine Schläfen, aber das hilft nicht. Ich ramme mir den Lauf der Glock ins rechte Ohr und stecke meinen Mittelfinger ins linke, aber dadurch kann ich auch nicht besser nachdenken. Das Geräusch ist immer noch da. Und die einzige Möglichkeit, es loszuwerden, besteht darin, entweder mich oder die beiden zu erschießen. Aber ich muss sie gar nicht erschießen. Ich bin kein Tier. Ich habe die Fähigkeit, das alles hier zu Ende zu denken. Ich kann Richtig und Falsch unterscheiden.

Ein Geisteskranker würde ins Zimmer springen und das Feuer eröffnen, denn er kann nicht kontrollieren, was er tut. Geisteskrankheit ist ein rein juristischer Begriff, kein medizinischer. Patienten, die in moralischer Hinsicht krank sind – Mörder und Vergewaltiger – , sind nicht unzurechnungsfähig, sie plädieren nur darauf. Echte Geistesgestörte hingegen wissen wirklich nicht, was sie tun. Sie versuchen nicht, sich einer Verurteilung zu entziehen. Sie werden blutbeschmiert am Tatort gefasst, während sie Barry-Manilow-Songs vor sich hinträllern.

Nur geistig Gesunde sind in der Lage, eine Wahl zu treffen.

Ich senke meine Waffe. Ich könnte die beiden ohne Weiteres umbringen, einfach nur, weil ich hier bin. Meistens nimmt man sich, was man bekommen kann, in dieser verrückten, chaoti-

schen Welt. Manchmal muss man jedoch eine Gelegenheit ungenutzt verstreichen lassen, weil sich vielleicht noch eine bessere
ergibt. Das Leben ist eine Autobahn, von der viele schmutzige
Straßen abzweigen.

Gerade jetzt befinde ich mich an einer dieser Abzweigungen,
während ich vor dem Zimmer eines Typen stehe, dem ich noch
nie begegnet bin. Vage erinnere ich mich an etwas, das ich nicht
genauer fassen kann. Und ich bekomme Kopfschmerzen. Heftiges Pochen. Schweiß rinnt mir über den Körper. Kitzelt mich.
Ein Stöhnen erfüllt meine Ohren. Heftiges Pochen. Werde ich sie
umbringen? Eine Handvoll falscher Fährten legen? Oder würde
alles nur noch schlimmer dadurch?

Ich gehe nach unten. Die Küche ist mit Geräten aus Edelstahl
eingerichtet, die mehr kosten, als ich in einem Jahr verdiene. Ich
setze mich in die Frühstücksnische auf einen Barhocker und lege
die Glock vor mir auf den Tisch.

Es war einfach, rauszufinden, dass Travers schwul ist – es waren die Kalender. So etwas nennt man wohl »Überkompensa-
tion«. Weil ich weiß, dass ich mit einem nicht ganz so leeren Magen besser denken kann, öffne ich den Kühlschrank und suche
nach etwas Essbarem. Schließlich mache ich mir ein Corned-
Beef-Sandwich. Travers' Freund ist ein ausgezeichneter Koch. Ich
nehme mir eine Coke – die sind bekanntlich im Angebot – , um
das Sandwich hinunterzuspülen. Ich höre, wie zwei Männer
über mir den Spaß ihres Lebens haben; das prickelnde Getränk
wischt alle Zweifel daran beiseite.

Das Bett kracht gegen die Schlafzimmerwand, als wäre es
schon vor einer halben Stunde am liebsten durch die Vordertür
verschwunden. Ich setze mich an die Bar und streiche mit dem
Finger über die Kante des Tresens.

Kapitel 18

Das Restaurant ist voller Stimmen, angenehmer Gerüche, guter Menschen, gedämpfter Musik und einer warmherzigen Atmosphäre. Die Kellnerinnen haben perfektes Haar und straffe Körper, die durch ihre eng anliegenden Kleider deutlich zur Geltung gebracht werden. Alle anderen haben sich viel Mühe gegeben, lässig auszusehen; sie tragen Jeans, saubere T-Shirts, elegante Schuhe.

Sallys Vater widmet sich seinem Hühnchengericht, und ihre Mutter nimmt einen Salat in Angriff, während Sally ihre Tortellini mit der Gabel hin und her schiebt. Der Tag ist gut gelaufen. Zum ersten Mal seit einer Ewigkeit sieht ihr Vater in etwa so alt aus, wie er wirklich ist, nämlich fünfundfünfzig – und nicht um Jahre älter. Der DVD-Player kam gut an; es war überhaupt kein Problem für sie, ihn anzuschließen, und ihr Vater verbrachte zehn Minuten mit der Fernbedienung, um zu lernen, wie man das Gerät bedient. Es ist schwierig für ihn, die Knöpfe zu drücken, weil seine Hände so zittern, doch seine Frustration hält sich in Grenzen. Ob das in einem Jahr oder auch nur in ein paar Wochen noch so sein wird, ist eine ganz andere Frage.

Sie spießt ein paar Stücke Pasta auf und schiebt sie sich in den Mund. Sie liebt Pasta. Sie wäre vollauf einverstanden, müsste sie nur noch davon leben, doch heute Abend hat sie nicht genug Appetit, um das Gericht genießen zu können. Ihre Mutter und ihr Vater lachen. Sie freut sich für die beiden, freut sich, dass ihre Gesichter für vielleicht ein, zwei Stunden nicht mehr so leer sind.

Nachdem sie zu Ende gegessen hat, kommt die freundliche Kellnerin herüber, die sich schon den ganzen Abend um sie kümmert, nimmt ihnen rasch die Teller ab und reicht ihnen die Dessertkarten. Sally liest ihre Karte. Sie findet nichts, auf das sie besonders Lust hätte, und wenn sie sich die Kellnerinnen ansieht, bezweifelt sie, dass eine von ihnen jemals ein Dessert angerührt hat. Sie blickt auf und betrachtet das angespannte Gesicht ihres Vaters, der sich bemüht, die Kontrolle über seinen Körper zu bewahren. Sehr viel länger wird er nicht mehr durchhalten, denkt sie.

Sally hat gerade einige Löffel Schokoeis mit Früchten gegessen, als sie sich plötzlich schuldig fühlt wegen Joe. Sie hofft, dass er sich nicht darauf verlassen hat, dass sie ihm heute Lunchbrote bringen würde. Doch in Wahrheit fühlt sie sich vor allem deswegen so schlecht, weil er heute Morgen was ganz Bestimmtes gesagt hat. *Jemandem wie mir.* Bis zu diesem Zeitpunkt hatte sie nie darüber nachgedacht, dass Joe es vielleicht mitbekommt, wenn er anders als normale Menschen behandelt wird; auch von ihr. Niemand sonst brachte ihm Lunchbrote. Niemand sonst drängte ihn, sich ans Ufer des Avon zu setzen und den Enten trockenes Brot zuzuwerfen.

Sie findet, dass das Eis nach gar nichts schmeckt. Außer nach matschiger, gekühlter Sahne. Sie schiebt den Löffel im Becher hin und her, sodass es noch weiter zerläuft. Ihr wird klar, dass sie sich darum bemühen muss, Joe besser kennenzulernen, wobei das jedoch so wirken muss, als bemühe sie sich überhaupt nicht darum. Sie lächelt ihren Eltern zu und freut sich, dass die beiden einen so schönen Abend haben. Das metallene Kruzifix ihrer Mutter hängt über ihrer Bluse und funkelt im Licht der Kerzen. Trotz allem haben ihre Eltern noch immer ihren Glauben; und wieder denkt sie, dass sie über den Glauben womöglich einen besseren Zugang zu Joe finden könnte.

Sie widmet sich wieder ihrem Eis und bemüht sich, es aufzuessen.

Kapitel 19

Das Bett kracht nicht mehr gegen die Wand. Vielleicht ist es zusammengebrochen. Vielleicht ist die Matratze völlig durchgescheuert. Mag sein, die beiden liegen inzwischen auf dem Boden. Gut möglich, dass sie völlig erschöpft sind. Wenn ich darüber nachdenke, kommt mir fast das Corned-Beef-Sandwich wieder hoch, und ich bin in Versuchung, ihm freien Lauf zu lassen. Das Problem ist nur, es bliebe nicht bei diesem Sandwich. Da käme alles mit, was ich die Woche über gegessen habe.

Ich habe mich entschieden. Ich werde Gott enttäuschen, indem ich die beiden am Leben lasse.

Hey, ich schulde Ihm doch keinen Gefallen.

Ich lasse die leere Dose auf dem Tisch stehen, so wie alles, was ich zur Zubereitung des Sandwichs gebraucht habe. Besonders reinlich war ich ohnehin noch nie. Ich trage Handschuhe. Travers wird morgen früh auf die Dose stoßen. Ich frage mich, ob er sie untersuchen lässt, um eine mögliche Verbindung zu den Flaschen herzustellen, die in Angelas Haus gefunden wurden. Allerdings dürfte kaum jemandem die Parallelität der Ereignisse auffallen – jedenfalls keinem Polizisten.

Ich mache mir nicht die Mühe, die Haustür hinter mir abzuschließen. Sollte zufällig ein anderer einbrechen und die beiden umbringen, so kann ich nur sagen: Wer bin ich schon, dass ich Gottes Pläne durchkreuzen würde? Ich fange an zu lachen bei dem Gedanken an ihre Gesichter, wenn sie am Morgen entdecken, dass sie einen Gast hatten. Lachen ist die beste Medizin für das, was ich gerade durchgemacht habe. Was werden sie wohl tun? Es melden? Nein. Travers möchte, dass sein Geheimnis gewahrt bleibt. Ich kann mir nicht vorstellen, dass er morgen zur Arbeit kommt und jedem erzählt, was passiert ist. Eine Zeit lang wird er in Angst leben. Genauso wie sein Kumpel. Und das sollten sie auch, weil sie sich mit ihrem Treiben über die Bibel und über die Menschheit lustig machen.

Weil sie sich damit über mich lustig machen.

Ich lasse den Wagen einen Kilometer von meiner Wohnung entfernt stehen und komme ins Schwitzen, als ich den Rest des Weges zu Fuß zurücklege. Mein Aktenkoffer fühlt sich schwer an in dieser schwülen Hitze. Vielleicht werde ich mir eines Tages ein Auto kaufen.

In meiner Wohnung sehe ich, dass ich zwei Anrufe hatte, beide von meiner Mutter. Ich lösche sie ungehört und frage mich zwei Dinge. Erstens, warum ich meine Mum so sehr liebe, und zweitens, warum man sie nicht ebenso leicht löschen kann wie ihre Anrufe.

Ich setze mich zu Pickle und Jehova und beobachte die beiden, wie sie in endlosen Kreisen vorbeischwimmen, ohne sich an irgendwas zu erinnern. Sie sehen mich, glauben, dass ich ihnen etwas zu fressen geben will, und schwimmen nach oben. Ich habe sie heute noch nicht gefüttert, also verliere ich keine Zeit. Ich werfe einen Blick auf meinen Anrufbeantworter. Vielleicht wird Mum morgen wieder anrufen, um mich zu fragen, ob ich vorbeikommen und Hackbraten essen möchte. Um mir ihr neuestes Puzzle zu zeigen. Mir eine Coke zu geben. Ich freue mich schon darauf.

Bevor ich ins Bett gehe, hole ich einen alten Wecker aus dem hintersten Winkel meines kleinen Schranks. Ich stelle ihn auf fünfunddreißig Minuten nach sieben. So gebe ich mir die Chance, von alleine um halb acht aufzuwachen. Es ist eine Art Test. Ein Test mit einem Sicherheitsnetz.

Ich wünsche meinen Fischen eine gute Nacht, bevor ich mich hinlege. Ich schließe die Augen und versuche, nicht an meine Mutter zu denken, während ich darauf warte, dass der Schlaf kommt und all das Schmerzliche von mir nimmt, dessen Zeuge ich heute Nacht geworden bin.

Kapitel 20

»Sie hatten eine lange Nacht, Detective Schroder?«

»Wir haben noch eine Leiche gefunden.«

»Was?« Ich starre auf das Korkbrett. »War sie tot, Detective Schroder?«

Der Himmel über Christchurch ist bedeckt und grau. Keine Sonne. Jede Menge Hitze. Schwüle Hitze wie gestern. Ich habe bereits die Ärmel hochgerollt. Schroder sieht mich an, als überraschte ich ihn immer wieder mit meinem unversiegbaren Quell des Wissens. Ich sehe ihn an, als tanzten Figuren aus einer Doctor-Seuss-Geschichte durch mein Hirn, die Lieder singen, Händchen halten und sich die größte Mühe geben, um mich ununterbrochen zum Lachen zu bringen.

»Ja. Sie ist tot, Joe.«

Ich hebe den Blick zur Wand, und es fällt mir außerordentlich schwer, nicht aus der Rolle des etwas langsamen Joe zu fallen, als ich ihr Foto bemerke. Ich deute darauf. Auf das Bild von Candy. »Ist sie das?«

Er nickt. »Sie heißt Lisa Houston. Sie war eine Prostituierte.«

»Ein gefährlicher Beruf, Detective Schroder. Putzen ist besser.«

Das Foto von Candy ist eine dieser »Hinterher«-Aufnahmen, mit denen verglichen Passbilder richtig gut aussehen, besonders weil in ihrem Fall das Bild erst gemacht wurde, nachdem sie bereits zwei Tage lang in glühender Hitze in einem Schlafzimmer im zweiten Stock gelegen hatte. Die einsetzende Verwesung hat ihr nicht gut getan. Um den Haaransatz und im Gesicht ist die Haut ziemlich erschlafft. Überall sieht man purpurne Flecken. Noch etwa einen Tag länger, und die Flecken wären schwarz. Ihre Augen sind milchig trüb. Ihr Arm hängt schief und ist voller Blutergüsse. Die Haut an ihren Händen erinnert an nasse

Handschuhe. Wenn alle Bedingungen stimmen, kann eine menschliche Leiche innerhalb weniger Tage bis aufs Skelett verwesen. Ich meine natürlich extreme Bedingungen, nicht nur einen bedeckten Tag mit gelegentlichen Schauern und etwas Sonne. Es ist ebenfalls hilfreich, wenn kleine, hungrige Tiere in der Nähe sind.

»Ist sie letzte Nacht gestorben, Detective Schroder?«

»Schon etwas früher, Joe. Wir werden das heute Vormittag noch genauer erfahren.«

Der Pathologe wird den genauen Zeitpunkt feststellen, indem er die Insektenlarven in ihrem zerschundenen Gesicht und ihrer zerrissenen Vagina untersucht. Und den offenen Bruch ihres Armes, bei dem der Knochen mal kurz durch die Haut geschaut und »Hallo« gesagt hat.

»Weißt du, Joe, du solltest dir diese Bilder wirklich nicht ansehen.«

»Das geht schon in Ordnung. Ich tu einfach so, als wären das gar keine richtigen Menschen.«

»Das muss ein echter Luxus sein.«

»Kaffee, Detective Schroder?«

»Heute Morgen nicht, Joe. Danke.«

Ich schlendere zu meinem Büro. Ich bin furchtbar neugierig, wie und von wem die Leiche gefunden wurde, und wer am Tatort aufgetaucht ist. Detective Travers sicherlich nicht. Der war zu beschäftigt.

Wahrscheinlich war es der Ehemann, der nach Hause kam, um sein Leben wieder in gewohnte Bahnen zu lenken. Er dürfte sich gefragt haben, was für ein Geruch da von oben kam. Déjà vu. Ganz egal, ob man durch die Nase, durch den Mund oder überhaupt nicht atmet, der Verwesungsgeruch erwischt einen immer. Er gewinnt eine Art eigenes Leben, wie Feuer, das nach Sauerstoff sucht, um weiterzubrennen und sich auszubreiten; und wie Feuer besitzt auch der Geruch eine Art Hunger, der gestillt werden muss. Einen Antrieb, um weiter zu existieren. Ich frage mich, ob der Ehemann diese Treppe jemals wieder hinaufsteigen wird.

Ich habe von Fällen gehört, in denen alte Menschen monatelang neben ihren toten Ehepartnern hergelebt haben, weil sie sich nicht von dem Menschen trennen wollten, den sie geliebt haben. Sie legen sie ins Bett oder setzen sie neben sich, sehen fern und haben dabei ihr Lieblingskissen im Schoß. Unterhalten sich mit ihnen. Halten ihre Hand, obwohl die Haut schon in Streifen abfällt. Nachdem Dad gestorben war, behielt ich Mum eine Zeit lang besonders im Auge, um sicher zu sein, dass sie alleine im Haus war – ich hatte Angst, sie würde sich eine Tüte Superkleber besorgen und versuchen, Dads Asche wieder zusammenzufügen, damit sie weiter an dem armen Kerl rumnörgeln konnte.

Ich erinnere mich an einen Bericht, den ich einmal in einer Zeitung gelesen habe. Irgendein Typ in Deutschland war gestorben, und obwohl seine verwesende Leiche zum Himmel stank, wollte ihn keiner der Nachbarn stören. Er lag ein paar Monate lang in seiner Wohnung, ohne dass ihn jemand gefunden hätte, bis der Vermieter schließlich seine Miete wollte. Er war von seinen Katzen aufgefressen worden, und am Ende waren fast nur noch Knochen von ihm übrig. Im Tod hatte der Kerl wahrscheinlich mehr Muschis als im Leben.

Ich wische die Böden. Putze die Fenster. Man spricht mit mir, als wäre ich schwachsinnig. Den ganzen Vormittag über halte ich die Ohren offen und erfahre, dass die Fußabdrücke am Tatort identisch mit denen sind, die man an anderen Tatorten gefunden hat. Rückstände von meinen Handschuhen. Teppichfasern. Haare. Daniela Walkers Ehemann war nach Hause gekommen, um seinen elektrischen Rasierer zu holen – der jetzt mein elektrischer Rasierer ist – und hatte sie gefunden.

Weil es zwischen Lisas und Danielas Tod beträchtliche Unterschiede gibt, glauben inzwischen mehr Detectives an die Theorie, dass sie nach zwei Mördern suchen anstatt nach einem. Alle

Opfer wurden auf verschiedene Art umgebracht (da schon mein Tagesjob aus lauter Wiederholungen besteht, mag ich die in meiner Freizeit nicht so sehr), doch an jedem Tatort hinterlasse ich ähnliche Spuren, seien es Kleidungsstücke, Fasern oder Speichel.

Zwei Killer. Das ist die allgemeine Annahme. Keiner von denen, die nicht davon überzeugt sind, hat irgendeine Theorie darüber, warum der Mörder mit einer Nutte an den Tatort zurückgekehrt sein soll.

Kurz bevor ich Mittag mache, treffe ich zufällig unseren schwulen Polizisten und grüße ihn. Er ist nicht gerade in gesprächiger Stimmung und grüßt nur kurz zurück. Er sieht aus, als sei er nicht ganz bei der Sache. Und er wirkt müde.

Jetzt gibt es noch vier Männer, mit denen ich mich beschäftigen muss. Die Mittagspause kommt und geht, ohne dass Sally mich besucht, und wichtiger noch, ohne dass eines ihrer Sandwichs auftaucht. Ich muss mit dem Essen auskommen, das ich dabeihabe. Nach der Mittagspause lege ich in einem der oberen Aktenzimmer mithilfe des Computers und der persönlichen Unterlagen von jedem der vier noch übrigen Männer Dossiers an, die ich später lesen will. Ich bin ganz aufgeregt, weil meine Liste immer kürzer wird. Ich verstehe jedoch nicht, warum ich alle Namen bis auf einen einzigen eliminieren muss, um den Killer zu finden. Warum kann nicht einfach der nächste, mit dem ich mich beschäftige, derjenige sein, den ich suche? Warum hat sich das Glück von mir abgewandt? Ich beschließe, mit den beiden zu beginnen, die ich nicht so gut kenne, weil sie nicht von hier sind.

Ich bin noch im Aktenzimmer und schiebe den Staubsauger über ein mit Toner beschmutztes Stück Teppichboden, als Sally die Tür öffnet und hereinkommt. Sie wirkt nicht überrascht, mich hier zu finden, was bedeutet, dass sie mich beobachtet haben muss. Vielleicht sollte ich sie meinerseits gründlicher im Auge behalten. Ich schalte den Staubsauger aus.

»Wie läuft's denn heute, Joe?« Sie fragt mich immer dasselbe, als würde ich eines Tages vielleicht was anderes antworten als »ganz gut« oder »ganz okay«.

Ich beschließe, etwas Farbe in ihren Tag zu bringen und unsere Unterhaltung etwas aufzupeppen.

»Es läuft wirklich gut, Sally. Wie all die andern Tage. Ich mag meine Arbeit.«

»Ich mag meine Arbeit auch, aber ich muss zugeben, ich finde sie ein bisschen langweilig. Hattest du noch nie das Gefühl, dass du mal was anderes machen möchtest?« Sie geht zum Kopierer und lehnt sich dagegen. Die Unterlagen, die ich kopiert habe, stecken sicher verstaut in meinem Overall, und die Originale befinden sich wieder dort, wo sie hingehören. »Ich meine, denkst du nicht auch, es sollte irgendwie noch mehr im Leben geben?«

»Was zum Beispiel?«, frage ich mit aufrichtiger Neugier. Ich kann noch was lernen von dieser Frau. Falls sie im Leben nur bescheidene Ziele hat, kann ich behaupten, ich hätte sie auch, wenn mir das bei meiner Rolle hilft.

»Alles. Was auch immer«, sagt sie, und vielleicht liegt es am Geruch des Staubsaugers oder an den Dämpfen des Glasreinigers, die mir zu Kopf steigen, doch zum ersten Mal klingt Sally, als wachse sie über sich selbst hinaus, als denke sie außerhalb ihrer engen Grenzen.

»Das versteh ich nicht.«

»Hast du keine Träume, Joe? Wenn du alles auf der Welt sein könntest, was würdest du dann gerne sein?«

»Joe.«

»Nein. Ich meine irgendeinen Job. Ganz egal welchen.«

»Reinigungshilfe.«

»Und was sonst noch?«

»Ich bin für nichts anderes querl... qual... fiziert.«

»Wärst du gern Feuerwehrmann? Oder Polizist? Oder Künstler?«

»Ich hab mal ein Haus gemalt. Es hatte keine Fenster.«

Sie seufzt, und für einen kurzen Augenblick denke ich an Dokumentationen im Fernsehen, in denen irgendein geistig Zurückgebliebener sein weibliches Äquivalent heiratet. Zweifellos führen die beiden dann genau diese Art Unterhaltung, wenn sie sich jeden Tag nach dem Abendessen fragen, was sie jetzt eigentlich tun sollen. Ich beschließe, der Sache ein Ende zu machen und ihr zu helfen.

»Ich wäre gerne Astronaut.«

»Wirklich?«

»Ja. Schon seit ich ein Junge war«, sage ich und schmücke das Ganze aus, denn obwohl es sich gar nicht um meine Fantasie handelt, klingt es nach etwas, das jeder Mann gerne tun würde – unabhängig von seinem IQ. »Ich hab zum Mond raufgeschaut und wollte dort spazieren gehen. Ich weiß, dass man dort nicht leben kann, aber ich könnte wenigstens hinfliegen und Schnee-Engel im Mondstaub machen.«

»Das klingt hübsch, Joe.«

Aber sicher doch. Ich beschließe, die romantische Vorstellung noch ein bisschen weiter auszubauen. »Ich wäre ganz alleine da oben. Ich müsste mir keine Sorgen darüber machen, was die Menschen über mich denken. Es wäre so friedlich.«

»Du machst dir Sorgen darüber, was andere Leute über dich denken?«

»Manchmal«, sage ich, auch wenn das nicht unbedingt stimmt. Ich mache mir nur Sorgen über das, wozu ich nach Meinung anderer Menschen *fähig* bin. »Es ist nicht leicht, retartiert zu sein«, sage ich und achte besonders darauf, das zweite *t* deutlich auszusprechen.

»Retardiert.«

»Was?«

»Spielt keine Rolle. Und was ist mit Gott?«

»Gott?«, frage ich, als hätte ich noch nie von diesem Typen gehört. »Glaubst du, Er ist retartiert?«

»Natürlich nicht. Aber machst du dir nie Sorgen darüber, was Er denkt?«

Das ist eine gute Frage. Wenn ich all diese Gott-liebt-dich- und Gott-wird-dich-zerschmettern-Märchen wirklich glauben würde, dann würde ich mir natürlich Sorgen machen. Ich betrachte das Kruzifix, das sie um den Hals trägt. Es ist ein Symbol, durch das sie der Welt ihren Glauben an Himmel und Hölle und an all die guten und schlimmen Dinge dazwischen demonstriert.

»Ich mache mir immer Sorgen, denn Gott beobachtet einen andauernd«, sage ich, und bei dieser Antwort leuchtet ihr Gesicht auf, denn das ist genau das, was sie hören wollte.

»Gehst du jemals in die Kirche, Joe?«

»Nein.«

»Das solltest du aber.«

»Ich bin dann immer so durcheinander«, sage ich und sehe zu Boden, als schämte ich mich etwas zuzugeben, das geradezu unanständig ist für einen Christen, der Gott liebt und fürchtet. »Ich wünsche mir, es wäre anders, aber ich schaff's einfach nicht, die ganze ...« Die ganze was? Messe? Predigt? Langeweile? Ich bin mir nicht sicher, wie die Antwort lautet. »Du weißt schon. Dass man drei Stunden stillsitzen und zuhören muss. Und ich finde, dass ein paar Sachen nur schwer zu verstehen sind.«

Ich blicke auf und wische mit einem Lächeln meinen beschämten Gesichtsausdruck beiseite. Ich grinse wie ein Junge, und das verleiht ihrem Lächeln neue Kraft.

»Ich gehe jeden Sonntag in die Kirche«, sagt sie. Sie hebt die Hand und berührt das Kruzifix.

»Das ist toll.«

»Du kannst gerne mal mitkommen. Ich verspreche dir, es wird nicht langweilig.«

Ich habe keine Ahnung, wie sie so was versprechen kann, es sei denn, der Priester hat vor, mindestens die Hälfte der Zehn Gebote zu brechen.

»Ich werd mal drüber nachdenken.«

»Gehen deine Eltern in die Kirche?«

»Nein.«

»Es ist gut, dass du gläubig bist, Joe.«

»Die Welt braucht den Glauben«, sage ich, und dann quasselt Sally noch fünf Minuten lang weiter und erzählt mir, was sie alles aus der Bibel gelernt hat. Diesen ganzen christlichen Schwachsinn in sich aufzunehmen, denke ich, hat wahrscheinlich dafür gesorgt, dass sie all die anderen Dinge vergessen hat. Zum Beispiel, wie man abnimmt oder Freunde findet.

Zum Schluss fragt sie mich, was ich am Wochenende vorhabe. Ich sage ihr, ich hätte jede Menge Pläne, zum Beispiel fernsehen und schlafen. Ich fürchte, sie könnte plötzlich vorschlagen, dass wir eins von beidem bei ihr zu Hause zusammen machen.

Aber sie lässt mich vom Haken. »Hab ich dir jemals von meinem Bruder erzählt?«

»Nein.«

»Du erinnerst mich an ihn.«

»Das ist nett«, antworte ich auf gut Glück.

»Eigentlich wollte ich dir nur sagen, dass ich immer für dich da bin, wenn du mal Hilfe brauchst bei irgendwas oder wenn du einfach nur etwas machen willst, reden oder Kaffee trinken gehen oder was auch immer.«

Kann ich mir gut vorstellen. »Danke, Sally.«

Sie greift in eine Tasche und zieht ein kleines Stück Papier heraus. Ihre Telefonnummer steht darauf. Sie hat dieselbe klare, saubere Handschrift wie andere normale Frauen auch. Als ich die Nummer sehe, wird mir klar, dass sie diese ganze Ansprache geplant hat. Sie gibt mir das Blatt.

»Wenn du irgendwas brauchst, Joe – ich bin nur einen Anruf weit weg.«

»Einen Anruf weit weg«, sage ich, schenke ihr wieder das Grinsen eines großen Jungen und stecke den Zettel in die Tasche.

»Na, dann mach ich mich mal besser wieder an die Arbeit.«

»Ich auch«, sage ich, und schaue den Staubsauger an. Sie geht aus dem Zimmer und schließt die Tür hinter sich. Ich nehme ihre Nummer aus der Tasche und will sie in kleine Stücke reißen, doch Sally könnte noch mal zurückkommen. Besser, ich werfe sie nach der Arbeit weg. Vielleicht zu Hause.

Es ist schon fast halb fünf. Zeit, mit der Arbeit aufzuhören. Und weil heute Freitag ist, wird es auch Zeit, mit dem Denken aufzuhören. Zu viele Überstunden einzulegen schafft nur Stress. Eine gestresste Putzhilfe ist eine nachlässige Putzhilfe. Als ich in der Nähe meiner Wohnung aus dem Bus steige, beschließe ich, meine Untersuchung am Wochenende nicht fortzuführen. Ein gestresster Ermittler ist ein nachlässiger Ermittler.

Ich möchte dieses Wochenende nutzen, um mich zu entspannen. Ich will versuchen, mein Leben zu genießen. Mir ein paar schöne Stunden machen. Vielleicht werde ich eine Weile meine Fische beobachten. Oder Mum besuchen. Vielleicht werde ich mal wieder einen romantischen Liebesroman lesen. Ich gehe die Treppe hoch zu meiner Wohnung, schließe die Tür auf, trete ein. Einen Augenblick später hole ich die Hefter aus meiner Aktentasche. Ich ermahne mich, sie nicht zu öffnen und gar nicht erst mit dem Lesen anzufangen. Aber wenn ich vielleicht einen ganz kurzen Blick hineinwerfe ...

Nein. Ich. Werde. Nicht. Arbeiten.

Ich setze mich aufs Sofa. Lege die Akten beiseite. Füttere Pickle und Jehova. Während sie fressen, sehe ich mir meinen Anrufbeantworter an. Mum hat nicht angerufen. Merkwürdig.

Ich gehe wieder zum Sofa und mustere die Akten, die ich nicht lesen will. So geht es wahrscheinlich einem Cop, der allzu eifrig darauf bedacht ist, ein Verbrechen aufzuklären. Unglücklicherweise macht man sich dabei nur selbst fertig, aber nicht, weil man so hart arbeitet, sondern weil all die viele Arbeit zu nichts führt. Man kann nicht mehr aufhören zu arbeiten, weil plötzlich nichts anderes mehr zählt. Alles Denken richtet sich nur noch auf eine einzige Sache.

Ich bin jetzt an diesem Punkt. Es ist wie ein körperliches Bedürfnis, denke ich. Ich habe diese Untersuchung in Gang gebracht. Ich mache genau die Erfahrung, die für so viele Scheidungen bei der Polizei verantwortlich ist. Wenn ich den Hefter nicht sofort weglege, wird alles damit enden, dass ich das ganze Wochenende auf dem Bett sitzen bleibe, um zu lesen. Ich werde arbeiten. Mir Stress machen. Aber es ist eine Herausforderung ...

Ich gehe zum Waschbecken und spritze mir kaltes Wasser ins Gesicht. Will ich mich wirklich so stark engagieren? Wer bin ich denn, dass ich meine Wochenenden damit verbringe, ein Verbrechen zu lösen, an dem ich eigentlich nicht interessiert bin?

Ah, da haben wir das Problem. Ich *bin* interessiert. Schon die ganze Woche. Wie auch nicht? Kommt das alles daher, dass ich kaum ein eigenes Leben habe? Muss ich einen Mord aufklären, um ein bisschen Spaß zu haben? Und was mich wirklich umhaut: Ich habe *tatsächlich* Spaß an dieser Sache. Natürlich hat es mir gefallen, die Liste meiner Verdächtigen zusammenzustreichen, aber ich habe auch alle anderen Aspekte meiner Ermittlung genossen. Es macht mir Spaß, zu spionieren. Ich fühle mich wie James Bond, wenn ich mich in das Haus von Mr. und Mr. Schwuchtel schleiche und die Arbeitsbereiche und Büros im Revier untersuche. Die langen Arbeitsstunden. Die ständige geistige Anspannung. Die Logik und die Realität. Das alles war wirklich faszinierend.

Das Problem ist das lange Aufbleiben. Die Träume. Das verspätete Aufwachen am Morgen. Und die unterbrochene Routine. Aber ich will ja gar nicht, dass mein Leben nur noch Routine ist. Wenn das erledigt ist, beschäftige ich mich vielleicht mit einem neuen Fall. Die Befriedigung zu wissen, dass ich besser bin als jeder auf dem Revier, schmeichelt meinem Ego, aber genügt das auch als Grund, die Sache weiterzuverfolgen?

Manchmal geht es beim Töten nur ums Ego, besonders bei anderen, aber ich habe die angenehme Gewissheit, dass ich nicht wie andere Killer bin. Ich weiß, dass es falsch ist, was ich tue, aber ich versuche nicht, es zu rechtfertigen. Ich werde nicht behaupten, dass Gott oder Satan mich dazu getrieben, dass sie diese Taten von mir gefordert haben. Ich werde auch nicht so tun, als wäre ich als Kind missbraucht worden, weswegen ich von der Autobahn des Lebens abgekommen und auf dieser schmutzigen Landstraße gelandet bin. Meine Kindheit war normal, jedenfalls so normal wie das möglich ist bei einer verrückten Mutter. Sie hat mich nie missbraucht, hat mich nie vernachlässigt – obwohl wahrscheinlich alles leichter gewesen wäre, hätte sie es getan. Der Missbrauch hätte mir einen Grund gegeben, sie zu hassen. Die Vernachlässigung hätte mir einen Grund gegeben, Sehnsucht nach ihr zu empfinden.

Wenn es irgendwas in meiner Kindheit gab, das ich herausgreifen und von dem ich behaupten könnte, dass es mich zu dem Menschen gemacht hat, der ich heute bin, dann ist es das genaue Gegenteil von Vernachlässigung. Es wäre das ständige Reden, das ständige Erklären, das ständige *Anwesendsein*. Es gibt also keinen verborgenen Grund, warum ich so wurde, warum es mir gefällt, Menschen umzubringen; kein inneres Chaos, keine Konflikte und kein Groll gegenüber der Welt oder meinen Eltern. Keiner von beiden war Alkoholiker. Keiner von beiden hat mich belästigt. Ich habe nie die Schule niedergebrannt, nie den Hund gefoltert. Ich war ein normales Kind.

Ich wende mich vom Waschbecken ab und schaue aus meinem kleinen Fenster in Richtung Stadt. Es ist immer noch grau da draußen. Ich lasse mir noch etwas Wasser übers Gesicht laufen und trockne mich dann ab.

Wie sehr soll ich mich engagieren?

Engagement ist eine Frage des Willens. Ich kneife die Augen zusammen. Arbeiten oder nicht arbeiten? Das ist die Frage.

Das Telefon klingelt. Ich erschrecke und starre den Hörer an, als erwartete ich, dass er auf dem Apparat auf- und abhüpft. Mein erster Gedanke gilt Mum. Ist ihr was passiert? Ich kenne mich mit der zeitlichen Gültigkeit von Vorahnungen nicht aus, aber diejenige, die ich gestern hatte, kann heute eigentlich keine Bedeutung mehr haben. Mum geht's gut. Mum wird es immer gut gehen. Ich greife nach dem Hörer, bevor sich der Anrufbeantworter einschaltet.

»Joe? Bist du das?«, fragt sie, bevor ich die Möglichkeit habe, mich zu melden.

»Mum?«

»Hallo, Joe, hier ist deine Mutter.«

»Mum ... warum ... warum rufst du an?«

»Was ist das denn? Brauche ich eine Entschuldigung, um mein einziges Kind anzurufen? Mein Kind, von dem ich dachte, dass es mich liebt?«

»Ich liebe dich, Mum.«

»Du hast eine merkwürdige Art, es zu zeigen.«

»Du weißt, dass ich dich liebe, Mum«, sage ich. Ich würde gerne hinzufügen, dass ich mir wünsche, sie würde mir gegenüber nur ein einziges Mal eine positive Bemerkung in dieser Richtung machen.

»Das ist großartig, Joe.«

»Danke.«

»Das hast du jetzt missverstanden. Das war sarkasmisch.«

»Sarkastisch.«

»Was, Joe?«

»Was?«

»Was hast du gesagt?«

»Nichts.«

»Es hat sich aber nach was angehört.«

»Ich glaube, die Verbindung ist schlecht. Was hast du gesagt?«

»Ich sagte, das war sarkasmisch. Soll ich dir etwa ernsthaft glauben, dass du deine Mutter liebst? Keine Ahnung, warum ich so was annehmen sollte. Du besuchst mich nie, und wenn ich anrufe, beschwerst du dich! Manchmal weiß ich einfach nicht, was ich noch tun soll. Dein Vater würde sich schämen, wenn er sehen könnte, wie du mich behandelst, Joe. Schämen!«

Ein Teil von mir möchte weinen. Ein anderer will schreien. Ich mache keins von beidem. Ich setze mich und lasse meinen Kopf und meine Brust ein bisschen runtersacken. Ich frage mich, wie das Leben wäre, wenn Mum gestorben wäre und nicht Dad. »Tut mir leid«, sage ich, denn ich weiß, ich kann mich nur entschuldigen, aber nichts tun, damit sie anders von mir denkt. »Ich verspreche, mich zu bessern, Mum. Wirklich.«

»Wirklich? Das ist der Joe, den ich kenne. Der liebevolle, aufmerksame Sohn. Ich weiß doch, wie du wirklich bist. Du kannst manchmal ein richtiger Engel sein, Joe. Du machst mich so stolz.«

»Echt?« Ich fange an zu lächeln. »Danke«, sage ich und bete, dass sie nicht bloß »sarkasmisch« ist.

»Ich war heute beim Arzt«, sagt sie und wechselt das Thema – oder kommt, genauer gesagt, zum eigentlichen Grund für ihren Anruf.

Beim Arzt? Oh Jesus. »Was ist denn los?«

»Ich muss letzte Nacht geschlafwandelt haben, Joe. Als ich heute Morgen aufgewacht bin, stand die Schlafzimmertür offen und ich lag am Boden.«

»Am Boden? Oh mein Gott. Ist alles in Ordnung mit dir?«

»Was glaubst du denn?«

»Was hat der Arzt gesagt?«

»Ich hatte einen Anfall. Der Arzt nannte es eine *Episode*. Weißt du, was eine Episode ist, Joe?«

Jetzt ist mir eher nach Weinen zumute als nach Schreien. Ich denke an Fay, Edgar, Karen und Stewart aus Mums Lieblingsserie. Ja, ich weiß, was eine Episode ist.

»Was für eine Art Anfall?«

»Doktor Costello sagt, es ist nichts, über was man sich Sorgen machen müsste. Er hat mir ein paar Tabletten gegeben.«

»Was für Tabletten?«

»Ich weiß nicht so genau. Ich kann dir mehr davon erzählen, wenn du vorbeikommst. Ich werd Hackbraten machen. Das ist dein Lieblingsessen, Joe.«

»Bist du sicher, dass wieder alles in Ordnung ist?«

»Doktor Costello scheint das zu glauben. Also, wann kommst du vorbei?«

Plötzlich bin ich mir nicht mehr sicher, ob sie überhaupt einen Anfall gehabt hat. Eigentlich bin ich fast schon überzeugt davon, dass Mum das alles nur erfindet, damit ich mich schuldig fühle.

»Gehst du noch mal zu ihm? Um noch ein paar Tests zu machen?«

»Nein. So gegen sechs, halb sieben?«

»Keine Tests? Warum nicht? Was will der Arzt außerdem noch machen?«

»Ich hab meine Pillen.«

»Ich mache mir einfach nur Sorgen, das ist alles.«

»Mir würde es schon besser gehen, wenn du vorbeikommst.«

Ich hole tief Luft. Es ist wie immer. »Ich kann nicht vorbeikommen, Mum. Ich bin beschäftigt.«

»Immer bist du beschäftigt. Nie hast du Zeit für deine Mutter. Ich bin alles, was du hast, weißt du das? Alles, was du hast, seit dein Vater gestorben ist. Wo wirst du sein, wenn ich mal nicht mehr bin?«

Im Paradies. »Ich komme am Montag vorbei, wie üblich.«

»Das werden wir ja dann am Montag sehen.« Die Verbindung ist plötzlich tot.

Ich rappele mich hoch und lege den Hörer auf. Zurück bei meinem ramponierten Sofa setze ich mich und schiebe die Füße auf den zerschrammten Couchtisch. In der Stille des Zimmers kann ich die Pumpe hören, die das Wasser in meinem Goldfisch-glas zirkulieren lässt. Ich frage mich, welchen Frieden ich wohl finden würde, wenn ich ein Goldfisch wäre und bezüglich der Gespräche mit meiner Mutter eine Erinnerungsspanne von fünf Sekunden hätte.

Ich werfe einen Blick auf die Hefter. Wenn ich jetzt anfange, sie durchzusehen, müsste ich wenigstens nicht mehr an meine Mut-ter denken. Hackbraten am Montag. Aber der ist nur der Anfang, dann kommen die Vorwürfe: Warum ich nicht bei ihr wohne, wa-rum ich kein richtiges Leben habe, warum ich keinen BWM fah-re. Bekomme ich sie aus dem Kopf, wenn ich die Akten studiere?

Ich vermute, es wäre einen Versuch wert.

Ich greife danach und fange an zu lesen.

Kapitel 21

Detective Harvey Taylor. Dreiundvierzig Jahre alt. Verheiratet. Vier Kinder. Seit achtzehn Jahren bei der Polizei. Wurde mit achtundzwanzig Detective im Einbruchsdezernat. Mit einund-dreißig befördert in die Abteilung Tötungsdelikte. Wurde eini-gen der spektakulärsten Mordfälle zugeteilt, die Neuseeland je erlebt hat. Gehörte zu dem Team, das vor zwei Jahren den ersten Serienkiller dieses Landes zur Strecke brachte. Wurde dem Team zugeteilt, das den augenblicklichen Killer sucht. Wie vor zwei Jahren kam der Detective aus Wellington nach Christchurch. Anders als vor zwei Jahren ist der Fall noch ungelöst.

Ich lese Taylors Geschichte und sehe, dass er in der Schule lauter Einsen hatte. Mehrere Auszeichnungen im Sport. Hoher IQ. Sol-che Typen habe ich gehasst in der Schule. Ich wollte selber so sein.

In der Akte liegen mehrere Zeugnisse aus seinen Schultagen. Zeugnisse vom Royal New Zealand Police College. Ergebnisse psychologischer Tests. Ich suche nach der Frage: »Haben Sie jemals eine Frau vergewaltigt und dann erwürgt?«, doch sie steht nirgends. Ich vermute, er hätte »nein« angekreuzt. Die meisten Fragen sind ziemlich lahm. Was ist Ihre Lieblingsfarbe? Was ist Ihre Lieblingszahl? Würden Sie stehlen, wenn Sie in Not wären? Haben Sie jemals Drogen geraucht? Jemals ein Haustier getötet? In der Schule jemanden zusammengeschlagen? Oder sind Sie zusammengeschlagen worden? Legen Sie gerne Feuer?

Zuerst gibt es fünf Seiten dieser mit »ja« oder »nein« zu beantwortenden Fragen; dann kommen Fragen, bei denen man die Antwort selbst formulieren muss und nicht mehr nur Kreuze in einem Kästchen machen kann. Was sollten wir mit Mördern machen? Wie hat es sich angefühlt, in der Schule zusammengeschlagen zu werden? Wie haben Sie darauf reagiert? Warum dies und warum das, Riesensache dies und Riesensache jenes. Mithilfe der Fragen lässt sich angeblich ein psychologisches Profil erstellen, so etwas wie: »Ich wurde in der Schule zusammengeschlagen, aber meine Lieblingsfarbe ist Blau, also kann ich nicht schwul sein, richtig?« Ja, richtig.

Ich höre auf, mir die Fragen anzusehen, und gehe über zu den Ergebnissen. Ein Gummistempel versichert Taylor, dass er geistig gesund ist. Keine weiteren Erklärungen. Die als »geistesgestört« beurteilten Prüflinge werden später Parkwächter.

Ich verfolge in der Akte seinen weiteren Weg vom Constable zum Detective: die Festnahmen, die er gemacht, die Fälle, die er aufgeklärt hat. Der Kerl hat einen großen Teil seiner Freizeit auf seine Ermittlungen verwandt. Diese Stunden werden nicht bezahlt, doch man verschafft sich Respekt. Sie helfen einem, wenn es um Beförderungen geht, sodass man noch mehr Arbeit bekommt, für die man nicht bezahlt wird. Der Bericht verrät, dass dieser Mann sehr engagiert ist, wenn es um seine Arbeit, aber auch, wenn es um seine Familie geht. Ich weiß nicht, wie man das alles unter einen Hut bringen soll, aber bis jetzt hat er beides noch.

Das schließt ihn als Verdächtigen nicht aus. Gut möglich, dass er seine Frau so sehr vermisst, dass ihm seine Fantasien und seine schwielige Hand nicht mehr genügen. Vielleicht sucht er bei einer Fremden sexuelle Erleichterung. Das kann ich natürlich nicht wissen. Ich weiß jedoch, dass er, von den Einbruchsfällen abgesehen, die eine erschreckend niedrige Aufklärungsrate haben, fast alle seine Ermittlungen erfolgreich abschließen konnte. Darum ist er hier. Er ist eines der leuchtenden Vorbilder des Teams.

Sein Foto in der Akte ist etwa zehn Jahre alt; es wurde gemacht, als er Anfang dreißig war. Schon damals sah Taylor zehn Jahre älter aus, als er war. Jetzt sieht er zwanzig Jahre älter aus. Inzwischen ist sein Haar aschgrau. Es hat lichte Stellen, die darauf hindeuten, dass er in ein paar Jahren eine Glatze bekommen wird. Die schwarzen Augen eines Killers hat er nicht. Stattdessen funkelt in seinen freundlichen blauen Augen eine Intelligenz, die ich mit nicht gerade vielen Detectives in Verbindung bringe. Die Sonne und das Alter haben kleine Falten in sein Gesicht gegraben. Seine Haut ist wettergegerbt und braun, weswegen man ihn sich leicht auf einem Surfbrett mitten im Ozean vorstellen kann.

Das Bild in der Akte ist ein Farbfoto und zeigt jene Mode, die wir damals alle getragen haben. Ich kann nur hoffen, dass von mir keine Aufnahmen existieren, auf denen ich ähnliche Klamotten anhabe.

Ich lasse seine Akte sinken. Gähne. Strecke mich. Und schaue auf die Uhr. Es ist schon acht. Offenbar bin ich seit fast drei Stunden zu Hause. Wo ist nur die Zeit geblieben?

Wenn ich das wüsste. Meine innere Uhr verrät mir nichts darüber.

Es ist Freitagnacht. Ausgehnacht. Und doch bin ich hier, hänge in meiner beengten Wohnung fest, während ich mit dem Kopf woanders bin und mein Blick über Informationen gleitet, die keine Hilfe sind. Ich schütte einen Kaffee rein. Ich kann mich nicht mal daran erinnern, ihn gemacht zu haben, aber er ist noch warm. So viele Informationen zu lesen muss bei mir geradezu eine Absenz ausgelöst haben. Anderen wäre es wohl genauso ergangen. Als ich den Overall ausziehe, nehme ich Sallys Telefonnummer aus der Tasche. Ich will sie schon zu einem kleinen Ball zusammenknüllen, da beschließe ich, sie zu behalten. Es ist nett, eine Telefonnummer hier zu haben, die weder die von meiner Mutter noch die von meiner Arbeitsstelle ist. Mit einem Magneten in Form einer Miniaturbanane hänge ich sie an die Kühlschranktür. Jetzt kommt es mir so vor, als hätte ich Freunde, und das fühlt sich gar nicht so schlecht an.

Ich gehe zurück zum Sofa und will nach einem Handtuch greifen, das über der Armlehne hängt, doch es endet damit, dass ich mir eine weitere Akte vornehme. Ich bin nackt, meine Achselhöhlen riechen wie Obdachlose, aber ich setze mich wieder aufs Sofa und lese weiter.

Detective Robert Calhoun. Vierundfünfzig Jahre alt. Verheiratet. Aufgenommen wurde das Foto etwa ein Jahr, bevor sein Sohn das große Selbstmord-Hotel im Himmel aufsuchte – er hat sich mit vierzehn in der Garage der Eltern erhängt. Das war vor zehn Jahren. Calhoun hat ihn gefunden, der Bericht befindet sich in der Akte. Timothy Calhoun. Der kleine Timmy. Ich kann mir nicht vorstellen, einen Cop zum Vater zu haben. Das ist wahrscheinlich auch der Grund, warum er sich umgebracht hat. Oder vielleicht hat sein alter Herr Doktorspiele mit ihm gespielt.

Möchtest du einen Zaubertrick sehen, Timmy?

Calhoun kam mit zweiundzwanzig zur Polizei und war zehn Jahre auf Streife, bevor er Detective wurde. Ursprünglich aus Dunedin stammend, war er in Wellington stationiert, wo er ein paar Jahre verbracht hat, bevor er nach Auckland versetzt wurde. So läuft das bei der Polizei. Sie bilden dich aus, geben dir einen Job und trennen dich dann von deiner Familie und deinen

Freunden, weil sie dich irgendwo aufs Land schicken müssen, wo du niemanden kennst.

Calhoun hat zwölf Jahre lang Sexualdelikte einschließlich Vergewaltigung bearbeitet, bevor er die Chance bekam, bei Mordfällen zu ermitteln. In diesem Land gibt es keine fest eingerichteten Mordkommissionen. Noch nicht. Wenn jemand umgebracht wird, werden erfahrene Detectives für die Ermittlung aus anderen Abteilungen abgezogen, üblicherweise aus der Abteilung für Sexualdelikte, manchmal aber auch aus dem Einbruchsdezernat. Daraus folgt, dass diese Männer, selbst wenn sie schon fünf Jahre oder länger in Mordfällen ermitteln, zuallererst Spezialisten für Delikte wie Einbruch oder Betrug sind – bis es wieder mal so weit ist. Ich könnte mir vorstellen, dass man auf gewisse Ideen kommt, wenn man sich über zwölf Jahre hinweg mit Vergewaltigungen und anderen Sexualdelikten beschäftigt. Gut möglich, dass Calhoun dabei genau die Kunst erlernt hat, die auch mein Metier ist.

Ich schaue mir sein Foto an. In der letzten Zeit ist er statt jeweils nur um ein Jahr um drei gealtert. Sein volles, schwarzes Haar, das er früher in einem gottesfürchtigen Schnitt trug, steht wirr in alle Richtungen, wird grau und immer dünner. Sein längliches Gesicht sieht müde aus. Winzige Fältchen ziehen sich um Augen und Mund. Auch seine Augen sind nicht schwarz. Sie sind dunkelbraun. Der schmale Kiefer hat sich nicht verändert, er ist inzwischen jedoch ständig mit grauen Stoppeln bedeckt.

Was haben wir? Einen toten Sohn. Eine Ehefrau, die ihren Mann seither wahrscheinlich nie wieder angefasst hat. Sexualdelikte. Ein Mann mit stacheliger Heiligenfrisur. All diese Vergewaltigungsfälle. Der Grund, warum die Zahl der Vergewaltigungen in diesem Land so hoch ist und immer weiter steigt, besteht darin, dass die Justiz niemals einen ausreichenden Anreiz geboten hat, diese Tat nicht zu begehen.

Ich studiere Calhouns psychologisches Profil. Keine besonders großen Unterschiede zu dem von Taylor. Ich werfe einen Blick auf seine College-Unterlagen. Nicht brillant, aber ziemlich gut. Unter den besten zwanzig Prozent seines Jahrgangs. Er hat zwar nicht alle seine Fälle gelöst, aber das schafft schließlich kaum jemand. Es gibt jede Menge unaufgeklärte Sexualdelikte, von denen ich gerne glauben würde, dass Calhoun dafür verantwortlich ist, aber das ist unmöglich – es wäre zu riskant gewesen. Wenn ein Cop so etwas macht, muss er dafür sorgen, dass das Opfer ihn später nicht identifizieren kann, und da gibt es nur eine Methode, die absolut sicher ist.

Die Zeit vergeht so schnell. Mein Kopf dreht sich. Ich schaue in meinen Schoß und entdecke die Ursache für den Blutmangel in meinem Hirn. Von all diesen Sexualverbrechen zu lesen hat mich richtig munter gemacht. Ich stehe auf, wickle mir das Handtuch um die Hüften und verstaue Klein Joey unter dem Stoff. Die Nacht hat noch viel zu bieten. Die Dusche produziert nur heißes Wasser und Dampf, und doch fühle ich mich erfrischt und wie ein neuer Mensch, als ich fertig bin. Mein Körper gleicht einer gespannten Stahlfeder, und mein Verstand ist hellwach. All die viele Arbeit hat mir bisher viel zu wenig eingebracht. Ich muss mich entspannen. Ich muss ein bisschen Dampf ablassen. Es macht Spaß, ein Detective zu sein, aber ich werde noch mehr Spaß haben, wenn ich wieder ich selbst bin. Ich stecke die Glock in den Bund meiner Jeans und achte darauf, dass sie von meiner Lederjacke verdeckt wird. Ich schiebe eines meiner Messer in die Innentasche.

Ich sehe wirklich *scharf* aus. Und nehme nur das Nötigste mit.

Kapitel 22

Christchurch bei Nacht. Meine Stadt. Mein Spielplatz. Wo Leute, die dich hassen, dich trotzdem »Kumpel« nennen. Die Luft ist warm und von Leben erfüllt. Der Nordwestwind weht, nicht zu heiß, aber schwül. Erfüllt die Luft mit Geräuschen und Feuchtigkeit. Mit fluoreszierenden Lichtern und Hormonen. Im Süden der Stadt, in den Port Hills, funkeln eine Million Lichter in der Ferne. Die drei anderen Himmelsrichtungen zeigen nichts als platte Landschaft und einzelne Gebäude. Das Stadtzentrum ist voller Neonröhren – rosa, purpurn, rot und grün. Alle möglichen Farben aus allen möglichen Winkeln schimmern einem vor den Augen.

Der Rotlichtbezirk von Christchurch erstreckt sich über die Manchester und die Colombo Street, die sich parallel durchs Herz der Stadt ziehen. Hier kann man sich an jeder Ecke für zwanzig, sechzig oder hundert Dollar eine persönliche Begleitung besorgen. Junge Burschen rasen mit ihren Autos die Colombo rauf und runter, ohne ein anderes Ziel vor Augen als das Straßenende. Ihre aufgeheizten Motoren machen mehr Lärm als ein Jumbojet. Schimmernde Breitreifen. Auspuffrohre, so dick, dass man die Faust reinstecken könnte. Eingebaute Subwoofer im Heck sorgen für dröhnende Bässe, laut wie Kanonenfeuer. Die Fenster der nahe gelegenen Geschäfte vibrieren. Ford Escorts und Ford Cortinas brennen an jeder Ampel Gummi auf den Asphalt, wenn die hochfrisierten Motoren auf Touren kommen. Arbeitslose jugendliche Rennfahrer versuchen ihre stressige Woche hinter sich zu lassen, indem sie jeden mit ihrem Musikgeschmack beeindrucken. Junge Kerle, die enge schwarze Jeans und schwarze T-Shirts mit Löchern tragen, auf denen die Namen von Heavy-Metal-Bands oder Whiskymarken stehen. Sie tragen die Haare lang oder haben sich den Kopf rasiert – dazwischen gibt es nichts. Zigaretten oder Joints hängen in ihren Mundwinkeln. Die Autoscheiben sind getönt und die Seitenfenster runtergekurbelt, sodass wir ihren Anblick ungehindert genießen können. Sie sind davon überzeugt, dass alle Frauen, die sie sehen, sich sofort in sie verlieben, und das Verrückte ist, dass das bei einigen sogar stimmt. Schlampen in Batikkleidern und mit zentimeterdickem Make-up im Gesicht tragen das Herz auf der Zunge und bunte, aber billige Tätowierungen auf den Armen.

Die Reihe von Bars und Cafés an der Oxford Terrace wird auch der »Strip« genannt. Es ist ein Fleischmarkt, auf dem langbeinige Frauen ein paar Dutzend Männer scharf machen, bevor sie schließlich mit einem von ihnen schlafen. Sieben oder acht dieser Bars liegen dicht an dicht innerhalb eines Blocks, und alle von ihnen bieten einen Blick auf den Fluss. Auf der anderen Seite des Flusses, leicht diagonal versetzt und etwa hundert Meter von der nächsten Bar entfernt, befindet sich das Polizeigebäude. Freitagnacht mischen sich im Avon Wasser und Urin etwa zu gleichen Teilen. Aale treiben durch den Fluss und strecken die Bäuche in die Luft. Enten zupfen an benutzten Kondomen, die am Ufer liegen geblieben sind. Kleine Fische versuchen mit einem Sprung dem Wasser zu entkommen und landen im Gras, wo sie neben ohnmächtigen Säufern sterben.

Als ich mich dem Strip nähere, nehme ich die Waffe aus dem Hosenbund und stecke sie in die mit einem Reißverschluss versehene Innentasche meiner Jacke. Dann ziehe ich die Jacke aus. Schweiß kitzelt mich überall. Ich habe dermaßen viel Aftershave und Deodorant benutzt, dass jeglicher Körpergeruch unterdrückt wird; auch um mich herum ist die Luft bereits von Aftershave und Parfüm geschwängert. Ich gehe die Straße entlang und bin schon nach wenigen Sekunden kostenlos neu parfümiert.

Es ist nach Mitternacht, doch eigentlich geht es jetzt erst richtig los. Der Strip ist voller Menschen. Die ganze Woche über gehen Frauen direkt von der Arbeit nach Hause und schließen die Türen hinter sich ab, denn sie fürchten, ihnen könnte das Gleiche zustoßen wie den Frauen in den Nachrichten. An jedem anderen Tag der Woche sind sich alle darüber im Klaren, dass ihr Leben nicht so sicher ist, wie es sein sollte. Doch kaum ist es Freitag- oder Samstagnacht, werden alle Ängste beiseitegeschoben, weil man sich eine schöne Zeit machen will. Hier in dieser Straße sind die meisten Frauen jung und haben zu wenig an. Sie versuchen, sich in Clubs zu drängen, die ihrer Meinung nach im Augenblick besonders angesagt sind, weil sich lange Schlangen vor ihnen gebildet haben. Rausschmeißer mit schwellenden Muskeln haben sich mit verschränkten Armen davor postiert. Bestimmte Verhaltensweisen passen ihnen nicht in den Kram, und sie sorgen dafür, dass das jeder mitbekommt.

Für die meisten Einheimischen ist der Strip der absolute Höhepunkt. Ich bin schon fast taub vor lauter Drum 'n' Bass-, Techno- und Hip-Hop-Musik. Es würde mindestens dreißig Minuten dauern, hier irgendwo reinzukommen, also streife ich auf der Suche nach einem anderen Club oder einer Bar durch die Cashel Mall weiter in Richtung Innenstadt. Irgendwohin, wo es ruhiger ist. Schließlich habe ich Glück und finde einen offenen Club, in dem die Musik nicht so laut ist und wo man noch einen Sitzplatz kriegt. Die Besucher scheinen alle zwischen Mitte zwanzig und Ende dreißig zu sein. Damit dürfte ich zum Durchschnitt gehören, schätze ich mal.

Wortlos und mit einem Lächeln auf den Lippen schlüpfe ich am Rausschmeißer vorbei und gehe hinein. Ein kleineres Meer von Menschen, aber kein richtiger Ozean. Ich schiebe mich hindurch und halte meine Jacke fest umklammert. An der Bar bedient mich eine attraktive Blondine – enges weißes Top, kurzer schwarzer Rock, großartige Titten. Ich bestelle einen Wodka Orange. Das ist zwar teuer, aber wenn man an einem Freitag- oder Samstagabend in die Stadt geht, muss man zwangsläufig damit rechnen, ein kleines Vermögen auszugeben. Ich hätte zu Hause bleiben und genau das gleiche Getränk zu einem Viertel des Preises haben können, doch dann hätte ich nicht die Chance gehabt, Leute zu beobachten. Ich sitze an der Bar, nippe an meinem Drink und mustere die Menge um mich herum. Es sind vor allem die Männer, die teure Kleidung tragen, die sie sich nicht leisten können und mit der sie versuchen, reicher und beeindruckender auszusehen, als sie tatsächlich sind. Hausmeister, Arbeiter, Klempner, Verkäufer – alle sind sie wie Anwälte angezogen. Während die richtigen Anwälte andere Bars besuchen und sich Mühe geben, besonders lässig auszusehen. Die Frauen, auch die dicken, ziehen sich an wie Nutten. Nicht dass ich mich beklagen würde. Schließlich kommen die Männer hierher, um einen Blick auf das zu werfen, was vielleicht einmal die Bettgeschichte werden wird, die sie ihren Kumpels am Montagmorgen erzählen werden. Die Frauen kommen hierher, um sich zu entspannen. Um sich frei zu fühlen.

Aus allen Ecken des Clubs flackern Lichter auf, die mir vor den Augen tanzen, pochen und pulsieren. Ich leere mein Glas und bestelle noch einen Drink. An der Decke suche ich unauffällig nach Überwachungskameras, die die Bar im Blick haben. Nichts. Die Musik wird lauter. Meine Ohren vibrieren.

An einem Ort wie diesem gibt es nur drei Gründe, warum Frauen mit einem sprechen: Man sieht entweder extrem gut oder extrem reich aus. Sonst sagen sie einem, man solle verschwinden und sie in Ruhe lassen. Ich habe heute teure Kleider an. Was Kleidung betrifft, habe ich reiche Auswahl, weil ein paar meiner Opfer Ehemänner hatten, mit der gleichen Größe wie ich. Und ich trage eine ziemlich teure Uhr – eine Tag Heuer, die den Ehemann von Opfer Nummer drei mindestens dreitausend Dollar gekostet haben muss. Sie besitzt ein kratzfestes Saphir-Glas und ein Metallfederarmband. Sie ist nicht ganz so teuer wie eine Rolex, doch eine Rolex hat keinen großen Wiederverkaufswert; das sind hässliche Uhren, die nur von alten Männern und Asiaten getragen werden.

Es dauert dreißig Minuten und drei Drinks, bis eine Frau zu mir rüberkommt. Wenn ich keinen Overall trage, sehe ich nicht wie der beschränkte Kerl aus, für den sie mich bei der Arbeit alle halten. Die Kleider machen den Unterschied. Sie drängt sich durch die Menge zur Bar und stellt sich neben mich. Dann dreht sie sich um und lächelt. Nimmt meine Anwesenheit zur Kenntnis. Ein guter Anfang. Sie ordert einen Drink. Nur einen.

»Hi.« Ich muss schreien, damit sie mich trotz der Musik hört.

»Hi.«

Ich schätze, sie ist vielleicht siebenundzwanzig oder achtundzwanzig Jahre alt. Einen Meter siebenundsechzig groß, schlank. Wie die Frau hinter der Bar ist sie hübsch ausgestattet. In diesem Licht wirkt ihre Haut fast violett. Vielleicht ist sie das ja tatsächlich. Auch ihr Haar schimmert purpurn. Ihre Augenfarbe kann ich nicht erkennen.

»Wie läuft's denn so?«, schreie ich.

»Gut«, sagt sie und nickt. »Und bei dir?«

»Gut. Ganz gut«, sage ich, und dann wird mir plötzlich klar, dass ich nicht weiß, was ich noch sagen soll. Das war schon immer mein Problem. Lockerer gesellschaftlicher Umgang fällt mir nicht unbedingt leicht. Wäre es anders, müsste ich nicht in die Häuser von Frauen einbrechen, sondern könnte mir mit Worten Zugang verschaffen. »Also ...« *Kommst du oft hierher?* Nein, das werde ich nicht fragen. »Junge, Junge, ich wollte, mir würde irgendwas einfallen, das beeindruckend klingt.«

Sie lacht, denn vielleicht hat sie diesen Spruch schon oft gehört oder merkt selber, wie rasch unser Gespräch peinlich wird. »Ich hatte gehofft, dass du beeindruckend *bist*.«

Das ist ein gutes Zeichen. Witzig. Hat Sinn für Humor. Ein großartiges Lächeln. Und sie ist immer noch hier, hat nicht gesagt, dass ich verschwinden soll. Ich mustere ihre Kleider. Ein kurzer schwarzer Rock. Ein dunkelrotes Top, das die Oberseite ihrer festen Brüste erkennen lässt. Das Top ist fast rückenfrei, bis auf die gekreuzten Träger, die es an Ort und Stelle halten. Sie trägt keinen BH. Schwarze Lederschuhe mit fingerbreiten, kreuzweise über dem Spann verlaufenden Lederstreifen. Sowie eine dünne, goldene Halskette und eine hübsche goldene Uhr, die wie eine teure Omega aussieht.

Ich zucke mit den Schultern. »Irgendwie habe ich dasselbe gehofft.«

Ich vergesse nicht, dass selbst bei Frauen, die oft hierherkommen, die wie Nutten aussehen und wirklich leicht zu haben sind, sehr viel Geschick, Charme, Überredungskunst oder einfach Glück nötig ist, damit sie mit einem nach Hause gehen – und das habe ich nicht gerade im Übermaß. Es geht letztlich ums Verkaufen. Hier ist eine gut aussehende Frau, die etwas haben will, die einfach nur nach dem richtigen Kerl sucht, und wenn sie sieht, dass du es nicht bist, steht einen Meter weiter schon der Nächste.

Sie lächelt mich an. Das beste Mittel, das einem zur Verfügung stehen sollte – abgesehen davon, gut auszusehen oder reich zu sein –, ist Humor. Wenn man sie einfach so zum Lachen bringen kann, hat man eine Chance. Wenn sie wirklich lacht und nicht nur dieses dämliche Höflichkeitslachen von sich gibt, weil nur du selbst dich für komisch hältst, dann sehen die Dinge gar nicht mal so schlecht aus. Irgendwann im Laufe des Abends ist sie dann wenigstens zu einer freundlichen Fummelei auf der Toilette bereit.

Auch wenn ich auf mehr als das hoffe.

»Ich heiße Melissa«, sagt sie und nippt an ihrem Drink.

Die Lichter wechseln von lila zu weiß, und ich erhasche einen kurzen Blick auf sie. Dunkelbraunes Haar. Hübsche Hautfarbe. Atemberaubende blaue Augen. Deutlich ausgeprägte Wangenknochen. Scharf geschnittene Nase. Makellos. Das Haar reicht ihr bis über die Schultern. Sie legt den Kopf auf die Seite und schiebt sich ein paar Strähnen hinter das rechte Ohr. Als sie das Glas vom Mund nimmt, habe ich freien Blick auf ihre Lippen. Hellrot, voll.

Die Lichter werden orange. Sie ebenso.

»Joe«, sage ich.

»Und, was machst du so, Joe?« Sie schreit immer noch.

»Ich arbeite für die Polizei.«

Ihr Lächeln wird breiter, als hätte ich ihr gerade gesagt, ich sei Multimillionär. »Wirklich? Bist du ein Cop? Du machst doch keine Witze über so was?«

»Ah, eigentlich bin ich kein Cop«, sage ich und bedauere es sofort. Verdammt, warum sollte ich für sie denn kein Cop sein? Sie würde die Wahrheit schließlich nie erfahren.

»Oh.«

»Ich bin mehr so eine Art Berater.«

»Ach, ein Berater? Klingt interessant«, sagt sie, doch sie klingt uninteressiert.

»Manchmal schon.«

»Bei was berätst du sie denn im Augenblick?« Sie leert den Rest ihres Drinks, stellt das Glas neben meines auf die Bar und fängt an, sich umzusehen. Auch mein Glas ist leer, bis auf die Eiswürfel, die in der Hitze schmelzen, da ich es noch immer in der Hand halte. Es ist offensichtlich, dass ich sie verliere.

»Möchtest du noch was trinken?«

Sie zuckt mit den Schultern. »Klar. Eine Margarita.«

Ich bleibe bei Wodka Orange. Ich will nicht durcheinandertrinken: Kopfweh am nächsten Morgen, Gedächtnislücken in der Nacht zuvor. Das passiert mir zwar nicht oft, aber in den letzten Jahren ist es gelegentlich schon mal vorgekommen.

»Du hast doch sicher schon was über diesen Serienkiller gelesen?«

Sie konzentriert sich wieder auf mich. »Da arbeitest du dran?«

Ich bezahle die Drinks und hoffe, dass ich damit nicht nur ihren freien Abend in der Stadt finanziere. »Ja. Schon seit einiger Zeit.«

»Das ist ja Wahnsinn!«, sagt sie.

»Na ja, es ist eben ein Job.«

»Es ist ziemlich laut hier«, sagt sie.

Ich stimme zu. Ja. Verdammt laut.

Wir gehen von der Bar zu einem Tisch im vorderen Bereich des Clubs, den man jedoch von der Straße nicht einsehen kann. Es ist nicht mehr so laut, wenn auch nicht wirklich leise. Und es ist dunkler. Was mir nur recht ist. Wenigstens müssen wir nicht mehr schreien. Rechts von uns, auf der Tanzfläche, versuchen Männer und Frauen sich dem hinzugeben, was sie unter Rhythmus verstehen. Sie sehen aus wie Marionetten, die von einem Spieler geführt werden, der Sinn für Humor hat.

»Also, was kannst du mir über den Fall erzählen? Seid ihr kurz davor, ihn zu schnappen?«, fragt sie und beugt sich vor. Sie streicht mit dem Finger über den Rand des Glases und spielt mit den Salzkrümeln.

Ich nicke. »Bald.«

»Wie kannst du so sicher sein?«

»Das darf ich nicht sagen.«

»Ihr wisst, wer der Kerl ist?« Sie leckt sich das Salz vom Finger und kratzt noch ein bisschen mehr ab.

»Wir haben eine Reihe von Verdächtigen.«

»Dann hast du also die Frauen gesehen, die er umgebracht hat, oder?«

»Ja, ich hab sie gesehen.« Ich nippe an meinem Drink. Er ist stärker als die anderen beiden.

»Wie war das?«

»Na ja, ein schöner Anblick war's nicht, so viel steht mal fest.«

»Er hat sie wirklich übel zugerichtet, oder?«

Ich zucke mit den Schultern, aber es ist offensichtlich, dass ich damit andeute, dass es wirklich übel war. Wir sprechen über den Fall, und ich teile ihr ein bisschen von dem mit, was ich weiß. Sie scheint beeindruckt, äußert jedoch keine eigene Meinung dazu, auch wenn sie mir sagt, dass sie den Fall aufmerksam verfolgt hat.

»Und, was machst du so?«, frage ich schließlich und wechsle das Thema. Sie wirkt enttäuscht.

»Ich bin Architektin.«

Wow. Ich habe noch nie eine Architektin umgebracht. »Wie lange schon?«

»Acht Jahre.«

»Du machst Witze.«

»Nein. Warum sollte ich?«

»Ich hätte schwören können, dass du erst zweiundzwanzig bist.«

Sie lacht, schenkt mir dieses typische Lachen, das man nur zu hören bekommt, wenn man sich beim Alter einer Frau wirklich verschätzt und ihr ein großes Kompliment gemacht hat.

»Ein bisschen älter bin ich schon, Joe.«

Ich zucke mit den Schultern, als könne ich es nicht glauben. »Du kommst hierher, um dich zu entspannen?«

»Ich bin ungefähr das dritte Mal hier.«

»Und ich bin das erste Mal überhaupt irgendwo.«

»Oh?«

Noch ein Schulterzucken. »Ich konnte nicht schlafen. Wollte mir mal anschauen, was Leute so treiben, die Spaß haben.«

Wieder dieses Lachen. »Welchen Eindruck hast du bisher?«

Ich stelle mein Glas auf den feuchten Abdruck, den es zuvor hinterlassen hat. »Bisher ist es nicht so beängstigend, wie ich gedacht habe.«

»Vielleicht kommt das ja noch.«

Da hat sie allerdings recht.

»Wohnst du in Christchurch, Joe?«

»Ja. Schon mein ganzes Leben. Und du?«

»Seit etwa einem Monat.«

Perfekt. Das bedeutet, dass sie nicht allzu viele Leute kennt. Und es bedeutet, dass sie in dieser Bar kein Stammgast ist, sodass es nicht viele Menschen geben dürfte, die sie im Auge behalten, um zu sehen, wohin sie geht. Normalerweise schleppe ich keine Frauen aus Bars ab. Das habe ich erst ein einziges Mal gemacht. Die Herausforderung ist das Entscheidende. Es ist zwar schwierig, eine Frau aus einer Bar abzuschleppen, aber sie hinterher schonungslos benutzen zu können, bietet einem reichlich Lohn für all die Mühe. Sie erwarten alles, nur nicht umgebracht zu werden, und dabei ist das ihre größte Angst, die ihnen ständig im Kopf herumgeht. Genau darin liegt die größte Ironie, und wahrscheinlich begreifen sie das auch, kurz bevor sie sterben.

Wie bei Angela hätte ich einfach in ein Haus einbrechen können. Wie bei Candy hätte ich einfach jemanden bezahlen können. Aber mein Job bietet schon so viel Routine. Das ganze Leben ist Routine. Daher ist es geradezu ein Gebot, sich manchmal Zeit zu nehmen für das, was man liebt, für die besonderen Dinge. Wenn man so wenig hat, für das man lebt, muss man dieses wenige genießen. Man muss es auskosten.

»Dann bist du also mit Freunden hier?«, frage ich.

»Nein. Ich kenne eigentlich niemanden in der Stadt, aber am Freitagabend alleine zu Hause rumzusitzen ist geradezu tödlich für mich.«

Ich kommentiere ihre Wortwahl nicht. Weise nicht darauf hin, dass es sich für sie eher als tödlich erweisen wird, dass sie heute ausgegangen ist. »Soll ich dir noch etwas zu trinken holen?«

»Klar.«

Ich schlüpfe lässig in meine Jacke, als wäre mir kalt, obwohl es hier drin mit all diesen Leuten mindestens dreißig Grad hat. Ich hoffe, Melissa denkt nicht, dass ich die Jacke mitnehme, weil ich ihr nicht traue.

Ich schiebe mich durch hundert Leute. Ganz entspannt. Mit diesem seltsam sanften Gefühl. Ich bestelle einen Orangensaft. Keinen Wodka, denn ich kann nicht riskieren, benebelt zu sein. Aber für sie hole ich noch eine Margarita.

Sie lenkt die Unterhaltung wieder auf den Fall. Auf Verbrechen und Strafe. Wir unterbrechen das Gespräch, als wir neue

Drinks brauchen. Jeder Blick auf meine Uhr zeigt mir, dass die Zeit recht angenehm vergeht. Es ist laut, aber die Atmosphäre ist entspannt. Eigentlich könnte ich die ganze Nacht lang hierbleiben, Orangensaft trinken und mich mit dieser schönen Frau unterhalten.

Um vier beschließe ich, dass ich wohl doch nicht länger bleiben werde, obwohl das möglich wäre. Es wird Zeit, zusammenzupacken. Mir fällt absolut nichts mehr ein, was ich noch sagen könnte, um zu verhindern, dass sie mit mir kommen möchte. Es sei denn, ich verrate ihr meine Hobbys.

»Ich mach mich mal besser auf den Weg. Eigentlich sollte ich schon längst im Bett sein.« Ich drücke mich vom Stuhl hoch. Sie auch.

»Sollen wir uns ein Taxi teilen?«, schlägt sie vor.

Was Ähnliches wollte ich ebenfalls vorschlagen. »Klar.«

Weil uns der milde Nordwestwind um die Ohren bläst, ist die Nacht immer noch warm. Jetzt haben die Nachtclubs nur noch etwa halb so viele Besucher wie vorhin. Einige lassen sich betrunken oder stoned durch die Straßen treiben. Jede Menge Leute drängen sich in Fast-Food-Restaurants, die um diese Zeit Tausende verdienen. Ein paar suchen Streit. Andere suchen einfach nach irgendwas, das sie noch unternehmen können. Vor den Taxiständen bilden sich lange Schlangen.

»Sollen wir zu Fuß gehen?«

Sie nimmt meinen Arm, um festen Halt zu haben. Sie ist viel betrunkener als ich; genau das war der Plan. »Warum nicht, Joe.«

Ich trage meine Jacke über dem Arm, sodass sie sich nicht gegen die Pistole oder das Messer lehnt.

»Welche Richtung?«, frage ich.

»Wo wohnst du, Joe?«

»Nicht besonders weit weg. Eine Stunde oder so zu Fuß.«

»Dann sollten wir uns mal auf den Weg machen.«

Ich habe den Arm um Melissa gelegt, und wir ziehen los, doch die Entfernung zu meinem Haus scheint nicht geringer zu werden. Ich denke darüber nach, wo ich ihre Leiche abladen soll. Vielleicht im Haus dieser Schwuchtel. Ich kann mir sein Gesicht vorstellen. An einem Morgen wacht er auf und findet Brotkrümel und eine leere Coladose, und am nächsten Morgen wacht er auf und findet eine Leiche. Wir gehen ruhig weiter, doch mit jedem unserer Schritte entfernt sich auch das Haus einen Schritt von uns. Nach einer Weile zieht sie die Schuhe aus und trägt sie in der Hand. Sie muss eine dieser Frauen sein, denen Stil wichtiger ist als Bequemlichkeit. Ich bin keineswegs betrunken, aber noch immer strömt mir offenbar etwas Wodka durchs Hirn, denn die Dinge sind nicht so klar zu erkennen, wie sie sein sollten. Melissa ist völlig hinüber. Es ist, als wären wir schon ewig unterwegs, aber sie meint wohl, dass erst fünf Minuten vergangen sind.

Wir stolpern in Richtung Westen. Folgen den Straßen. Das Verhältnis von Nutten zu Straßenecken kehrt sich langsam um, bis die Ecken in der Überzahl sind und es schließlich überhaupt keine Nutten mehr gibt. Während wir so dahinwandern, führen wir eine intelligente Unterhaltung, aber eigentlich bin vor allem ich es, der ihr was über den Fall erzählt. Manchmal fährt ein Taxi vorbei, aber wir machen uns nicht die Mühe, es heranzuwinken. Die Umgebung verändert sich. Die farbenprächtig gestrichenen Stadthäuser weichen runtergekommenen Gebäuden mit kaputten Fenstern und Türen, ungepflegten Rasenflächen und im Stich gelassenen Autos, die dünne Streifen Gras verschandeln. Zeitungen und Werbeprospekte liegen in den Gärten.

Nach einer halben Stunde fängt Melissa an, sich darüber zu beklagen, dass sie friert, also gebe ich ihr meine Jacke.

Es ist genau wie bei Candy, die ich dazu brachte, meinen Aktenkoffer zu nehmen. Es ist erregend, zu sehen, wie sie die Waffe tragen, die sie töten wird. So muss es wohl sein, wenn man jemanden dazu zwingt, sein eigenes Grab zu schaufeln, stelle ich mir vor.

»Da ist eine Pistole drin«, sage ich. Der Alkohol hat mein Denken abgestumpft, aber er kann der Erregung nicht die Spitze nehmen.

»Du machst Witze.«

Ich schüttle den Kopf. »Es ist eine Glock 9 Millimeter Automatik.«

»Du hast eine Waffe bei dir?«

»Standardausrüstung bei der Polizei.«

»Wow.«

An meiner Automatik entspricht überhaupt nichts den üblichen Standards. Die Polizei von Neuseeland wurde mit der Glock 17 ausgerüstet, aber nur wenige Constables tragen sie tatsächlich. Sie hat siebzehn Schuss und wiegt über siebenhundert Gramm. Sie besteht aus einem synthetischen Material, das widerstandsfähiger und fast neunzig Prozent leichter ist als Stahl. Die Waffe setzt sich aus nur dreiunddreißig Teilen zusammen.

»Kann ich sie sehen?«

Meine Waffe ist eine Glock 26. Die wesentlichen Teile sind gleich, doch meine Pistole ist leichter und weitaus kompakter. Viel einfacher zu verstecken.

»Ich sollte sie nicht herausholen.«

»Ich würde sie wirklich gerne sehen, Joe. Und anfassen.«

Ich möchte, dass sie sie sieht und anfasst.

»Außerdem ist niemand in der Nähe.«

Sie hat recht. Wir sind ganz allein hier draußen. Na gut, wenn sie sie sehen will – wer bin ich schon, dass ich ihr das verweigere?

Als ich um ihre Hüfte greife, schmiegt sie ihr Gesicht an meinen Hals. Ihr Atem fühlt sich heiß an auf meiner Haut. Ihre Lippen streifen mich. Ich öffne den Reißverschluss der Innentasche, greife nach Mr. Glock und hole ihn heraus.

Sie beugt sich nach hinten, betrachtet die Waffe und gibt einem zuvor schon geäußerten Gefühl noch einmal Ausdruck. »Wow.«

Ich reiche sie ihr. Sie mustert den Griff, den Schlitten aus Edelstahl, den dunkelblauen schimmernden Rahmen. Es ist eine hübsche Waffe. Manche würden sagen, die typische Damenwaffe.

Stimmt. Ich habe sie ja auch nur bei Damen benutzt.

»Hast du schon mal auf jemanden geschossen?«

Ich zucke mit den Schultern. Werfe einen Blick auf den kleinen Sicherungshebel an der Seite. »Ein paarmal.«

»Mein Gott. Ich wette, du hast sie umgebracht, oder?«

Sie wirkt erregter als die ganze Zeit bisher. Manche Frauen lieben die Gefahr. Einige leben dafür. Einige sterben.

»Das gehört zu meinem Job.«

Sie legt ihre kleine Hand um den Griff und richtet die Waffe auf die Straße. »Peng!«

»Allerdings. Peng.«

Es wird Zeit, dass ich die Pistole zurückbekomme.

»Ist sie geladen?«

»Hmm.«

Wie gesagt, ich habe viel Geld für die Glock bezahlt. Wie ich rausgefunden habe, beträgt der aktuelle Katalogpreis für dieses Modell siebenhundert amerikanische Dollar. Durch den miesen Umtauschkurs und den Zuschlag auf dem Schwarzmarkt hat sie mich fast das Dreifache gekostet. Deshalb fällt es mir so schwer, mich davon zu trennen. Ich bin durchaus noch so nüchtern, dass mir das klar ist.

»Aus Deutschland, oder? Die Deutschen haben die beste Qualität.«

Ich schüttle den Kopf und strecke die Hand aus, um danach zu greifen. Sie haben tatsächlich die beste Qualität.

»Aus Österreich«, sage ich. »Die Waffe wurde für die österreichische Armee entwickelt. Exportiert wurde sie zuerst nach Norwegen und Schweden, und dann interessierten sich die USA dafür. So kamen die Dinge wirklich ins Rollen. Sicherheitsbehörden überall auf der Welt benutzen inzwischen Glocks.«

»Du kennst dich aber gut aus.«

Natürlich weiß ich einiges über Feuerwaffen. Ich weiß, dass man jemanden wirklich übel zurichten kann, wenn man Hohlspitzgeschosse verwendet. Der Mantel der Kugel hat eine kleine Öffnung, wodurch sie sich beim Aufschlag abflacht. Kleine Eintrittswunde. Gewaltige Austrittswunde. Yep. Natürlich weiß ich das. Vollmantelgeschosse können den Körper eines Menschen durchdringen und weiterfliegen, und manchmal treffen sie auch noch die Person, die hinter der ersten steht. Die Munition meiner Glock entspricht etwa dem Standard. Sie richtet keinen besonders großen Schaden an, was der Grund dafür ist, dass viele Einrichtungen sie nicht verwenden. Ihre Fähigkeit, einen Menschen zu stoppen, ist nicht besonders hoch.

Ich nehme ihr die Pistole ab. Schließe die Finger um den Griff. Fühlt sich gut an.

»Fühlst du dich jetzt sicherer?«, frage ich.

»Es ist ein tolles Gefühl, die Waffe zu halten. Als läge plötzlich viel Macht in meinen Händen. Ich halte mich gerne an mächtige Dinge, Joe. Ich fass gerne Sachen an, die explodieren können.«

Ich weiß nicht, was ich sagen soll.

»Wie weit ist es noch, Joe? Ich will endlich etwas anderes machen als nur laufen.«

Auch ich will das endlich. »Nicht mehr weit.«

Ich schiebe die Waffe in den Bund meiner Jeans und ziehe mein T-Shirt drüber. Ein paar Minuten später kommen wir an einem Park vorbei, der etwa einen Kilometer von meiner Wohnung entfernt liegt.

»Wir sind schneller, wenn wir hier durchgehen«, sage ich und deute mit einer weit ausholenden Geste auf den Park.

»Bist du sicher?«

Ich nicke. Natürlich bin ich sicher. Hier ist nichts und niemand – nur wir und jede Menge Gras und ein paar Bäume. Es wird noch ein paar Stunden dauern, bis die ersten Besucher auftauchen. Am Samstag schlafen die meisten aus. Nur ein paar arme Schweine müssen arbeiten.

Ich gehöre nicht dazu.

Kapitel 23

Der Himmel nimmt diesen verrückten Violettton an, während die Nacht langsam zu Ende geht und es zu dämmern beginnt. Im Park ist alles grau und trüb, nicht schwarz. Die Brise hat sich abgekühlt und wirkt mittlerweile eher erfrischend; die Luft fühlt sich nicht mehr so an, als befände man sich in einem Hallenbad. Außerhalb der Stadt, fern von den betrunkenen Lichtern und der beleidigenden Musik, gibt es nichts als frische Luft und diesen grünen Park, der sich unter meinen Füßen feucht anfühlt. Das hier ist die Gartenstadt. Meine Stadt. Es ist erfrischend und belebend, den Gestank nach Zigaretten, Alkohol und Erbrochenem hinter sich zu lassen, auch wenn mir noch ein schwacher Rest davon in den Kleidern hängt. Nach der lauten Musik habe ich immer noch ein Klingeln in den Ohren. Ah, diese modernen Zeiten, in der Musik nur aus Bässen besteht. Ohne Gesang. Ohne Sinn.

Ich führe Melissa tiefer in den Park. Das Gras ist etwas schlüpfrig. Es streift über die Oberseite meiner Schuhe und durchnässt das Leder. Dichte Baumgruppen und Büsche unterbrechen das Gelände, teilen den Park in einzelne Abschnitte und sorgen dafür, dass wir von der Straße aus nicht zu sehen sind. Melissa hat mir den Arm um die Hüfte gelegt. Ich spüre, dass sie langsam wieder klar wird. Noch ein paar Minuten, dann wird sie so viel Angst haben, dass sie völlig nüchtern ist.

»Wo sind wir?«, fragt sie, als wir stehen bleiben.

»In einem Park.«

»Warum bleiben wir stehen?«

»Ist doch eine gute Idee.«

Sie lächelt. »Oh?«

Ich lächle. »Ja.«

»Mir gefällt der Park. Dir auch, Joe?«

Ehrlich gesagt bin ich nicht besonders daran interessiert. Er ist nur eine Art großes Feld, auf der man jede Menge Gras angepflanzt hat, und sollte man morgen wieder alles rausreißen, würde mich das nicht im Geringsten interessieren.

»Ich denke schon«, sage ich und versuche, etwas Begeisterung aufzubringen.

»Ich liebe es, nachts aus dem Haus zu gehen. Wenn niemand unterwegs ist und niemand sieht, was man macht. Ich bin ein Nachtmensch, Joe. Ich bin gerne draußen, wenn andere Leute schlafen. Sie sind in ihrer Welt und ich in einer völlig anderen. In ihrer Welt haben die Leute Jobs und Hypotheken, und sie können sich nicht die Zeit nehmen, das zu tun, was sie wirklich gerne täten.«

Sie klingt nüchterner, als ich gedacht habe.

»Weißt du, was ich meine, Joe?«

Ich habe keine Ahnung. Vielleicht wüsste ich ungefähr, worum es geht, wenn ich ihr zugehört und mir nicht ihren nackten Körper im Gras vorgestellt hätte. »Klar. Natürlich weiß ich das.«

»Warst du schon mal nachts in einem Haus von jemand anderen, wenn alle schlafen, und du gehst einfach nur herum und schaust dir ihre Sachen an?«

Merkwürdig. »Hm, kann ich eigentlich nicht behaupten.«

»Nein?«

»Nein.«

Sie beugt sich vor und küsst mich. Heftig. Legt mir eine Hand vorn auf die Hose und die andere auf meinen Rücken. Sie schiebt mir ihre Zunge in den Mund, und für einen kurzen Augenblick frage ich mich, was sie wohl sagen würde, wenn ich sie abbisse. Wahrscheinlich überhaupt nichts, wenn auch nicht ganz freiwillig.

Die Hand auf meiner Hose zieht angenehme Kreise. Da gibt es ein großes Gebiet, das sie abdecken muss, besonders jetzt. Während Melissa mich küsst, kann sie nicht sprechen, aber ich würde sie gerne fragen, worüber sie gerade geredet hat. Das macht Spaß. Riesigen Spaß. Und es wird sogar noch mehr Spaß machen, wenn ich ihr mein Messer zeige.

Sie hört auf, mich zu küssen, und macht einen Schritt nach hinten. Ihre Hand verschwindet.

Die andere Hand erscheint jetzt, sie macht noch einen Schritt zurück, und in der Hand ist meine Waffe. Sie richtet die Waffe auf mich und drückt mit dem Daumen den Sicherungshebel runter.

Ich registriere zwar, was passiert, schaffe es aber nicht, diese Information schnell genug zu verarbeiten, um Angst zu bekommen. Innerhalb weniger Sekunden hat sie mich in ein Opfer verwandelt. Ausgerechnet!

Nein, stopp. Da muss ich irgendwas verpasst haben ...

Meine Waffe starrt mich an. Ich begreife, warum sie den Leuten aus dieser Perspektive nicht gefällt. Passiert das hier wirklich? Wie konnte ich nur so leicht die Kontrolle verlieren? Ich trete einen halben Schritt zurück, hebe die Arme auf Brusthöhe, die Handflächen außen.

Melissa sagt kein Wort. Wir beide stehen stumm da, und nichts ist so laut wie die Waffe zwischen uns, obwohl sie nicht das geringste Geräusch macht. Ich versuche mir einzureden, dass alles nur ein Witz ist. Ihre Hände sind ruhig. Alle Anzeichen dafür, dass sie betrunken ist, sind verschwunden. War sie überhaupt betrunken? Als sie ihren Drink mit auf die Toilette nahm, hat sie ihn da wirklich getrunken? Und hat sie ihr Glas dann weggekippt, als ich auf der Toilette war? Warum sollte sie so etwas tun?

Es könnte sein, dass ich in wenigen Sekunden sterbe. Ein paar Stunden später dürfte man mich wohl finden, und dann wird es nicht mehr allzu lange dauern, bis man mich mit den Morden in Verbindung bringt. Ich versuche mir Mums Gesicht vorzustellen, wenn sie davon erfährt. Den Gesichtsausdruck von Detective Inspector Schroder, wenn er herausfindet, dass mein IQ höher war als der der Topfpflanze in der Ecke des Besprechungszimmers. Ich denke daran, wie verletzt Sally wohl sein wird. Mir all diese Reaktionen vorzustellen, verschafft mir ein gewisses Vergnügen. Es ist alles, was ich habe.

Melissa scheint darauf zu warten, dass ich etwas sage, doch ich will nicht der Erste sein, der zu reden anfängt. Ich weiß, dass sie das Schweigen brechen wird, weil Frauen es einfach nicht schaffen, längere Zeit den Mund zu halten, und ich bin sicher, dass es ihr wichtig ist, mir irgendwas zu erzählen, bevor sie mich erschießt.

»Willst du denn überhaupt nichts sagen?«

Ich zucke mit den Schultern. »Was gibt es da schon zu sagen?«

»Ich denke, es gäbe da eine ganze Menge für einen Mann in deiner Lage.«

Sie hat recht. Es gibt wirklich eine ganze Menge Dinge, die ich loswerden will. »Zum Beispiel?«

Sie lächelt. »Zum Beispiel: Warum zielst du mit der Pistole auf mich?«

»Okay. Also.«

»Also was?«

»Was du gesagt hast. Warum du mit der Pistole auf mich zielst.«

»Das gefällt dir nicht?«

»Eigentlich nicht.«

»Womit ist dieses kleine Baby geladen?«, fragt sie und wirft einen kurzen Blick auf die Waffe.

»Munition.«

»Wahnsinnig intelligent.«

»Danke.«

»Welche Art Munition?«

»Neun Millimeter Luger.«

»Schon klar, aber welcher Typ?«

»Teilmantelgeschosse, präfragmentiert.«

Sie geht ein paar Schritte zurück, damit sie sich die Pistole in Ruhe anschauen kann, ohne dass ich in der Lage wäre, mich auf sie zu stürzen, denn dazu ist sie zu weit entfernt. »Ah, Teilmantel, darin einzelne Projektile komprimiert. Zuverlässiger Transport. Und schnell.«

Woher weiß sie so was? Ich versuche, die Entfernung zwischen uns abzuschätzen. Ich vermute, es sind etwa fünf Meter. Die Distanz ist zu groß. Und sie wirkt noch erheblich größer, wenn derjenige, der mit der Waffe in der Hand vor einem steht, weiß, was präfragmentierte Teilmantelgeschosse sind. Ich bin sicher, dass sie angesichts ihrer waffentechnischen Kenntnisse auf ein Kompliment von mir spekuliert. Doch darauf kann sie lange warten.

»Zieh die Hose aus«, befiehlt sie.

»Was?«

»Du hast mich gehört.«

Mein Herz schlägt heftig. Es pocht wie verrückt, sowohl aus Angst wie aus Erregung. Mir ist schwindelig, als strömte alles Blut in meine Füße. Eine große Menge davon staut sich allerdings in meinem Schritt. Ich senke die Hände auf die Hüften und löse meinen Gürtel. Ich sehe ihr direkt ins Gesicht. Ihre blauen Augen funkeln, sogar in diesem purpurnen Licht. Sie sieht erregt aus.

Die Waffe hängt reglos in der Luft. Melissa wirkt ruhig und gesammelt. Sie weiß, was sie tut. Ich dagegen habe keine Ahnung. Hat sie so was schon früher gemacht? Ich sehe ihr weiter in die Augen, und obwohl ich mich vielleicht irre, wirken sie jetzt blauer. Irgendwie durchdringender – jetzt, da sie die ganze Macht hat. Das macht sie scharf. Ihr Atem wird lauter.

Ich öffne den Reißverschluss. Schiebe die Jeans nach unten. Dann richte ich mich wieder auf und starre sie an.

»Zieh sie aus.«

»Wirst du mich erschießen, wenn ich es nicht tue?«

»Ich erschieß dich sowieso.«

Sie ist ehrlich. Das ist ganz in Ordnung so. Ich schätze mal, ihre Mutter hat ihr beigebracht, nicht zu lügen.

Ich beuge mich vor, öffne die Schuhe und schleudere sie von den Füßen. Ich zerre zuerst am linken Hosenbein und schaffe es dann, die Jeans ganz auszuziehen, ohne hinzufallen.

»Wirf sie her.«

Die Jeans landet zusammengeknüllt vor ihren Füßen. Der Gürtel klappert, und meine Schlüssel fallen raus. Ich hoffe, dass sie sich davon ablenken lässt und zu Boden blickt, doch das tut sie nicht. Ich stehe da in Hemd, Boxershorts und Socken. Ach ja, und einer Erektion. Die ist wirklich beachtlich.

»Das Hemd.«

»Was ist damit?«

»Wirf es rüber.«

Ich ziehe das Polo-Shirt über den Kopf, knülle es zu einem Ball zusammen und werfe es hinüber zu ihr. Der graue Morgen ist nicht mehr grau, und das Purpur verwandelt sich langsam in Blau. Sie sieht die Kleider nicht an.

»Woher hast du diese Narben?«

Ich werfe einen Blick auf meinen Oberkörper und meine Arme. Narben von Frauen, die mit ihrem Tod nicht so ganz einverstanden waren. »Ich kann mich nicht erinnern.«

»Du hast sie bei der Verbrecherjagd abbekommen, oder?«

»So ungefähr.«

»Socken.«

Ich ziehe sie aus, wickle sie zu einem Knäuel zusammen und werfe sie ihr hin. Sie landen auf meinem Hemd. Das Gras ist kalt, und ich zittere wie verrückt.

»Shorts.«

Ich zögere nicht einmal.

Sie schaut auf meine Erektion. Die wippt ein wenig auf und ab. Sie löst den Blick nicht davon und streckt sich langsam. Noch immer hält sie die Waffe sicher in einer Hand, doch mit der anderen streicht sie sich das Haar über die Schulter zurück. Dann legt sie einen Finger auf ihre Lippen. Sie schiebt ihn langsam hin und her, als denke sie gründlich über etwas nach.

»Mehr hast du nicht zu bieten?«, fragt sie schließlich.

»Bisher habe ich noch keine Beschwerden gehört.«

»Wie auch? Wahrscheinlich knebelst du sie zuerst.«

»Was willst du?«

»Siehst du den Baum dort? Links.«

Der Baum ist ziemlich dünn, aber er ist der einzige dort drüben. »Was willst du mit dem Baum?«

»Geh rüber.«

Ich gehe hin und lehne mich dagegen. Sie greift in ihre Handtasche und zieht etwas heraus, das sie mir zuwirft. Ich versuche nicht, es zu fangen.

»Heb sie auf.«

Handschellen. Großartig. »Warum?«

Sie deutet mit der Waffe auf meinen Schwanz. Ich hebe die Handschellen auf.

»Mach eine Seite an deiner linken Hand fest.«

»Was hast du vor?«

»Was ich vorhabe?«, wiederholt sie, nur für den Fall, dass ich meine eigene Frage nicht gehört habe. »Ich werd dir die Eier abschießen, wenn du nicht tust, was ich sage.«

Schnell umschließe ich mit dem kalten Metall mein Handgelenk. Der Mechanismus rastet knackend ein.

»Leg dich auf den Rücken, streck die Arme um den Baum und befestige die Handschelle am anderen Handgelenk.«

»Bist du sicher?«

»Absolut.«

»Du kannst deine Meinung immer noch ändern.«

»Mach's, bevor mir dein Charme auf die Nerven geht.«

Ich tue, was sie verlangt. Das Gras juckt an meinem Rücken, als ich mich hinlege. Ich finde keine bequeme Stellung, aber ich bezweifle, ob sie das kümmert. Die Aussicht von hier unten ist allerdings ganz nett. Noch immer kann man die Sterne sehen, auch wenn sie langsam verblassen. Als würden sie dieses Universum verlassen und im violetten Licht sterben. Ich greife um den Baum herum und schließe die Handschelle um das andere Handgelenk.

Noch immer die Waffe auf mich gerichtet, umrundet sie den Baum und sieht nach. Sie beugt sich runter und verschließt die Handschellen fester, als ich es konnte. Sie drücken an meinen Handgelenken gegen den Knochen, doch ich stöhne nicht. Ich zeige keinerlei Anzeichen von Schmerz. Jep, ich bin ein echter Mann. Ein echter Mann ohne die leiseste Ahnung, was hier vor sich geht.

Sie kommt nach vorn, sodass ich sie wieder sehen kann, und zückt ein weiteres Paar Handschellen. Sieht so aus, als hätte sie sich gut vorbereitet.

Ich überlege kurz, ob ich nach ihr treten soll, während sie meine Fußgelenke fesselt, doch das wäre wohl keine gute Idee. Sie hat die Waffe. Sie hat die Schlüssel. Ich habe nichts als eine Erektion, die in meiner augenblicklichen Position nicht bis zu ihr reicht. Ich ziehe an den Handschellen, und dann zerre ich am Baum, aber es ist sinnlos.

»Hast du's bequem, Joe?«

»Eigentlich nicht.«

Sie greift in die Seitentaschen meiner Jacke und stülpt sie nach außen. »Was hast du denn noch so dabei?«

Ich antworte nicht. Egal, ob ich lüge oder nicht, sie wird ja doch nachsehen. Sie durchsucht die Innentasche und findet das Messer.

»Du trägst ein paar interessante Dinge mit dir rum, Joe.«

Ich zucke mit den Schultern, obwohl sie es nicht sehen kann. Die Bewegung fällt recht bescheiden aus, wenn man mit über dem Kopf ausgestreckten Armen daliegt. Sie wirft das Messer in die Luft, Klinge über Griff, Griff über Klinge, fängt es am richtigen Ende auf; die Klinge deutet nach vorn. Sie kann das besser als ich. Vielleicht ist sie ja irgendwo Küchenchefin. Sie durchsucht meine Jeans und findet meine Brieftasche.

»Keine Papiere, was?«

»Ich bin alt genug, um was zu trinken, wenn's dir darum geht.«

»Wie lange bist du schon bei der Polizei, Joe?«

Sie weiß, dass ich kein Cop bin. Vielleicht wusste sie es schon vom ersten Augenblick an.

»Etwa so lange, wie du Architektin bist.«

Sie lacht. »Ich wette, die Polizei würde liebend gerne einen Blick auf dieses Messer werfen. Sie könnten es wahrscheinlich mit ein paar üblen Dingen in Verbindung bringen, die in letzter Zeit so passiert sind.«

»Sprichst du über meine Salate?«

Sie ignoriert meinen witzigen Einwurf und spricht einfach weiter. »Ich wette, auch die Glock hat eine interessante Geschichte.«

»Alles hat eine Geschichte«, sage ich. »Wie lautet deine?«

Sie tritt an mich heran und lässt die geleerte Brieftasche auf den Boden fallen. Sie steckt mein Geld in meine Jacke, wodurch klar wird, dass ich mich auch von meiner Jacke verabschieden kann.

Melissa, falls das ihr Name ist, geht neben mir in die Hocke, die Pistole in der Linken, das Messer in der Rechten. Ich erinnere mich, dass ich diese beiden Waffen für nützlich hielt, als ich meine Wohnung verließ, aber die letzten zehn Minuten, die mich in diese Lage gebracht haben, lassen mich ein wenig daran

zweifeln. Seit ich mir selbst die Handschellen angelegt habe, se-
he ich nur geringe Chancen, irgendwas von dem zu verhindern,
was kommen wird. Vielleicht musste das einfach mal passieren.
In dieser verrückten, chaotischen Welt. Ich sinne noch einen
Augenblick darüber nach, warum Handschellen eigentlich nicht
Handgelenkschellen heißen, bevor ich die mir verbleibenden
Optionen durchgehe. Wieder mal unternimmt Gott nicht das
Geringste, um mir zu helfen, sodass es völlig sinnlos ist, auch
nur ein Gebet an diesen Burschen zu richten. Ich überlasse diesen togatragenden Hippie sich selbst und behalte alle Gebete für
mich.

»Willst du wirklich meine Geschichte hören?«

Das Messer schwebt über mir, doch nicht in diesem Jetzt-
opfern-wir-die-Jungfrau-mit-dem-Dolch-Stil, sondern eher so,
als wolle sie bei einem Brathähnchen die oberste Schicht Fleisch
heruntersäbeln. Sie hält die Klinge gegen meinen Bauch. Sie ist
noch kälter als der Rest meines zitternden Körpers. Meine Erektion liegt gleich daneben. Die Spitze des Messers ist nur wenige
Zentimeter entfernt. Jetzt fange ich an, zu Gott zu beten, zu
demselben Gott, zu dem auch Sally betet, und den ich mit ihr zusammen am Sonntagmorgen besuchen soll.

»Nein«, antworte ich mit zitternder Stimme. Nein, ich will
ihre Geschichte nicht wissen. Sie würde mir nur eine Scheißangst
einjagen. Ich will nicht wissen, wie sie die Männer in ihrer Vergangenheit behandelt hat. Schließlich erweise ich den Frauen,
mit denen ich mich einlasse, denselben Respekt. Das liegt an
meinem guten Charakter.

An meiner Menschlichkeit.

Sie kippt das Messer, bis die Spitze der Klinge meinen Bauch
unmittelbar über dem Nabel berührt. Dann drückt sie nach unten. Mein Bauch bietet denselben Widerstand wie die Haut einer
unreifen Tomate und gibt dann nach. Die Klinge dringt in die
Haut ein, aber nur so tief, dass etwas Blut fließt. Es ist eher ein

warmes Jucken, kein richtiger Schmerz. Ich sehe zu, strecke den Kopf so weit vor, wie ich nur kann, und sie beginnt, mit dem Messer meinen Körper hinaufzufahren. Man hat mich früher schon geschnitten. Ich weiß, was ich zu erwarten habe.

Kapitel 24

Im Augenblick sehe ich, was tausende Obdachlose überall im Land sehen: einen wolkenlosen Himmel, an dem die Sterne nur noch schwach funkeln, wie Löcher in einer riesigen Gardine, die alle höheren Regionen verdeckt. Falls Gott irgendwo da oben ist und mit Seinen großen, wissenden Augen durch eines dieser Löcher schaut, dann frage ich mich, was Er wohl denkt. Kann Er mich sehen? Und falls Er das kann: Nimmt Er daran Anteil?

»Hast du Angst, Joe?«, fragt Melissa, während sie das Messer spielerisch über meinen Körper gleiten lässt.

»Willst du, dass ich Angst habe?«

»Das liegt ganz bei dir.«

»Sollte ich denn Angst haben?«, frage ich und versuche, meine Stimme unter Kontrolle zu halten.

Als das Messer meine Brust erreicht, hat es von der Mitte meines Körpers aus eine einigermaßen gerade Linie zurückgelegt, die nur dort Unterbrechungen aufweist, wo die Haut nicht gerissen ist. Die Linie ist rot.

»Ich weiß jedenfalls, dass *ich* keine habe«, sagt sie.

»Nein? Was hast du dann?«

»Ich habe das Messer und die Pistole.«

»Sollen wir tauschen?«

»Nein danke.«

»Ich überlass dir das Messer, wenn wir fertig sind. Als Erinnerungsstück.«

»Du bist zu großzügig, Joe, aber ich hab das Messer schon. Und die Pistole. Was könnte ich mehr wollen?«

Sie fährt mit dem Finger den Schnitt entlang, der sich über meinen Körper zieht. Das tut sie genauso langsam, wie sie sich zuvor über die Lippen gestrichen hat. Es kitzelt und fühlt sich irgendwie nett an, doch ich bekomme auch eine Gänsehaut. Das Blut beschmiert ihre ganze Fingerspitze.

»Wie fühlt sich das an, Joe?«

»Das ist ja wohl offensichtlich.«

Sie erreicht das Ende der Linie, führt den Finger zum Mund und saugt daran. Sie schließt die Augen und fängt an zu stöhnen. Dann zieht sie den Finger heraus, öffnet die Augen und lächelt. Ihre blauen Augen sehen direkt in meine, und ich frage mich, was sie in ihnen erblickt. Mit einer einzigen raschen Bewegung beugt sie sich vor, sodass ihr Gesicht über meiner Brust schwebt. Langsam schiebt sie die Zunge in Richtung des Schnittes. Und dann fährt sie damit genauso langsam die blutige Linie entlang, als lecke sie über den Klebestreifen eines Briefumschlags. Ihr Gesicht bewegt sich auf meinen Unterleib zu, hält jedoch genau an der Stelle inne, an der sie eigentlich weitermachen sollte.

Sie sieht hoch zu mir und schaudert. »Schmeckt gut.«

»Ich versuche, mich gut zu ernähren.«

Ich bin wieder erregt. Der Beweis dafür liegt offen zutage .

»Ich weiß, wer du bist, Joe.«

»Ach?«

»Die Pistole. Das Messer. Die Narben. Ich wäre ja völlig blöd, wenn ich es nicht wüsste. Du bist es.«

»Wer?«

»Der Schlächter von Christchurch.«

Ja. Das bin ich. Der Schlächter. Man braucht nur in eine Zeitung zu schauen, um alles über mich zu lesen. Es ist erstaunlich, wie schnell die Medien einen Namen für jemanden erfinden, der eine Reihe von Verbrechen begangen hat. Er muss nicht mal passen. Er muss nur einprägsam sein.

Ich schüttle den Kopf und sage: »Nein.« Ich habe Mums Ratschläge über das Lügen nicht vergessen, sie sind nur auf meiner Prioritätenliste ganz weit nach unten gerutscht.

Sie kichert leise wie ein Schulmädchen, das plötzlich vor einem angehimmelten Rockstar steht, und deutet dann mit der Waffe auf mich. »Peng.«

Ich zucke zusammen, und die Handschellen schneiden in meine Hand- und Fußgelenke. Sie lacht. »Du bist es. Ich weiß es. Ich sollte dein nächstes Opfer werden.«

»Schmeichle dir nicht selbst.«

»Das ist keine Schmeichelei, Joe. Ich bin nichts Besonderes. Nur eine Frau, die die Nacht liebt. Eine Frau, die weiß, dass die Polizei keine Glock sechsundzwanzig benutzt. Sie benutzen die Siebzehn.«

»Und daraus kannst du schon alles andere schließen?«

Sie lächelt. »Du bist einfach zu gerissen, Joe, nicht wahr? Willst du noch mehr hören?«

»Eigentlich nicht.«

»Es war purer Zufall, dass ich gerade neben dir stand, Joe, und als du behauptet hast, dass du ein Cop bist, war mir klar, dass ich mehr erfahren muss. Nur dass die Polizei bei Fällen, in denen es um Serienkiller geht, keine Berater hinzuzieht, wenigstens keine wie dich. Sie lassen Experten aus Übersee einfliegen. Niemand, der in dieser Stadt lebt, besitzt das erforderliche Expertenwissen. Und dann haben wir uns über den Fall unterhalten. Du kanntest zu viele Details, wusstest zu viel über die Morde. Aber das alles passte nicht zusammen. Erst als du über die Waffe gesprochen hast, wurden die Dinge langsam klarer. Du hast dich viel zu gut ausgekannt für jemanden, der seine Informationen nur aus der Zeitung bezieht. Du warst jemand, der mit dem Fall zu tun hat. Das rauszufinden war leicht. Ich musste dir nur erzählen, dass ich nicht aus der Gegend bin, und schon hast du in mir das perfekte Opfer gesehen. Jemanden, den so schnell keiner vermissen würde.«

»Du irrst dich.«

»Ich irre mich nicht, Joe.«

»Du weißt nicht genug über Polizeiarbeit, um solche Vermutungen anzustellen. Du weißt nicht genug über Serienkiller.«

»Wirklich nicht? Weißt du, Joe, ich liebe Cops. Ich liebe das, was sie machen. Und ich liebe es, fremde Häuser zu durchstöbern. Nenne es von mir aus einen Fetisch, nenne es, wie du willst, aber ich liebe es, mich in einem Haus aufzuhalten, wenn die Leute darin schlafen. Besonders, wenn es das Haus eines Cops ist.«

Sie hebt nacheinander die Beine und zieht ihre Schuhe aus. Ich versuche, einen Blick auf ihren Schlüpfer zu werfen, kann aber nichts erkennen.

»Ich glaube, es geht um Kontrolle. Du weißt alles über Kontrolle, nicht wahr, Joe? Das ist ein Teil deiner Persönlichkeit. Dir gefällt es, andere rumkommandieren zu können wie ein Cop, oder? Die sagen dir nicht nur, dass du springen sollst, sondern auch, wie hoch. Und wie lange du in der Luft bleiben sollst. Polizisten üben die ultimative Kontrolle aus, Joe, die ultimative Kontrolle. Wir wissen das. Sie wissen das. Ich sammle Polizeisachen. Ich habe alle diese Bücher über die Polizei zu Hause, neuseeländische und ausländische. Ich habe Poster, Dokumentationen, Spielfilme. Ich hab sogar so eine«, sie schüttelt die Glock, »aber meine ist aus Plastik und ein anderes Modell. Die hier ist ein ganz netter Ersatz. Ich hab sogar einen Ford Falcon, denselben Wagen, den die Polizei fährt. Ich habe Uniformen, Abzeichen, Schlagstöcke und Handschellen, aber das mit den Handschellen weißt du ja schon.«

»Dann bist du also ein Fan. Na schön. Einige Leute sammeln Muscheln. Du sammelst Polizeisachen. Was soll's. Willst du Anerkennung? Schreib einen Leserbrief an *Woman's Weekly* darüber.«

Sie legt die Pistole und das Messer weg, um mit beiden Händen ihr Höschen unter dem Rock hervorzuziehen. Sie hebt ein Bein, dann das andere. Es ist ein G-String, was ich ganz entschieden zu würdigen weiß. Sie dreht sich um, bückt sich, um wieder nach Messer und Pistole zu greifen, und kommt dann zu mir.

»Ich bin mehr als ein Fan, Joe. Ich weiß alles über die Arbeit von Polizei und Gerichten. Ich habe sogar eine Deutsche Schäferhündin. Hab sie Tracy genannt. Sie ist ein großes Tier, das mich liebt und jeden anderen hasst.«

»So sind Hunde nun mal.«

»Ich liebe es, nachts in meinem Haus rumzuwandern und dabei eine Uniform, aber keine Unterwäsche zu tragen. Ich mag es, wie sich das Hemd auf meiner Haut anfühlt, Joe.« Sie reibt sich mit den Händen sanft über ihren Körper. »Du hast keine Ahnung, wie gut ich mich dann fühle.«

Oh Gott. Ich schlucke heftig. Was macht sie nur mit mir? Jetzt lacht sie wieder. Ich meine, sie lacht wirklich. Sie stellt sich über mich, ein Bein links, das andere rechts von mir und lässt sich langsam auf meiner Hüfte nieder.

»Mach den Mund auf.«

»Warum?«

Sie drückt mir den Lauf der Pistole so fest gegen ein Auge, dass mir Tränen in beide Augen schießen. Ich mache den Mund auf. Eine Sekunde später steckt der Lauf der Pistole drin. Es ist, als ob man an einem Lutscher saugt, der einem die Rückseite des Schädels wegsprengen kann.

Sie drückt sich hoch und schiebt dann mit der anderen Hand meine Erektion in sich hinein. Sie gleitet daran hinab, zuerst ist es eng und tut weh, doch nur eine Sekunde lang. Sie nimmt mich so tief in sich auf, wie es überhaupt nur geht. Ich weiß nicht, ob ich zuversichtlich, erschrocken oder dankbar sein soll, aber falls ich dankbar sein sollte, dann bin ich mir nicht sicher, wofür. Ich versuche, mein Becken nach oben zu schieben.

Sie beugt sich vor und flüstert: »Weißt du, was mir an der Polizei noch gefällt, Joe?«

»Ugh«, sage ich leise um die Waffe herum.

Langsam beginnt sie, vor und zurück zu schaukeln. Sie stöhnt. Ich nehme den Blick nicht von der Waffe, und meine Augen schmerzen, weil ich mich auf etwas konzentriere, das so dicht vor meiner Nase ist. Ihr Finger umschließt den Abzug. Wenn sie zu erregt wird, drückt sie möglicherweise ab. Aber vielleicht hat sie das sowieso vor. Das ist sicher der surrealste Moment meines ganzen Lebens. Bin ich wirklich hier? Es scheint so.

Wie heißt dieser lateinische Spruch? *Carpe diem?* Nutze den Tag? Genau das sollte ich jetzt tun: den Tag nutzen – oder besser die Gelegenheit. Warum auf den Genuss verzichten, wenn das möglicherweise meine letzten Augenblicke sind? Ich bin kein Märtyrer. Ich bin ein zum Tode Verurteilter. Melissa ist meine Henkersmahlzeit. Während sie vor und zurück schaukelt, werde ich hungriger.

»Es gefällt mir, in ihre Häuser zu schleichen, Joe. Es gefällt mir, darin rumzulaufen, während sie und ihre Familien schlafen, und manchmal gefällt es mir auch, gewisse Dinge als Erinnerungsstücke aus ihren Häusern mitzunehmen.«

Ich tue, was ich kann, um mich ihrer Bewegung anzupassen. Sie wird schneller. Ihr Stöhnen wird lauter. Die Waffe klappert an meinen Zähnen. Ihr Mangel an Konzentration ist zugleich erregend und beängstigend. Sie weiß nicht, ob ich vielleicht Syphilis habe. Oder sie könnte Syphilis haben.

Ich muss mich konzentrieren. *Carpe diem.* Das ist mein neues Motto.

»Ich habe auch viele Bücher über Serienkiller«, sagt sie und sieht mir tief in die Augen. »Darüber, was sie tun. Darüber, wie

193

sie ticken. Sag mal, Joe, hast du vielleicht eine dominante Mutter oder Tante? Tötest du deine Opfer an ihrer Stelle?«

Ich schüttle den Kopf. Verdammt, wovon spricht sie nur?

»Gefällt es dir bisher?« Schwer atmend blickt sie auf mich runter.

Die Waffe schränkt meine Redefreiheit ein.

Plötzlich hält sie inne und steht auf, als langweile ich sie mit einem Mal. Mein Penis klascht mir gegen den Bauch.

»Du bist ein Killer, Joe. Ich hatte wirklich gehofft, dass du ein Cop bist. Ich wollte Sex mit dir haben, bei dir zu Hause, in deinem Garten, in deinem Wagen. Ich wollte, dass du mich auf jede erdenkliche Art nimmst. Aber nicht hier. Nicht in einem Park. Und jetzt werde ich überhaupt nicht mehr mit dir ficken.«

Die Waffe ist zwar nicht mehr in meinem Mund, aber mir fällt nur ein einziges Wort ein: »Was?«

Ihr Gesicht verzerrt sich, und sie spuckt mir auf die Brust. »Du bist nichts weiter als ein Mörder, und ich hab nur meine Zeit verschwendet.« Sie beugt sich herab und streicht mit der Hand über das Messer, wie man nie über ein Messer streichen sollte.

Das nimmt kein gutes Ende.

Sie legt ihre Hand genau dorthin, wohin man sie legen sollte, aber sie packt so fest zu, wie man es eigentlich nicht tun sollte. Sie richtet die Spitze der Klinge auf meinen Penis. Ich möchte am liebsten weinen, als mir plötzlich klar wird, dass sie vielleicht ein Erinnerungsstück mitnehmen möchte.

»Weißt du, was man meiner Meinung nach mit Vergewaltigern tun sollte?«

Ich schüttle den Kopf. Ich höre auf, als sie mir die Waffe wieder in den Mund rammt. Sie knirscht an meinen Zähnen und drückt eisig auf meine Zunge.

Ich will sie bitten, überhaupt nichts zu tun, doch die Waffe ist wie ein Knebel.

Als ich spüre, wie die Klinge einen engen Kreis um den Ansatz

194

meines Penis zieht, bricht mir sofort der Schweiß aus . Oh Gott. Oh Jesus Christus. Ich sehe hoch in den Himmel, doch keiner von beiden kommt mir zu Hilfe.

Ich balle die Fäuste zusammen und zerre an den Handschellen, doch sie reißen nicht und der verdammte Baum stürzt nicht um. Ich drehe den Kopf auf die Seite und weiß nicht, ob ich erleichtert darüber sein soll, dass ich nicht mehr erkennen kann, was sie macht. Ich möchte meine Hüften hochdrücken und nach ihr treten, doch im Augenblick wäre das eine verdammt schlechte Idee.

Ich versuche zu schreien, aber die verdammte Pistole presst sich gegen die Hinterseite meiner Kehle und erzeugt einen Brechreiz. Mein Schrei wird zu einem Gurgeln, einem Würgen, begleitet vom Geräusch meiner Zähne, die gegen den Lauf klappern. Die Haut an meinem ganzen Körper zieht sich zusammen, weg von dem Messer, und mir ist eiskalt, obwohl ich schwitze. Tränen rinnen mir aus den Augen und kitzeln meine Wangen. Der Druck des Messers wird größer, aber ich kann nichts dagegen tun. Das ist verrückt. Ich bin derjenige, der entscheidet, wer lebt und wer stirbt. Ich versuche, meinen Hintern tiefer in die Erde zu drücken, aber das geht nicht.

Bilder, wie mir der Penis abgeschnitten wird, jagen durch meinen Kopf, flackern für Sekundenbruchteile auf, als stammten sie aus einem alten Filmprojektor. Ich schließe mit aller Kraft die Augen und versuche, die Bilder rückwärts ablaufen zu lassen, sodass mein Penis wieder da ist, das Messer verschwindet und die Handschellen gelöst werden. Ich bin kurz davor, mich zu erbrechen. Das Essen quillt aus meinem Magen empor und drückt gegen die Rückseite meines Herzens. Ich zittere am ganzen Körper, und meine Füße verkrampfen sich. Ich kann nicht begreifen, wie jemand so grausam sein kann.

Es wird immer kälter, und ich weiß nicht, ob ich mir wünschen soll, tot zu sein. Das Problem ist, ich will überhaupt nicht tot sein. Ich habe so viel zu geben. Aber es wird leichter sein, zu sterben, als zu erleben, wie sie mir den Penis vom Körper hackt.

Ich schluchze und sehe wegen der Tränen alles nur noch verschwommen. Mit angstvollem Wimmern und nassen Augen versuche ich sie zu erweichen, doch sie ignoriert mich.

Dann nimmt sie das Messer plötzlich weg.

Ich blinzle die Tränen fort. Tränen des Schmerzes werden zu Tränen der Erleichterung. Sie wird mich gehen lassen, und dann wird sie für das hier bezahlen. Sie wird langsam und schmerzhaft sterben, obwohl ich noch nicht in der Lage bin, mir zu überlegen, wie. Ich versuche, ihr zu danken, ich versuche, Gott zu danken, doch noch immer drückt sie mir die verdammte Pistole in den Mund.

Dann greift sie in ihre Handtasche und holt etwas heraus. Plötzlich wird mir klar, dass alles noch viel schlimmer wird.

Kapitel 25

Ich erinnere mich, wie ich als Teenager in der High School einmal Cricket gespielt habe. Ich war nie gut im Sport, aber wenn man nicht daran teilnahm, steckten sie einen in Kurse wie Künstlerisches Gestalten oder Nähen für Schwuchteln. Cricket machte mir keinen Spaß, aber es war immer noch besser als Backen oder Stricken. Eines Tages – und die Erinnerung daran verfolgt mich noch immer – wurde ein Cricketball mit großer Wucht in meine Richtung geschlagen. Ich konnte meine Hände nicht schnell genug koordinieren, sodass der Ball schließlich von meinem Unterleib gestoppt wurde, was uns vier Läufe sicherte. Ich krümmte mich zu einem wimmernden Bündel zusammen, und das Spiel musste für zwanzig Minuten unterbrochen werden, bis ich auf eine Trage gerollt und unter dem Jubel und dem Gelächter meiner Schulkameraden vom Platz transportiert wurde. Meine Hoden waren geprellt und schwollen an. Wäre das in einem Zeichentrickfilm passiert, hätten sie geglüht, als hätte ihnen Wile E. Coyote einen Schlag mit seinem Acme-Hammer versetzt. Ich konnte vier Tage nicht zur Schule gehen, war nicht in der Lage zu sprechen, jedoch sehr wohl dazu, mich fortwährend zu übergeben. Die Tatsache, dass ich in den folgenden Monaten das bevorzugte Ziel des allgemeinen Spotts war, brauche ich wohl nicht zu erwähnen. Die Jungen waren schlimm, aber die Mädchen waren schlimmer. Sie provozierten mich ständig und nannten mich »taube Nüsse«. Die Mädchen vergaßen nie. Ich ging noch fünf weitere Jahre zur Schule, aber sie rieben es mir bis zum Schluss unter die Nase.

Ab irgendeinem Punkt hat es mir dann nichts mehr ausgemacht. Ich habe gelernt, dass man mit allem fertig werden kann. Jetzt, zwanzig Jahre später, würde ich alles für diese Schmerzen geben, denn ich bin sicher, dass sie nicht so schlimm sind wie das, was ich gleich durchmachen muss. Aus jeder Pore meines Körpers quillt ein Tropfen Schweiß.

In dem kleinen Park ist während der frühen Morgendämmerung die Zeit stehen geblieben. In mir kann ich Stimmen hören, die flüsternd davon erzählen, was auf mich zukommt. Am lautesten ist der Schmerz, danach kommt gleich die Wut. Hinter diesen beiden vernehme ich noch die Stimme der Reue. Doch diese drei sind beileibe nicht die Einzigen.

Melissas neues Spielzeug ist eine Zange, die mir noch mehr Wasser in die Augen treibt, als sie an meinen linken Hoden angelegt wird. Die Waffe in meinem Mund bedeutet, dass es kein Gespräch und keine Verhandlung geben wird. Ich bettle mit meinen Augen, aber sie kümmert sich nicht darum. Ich versuche, mich nach rechts und links und oben und unten zu schieben, doch sie erhöht den Druck gerade so weit, dass dieser Drang ganz schnell verschwindet. Es fühlt sich an, als hätte sie mir einen Eisblock umgeschnallt. Ich bin so gelähmt, als hätte man mir die Wirbelsäule durchtrennt.

Sie lächelt mich an.

Und schließt die Zange.

Ein tiefer Schrei steigt in mir auf und bleibt auf halbem Weg in meiner Kehle stecken, sodass ich nicht mehr atmen kann. Ich will auch nicht mehr. Gerade hat sie meinen Hoden so mühelos zerquetscht wie jemand, der eine Traube zwischen Daumen und Zeigefinger zerdrückt – und wie bei einer Traube ergießt sich alles, was darin war, nach außen. Mein Magen und meine Oberschenkel verkrampfen sich. Meine Lungen schwellen an und weigern sich, Luft abzugeben. Mein Schrei drängt nach oben und ins Freie. Über mir fliegen die Vögel in den Bäumen auf und haben viel zu viel Angst, um wieder zu landen. In meinem Unterleib weicht das Kältegefühl, das ich noch vor einem Augenblick empfunden habe, glühender Hitze – einer Hitze, die es nur im tiefsten Schlund der Hölle geben kann. Von ihrem Zentrum zwischen den Backen der Zange in alle Richtungen strahlend, rast sie nach oben durch meinen Körper.

Ich habe immer noch eine Erektion.

Die Hitzeexplosion greift mit ihren Klauenfingern nach meiner Seele und reißt sie in Stücke. Sie zerreißt jede Zelle meines Körpers und trocknet sie aus. Ich kann nur noch schreien und weinen und jede lebende Seele verfluchen, während sich die Krallen immer tiefer in mich bohren. Ich versuche, ihnen zu entkommen, versuche, mich von diesem Wesen zu befreien, doch es umklammert mich mit festem Griff und lässt mich nicht mehr los. Aller Schmerz in diesem verrückten, verfickten Universum hat mich entdeckt und findet mich auf Anhieb sympathisch.

Ich höre auf zu schreien, weil ich nicht mehr schreien kann. In der Ferne höre ich einige Hunde heulen und bellen und jaulen. Meine Kiefer krampfen sich zusammen. Mein Hals ist so rau, als hätte ich einen Lötkolben verschluckt. Ich werde halb ohnmächtig, doch es gelingt mir nicht, völlig im Schwarz zu versinken; vielmehr komme ich auf den Wellen des Schmerzes, die gegen mein Bewusstsein schlagen, immer wieder zu mir. Mein Körper ist gelähmt bis auf meinen Kopf, der sich hin und her bewegt, während der stumme Schrei mir noch immer in der Kehle und den Augen brennt.

Dann sehe ich sie. Dort kniet sie, diese Teufelin, die sich Melissa nennt, diese Kreatur aus dem Hades, die mir das angetan hat. Sie setzt die Zange neu an, doch nicht am anderen Hoden, sondern am ersten. Jede Bewegung, die sie da unten macht, schießt mir über meine vibrierenden Nerven direkt in den Kopf. Sie hält die Zange jetzt quer und drückt, als wolle sie alles wieder in die richtige Position bringen.

Ich schreie und schreie und schreie, als hinge mein Leben davon ab, wo ich doch nur noch sterben will. Ich versuche, meinen Kopf klar zu bekommen, ihn völlig leer werden zu lassen. Das ist die Hölle, in der ich gelandet bin. Feuer kriecht über meinen Unterleib, meine Haut zischt in der Hitze: Sie wirft Blasen, aber ich kann keine Flammen sehen. Melissa rammt mir die Waffe noch tiefer in den Mund. Der Abzugbügel presst gegen meine Vorderzähne, aber ich spüre es kaum. Ich bitte sie stumm, abzudrücken.

Sie tut es nicht.

Mein Hoden ist inzwischen nur noch zweidimensional. Ich spüre, wie mir Flüssigkeit die Oberschenkel runterrinnt, und kann beinahe hören, wie sie verdampft. Die Qual ist so heftig, der Schmerz so brutal, dass ich nicht glauben kann, noch am Leben zu sein. Melissa fragt mich irgendwas, aber ich verstehe ihre Worte nicht. Ich höre nur ein ständiges Klingeln, ein Schrillen, das lauter ist und tiefer in meinem Schädel sitzt als jede Musik.

Carpe diem.

Ich kann immer noch nicht atmen. Mein Blut ist kalt und meine Körpertemperatur hoch. Ich schließe den Mund, beiße auf die Waffe, bete, dass Melissa abdrückt.

Ich komme.

Ich bin jetzt fast blind. Dunkle Formen wischen durch den milden Morgen um mich herum. Naturgemäß muss der Schmerz irgendwann nachlassen, das sagt mir die Erfahrung, doch im Augenblick spottet er seiner Natur. Vage kann ich ausmachen, dass Melissa über mir steht, die Zange weit weg von meinen Genitalien, die Waffe fort aus meinem Mund. Ich kann sprechen, aber ich habe nichts zu sagen. Nichts mehr, worum ich flehen könnte.

Ich schließe die Augen, bereit zu sterben, doch als ich sie wieder aufmache, bin ich frei. Melissa ist verschwunden und hat ihre Handschellen mitgenommen. Ich bin ein freier Mann, dem die Zeit einen kleinen Streich gespielt hat, allerdings kann ich mich nicht bewegen. Ich hole tief Luft. Mein Magen ist heiß, meine Brust ist warm, meine Beine sind kalt. Wieder schließe ich die Augen, und die Welt um mich herum verschwindet.

Ich weiß nicht, wie viel Zeit vergangen ist, als ich langsam den Kopf hebe und auf meinen nackten Körper starre. Geronnenes Blut auf meinem Penis und meinen Oberschenkeln. Mein Bauch ist bedeckt von einer Mischung aus roter und weißer Flüssigkeit – ein Cocktail aus Blut und Samen. Erbrochenes klebt mir an Hals und Brust, und ich spüre, dass sich eine vertrocknete Schicht auch über Gesicht und Kinn zieht. Es stinkt widerlich. Ich kann mich nicht mal daran erinnern, mich übergeben zu haben. Vorsichtig schiebe ich die Hand nach unten, um den Schaden zu untersuchen. Es fühlt sich an wie eine Portion Spaghetti, die aus einem Pappkarton quillt.

Oh Gott, nein. Bitte, bitte, lass das ein Traum sein!

Meine Arme sind steif, meine Muskeln schlaff und wund. Ich schiebe die Arme unter den Rücken und drücke mich ein Stück weit hoch. Erbrochenes rutscht über meine Brust ins Gras. Ich werde fast ohnmächtig. Der Schmerz ist nichts im Vergleich zu vorhin, und »vorhin« war, nach dem Stand der Sonne zu schließen, vor etwa drei Stunden. Es muss ungefähr neun Uhr sein, und weil Sonntag ist, liegen die Leute entweder noch im Bett, wo sie sich die Zeit mit Bondage-Spielchen vertreiben, oder sie gehen in die Kirche.

Noch eine ganze Weile wird niemand in den Park kommen.

Ich rolle mich auf die Seite. Ein Schrei steigt in meiner wunden Kehle auf. Ich dränge ihn zurück, aber nicht entschieden genug.

Ich suche nach meinen Kleidern und sehe sie etwa zehn Meter entfernt am Boden liegen. Während ich auf sie zukrieche, schaukelt mein Hoden vor und zurück und reibt sich zwischen meinen Oberschenkeln. Es ist, als hinge die Zange immer noch daran fest. Unablässig sage ich mir: Wenn ich es bis nach Hause schaffe, werd ich es auch überleben.

Ich brauche volle zwei Minuten für die zehn Meter und fühle mich dabei, als wäre ich gerade einen Marathon gelaufen. Schweiß tropft mir von der Stirn. Meine Jacke ist nirgendwo zu sehen. Wie meine Pistole. Und mein Messer.

Ich finde meine Schlüssel und stecke sie in die Jeans. Dann lege ich mich so vorsichtig wie nur möglich auf den Rücken und versuche, die Beine in den Baumwollstoff zu schieben. Was sich viel schwieriger gestaltet, als es sich anhört. Ich halte mitten in der Prozedur inne und nehme eine kleine Auszeit, während die ganze Welt im Grau zu versinken droht. Meine Kraft schwindet, und der Schmerz springt voller Eifer in die Bresche. Ich muss kämpfen, um nicht in Ohnmacht zu fallen. Hätte ich doch nur normale Unterhosen statt Boxershorts angezogen, dann ließe sich das Gewicht dieses hin und her schwingenden Schlamassels sicher verstauen. Stattdessen hängt es an mir runter wie eine verrottete Tomate, die zu viel Sonne abbekommen hat und ausläuft. Ich reiße eine Handvoll nasses Gras ab und wische mir übers Gesicht. Mit zwei weiteren Büschel Gras streife ich den größten Teil des Erbrochenen von Hals und Brust.

Ich schaue auf mein Handgelenk und stelle überrascht fest, dass meine Uhr noch da ist. Es ist erst acht. Die letzten Tage habe ich viel zu lange geschlafen. Heute wiederum kommt es mir später vor, als es tatsächlich ist. Okay. Die Zeit bringt so was fertig. Ich schaffe es auf die Knie, dann stehe ich auf. Ich muss nur nach Hause kommen. Das ist nicht weit. Einfach einen Fuß vor den anderen setzen. Dann die ganze Prozedur wiederholen. Den Schmerz ignorieren, bis ich über meinem Bett zusammenbreche. Ein Fuß nach vorn. Das ist der erste Schritt.

Eigentlich ist es mein Plan, ruhig und langsam zu gehen, und der Tatsache, dass ich am Ende fast rennen muss, weil ich nur so mein Gleichgewicht halte, kann ich nur wenig abgewinnen. Ich bewege mich nicht nur schnell, ich trete auch mit großer Wucht auf; die Erschütterungen jagen mir regelrechte Hitzeexplosionen durch die Beine und in den Unterleib. Eine Kombination aus Stolpern und Stürzen bringt mich zwanzig Meter weit, bevor ich wieder auf den Knien lande und mich weinend und von Schmerzen geschüttelt zusammenkrümme. Ich will einfach nur noch die Augen schließen und ein paar Stunden lang hier liegen bleiben, doch ich weiß, das ist unmöglich. Früher oder später werden Leute in den Park kommen. Klebstoffschnüffler werden unter den Bänken am Parkrand und aus den Nischen des für Kinder errichteten Forts hervorkriechen und benebelt von Chemikalien ihren Tag beginnen. Sie würden mich schließlich finden, aber sie würden mir nicht helfen – sie würden mir nur all das stehlen, was sie selbst noch gebrauchen können.

Ich drücke mich wieder hoch. Stehe auf. Gehe weiter.

Diesmal fällt es mir etwas leichter. Ich strecke die Arme seitlich aus, um das Gleichgewicht zu halten, während ich im Zickzackkurs vorankomme. Ich fixiere den Rand des Parks mit festem Blick. Schaue nicht nach unten. Sehe mich nicht um. Gehe einfach nur weiter, dann wird alles gut ... Zwanzig Meter liegen hinter mir. Dreißig. Dann, ein paar Minuten später, habe ich hundert Meter geschafft. Noch ein paar Minuten später liege ich wieder auf den Knien und versuche, einen Schrei zu unterdrücken. Diesmal bleibe ich Sieger.

Ich sehe, wie die Sonne den Himmel hinaufkriecht, und frage mich, wie das Wetter heute werden wird. Sonnig und warm, mit kurzen, aber heftigen Schmerzperioden, die sich über den ganzen Tag verteilen. Und über den Rest der Woche. Vielleicht über das ganze verdammte Jahr.

Es gelingt mir, wieder aufzustehen. Langsam gehe ich mit gespreizten Beinen weiter. Ich unterstütze meine Hoden mit einer Hand. Das tut wahnsinnig weh, aber so komme ich besser voran. Ich stolpere ein paar hundert Meter weiter, bleibe stehen und übergebe mich, dann sind die nächsten paar hundert Meter dran. Ich bleibe sogar stehen, um zu urinieren, was schmerzhaft, aber ziemlich einfach ist, da ich meinen Schwanz in der Hose behalte und es einfach laufen lasse. Urin rinnt mir die Beine runter in meine Lederschuhe. Er ist warm, unangenehm und brennt.

Ich brauche mehr als eine Stunde für den Weg nach Hause, und am Ende ist die Vorderseite meiner Jeans von Pisse und Blut durchtränkt. Ich falle nicht mehr in Ohnmacht, aber mehrmals gerät die Welt ins Wanken und wird dunkel. Ich komme an ein paar Leuten vorbei; einige sehen mich, andere nicht. Diejenigen, die mich bemerken, starren mich an und sagen kein Wort. Das hier ist nicht gerade ein Viertel, in dem sich die Leute umeinander kümmern. Als ich meinen Wohnblock erreiche, wirkt er auf mich nicht mehr, als hätte ihn ein Bildhauer aus Schrott zusammenmontiert. Er sieht aus wie ein Palast. Ich wünschte nur, der Architekt hätte einen Lift einbauen lassen.

Ich schaffe es nach oben, indem ich mich mit dem Rücken zur Treppe setze und meinen Hintern Stufe für Stufe anhebe, wobei ich mich vor allem mit den Armen abstütze. Es sind nur drei Stockwerke, doch es ist eine solche Strapaze, als würde ich das Empire State Building hinaufklettern – und zwar nackt, wobei meine Eier über die Wände schrammen und an den unzähligen Ausbuchtungen der Fenster hängen bleiben. Ich sage mir immer wieder, dass ich gleich da bin, aber ich weiß, dass noch tausend Probleme vor mir liegen, wenn ich erst mal oben bin.

Als ich die Wohnungstür erreiche, greife ich in meine Tasche und meine Jeans spannen im Schritt. Meine Hand bekommt die Schlüssel zu fassen, und ich zucke zusammen. Ich fummle am Schloss herum. Dreißig Sekunden lang. Und dabei muss ich es nicht mal knacken.

Ich schließe die Tür hinter mir, lasse die Schlüssel auf den Boden fallen und stolpere in Richtung Bett. Ich zittere am ganzen Leib. Ist das der nächste Schritt? Mich für immer hinzulegen?

Nein. Obwohl ich nichts anderes will als mich ausruhen, weiß ich, dass ich mich um die Wunde kümmern muss. Am besten erledige ich das, solange ich noch genügend Mumm in den Eiern habe, um alles Notwendige in die Wege zu leiten. Sozusagen.

Ich finde ein Handtuch, werfe es auf den Boden und schlüpfe aus der Jeans. Ich bin nicht sicher, ob ich sie jemals wieder anziehen kann. Aus Erfahrung weiß ich, dass Blut markante Flecken hinterlässt. Ich brauche fünfzehn Minuten, um mich auszuziehen, und dann noch weitere fünf, um einen Eimer zu holen und ihn mit warmem Wasser zu füllen. Meine Fische beobachten mich mit einem merkwürdigen Ausdruck in ihren kleinen Gesichtern. Ich sage nichts, um sie zu beruhigen. Ich möchte sie füttern, aber ich kann nicht.

Ich hole mir noch ein paar Sachen, die ich brauche, und lagere mich auf das Handtuch, wobei ich meinen Hintern mit einem Kissen abstütze, damit meine Hüften etwas erhöht liegen. Während der folgenden Stunde mache ich drei Dinge. Erstens trinke ich so viel Wein, dass sich das Zimmer zu drehen beginnt. Zweitens beiße ich so stark ich nur kann auf einen Besenstiel, um meine Schreie zu unterdrücken. Und drittens nehme ich einen mit Desinfektionsmittel getränkten Lappen zur Hand, um das abzutupfen, was besser nie mit einem Lappen in Berührung kommen sollte. Dabei bin ich mir nicht mal sicher, ob es was hilft. Die Vorstellung, dass mein Hoden brandig werden könnte, ist so grauenhaft, dass ich immer weitertupfe. Nachdem ich fertig bin, wasche ich mir den Bauch und sehe, dass der lange Schnitt, den Melissa gemacht hat, so flach ist, dass ich ihn vernachlässigen kann – kaum der Rede wert. Ich meine, Jesus, meine Magenwand könnte frei liegen, und das wäre immer noch nichts im Vergleich zu meinem Hoden.

Ich weiß nicht, ob ich jemals wieder Sex haben werde. Ob ich jemals wieder richtig gehen kann. Oder sprechen. Ich weiß nur, dass dieser Tag ein Ende finden muss. Dieser Sonntag ... Nein, Moment mal. Sonntag?

Mann, heute ist Samstag! Das bedeutet, dass meine innere Uhr viel schlimmer beschädigt ist, als ich gedacht habe, aber es bedeutet auch, dass ich noch einen Tag habe, bevor das Wochenende vorüber ist. Einen ganzen Tag, um gesund zu werden.

Jetzt versuche ich, völlig abzuschalten. Ich humple zum Bett und lege mich hin. Ich schiebe den Schmerz im Kopf beiseite, an irgendeinen freien Platz in meinem Gedächtnis, in der Hoffnung, einschlafen zu können – und für den unwahrscheinlicheren Fall, dass es mir gelingen sollte, auch wieder aufzuwachen. Mit zittriger Stimme wünsche ich meinen Fischen eine gute Nacht. Es könnte Nacht sein. Es könnte aber auch immer noch Morgen sein.

Rachegedanken wirbeln mir durch den Kopf. Träge vom Alkohol schließe ich die Augen und versuche, alles hinter mir zu lassen.

Kapitel 26

Sie sieht sich zusammen mit ihrem Vater eine der neuen DVDs an, als das Telefon klingelt. Gerade versucht jemand, Clint Eastwood ins Grab zu befördern. Das machen sie immer in Clint-

Eastwood-Filmen. Diesmal fängt alles damit an, dass sein Kopf in die Schlinge gesteckt wird. Ihr Vater drückt auf die Pausentaste, während sie aufsteht und ins Esszimmer geht. Auf dem Bildschirm bleibt die Zeit stehen, sodass Clint noch ein wenig länger darüber nachdenken kann, was er wohl angestellt hat, dass diese Männer ihn jetzt hängen wollen.

Sally ist sicher, dass der Anruf für ihre Mutter oder ihren Vater ist, denn es gibt niemanden, der sie jemals anrufen würde. Für einen Augenblick denkt sie, dass es Joe sein könnte, doch dieser Augenblick ist schnell vorbei. Wahrscheinlich hat er ihre Nummer weggeworfen, kaum dass sie gestern den Aktenraum verlassen hatte. Was hatte sie sich nur dabei gedacht? Dass sie in ihm irgendwie einen Ersatz für ihren toten Bruder finden könnte?

Sie greift nach dem Hörer und nimmt ab. »Hallo?«

»Sally?«

»Ja, ich bin's«, sagt sie, ohne die Stimme zu erkennen.

»Sally?«

»Wer ist denn dran?«

»Hier ist Joe.«

»Joe?«

»Sally? Sally, du hast doch gestern gesagt, wenn ich mal irgendwas brauche ...« Seine Stimme ist nicht mehr zu hören.

»Joe?«

Noch immer nichts. Ist es wirklich Joe? Das klingt so gar nicht nach ihm.

»Joe?«

»Bitte, Sally. Es ist was passiert. Ich bin krank. Sehr, sehr krank. Ich weiß nicht, was ich machen soll. Ich hab Schmerzen. Große Schmerzen. Kannst du mir helfen? Kannst du irgendwas für mich tun?«

»Ich kann den Notarzt anrufen.«

»Nein. Nicht den Notarzt. Bitte, das musst du verstehen«, sagt er, als ob sie ein wenig zurückgeblieben wäre, und nicht er. »Ich brauche Schmerzmittel. Und erste Hilfe. Bitte, du musst mir das besorgen und zu mir kommen. Es tut so weh. Bitte. Hast du das verstanden?«

»Wo wohnst du?«

»Wohnen? Ich ... ich erinnere mich nicht.«

»Joe?«

»Langsam, langsam. Bleib dran. Ein Stift. Hast du einen?«

»Hab ich.«

Er gibt ihr seine Adresse, und dann ist er weg. Sie starrt aus dem Fenster auf den Gemüsegarten im Hinterhof, mit dem ihr Vater seit einigen Jahren auf Kriegsfuß steht (langsam akzeptiert er seine Niederlage). Selbst die Pflanzen scheinen Krieg zu führen – sowohl gegeneinander als auch gegen das Unkraut. Sie macht sich Sorgen um Joe, und ihr gefällt gar nicht, wie er geklungen hat. Sie greift nach dem Hörer, um den Notarzt anzurufen, gibt zwei der drei notwendigen Ziffern ein und legt dann wieder auf. Sie wird erst anrufen, wenn sie Joe gesehen hat. Oben in ihrem Schlafzimmer zieht sie ihren Erste-Hilfe-Koffer unter dem Bett hervor. Sie öffnet ihn, um nachzusehen, ob die Ausrüstung komplett ist, obwohl sie das bereits weiß. Sie sagt ihren Eltern, dass sie bald wieder zurück sein wird, verlässt die Wohnung und geht zu ihrem Wagen.

Der Stadtteil, in dem Joe lebt, verfällt zusehends, überlegt sie, als sie mithilfe einer Karte den Straßen folgt. Viele Gebäude und Wohnhäuser müsste man neu herrichten, einige dringender als andere. Ein neuer Anstrich und ein Rasenmäher könnten ein paar der Probleme lösen, in vielen Fällen würde jedoch nur noch ein vollständiger Abriss helfen. Das Viertel müsste nicht so aussehen, denkt sie, wenn die Leute sich mehr darum kümmern würden.

Joes Mietshaus ist nur ein paar Stockwerke hoch. Ein Backsteingebäude, das Teenager an einigen Stellen mit Farbe besprüht haben. Keines der Fenster ist sauber. Schimmel und

Moder haben das untere Drittel des Gebäudes ausgebleicht, und mehrere Risse hat man mit Mörtel zugestopft und übertüncht.

Im Treppenhaus brennt kaum Licht, doch es ist nicht so dunkel, dass man die Blutflecken auf jeder zweiten oder dritten Stufe übersehen könnte. Sie erreicht das oberste Stockwerk und wirft einen Blick auf die Nummern an den Türen, bis sie Joes Wohnung findet. Als sie anklopft, bemerkt sie, dass ihre Hand zittert.

Eine Minute vergeht, und Joe antwortet nicht. War wirklich er es, der angerufen hat? Es hatte sich so gar nicht nach ihm angehört, aber wer hätte es sonst sein sollen? Sie greift nach dem Türknauf, und als die Tür sich öffnet, ist der Gestank nach Fäulnis und Desinfektionsmitteln so heftig, dass sie nur mit Mühe ein Würgen unterdrücken kann.

Die Wohnung ist klein, egal welchen Maßstab man anlegt. Das Tageslicht fällt durch ein einzelnes Fenster an der gegenüberliegenden Wand und bringt jedes einzelne Staubkorn, das in der Luft hängt, zum Funkeln. Es ist, als träte sie in einen Sandsturm. Sie hat sich schon früher gefragt, wie Joes Wohnung wohl aussieht, doch so was hat sie sich nicht vorgestellt: eine Tapete, die sich von der Wand löst, schmutzige und kaputte Bodendielen, alte Möbel, zersplittert und voller Risse. Auch die Unordnung, die hier herrscht, überrascht sie, doch als sie Joe im Bett liegen sieht, wird ihr klar, dass nur sein augenblicklicher Zustand dafür verantwortlich sein kann. Seine Kleider liegen in einem Haufen auf dem Boden. Sie sind voller Blut, Grasflecken und Erbrochenem. Binden und Papiertaschentücher sind dazwischen verstreut. Daneben eine leere Weinflasche, Wattebäusche, Lappen und sogar eine Flasche Desinfektionsmittel. Ein Eimer, der nach irgendwelchem üblen Zeug stinkt, steht neben dem Sofa.

Sie schließt die Tür hinter sich und geht mit raschen Schritten zu ihm. Er ist nackt bis auf ein Leintuch, das seine Hüften bedeckt. Sein ganzer Körper ist schweißüberströmt und hat eine mattgraue Farbe angenommen. Seine Augen sind nur einen Spalt weit geöffnet, und sie ist nicht sicher, ob er sie sehen kann. Sie streicht ihm das feuchte Haar aus dem Gesicht und legt ihm die Hand auf die Stirn. Er ist ganz heiß.

»Joe? Joe, kannst du mich hören?«

Seine Augen öffnen sich ein wenig mehr. »Mum? Was ist los?«

»Joe, ich bin's, Sally.«

»Mum?«

Seine Augen schließen sich. Das Leintuch über seiner Hüfte ist voller Blutflecken. Auf seinem Bauch klebt noch mehr geronnenes Blut. Überall an seinem Körper sind Narben zu sehen, und ein frischer Schnitt zieht sich über seinen Bauch. Das Blut an seinen Händen und unter seinen Fingernägeln ist mit Dreck verklebt. Flecken von Erbrochenem und Streifen von Gras und Erde bedecken seinen Oberkörper.

»Joe, kannst du mir sagen, wie das passiert ist?«

»Jemand ... Jemand hat mich ...«

»Ich hole die Polizei. Und dann werde ich den Notarzt anrufen.«

»Nein. Nein. Kein Notarzt. Keine Polizei. Bitte.«

»Wo ist das Telefon?«

Er fasst nach ihrem Handgelenk. Sein Griff wird sicherer, und es gelingt ihm, sie ein paar Sekunden lang festzuhalten, bevor seine Hand wegrutscht. »Joe will kein Opfer sein. Keine Polizei. Nur Medizin.«

Vorsichtig streckt sie die Hand aus und greift nach einer Ecke des Leintuchs. Joe beginnt zu schaudern. Langsam hebt sie das Tuch, und was sie sieht, treibt ihr Tränen in die Augen, die über ihre Wangen rollen.

»Oh, mein armer, süßer Joe«, sagt sie. »Wer hat dir das nur angetan?«

»Niemand«, antwortet er. Es ist nicht mehr als ein Flüstern.

»Wir brauchen Hilfe.«

»Die Leute dürfen das nicht wissen. Die Leute lachen Joe aus. Sie lachen nur noch mehr, wenn sie das hören.«

»Ich muss die Polizei rufen.« Sie greift nach dem Hörer.

»Nein!«, schreit Joe. Er setzt sich auf und packt wieder ihre Hand. »Sie werden mich umbringen!«

Dann trifft ihn der Schmerz. Er sackt nach hinten, verdreht die Augen und wird ohnmächtig.

Sally möchte anrufen, doch etwas hindert sie daran. Was ist, wenn er recht hat? Wenn sie tatsächlich zurückkommen und ihn umbringen? Nein, sie selbst ist genau die Hilfe, die er braucht. Gott hat sie hierhergeführt, um Joe zu helfen, nicht um ihn auf dem Weg der Gewalt immer weiterschliddern zu lassen.

Sie rafft das Leintuch zusammen und schafft es aus dem Weg, indem sie es auf den Boden wirft. Wie sie neben dem Bett steht, kommt es ihr unweigerlich so vor, als dringe sie in Joes Privatsphäre ein, doch jetzt ist sie nur noch eine Krankenschwester: Sie übt ihren Beruf aus. Deswegen hat sie ihre Ausbildung gemacht. Das wollte sie immer sein.

Ja, aber eine Krankenschwester weiß, wann sie den Boden unter den Füßen verliert. Sie weiß, wann sie einen Notarzt rufen muss.

Das stimmt natürlich. Hierauf hat ihre Ausbildung sie nicht vorbereitet. Sie weiß nicht, was sie tun soll.

»Doch, du weißt es«, flüstert sie und hebt das Kruzifix an ihr Kinn. Sie hält es dort ein paar Sekunden lang fest, bevor sie es abnimmt und die Kette um Joes Hand wickelt, sodass Jesus in seiner Handfläche ruht. Dann macht sie einen Schritt zurück und geht in die Hocke, um sich die Wunde aus einer anderen Perspektive anzusehen. Joes Penis liegt schräg auf seinem Bauch und zeigt in Richtung seiner Schulter. Ein Stück Pflaster hält ihn an Ort und Stelle, das zweifellos dort angebracht wurde, um eine Berührung mit der Wunde zu vermeiden.

»Armer Joe«, sagt sie, fast unter Tränen. Um weiterzumachen, muss sie sich an ganz elementare Dinge halten. Immer wieder sagt sie sich das, während sie ein Paar Latex-Handschuhe anzieht, und dabei bemerkt sie, dass auch überall im Zimmer Latex-Handschuhe herumliegen. Wozu hat Joe sie benutzt? Höchstwahrscheinlich, um sauber zu machen. Sie drückt Joes Hüfte seitlich nach unten, um einen besseren Blick auf die Wunde werfen zu können, ohne sie zu berühren. Sein Hoden wurde gequetscht, von einem Werkzeug vollkommen zerstampft und zerstört. Vermutlich von einer Zange oder einem Schraubstock.

»Überfallen«, murmelt Joe. Seine Augen sind wieder offen.

»Wer hat dich überfallen?«

Er antwortet nicht. Starrt einfach nur geradeaus.

Sie studiert weiter die Wunde. Der Hoden muss entfernt werden. Das würde sie zwar gerne vermeiden, doch sie sieht keine andere Möglichkeit.Ohne Zweifel muss er abgenommen werden, und ohne Zweifel besitzt sie weder die Qualifikation noch das nötige Selbstvertrauen dazu, die Operation durchzuführen.

»Wir müssen dich in ein Krankenhaus schaffen, Joe.«

»Geht nicht. Die kommen wieder. Tun mir weh. Bitte, kannst du es nicht in Ordnung bringen?«

»Ich werd's versuchen«, antwortet sie wider besseres Wissen.

Zuerst öffnet sie das Fenster. Es muss hier drin fast vierzig Grad warm sein, und sie schwitzt bereits. Frische Luft strömt herein. Während sie darauf wartet, bis das Wasser kocht, taucht sie einen Waschlappen in kaltes Wasser und legt ihn Joe auf die Stirn. Er scheint es kaum zu bemerken.

Ihre Erste-Hilfe-Ausrüstung ist anspruchsvoller als die meisten anderen und enthält einige zusätzliche Dinge, die sie besitzt, seit sie die Krankenschwesternschule besucht hat. Das Einzige, was fehlt, ist ein Mittel zur örtlichen Betäubung. Wenn sie Glück hat, wird Joe die meiste Zeit über ohnmächtig sein. Aber eigentlich ist er es, der Glück braucht.

Sie holt den Griff ihres Skalpells heraus und lässt ihn ins ko-

chende Wasser fallen. Die Klinge selbst ist in Plastikfolie einge-
schweißt und bereits steril. Sie faltet eine Kunststoffdecke auseinander und versucht, Joe auf die Seite zu rollen und ihn darü-
berzuschieben, doch er ist zu schwer. Eigentlich weiß sie, wie
man Patienten bewegt, doch das gilt nicht für jemanden, dem ein
Hoden völlig zerfetzt wurde. Sie schiebt ihn sanft schaukelnd zur
Seite und tut, was sie kann. Das Pflaster über seinem Penis macht
sie nicht ab. Es ist zwar nur ein Notbehelf, aber es erfüllt seinen
Zweck. Sie träufelt Jod auf etwas Watte und beginnt, die Stellen
um die Wunde zu säubern. Die Infektionsgefahr ist groß, aber
mehr kann sie nicht tun.

»Bist du sicher, dass du nicht ins Krankenhaus willst, Joe?«

Joe starrt sie an, als wüsste er nicht, warum sie hier ist. Sein
Blick schweift ab zum Goldfischglas auf dem Tisch. Das hat sie
gar nicht bemerkt.

»Joe?«

»Bitte ...« Er deutet auf die leere Weinflasche. Sie sieht genauer
hin, und ihr fällt auf, dass die Flasche noch zu einem Drittel gefüllt ist. Sie reicht sie ihm. Das wird helfen, denkt sie. Und sie
zieht den Gürtel aus der am Boden liegenden blutigen Jeans.
Auch der Gürtel wird helfen.

Sie blickt auf ihre Hände. Sie zittern nicht mehr. Sie reißt die
Plastikumhüllung von der Klinge des Skalpells und macht sich
bereit für die vor ihr liegende Arbeit.

Kapitel 27

Ich träume vom Tod und wünsche mir, ich wäre schon dort. Ich
träume von Schmerzen und bin dort, wo sie sind.

Meine Zähne beißen auf die Öffnung der Weinflasche, und
ich schlucke, so viel ich kann. Es ist pures Glück, dass ich überhaupt Wein im Haus habe. Ich habe ihn vor sechs Monaten ge-

kauft, zum Geburtstag meiner Mutter. Ich dachte, wir würden vielleicht feiern. Aber sie hat mir vorgeworfen, ich würde versuchen, sie zu vergiften, und alles endete damit, dass ich den Wein wieder mit nach Hause nahm. Normalerweise genügt schon der Geruch von Wein, um mich würgen zu lassen. Jetzt klammere ich mich an das Gefühl, das er mir gibt, die Hoffnung, ich könnte all dem vielleicht irgendwie entkommen. Ich versuche, die Zunge zur Seite zu schieben, sodass ich den Wein nicht schmecken muss, doch das funktioniert nicht. Nach ein paar Sekunden bin ich kurz davor, mich zu übergeben, doch je mehr ich trinke, umso weniger Sorgen mache ich mir über den Geschmack. Ich lasse meinen Kopf auf dem Kissen ruhen und betrachte den Menschen vor mir, der sich über meinen Unterleib beugt. Er trägt einen Mundschutz wie ein Chirurg, doch ich erkenne, dass es sich um eine Frau handelt. Ich bete, dass es nicht Melissa ist. Ich weiß nicht, warum sie hergekommen ist. Ich kann mich nicht daran erinnern, jemanden um Hilfe gebeten zu haben, und mir wird klar, dass ich wahrscheinlich Halluzinationen habe. Oder einfach nur Glück. Mein Blick wird träge. Wenn ich den Kopf drehe, brauchen meine Augen eine Sekunde, um nachzukommen.

Die Schmerzen flammen wieder auf. Ich sehe mich im Zimmer um, doch alles kommt mir ganz vertraut vor, nicht so, als ob ich in einer Klinik wäre. Ich will auf die Flasche beißen und entdecke, dass ich bereits auf etwas anderes beiße. Ich hebe die Hand und fühle, dass es sich um meinen Gürtel handelt. Nichts, was ein Arzt benutzen würde.

Meine Hände zittern, und mein ganzer Körper fühlt sich warm an. Ich weiß nicht, wie ein Arzt so was erledigen würde, aber *sie* bewegt sich so schnell, dass sie in einer Sekunde noch etwas Scharfes hochhält und mich in der nächsten schon mit irgendwas abtupft. Ich blinzle, und sie wechselt die Position; ich blinzle nochmal, und sie ist irgendwo anders – immer wieder verliere ich das Bewusstsein. Was sie sagt, hat kaum einen Zusammenhang, aber sie versucht offenbar, mich zu beruhigen. Ich sehe zu, wie sie Streifen von Haut und Fleisch beseitigt, und dann kann ich nicht mehr zusehen.

Ich starre an die Decke. Sie hängt in der Mitte leicht durch. Ich versuche, mit meiner Ärztin zu sprechen, aber ich bin nicht sicher, was ich sage. Ist das alles nur ein Traum? Operiere ich mich selbst?

Ich weiß nicht, wie viel Zeit vergeht, doch als ich das nächste Mal hinschaue, ist die Ärztin verschwunden. Ich bin ganz allein, genau wie der Hoden, den ich noch habe. Ich taste mit der Hand über meinen Körper nach unten, halte jedoch bald inne. Ich habe viel zu viel Angst, um wirklich was über den Schaden wissen zu wollen. Ich schließe die Augen. Öffne sie wieder. Die Ärztin ist zurück. Ich schließe sie. Die Ärztin ist verschwunden.

Was geschieht mit mir?

Liege ich im Sterben?

Ich starre hoch an die Decke und hoffe, dass es so ist.

Kapitel 28

Sally sitzt auf dem Sofa und starrt das Goldfischglas an. Als sie die Hand ausstreckt und etwas Futter hineinrieseln lässt, schwimmen die beiden Fische rasch an die Oberfläche und beginnen zu fressen.

Der chirurgische Eingriff, falls man das so nennen kann, ist gut verlaufen. Vermutlich ist das Infektionsrisiko gering. Sie hat den Schaden, den die Zange angerichtet hat, sorgfältig beseitigt; innerlich hat sie selbst auflösendes und äußerlich normales medizinisches Garn benutzt. Natürlich wird man erst mit der Zeit sehen, ob ihre Arbeit wirklich erfolgreich war. Jetzt, wo sie fertig ist, hat sie sich das Kruzifix wieder um den Hals gehängt.

Vorhin, so schien ihr, hatte Joe es nötiger.

Sie will die Polizei anrufen. Sie will, dass Joe professionell versorgt wird, und sie will, dass die Leute, die das getan haben, gefasst und verurteilt werden. Für jemanden, der so etwas Böses tut, ist draußen auf den Straßen kein Platz. Sie denkt an den Schlächter von Christchurch und an die Hölle, die er diese Frauen hat durchmachen lassen. Es stimmt: Der Teufel wandelt mitten unter uns.

Joes Leben ist ganz anders, und sie macht ihm keinen Vorwurf, weil er nicht als Behinderter betrachtet werden will, dem man sein Geld und seine Würde genommen hat. Sie respektiert Joes Bedürfnis, nicht als Mann gesehen zu werden, der einen Hoden verloren hat. Wenn er wieder dazu in der Lage ist, sich ein klares Bild von seiner Situation zu machen, wird sie ihren Teil dazu beitragen, dass er den richtigen Weg findet; und dazu gehört auch, dass er sich von anderen helfen lässt.

Sie denkt an die Narben auf seiner Brust. Was für ein Leben hat er bisher geführt? Wer hat ihn misshandelt? Ist das der Grund, warum er nie über seine Eltern spricht?

Weil Joe bewusstlos ist, rollt sie ihn zuerst auf die eine und dann auf die andere Seite, um die blutigen Laken unter ihm wegzuziehen. Sie wickelt die Fleischfetzen, die sie abgeschnitten hat, in die Kunststoffdecke, die sie zusammenfaltet und in eine Plastiktüte steckt. Dann schiebt sie Bettlaken, Jeans, Unterwäsche und das Hemd in die Waschmaschine und schaltet das Gerät ein. Sie findet eine zweite Einkaufstüte aus Plastik und füllt den bei der Operation entstandenen Abfall hinein. Sorgfältig verpackt sie die Klinge des Skalpells, sodass sich niemand daran verletzten kann. Sie zieht die Latex-Handschuhe aus und wirft sie ebenfalls in die Tüte.

Nachdem sie ein neues Paar Handschuhe übergestreift hat, beginnt sie, die Wohnung sauber zu machen. Das im Waschbecken gestapelte Geschirr ist mit Essenresten überkrustet. Die Essensflecke auf der Arbeitsfläche neben dem Herd entsprechen denen auf dem Tisch. Als sie einen Staubsauger entdeckt, beschließt sie, kurz über die Böden zu fahren. Keines der Geräusche weckt Joe. Als die Waschmaschine fertig ist, nimmt sie Kleider und Laken heraus, steckt sie in den Trockner und schaltet ihn ein. Bei den Taschenbüchern auf dem Sofa handelt es sich ausschließlich um romantische Liebesromane. Martin hat sich nie für so etwas interessiert; er hat immer nur Comics gelesen. Zuerst erscheint ihr das merkwürdig, doch dann findet sie es ermutigend, dass sich Joe mit Büchern beschäftigt, die eine richtige Geschichte haben. Als sie die Hefter hochhebt, die neben den Büchern liegen, rutscht aus einem der ganze Inhalt heraus.

»Was machst du nur, Joe?«, sagt sie flüsternd zu sich selbst. Sie erkennt das Foto von einer der toten Frauen. Sie hebt die Bilder auf, sieht sie rasch durch und steckt sie wieder in den Hefter, bevor sie zum nächsten übergeht. Joe hat eine vollständige Sammlung – alle Opfer des Schlächters von Christchurch. Und er hat Informationen über die Detectives, die den Fall untersuchen. Sie sieht sich die Unterlagen an und versucht, sich darüber klar zu werden, warum Joe all diese Dinge hier hat. Weiß er, dass die Frauen auf diesen Bildern tot sind?

Joe würde diese Dinge nicht mit nach Hause bringen, es sei denn, es gibt einen guten Grund dafür, und sie ist sicher, dass er so etwas nicht für Geld tun würde. Entweder bedroht ihn jemand, oder er hat sie für sich selbst mitgebracht. Aber warum?

Als sie zu Joe hinüberblickt, entdeckt sie noch einen Hefter, der auf dem kleinen Nachttisch liegt. Es ist das psychologische Profil des Schlächters von Christchurch. Es ist vollkommen unmöglich, dass Joe so was jemals verstehen würde. Warum hat er es dann? Und warum liegt es direkt neben seinem Bett, als hätte er noch kürzlich darin gelesen? Draußen sind die Straßenlaternen angegangen. Die Straße ist leer bis auf einige parkende Autos.

Sie leert den Eimer ins Klo, spült ihn aus, füllt ihn zu einem

Viertel mit Wasser und stellt ihn neben Joes Bett. Sie vermutet, dass er ihn dazu benutzen wird, um zu urinieren, denn er wird noch ein paar Tage lang nicht gehen können. Sie sieht sich den Verband über seiner Wunde an. Keine Anzeichen von Durchbluten. Als der Trockner fertig ist, nimmt sie die Laken heraus, dreht Joe zuerst auf die eine und dann auf die andere Seite und schiebt eines der Laken unter ihn. Dann deckt sie ihn mit dem zweiten Laken und einer Decke zu. Seinen Aktenkoffer, der schwerer ist, als sie vermutet hat, stellt sie in Reichweite neben das Bett, falls er ihn brauchen sollte.

Sie sieht sich um, ob alles ordentlich aufgeräumt ist, nimmt seine Schlüssel und ihre Erste-Hilfe-Ausrüstung und geht hinaus zu ihrem Wagen.

Kapitel 29

Sonntag. Spätabends. Ich habe über einen Tag geschlafen. Meine innere Uhr verrät mir überhaupt nichts. Ich hänge irgendwo zwischen der Hölle für die Toten und der Qual des Lebendigseins. Immer wieder verliere ich das Bewusstsein und bin mir kaum im Klaren darüber, dass ich noch lebe. Ich werfe einen Blick auf meinen Wecker. Es ist halb zehn.

Als ich die Decken abwerfe, entdecke ich erleichtert, dass nur wenig Blut zu sehen ist. Jemand hat sorgfältig einen weißen Verband um meinen Unterleib angelegt. Er ist fast trocken. Ich versuche mich zu konzentrieren, um rauszufinden, was passiert ist, nachdem ich es gestern Morgen bis nach Hause geschafft habe, aber ich erinnere mich einfach nicht.

Es gibt nichts, weswegen ich aufstehen müsste. Meine Fische brauchen was zu Fressen, aber das kann warten. Ich weiß nicht, wie lange sie ohne Nahrung überleben können, aber vielleicht finden wir das ja bald heraus. Ich pisse in den Eimer, der relativ sauber ist, wenn man bedenkt, dass ich ihn mit Wasser und Desinfektionsmittel gefüllt habe. Mein Urin brennt und kommt in kurzen Spritzern. Als ich fertig bin, riecht mein Zimmer schlimmer als üblich.

Ich schließe die Augen. Ich sehe eine Frau, die über mir steht, einen Mundschutz trägt und ein Skalpell in der Hand hat. Das Bild flimmert, der Mundschutz verschwindet, das Skalpell verwandelt sich in eine Zange, meine Zimmerdecke in einen purpurnen Himmel voller sterbender Sterne, und aus der Fremden wird Melissa. Melissa hat mir das angetan. Melissa hat mir den Hoden zerquetscht.

Und es war Melissa, die mir zu Hilfe gekommen ist. Es geht gar nicht anders.

»Verdammt soll sie sein«, sage ich und öffne die Augen. Ich ziehe mir die Laken wieder über und lehne mich zurück ins Kissen. Ich brauche Ruhe, aber ich bin nicht müde. Ich muss an was anderes denken als an Melissa, und sei es nur für ein paar Minuten. Ich strecke die Hand aus und greife mir den Hefter vom Nachtisch

Ein Einzelgänger. Ein Weißer, denn solche Verbrechen werden selten gegenüber jemand anderem als einem Vertreter der eigenen Rasse verübt, und alle Frauen waren Weiße. Anfang dreißig. Alle Morde geschahen nachts, also lässt sich vermuten, dass er irgendeiner Arbeit nachgeht, jedoch keiner besonders qualifizierten. Er findet, dass der Job unter seiner Würde ist, hält sich für viel zu gut für das, was er tut. Er lebt mit einer dominanten Frau zusammen, vielleicht mit seiner Mutter oder einer Tante.

Ich erinnere mich, dass Melissa mich nach einer dominanten Mutterfigur gefragt hat. Sie glaubt genau denselben Mist wie der Typ, der das geschrieben hat.

Er ist nicht in der Lage, sich dieser Frau zu widersetzen, und aufgrund einer Übertragung rächt er sich an ihr, indem er andere Frauen umbringt. Er benutzt Sex als Waffe. Höchstwahrscheinlich

218

ist er vorbestraft. Es steht zu vermuten, dass er bereits als Spanner –
als Voyeur – in Erscheinung getreten ist. Einbruch ist noch wahr-
scheinlicher.

Der Bericht erläutert, dass ich keine multiple Persönlichkeit
habe und dass ich nicht geistesgestört bin, und damit haben sie
immerhin etwas richtig erfasst.

Obschon er wiederholt den Zwang verspürt, zu vergewaltigen
und zu töten, so ergibt sich daraus noch kein festgelegtes zeitliches
Muster. Meist liegt ein Monat zwischen den einzelnen Tötungsde-
likten. Womöglich deshalb, weil er bei anderen, nicht mit diesen
Verbrechen in Verbindung stehenden Vergehen gefasst wurde.
Manchmal beträgt der Abstand auch nur eine Woche. Die Tatsache,
dass seine Opfer kooperieren, legt nahe, dass er sie mit einer Waffe
bedroht, und da keines der Opfer ermordet wurde, während dessen
Ehemann oder Partner sich im Haus aufgehalten hat, darf man an-
nehmen, dass er nicht gewillt ist, eine Begegnung mit einer anderen
männlichen Person zu riskieren.

Er bereitet sich einerseits mangelhaft vor, denn er benutzt Gegen-
stände vom Tatort, um die Frauen zu fesseln, anstatt eine eigene
Ausrüstung mitzubringen. Seine sexuelle Ausrichtung wird im Lau-
fe seiner Angriffe immer perverser. Andererseits plant er seine An-
griffe mehrere Wochen im Voraus. Dass er die Gesichter der Opfer
bedeckt und Fotos umdreht, zeigt, dass er es vorzieht, die Frauen zu
depersonalisieren. Er verhüllt ihre Gesichter, bevor er sie umbringt,
um darüber fantasieren zu können, er töte jemand anderen, etwa
die dominierende Frau in seinem Leben – was er jedoch nicht tut,
weil er hinterher zu große Schuldgefühle hätte. Einige Gegenstände
vom Tatort behält er als Trophäen, wie z.B. Unterwäsche und
Schmuck; das hilft ihm möglicherweise dabei, die Taten noch ein-
mal zu durchleben. Er hat soziopathische Tendenzen, besitzt kein
Gewissen und betrachtet seine Opfer nicht als richtige Menschen.

Es empfiehlt sich, die Gräber seiner Opfer zu überwachen, da er
unter Umständen dort auftaucht, jedoch nicht aus Reue, sondern

um das Verbrechen noch einmal zu durchleben. Möglicherweise meldet er sich bei der Polizei, um seine Hilfe anzubieten oder eine Zeugenaussage zu machen, was ihm dazu dienen soll, den Stand der Ermittlungen in Erfahrung zu bringen. Es könnte sein, dass er Bars aufsucht, die von Polizisten frequentiert werden, und sich darum bemüht, mit ihnen über den Fall zu sprechen, um von ihnen so viel wie möglich zu erfahren ...

Der Bericht geht noch weiter. Er führt aus, dass Vergewaltigung ein Gewaltverbrechen ist, bei dem Sex als Waffe dient. Er erwähnt, dass Sex dazu dient, Macht und Kontrolle zu erleben und den anderen zu dominieren. Haben sie recht mit ihrer Erklärung? Warum habe ich die Gesichter zugedeckt? Habe ich die Frauen depersonalisiert oder so getan, als handle es sich um jemand anderen? Ich bin nicht sicher. Das, was sie über Friedhöfe sagen, stimmt allerdings. Ich habe tatsächlich schon überlegt hinzugehen, doch glücklicherweise habe ich rechtzeitig rausgefunden, dass man sie beobachtet, bevor ich auch nur einen Versuch unternommen habe.

Als ich Ende zwanzig war, lag ich nachts wach im Bett und dachte über meine Nachbarn nach. Ich habe mich gefragt, was sie genau in diesem Augenblick machten. Dachten sie an mich? Ich habe mir vorgestellt, wie ich im Dunkel der Nacht von einem Haus zum anderen gehe und ihnen alles nehme, was ich haben will, und alles mit ihnen mache, was mir gefällt. Damals war das Entscheidende an dieser Fantasie nicht der Mord, sondern die Tatsache, dass ich damit durchkam. Damals habe ich gedacht, ich könnte das perfekte Verbrechen begehen. Heute ist diese Fantasie Wirklichkeit geworden. Und genau das fehlt in diesem psychologischen Profil.

Ich schalte das Licht aus und schließe die Augen. Ich bin müde, aber die Wunde hält mich wach. Ich schaffe ganze vier Tiere, bevor ich finde, dass Schafezählen eine idiotische Idee ist.

Ich weiß nicht, wie es passiert, aber plötzlich ist es Morgen, und ich wache auf, wobei mir der Wecker hilft, einem weiteren Albtraum zu entkommen. Ich habe von Melissa und ihrer Zange geträumt. Immer wieder habe ich geschrien, sie solle aufhören, doch sie ließ sich durch nichts stoppen.

Ich rufe bei meiner Arbeitsstelle an. Nein, ich bin nicht krank, meine Mutter ist krank. Ja, das ist traurig. Ja, ich werde ihr Grüße ausrichten. Ja, ich werde allen davon berichten, wie es ihr geht. Ja, ich werde so lange nicht zur Arbeit kommen, bis ich mich darum gekümmert habe, dass sie wieder in Ordnung kommt. Ja, ja, Scheiße, ja. Das Sprechen tut weh, und es kommt mir so vor, als sei mir ein Zug über die Eier gefahren. Ich pisse in den Eimer.

Ich würde gerne aufstehen und mir ein Glas Wasser holen, doch das Verlangen ist schwächer als meine Abneigung, mir selbst unerträgliche Schmerzen zuzufügen. Stattdessen bleibe ich durstig, bis ich schließlich wieder einschlafe. Ich erwache schweißbedeckt. Meine Laken sind feucht, mein Gesicht klebrig. Ich habe so großen Durst, dass ich die Laken zu einer Kugel zusammenpresse und versuche, den Schweiß herauszusaugen. Weil die Feuchtigkeit nicht ausreicht, werfe ich einen Blick auf meinen Eimer mit dem Urin, doch darauf kann ich beim besten Willen nicht zurückgreifen.

Stolpernd komme ich hoch und humple weg vom Bett, um das Waschbecken mit meiner Anwesenheit zu beglücken. Ich übergebe mich, bevor ich mir ein Glas Wasser einlaufen lassen kann und es hinunterstürze. Ich fülle es noch einmal. Spüle das Waschbecken aus. Und übergebe mich wieder. Meine Arbeitsfläche in der Küche ist sauber. Ich kann mich nicht daran erinnern, das getan zu haben. Eigentlich sieht die ganze Wohnung so aus, als hätte ich sie geputzt. Verdammt, was habe ich nur gemacht, als ich ohnmächtig war?

Während ich mich schon halb auf den Knien zum Sofa schleppe, stolpere ich, und als ich auf dem Boden lande, explodiert der Schmerz in meinem Unterleib. Die Welt verschwindet, und als ich wieder zu mir komme, liege ich im Bett. Ein Glas Wasser mit kleinen Eisstücken darin steht auf meinem Nachttisch, daneben ein Tablettenfläschchen ohne Etikett. Mehrere Stunden sind vergangen.

Ich hole eine der Tabletten heraus. Es muss sich wohl um irgendein Antibiotikum handeln. Ich schlucke sie mit etwas Wasser und schließe die Augen. Ich weiß nicht mehr, was wirklich ist.

Ich stehe auf, lehne mich ans Sofa und kippe etwas Futter ins Goldfischglas. Ich schaue nicht zu, wie die beiden fressen. Stattdessen sehe ich mich um. Jemand hat meine Kleider gewaschen und ordentlich zusammengefaltet. Auf den Laken ist nur sehr wenig Blut. Ich studiere den Verband. Auch daran scheint weniger Blut zu sein als gestern. Hat Melissa den Verband gewechselt, nachdem sie mir geholfen hat, wieder ins Bett zu steigen? Oder habe ich es alleine wieder ins Bett geschafft, und sie hat nur den Verband erneuert? Jesus, was stimmt nicht mit mir? Ich falle sofort in Ohnmacht, als ich das Bett erreiche.

Als ich aufwache, greife ich zum Hörer und wähle die Nummer.

»Joe? Bist du das?«

»Ja, Mum. Hör zu, ich kann heut Abend nicht zum Essen kommen.«

Es fällt mir schwer, zu sprechen, aber ich bemühe mich, so normal zu klingen wie jemand eben klingen kann, der nur noch einen Hoden hat.

»Ich hab Hackbraten gemacht, Joe. Du liebst Hackbraten.«

»Richtig.«

»Mir macht es nichts aus, dir Hackbraten zu machen. Du magst ihn doch, oder?«

»Natürlich, Mum, aber ...«

»Dein Vater hat meinen Hackbraten nie gemocht. Er hat behauptet, der Hackbraten schmeckt wie Schuhe mit Gummisohlen.«

»Mum ...«

»Du brauchst es bloß zu sagen, wenn er dir nicht schmeckt.«

Verdammt, was geht hier eigentlich ab? Jesus Christus. »Hör zu, Mum, ich kann nicht kommen. Ich stecke bei der Arbeit fest.«

»Wie kannst du bei der Arbeit feststecken? Du verkaufst Autos. Hör zu, Joe, ich kann dir auch etwas anderes machen, wenn du willst. Wie wär's mit Spaghetti Bolognese?«

Zuerst habe ich keine Ahnung, was sie mir da erzählt, aber dann fällt mir ein, dass ich ihr schon seit Jahren erzähle, ich würde Autos verkaufen. Ich ertappe mich dabei, wie ich den Hörer umklammere. Mit aller Kraft. »Ich kann nicht vorbeikommen, Mum.«

»Also um sieben?«

»Ich kann nicht kommen.«

»Der Supermarkt hat Hühnchen im Angebot. Meinst du, ich soll ein paar besorgen?«

Ich schüttle den Kopf und knirsche mit den Zähnen. Es pocht in meinem verbliebenen Hoden. »Wenn du meinst.«

»Suppenhühnchen sind billig.«

»Dann kauf ein paar.«

»Meinst du wirklich?«

»Sicher.«

»Soll ich dir auch ein paar besorgen?«

»Nein.«

»Es macht mir nichts aus.«

»Ich hab, was ich brauche, Mum.«

»Geht's dir gut, Joe? Du hörst dich krank an.«

»Ich bin müde. Das ist alles.«

»Du brauchst mehr Schlaf. Ich hab dein Essen da. Willst du, dass ich vorbeikomme?«

»Nein.«

»Willst du nicht, dass ich deine Wohnung sehe? Hast du Sachen von Schwulen da, Joe? Lebt einer dieser Homosexuellen mit dir zusammen?«

»Ich bin nicht schwul, Mum.«

»Was soll ich dann mit dem Hackbraten machen? Wegwerfen oder was?«

»Frier ihn ein.«

»Ich kann ihn nicht einfrieren.«

»Ich komme nächsten Montag vorbei, Mum. Ich verspreche es.«

»Warten wir's ab. Bye, Joe.«

»Bye, Mum.«

Ich schwitze und bin überrascht, dass sie sich als Erste verabschiedet hat. Ich werfe einen Blick in den Eimer. Der Uringeruch ist verschwunden. Das Wasser sieht sauber aus. Ich pisse hinein und spüre ein dumpfes Klopen im Unterleib.

Jetzt, wo ich den Hörer aufgelegt habe, fällt mir plötzlich was ein. Ich bin ziemlich sicher, dass ich jemanden angerufen habe, als ich aus dem Park nach Hause gekommen bin. Aber wen?

Sally?

Ich stehe auf und gehe zum Kühlschrank. Ihre Nummer hängt immer noch dort, doch das Papier ist mit Blutflecken beschmiert. Ich bin nach Hause gekommen. Ich hatte Schmerzen. Ich habe jemanden angerufen. Ich glaube, dass ich jemanden angerufen habe.

Ich sinke wieder ins Bett. Mein Hoden ist weg, und wenn ich versuche, mir vorzustellen, wie ich ihn mir selbst abgenommen habe, sehe ich zuerst Melissa, die einen Mundschutz trägt, und dann Sally, die ebenfalls einen trägt. Ich frage mich, wo ich ihn hingetan habe. Oder wo sie ihn hingetan haben. Licht und Dunkelheit, Schlaf und Wachen, totales Bewusstsein und dann überhaupt nichts mehr. Ich lasse mich durch diese Existenz treiben, so gut ich kann, und mache mir nicht die Mühe, die Stunden zu zählen, um sicherzustellen, dass sie überhaupt vergehen. Dann wieder stehe ich vor Pickle und Jehova, ohne mich überhaupt erinnern zu können, dass ich aufgestanden und zu ihnen gegangen bin; ich beobachte sie und frage mich, ob ein Goldfisch sich daran erinnern könnte, wenn man ihm einen Hoden abnehmen würde. Mein Hoden ist weg und meine Gesundheit ebenfalls. Ersterer wird nie zurückkommen. Bei Letzterer habe ich noch Hoffnung.

Meine innere Uhr weckt mich um halb acht am Montagmorgen. Eine ganze Woche ist vergangen. Einfach so. Ich steige aus dem Bett und bemerke, dass ich besser gehen kann als die ganze Woche davor.

Ich mache alles so wie an einem normalen Arbeitstag. Ich dusche und rasiere mich, auch wenn das ein bisschen länger dauert. Ich mache mir etwas Toast. Ich füttere meine Fische. Meine Wohnung riecht nicht so schlimm, wie ich erwartet hatte. Es sieht so aus, als hätte ich den Eimer, in den ich gepisst habe, nur wenige Male benutzt. Als ich mir meine Lunchbrote richte, entdecke ich, dass der größte Teil des Essens aus meiner Wohnung verschwunden ist. Die Treppe ist ein kleines Problem, und ich habe Mühe runterzusteigen, doch ich schaffe es, ohne dass Blut an der Vorderseite meines Overalls auftaucht. Ich muss Mr. Stanley erklären, warum ich eine Woche lang nicht mit ihm gefahren bin. Ja, Mum war krank. Im schaukelnden Bus droht das, was von meinem Hodensack noch übrig ist, aufzureißen. Ich brauche einen Tampon für Männer. Oder eine Zeitmaschine.

Mr. Stanley lässt mich aussteigen. Ich humple über die Straße und mache mich bereit, eine weitere Arbeitswoche zu beginnen.

Kapitel 30

»Ich hab gehört, dass du wieder arbeitest«, sagt Sally, und ihr Gesicht wirkt hin- und hergerissen im Bemühen, zugleich glücklich und besorgt auszusehen.

Ich bin unten in einer der Ausnüchterungszellen, schiebe den Mopp vor und zurück und versuche, das Erbrochene und die Pisse aufzuwischen, die die Betrunkenen am Wochenende hier überall hinterlassen haben. Das ist wohl der übelste Teil meiner Arbeit. Einmal im Monat putzt ein Reinigungstrupp hier wirklich gründlich durch, doch es ist erstaunlich, wie gestrichene Waschbetonwände und Zementböden den Gestank nach Erbrochenem und Scheiße in sich aufnehmen können.

Ich ziehe die Maske runter, die mich vor dem erbärmlichen Geruch schützt. Die Betonzellen mit ihren Metalltüren sind sogar mitten im Sommer verdammt kalt, und die kühle Luft verursacht augenblicklich ein Pochen in meinem Hoden.

»Meiner Mutter geht es gut«, sage ich, denn sicher hat sie gehört, warum ich nicht zur Arbeit gekommen bin.

»Wie bitte?«

»Meine Mutter. Sie war die ganze Woche krank. Deshalb war ich nicht hier.«

»Deine Mutter war krank?«

»Ja. Ich dachte, du hättest davon gehört. Deshalb war ich nicht hier. Wahrscheinlich weiß das inzwischen jeder.«

»Oh, natürlich. Schon kapiert«, sagt sie leise, wobei sie das »oh« und das »kapiert« in verschwörerischem Ton in die Länge zieht. Als hätten wir eine Affäre. »Deine Mutter war krank. Deshalb musstest du eine Woche freinehmen.«

»Ja. Genau das habe ich doch gerade gesagt«, erwidere ich, und etwas in ihrer Stimme klingt … so falsch.

»Und jetzt geht es ihr besser?«

»Sicher«, antworte ich, ziehe das Wort ebenfalls in die Länge, nicke langsam und versuche zu verstehen, was eigentlich los ist. Weiß sie, was wirklich passiert ist? Ist diese Frau mit einem IQ von siebzig bei mir zu Hause aufgetaucht und hat mich operiert?

»Und wie geht's dir, Joe? Auch besser?«

»Ich komm zurecht. Die Zeit heilt alle Wunden. Das sagt meine Mum immer.«

»Das stimmt. Hör zu, Joe, du musst immer daran denken, dass falls du irgendwas brauchst, und du willst, dass ich dir helfe mit … mit deiner Mutter … dann gib mir einfach Bescheid.«

Natürlich kann sie mir die Art von Hilfe, die ich bei meiner Mutter bräuchte, kaum geben. Und doch, gäbe es mehr Menschen wie Sally, wäre die Welt besser. Das Problem ist nur, dass sie so klingt, als würden wir beide ein großes Geheimnis teilen, eines, bei dem es darum geht, dass Joe eines Morgens in einem Park aufgewacht ist, nachdem man ihm einen Hoden mit einer Zange zerquetscht hat und er alleine nach Hause finden musste.

»Joe?«

Gleichzeitig halte ich es für absolut undenkbar, dass Sally und ich jemals ein Geheimnis teilen könnten. Das ist einfach nur Sally mit ihrer typischen Art. Sie versucht mir mit meiner Mutter beizustehen, so wie sie mir gelegentlich hilft, indem sie mir Lunchbrote macht. Sie versucht nur, endlich auf den richtigen Weg zu gelangen, der sie in mein Bett führt.

»Joe? Bist du okay?«

»Sicher, okay«, antworte ich. »Ich mach mich dann besser mal an die Arbeit, Sally.«

»Okay«, antwortet sie, doch sie rührt sich nicht von der Stelle. Sie starrt mich an, und schließlich schaue ich zu Boden; ich will den Blickkontakt mit ihr vermeiden, damit sie nicht auf die Idee kommt, das sei ein Zeichen dafür, dass wir uns jetzt gleich ausziehen.

»Kann ich dich ewas Persönliches fragen, Joe?«

Nein. »Ja.«

»Findest du Mord faszinierend?«

Ja. »Nein.«

»Was ist mit der gerade laufenden Ermittlung?«

»Mit welcher?«

»Zum Schlächter von Christchurch.«

»Er muss ziemlich schlau sein.«

»Warum sagst du das?«

»Weil sie ihn noch nicht haben. Weil er immer wieder entkommt. Er muss wirklich total klug sein.«

»Vermutlich. Interessiert dich das?«

»Eigentlich nicht.«

»Hast du ... dir schon mal irgendwelche Akten angeschaut? Die Fotos der toten Frauen? Irgend so was?«

»Ich hab die Bilder an der Wand im Besprechungszimmer gesehen. Das ist alles. Die Bilder sind furchtbar.«

»Wenn jemand dich zwingen würde, was zu stehlen, indem er dir wehtut, dann ist das kein richtiger Diebstahl. Und das Beste wäre, zur Polizei zu gehen.«

Ich weiß nicht, welchen gedanklichen Sprung sie gerade absolviert hat, aber das alles ergibt überhaupt keinen Sinn. Sie sondert diesen christlich-moralischen Kram ab, den man ihr per Zwangsernährung eingeflößt hat. Sie hat keine Ahnung, worüber wir gerade reden. Sie könnte genauso gut sagen, dass töten schlecht ist, die Rache allein bei Gott liegt und man Seinen Namen nicht missbrauchen soll; dass es aber durchaus erlaubt ist, die eigene Tochter als Sklavin zu verkaufen. Das alles steht in der Bibel, und aus irgendeinem Grund meint sie, dass wir uns im Augenblick darüber unterhalten.

»Du hast recht, Sally. Wenn einen jemand zwingt, Dinge zu tun, die man nicht tun will, dann wäre das schlecht. Die Polizei hilft Leuten, denen so was passiert.«

Tut sie natürlich überhaupt nicht. Das kann ich bezeugen. Ich habe sogar Fotos, mit denen ich's beweisen kann.

Ich weiß nicht, was ich noch sagen soll, und so zucke ich abschließend mit den Schultern. Sie scheint das irgendwie als Antwort auf die unausgegorene Frage zu betrachten, die ihr im Kopf rumschwirrt, denn sie lächelt, sagt, dass sie sich wieder an die Arbeit machen muss, und geht.

Sally verschwindet, aber meine Paranoia bleibt. Schon bei dem Gedanken, dass sie zu mir nach Hause gekommen sein könnte, wird mir übel. Falls Sally tatsächlich bei mir war, müsste ich diesen Gefallen möglicherweise erwidern. Gewisse Dinge, die sie vielleicht gesehen hat, Dinge, die ich vielleicht zu ihr gesagt habe, könnten einen nächtlichen Besuch bei ihr durchaus als angebracht erscheinen lassen.

Ich setze mich auf die Pritsche in der Zelle, die ich gerade putze, und lehne die Stirn gegen den Stiel des Mopps. Während der folgenden Minuten gewinne ich den Eindruck, dass ich offensichtlich langsam verrückt werde. Es ist vollkommen unmöglich, dass Sally zu mir in die Wohnung gekommen ist. Hätte sie das getan, wäre sie nicht in der Lage, bei diesem Thema die Klappe zu halten. Sie würde mich fragen, wie es meinem Hoden geht. Für sie wäre die bloße Tatsache, dass sie mich nackt gesehen hat, ein Beleg dafür, dass wir verlobt sind und bald heiraten werden. Sally ist zu dämlich, als dass sie mir hätte helfen können, zu unschuldig, um nicht die Polizei zu rufen, zu sehr in mich verliebt, als dass sie darauf verzichtet hätte, die ganze Woche über jede Minute an meinem Bett zu wachen. Und ich kann mir nicht vorstellen, dass Sally irgendwelche Antibiotika besorgen könnte. Nein, es muss Melissa gewesen sein. Was bedeutet, dass sie immer noch irgendwas vorhat.

Vor der Mittagspause verbringe ich zwanzig Minuten im Besprechungszimmer, studiere die neuen Informationen und tausche die Tonbänder aus, während ich die Fenster putze und die

Jalousien abwische. Ich lese die Zeugenaussagen, sehe mir die Fotos an und achte sorgfältig darauf, dass mich niemand beobachtet.

Ich finde raus, dass man im Zusammenhang mit den Morden mit mehreren hiesigen Prostituierten gesprochen hat. Das ist … interessant. Man hat sie nach ihren Freiern gefragt. Gibt es irgendjemanden, der einen bizarren Fetisch hat? Jemand, der perverse sexuelle Handlungen genießt? Man hätte sich die Mühe sparen können, das bringt nichts. Die Ermittler hoffen, dass ich irgendwann in meinem Leben einer Hure von meinen sexuellen Vorlieben erzählt habe. Das mache ich nie. Ich meine, das würde ich nie machen und sie dann am Leben lassen.

Die Prostituierten haben für die Polizei eine Liste zusammengestellt. Eine außerordentlich kurze Liste. Es stehen nicht besonders viele Namen darauf, und bisher gibt es kaum Spuren.

Bevor mein Arbeitstag endet, kann ich mir vier Farbfotos besorgen – eines von jedem der vier Männer auf meiner Liste. Schroder und McCoy haben neuere Fotos in ihren Akten, doch es ist einigermaßen mühsam, aktuelle Aufnahmen von den anderen beiden zu organisieren – bis mir einfällt, dass Journalisten und Kameraleute sie in den letzten Wochen fotografiert haben. Ich gehe mit dem Staubsauger in einen der oberen Räume und sehe im Internet die Websites einiger Zeitungen durch, bis ich Bilder finde, deren Qualität so gut ist, dass ich sie ausdrucken kann.

Als ich das Gebäude verlasse, bietet mir Sally an, mich nach Hause zu fahren, doch ich lehne ab. Ich verzichte auf meinen üblichen Bus und hole mir in einer Bank etwas Geld, denn vermutlich werde ich das heute Nacht brauchen. In eine Bank zu gehen ist so, als beträte man ein kleines Naturschutzgebiet. Topfpflanzen vom Boden bis zur Decke, alles wird von strahlenden Halogenlampen beleuchtet und in jeder verfügbaren Ecke stehen zahllose kleinere Pflanzen. Es würde einen nicht überraschen, hier auf wilde Tiere zu treffen. Eine Warteschlange zieht sich vom Schalter bis zur Wand, und ich stelle mich nicht gerne dazu, doch ich habe keine andere Wahl. Wir stehen in einer Reihe und wagen es nicht, uns zu unterhalten, jeder, der es doch täte, würde wie ein Freak wirken. Es geht in kleinen Schritten vorwärts, und schließlich erreiche ich die Kasse. Die Angestellte ist eine maskuline Frau mit großen Händen, die mich eifrig anlächelt, doch sie kann so viel lächeln, wie sie will, sie wird mich nie dazu bringen, dass ich mich nachts in ihre Wohnung schleiche.

Von der Bank aus gehe ich in den Supermarkt gegenüber, weil ich zu Hause fast nichts mehr zu essen habe. Ich laufe herum und erlaube mir jetzt, da ich nicht mehr an meinem Arbeitsplatz bin, ein leichtes Humpeln. Es kommt mir merkwürdig vor, hier zu sein, als sei ich unversehens in ein anderes Leben geraten, zu dem ich keinen Zugang haben sollte, als befände sich der richtige Supermarkt für Serienkiller und Männer, die mit einer Zange angegriffen wurden, ein Stück weiter die Straße runter neben dem nächsten Deli. Beim Einkaufen starre ich lauter schönen Frauen nach, und mir wird langsam übel. Diese Frauen würden mich auslachen, wenn ich ihnen auf den Pelz rücke. Sie würden mich »taube Nüsse« nennen oder vielleicht sogar »die eine Nuss«.

Ich bezahle meinen Einkauf bar, denn ich habe noch nie eine Kreditkarte besessen. Das Mädchen an der Kasse lächelt mich an und fragt, wie's denn so läuft. Ich würde am liebsten meinen Reißverschluss aufmachen und ihr zeigen, wie alles gelaufen ist. Ich bin wahnsinnig wütend. Den linken hatte ich am liebsten.

Ich steige in den Bus, das wilde Schaukeln droht mir den Hodensack aufzureißen. Als ich nach Hause komme, brauche ich fünf Minuten für die Treppe. Hoch ist es viel schwieriger als runter. Ich betrete meine Wohnung. Das Lämpchen an meinem Anrufbeantworter blinkt. Ein dünner Sonnenstrahl fällt schräg durchs Fenster. Wenigstens stinkt das Zimmer nicht nach Desinfektionsmitteln und abgestandener Pisse, doch ich kann das Essen riechen, das inzwischen hinüber ist. Ich öffne das Fenster, bevor ich die alten Vorräte durch die neuen ersetze. Dann lasse ich mich auf dem Sofa nieder und versuche mich zu entspannen und ein bisschen neue Energie zu tanken. Pickle und Jehova schwimmen auf mich zu und verschlingen jeden verfügbaren Krümel Fischfutter.

Ich drücke den Abspielknopf des Anrufbeantworters und mache mir Sorgen, was Mum wohl zu sagen hat, doch es ist die Frau aus der Tierklinik. Jennifer. Sie berichtet, dass sich der Kater vollständig erholt hat. Die Besitzer haben sich noch nicht bei der Klinik gemeldet. Sie möchte wissen, wo genau ich das arme kleine Kätzchen gefunden habe, und fragt, ob ich jemanden kenne, der Interesse an einer Katze hätte. Sie sagt, ich soll sie anrufen, wenn ich heute Abend nach Hause komme. Sie arbeitet bis zwei Uhr nachts.

Will ich eine verdammte Katze? Eigentlich nicht, aber ich bin inzwischen wohl irgendwie für das Tier verantwortlich. Ich frage mich, ob ich Mum dieses Vieh geben könnte. Dann hätte sie Gesellschaft. Vielleicht hätte sie dann nicht mehr das Bedürfnis, mich alle zwei Minuten anzurufen und zu fragen, warum ich sie nicht liebe. Verdammt, sie kann diesem wuscheligen Bastard jeden Tag Hackbraten kochen.

Doch leider würde sie vermuten, dass ich irgendwie versuche, sie umzubringen – dass die Katze bei ihr eine Allergie auslöst, sie nachts erstickt oder ihr Rattengift in den Kaffee schüttet.

Jennifer antwortet nach dem vierten Läuten, und sie klingt plötzlich begeistert, als ich ihr sage, wer am Apparat ist. Mit ihrer verführerischen Stimme erklärt sie mir alles, was sie mir bereits auf dem Anrufbeantworter gesprochen hat, noch mal. Wenn man sie so hört, klingt selbst ein chirurgischer Eingriff bei einer Katze sexy. Sie will wissen, ob ich die Katze behalten möchte, und macht dabei die ganze Zeit den Eindruck, als stünde sie kurz davor, mich zu fragen, ob ich mit ihr schlafen will. Ich frage, was sie mit dem Kater anstellen, wenn ich ihn nicht nehme. Sie sagt, er wird in ein Tierheim kommen. Ich frage nicht, was im Tierheim mit ihm passiert. Ich sage ihr, ich nehme ihn, und sie sagt zu mir, die Welt wäre besser, wenn es mehr Menschen wie mich gäbe. Wir wünschen einander eine gute Nacht und legen auf. Ich erwarte, dass sie sagt: »Nein, legen Sie zuerst auf«, doch glücklicherweise geschieht das nicht.

Um sechs bin ich bei Mum. Wir unterhalten uns auf eine Art und Weise, die mich über der Frage verzweifeln lässt, wie um alles in der Welt sie meine Mutter sein kann. Wir essen zusammen, und dann muss ich zusehen, wie sie sich eine halbe Stunde lang mit ihrem Puzzle beschäftigt, bevor wir das Neueste von ihren Freunden aus der Soap erfahren. Mir ist furchtbar übel, aber es gelingt mir, mich bei Mum zu entschuldigen und den Montagabend bei ihr zu beenden, und während sie sich noch darüber beschwert, dass ich sie nie gut behandle, schaffe ich es nach draußen. Es ist dunkler geworden, und ein leichter Nieselregen macht die Luft dunstig.

Ich erwische den Bus in die Stadt und nehme während der ganzen Fahrt die Hand nicht von meinem Aktenkoffer. Ein kleiner Umweg führt mich an Daniela Walkers Haus vorbei, doch sie scheint das nicht zu stören. Zwei Blocks weiter stehle ich einen Wagen. Es ist fast zehn Uhr, als ich, bewaffnet mit Fotos und Bargeld, die Manchester Street erreiche. Nutten schlendern die Straße entlang. Einige nehmen gerade die Arbeit auf, andere kommen von ihren zehn- oder fünfzehnminütigen Jobs zurück, die sie in parkenden Autos in dunklen Gassen erledigt haben. In meinem Hinterkopf lauert unablässig die Frage, ob diese Art der Ermittlung überhaupt sinnvoll ist. Der Polizei hat sie schließlich nichts gebracht. Warum sollte ich mehr Erfolg haben? Zunächst mal, weil ich Fotos besitze, die ich herumzeigen kann. Die Detectives hatten keine. Wahrscheinlich müssen Prostituierte zu-

233

nächst visuell etwas stimuliert werden, bevor ihr Gedächtnis zu arbeiten anfängt.

Ich ignoriere die Massagesalons, in denen die Frauen von gewalttätigen Typen mit schlechtem Ruf und schmutzigem Geld in den Taschen überwacht werden. Die Männer, die dorthin gehen, sind entweder Stammkunden, und wenn nicht, beobachtet man sie oder kann sich wenigstens an sie erinnern. Ein Polizist würde nie so einen Ort aufsuchen, es sei denn, er kassiert Sex im Austausch dafür, dass er bei bestimmten Gelegenheiten ein Auge zudrückt. Außerdem geht es hier darum, Frauen aufzuspüren, die bereit sind, sich für Geld auf die perversen Fantasien des Killers einzulassen. So was ist in einem Massagesalon unmöglich, denn jede Menge Leute würden es mitbekommen. Ein Polizist legt jedoch keinen Wert darauf, dass jede Menge Leute Bescheid wissen, denn er fürchtet sich vor den Folgen: Er will nicht erpresst werden. Die erste Nutte, mit der ich spreche, hat eine so tiefe Stimme, dass es fast schon unheimlich wirkt. Ich bekomme keinen Namen von ihr und will auch keinen, denn selbst, als ich ihr gesagt habe, dass ich Polizist bin, fragt sie mich noch, ob ich sie ficken will. Ich lehne ab. Sie zeigt mir ihre Nippel, und ich lehne immer noch ab. Selbst wenn meine Hoden intakt wären, würde ich mich davor hüten, ihr damit nahe zu kommen. Sie erkennt niemanden auf den Fotos wieder.

Die zweite Nutte auch nicht. Ich beschließe, mich nicht mehr als Polizist auszugeben, sondern zu behaupten, ich sei ein besorgter Bürger. Sie trägt eine rote Perücke, die so groß ist, dass man eine Handtasche darunter verstecken könnte.

Ich gehe von Nutte zu Hure, von Bordsteinschwalbe zu Straßendirne, zeige ihnen die Bilder und bekomme von keiner Einzigen eine vernünftige Antwort. Mein Ei pocht, während ich von Straßenecke zu Straßenecke laufe.

Keine der Prostituierten, mit denen ich spreche, kann einen der vier Männer eindeutig identifizieren. Einigen fällt es schwer, sich zu erinnern. Ich gebe ihnen Geld, aber das hilft auch nicht. Alles läuft schlecht. Die Pistole. Das Messer. Und jetzt bezahle ich für Informationen, die ich nicht mal bekomme.

Kaum noch eine Stunde, dann wird aus Montagnacht Dienstagmorgen – und plötzlich habe ich Glück.

Ich treffe zwei Prostituierte, die, so scheint es, tatsächlich jemanden auf den vier Fotos wiedererkennen, was die leise Stimme in meinem Hinterkopf, die behauptet, das alles sei nur Zeitverschwendung, zum Schweigen bringt. Die Stimme meldet sich jedoch sofort wieder, als jede der beiden Frauen einen anderen Mann wiedererkennt.

Die erste Frau, Candy (richtig gehört: sechzig Nutten, nur sieben Namen), deutet auf Detective Inspector Schroder. Carl. Ich kann jedoch die Möglichkeit nicht ausschließen, dass sie ihn nur deshalb wiedererkennt, weil er sie letzte Woche in der gleichen Sache befragt hat. Für nur vierhundert Dollar will Candy mir zeigen, was sie Schroder erlaubt hat, mit ihr zu machen.

Die zweite Frau, Becky, deutet auf einen der beiden Cops, die nicht aus der Stadt sind. Detective Calhoun. Aus Auckland. Robert. Ich frage, was er wollte. Sie sagt, für zwei Riesen könnte ich es rausfinden. Zweitausend Dollar im Vergleich zu vierhundert. Ich denke, wenn eine Straßennutte zwei Riesen für eine Vorstellung verlangt, dann muss ihr Repertoire einfach umwerfend sein.

Zwei Riesen. Sicher. Warum nicht? Ich hab das Geld.

Ich gehe mit Becky zum Wagen, und wir fahren zum Haus der Walkers. Ich war heute Abend schon einmal hier, bevor ich das Auto gestohlen habe. Ich habe das Absperrband der Polizei beseitigt und die Markierungen für das Beweismaterial versteckt. Im Revier habe ich nachgesehen, ob das Haus noch immer überwacht wird. Die Antwort lautet Nein. Ich öffne die Tür, und wieder schlägt mir der Geruch entgegen. Das Haus muss gelüftet werden.

Becky äußerst sich nicht zum Geruch. Vielleicht bemerkt sie ihn gar nicht.

Wir gehen in die Küche, ich mache ein bisschen Konversation und biete ihr was zu trinken an.

Becky sieht aus wie Anfang zwanzig, aber ich könnte mir vorstellen, dass sie durch ihr Leben in einer Weise gereift ist wie jemand, der doppelt so alt ist. Sie hat schwarzes völlig glattes Haar, das ihr bis über die Schultern reicht. Ihre Augen sind ein wenig blutunterlaufen, doch das Funkeln in ihnen verrät ihre traurige Intelligenz. Sie sind hellgrün und sehen so aus, als ergäben sie zwei hübsche Murmeln. Sie trägt einen engen schwarzen Ledermini. Kniehohe Lederstiefel. Kein BH. Das dunkelrote Mieder verbirgt kaum ihre festen Brüste. Sie hat eine dünne schwarze Lederjacke an, die ihr den Rücken hochrutscht und an der eine Million Fransen runterbaumeln. Mir gefällt das absurde Flair, das von dem kleinen silbernen Kreuz um ihren Hals ausgeht. Der üppige, billige Schmuck an ihren Fingern sieht nach Plastik aus. Ihre Diamant-Ohrstecker sind in Wahrheit würfelförmige Zirkonia oder vielleicht sogar nur Glas. Sie hat eine kleine Handtasche dabei, in der sich wahrscheinlich jede Menge Kondome, Geld und Papiertaschentücher befinden.

Von dem vielen Gehen tun mir die Beine weh, und wichtiger noch, mein Unterleib bringt mich um. Ich setze mich ihr gegenüber an den Küchentisch und nippe langsam an meinem Bier. Wie von ihr zuvor verlangt, öffne ich meine Brieftasche und zeige ihr die zweitausend Dollar. Auf der Bank habe ich drei Riesen abgehoben. Jetzt gebe ich Becky zwei Drittel davon.

Ich schätze, ich kriege sie wieder zurück.

Sie sitzt mir gegenüber, trinkt ihr Bier und zählt das Geld zweimal, als erwartete sie, reingelegt zu werden. Ich beobachte ihr Gesicht, während sie jede einzelne Banknote studiert. Ihre Lippen bewegen sich beim Zählen. Ein Lächeln huscht über ihren Mund. Ich habe sie bezahlt, und sie hat bisher noch überhaupt nichts gemacht. Ich sehe ihr an, wie sie darüber nachdenkt, die Geschichte der erotischen Vergnügungen, die sie möglicherweise mit Detective Robert Calhoun geteilt hat, abzukürzen. Ich sehe auch, dass sie das Geld im Kopf bereits ausgibt. Sie denkt darüber nach, eine Woche blauzumachen oder sich eine Reise auf die Fidschi-Inseln zu gönnen.

»Können wir?«, frage ich.

Sie zieht die Jacke aus. »Willst du hier?«

»Oben.«

Ich greife nach meinem Aktenkoffer und gehe ihr voran. Oben angekommen, wende ich mich in Richtung des Elternschlafzimmers, halte dann jedoch inne, drehe mich um und gehe zum Schlafzimmer der Kinder.

»Heiß hier oben«, sagt sie.

»Ist mir nicht aufgefallen.«

Ich gehe ins Zimmer der Kinder.

»Hier drin?«, fragt sie und wirft ihre Handtasche auf das erste der beiden Einzelbetten.

»Brauchst du mehr Platz?«

Sie schüttelt den Kopf. »Irgendwie pervers.«

»Irgendwie schon«, stimme ich zu.

Das Zimmer ist aus zwei Gründen ideal. Erstens will ich etwas Abwechslung in diesem Haus. Denn wie ich schon sagte, das Leben ist Routine. Zweitens hängt hier kein Todesgeruch in den Laken.

Wir setzen uns einander gegenüber auf die beiden Betten. Sie lehnt sich zurück, sodass ich ihr unter den Rock schauen kann. Sie trägt keine Unterwäsche, was einem einen schnellen Zugang verschafft.

»Was kannst du mir über ihn erzählen?«, frage ich.

»Über wen?«

»Den Mann auf dem Foto.«

»Was willst du wissen?«

»Alles.«

Sie zuckt mit den Schultern und wirkt enttäuscht. Ich weiß nicht, warum. Will sie nicht lieber fürs Reden bezahlt werden als für das, was sie üblicherweise tut?

»Na ja, er hat mir zweitausend Dollar dafür gezahlt, dass ich ihn so ziemlich alles machen ließ, was er wollte.«

»Was bekommt man für zwei Riesen?«

»Für zwei Riesen bekommst du jede Menge, Schätzchen.«

Hab ich mir gedacht. »Wie oft hast du ihn getroffen?«

»Nur dieses eine Mal.«

»Wann?«

»Ich weiß nicht.«

»Denk nach.«

»Könnte etwa einen Monat her sein. Vielleicht zwei.«

Für eine Frau wie sie bedeutet Zeit nicht allzu viel. Wahrscheinlich hat sie ein Baby zu Hause, um das sich irgendeine drogensüchtige Ex-Kollegin kümmert, die diesen Job nicht mehr macht, aber viel zu träge ist, um dafür zu sorgen, dass ihre Freundin ebenfalls damit aufhört. Becky wird das Geld für Zigaretten und Gras ausgeben, sie wird sich in einem ihrer Batikkleider bequem zurücklehnen und das Zeug direkt neben dem Baby rauchen. Sie wird die feste Freundin von drei oder vier Typen gleichzeitig werden, von denen jeder wegen Einbruch, Drogenbesitz und sexueller Belästigung vorbestraft ist. Die blauen Flecken auf ihren Oberschenkeln werden nie wieder verschwinden, doch der Schmerz wird im Drogennebel untergehen. Sie wird nie andere langfristige Ziele haben, als zu überleben und weiter mit Junkies rumzuhängen. Aus dem Albtraum aufzuwachen, in dem sie lebt, würde bedeuten, sich einer Realität zu stellen, deren Existenz sie als kleines Mädchen nie für möglich gehalten hätte. Das Leben sollte nicht so werden. Sie war Daddys kleine Prinzessin.

Ich kenne solche Leute. Für die Gemeinschaft sind sie von keinerlei Nutzen; sie nehmen nur Platz weg. Sie werfen Jungs, aber nicht deshalb, weil sie sich trotz der aberwitzig hohen Sozialhilfe keine Verhütungsmittel leisten könnten, sondern weil sie mit jedem neuen Baby zusätzliche Hilfe vom Staat erhalten, auch wenn die niemals ausreicht, um ein Kind angemessen großzuziehen. Das ist Beckys Welt. Einige schaffen es einfach nicht, daraus zu entkommen, oder sie wissen nicht, wohin sie fliehen sollen. Ich frage mich, ob sie überhaupt weiß, dass ihr Leben eine einzige Falle ist.

Heute Nacht werde ich ihr eine Möglichkeit bieten, dem Schmerz des Lebens zu entkommen.

Dank meiner Menschlichkeit.

Kapitel 31

Im Schlafzimmer der Kinder gibt es all die bunten, fröhlichen Dinge, die ich als Kind nie hatte. An den Wänden hängen Poster von Comicfiguren, die mit dämlichem Grinsen und schwulen Gesten aufeinander Jagd machen. Nicht mal die Tagesdecken der Betten können normal sein. Auch sie zeigen rennende Figuren, erstarrt in einem Moment höchster Erregung. Der Radiowecker auf dem kleinen blauen Nachttisch hat die Form eines Clowns. Seine Augen bewegen sich hin und her und zählen die Minuten, die vergangen sind, seit die Bewohner dieses Zimmers ihre Mutter verloren haben. Aber der Clown weiß das nicht. Er lächelt immer noch. Seine strahlend roten Lippen haben fast genau den gleichen Farbton wie die Beckys, seine Augen springen hin und her, hin und her auf der Suche nach etwas, das sie niemals finden werden. Überall auf dem Boden liegt buntes Spielzeug. Teddybären sehen aus, als seien sie von Spielzeugsoldaten massakriert worden, und ihre Leichen wirken, als hätte man sie achtlos auf diesem chaotischen Schlachtfeld liegen lassen. In einer Ecke stapeln sich Brettspiele aus Plastik. Eines davon liegt offen auf dem Boden, die Spielfiguren wurden überall auf dem Teppich verstreut. An einer Wand steht ein Bücherschrank, der mehr Spielzeuge als Bücher enthält.

Die beherrschenden Farben in diesem Zimmer sind Blau und Hellrosa. Entspannende Farben, jedenfalls wird das behauptet. Man hat Tausende von Dollars für Studien ausgegeben, die das beweisen sollen. Glückliche Farben bedeuten glückliche Kinder. Ich hatte als Kind graue Wände in meinem Zimmer. Wenn ich ein Poster aufgehängt habe, gab es Hausarrest. Doch sehen Sie, wie glücklich ich heute bin. Wenn die Forscher erst zu mir gekommen wären, hätten sie das ganze Geld sparen können.

»Du glaubst also, du hast ihn zuletzt vor zwei Monaten gesehen?«, frage ich und bestätige damit ihre Vermutung.

»Ja. Vermutlich.«

»Ich hätte gedacht, du würdest dich deutlicher an einen Freier erinnern, der dir zweitausend Dollar bezahlt.«

Sie zuckt mit den Schultern. »Tja. Aber wahrscheinlich erinnere ich mich besser an das Geld als an alles andere.«

»Wie hieß er?«

»Sein Name? Was liegt an einem Namen?«

»Alles«, antworte ich und frage mich, ob sie gerade versucht hat, Shakespeare zu zitieren. Ich komme zu dem Schluss, dass ich ihr so viel Intelligenz nicht zutrauen darf, und hake ihre Formulierung als puren Zufall ab. Trotzdem finde ich die Sache beunruhigend. Könnte eine Hure wirklich so klug sein?

Sie zuckt mit den Schultern. »Er hat ihn mir nicht gesagt.«

»Was hat er dir denn gesagt?«

»Was er will.«

»Und was war das?«

Sie sagt es mir. Es ist so drastisch, dass ich beinahe rot werde.

»Und *das* hast du ihm für zwei Riesen gegeben?«

»Ja.«

Mir ist nicht ganz klar, ob das ein Schnäppchen war oder nicht. Was ich jedoch begreife, ist die Ähnlichkeit zwischen dem Geschäft der beiden und dem Tod von Daniela Walker. Dieselbe Signatur.

»Wohin hat er dich gebracht?«

Sie blickt mich fragend an.

»Ich meine, hat er dich mit zu sich nach Hause genommen oder seid ihr zu dir gegangen oder in ein Motelzimmer oder sonst wohin?«

»Irgend so ein Motelzimmer. Wir gehen normalerweise nicht in die Wohnung des Freiers.«

»Kannst du dich noch an das Motel erinnern?«

»Eine schäbige Absteige am anderen Ende der Stadt. Das Everblue. Schon mal davon gehört?«

Ich nicke. Ich war zwar noch nie dort, bin aber schon ein paarmal vorbeigefahren. »Er hat ein Zimmer gemietet, als ihr dort angekommen seid?«

»Nein. Er hatte schon eins. Wir sind hingefahren und dann direkt in sein Zimmer gegangen.«

»Hat er dort gelebt?«

»Was?«

»Hast du irgendwelche Koffer gesehen? Zusätzliche Kleider?«

»Nein. Aber ich hab auch nicht danach gesucht.«

Ich vermute, dass er nicht dort gewohnt hat. Das Everblue ist eine Absteige, in der die Zimmer stundenweise berechnet werden und nicht pro Übernachtung. Gedacht für Leute wie Becky und ihre Kolleginnen. Jetzt scheint Becky plötzlich eifrig darauf bedacht, mir mehr zu erzählen. Zuvor war sie ständig in der Defensive, übervorsichtig bei jedem einzelnen Wort. Jetzt wird ihr so langsam klar, dass sie nur fürs Reden zwei Riesen bekommt, und nachdem sie mir freimütig den perversen Sex mit Calhoun beschrieben hat, hat sie keinen Grund mehr, sich zurückzuhalten.

»Wo hat er dich angesprochen?«

»An der gleichen Stelle wie du.«

»War jemand in der Nähe?«

»Niemand.«

»Zuhälter?«

»Bist du ein Cop oder so was?«

Ich sehe ihr an, dass sie diese Frage von Anfang an stellen wollte. Zuerst hat ihre Gier sie daran gehindert, doch jetzt, da sie das Geld bekommen hat und sich in ihrer Handtasche möglicherweise ein Klappmesser befindet, mit dem sie es verteidigen würde, glaubt sie, sie kann fragen, was ihr passt.

»Oder so was.«

»Wenn du ein Cop bist, ist das hier eine Verführung zu einer Straftat.«

Großartig. Eine gottverdammte Juristin. »Ich bin kein Cop.«

Sie reagiert weder erleichtert noch enttäuscht auf dieses Geständnis. »Willst du noch Sex mit mir, oder was?«

»Ich bin mir noch nicht sicher.«

»Weil ich diese Fragen eigentlich extra berechnen muss.«

»In Ordnung. Zwei Riesen für die Antworten. Wenn ich Sex will, bezahle ich zusätzlich den üblichen Preis.«

Damit wirkt sie ganz zufrieden.

»Also. Hat ihn dein Zuhälter gesehen?«

»Ich hab keinen Zuhälter.«

»Ist das dein Ernst?«

»Ja. Ich hatte mal einen, aber der war ziemlich gewalttätig.«

»Ich dachte immer, dass Mädchen, die einen haben, die anderen schikanieren, die keinen haben.«

»Der Typ war schlimmer als die Mädchen.«

»Also weiß niemand, dass du mit deinem Freier losgezogen bist?«

»Das wissen nur er, ich und Gott.«

Gott. Na so was. Ich finde es interessant, dass sie Ihn erwähnt. Als würde Er sich die Zeit nehmen, sich um menschlichen Müll

242

wie sie zu kümmern. Als würde sich irgendjemand die Zeit nehmen. Und doch trägt sie das Kruzifix um den Hals, wie jede
andere gottesfürchtige Christin. Das ergibt überhaupt keinen
Sinn. Die gute Nachricht ist, dass sie mir gerade verraten hat, dass
nur Gott und ich wissen, dass sie hier ist.

»Er hat dir also überhaupt keinen Namen genannt?«

»Hör zu, Schätzchen, niemand nennt mir gegenüber irgendeinen Namen, und wer's doch tut, lügt. Außerdem vergesse ich Namen und Gesichter sowieso. Ich erinner mich nur an den Sex.«

»Gibt es irgendwas, das du mir über ihn erzählen kannst? Die
Automarke? Der Ort, wo er dich abgesetzt hat? Irgendwas, das
mir helfen könnte?«

»Wobei helfen? Warum suchst du diesen Typen?«

»Ich denke, für zwei Riesen bin allein ich derjenige, der die
Fragen stellt.«

»Wie du meinst.«

»Also, kannst du dich an den Wagen erinnern?«

»Irgendwie schon. Sah toll aus. Ein neueres Modell.«

»Das ist ziemlich detailliert.«

»Spiel hier nicht den Schlauberger.«

»Glaubst du, es war ein Sportwagen?«

»Nein. Eine Limousine. Ich dachte, er will, dass ich ihm auf
dem Rücksitz einen blase. Daran erinnere ich mich noch.«

»Hast du's gemacht?«

»Nein.«

»Vielleicht auf dem Vordersitz?«

»Nein.«

»Welche Farbe hatte der Wagen?«

»Ich kann mich nicht erinnern. Aber er hat ihm nicht gehört.«

»Oh.«

»Ich erinnere mich noch, wie er an der Klimaanlage rumge-
fummelt hat. Die Nacht war heiß, und er hatte die verdammte Hei-
zung laufen. Er hat es einfach nicht geschafft, sie auszuschalten.«

Eine Klimaanlage. Die ist doch nicht so schwer zu bedienen, oder?

»Wir waren schon halb beim Motel, als er es schließlich hingekriegt hat.«

Also hat er das Auto entweder gestohlen, oder es war ein Mietwagen. Im Motel hat er wahrscheinlich einen falschen Namen benutzt, was auch gegenüber dem Mietwagenservice der Fall gewesen sein dürfte, wenn es wirklich ein Mietwagen war. Doch wie auch immer, ich bin der Frage, ob es Calhoun war, noch keinen Schritt näher gekommen.

»Anstatt mich zurück in die Stadt zu fahren, hat er mir angeboten, mich bei mir zu Hause abzusetzen. Es war unheimlich. Der Sex war so brutal und ausgefallen, und hinterher war er wirklich nett zu mir.«

Das kann ich mir vorstellen. »Warst du damit einverstanden, dass er dich nach Hause fährt?«

»Scheiße, natürlich nicht. Ich will doch nicht, dass so ein kranker Typ weiß, wo ich wohne. Ich hab mich vor irgendeinem Appartementkomplex absetzen lassen. Dann hab ich gewartet, bis er verschwunden ist, und bin schließlich nach Hause gegangen.«

»Wie schlimm hat er dich verletzt?«

Sie zuckt mit den Schultern. »Man hat mich auch schon früher verletzt.«

»Wie schlimm?«

»Ich konnte nicht zu Fuß nach Hause gehen, ich musste ein Taxi nehmen. Ich konnte fast drei Tage lang überhaupt nicht mehr gehen.«

Ich weiß, wie das ist. »Wie schlimm war es?«

»Mein Gott, es ist ja nicht so, dass er mich vergewaltigt hat, wenn du darauf hinauswillst.«

Prostitution und Vergewaltigung, zwei Dinge, von denen engstirnige Leute glauben, sie gingen Hand in Hand. Einige Leute glauben sogar, dass die Prostituierten das verdienen. Einige Leute glauben jede Menge dummer Sachen. Manche meinen sogar, dass die Vergewaltigung einer Prostituierten überhaupt keine Vergewaltigung ist. Dass der einzige Unterschied nur darin besteht, ob man hinterher fünfzig Mäuse auf den Tisch legt.

»Du hast den Unterschied schon erlebt, was?«

Sie antwortet nicht. Sie sieht mich nur an und fischt dabei so flink ein Päckchen Zigaretten aus ihrer Handtasche, dass ihre Finger in einer Sekunde noch leer sind und eine Sekunde später schon das Päckchen halten.

»Was dagegen?«

Ich zucke mit den Schultern. Ich denke an den Geruch, der zurückbleiben wird. »Nur zu.«

Mir fällt auf, dass ihre Hände zittern. »Er hat mir gesagt, dass ich den Mund halten soll, falls irgendein Cop was über ihn wissen will. Wenn nicht, würde er mich umbringen.«

Ich kann mir nicht vorstellen, warum er sie nicht gleich getötet hat. Das ist das beste Mittel, wenn man dafür sorgen will, dass jemand den Mund hält. Vielleicht hatte er dieses Stadium noch nicht erreicht.

»Warum redest du dann mit mir?«, frage ich.

»Ich muss meine Rechnungen bezahlen.«

Natürlich. Das ist es. Und die Tatsache, dass Geld immer stärker ist als Furcht, Loyalität, Wahrheit und all der andere Scheiß, der zufällig das Leben einer Prostituierten kreuzt. Sie zieht eine Zigarette aus dem Päckchen, beißt auf den Filter und holt ein Feuerzeug heraus. Sie schweigt, zieht nur an ihrer Zigarette. Sie lässt drei Rauchringe über ihre trockenen Lippen gleiten.

»Hast du hier irgendwo einen Aschenbecher?«

»Du stehst drauf.«

Sie klopft die Asche ab, die auf den roten Teppich fällt. Das Hausmädchen wird sich schon drum kümmern.

»Ich sag mir immer, dass ich es eines Tages aufgeben werde«, murmelt sie und sieht die Zigarette an, doch ich wette, sie denkt an ihr Leben als Nutte.

»Es wird dich noch umbringen«, sage ich.

»Heutzutage bringt dich alles um.«

Sie hat recht. »Du glaubst also, dass er ein Cop war?«, frage ich.

Sie zuckt mit den Schultern. »Er hat sich wie einer benommen.«

»Was heißt das?«

»Du weißt schon. Irgendwie reserviert. Hat sich immer umgedreht, um nachzusehen, ob ihn jemand beobachtet. Steife Bewegungen. Er wusste, was er tat. Irgendwie entschlossen.«

»Daran erkennst du, dass jemand ein Cop ist?«

»Reines Bauchgefühl. Als er zuerst an den Straßenrand fuhr, dachte ich nicht, dass ich mit ihm gehen würde. Ich dachte, dass man mich verhaftet. Manchmal weißt du einfach, dass es sich um einen Cop handelt, wenn einer dich nur anspricht.«

»Hast du ihn gefragt, ob er ein Cop ist?«

»Wozu denn? Er hätte mich angelogen. Erst als er mir sagte, was er will, wurde mir klar, dass es ihm ernst war und ich nicht nur reingelegt werden sollte.«

»Hat er dich davor oder danach bezahlt?«

»Davor. Er hat mir die zwei Riesen gegeben, bevor ich ins Auto gestiegen bin. Kein Undercover-Cop würde das tun.«

Sie hat recht. So viel Geld hat die Polizei nicht. »Was hat er noch zu dir gesagt?«

»Am Anfang überhaupt nichts. Wir sind direkt ins Everblue gefahren. Ich wurde ein bisschen nervös. Er hat mir gesagt, was er von mir will, aber während der Fahrt hab ich mich gefragt, ob das wirklich alles ist. Wir fuhren in ein Motel, weit weg von allen anderen. Weit weg von jeder Hilfe. Ich wusste das.«

»Aber du bist trotzdem mitgegangen.«

»Natürlich. Ein Motel ist immer noch sicherer als irgendwo im

Gebüsch. Ich dachte mir, mitgehen ist besser, als ihm zu sagen, dass ich's mir anders überlegt hätte. Manche mögen das nicht.«

»Wo gehst du üblicherweise hin, wenn du nicht in ein Motel fährst?«

»Ich bleib mehr oder weniger dort, wo du mich angesprochen hast. Meistens suche ich mir irgendeine Gasse in der Nähe.«

Bedenkt man, was sie mir vor ein paar Minuten über Calhouns Vorlieben erzählt hat, wäre eine Gasse keineswegs passend gewesen. Bei dem Lärm, den die beiden dabei gemacht haben müssen, bin ich sogar überrascht, dass ein Motelzimmer dafür geeignet war. Andererseits beschwert sich dort niemand über irgendwelchen Lärm, weil die Leute in den zwanzig Zimmern daneben genauso laut sind. Es wäre sogar möglich, dass Calhoun zwei nebeneinandergelegene Zimmer gemietet hat, nur um sicherzugehen, dass nicht allzu viele Leute mitbekommen, wie er gerade einige der besten Stunden seines Lebens verbringt.

Ich nehme das Foto aus meiner Jackentasche. »Bist du sicher, dass es dieser Typ war?«, frage ich, ohne ihr das Bild zu zeigen.

»Absolut.«

»Wie sieht er aus?«, frage ich. Ich halte das Foto so, dass sie es nicht sehen kann. Genau genommen teste ich damit ihre Erinnerung, obwohl sie es eine halbe Stunde früher bereits gesehen hat.

»So«, sagt sie und nickt in Richtung des Fotos.

»Beschreib ihn.«

»Was?«

»Beschreib ihn. Sag mir, wie er aussieht.«

»Naja, er hatte ein weißes Hemd an. Hellbraunes Jackett. Schwarze Hose.«

»Nicht, was er anhatte, du Nutte ...«

»Hey.«

»Sag mir, wie er ausgesehen hat.«

»Nenn mich nicht Nutte.«

»Beantworte mir einfach diese verdammte Frage.«

»Scheiß drauf.«

Wo kommt denn das jetzt her? Woher diese plötzliche Feindseligkeit?

Ich öffne den Aktenkoffer. Hole ein Messer heraus.

»Hey, was machst du da?«

»Hör mir genau zu, Nutte. Ich kann's mir nicht erlauben, meine Zeit zu verplempern. Wenn du mir nicht sagst, was du weißt, schlitz ich dich Stück für Stück auf. Wenn die Nacht vorbei ist, bezahlt dir niemand mehr irgendeinen Scheiß dafür, mit dir zu vögeln. Wenn du dir dann noch einen Freier an Land ziehen willst, musst du dir eine Papiertüte über den Kopf stülpen.«

Ich mustere ihr Gesicht, warte auf eine Reaktion. Ich rechne damit, dass sie überrascht ist. Vielleicht sogar sprachlos. Dass sie Angst hat. Aber sie fängt an zu gähnen. Als sie fertig ist, schiebt sie sich die Zigarette wieder in den Mund und saugt eine Ladung krebserregenden Rauch ein, als könnte sie das alles überhaupt nicht beeindrucken. Offensichtlich hat man Becky auch früher schon bedroht.

»Du glaubst, du machst mir Angst?«

Ja. Ja, ich glaube, dass ich ihr Angst mache. Ich sage ihr das.

»Gefällt es dir?«, fragt sie.

»Was?«

»Den Leuten Angst machen.«

»Ich probiere es jedenfalls.«

»Aha.«

Ich halte das Messer so, dass die Klinge auf sie deutet. Zum ersten Mal beginne ich daran zu zweifeln, ob ich es auch benutzen werde. Sie hat was an sich, das mir immer besser gefällt. Nein, ich werde nicht weich, ich werde ihr keinen Heiratsantrag machen, aber ich frage mich, ob es wirklich nötig ist, sie aufzuschlitzen.

Ich bin nicht sicher, wie ich weitermachen soll, und wahrscheinlich hat sie genau das gewollt.

»Was machst du mit diesen Informationen?«, fragt sie.

»Was geht dich das an?«

»Ich hätte gedacht, ein Mann in deiner Position wäre ein biss-chen freundlicher.«

Ein Mann in meiner Position. In welcher Position? Ich bin derjenige mit dem Messer. Sie wird nirgendwo hingehen, es sei denn, ich erlaube es ihr. Sie versteht einfach nicht, dass das nicht nur eine leere Drohung war, im Gegensatz zu den Sprüchen der Versager, die sie bisher gevögelt haben.

Ich überlege, ob ich mich entschuldigen soll, aber ich habe keine Lust dazu.

»Ich glaube, er hat jemanden umgebracht«, vertraue ich ihr an.

»Jesus, bist du sicher?«

»Ziemlich sicher.«

»Glaubst du, er hat Lisa Houston umgebracht?«

»Wen?«

»Lisa Houston.«

»Du meinst die Prostituierte vor einer Woche oder so?«

»Ja.«

»Ich glaube schon.«

»Du willst behaupten, dass ein Cop sie umgebracht hat?«

Sicher. Warum nicht. Es gibt nichts, was sie mit dieser Information anfangen könnte. »Sieht ganz danach aus.«

»Unglaublich.«

»Hast du sie gekannt?«

»Wir kennen uns alle, Schätzchen.«

»Hast du sie gemocht?«

»Ich konnte sie nicht ausstehen. Ich meine, ich wollte nicht, dass sie stirbt, aber jetzt, wo sie tot ist, bin ich wahrscheinlich ganz glücklich darüber.«

»Auf jeden Fall glücklicher als Lisa.«

»Ja, da hast du vermutlich recht.«

Und ob ich recht habe. Ich verfüge über das nötige Hintergrundwissen, um einen seriösen Vergleich anzustellen. »Also, was kannst du mir über ihn sagen?«

Sie beschreibt ihn detailliert. Bis aufs i-Tüpfelchen. Ich zeige ihr das Foto zum zweiten Mal. Sie bestätigt, dass es sich um ihn handelt. Ich habe etwa eine Stunde gebraucht, um meine Liste auf einen einzigen Verdächtigen zusammenzustreichen. Detective Robert Calhoun. Vater eines toten Jungen. Ehemann einer enttäuschten Frau. Besessen von einem morbiden Verlangen.

Wir unterhalten uns noch ein bisschen. Ich lege das Messer in den Aktenkoffer zurück und schließe den Deckel. Sie sieht nicht so aus, als wäre sie erleichtert darüber. Es ist eher so, als habe sie nie auch nur einen Gedanken daran verschwendet. Sie sitzt einfach da, zieht an ihrer Zigarette und redet. Und denkt an ihr Geld. Ich stelle mir meine beiden Riesen in ihrer Handtasche vor. Es gefällt mir nicht mehr, dass sie sich dort befinden. Ich werfe einen Blick auf die Uhr.

»Spät geworden, Schätzchen?«

Ich sehe zu ihr auf. »Ja.«

Ich hab noch jede Menge zu tun heute Nacht. Unter anderem muss ich die Katze abholen.

»Und was nun?«

Ich zucke mit den Schultern. Wenn ich mein Geld schon nicht zurückbekomme, will ich wenigstens was dafür haben.

»Gibt es irgendwas, das du gerne machen würdest?«, fragt sie.

Ich nicke. Ich habe große Pläne. Es gibt zahllose Dinge, die ich in meinem Leben gerne tun würde.

»Ja? Was?«, fragt sie.

»Na, wir könnten zum Beispiel das Schlafzimmer benutzen.« Aber eigentlich habe ich weder Lust, sie zu benutzen, noch das Schlafzimmer. Der Clown-Wecker mit seinen großen, beweglichen Augen sieht sie an, dann mich, dann wieder sie. Ich will nur noch nach Hause und schlafen. Ich gähne. Wische mir die Tränen aus den Augen. »Vielleicht verschieben wir das auf ein andermal.«

»Bist du sicher?«, fragt sie.

»Absolut.« Ich stehe auf und nehme meinen Aktenkoffer.

»Alles klar, Schätzchen. Wenn du das Ganze mal wiederholen willst, ruf mich an.«

Ich schalte die Lichter aus und schließe die Haustür hinter mir ab. Der Nieselregen hat aufgehört, und es weht ein kühler Wind. So kühl war es wahrscheinlich das ganze Jahr noch nicht. Alle Leute sind in ihren Häusern und haben sich in Laken und Decken gewickelt. In ihren Träumen werden sie von Menschen wie mir gejagt. Das Licht der Straßenlaternen spiegelt sich auf Blättern, Zäunen und meinem Auto für diese Nacht.

Wir fahren in die Stadt. Ich mache mir nicht die Mühe, ein Gespräch aufrechtzuerhalten, und sie scheint auch nicht besonders daran interessiert, also schalte ich das Radio ein. Sie spielen irgendein schmalziges Lied, doch das ist mir so egal, dass ich keinen anderen Sender suche. »Wo soll ich dich absetzen?«

»Ganz egal.«

Soll ich oder soll ich nicht? Ich weiß es immer noch nicht. Wenn ich sie umbringe, bekomme ich meine zweitausend Dollar wieder; wenn ich sie am Leben lasse, könnte sie mir vielleicht noch mal von Nutzen sein, falls ich weitere Informationen brauche. Natürlich lässt sich das nicht mit dem Dilemma vergleichen, das ich im Haus dieser Schwuchtel erlebt habe, aber es bleibt trotzdem ein Dilemma. Was würde Gott von mir wollen? Er würde wahrscheinlich wollen, dass ich die Hure zerschmettere, doch dazu ist sie viel zu sympathisch.

Ich fahre in eine Gasse zwischen ein paar Läden, und die Scheinwerfer erfassen Dutzende von Pappschachteln, weiße Plastikbecher und Mülltüten. Abgase haben in kleinen Pfützen einen Regenbogen hinterlassen. Ich lächle sie an, beuge mich rüber und öffne die Tür wie ein Gentleman. Diese Frau hat dafür gesorgt, dass auf meiner Liste nur noch ein einziger Verdächtiger steht, und dafür bin ich wirklich dankbar. Sie lächelt mich an und bedankt sich für den schönen Abend.

»Keine Ursache«, sage ich, und dreißig Sekunden später, nachdem ihr Körper mit einem dumpfen Aufschlag auf dem kalten Asphalt gelandet ist, stecke ich die zweitausend Dollar in meine Jackentasche. Ich wische das Messer an ihrem kurzen Rock sauber und lehne mich auf dem Fahrersitz zurück.

Ein Gentleman bis ganz zum Schluss.

Kapitel 32

Es tut gut, das Geld in meiner Tasche zu spüren. Es gibt mir das Gefühl, etwas wert zu sein. Das Einzige, was ich jetzt mit mir herumtrage und was sich nicht so gut anfühlt, ist die Schuld, Becky umgebracht zu haben. Ich kann gar nicht fassen, wie schnell dieser Impuls über mich gekommen ist. Wie damals, als ich Fluffy das Genick gebrochen habe. Die einzige Möglichkeit, für ausgleichende Gerechtigkeit zu sorgen, besteht darin, dass ich heute auf dem Weg nach Hause eine Nutte finde, die von einem Auto angefahren wurde.

Als ich aus der Gasse zurücksetze, streifen meine Scheinwerfer die zusammengekrümmte Leiche. Der Schmerz lässt bereits ein wenig nach, und als ich ein Stück die Straße runter an einer roten Ampel warte, von wo aus Becky nicht mehr zu sehen ist, fühle ich mich überhaupt nicht mehr schlecht.

Ich versuche mir vorzustellen, warum Calhoun die Tat begangen hat, und eigentlich ist die Antwort ziemlich einfach. Sein Problem bestand darin, dass der Sex mit Becky, der Prostituierten, seinen Fantasien nicht gerecht wurde. Er dachte, er könnte sein Verlangen nach brutalem Sex stillen, wenn er mit Becky zusammen ist, doch weil er sie bezahlt hat und sie nur so tat, als hätte sie

Angst, war der ganze Realismus weg. Becky hatte keine Angst um ihr Leben, und Calhoun wusste das. Vielleicht genügte sie ihm ein paar Tage lang, vielleicht sogar länger, doch dann wurde ihm klar: Er brauchte mehr, viel mehr. Daniela Walker ließ seine Fantasien wahr werden. Eine ganze Weile zögerte er, die Linie zwischen Recht und Unrecht zu überschreiten, und zweifellos hat er sich Gedanken über mögliche Konsequenzen gemacht, bis er schließlich doch beschloss, das Risiko einzugehen.

Ich zerbreche mir nicht den Kopf darüber, warum er eine unschuldige Frau ermordet hat und gleichzeitig die Gelegenheit verstreichen ließ, eine Nutte umzubringen, besonders da die Frau das riskantere Opfer war. Das alles gehört zum Spiel, ist Teil seiner Fantasie. Es ist das pure Glücksgefühl, absolut überlegen zu sein, so mächtig, so unglaublich dominant. Daniela nach Hause zu folgen, sie anzugreifen und ihren Willen zu brechen, muss sein Ego in einen ungeheueren Rauschzustand versetzt haben.

Der Wagen fühlt sich ein bisschen schwer an, was daran liegt, dass sich Candy Nummer zwei, die Vierhundert-Dollar-Nutte, im Kofferraum befindet, wo ich sie vor nicht allzu langer Zeit verstaut habe. Ich parke am Rand der Grünanlage, in der Melissa mein Leben mithilfe einer Zange für immer verändert hat, und gehe zum Heck des Wagens.

Candys kurze Bluse ist voller Blut. Ihre verquollenen Augen sind offen und starren durch mich hindurch, und ich frage mich, worauf genau sie sich zu konzentrieren versucht. Ihre Haut ist so bleich, dass es aussieht, als liege sie schon seit sechs Monaten im Kofferraum. Im Kontrast dazu sind ihre Lippen in strahlendem Rot geschminkt, der Farbe von Blut. Ich schließe den Kofferraum.

Nirgendwo in den Häusern brennt Licht, und knapp die Hälfte der Straßenlaternen ist kaputt. Ich sehe die dunklen Umrisse der Bäume im Park, aber keine Einzelheiten. Kein Verkehr. Keine Fußgänger. Kein Lebenszeichen.

Ich öffne den Kofferraum erneut und sehe hinab auf die tote junge Frau. Ich trage noch immer Handschuhe und rolle die Leiche jetzt herum. Die Blutlache unter ihr sieht aus wie Öl. Wieder blicke ich mich um. Als ich vorhin den Kofferraumdeckel über Candy zugeknallt habe, war sie noch am Leben. Ich knalle ihn wieder zu, nur jetzt ist sie tot.

Ich habe sie nicht umgebracht.

Ich trete an die Seite des Wagens und weiß, dass es nur einen Menschen geben kann, der mir das angetan hat: Melissa. Ich weiß nicht genau, wann oder warum. Wohl aus demselben Grund, weshalb sie in meine Wohnung gekommen ist und mir mit meiner Verletzung geholfen hat. Sie spielt mit mir. Bereitet irgendwas vor, von dem ich nicht die leiseste Ahnung habe.

Ich sitze im Auto und schließe gerade die Tür, als mich eine Bewegung zu meiner Rechten innehalten lässt. Ich drehe den Kopf zur Seite und sehe einen alten Mann, der aus der Dunkelheit auf mich zukommt.

»Mein Gott, bist du das, Joe?« Er schlurft ein paar Schritte näher, und ich mustere ihn flüchtig von oben bis unten, als wäre ich auf der Suche nach einem neuen Opfer. Er ist etwa Ende sechzig, sein graues Haar ist aus der Stirn gekämmt, steht ihm jedoch am Hinterkopf in alle Richtungen ab. Sein Gesicht durchfurchen lange, tiefe Falten, und er trägt eine Brille mit gebrochenem Steg, der offensichtlich mit Klett-Band repariert wurde. Die Brillengläser sind von einer dünnen Schicht Staub bedeckt, sodass ich die Farbe seiner stark vergrößerten Augen nicht erkennen kann. Er streckt die Hand aus, aber nicht so, als wolle er meine schütteln, sondern um sie mir auf den Arm zu legen. Das Traurige daran ist, dass ich es zulasse. Er trägt ein Flanellhemd und braune Cordhosen, und ich scheine ihn von irgendwoher zu kennen. Ich sage nichts. Ich bin nicht in der Stimmung, mich zu unterhalten.

»Der kleine Joe? Du bist es, stimmt's?«

Ich krame in meiner Erinnerung, und im gleichen Augenblick, in dem ich sein schimmerndes Gesicht klar und deutlich vor mir sehe, fällt mir auch sein Name ein. »Mr. Chadwick?«

»Genau, mein Sohn. Mein Gott, ich kann es kaum glauben.« Er schüttelt den Kopf. »Wenn das nicht der kleine Joe ist. Evelyns Junge.«

Er reicht mir seine Rechte. Eine Sekunde lang stelle ich mir vor, wie sie zusammen mit einem kleinen Stück seines Handgelenks in meinem Aktenkoffer liegt. Ich steige aus dem Wagen, schüttle die Hand und hoffe, dass er mich nicht umarmen will.

»Wie geht's deiner Mutter, Joe?«

Ich zucke mit den Schultern. Mr. Chadwick war immer ein netter Kerl, und ich vermute mal, wenn man sich erst mal an seine Leberflecke und Runzeln gewöhnt hat, kann es mit ihm ganz angenehm sein. In seinem Alter müsste er eigentlich oft an den Tod denken. Ich sollte ihn mal fragen.

»Es geht ihr gut, Mr. Chadwick.«

»Nenn mich Walt.«

»Natürlich, Walt. Unkraut vergeht nicht, wenn Sie wissen, was ich meine.«

»Macht sie immer noch diese Puzzles?«

»Ja.« Mir wird langsam kalt, während ich draußen neben meinem Wagen stehe. Ein Blick hinauf zu den kaum sichtbaren Sternen lässt vermuten, dass wir noch mehr Regen erwarten dürfen. Wenn das stimmt, sind meine Pläne hinfällig.

»Die macht sie schon, solange ich denken kann.«

»Ja. Sie mag ihre Puzzles wirklich.«

»Und ich wette, sie ist verdammt gut darin. Verdammt gut.«

»Hmm, Walt, warum bist du eigentlich so spät noch unterwegs?«

»Ich führe den Hund aus«, sagt er und zeigt mir die Leine. Ich sehe mich um. »Wo ist er? Im Park?«

»Wer?«

»Dein Hund, Walt.«

Er schüttelt den Kopf. »Nein, nein. Sparky ist vor zwei Jahren gestorben.«

Ich weiß nicht, was ich darauf antworten soll. Ich würde gerne glauben, dass das ein Witz ist, bin mir aber ziemlich sicher, es ist keiner. Ich nicke langsam, als würde ich alles vollkommen verstehen. Auch er nickt langsam, meine Bewegungen spiegelnd. Es vergehen ein paar Sekunden, bevor er wieder den Mund aufmacht.

»Was ist mit dir, Joe?«

»Ich fahr nur ein bisschen rum. Du weißt ja, wie das so geht.«

»Eigentlich nicht. Ich fahr nicht mehr. Seit meinem Schlaganfall. Die Ärzte sagen, dass ich nie wieder fahren kann. Weißt du, Joe, ich muss mich mal wieder bei deiner Mutter melden. Junge, Junge, das ist eine Frau. Solche wie sie gibt es heute gar nicht mehr.«

Wahnsinnige wie sie? Oh doch, Walt. Ich zucke mit den Schultern und sage nichts.

»Was machst du denn selber so im Augenblick, Joe?«

»Ich verkaufe Autos.«

»Wirklich? Also ich bräuchte auch mal wieder ein neues Auto«, antwortet er, was mich verwirrt, denn er hat doch gerade gesagt, dass er nicht mehr fahren kann. Aber vielleicht verwirrt ihn das selbst ja genauso. Ich will unbedingt wissen, ob er die Leiche im Kofferraum gesehen hat. »Wo arbeitest du?«

»Hmm ...« Ich suche nach einem Namen. »Everblue Cars. Schon mal davon gehört?«

Er nickt langsam. »Eine nette Firma, Joe. Da kannst du wirklich stolz sein.«

»Danke, Walt.«

»Ist das einer von euren Wagen?« Er deutet auf das Auto.

»Ja.« Walt ist ein Zeuge. Der nette alte Mr. Chadwick. »Möchtest du mal mitfahren?«

»Der ist zu verkaufen, was?«

256

»Ja.« Ich denke mir irgendeinen Preis aus. »Acht Riesen.«

Er stößt einen Piff aus. Wie Leute das eben so machen, wenn man ihnen den Preis nennt. Das Pfeifen kommt immer, kurz bevor sie gegen die Reifen treten.

»Mann, ist das billig«, sagt er und versucht, auch noch gegen den anderen Reifen zu treten, trifft aber nicht.

Wir steigen ins Auto. Ich lege den Sicherheitsgurt an, während er noch an seinem rumfummelt. Er pfeift wieder, und diesmal sieht er sich das Armaturenbrett, die Klimaanlage und das Radio an.

»Weißt du, Joe, ich habe deine Mutter nicht mehr gesehen, seit dein Vater gestorben ist.«

Ich beneide ihn.

»Das war eine wirkliche Tragödie«, fügt er hinzu und klingt empört.

Ich ertappe mich dabei, dass ich nicke. Ich möchte ihm sagen, dass auch ich finde, dass es eine Tragödie war. Ich möchte ihm sagen, wie verletzt ich war, als Dad uns verließ; dass ich einfach nur wollte, dass er noch am Leben wäre, doch ich sage nichts davon. »Ja«, bringe ich heraus und schaffe es, meine Stimme unter Kontrolle zu halten.

»Habe ich dir jemals gesagt, wie leid mir das getan hat?«

Verdammt, ich habe keine Ahnung, was er mir damals erzählt hat. Was irgendjemand mir erzählt hat. »Das hast du. Danke.«

Er macht den Mund auf, sagt aber nichts. Er scheint nachzudenken. »Wie kommst du denn so zurecht?«

»Ich hab's überwunden«, sage ich und mache mir nicht die Mühe, ihm zu erklären, wie leer mein Leben ohne Dad geworden ist.

Jetzt ist er es, der nickt. »Das ist gut, Joe. Wenn ein Mann sich das Leben nimmt, kann es sein, dass seine Familie noch viele Jahre lang schwer daran zu tragen hat. Zum Glück ist aus dir so ein netter junger Mann geworden.

Ich nicke noch immer. Als Dad sich umgebracht hat, konnte ich anfangs an nichts anderes denken, als ihm nachzufolgen. Ich hatte Hunderte von Fragen, aber die wichtigste war: Warum? Mum kennt den Grund, da bin ich mir sicher. Aber ebenso sicher wird sie ihn mir niemals verraten. Eine zweite Frage ist mir fast genauso wichtig: Warum hat er mich mit Mum allein gelassen?

»Hat sie immer noch das Haus in South Brighton?«

Ich höre auf zu nicken. Ich denke an Dad und fühle mich deprimiert. Ich weiß, dass Melissa mich beobachtet, aber im Augenblick kümmert mich das nicht besonders.

»Ja.« Ich starte den Wagen. »Sollen wir eine kleine Spritztour machen?«, frage ich, denn ich muss das Thema wechseln.

»Aber sicher, Joe.«

Wir schauen zu, wie die Stadt vorbeizieht. In diesem Teil der Welt ist das Leben fast zum Stillstand gekommen. Wir sehen nur wenige andere Autos auf den Straßen. Wir kommen an einer Tankstelle vorbei, vor der ein Polizeifahrzeug parkt. Walt spricht über das Auto und das Wetter und erzählt mir, dass sein Hund ständig wegläuft.

»Mein Gott, wer hätte gedacht, dass ich mal Evelyns Sohn treffe? Weißt du, Joe, ich kenne deine Mutter seit mehr als vierzig Jahren.«

»Tatsächlich?«

»Wir beide sind jetzt allein. Alt und allein. Ist das Leben nicht traurig?«

»Traurig«, stimme ich zu.

Nördlich der City fahre ich auf eine Straße, die kurz vor der Autobahn einen weiten Bogen beschreibt, und halte an einer Stelle, an der uns Tausende von Bäumen vor allen Blicken abschirmen. Hier draußen sind wir vollkommen ungestört. Hier kann ich machen, was ich will.

»Vielleicht sollte ich deine Mutter morgen anrufen und mich selbst zum Abendessen einladen.«

Während ich eine Hand auf dem Steuer liegen lasse, greife ich mit der anderen hinter den Beifahrersitz und öffne den Aktenkoffer.

»Soll ich dir helfen, Joe?«

»Nein, es geht schon.«

»Deine Mutter und ich kannten uns schon ziemlich lange, bevor sie deinen Vater getroffen hat. Hast du das gewusst, Joe?«

»Nein, das wusste ich nicht, Walt.«

»Würde es dir was ausmachen, wenn ich sie anrufe? Ich hätte nichts dagegen, an alte Zeiten anzuknüpfen.«

Die Aussicht ist so verlockend, dass ich das Messer wieder fallen lasse. Candy liegt im Kofferraum, aber Walt weiß nicht, dass sie dort ist. Das kann er nicht wissen. Er ist so verdammt alt, dass er überhaupt nichts begreifen würde, selbst wenn er sie gesehen hätte; er würde dann einfach über sie quasseln und mir jede Menge Fragen stellen. Ich schließe den Koffer. Wenn ich Walt am Leben lasse, wird er sich mit meiner Mutter treffen, und in dieser Zeit ist sie nicht in der Lage, sich mir zu widmen.

»Warum lächelst du, Joe?«

»Einfach so. Willst du zurückfahren, Walt?«

»Nein, mein Sohn. Ich lass dich fahren.«

Ich fahre zurück in die Stadt. Wir kommen an denselben Bäumen vorbei. An derselben Tankstelle, vor der dasselbe Polizeifahrzeug parkt. Walt redet die ganze Zeit und spricht dabei über Themen, die mich wohl einfach deshalb nicht interessieren, weil ich noch zu jung dafür bin. Dinge wie Ernährung und Krankheit und Einsamkeit. Er erzählt mir von meiner Mutter, taucht tief hinab in eine Vergangenheit, die einmal Wirklichkeit war, bevor meine Mutter meinen Vater kennenlernte. Walt redet so viel, dass ich langsam begreife, warum er sich so gut mit meiner Mutter verstanden hat: Er besitzt die Fähigkeit, Banalitäten sogar noch langweiliger zu machen, indem er darüber spricht. Ein Satz zerfließt in den anderen, und mittendrin holt er ein paarmal Luft und streut die Wegbeschreibung zu seinem Haus ein. Das Haus ist klein und gut in Schuss. Es ist offensichtlich, dass Walts Hund nicht mehr auf den Rasen scheißt.

»Ich ruf deine Mutter gleich morgen früh an.«

»Ich glaub, das würde ihr gefallen. Dann hat sie jemanden, mit dem sie sich unterhalten kann. Ich schätze, ich kann nicht so viel mit ihren Themen anfangen, die passen eher zu Leuten in ihrem Alter, Rente und Krebs und so Kram.«

Ich starte den Wagen und fahre in Richtung Süden. Ich schalte die Stereoanlage an und singe laut mit. Zehn Minuten später steuere ich den Wagen von der Straße und lasse ihn vor einer Baumgruppe ausrollen. Das von der Hitze des letzten Monats ausgedörrte Gras knirscht unter meinen Füßen, obwohl es heute Abend leicht geregnet hat. Wieder mustere ich die Leiche, in der Hoffnung, dass ich vielleicht was von ihr erfahren kann, oder, was wahrscheinlicher ist, dass Melissa mir eine Nachricht hinterlassen hat. Ich verschiebe das Gewicht der Leiche ein wenig. Tiefe Schnitte lächeln mich an. Dunkelrotes Fleisch glänzt unter den dicken Hautlappen hervor. Ich kann mir gut vorstellen, was diese Wunden verursacht hat. Ich hebe Candy aus dem Kofferraum, wobei ich sorgfältig darauf achte, nichts von dem Blut abzubekommen, und lasse sie auf den Boden fallen, wobei ich die Mordwaffe unten im Kofferraum entdecke.

Mein Messer.

Genauer gesagt, ein Foto meines Messers.

Dieser Anblick erlaubt mir ein paar Schlussfolgerungen. Erstens, ich werde definitiv von Melissa verfolgt, und zweitens, ich stecke in ernsthaften Schwierigkeiten. Auf dem Messer sind meine Fingerabdrücke und auf der Pistole ebenfalls.

Ich hole einen Plastikkanister voller Benzin heraus und stelle ihn auf den Boden.

Was für ein Spiel spielt Melissa? Wenn sie die Waffen der Polizei geben wollte, hätte sie das inzwischen schon getan. Daraus folgt, dass sie etwas anderes will. Und ich bin sicher, sie wird mich schon bald wissen lassen, was das ist.

Ich hebe Candy wieder in den Kofferraum zurück. Ihre Hände sind immer noch gefesselt, und sie hat einen Knebel im Mund. Aber diese Dinge stammen von mir. Ich frage mich, was sie wohl dachte, als sie verzweifelt Hilfe brauchte und eine Frau vorbeikam und den Kofferraum öffnete. Ihr ganzes beschissenes Leben gipfelte in diesem Augenblick. Und fand dann ein jähes Ende.

Ich rolle sie auf die Seite, um sie ordentlich zu verstauen, doch am Ende steht immer noch ein Bein heraus. Wenn ich den Kofferraum zuschlage, breche ich ihr den Knöchel. Ihr würde das nichts ausmachen.

Ich beschließe trotzdem, den Kofferraum offen zu lassen. Ich schüttle den Kanister und höre das Benzin hin und her schwappen. Er ist etwa zu einem Viertel voll. Ich tränke Candys Kleider damit und werfe den Kanister dann zu ihr in den Kofferraum. Beuge mich in den Wagen, hole meine Aktentasche raus und schneide mit einem meiner Messer Candy die Bluse vom Leib. Dann schraube ich den Tankdeckel ab, stecke die Bluse in den Stutzen und lasse einen Teil davon wie eine Zunge raushängen.

Den Rest besorgt der Zigarettenanzünder.

Ich habe den größten Teil des Weges in die Stadt bereits zurückgelegt, als mir die Katze einfällt. Niemand beobachtet mich, als ich den zweiten Wagen in dieser Nacht stehle.

Jennifer lächelt, als ich durch die Tür komme. Sie sieht mich an, als seien wir Freunde, die vor langer Zeit getrennt wurden. »Hi, Joe«, sagt sie, und ihre Stimme klingt verführerisch.

»Hi.«

Sie wartet ein paar Sekunden, um rauszufinden, ob ich nicht noch etwas hinzufügen möchte. »Ich hol ihn für Sie.«

»Danke.«

Ich stelle mir gerade vor, wie Melissa mit einem stachelbesetz-

261

ten Hundehalsband aussehen würde, als Jennifer mir den Kater in einem kleinen Käfig bringt.

»Ich hätte nicht gedacht, dass Sie ihn nehmen würden«, sagt Jennifer. »Nicht nach letzter Woche.«

»Letzte Woche?«

»Als ich anrief, sagten Sie, Sie wollten nicht noch mehr Katzen. Wie viele haben Sie denn?«

»Letzte Woche?«, wiederhole ich.

Ihr Lächeln verschwindet, und ihr Blick wird plötzlich vorsichtig. »Ich habe Sie letzte Woche angerufen.«

»Oh, ich war krank letzte Woche, wirklich krank. Um ehrlich zu sein, ich erinnere mich nicht an Ihren Anruf. Ich hab die ganze Woche im Bett gelegen. Weiß der Teufel, was ich hatte, aber ich lag wohl im Delirium. Wenn Sie angerufen und ich mich unmöglich benommen habe, dann tut mir das wirklich leid.« Obwohl es eigentlich ihr leid tun sollte – schließlich bin ich derjenige, dem ein Hoden fehlt.

Ihre Vorsicht verwandelt sich in Verständnis. »Geht es Ihnen jetzt besser?«

»So nach und nach. Das Verrückte ist, ich hab überhaupt keine Katzen.«

Sie lächelt, und ich frage mich, warum ich zu allen Leuten immer so nett sein muss. Warum kann ich sie nicht einfach irgendwohin bringen und mit ihr machen, was ich mit den anderen gemacht habe?

»Tja, jetzt haben Sie eine. Wie werden Sie ihn nennen?«

»Darüber habe ich noch gar nicht nachgedacht. Irgendwelche Vorschläge?«

»Ich rufe Sie an, wenn mir was einfällt«, bietet sie an.

»Was schulde ich Ihnen für den Käfig?«, frage ich, weil es wohl nicht gut aussehen würde, wenn ich eine Plastiktüte aus meiner Tasche ziehen und den Kater da reinstecken würde. Ich wette, der Käfig lässt die Summe, die ich für dieses kostspielige

Säugetier bereits aufgewendet habe, noch einmal kräftig anwachsen.

»Kann ich mich darauf verlassen, dass Sie ihn zurückbringen?«

»Auf mich kann man sich immer verlassen.«

»Dann kostet er nichts.« Sie lächelt. »Soll ich Sie nach Hause fahren oder haben Sie einen Wagen?«

Nach Hause gefahren zu werden, wäre gut, denn dann hätte ich die Chance, ein paar Dinge auszuprobieren, die seit meiner halben Kastration nicht mehr zum Einsatz kamen. Aber hier haben sie meinen Namen in den Unterlagen, und es würde nicht lange dauern, bis die Polizei auftaucht.

Ich bedanke mich für ihr Angebot, verspreche, den Käfig noch vor Ende der Woche zurückzubringen, und bitte sie, mir ein Taxi zu rufen.

Der Käfig schaukelt in meiner Hand hin und her. Der Taxifahrer macht irgendeine Bemerkung über den Kater, weil er glaubt, mich so ins Gespräch ziehen zu können. Da irrt er sich. Als ich nach Hause komme, bringe ich den Kater ins Bad und schließe die Tür. Während ich ins Bett gehe, höre ich, wie er wimmert. Morgen werde ihm was zu fressen und mir ein Paar Ohrstöpsel besorgen. Danach werde ich ihm meine Wohnung zeigen.

Kapitel 33

Am nächsten Morgen lässt mich meine innere Uhr nicht im Stich, auch wenn ich mich etwas erschlagen fühle. Nach und nach werden alle Dinge wieder so normal, wie sie für jemanden sein können, dem der linke Hoden fehlt. Allerdings träume ich noch, und das ist beunruhigend. Letzte Nacht habe ich mich mit meinem Dad unterhalten. Der Traum war recht unzusammenhängend, doch ich kann mich an einzelne Bruchstücke erinnern, zum Beispiel daran, dass Dad mich fragte, was ich da eigentlich tue. Das wollte er vermutlich deshalb wissen, weil ich ihn gerade auf den Vordersitz des Wagens schob, in dem sie seine Leiche gefunden hatten. Ich hatte seine Handgelenke mit Schaumgummi und anderem Polstermaterial umwickelt, damit die Fesseln keine Druckstellen hinterließen. Er konnte weder die Fenster runterkurbeln, noch die Türen öffnen. Konnte weder die Klimaanlage anders einstellen, noch den Motor ausschalten, während das Kohlenmonoxid hereinströmte. Er wurde blau im Gesicht und bat mich immer wieder aufzuhören. Mum war nicht da. Sie spielte Bridge in der örtlichen Bingohalle. Genau genommen war es das letzte Mal, dass sie spielen würde. Irgendwann bat er mich nicht mehr aufzuhören und sagte mir, dass er mich liebt. Dann starb er. In dem einen Augenblick war er noch mein Vater. Im nächsten gar nichts mehr.

Es fällt mir schwer mich an meine Träume zu gewöhnen, und aus diesem hier bin ich zitternd erwacht und fühlte mich krank. Natürlich habe ich meinen Vater nicht umgebracht. Ich habe ihn wirklich geliebt, und wie bei meiner Mutter hätte ich ihm nie was antun können, das ihn verletzt hätte. Diese Fantasien sind wohl alle darauf zurückzuführen, dass Walt den Selbstmord meines Vaters erwähnt hat. Niemand weiß, warum mein Vater das getan hat. Warum er sich in der Garage ins Auto gesetzt und mithilfe eines Schlauchs Abgase durch ein Seitenfenster eingeleitet hat. Er hat nicht mal einen Abschiedsbrief hinterlassen.

Ich weise den Kater ausdrücklich darauf hin, dass er weder die Möbel noch die Wände zerkratzen darf. Das tut er auch nicht. Er sieht sich ein paar Sekunden lang um, bevor er beschließt, dass er nicht mehr im Badezimmer eingeschlossen sein will, was er am besten dadurch verhindern kann, indem er sich unter meinem Bett versteckt. Ich füttere meine Fische, mache mir im Kopf eine Notiz, dem Kater was zu fressen zu kaufen, bringe die übliche

Morgenroutine hinter mich und jage den Kater schließlich mithilfe eines Besens wieder zurück ins Bad.

Ich schalte das Radio ein und höre mir die Nachrichten an.

Wie zu erwarten war, hat sich das Feuer um das brennende Auto herum ausgebreitet und stundenlang weitergewütet, ohne dass jemand es bemerkt hat. Obwohl der Brand inzwischen längst unter Kontrolle ist, sind immer noch Feuerwehrleute vor Ort. Nur der Nieselregen, so heißt es, hat verhindert, dass mehrere Hektar Bäume und Getreide vernichtet wurden. Der Nachrichtensprecher betont das, als würde sich irgendjemand für Bäume und Getreide interessieren, oder als gäbe es in diesem Land zu wenig davon. Er erwähnt weder den Wagen noch die toten Nutten. Nachdem der Nachrichtensprecher mit der Meldung durch ist, beginnt er einen neuen Bericht über Schafe. Er teilt uns mit, dass es in unserem Land inzwischen zehn Mal so viele Schafe wie Menschen gibt. Von einem Aufstand dagegen berichtet er nicht, und er erklärt auch nicht, warum wir die Anzahl der Tiere noch erhöhen müssen, indem wir sie klonen.

Der Weg die Treppe hinunter fällt mir leichter als gestern. Auch die Fahrt mit dem Bus ist angenehmer. Bei der Arbeit erfahre ich nichts Neues, nur dass die Leute, mit denen ich arbeite, immer noch keinen blassen Schimmer davon haben, was sie eigentlich tun.

»Ich hab dir ein paar Sandwichs gemacht«, sagt Sally, als sie mir kurz vor der Mittagspause bei meinem Büro begegnet.

»Danke.«

Ich esse ihre Sandwichs und nehme noch eine Tablette. Es kommt mir so vor, als rutschte sie mir quer durch den Hals, und ich fühle mich danach überhaupt nicht besser. Ich denke wieder über meinen Traum nach und frage mich, warum ich zurzeit so oft träume. Ich führe das auf die Tatsache zurück, dass ich im Augenblick nicht dazu komme, all die Dinge zu tun, von denen andere Leute nur fantasieren. Ein paar Stunden nach dem Mittagessen habe ich gerade meinen Eimer und meinen Mopp in der Hand, als ich sie sehe: Melissa, die an einem Schreibtisch sitzt. Sie dreht sich um und zwinkert mir zu. Ich mache ein paar Schritte in ihre Richtung, halte jedoch gleich wieder inne und bleibe regungslos stehen. Nach allem, was sie mir angetan hat, komme ich nicht umhin, ihr eine gewisse Bewunderung zu zollen.

Heute trägt sie ein teures, hellgraues Kostüm, in dem sie wie eine überbezahlte Anwältin aussieht. Ihr Haar ist nach hinten gekämmt, und sie hat nur wenig Make-up aufgelegt. Sie wirkt wie eine Frau, der jeder Mann blindlings vertrauen würde.

Sie schenkt mir ein strahlendes Lächeln, bevor sie ihre ganze Aufmerksamkeit wieder Detective Calhoun zuwendet. Arbeiten sie zusammen?

»Hallo, Joe. Wie läuft's denn so?«

Ich drehe mich um und sehe, dass Detective Schroder neben mir steht und an einer Tasse Kaffee nippt, die nicht ich ihm gebracht habe. »Gut, Detective Schroder.«

»Kennst du die Dame?«

»Was?«

Er nickt in Melissas Richtung. »Sah so aus, als hättest du sie wiedererkannt.«

Ich schüttle den Kopf. »Nein.«

Er grinst. »Nur mal einen Blick riskiert, was? Kann ich dir nicht verdenken.«

Weiß sie, dass ich hier putze? Mein Overall müsste ihr das eigentlich zeigen, genauso wie Eimer und Mopp. Hat sie es schon gewusst, bevor sie mich mit dieser Ausrüstung gesehen hat? Doch ich stelle die falschen Fragen. Ich muss dringend rausfinden, warum sie hier ist. Immerhin hat noch niemand eine Waffe gezogen und mich aufgefordert, ein Geständnis abzulegen.

Ich trage den Eimer und den Mopp zurück in mein Büro, schließe die Tür hinter mir und lasse mich seufzend auf den

Stuhl fallen. Ich öffne meinen Aktenkoffer. Wie gerne hätte ich noch meine Pistole. Ich brauche sie.

Aber die gehört jetzt Miss Architektin, genauso wie ich ihr gehöre. Welches Spiel spielt sie eigentlich? Warum foltert sie mich, pflegt mich und verfolgt mich dann? Natürlich ist sie heute gekommen, um mir klarzumachen, dass sie es ist, die alles unter Kontrolle hat. Ich betrachte die Messer. Ich kann mir nicht vorstellen, dass ich mir, wild um mich hackend, einen Weg nach draußen bahne. Welche Möglichkeiten habe ich? Werde ich bereits überwacht? Nein. Wenn es um meine Verhaftung ginge, wäre sie niemals in meine Wohnung gekommen und hätte meine Wunde versorgt.

Als ich mit dem Staubsauger in der Hand auf den Gang trete, sind Melissa und Calhoun verschwunden. Vermutlich sind sie in eines der kleineren Besprechungszimmer ein Stockwerk über uns gegangen. Es ähnelt den Räumen, in denen Verhöre durchgeführt werden, ist aber hübscher eingerichtet. Die Ausstattung zielt darauf ab, auf bequeme Art Informationen von netten Leuten zu bekommen. Tee, Kaffee und ein leichtes Mittagessen werden serviert, und dazu erklingt angenehme Musik. Das ist nur das Vorspiel zu dem großen Ziel, den Killer dingfest zu machen. Ich wäre am liebsten dabei; um zuzuhören, und gleichzeitig wäre ich am liebsten tausend Meilen weit weg. Als ich die Tür des großen Besprechungszimmers öffne, sehe ich dort jede Menge Detectives herumstehen und die Wand anstarren. Ich warte darauf, dass sie sich alle gleichzeitig zu mir umdrehen, wie zu einem Revolverhelden, der den örtlichen Saloon betritt, doch nur Alex Henson geht auf mich zu. Er ist Anfang vierzig und attraktiv auf die raue Art eines Schauspielers, der einen Polizisten spielt. Seine Kleidung ist zerknittert, er hat die Hemdsärmel hochgerollt und wirkt wie jemand, der kurz davor steht, einen entscheidenden Durchbruch zu erzielen.

»Es passt jetzt gerade nicht so besonders gut, Joe.«

»Oh?«

»Das Zimmer ist ziemlich sauber. Du wirst es in den nächsten Tagen wahrscheinlich nicht putzen müssen.«

»Gut. In Ordnung.«

Er klopft mir auf die Schulter. Lässt er seine Hand eine Sekunde zu lang dort liegen? Sieht er mich anders an als sonst?

»Danke, Joe.«

Ich wende mich zur Tür um und unterdrücke den Impuls loszurennen. Ich versuche mich daran zu erinnern, dass ich hier derjenige bin, der alles unter Kontrolle hat, der den Laden schmeißt, doch wenn das wirklich der Fall wäre, hätte ich nicht dieses furchtbare Gefühl im Magen. Die Wahrheit ist, dass jetzt Melissa an den Strippen zieht. Ich werfe einen letzten Blick auf die Wand mit den Fotos, bevor ich hinaus auf den Gang trete, und entdecke die Aufnahme eines verbrannten Wagens. Jesus Christus. Ich lerne auch überhaupt nichts dazu. Ich bin noch mal davongekommen.

Dann ergibt sich plötzlich die Chance, wenigstens ein bisschen was zu erfahren: Detective Wilson Q. Hutton kommt quasselnd auf mich zu. Seine verschwitzte Hand umklammert einen Schokoriegel, als handle es sich dabei um ein Röhrchen Insulin. Es ist offensichtlich, dass das Q nicht für »qualifizierter Mitarbeiter, der bald kündigen wird« steht. Er trägt einen schwarzen Rollkragenpullover, obwohl es hier drin stickig heiß ist. Genau genommen habe ich noch nie gesehen, dass er irgendwas anderes angehabt hätte. Ich weiß nicht, auf welchen Look er mit dieser Art Kleidung abzielt. Vielleicht denkt er, dass er so irgendwie wichtiger aussieht. Oder nicht ganz so dick.

»Hallo, Joe.«

»Hi, Detective Hutton. Die sind ja alle ziemlich beschäftigt. Ist irgendwas los?«

Er lächelt mich an, und dabei steht in seinen Augen dasselbe Mitleid wie immer. »Hast du es noch nicht gehört?«

»Was gehört?«

»Wir haben eine Beschreibung von dem Kerl.«

Es ist, als hätte er mir in den Bauch getreten, trotzdem zwinge ich mich, weiter den etwas langsamen Joe zu markieren. Treiben alle diese Leute nur ein Spiel mit mir? Ist das eine hoch komplizierte Falle, um mich zu schnappen?

»Wieso?«, frage ich und versuche, meine Stimme unter Kontrolle zu halten.

»Letzte Nacht gab es ein weiteres Opfer, Joe. Noch eine Prostituierte. Aber diesmal hat ein Zeuge gesehen, wie der Mann aus der Gasse weggefahren ist, in die er die Frau geworfen hat.«

Jesus. Ich frage mich, wie Calhoun sich jetzt fühlt, da die Frau, die er vor zwei Monaten für Sex bezahlt hat, umgebracht wurde. Fühlt er sich schlechter als ich? Er wird zweifellos einen Zusammenhang herstellen, aber wird er dadurch auch aus der Reserve gelockt?

»Haben Sie den bösen Mann schon gefasst?«

Hutton schüttelt den Kopf. »Noch nicht. Der Wagen war gestohlen.«

»Das wissen Sie schon? Wow, sind Sie clever.«

»Er hat den Wagen benutzt, um später in der Nacht noch eine Leiche wegzuschaffen.«

»Auch eine Prostituierte?«

»Ich darf nicht so viel erzählen, Joe.« Er unterbricht sich, um von seinem Schokoriegel abzubeißen, als bräuchte er die Energie, die ihm das bringt, für die Worte, die er mir nicht sagen kann. Schokofleckige Zähne zermalmen die Süßigkeit. Einige winzige Stückchen bröseln auf seinen Rollkragen. Ich weiß nicht, warum er nicht den ganzen verdammten Riegel auf einmal verschlingt.

»Irgendwelche Verdächtigen?«

Kauend schüttelt er den Kopf. »Ich mach mich dann mal besser an die Arbeit, Joe.«

»Klar.«

Ich gehe zurück in mein Büro. Meine Hände zittern leicht. *Beruhige dich. Verlier nicht die Nerven.*

Das ist leichter gedacht als getan. Ich muss Ordnung in dieses verdammte Chaos bringen, in das mich Melissa gestürzt hat. Das einzige Problem dabei ist, dass mir überhaupt nichts einfällt, außer ein paar Gründe mehr, ihr wehzutun. Schließlich öffne ich meine Tür einen Spalt weit und spähe raus in den Gang. Er ist leer. Könnte ich einfach gehen und sie verfolgen? Ist es so einfach?

Ich warte dreißig Minuten, wobei ich immer wieder aus dem Büro luge und Ausschau nach Melissa halte oder nach einem Trupp Polizisten, der mich festnehmen wird. Doch dazu kommt es nicht, und nach und nach wächst in mir die Hoffnung, dass es auch später nicht dazu kommen wird. Ich hole meinen Staubsauger und zeige mich. Ich sauge Staubflocken und Essenskrümel aus dem Teppichboden auf dem Gang und schlage die Zeit tot. Gelegentlich kommen ein oder zwei Detectives aus dem Besprechungszimmer und gehen zu ihren Arbeitsbereichen oder verlassen das Gebäude, aber sie würdigen mich keines Blicks. Gelegentlich kommen welche, die sich einfach nur Kaffee holen. Die nicken mir dann zu, ohne mich wirklich zu sehen.

Der Tag zieht sich in die Länge. Ich sehe immer wieder auf die Uhr, als wollte ich sie der Lüge bezichtigen. Ich fühle mich nicht besonders, und jedes Mal, wenn ich eine Toilette reinige, setze ich mich in eine der Boxen und lege das Gesicht in die Hände, während mein Schicksal in den Händen derer ruht, die vor mir hier gesessen haben. Ich halte ständig Ausschau nach Melissa, aber ich kann sie nirgendwo finden. Auch Calhoun nicht. Oder Schroder.

Alle Mitarbeiter sind gegangen. Oder vielleicht stimmt das gar nicht. Vielleicht warten sie hinter der nächsten Ecke. Vielleicht lauern sie dort, um mich zu beobachten. Bis auf Sally. Sie ist immer hier. Treibt sich in meiner Nähe herum, fragt mich, wie es mir geht und wie es meiner Mutter geht, fragt mich, ob sie mich mitnehmen soll nach Hause.

Ich weiß nicht, wie ich die Zeit herumbringe, aber irgendwann ist es endlich halb fünf. Ich bin nur wenig erleichtert, denn ich habe keine Ahnung, wie weit ich kommen werde, bevor jemand meinen Namen ruft und mich auffordert, stehen zu bleiben, mich auf den Boden zu werfen und meine Arme hinter den Rücken zu legen. Als ich mit dem Aktenkoffer in der Hand und unaufhörlich zitternden Händen auf den Gang trete, sehe ich gerade noch, wie Melissa begleitet von Detective Calhoun das Besprechungszimmer verlässt, und ich frage mich, ob sie ihre Aussage bewusst bis zu meinem Arbeitsschluss ausgedehnt hat. Fast drei Stunden war sie jetzt hier und hat mit den Detectives gesprochen. Was in aller Welt hat sie ihnen nur erzählt?

Rasch ziehe ich mich in mein Büro zurück und beobachte sie, hinter dem Türrahmen versteckt. Während sie noch dort steht, kommt Detective Henson aus dem Aufzug. In der Hand trägt er einen durchsichtigen Plastikbeutel, in dem sich ein Messer befindet. Nicht irgendein Messer, sondern mein Messer. Eines meiner liebsten Stücke. Niemand könnte den Ausdruck von Stolz in seinem Gesicht missverstehen. Melissa und Calhoun gehen auf ihn und den Aufzug zu. Sie bleiben stehen und unterhalten sich. Ich würde zu gerne wissen, was sie sagen, und wenn alles nach Plan läuft, werde ich es auch schon bald erfahren. Dann tritt Calhoun mit ihr in den Fahrstuhl, und die Türen schließen sich. Ich renne ins Treppenhaus und bis runter ins Erdgeschoss, wobei ich das Pochen in meinem Unterleib ignoriere. Und das ist es wert, denn ich bin so schnell, dass ich noch sehe, wie Melissa das Gebäude verlässt. Sie ist jetzt allein. Ich gehe zur Tür. Niemand legt mir die Hand auf die Schulter.

Ich wende mich nach rechts. Melissa geht in Richtung Avon, also nehme ich dieselbe Route, überquere dieselbe Straße, weiche denselben Leuten aus. Als sie den Rasen am Ufer erreicht, wendet sie sich nach rechts und geht parallel zum dunklen Wasser immer weiter. Ich folge, bleibe aber gut fünfzig Meter hinter ihr. Ich muss vorsichtig sein, denn sollte sie mir entwischen, bin ich nicht in der Lage, ihr nachzurennen.

Einige Augenblicke später schleudert sie auf eine nahe gelegene Parkbank zu, setzt sich an ein Ende und sieht direkt in meine Richtung. Ich bleibe stehen und schaue zu Boden, als gäbe es dort etwas Interessantes zu entdecken. Ich spüre, dass sie mich immer noch ansieht. Als ich wieder aufblicke, lächelt sie.

Kapitel 34

Es wird ein langer Sommer, aber das ist in Ordnung, denn sie liebt diese Jahreszeit. Sie kann sich nichts Besseres vorstellen, als, umweht von einer angenehmen Brise aus Nordwesten, draußen unter Leuten zu sein, die das Leben genießen. Der Sommer schafft das. Danach kommt der Winter und bereitet allem ein Ende, er lässt zu, dass sich ein schmieriger, deprimierender Dunst über die Stadt senkt, der gemeinsam mit dem Regen, dem kalten Wind und dem Smog in die Menschen eindringt.

Sally ist verwirrt. Wegen Joe. Und seinen Lügen.

Sie versteht, warum er geschwindelt und ihr erzählt hat, seine Mutter wäre krank gewesen. Damit könnte sie gut leben, denn es bietet Joe einen gewissen Schutz. Er will nicht, dass ihn jeder nur als den Mann kennt, dem mit einer Zange ein Hoden zerquetscht wurde. Wäre Martin so was passiert, dann hätte sie sich gewünscht, dass sich jemand wie sie um ihn kümmert. Jetzt kann sie nur noch darauf hoffen, dass das Penicillin, das sie Joe gegeben hat, den Heilungsprozess unterstützt und eine Infektion verhindert. Das sollte eigentlich klappen. Wenn nicht, wird er in ein Krankenhaus gehen müssen. Dann hat er keine Wahl mehr.

Sie ist an dem Tag zu ihm gekommen, an dem er angegriffen

worden war, und an jedem der folgenden drei Tage. Bei einer dieser Gelegenheiten hat sie ihn ohnmächtig auf dem Boden gefunden. Sie wollte auch am Tag darauf kommen, aber ihr Vater war schlimm gestürzt, und sie war gezwungen, Prioritäten zu setzen. Die Familie hat Vorrang. Während dieser ganzen Zeit hat sie jeden Tag gearbeitet – sie konnte wegen seiner Krankheit nicht extra frei nehmen –, aber danach ist sie immer direkt nach Hause gegangen und hat ihrem Vater geholfen. Er hatte sich die Hüfte ausgerenkt und das Schlüsselbein gebrochen, doch die Brüche heilten gut.

Am Montag wollte sie dann zu Joe – die Fäden mussten gezogen werden –, doch er war wieder zur Arbeit erschienen. Sie hatten nicht offen über den Angriff gesprochen. Sie möchte ihn überzeugen, sich von der Polizei helfen zu lassen, will aber nicht während der Arbeit darüber sprechen.

Es gefällt ihr nicht, dass er sie angelogen und behauptet hat, er hätte die Fotos von den Tatorten nur im Besprechungszimmer gesehen. Er weiß, dass das Diebstahl ist, aber er ist offensichtlich nicht gewillt, ihr gegenüber offen zu sein. Der Mann mit dem breiten Lächeln sieht so unschuldig aus, dass sie sich nicht vorstellen kann, dass er sie bewusst anlügt, aber der, der sie vor zwei Wochen zwischen den Fahrstuhltüren angelächelt hat, der war ein ganz anderer Joe, oder? Das war ein Joe, der in der Lage schien, zu ...

Was zu tun? Alles?

Nein. Nicht alles. Aber er sah so aus, als wäre er fähig zu lügen. Er wirkte aalglatt, berechnend, als wüsste er genau, was vor sich geht. Sie ermahnt sich, dass dieses Lächeln reiner Zufall gewesen sein muss, dass Joe überhaupt nicht so ist.

Aber was ist mit den Lügen?

Jedes Mal, wenn sie die verschiedenen Möglichkeiten im Kopf durchgeht, drängt sich ihr eine davon besonders auf: Joe wird gezwungen, etwas zu tun, das er nicht tun will. Deshalb muss ihm jemand helfen, und dieser Jemand ist sie. Es ist ihre Pflicht als Christin, dafür zu sorgen, dass er nicht zu Schaden kommt.

Joe war fast den ganzen Tag über nervös und bedrückt, besonders am Nachmittag, und sie ahnt den Grund dafür: Die Person, die ihn zwingt, Informationen zu beschaffen, hat neues Material verlangt. Natürlich hat sie immer noch keine Erklärung, warum sich die Akten dann noch in Joes Wohnung befinden und nicht längst im Besitz des Mannes sind, der ihn angegriffen hat, aber sie stellt sich vor, dass das irgendetwas mit den zeitlichen Abläufen zu tun hat. Vielleicht hat Joe vergessen, die Hefter zu einem Treffen mitzunehmen, und das hat diesen Mann wütend gemacht. Vielleicht sind die Hefter inzwischen auch gar nicht mehr in Joes Wohnung, sondern bei dem Mann, der ihn bedroht. Die einzige Möglichkeit, das rauszufinden, besteht darin, Joe im Auge zu behalten. Genauso wie Joe anscheinend die Frau im Auge zu behalten versucht, die heute gekommen ist, um mit den Detectives zu sprechen.

Genau wie alle anderen kennt auch Sally die Gerüchte, die im Revier die Runde machen. Die Frau hat was gesehen, mit dessen Hilfe der Fall zum Abschluss gebracht werden kann. Vielleicht wird Joe dann in Sicherheit sein.

Es war entnervend, Joe dabei zu beobachten, wie er der Frau folgte. Seine Faszination war so offensichtlich, dass Sally an irgendeinem Punkt sogar davon überzeugt war, dass er sie kennt. Aber natürlich hat er sich nur darum bemüht, so viel wie möglich in Erfahrung zu bringen, damit er dem Mann, der ihn quält, etwas berichten kann, das ihn vor weiteren Angriffen schützt.

Hinter einer Ecke verborgen, beobachtet sie Joe, und sie versteht einfach nicht, warum er sich dieser Frau nähert. Doch sie wird Joe weiter im Auge behalten, damit sie ihm schließlich aus allen Schwierigkeiten helfen kann, in die er geraten ist.

Kapitel 35

Überall im Avon schwimmen Enten, Bierdosen und leere Chips-tüten. Der Urin von Freitagnacht ist dorthin geflossen, wo Pisse eben so hinfließt. Büschel von Unkraut treiben zwischen dem übrigen Abfall. Ein Typ mit dem beschissensten Job der Welt ist aufgetaucht und hat alle benutzten Kondome eingesammelt. Merkwürdigerweise ist die Aussicht noch immer angenehm. Das Sonnenlicht spiegelt sich im dunklen Wasser und spielt mit den Schatten. Doch ich bin nicht gerade ein Naturliebhaber. Von mir aus könnte man den ganzen Fluss zubetonieren, es wäre mir völlig egal.

Während ich auf Melissa zugehe, wendet sie sich von mir ab, als sei ich zu bedeutungslos, als dass man ein Auge auf mich haben müsste. Ein paar Sekunden später sieht sie mich wieder an. Mir wird bewusst, wie sehr mein Unterleib schmerzt. Als emp-fände der vorhandene Hoden einen quälenden Verlust und fürchtete, der Frau nahe zu kommen, die ihm seinen Bruder ge-raubt hat. Einen Meter entfernt von ihr bleibe ich stehen. Sie rührt sich nicht. Mein Herz schlägt heftig, im gleichen Rhythmus wie das Pochen in meinem Hoden. Ich begreife selbst nicht, wa-rum ich plötzlich so große Angst habe.

»Setz dich, Joe.« Sie hat ihr Lächeln fest im Griff.

Ich schüttle den Kopf. »Neben dich? Du machst Witze.«

»Bist du immer noch wütend auf mich? Ich bitte dich, Joe. Es wird Zeit loszulassen, nach vorn zu blicken.«

Nach vorn blicken? Das Gleiche hat man mir gesagt, nachdem Dad gestorben war. Die Leute bekommen das ständig zu hören. Wahrscheinlich hat man das auch zu Calhoun gesagt, nachdem sich sein Sohn erhängt hat. Leben wir denn in einer so umfassen-den Wegwerfgesellschaft, dass man uns nicht mal erlaubt, bei unserem Hass oder Schmerz zu verweilen? Ich möchte auf sie zuspringen und ihr zeigen, dass ich sehr wohl wieder nach vorn blicken werde, wenn ich mich erst mal um ein paar Dinge gekümmert habe. Aber ich kann nicht. Es sind zu viele Leute in der Nähe. Zu viele Risiken. Selbst wenn ich es schaffen sollte, ihr das Genick zu brechen und von hier zu verschwinden, weiß ich immer noch nicht, wo meine Pistole ist. Ich vermute, jemand wird sie an die Polizei schicken, falls Melissa etwas zustoßen sollte.

»Interessanten Job, den du da hast, Joe.«

Ich zucke mit den Schultern. Ich sehe, worauf sie hinauswill, gleichwohl veranlasse ich sie durch mein Schweigen zum Weitersprechen.

»Putzhilfe bei der Polizei. Das muss dir Zugang zu einigen privilegierten Informationen verschaffen – Beweismittel, Berichte, Fotos. Es macht sicherlich Spaß, zu sehen, wie die Ermittlungen laufen. Sag mal, wolltest du irgendwann mal Cop werden? Hast du es versucht und bist gescheitert? Oder hast du dich erst gar nicht getraut, weil du gewusst hast, sie würden rausfinden, was für kranke Ideen dir im Kopf rumspuken?«

»Und wie steht's mir dir, Melissa? Hast du es je versucht?«

»Hast du mal Beweismaterial manipuliert?«

Wenn das alles ist, was sie beschäftigt, habe ich keinerlei Probleme. »Du bist neidisch.«

»Auf dich?«

»Darauf, dass ich bei meiner Arbeit den Cops so nahe bin. Und den ganzen Informationen.«

Sie hebt die linke Hand an die Lippen und reibt mit dem Finger langsam darüber, wie sie es in jener Nacht getan hat. Sie befeuchtet den Finger und reibt weiter. Dann zieht sie ihn rasch weg, streicht mit dem Finger über die Brust und lässt die Hand schließlich in ihrem Schoß ruhen.

»Wir ähneln uns in gewisser Weise, Joe.«

»Das bezweifle ich.«

»Nimmst du diesen Geruch da drinnen wahr?«

»Welchen Geruch?«

»Weil du dort jeden Tag arbeitest, hast du dich wahrscheinlich daran gewöhnt. Aber da drin herrscht ein bestimmter Geruch. Es riecht ein bisschen nach Schweiß und feuchtem Blut, aber vor allem nach Macht. Macht und Kontrolle.«

»Das ist die Klimaanlage.«

»Es hat Spaß gemacht, heute dort zu sein, Joe. Ich habe was von deinem Alltag mitbekommen. Die Arbeit, die du da hast, scheint mir ziemlich primitiv für jemanden wie dich.«

»Ich mach's aus reiner Liebe zu meinem Job.«

»Wird sie gut bezahlt?«

»Spielt das eine Rolle?«

»Weißt du, was mich verwirrt?«

»Mehrere Dinge?«

Ihr Lächeln wird breiter. »Wie kannst du dir eine teure Waffe, hübsche Kleider und eine teure Uhr leisten und dabei in diesem Rattenloch von einer Wohnung hausen?«

Ich hasse den Gedanken daran, dass sie in meiner Wohnung war. Es macht mich krank vor Hass, dass diese Frau meine Wunde versorgt hat. Es ist absolut ausgeschlossen, dass ich mich jemals bei ihr dafür bedanken werde. »Ich habe einen guten Finanzberater.«

»Als Putzhilfe verdient man also ganz gut, was?«

»Man kann die Rechnungen bezahlen.«

»Zum Glück kommst du auch noch auf andere Weise zu Geld.«

»Worauf willst du hinaus?«

»Darauf, dass du etwas Geld beiseitegeschafft haben musst.«

»Ich hab tatsächlich ein paar hundert Dollar. Warum?«

»Scheiße, Joe. Wie viel hast du wirklich?«

»Hab ich dir gerade gesagt.«

»Nein, hast du nicht. Es wird Zeit, dass du deiner Partnerin gegenüber ehrlich bist, Joe.«

»Was?«, frage ich, und mir wird plötzlich klar, welches Spiel wir hier spielen.

»Du hast mich gehört.«

»Offensichtlich nicht.«

Sie lehnt den Kopf zurück und lacht. Richtig laut. Das macht mich wirklich sauer. Niemand hat seit meiner Schulzeit so über mich gelacht, und damals wurde dieses Lachen überall, wo ich hinkam, von den Worten »taube Nüsse« begleitet. Ein paar Leute drehen sich um. Ich kann nichts machen, also warte ich einfach, bis sie fertig ist. Schließlich hört sie auf. »Wir sind Partner, Joe, ob dir das gefällt oder nicht. Besonders nach dem, was ich gerade für dich getan habe.«

»Und das wäre?«

»Ich habe der Polizei geholfen, ein Phantombild von dir zu erstellen.«

Ich balle die Fäuste.

»Beruhige dich, mein Junge. Ich hab ihnen die Beschreibung von jemand anderem geliefert.«

»Warum?« Aber ich kenne die Antwort: Weil sie Geld will.

»Warum nicht?«

»Verdammt, weich mir nicht dauernd aus«, sage ich.

»Das passt dir nicht? Was passt dir denn dann, Joe?«

»Soll ich dir erzählen, was ich gerne tun würde?«

»Ich kann's mir vorstellen. Weißt du«, sagt sie, »es war ganz nett, dort reinzulatschen und mit den Detectives zu sprechen, um selbst rauszufinden, wie es um ihre Intelligenz bestellt ist. Man kann sie leichter an der Nase herumführen, als ich dachte. Irgendwie habe ich sie immer als etwas Besonderes betrachtet, aber sie sind einfach nur Menschen. Richtige Menschen wie du und ich. Wahrscheinlich bist du deshalb so erfolgreich. Es war wirklich enttäuschend. In gewisser Weise.«

»Ich bin nicht sicher, ob überhaupt irgendjemand so ist wie du und ich«, sage ich.

Sie nickt langsam. »Vermutlich hast du recht.«

»Warum hast du es dann getan? Warum bist du hingegangen?«

»Wegen des Geldes.«

»Ach, dann sind wir also wieder beim Thema? Du solltest wirklich damit anfangen, mir zuzuhören. Pass auf, ich buchstabier's dir noch mal. Ich. Habe. Kein. Geld.«

»Ich bitte dich, Joe, nur keine falsche Bescheidenheit. Ich bin sicher, wenn du wirklich kein Geld hättest, würde sich ein Mann mit deinen Fähigkeiten welches *besorgen*. Hundert Riesen sollten ausreichen.«

»Du hast meine Wohnung gesehen. Wie kommst du nur auf die Idee, ich könnte so viel Geld beschaffen?«

»Du stellst so viele Fragen, Joe, dabei solltest du mit Antworten dienen. *Ja* und *nein*. Das ist es, was ich von dir hören will.«

»Hör zu, es ist einfach unmöglich, an so viel Geld ranzukommen.«

»Du könntest dich immer noch stellen. Dann wäre schon die Hälfte beisammen.«

Melissa meint die offizielle Belohnung von fünfzigtausend Dollar, die demjenigen zusteht, der Informationen liefert, die zu meiner Festnahme führen. Ich kann nicht glauben, dass es so wenig ist, bedenkt man, dass alleine bei dem ersten Kerl, den ich vor Jahren umgebracht habe, die gleiche Summe ausgesetzt war. Was beweist, dass einige Menschen mehr wert sind als andere. Es ist schwer vorstellbar, dass die Belohnung für meine Festnahme auch weiterhin so gering bleiben wird. Wenn Melissa diese Summe haben wollte, hätte sie mich schon längst verraten. Entweder geht es ihr überhaupt nicht ums Geld, oder sie wartet darauf, dass der Betrag noch steigen wird, bevor sie mich verrät. Sie will mich einfach quälen und sich zuerst noch etwas zusätzliches Geld verschaffen. Ich bin für sie nichts weiter als eine Investition. So was wie ein Stück Nutzvieh.

»Ich werde dich umbringen. Das ist dir doch klar, oder etwa nicht?«

»Weißt du, Joe, ich werde es genießen, mit dir zusammenzuarbeiten. Du bist ein richtiger Witzbold.« Sie steht auf, zieht ihre maßgeschneiderten Kleider glatt und streicht das Haar zurück. Sie ist so schön, dass es einem das Herz bricht. Ich wollte, sie wäre tot. Sie gibt mir eine Schachtel.

»Was ist das?«

»Ein Handy. Du solltest es immer bei dir haben, denn ich werde dich in ein paar Tagen anrufen.«

»Wann?«

»Um fünf. Am Freitag.«

Ich sehe mir die Schachtel an. Das Handy ist brandneu. Ich frage mich, ob sie es mit dem Geld bezahlt hat, das sie der toten Nutte abgenommen hat.

»Weißt du, Joe, ich glaube, das ist der Beginn einer wunderbaren Freundschaft. Sagt man nicht so?«

Ich würde das keineswegs so sagen. Stattdessen sage ich ihr, sie soll sich zum Teufel scheren.

»Es versteht sich ja wohl von selbst, dass die Beweise, die ich noch habe, zusammen mit einer umfangreichen Aussage direkt an die Polizei gehen, sollte mir irgendwas zustoßen.«

Sicher. Aber das ist nicht das Einzige, was sich von selbst versteht. Zweifellos werde ich diese Frau irgendwann umbringen. Ich muss nur zuerst meine Hausaufgaben machen. Darin bin ich gut. Im Leben geht es einzig und allein um die Hausaufgaben. Und ich habe bis Freitag um fünf Zeit, die aktuellen Aufgaben zu erledigen. Sie fängt an, mir die Spielregeln zu erklären. Ich soll das Handy aufladen, wenn ich nach Hause komme, weil sie mit mir in Kontakt bleiben will. Sie erinnert mich daran, dass sie immer noch meine Pistole hat, auf der sich meine Fingerabdrücke befinden. Die Waffe könnte für weitere Morde benutzt werden. Sie sagt mir, dass sie meine Fingerabdrücke vom Messer abgewischt hat, bevor die Polizisten von ihr den Hinweis erhielten, wo sie es finden würden, doch dadurch kommt auch kein Licht in meinen Albtraum.

Nachdem sie gegangen ist, starre ich ins Wasser, trommle mit den Fingern auf den Deckel meines Aktenkoffers und beobachte die Vögel. Ich klopfe einen Rhythmus, den ich noch nie zuvor gehört habe. Es scheint der Rhythmus meines Lebens zu sein. Einige der Enten starren mich ihrerseits an. Vielleicht sind auch sie scharf auf Geld.

Einhunderttausend Dollar sind ein Betrag, den ich mir gar nicht richtig vorstellen kann, und ich weiß schon jetzt, dass ich niemals in der Lage sein werde, so viel Geld zu besorgen. Weiß Melissa das auch? Selbst wenn ich durch ein Wunder an das Geld käme, gäbe es nichts, was sie daran hindern könnte, ein Jahr, einen Monat oder auch nur einen Tag später noch mehr von mir zu verlangen.

Der Busfahrer ist ein gelangweilter Typ um die vierzig, der eine Hörhilfe trägt. Er schreit »Hallo«, als ich einsteige, und »Schönen Tag noch«, als ich aussteige. Als ich nach Hause komme, leuchtet das Lämpchen meines Anrufbeantworters. Ich drücke auf den Knopf und höre die Stimme meiner Mutter, die darauf besteht, dass ich heute zum Abendessen komme. Sie berichtet mir außerdem, dass Walt Chadwick angerufen und sie eingeladen hat, mit ihm auszugehen. Sie hat zugesagt, und dann gibt sie das gesamte Telefongespräch mit ihm wieder, bis dem Anrufbeantworter endlich das Band ausgeht.

Als ich die Tür zum Bad öffne, schießt der Kater heraus, und ich fühle mich schlecht, weil ich ihn doch tatsächlich vergessen habe. Ich dusche, wasche mich gründlich und ziehe ordentliche Kleider an, in der Hoffnung, dass Mum nichts an meiner äußeren Erscheinung zu bemängeln findet. Nachdem ich fertig bin, stecke ich den Kater wieder ins Bad und verspreche ihm, dass ich ihm später am Abend noch Futter kaufen werde.

Ich stehle einen Wagen und parke einen Block von Mums Haus entfernt. Die Geräusche vom Strand zaubern ein Lächeln auf mein Gesicht. Ich stelle mir vor, zum Wasser runter und schwimmen zu gehen. Doch meine Fantasie ist nicht so ausgeprägt, dass ich wirklich nass werden würde.

Ich habe das Haus schon fast erreicht, als Mum die Tür öffnet und nach draußen kommt. Sie sieht so gut aus wie seit Jahren nicht mehr. Bevor ich irgendwas sagen kann, umarmt sie mich. Ich umarme sie auch – wobei ich vorsichtig meinen Unterleib zur Seite drehe –, um zu verhindern, dass sie mich ins Ohr kneift.

»Ich bin so glücklich, dich zu sehen, Joe.«

»Ich bin auch glücklich, dich zu sehen, Mum.«

Sie drückt sich von mir weg, lässt ihre Hände jedoch auf meinen Schultern liegen. »Walt geht morgen Mittag mit mir aus. Weißt du, ich hab Walt seit der Beerdigung nicht mehr gesehen, und es ist jetzt schon sechs Jahre her, dass dein Vater von uns gegangen ist.«

»Acht Jahre, Mum.«

»Wie doch die Zeit davonfliegt«, sagt sie und führt mich ins Haus.

Sie fliegt davon, wenn man Spaß hat. Aber bei Mum kann ich mir das ehrlich gesagt nicht so recht vorstellen. »Wo geht ihr hin?«, frage ich.

»Das hat er mir nicht gesagt. Er meinte, es ist eine Überraschung. Er holt mich gegen elf ab.«

»Das ist gut.«

»Ich werde das hier anziehen.« Sie dreht sich im Kreis, um mir ihr Kleid zu zeigen, ein hässliches Etwas mit langen Ärmeln, das aussieht, als habe man es aus wiederverwertetem Sackleinen hergestellt und in Blut getaucht. »Was meinst du?«

»Ich kann mich nicht daran erinnern, wann du jemals so gut oder so glücklich ausgesehen hast, Mum.«

»Willst du damit sagen, dass ich nie glücklich aussehe?«

»Das will ich damit überhaupt nicht sagen.«

Sie runzelt die Stirn. »Dann behauptest du also, dass ich nie gut aussehe.«

»Auch das behaupte ich nicht.«

»Was sagst du dann, Joe?«, fragt sie knapp. »Dass ich es nicht verdiene, glücklich zu sein?«

»Ich sage überhaupt nichts in dieser Richtung«, antworte ich. »Nur dass du wirklich hübsch aussiehst. Ich bin sicher, Walt wird begeistert sein.«

Ich hab's geschafft, das Richtige zu sagen, denn auf ihrem Gesicht erscheint ein Lächeln. »Meinst du?«

»Er müsste verrückt sein, wenn's nicht so wäre.«

»Du hast also kein Problem damit?«

»Ein Problem? Womit?«

»Es ist jetzt sechs Jahre her, dass dein Vater von uns gegangen ist ...«

»Acht.«

»Und ich gehe mit Walt schließlich nur Essen. Ich heirate ihn ja nicht. Ich bitte dich nicht darum, dass du ihn Dad nennst.«

»Das weiß ich.«

Sie beugt sich vor, doch anstatt mich zu schlagen, umarmt sie mich wieder. »Wir beide müssen dir dankbar dafür sein, Joe«, flüstert sie. »Wenn du nicht gewesen wärst, hätte er niemals angerufen.«

Sie trägt das Essen auf. Statt Hackbraten hat sie eines der Hühnchen gekocht, die sie letzte Woche im Sonderangebot gekauft hat. Es ist viel zu viel für zwei Personen, aber sie wird die Hälfte davon als Reste im Kühlschrank aufbewahren. Glücklicherweise ist das Hühnchen perfekt zubereitet. Das gehört zu den Dingen, die meine Mutter ordentlich hinbekommt. Es ist saftig und gut gewürzt, und bald fängt das Hühnerfett an, mir über die Finger zu tropfen.

»Ich werde dich morgen Abend anrufen, Joe, und dir von unserem Mittagessen erzählen.«

»Hmm.«

»Vielleicht können wir dieses Wochenende auch mal zu dritt ausgehen. Würde dir das gefallen?«

»Sicher. Das wär nett«, sage ich und kann mir nichts Schlimmeres vorstellen. Ich greife nach der Serviette, die Mum mir gegeben hat. Sie behauptet immer, dass ich beim Essen keine Manieren habe.

Sie trägt die leeren Teller ab und beginnt, sie zu spülen. Ich wickle etwas Huhn für den Kater in die Serviette und stecke sie in meinen Aktenkoffer. Meine Hände sind mit Hühnerfett überzogen.

»Ich wasch mir mal schnell die Hände, in Ordnung, Mum?«

»Du bist ein guter Junge, Joe.«

Ich gehe ins Bad und esse unterwegs noch ein Stück Hühnchen. Als ich neben der Toilette stehe, stelle ich mir unwillkürlich vor, wie sie dort sitzt, das Nachthemd über der Hüfte und die Brille auf der Nasenspitze, während sie einige Teile ihres Puzzles an die richtige Stelle legt. Ich gehe in die Knie, lasse den Kopf hängen und konzentriere mich auf den Teppich. Die Übelkeit geht nur langsam zurück. Als ich das Licht im Bad anmache, rutscht meine fettige Hand vom Schalter. Ich ziehe den Duschvorhang zurück. Mum hat eine dieser Kombinationen aus Dusche und Badewanne, aber sie benutzt nur die Dusche. Ich drehe den Hahn auf, doch wieder rutschen meine Hände ab, also gehe ich in die Hocke und verschmiere das Hühnerfett an einem Ende der Wanne. Ich verbringe eine Minute damit, alles gut zu verteilen und ein großes Stück damit zu bedecken. Es geht gut ab von meinen Fingern und Handgelenken. Und es ist durchsichtig, sodass Mum nichts davon bemerken wird. Sie kann es nur sehen, wenn der Winkel und das Licht genau stimmen. Ich esse den Rest meines Hühnchens. Es ist inzwischen kalt. Ich greife nach dem Wasserhahn, und diesmal lässt er sich problemlos drehen. Ich wasche mir die Hände und gehe dann wieder zurück in die Küche.

»Walt war so nett am Telefon, Joe.«

Walt. Ich bedauere jetzt, dass ich ihn habe davonkommen lassen. »Er scheint ein guter Kerl zu sein, Mum.«

Ich sitze am Esstisch, während sie das Geschirr zu Ende spült. Als ich ihr anbiete, abzutrocknen, sagt sie nein. Ich beobachte sie und frage mich, wie das die Frau sein kann, die mir das Leben geschenkt hat. Wie kann sie nur glauben, dass ich schwul bin? Was habe ich dieser Frau bloß getan, dass sie auf so eine Idee kommt? Ich bin ihr Sohn, und sie gesteht mir nicht mal das einfachste Grundrecht »Im Zweifel für den Angeklagten« zu.

Ich bin nicht schwul, Mum. Kein bisschen.

Sie quasselt noch eine weitere Stunde oder so über Walt, bis ich schließlich gehen darf. Als ich auf der Türschwelle stehe, umgeben von der Nacht, den Geräuschen vom Strand und der schwülen Luft, die über meine feuchte Haut streicht, blicke ich hoch zu den Sternen, die auf meine Mutter herabsehen. Eines Tages wird ihr Geist dort oben schweben, er wird den Himmel und Gott finden. Sie wird fort sein und wieder mit Dad reden können.

Ich grinse. Gott und Dad müssen sich auf schwere Zeiten gefasst machen.

Ich umarme sie, bevor ich gehe. Ich werde sie vermissen.

Ich parke den gleichen gestohlenen Wagen einen Block von meiner Wohnung entfernt. Schon bald ist Freitag, und ...

Jesus Christus!

Ich lasse meinen Aktenkoffer fallen und renne zum Goldfischglas. Einige der Messer rutschen aus ihren Halterungen und klingeln wie Zymbeln, die man gegeneinander schlägt. Ich lege beide Hände an das Glas. Das Wasser darin ist trüb. Ein paar Dutzend Schuppen treiben an der Oberfläche. Ich stecke die Hand hinein, taste nach den Fischen, und während ich noch suche, findet sie mein Blick. Einer liegt vor meinem Bett, der andere in der Nähe der Küche. Kein Blut, aber überall Kratzspuren. Melissas Botschaft ist offensichtlich.

Ich gehe gerade zu Pickle hinüber, als der Kater unter dem Bett hervorschießt, den toten Fisch mit einem Schlag seiner Krallen durchs Zimmer schleudert, ihm hinterherjagt, mit dem Maul packt und wieder in Richtung Bett rennt. Der Fisch fällt ihm aus dem Maul, doch der Kater rennt weiter, entweder weil er weiß, dass man ihn gesehen hat und er gleich in ganz gewaltigen Schwierigkeiten stecken wird, oder weil er denkt, dass er den Fisch noch im Maul hat. Wie auch immer, er rennt, als sei sein Bein nie gebrochen gewesen, und mir wird klar, dass Melissa überhaupt nichts damit zu tun hat.

»Scheißkatze«, schreie ich, gehe zu Pickle und lasse mich neben ihm auf die Knie sinken. Er sieht tot aus. Ich hebe ihn auf. Er ist kalt, aber Fische sind immer kalt, richtig? Ich trage ihn zum Goldfischglas, werfe ihn hinein und hoffe, dass er es noch rechtzeitig wieder ins Wasser geschafft hat. Dann hebe ich Jehova auf, bringe sie hinüber und werfe sie ebenfalls hinein. Pickle treibt bereits auf der Seite liegend durchs Wasser. Ein paar Sekunden später schließt sich Jehova ihm an.

Ich wirble das Wasser auf und zwinge sie zu schwimmen, indem ich ihnen einen Schubs gebe. Dann drücke ich ihre kleine Brust, und obwohl das alles sinnlos erscheint, mache ich noch zehn Minuten weiter, bevor ich schließlich aufgebe. Ich drehe mich um und starre auf das Bett. Dieser beschissene, teure Kater hat meine beiden besten Freunde umgebracht. Ich stürme zum Bett, packe es an den Ecken und wuchte es auf die Seite. Jede Menge Kram fällt auf den Boden. Die Matratze und sämtliche Laken rutschen herunter. Ich spüre Schmerzen in meinem Unterleib, aber sie sind nicht so stark wie die in meinem Herzen. Den Kopf auf die Seite gelegt, blickt der Kater mit weit aufgerissenen Augen zu mir hoch. Als ich mich runterbeuge, um ihn aufzuheben, weicht er zurück. Er hat die Ohren angelegt und sieht aus, als wäre er bereit, mich umzubringen. Ich neige mich nach vorn und versuche, ihm auf den Rücken zu treten, doch er merkt es und hält direkt vor mir inne, sodass ich mich wieder strecken und neu zielen muss, und als ich das mache, kreischt mein Unterleib vor Schmerz auf. Ich trete mit voller Wucht auf die Stelle, an der der Kater eben noch gewesen ist, und der Schmerz, der mir dabei durch meinen Phantomhoden schießt, wirft mich auf die Knie.

Mein Schmusekätzchen bleibt mitten im Zimmer stehen und setzt sich. Es hat die Ohren nicht mehr angelegt. Ich fasse vorsichtig an meinen Hoden. Okay. Zeit, die Taktik zu wechseln.

»Hier, Kätzchen, hier. Komm, mein Liebling. Ich möchte mit dir spielen.« Ich schnippe mit meinen verdammten Fingern, weil Katzen das angeblich mögen. Ich schnippe immer weiter, und vor meinem geistigen Augen läuft ein Film ab, in dem ich selbst die Hauptrolle spiele und dem dämlichen Kater den Hals umdrehe. Anscheinend sieht der Kater denselben Film, denn er bleibt, wo er ist. Ich gehe zu meinem Aktenkoffer. Der Kater und ich betrachten das Messer, das ich heraushole, und wir beide wissen, was man damit anrichten kann. Er ahnt, dass ich das Sprichwort auf die Probe stellen und rausfinden will, wie viele Leben so ein kleiner Bastard tatsächlich hat. Ich sehe, wie sich meine Augen in der Klinge spiegeln. Ich betrachte sie mehrere Sekunden lang und muss plötzlich daran denken, dass ich die Augen meines Vaters habe. Beim Gedanken an Dad werde ich immer trauriger, weil ich jeden verliere, den ich liebe, und dann werde ich wieder wütend auf den Kater, weil er mich traurig gemacht hat.

»Liebes Kätzchen, komm, komm.« Ich schnippe immer weiter mit den Fingern. Der Kater miaut.

Dann werfe ich das Messer. Ich bin schnell. Das Messer ist schnell. Der Kater ist noch schneller. Die Klinge bohrt sich genau an der Stelle in den Boden, an der er den Bruchteil einer Sekunde zuvor noch gesessen hat. Dann dreht er mir den Rücken zu und geht langsam wieder in Richtung Bett. Ich will gerade mein Messer holen, als das Telefon klingelt. Ich will nicht abnehmen. Ich will nichts weiter als diesen verdammten Kater umbringen. Mein Hoden schmerzt wie verrückt. Das Telefon klingelt und klingelt.

Ich ziehe das Messer aus dem Boden und werfe es in Richtung Kater, und eine Sekunde später springt das Tier nach vorn, ohne dass ihm das Messer aus dem Leib ragen würde. Er sieht zu mir hoch.

»Ich werde dich umbringen, du kleiner Bastard.«

Der Kater faucht mich an.

Das Telefon klingelt immer noch. Ich bekomme langsam Kopfschmerzen. Klingel, klingel, klingel. Scheiße noch mal. Warum schaltet sich der Anrufbeantworter nicht ein?

Ich greife nach einem neuen Messer und stehe dann vorsichtig wieder auf. Die Schmerzen in meinem Unterleib lassen nach. Langsam schleiche ich zum Telefon. Es hat aufgehört zu klingeln, und der Anrufbeantworter nimmt die Nachricht auf. Der Ton ist leise gestellt, sodass ich nichts verstehe. Ich unterbreche die Nachricht.

»Hallo?«, sage ich und hoffe, dass meine Goldfische das Einzige sind, was ich heute verliere, doch instinktiv weiß ich, dass irgendwas mit Mum passiert ist. Die Vorahnung ist wieder da und wischt alle anderen Gedanken beiseite. Warum ist das Leben nur so grausam zu denen, die ich liebe? Und warum verlassen mich all meine Lieben? Ich habe den Kater bei mir aufgenommen und ihm ein Heim gegeben, und zum Dank dafür hat er mir das angetan.

»Joe? Hi, ich bin's, Jennifer.«

Jennifer? Woher kennt sie meine Mutter? Ich höre, wie ich sie frage: »Wie kann ich Ihnen helfen, Jennifer?«

»Sie werden es nicht für möglich halten, aber wir haben gerade den Besitzer des Katers gefunden!«

Sie klingt aufgeregt. Ich sehe zum Bett. Der Kater sitzt immer noch dort. Ich ziele mit dem Messer.

»Tatsächlich?« Das bedeutet, dass meine Mutter noch am Leben ist und dass es ihr gut geht. Gottseidank!

»Tatsächlich! Ist das nicht aufregend?«

»Der Kater ist aber leider nicht mehr hier«, sage ich und frage mich, wie viel Kraft ich in den Wurf legen muss, damit ihn das Messer am Boden festnagelt.

»Was meinen Sie damit?«

»Ich hab ihn einem Nachbarn gegeben.«

»Können Sie ihn wiederbekommen?«

»Naja, er ist wohl weggelaufen.« Ich rede zwar immer noch, höre aber kaum auf das, was sie sagt, und achte nicht einmal auf das, was ich selbst sage. Mein Hirn läuft auf Autopilot. Mein Blick ist starr auf diesen verdammten Kater gerichtet, doch ich kann an nichts anderes mehr denken als an meinen Vater. Dad, der sich umgebracht hat. Dad, der in seinem Wagen eingeschlossen gefunden wurde.

»Das ist nicht Ihr Ernst«, sagt Jennifer, und zum ersten Mal hört sie sich nicht so an, als wollte sie mich unbedingt nackt sehen. Ich sehe vom Goldfischglas zum Kater.

»Es wird noch schlimmer«, sage ich.

»Schlimmer? Haben Sie ›schlimmer‹ gesagt? Inwiefern?«

»Naja, er ist nicht einfach nur weggelaufen. Eigentlich ist er in ein Auto gerannt.« Sie wird diesen verdammten Kater auf keinen Fall wiederbekommen. Er steht für zu viele Dinge. Melissa hat mich betrogen. Dad hat mich betrogen. Ich werde mich nicht von einem Tier unterkriegen lassen, dessen Gehirn zehnmal kleiner ist als meins.

»Ist das wirklich wahr, Joe? Oder versuchen Sie, den Kater zu behalten?«

»Wenn Sie mir nicht glauben, dann kommen Sie doch vorbei und graben Sie das verdammte Vieh wieder aus dem Garten aus.«

»Es besteht kein Grund ...«

289

»Ich hasse Hackbraten!«, schreie ich, und sie legt wortlos auf. Ich vermute mal, ich werde Jennifer nie mehr zu Gesicht bekommen.

Anstatt das Messer zu werfen, beschließe ich, es gegenüber dem Kater noch einmal mit Freundlichkeit zu versuchen, in der Hoffnung, näher an ihn heranzukommen. Ich sehe rüber zum Goldfischglas. Das trübe Wasser ist absolut regungslos. Das habe ich nun davon, dass ich versuche, ein guter Mensch zu sein, ein Mensch, der sich um andere kümmert.

»Komm, Kätzchen, komm zu Joe.«

Langsam sinke ich auf die Knie. Das Vieh ist jetzt nur noch wenige Meter von mir entfernt und hat keine Ahnung, was gleich passieren wird. Ich schiebe mich vor. Das Messer wird gut aussehen, wenn es seitlich aus dem Kopf des Katers ragt.

»Komm, komm, sei ein braver Junge.« Ich bin fast bei ihm. Ich hole mit dem Messer aus. Ich werde ihm eine Lektion erteilen, die er nie wieder vergisst. Er steht auf.

»Komm, komm, es ist alles gut.«

Dann prescht das Vieh los. Wuchtig und schnell saust das Messer nach unten, doch ich verfehle das Tier, das seitlich an mir vorbeiflitzt. Es rennt in Richtung Küche ...

Dann entdeckt es die offene Tür.

Ich werfe das Messer nach dem Kater, der über den Boden rutscht, die Richtung wechselt, an meinem Koffer vorbeischießt und auf die Freiheit zurast. Diesmal segelt die Klinge direkt über seinen Kopf hinweg und bleibt in der Tür stecken. Der Kater bleibt auf der Schwelle stehen, sieht mich an und gibt ein Miauen von sich, das in mir den Wunsch weckt, die nächsten zwölf Stunden damit zu verbringen, ihm alles Leben aus dem Leib zu trampeln – dann ist er verschwunden.

Ich stehe auf, renne zur Tür und blicke raus auf den Gang. Wenn ich könnte, würde ich ihm nachlaufen, doch mein Unterleib pocht, und möglicherweise blute ich sogar. Ich schließe die

Tür, lasse mich aufs Sofa fallen und starre das Goldfischglas an. Pickle und Jehova treiben immer noch an der Wasseroberfläche. Ich kann die beiden nicht mehr unterscheiden. Während ich sie betrachte, füllen sich meine Augen mit Tränen. Ich weine und halte mich nicht zurück. Weinen ist keine Schande.

Ich werde diesen Kater finden. Ich werde ihn finden und umbringen. Das schwöre ich.

Ich stehe auf und gehe in meine Kochecke. Die Nacht ist noch jung, und obwohl ich einige Rückschläge erlebt habe, muss ich mich zwingen weiterzumachen. Mein Blick ist immer noch trüb von Tränen, und meine Augen sind entzündet vom vielen Reiben. Mich schaudert, obwohl es hier drin wahrscheinlich dreißig Grad hat. Ich lege den Telefonhörer auf, stelle das Bett wieder ordentlich hin und räume auf.

Ich muss nach vorn blicken. Pickle und Jehova hätten es nicht anders gewollt.

Langsam kommen die Erinnerungen. Wieder sehe ich vor mir, wie ich Pickle und Jehova gekauft habe. Ich habe sie gekauft, weil ich es satt hatte, allein zu sein. Zuerst erfüllten sie ihren Zweck, indem sie einfach etwas Leben in meine Wohnung brachten, doch nach einigen Monaten hatte sich zwischen uns eine stille Verbundenheit entwickelt, der, wie ich wusste, nur der Tod ein Ende bereiten konnte. Aber warum ausgerechnet heute. Warum so früh.

Ich gieße das Wasser aus dem Goldfischglas in die Spüle. Ich muss immer wieder an Dad denken; ich wünschte, er würde mich in Ruhe lassen. Ich lege meine Goldfische in einen durchsichtigen Plastikbeutel, den ich fest verschnüre, bevor ich nach unten gehe. Im Garten vor unserem Wohnhaus – und »Garten« ist in dem Fall wirklich ein sehr wohlmeinender Ausdruck –, schiebe ich etwas Unkraut beiseite und grabe mit bloßen Händen ein Loch. Ich lege den Plastikbeutel hinein und bedecke ihn mit Erde. Ich hätte Pickle und Jehova natürlich auch die Toilette runterspülen können, doch ich wollte die Erinnerung an sie nicht in den Schmutz ziehen, indem ich ihre Leichen bis in alle Ewigkeit zwischen Scheißeklumpen schwimmen lasse. Ich klopfe den Sand fest und sorge dafür, dass alles hübsch aussieht, bevor ich ein paar Worte über dem Stückchen Erde spreche, wo meine toten Freunde liegen. Meine Augen füllen sich erneut mit Tränen. Ich schwöre Rache an ihrem Grab.

Ich suche nach dem Kater, und obwohl ich ihn nirgendwo finden kann, spüre ich, dass er mich immer noch beobachtet. Nachdem ich den Schmutz unter meinen Fingernägeln rausgekratzt habe, schaffe ich es, früh ins Bett zu gehen, und das ist das einzig Gute in dieser Nacht.

Ich träume vom Tod, bin aber nicht sicher, wer stirbt.

Kapitel 36

Sally hätte nichts dagegen, in einer Straße wie dieser zu wohnen. Nachts würde sie das Fenster auflassen und zuhören, wie der Ozean gegen die Küste brandet. Und im Sommer könnte sie morgens vor der Arbeit schwimmen gehen. Sicher sind die Leute, die hier draußen wohnen, viel entspannter. Martin hätte gern hier draußen gelebt, denkt sie. Er hat den Strand geliebt.

Gestern Nachmittag hat sie sich an einer Straßenecke in der Nähe des Polizeigebäudes herumgedrückt und beobachtet, wie Joe sich mit dieser Frau unterhielt. Am liebsten hätte sie Joe angesprochen und ihn rundheraus gefragt, was eigentlich vor sich ging, und sie bedauert, die Chance nicht genutzt und einen Blick in Joes Aktenkoffer geworfen zu haben. Sollte sich nochmal die Möglichkeit dazu ergeben, wird sie sie ganz sicher ergreifen.

Anschließend ist sie zum Friedhof gefahren, und als sie am Grab ihres toten Bruders stand, galten ihre Gedanken weniger ihrer Trauer als Joe. Sie wollte, nein, sie *musste* wissen, was sich da abspielte. Sie beschloss, nicht länger zu warten. Sie entschuldigte sich bei Martin, versprach, morgen wiederzukommen, und fuhr zu Joes Wohnung. Sie würde ihn zur Rede stellen. Wollte sie ihm helfen, blieb ihr keine andere Wahl. Außerdem mussten die Fäden gezogen werden, und sie würde ihm den Nachschlüssel zurückgeben, den sie hat machen lassen.

Doch so weit kommt sie gar nicht.

Ein paar Blocks von seiner Wohnung entfernt sieht sie ihn im Auto vorbeifahren. Und sie ist sich sicher, hundertprozentig sicher, dass er es ist.

Langsam rollt sie in ihrem Wagen die Straße hinab, behält dabei die wenigen Briefkästen im Auge und sieht zu, wie die Hausnummern größer werden. Die meisten Gebäude wirken, als fehlte ihnen nichts weiter als ein neuer Anstrich, um sie in ein zauberhaftes kleines Zuhause zu verwandeln.

Als die gesuchte Tür sich nach kurzem Klopfen öffnet, weiß sie sofort, dass sie hier richtig ist. Die Ähnlichkeit ist verblüffend.

»Tut mir leid, ich kaufe nichts«, sagt die Frau und will die Tür wieder zuschlagen.

»Ich will nichts verkaufen«, sagt Sally rasch, doch die Tür schließt sich unaufhaltsam. »Ich heiße Sally. Ich kenne Joe von der Arbeit, und ich hatte gehofft ...«

»Oh, warum sagen Sie das nicht gleich?«, antwortet Joes Mutter und öffnet die Tür freundlich und weit. »Ich hab noch nie eine von Joes Bekannten getroffen. Ich bin Evelyn. Bitte, bitte, kommen Sie rein. Wollen Sie was trinken? Vielleicht eine Cola?«

»Ja, das wäre nett.«

»Sally, Sally. Das ist ein hübscher Name.«

»Na ja ... danke.«

Joes Mutter führt sie durch den Flur in die Küche. Die Einrichtung ist etwa dreißig Jahre alt, überlegt Sally; sie vermutet, dass Joes Mutter die ganze Zeit über hier gewohnt hat. Sie setzt sich hinter den Resopaltisch. Evelyn öffnet den Kühlschrank und setzt sich einen Augenblick später dazu.

»Also, wann kommt Joe denn nun?«, fragt Evelyn.

»Joe kommt hierher?«

»Deshalb sind Sie doch da, oder? Sie wollen Joe treffen. Es ist zwar schon ein bisschen spät, um Abendessen zu kochen, aber ich denke, ich werde schon irgendwas hinbekommen. Ich könnte ihn vielleicht anrufen, um zu sehen, ob er schon unterwegs ist.«

»Ehrlich gesagt, Joe weiß gar nicht, dass ich hier bin.«

»Ich kann Ihnen nicht ganz folgen, meine Liebe.«

»Ich bin gekommen, weil ich mit Ihnen über Joe sprechen wollte.«

Seine Mutter runzelt die Stirn. »Über Joe? Wozu?«

Seit Sally heute einen Blick in Joes Personalakte geworfen hat, um sich die Adresse seiner Eltern zu besorgen, war ihr klar, welche Fragen sie seiner Mutter stellen will.

»Ich, na ja, es gibt ein paar Dinge, über die ich gerne mit Ihnen reden würde. Ich mache mir so meine ... Gedanken.«

Evelyn nickt langsam, als würden Sallys sorgenvolle Gedanken sie plötzlich traurig machen. »Ich weiß, was Sie damit sagen wollen, meine Liebe.«

»Wirklich?«

»Auch ich mache mir Sorgen. Sagen Sie, mögen Sie meinen Sohn?«

»Natürlich. Deshalb bin ich doch hier.«

»Ich hab immer gedacht, dass mehr Frauen ihn mögen würden, aber er scheint kein Interesse an ihnen zu haben. Er ist ... was Besonderes, wissen Sie?«

»Das weiß ich. Er erinnert mich an meinen Bruder.«

»Oh? Ihr Bruder ist auch so?«

»Das ist er«, sagte sie. Sie sagt nicht »war«, denn das Wort »war« besitzt eine Endgültigkeit, über die sie im Augenblick nicht nachdenken möchte.

»Und Sie mögen Joe?«

»Ich mag Joe sehr.«

»Das ist gut, meine Liebe. Ich freue mich, das zu hören. Das bedeutet, dass Joe immer noch eine Chance hat.«

»Aber ... ach, ich weiß gar nicht, wo ich anfangen soll.«

»Wir haben doch schon angefangen, meine Liebe.«

»Wie lange kann Joe schon Auto fahren?«

»Ich verstehe nicht, was das damit zu tun hat, ob man ihn mag.«

»Genau genommen hat es auch nichts damit zu tun. Aber ich hab ihn gestern Abend Auto fahren sehen, und ...«

»Er hat mich besucht. Er ist so ein guter Junge.«

»Ich weiß. Es ist ganz offensichtlich, dass Joe ein großes Herz hat. Er ist wirklich ein sehr netter Mensch. Aber ich wusste nicht, dass er Auto fahren kann.«

»Sie haben nicht gewusst, dass er Auto fahren kann? Sie haben doch gesagt, sie würden mit ihm zusammen arbeiten?«

»Ja, allerdings.«

»Dann müssen Sie doch gesehen haben, wie er mit all diesen Autos rumgefahren ist.«

Den Wagen der Polizei? Erzählt Joe ihr, dass er sie fährt? Das wäre so typisch für ein großes Kind, dass es zu ihm passen würde. Sie will Evelyn nicht die Illusion nehmen. Es ist schon schwer genug, hier zu sein und in seine Privatsphäre einzudringen. Sie fühlt sich richtig schuldig, und sie hat Angst davor, wie Joe reagieren wird. Wenn sie versucht, ihm zu helfen, wird sie ihm wahrscheinlich unweigerlich wehtun, und es ist möglich, dass er sie am Ende dafür hassen wird.

»Natürlich. Ich war einfach nur neugierig und wollte wissen, wie lange er das schon kann, das ist alles.«

»Erzählen Sie mir von sich, Sally. Ich nehme an, dass Sie nicht verheiratet sind?«

»Nein, nein, nicht verheiratet.«

»Haben Sie Familie? Irgendwelche Brüder oder Schwestern? Und was machen Sie, wenn Sie mit Joe zusammen arbeiten? Sind Sie seine Empfangsdame? Machen Sie die Autos sauber? Sind Sie Putzfrau?«

»Ich lebe bei meinen Eltern«, sagt sie knapp, um diesen Teil des Gesprächs rasch hinter sich zu bringen und wieder über Joe reden zu können. »Ich mache keine Autos sauber, und ich glaube, Joe auch nicht.«

»Nein, natürlich nicht. Und warum sollte er?«

Sally zuckt als Antwort mit den Schultern. Und warum sollte ein Putzgehilfe eine Empfangsdame haben?

»Was machen Sie dann?«, fragt Evelyn. »Beruflich, meine ich.«

»Na ja, ich bin Wartungsarbeiterin. Ich halte die Dinge in Schuss, würde ich sagen.«

»Oh, das klingt sehr interessant, Sally. Es gibt nicht viele Mechanikerinnen. Möchten Sie auch eines Tages Autos verkaufen?«

»Autos verkaufen?«

»Ja. Möchten Sie welche verkaufen?«

Vielleicht träumt Joe davon, Autos zu verkaufen. »Ich habe wahrscheinlich noch nie darüber nachgedacht.« Sie greift nach ihrem Getränk und nimmt einen großen Schluck. Sich mit Joes Mutter zu unterhalten, erweist sich als genauso kompliziert, wie eines der Gespräche zu führen, die sie bisher mit Joe hatte. »Die Sache ist die. Ich bin hierhergekommen, um über etwas zu sprechen, das meiner Meinung nach möglicherweise passieren könnte.«

»Zwischen Ihnen und Joe? Oh, das wäre wunderbar!«

Sally lehnt sich zurück und unterdrückt ein Seufzen. Plötzlich kann sie nicht mehr weitermachen. Joe hat für seine Mutter eine Welt geschaffen, in der sie ihn in einer bestimmten Weise sehen soll, und zweifellos hat das viel, viel Zeit gekostet. Sie könnte das alles mit ein paar unbedachten Worten kaputtmachen. Nein, am besten hört sie jetzt auf. Hier gibt es keine Antwort auf die Frage, warum Joe Auto fahren kann. Keine Antworten auf die Frage, wer ihn angegriffen hat. Sie nimmt noch einen großen Schluck von ihrem Getränk, denn sie will möglichst schnell damit fertig werden und von hier verschwinden.

»Ich wusste, dass Joe jemanden finden würde.«

»Er ist wirklich was ganz Besonderes«, sagt Sally, weil sie nicht weiß, was sie sonst sagen soll. Sie nimmt noch einen großen Schluck. Noch einer, dann kann sie gehen.

»Nachdem sein Vater gestorben ist, da wusste ich nicht, welchen Einfluss das auf ihn haben würde, wenn Sie verstehen, was ich meine. Ich dachte, er würde Probleme bekommen. Ein bisschen seltsam werden.«

Sally nickt. Sie hat nicht gewusst, dass Joes Vater tot ist.

»Joe wurde schweigsam. Er hat sich in sich selbst verkrochen. Nicht lange danach ist er ausgezogen. Wissen Sie, dass ich noch nie in seiner Wohnung war? Ich mache mir Sorgen um Joe. Aber ich vermute, dass das allen Müttern so geht.«

»Auch ich mache mir Sorgen um ihn.« Sally leert ihr Glas. »Also, ich geh dann mal.«

»Aber Sie sind doch gerade erst gekommen.«

»Ich weiß. Nächstes Mal bleibe ich länger. Ich wollte nur vorbeischauen und Hallo sagen.«

»Sie sind wirklich eine nette junge Frau.« Evelyn begleitet sie hinaus und öffnet die Tür. In den fünfzehn Minuten, die sie hier war, ist es kälter geworden. »Hat Joe Ihnen von Walt erzählt?«

»Walt?«

Sally bleibt auf der Türschwelle stehen, schlingt sich die Arme um den Leib und hört zu, wie Evelyn die Geschichte von Walt erzählt. Als es vorbei ist, bedankt sie sich bei Joes Mutter und geht den Bürgersteig runter zu ihrem Wagen. Sie greift nach dem Lenkrad, schaltet den Motor jedoch nicht ein.

Evelyn zufolge ist Joe Autoverkäufer. Er war gerade dabei, einen Wagen einzufahren, als er ihren alten Freund Walt traf.

297

Sie greift nach dem Kruzifix, das sie um den Hals trägt. Joe hat eine fiktive Welt geschaffen, um seine Mutter glücklich zu machen. Was hat er sich sonst noch ausgedacht? Joe ist mehr, als er scheint, und in gewisser Weise macht ihr das Angst.

Kapitel 37

Am nächsten Morgen weckt mich meine innere Uhr, und ein neuer, wunderbarer Morgen in Christchurch erwartet mich – zumindest behauptet das der alte Knabe, der im Radio für die Wettervorhersagen zuständig ist. Ein Blick aus dem Fenster zeigt die Dinge jedoch in einem etwas anderen Licht; angesichts des grauen Himmels und der dunklen Unwetterwolken am Horizont muss der Typ entweder verrückt oder betrunken sein. Ich starre den Couchtisch an, bevor ich zur Arbeit gehe. Eine Dose Fischfutter befindet sich darauf, aber keine tote Katze. Ich verlasse das Haus, gebe Mr. Stanley den Busfahrschein, und heute entwertet er ihn. Ich frage mich, ob das ein Omen ist. Ich möchte ihm von meinen Goldfischen erzählen und weiß gar nicht, warum. Weiß nicht mal, ob es ihn interessieren würde.

Als er mich gegenüber dem Gebäude absetzt, in dem ich arbeite, winken wir einander kurz zu. Ich trete aus dem Bus in den strömenden Regen. Mittags wird die Sonne wieder scheinen, hundert Prozent.

Christchurch-Wetter. Fünf Jahreszeiten an einem einzigen verdammten Tag. Sally erwischt mich vor dem Fahrstuhl. Wir machen ein wenig schwachsinnige Konversation bis hinauf zu meinem Stockwerk, doch die meiste Zeit über scheint Sally nicht ganz bei der Sache, und dann ist sie auch schon verschwunden.

Weil ich mir keinen Zugang zum Besprechungszimmer verschaffen kann, mache ich schließlich das, wofür ich bezahlt werde. Dabei behalte ich Detective Calhoun im Auge, wenn er in der

Nähe ist. Ich versuche mir vorzustellen, wie er sich jetzt fühlt, doch ich kenne ihn nicht gut genug, um beurteilen zu können, ob er in einer Krise steckt. Ich halte auch nach Melissa Ausschau, doch sie taucht nicht auf. Ich sauge und schrubbe und wische und erledige all das, womit ich mir an einem gewöhnlichen Arbeitstag mein atemberaubendes Gehalt als Reinigungskraft verdiene. Niemand behandelt mich anders als sonst. Niemand betrachtet mich mit dem Blick, der für Serienkiller reserviert ist.

Im Revier geht es nicht so geschäftig zu wie gestern, als jeder dachte, bei diesem Fall gäbe es eine überraschende Wendung. Sogar das Besprechungszimmer ist leer. Ich gehe hinein und sehe mich um. Das Phantombild, das sie mit Melissas Hilfe erstellt haben, hängt an der Wand. Dunkles, wuscheliges Haar, Wangenknochen, die man nicht sehen, geschweige denn fühlen kann, jede Menge Bartstoppeln. Eine platte Nase, große Augen, eine hohe Stirn. Der kalte, berechnende Gesichtsausdruck wirkt gemein, als wäre die Person auf diesem Bild ein geborener Krimineller.

Das Bild hat keinerlei Ähnlichkeit mit meinem tatsächlichen Aussehen. Mein Haar ist dünner. Ich trage es zurückgekämmt und auf praktische Weise kurz. Es ist zwar dunkel, doch das ist schon die einzige Verwandtschaft, denn ich habe hohe Wangenknochen und keine Schwabbelbacken, außerdem sind meine Augen schmaler. Und Bartstoppeln? Völlig unmöglich. Ich muss mich höchstens einmal im Monat rasieren. Ich grinse das Bild an. Obwohl es angeblich mich zeigt, grinst es nicht zurück.

Auf dem Tisch mit den Akten liegt auch das Messer. Es steckt in einem Plastikbeutel, der sich in einer Pappschachtel befindet. Man hat es bereits auf Fingerabdrücke, Blut und DNS untersucht. Hätte man meine Fingerabdrücke darauf gefunden, würde ich das mittlerweile längst wissen. Man hat jedem, der in diesem Gebäude arbeitet, die Fingerabdrücke abgenommen. Das ist so üblich. Melissa hat nicht gelogen. Es ist jedoch nicht üblich, dass jeder von uns eine DNS-Probe zur Verfügung stellen muss.

Ich halte den Griff fest in der Hand, spüre ihn unter dem dünnen Kunststoff. Dieses Messer wurde mir unter Umständen gestohlen, die ich unmöglich vergessen kann. Dieses Messer war in jener Nacht mit dabei, als mir tiefste Erniedrigung und größter Schmerz widerfuhren, als ich unendlichen Hass verspürte. Ich lege es rasch wieder zurück. Es gehört mir nicht mehr.

Ausführlich widme ich mich den Berichten. Die Prostituierte, die ich in der Gasse habe liegen lassen, hat man inzwischen identifiziert. Charlene Murphy. Zweiundzwanzig Jahre alt. Ich hatte gedacht, sie wäre an die dreißig. Prostituierte altern schnell. Sie hatte allerdings ein Kind. Genau wie ich vermutet habe. Ihr Freund zählt nicht zu den Verdächtigen, weil er im Augenblick aufgrund anderer Delikte im Gefängnis sitzt. Ihr Foto hängt neben dem der anderen Frauen an der Wand.

Die zweite Hure, die gestorben ist, Candy Nummer zwei, hat man noch nicht identifiziert.

Ich müsste eigentlich keine weiteren Unterlagen mitnehmen, aber ich ertappe mich dabei, dass ich mir so viel besorge, wie ich kann. Es sind vor allem Erinnerungsstücke für mich. Ich nehme das Band aus dem Recorder in der Topfpflanze und bin wieder in meinem Büro, als Sally an die Tür klopft und hereinkommt.

Nach dem üblichen Austausch von Höflichkeiten schweigt Sally, offenbar hat sie alle Worte aufgebraucht, die sie sich für den heutigen Tag zurechtgelegt hat. Sie steht einfach nur da, als hätte jemand in ihrem Innern einen großen Schalter auf »aus« gestellt. Etwa eine halbe Minute vergeht, dann sieht sie sich um.

»Es ist wirklich ein schöner Tag heute«, bemerkt sie, doch der Schalter steht inzwischen auf Automatik, sodass sie eigentlich gar nicht weiß, was sie sagt. Sie sieht aus dem Fenster. Blickt hoch zur Decke. Und auf den Boden unter meiner Arbeitsplatte. Schließlich ruht ihr Blick auf meinem Aktenkoffer. »Ich habe vergessen, dir heute deine Lunchbrote zu machen. Tut mir leid, Joe.«

»Mach dir deswegen keine Sorgen.«

Sie starrt immer noch meinen Aktenkoffer an, vermutlich denkt sie, wenn sie sich genau dasselbe Modell besorgt, werde ich sie noch lieber mögen. Sie versucht rauszufinden, ob ich beeindruckt oder am Boden zerstört wäre, sollte sie sich einen besseren besorgen. Aber wahrscheinlich denkt sie überhaupt nichts. Sie runzelt die Stirn, was wohl ein Anzeichen dafür ist, dass in ihrem Kopf irgendwas vor sich geht, doch die Art, wie sie dabei das Gesicht verzieht, lässt vermuten, dass in ihrem Gehirn nichts als heillose Verwirrung herrscht. Es ist, als wollte sie mir eine wirklich wichtige Frage stellen, hätte aber keine Ahnung, wie sie lautet.

»Danke, dass du vorbeigeschaut hast. Ich hab jede Menge Arbeit und sollte mal wieder anfangen ...«

Jetzt scheint sie wieder zu sich zu kommen. Der Schalter in ihrem Innern springt nicht auf »an«, denn diese Position existiert bei ihr gar nicht. Abgesehen von »aus« und »Automatik« gibt es nur noch »funktioniert notdürftig«, und dieser Modus rastet jetzt ein.

»Wir sehen uns später, Joe.«

»Oh. Okay. Bis dann«, sage ich und versuche, die vier Wörter in einer Art Singsang auszusprechen.

Sie verlässt das Büro, schließt aber nicht die Tür. Ich muss aufstehen und das selbst erledigen.

Ich höre mir das Band aus dem Besprechungszimmer an. Viele verschiedene Theorien, und keine davon stimmt. Die Polizisten sind überaus nervös, weil sie glauben, dass ich kurz davor stehe, durchzudrehen. Sie vermuten, dass bald nur noch wenige Tage zwischen meinen einzelnen Opfern liegen werden. Verdammt, vielleicht haben sie sogar recht. Es ist aber noch zu früh, um das mit Sicherheit sagen zu können.

Das Everblue Motel ist eine der Spelunken, in denen im Kino Leuten, die einfach nur Pech haben, schlimme Dinge passieren, weil sie zur gleichen Zeit dort übernachten wie ein entflohener Geisteskranker. Die Entfernung zur Stadt ist nicht besonders groß, aber sie genügt, damit das Land hier ebenso billig ist wie die Typen, die in der Gegend wohnen. Die Zimmer des Motels sind L-förmig angeordnet, ihr Anstrich ist alt, die Fenstersimse sind zerschrammt, und davor wachsen braunes Gras und ein paar halb tote Sträucher. Rostfarbenes Wasser hat sich in den Rissen der Zugangswege gesammelt. Ich zähle ein Dutzend Autos auf dem Parkplatz, vom allerbilligsten Modell bis zur durchschnittlichen Familienlimousine, wie sie die Mittelklasse fährt. Vielleicht haben die Nutten heute ihren preisgünstigen Mittwoch, an dem alles im Sonderangebot ist. Ein paar vor sich hinrostende Einkaufswägen aus einem Supermarkt liegen umgekippt zwischen Unkraut und Zigarettenstummeln. Das Neonschild gibt ein lautes Summen von sich.

Ich parke vor der Rezeption und trete hinaus in die Hitze. Im Laufe des Tages ist es immer wärmer geworden. Ich spüre, wie alle zehn Sekunden oder so ein Schweißtropfen aus einer meiner Achseln rinnt. Lange, dicke Plastikstreifen hängen als Fliegenschutz vorm Eingang, die Art, wie man sie vor zwanzig Jahren in einer Molkerei gefunden hätte. Ich schiebe sie zur Seite und gehe hinein. Der Raum stinkt nach Latex und Zigarettenrauch. Die Wände und die Decke sind voller Schmutz. Den Teppichboden ziert ein Muster aus Brandflecken, die von Zigarettenkippen stammen. Der Kerl hinter dem Empfang muss etwa Mitte vierzig sein. Er hat eine Glatze und Übergewicht und starrt mich misstrauisch an, als fürchtete er, ich könnte seine bunten Plastikbänder herunterreißen und damit verschwinden. Er trägt ein T-Shirt mit der Aufschrift *Rassismus leidet unter Diskriminierung.*

Ich zücke einen Polizeiausweis, der mir natürlich nicht gehört.

Manchmal öffnen sich bereits alle Türen angesichts der Visitenkarte eines Polizisten, auf der nur ein Name steht, ohne Foto, doch jetzt wirft der Typ nur einen desinteressierten Blick darauf und zuckt mit den Schultern. Als ich ihn bitte, mir die Einträge der Übernachtungen ansehen zu dürfen, dreht er das Buch herum und wünscht mir viel Glück. Mit langen, schmutzigen Fingernägeln schlägt er die Seiten auf, zu denen ich ihm das Datum nenne. Dann kratzt er sich damit den unbehaarten Schädel. Kleine Hautfetzen bleiben unter seinen Nägeln hängen, und er zupft sie heraus. Sie fallen auf das Buch, und er wischt sie weg.

Wir machen ein bisschen Konversation, während ich die Aufzeichnungen durchsehe. Er behauptet, schon früher mit der Polizei zu tun gehabt und einmal sogar ein Zimmer an einen Mörder vermietet zu haben. Natürlich wusste er damals noch nicht, dass der Mann ein Mörder war. Das kam erst nach der Festnahme heraus.

Faszinierend, erwidere ich.

Ich überprüfe die Daten, auf der Suche nach dem Zimmer, das Calhoun benutzt hat. Natürlich hat er dabei nicht seinen eigenen Namen angegeben, aber ich sehe trotzdem nach. Mein Finger fährt über eine ganze Reihe von Einträgen unter den Namen John Smith, Ernest Hemingway und Albert Einstein.

Ich drehe das Buch herum, sodass die Seiten wieder vor Mr. Schmierig liegen, und knalle das Foto von Detective Calhoun darauf. »Kennen Sie diesen Burschen?«

»Sollte ich?«

»Ja, das sollten Sie.«

Er sieht sich das Foto genauer an. »Ja. Ich erinnere mich an ihn. Er war vor ein paar Monaten hier.«

»So viele Leute kommen hierher, und Sie erinnern sich ausgerechnet an ihn? Wie das?«

»Ich erinnere mich an das Chaos, das er hinterlassen hat. Und an den Lärm, den er dabei gemacht hat.«

»Sind Sie sicher, dass er es war?«

Wieder zuckt er mit den Schultern. »Spielt das eine Rolle?«

Vermutlich nicht. Ich mache mir nicht die Mühe, mich bei ihm zu bedanken. Ich nicke nur und gehe.

Ich fahre an einen Ort, der ein echtes Kontrastprogramm zum Everblue darstellt. Das Hotel Five Seasons liegt etwas näher am Stadtzentrum im Umkreis einiger anderer Hotels, die allesamt höchstens zehn Jahre alt sind. Hier ist das Land nicht billig. Es sieht nur billig aus. Ich parke den gestohlenen Wagen drei Blocks entfernt und nehme meine Aktentasche mit. Der Abend ist noch jung, und die Sonne scheint kräftig und heiß. Ich kann einfach nicht aufhören zu schwitzen.

Das Hotel ist hässlich. Ich kann es nur als einen künstlerischen Traum beschreiben, der sich in einen Albtraum verwandelt hat. Beim Abfassen ihrer Pläne haben die Architekten Blindenschrift verwendet. Die Maler haben Farbe aus den Siebzigerjahren benutzt. Es sieht aus wie eine Lavalampe. Es ist fünfzehn Stockwerke hoch und nicht besonders weitläufig, doch groß genug für jeden, dessen Lieblingsfarbe Giftgrün ist. Nachts beleuchten Punktstrahler die unteren Etagen. Das Hotel würde besser nach Disneyland passen – als Gruselattraktion. Erstaunlicherweise hat es fünf Sterne.

Ebenso erstaunlich ist die Tatsache, dass hier diejenigen Polizisten untergebracht sind, die nicht aus der Stadt kommen. So macht man sinnvollen Gebrauch vom Geld der Steuerzahler.

Ich kann mir bereits vorstellen, wie die Inneneinrichtung aussehen wird, doch schnell zeigt sich, dass ich absolut falsch liege. Die Wandverkleidung besteht aus lackiertem Holz, was dem Foyer ein merkwürdig antikes Aussehen verleiht. Ein Kandelaber mit Millionen von reflektierenden Lämpchen hängt von der Decke. Der Teppichboden ist dunkelrot und hochflorig genug, um bequem darauf schlafen zu können. Wo er endet, beginnt schwarz-weiß gewürfeltes Linoleum. Das Foyer ist so groß, dass man jemandem darin gut eine Minute lang hinterherrennen könnte. Die Luft ist kühl und leicht parfümiert. Es könnte sich um Jasmin oder Flieder handeln – oder um irgendeinen anderen dieser künstlichen Duftstoffe, die sich alle zum Verwechseln ähnlich sind.

Ich trete an den Empfangstisch. Er ist viel ordentlicher als der Tresen im Everblue. Eine junge Frau lächelt mich an – ziemlich attraktiv, hübsche Brüste, straffer Körper, nettes Gesicht, blondes, nach hinten gekämmtes Haar, perfekt aufgetragenes Make-up. Ihre Uniform ist dunkelgrün. Die Bluse ist weiß, und es ließe sich problemlos dafür sorgen, dass sie ein paar rote Spritzer abbekommt. Ich frage mich, was sie wohl sagen würde, sollte ich sie bitten, die Bluse auszuziehen.

Ich buche ein Zimmer und bezahle bar, wobei ich ihr eine gestohlene Kredit-, und eine gestohlene Bankkarte reiche, um mich zu identifizieren. Dann unterschreibe ich im Meldebuch mit demselben Namen, der auf den Karten steht. Weil ich bar bezahle, brauche ich die Karten nicht zu benutzen. Sollten sie bereits als gestohlen gemeldet sein, wird das Hotel nie davon erfahren.

Zimmer 712. Ich nehme den Schlüssel, der genau genommen eine Magnetkarte ist, was möglicherweise ein Problem darstellen könnte. Ich danke ihr und frage mich, ob ich sie jemals wiedersehen werde. Sie bedankt sich ebenfalls und denkt zweifellos etwas Ähnliches.

Ein Gepäckträger, dessen Persönlichkeit so wenig ausgeprägt ist, dass er es im Leben kaum zu etwas bringen dürfte, fährt mit mir in den siebten Stock. Ich habe zwar kein Gepäck, aber er kommt trotzdem mit. Er wirkt niedergeschlagen, und ich stelle mir vor, dass das daran liegt, dass er über hundert Jahre alt und immer noch ein verdammter Gepäckträger ist. Wir marschierten bis zum zwölften Zimmer. Er nimmt mir die Magnetkarte ab, schiebt sie ins Schloss, und der Mechanismus öffnet sich mit demselben Geräusch, mit dem der Verschluss eines Aktenkoffers aufschnappt. Er öffnet die Tür und bleibt stehen, als wäre es sein gottverdammtes Recht, von mir ein Trinkgeld zu verlangen. Als hätte er sich zehn Dollar verdient, nur weil er mich begleitet und dabei nicht mal für Konversation gesorgt hat. Ich gebe ihm fünf, und er bedankt sich nicht. Ich schließe die Tür und trete ans Fenster. Mein Blick schweift hinaus auf die Stadt, über der die Sonne gerade untergeht, hinter einigen Wolken, die wahrscheinlich Regen bringen werden.

Ich beschließe, mich ein bisschen zu entspannen. Ich ziehe die Schuhe aus, sodass meine Füße in der klimatisierten Luft atmen können, und habe Mühe zu glauben – oder will es vielleicht auch gar nicht –, dass ich außerhalb dieses Hotels ein Leben habe, das aus Chaos, Verwirrung und wenig anderem besteht.

Das Zimmer ist göttlich, es ist einer der Orte, die mich dazu motivieren, reich zu werden, sodass ich hier immer leben könnte. Für eine Woche im Everblue bezahlt man weniger als für eine einzige Nacht in diesem Hotel. Das große Fenster verschafft einem eine angenehmere Aussicht auf Christchurch, als ich sie je hatte. Das Bett ist so bequem, dass ich Angst habe, mich hinzulegen, weil ich dann vielleicht nie wieder aufstehen möchte. Ich werfe einen Blick in die Minibar: Zweifellos haben die Preise schon einige Leute mit einem schwächeren Herzen umgebracht. Die Küche ist voller teurer Gerätschaften, von denen ich keine Ahnung habe, wie man sie benutzt. Der Fernseher besitzt einen riesigen Bildschirm, und die Fernbedienung hat hundert Knöpfe.

Ich nehme das Risiko auf mich und lege mich ins Bett. Schließlich verbringe ich vierzig Minuten damit, an die Decke zu starren, während ich meinen Gedanken erlaube, Orte aufzusuchen, wo sie schon seit mehreren Wochen nicht mehr waren, alte Fantasien wieder aufzunehmen und sich neue auszumalen, bevor ich zum Telefonhörer greife, meine eigene Nummer wähle und meinen Anrufbeantworter abhöre. Einen Augenblick später höre ich die Stimme eines Mannes aus der Tierklinik, die mich daran erinnert, dass ich noch einen Katzenkäfig habe, der mir nicht gehört. Unnötig zu fragen, warum Jennifer nicht angerufen hat. Ich werde den Käfig zurückgeben, wenn all das vorbei ist.

Der zweite Anrufer stellt sich als Doktor Costello vor. Er hinterlässt eine Nummer, unter der ich zurückrufen kann. Er sagt, es sei dringend. Sagt, Mum sei im Krankenhaus. Er teilt mir keine Einzelheiten mit. Meine Hände zittern, und ich habe Mühe, den Hörer aufzulegen. Ist Mum irgendwas passiert? Natürlich. Sonst wäre sie nicht im Krankenhaus. Bitte, Gott ... bitte lass sie okay sein.

Ich tippe die Nummer ein (während ich die Nachricht abgehört habe, habe ich sie mit zitternder Hand auf einen Block geschrieben, den das Five Seasons seinen Gästen zur Verfügung stellt), und das Telefon fängt an zu klingeln. Schließlich spreche ich etwa eine Minute lang mit einer Frau aus einem China-Restaurant und versuche, mich zu erkundigen, warum meine Mutter dort ist, während sie mir die Empfehlungen des Tages vorliest, bevor mir klar wird, dass ich die falsche Nummer gewählt habe. Ich ramme den Hörer auf die Gabel und hole tief Luft, aber meine Nerven werden dadurch nicht ruhiger. Ich zittere so stark, dass ich beide Hände benutzen muss, um die Nummer noch einmal einzugeben. Ich schließe die Augen, um mir eine Welt ohne Mum vorzustellen, und kaum habe ich damit begonnen, strömen mir die Tränen aus den Augen.

Kapitel 38

Ein Leben ohne Mum. Ich weigere mich, darüber nachzudenken. Sie ist der wichtigste Mensch auf der Welt, und die Vorstellung, dass irgendwas nicht in Ordnung sein könnte, die ... ja, die tut weh. Mehr noch, als einen Hoden zu Brei und Flüssigkeit zerquetscht zu bekommen. Sich vorzustellen, dass sie nicht mehr ist ...

Ich will es mir einfach nicht vorstellen.

Kann es mir nicht vorstellen.

Eine Frau aus dem Christchurch Hospital nimmt den Anruf entgegen und verkündet mir, dass ich das Christchurch Hospital angerufen habe. Ich weiß den Tiefsinn ihrer Worte zu schätzen. Ich frage nach Costello, und eine endlose Minute später kommt er selbst an den Apparat und lässt seine sonore, besorgte Stimme erklingen.

»Ah, ja, Joe. Hören Sie, es geht um Ihre Mutter!«

»Bitte sagen Sie mir, dass alles mit ihr in Ordnung ist.«

»Naja, genau genommen ist tatsächlich alles in Ordnung mit ihr. Sie können selbst mit ihr sprechen. Sie steht direkt neben mir.«

»Aber Sie sind doch in einer Klinik«, sage ich, als wollte ich ihm irgendwas vorwerfen.

»Ja, aber Ihrer Mutter geht es gut.«

»Warum hat sie mich dann nicht selbst angerufen?«

»Na ja, es geht ihr gut, aber weil sie heute Nacht nicht nach Hause kommen wird, war das die einzige Möglichkeit, mit Ihnen zu sprechen. Sie meinte, Sie kann Ihrer nur habhaft werden, indem ich Sie anrufe. Ihre Mutter kann wirklich ziemlich hartnäckig sein«, sagt er völlig humorlos.

»Was hat ihr gefehlt?«

»Ich geb sie Ihnen mal.«

Einen Augenblick lang ist nichts zu hören, während das Telefon weitergereicht wird. Stimmengemurmel, und dann: »Joe?«

»Mum?«

»Hier ist deine Mutter.«

»Was fehlt dir? Warum bist du im Krankenhaus?«

»Mir ist ein Stück Zahn abgebrochen.«

Ich sitze nur da und umklammere das Telefon, unfähig zu begreifen, was sie mir sagen will. »Ein Stück Zahn? Dir ist ein Stück Zahn abgebrochen, und jetzt bist du im Krankenhaus?« Ich schüttle den Kopf und versuche, aus ihren Worten schlau zu werden. Wenn ihr ein Stück Zahn abgebrochen ist, wäre sie dann nicht ...»Beim Zahnarzt. Warum bist du nicht beim Zahnarzt?«

»Ich war beim Zahnarzt, Joe.«

Danach sagt sie nichts mehr. Meine Mutter, die so gerne redet und die sogar noch lange über ihren Tod hinaus weiterreden wird, bietet mir keinerlei Erklärung an. Vor wenigen Wochen war sie noch glücklich darüber, mir in aller Ausführlichkeit davon berichten zu können, dass sie Wasser geschissen hat.

Also muss ich sie fragen. »Warum bist du in der Klinik?«

»Wegen Walt.«

»Ist er krank?«

»Er hat sich die Hüfte gebrochen.«

»Die Hüfte gebrochen? Wie?«

»Er ist in der Dusche ausgerutscht.«

»Was?«

»Er hat geduscht und ist gestürzt. Hat sich die Hüfte gebrochen. Ich musste den Notarzt rufen. Es war unheimlich, Joe. Und gleichzeitig auch aufregend, denn ich war noch nie in einem Notarztwagen. Die Sirenen waren furchtbar laut. Und natürlich hat Walt geweint. Er tat mir so leid, aber er war sehr tapfer. Der Fahrer hatte einen Schnurrbart.«

Was? Wie? »Du warst in seiner Wohnung, als er geduscht hat?«

»Sei nicht albern, Joe. Ich war zu Hause.«

»Warum hat er dich angerufen?«

»Er musste mich nicht anrufen. Ich war schon zu Hause. Ich habe den Notarzt verständigt.«

»Ja, schon, aber warum hat Walt nicht angerufen?«

»Weil er in der Dusche war.«

»Aber wie hat er dich dann angerufen?«

»Ich war schon da, Joe. Worauf willst du hinaus?«

»Ich bin nicht sicher«, antworte ich, glücklich darüber, das Thema ruhen zu lassen.

»Wir wollten doch ausgehen, also haben wir beschlossen …«
Sie unterbricht sich, aber sie hat bereits zu viel verraten. »*Er* hat
beschlossen zu duschen.«

»Er war bei dir zu Hause? Du hast mit *ihm zusammen* geduscht?«

»Sei nicht so geschmacklos, Joe. Natürlich nicht.«

Bilder ziehen mir durch den Kopf. Ich drücke die Augen fest
zu. Ich würde sie mir rausreißen, wenn das helfen würde. Die Bilder verschwinden nicht. Ich schwitze wie ein Schwein. Ich presse
die Finger gegen die Augen, tausende Farben erscheinen – wie
bei dem Kronleuchter im Foyer –, und ich versuche, ihnen mit
den Augen zu folgen. Ich will gerne glauben, dass sie nicht zusammen geduscht haben. Wenn sie es sagt, dann will ich es gerne
glauben. Ich will gerne vergessen, dass sie »wir« und nicht »er«
gesagt hat. Ich will dieses ganze Gespräch vergessen. Nur eine Sache muss ich noch wissen …

»Also Mum, wie ist dir ein Stück Zahn abgebrochen?«

»Das ist passiert, als Walt gestürzt ist.«

»Was?«

»Es ist passiert, als …«

»Das hab ich verstanden, Mum. Aber ich dachte, ihr hättet
nicht zusammen geduscht.«

»Nun, Joe, wir sind beide erwachsen. Nur weil wir zusammen
duschen, bedeutet das noch nicht, dass irgendwas Sexuelles passiert ist. Nur weil heutzutage die jungen Leute nicht die Finger
voneinander lassen können, bedeutet das nicht, dass wir uns genauso unmoralisch verhalten. Wir sind Rentner. Wir können es
uns nicht leisten, den ganzen Tag lang warmes Wasser aus der
Leitung laufen zu lassen. Also haben wir zusammen geduscht.
Jetzt mach keine große Sache draus, wo doch überhaupt nichts
war.«

»Wie hast du dir dann den Zahn abgebrochen? Hat er dich
umgerissen?«

Ich mache die Augen auf, denn wenn sie offen sind, sehe ich die wunderbare Wand meines Hotelzimmers vor mir und nicht meine Mutter, die mit irgendeinem alten Knacker zusammen duscht. Ich möchte sie nicht ausfragen. Für meinen Geschmack hat sie die Dinge detailliert genug erklärt, doch bevor ich es verhindern kann, ist die Frage heraus. Mit offenen Augen sehe ich ein paar Stühle, einige Bilder und die Tür zu meinem Hotelzimmer. Vielleicht sollte ich in diese Richtung rennen.

»Nein, nein, Joe. Er hat mich in den Mund getreten. Sein Fuß ist weggerutscht, und die Ferse hat mich am Mund getroffen.«

Frag nicht, Joe. Frag einfach nicht ... »Aber wie ist sein Fuß so weit nach oben gekommen?«

»Oh, ich habe nicht gestanden. Ich habe gekniet. Ich war ... hmm ... naja, es ist einfach so passiert, Joe, okay? Er hat mich in den Mund getreten.«

Es ist einfach so passiert. Was ist einfach so passiert? Oh Gott, bitte, ich will nicht sehen ...

Meine Augen schließen sich, und mein Geist wird weit. Mein Hemd ist völlig durchnässt. Ich fürchte mich so sehr davor, dass sie mir gleich in allen Einzelheiten erklären wird, was sie genau gemacht hat, dass ich den Hörer neben den Apparat lege, als sie wieder zu sprechen beginnt, und ins Badezimmer spurte. Ich erreiche die Kloschüssel in letzter Sekunde.

Ein Schluckauf, ein Krampf im Magen, der Geschmack nach Galle ... und dann schießt mir das Erbrochene mit einem dröhnenden Geräusch explosionsartig aus dem Mund und klatscht in die Schüssel, wobei mir Wasser und Schleim zurück ins Gesicht spritzen und am Kinn runterrinnen. Ich würge, bis es nichts mehr hochzuwürgen gibt, und dann huste ich immer weiter und sehe zu, wie sich auf dem Boden der Toilette eine gelbliche Suppe bildet. Ich schaudere und erblicke vor meinem inneren Auge nichts als meine Mutter in der Dusche. Schnell habe ich ein raues Gefühl im Hals, und mein Magen schrumpft zu einem kleinen schmerzenden Ball zusammen. Ich kann das Blut schmecken, das mir von den Lippen tropft und mit einem hellen Geräusch in die Suppe da unten fällt. Irgendwas treibt darin herum, das aussieht wie einer meiner toten Goldfische.

Mein Kopf dreht sich und mir ist schwindelig. Ich strecke die Hand aus und drücke auf den Hebel, und das ganze Zeug, das eigentlich nicht aus mir kommen kann und doch aus mir stammt, wird fortgespült.

Die Spülung läuft noch, und schon hänge ich wieder über der Schüssel und versuche noch einmal, mich zu erbrechen. Jetzt ist es nur noch ein Würgen. Blutklümpchen landen im Wasser und lösen sich auf zu Formen, die den Blütenblättern einer Rose ähneln. Ich spüle, doch das Wasser hat noch nicht genügend Druck, sodass die Blütenblätter nicht verschwinden. Sie wirbeln nur am Rand der Schüssel herum. An meiner Unterlippe hängen Speichelfäden. Sie kleben am Rand der Schüssel; sie dehnen sich, als ich mich zurücklehne, und schließlich reißen sie. Was noch an meiner Lippe hängt, löst sich und fällt auf das schwarze Linoleum. Es ist besser, an die Tausende von Leuten zu denken, die hier gesessen und gepisst und geschissen haben, als an meine Mutter und ihren abgebrochenen Zahn.

Als ich im Haus dieser Schwuchtel war, hab ich versucht, an andere Dinge zu denken, um mich von dem abzulenken, was gerade vor sich ging, und dabei dachte ich an Dad und daran, was er wohl zu all dem sagen würde. Während ich mich über die Toilette beuge, erinnere ich mich plötzlich wieder an etwas, das ich gesehen habe. Etwas, das Dad getan hat. Ich sollte eigentlich nicht zu Hause sein, als es passierte. Ich erinnere mich zwar nicht mehr an den Grund, doch ich weiß noch, dass ich früher nach Hause gekommen bin und gesehen habe ...

Oh Gott.

Wieder muss ich würgen, doch es kommt nichts mehr hoch außer Blut. Ich halte die Augen geschlossen, sodass ich das rote

Wasser da unten nicht sehen muss, doch hinter meinen Augen treibt die Erinnerung ihre Spielchen mit mir. Bilder von Mum und Walt in der Dusche leuchten auf und verblassen und weichen Bildern, die Dad unter der Dusche zeigen. Aber es ist jemand bei ihm. Wer? Und warum um alles in der Welt bin ich überhaupt ins Badezimmer gegangen, als ich gehört habe, dass die verdammte Dusche läuft?

Da war ein anderer Mann bei ihm. Jemand, den ich nicht kannte.

Oh Jesus Christus. Ich öffne die Augen. Meine Lungen schmerzen, und mein Magen brennt. Mein Hals fühlt sich an, als hätte er sich vollständig verschlossen. Ich versuche mein Bestes, um die Bilder abzuschütteln. Dad versucht mich zu beruhigen, während sich der nackte Mann anzieht und geht, und Mum ist nicht da und kriegt nichts mit, denn sie spielt Bridge in der örtlichen Bingohalle. Es war das letzte Mal in ihrem Leben, dass sie spielen gegangen ist.

Ich denke an den Polizisten und seinen Freund, die das Bett gegen die Schlafzimmerwand rammen, und das hilft mir, die Erinnerung zu vertreiben, diese falsche Erinnerung, denn zweifelsohne ist das alles nie passiert.

Natürlich! Ich erinnere mich an einen Traum. Dad war nicht schwul. Natürlich war er das nicht. Und ich habe ihn nicht umgebracht. Ich habe ihn geliebt. Dad war absolut normal, und warum er beschlossen hat, sich das Leben zu nehmen, werde ich nie erfahren. Und vielleicht will ich es auch gar nicht wissen.

Ich stehe auf, und meine Beine fühlen sich an wie Gummi. Ich wasche mir das Gesicht und spüle mir den Mund aus, aber den Geschmack werde ich nicht los. Ich nehme eine der kostenlos zur Verfügung gestellten Seifen und beiße ein Stück ab. Mit Blut vermischter weißer Schaum quillt mir aus dem Mund.

Schmeckt nach Hühnchen.

Eigentlich ist es das Erbrochene, das nach Hühnchen

313

schmeckt, und als ich wieder in die Seife beiße, verkrampft sich mein Mund, und mein Hals fängt an zu brennen. In dem Hoden, der mir noch geblieben ist, spüre ich ein Pochen, obwohl er vor allem juckt. Ich spüle mir die Seife aus dem Mund und stolpere zurück zum Telefon. Es ist unfassbar, aber meine Mutter spricht immer noch.

»Okay, Mum. Ich bin froh, dass es dir gut geht«, unterbreche ich sie, »und, ja, ich werde Walt besuchen, solange er im Krankenhaus liegt, aber mein Taxi ist gerade gekommen. Ich habe einen Termin mit einem Kunden. Ich muss los. Ich liebe dich.«

Ich werfe einen Blick auf die Uhr, als könnte sie mich sehen, schicke ihr einen Kuss durchs Telefon und will gerade auflegen, als eines ihrer Worte mich innehalten lässt.

»Was war das?«, frage ich und presse den Hörer fest ans Ohr.

»Wir haben uns nett unterhalten. Sie liebt dich wirklich, Joe.«

»Wer?«

»Deine Freundin. Namen habe ich mir noch nie merken können. Da war irgendwo ein *s*. Vielleicht am Anfang vom Namen.«

»Du meinst doch nicht etwa Melissa?«

»Melissa? Ja, so hieß sie. Ich weiß noch, wie ich zu ihr gesagt habe, sie hätte einen schönen Namen.«

»Sie ist vorbeigekommen?«, frage ich und verzichte darauf, ihr zu erklären, dass Melissa zwei *s* in ihrem Namen hat.

»Genau das habe ich doch gesagt. Joe, du musst dir wirklich mal die Ohren sauber machen.«

»Sie ist gestern Abend gekommen?«

»Joe, hörst du eigentlich jemals zu, wenn ich was sage?«

»Ich höre zu, Mum, aber das ist wichtig. Was hat sie gesagt?«

»Nur dass sie sich Sorgen um dich macht. Und dass sie findet, du bist wirklich ein netter Mensch. Ich hab sie gemocht, Joe. Ich fand sie nett.«

Naja, sie würde Melissa wohl kaum nett finden, wenn sie wüsste, wozu sie in der Lage ist. Warum hat sie meine Mutter nur besucht? Um zu beweisen, dass sie es ist, die alles unter Kontrolle hat?

»Ich hatte keine Ahnung, dass du mit so einer netten Frau zusammenarbeitest, Joe.«

»Ich hab einfach Glück, vermute ich mal.«

»Wann werde ich sie besser kennen lernen?«

»Ich weiß nicht. Hör zu, Mum, ich muss los.«

»Hast du gewusst, dass ihr Bruder schwul ist?«

»Was?«

»Sie hat's mir gesagt.«

»Was?«

»Dass er schwul ist.«

Ich habe keine Ahnung, wovon sie spricht. Es ist, als führte sie ein Gespräch mit jemand Fremdem in der Leitung, vielleicht, weil die Telefonverbindung defekt ist.

»Im Ernst, Mum, ich muss jetzt wirklich los. Wir reden bald mal wieder miteinander.«

Ich warte nicht auf eine Antwort. Diesmal lege ich auf.

Ich gehe zum Fenster und sehe hinaus auf die Stadt. Ich möchte rausspringen und unten auf dem Asphalt aufschlagen. Ich habe den Kopf voller Bilder von Mutter und Walt, aber inzwischen sind es nur noch Schatten. Der Tag neigt sich langsam seinem Ende zu, die Sonne ist gut versteckt hinter den Unwetterwolken. Mittwochnacht geht alles einen ruhigen Gang. Müllwagen rollen durch die Straßen und sammeln die Abfälle ein, die Ladenbesitzer und Geschäftsleute hinterlassen haben. Ich wische mir die Tränen ab, die mir übers Gesicht rinnen, und weiß nicht mal, warum ich überhaupt weine.

Schließlich konzentriere ich mich darauf, warum ich eigentlich hier bin. Ich schalte das Licht ein, mache mich mit meiner Umgebung vertraut und tue alles, um meine Mutter zu vergessen. Es ist nicht mehr als ein Versuch, mich abzulenken, aber es funktioniert. Ich gehe wieder ins Bad, spüle die Toilette und versprühe etwas Raumspray. Das Problem ist nur, dass mich diese Art Ablenkung am Ende wirklich in Rage versetzt. Sie erinnert mich an alles, was ich zu Hause habe, beziehungsweise nicht habe. Es ist, als wäre man verheiratet und würde sich dann einen Pin-up-Kalender kaufen. Wenn ich an meine kleine Wohnung ohne Minibar und weiches Bett denke, würde ich am liebsten gleich wieder losheulen.

Ich gehe in den Küchenbereich – in die »Kitchenette«, wie Schwule und Snobs es nennen. Ich krame in den Schubladen auf der Suche nach einem Messer, das widerlich genug für einen widerlichen Job aussieht. Ich finde eins, gehe damit zum Bett und sehe es mir im Licht der Nachttischlampe genauer an. Seine Klinge ist nicht lang; es ist größer als ein Obstmesser, aber kleiner als das, was Regisseure von Horrorfilmen üblicherweise verwenden. Ich schwinge das Messer auf und ab, um ein Gefühl für sein Gewicht und die Balance zu bekommen und rauszufinden, wie man es am besten benutzt und wo seine Grenzen liegen. Ich würde es nicht kaufen, und es ist das Erste, was in diesem Hotel nicht schrecklich teuer aussieht. Man muss entweder sehr oft oder sehr genau damit zustechen.

Ich kann beides.

Ich öffne meinen Aktenkoffer und hole einen Lappen heraus, um meine Fingerabdrücke vom Messer abzuwischen. Das ist nicht unbedingt nötig, aber Vorsicht ist besser, als hinter Gittern zu landen. Ich ziehe zwei Paar Latex-Handschuhe an, wische das Messer noch einmal ab und verstaue es in einem Plastikbeutel aus meinem Aktenkoffer.

Ich hole die Liste mit den Telefonnummern aus meinem Koffer, suche die von Detective Inspector Calhoun heraus und tippe sie in das Handy, das Melissa mir gegeben hat. Da es ein Prepaidhandy ist, kann die Nummer nicht zu mir zurückverfolgt werden, selbst wenn sie auf Calhouns Display erscheint. Weil es bei meinem Fall kürzlich einen Durchbruch gegeben hat, ma-

chen viele Detectives Überstunden, und soweit ich weiß, ist Calhoun einer von ihnen. Nachdem es sechsmal geläutet hat, beginne ich daran zu zweifeln, dass er da ist. Wenn er nicht an seinem
Tisch sitzt, wird der Anruf automatisch zu seinem Handy weiter-
geleitet, das Typen wie er ständig mit sich herumtragen.

Endlich nimmt er ab. »Detective Inspector Calhoun«, sagt er,
und ich sehe ihn vor mir, wie er an irgendeiner Straße steht und
sich das Handy fest an das eine Ohr drückt, während er sich einen Finger ins andere schiebt.

»Guten Abend, Detective.«

»Guten Abend, Sir. Kann ich Ihnen helfen?«

»Nein. Ich bin es, der Ihnen helfen kann.«

»Mit wem spreche ich?«

»Das ist eigentlich nicht so wichtig. Wichtig ist, was ich weiß.«

»Ich habe keine Zeit für irgendwelche Spielchen.«

»Das ist kein Spiel. Ich weiß etwas über sie.«

»Und das wäre?«

Ich grinse, und zugleich bin ich nervös. Ich kann mich nicht
daran erinnern, wann ich das letzte Mal Grund hatte zu grinsen.
Aber ich erinnere mich, wann ich das letzte Mal nervös war. »Ich
weiß, dass Sie ein Mörder sind.«

Schweigen. Dann, später als er hätte reagieren sollen, sagt er:
»Scheiße, was haben Sie denn eingeworfen?«

»Ich habe überhaupt nichts eingeworfen.«

»Wovon sprechen Sie dann?«

»Wissen Sie, wer am Apparat ist, Detective?«

»Verdammt, wie sollte ich das?«

»Ich bin der Mann, den Sie suchen.«

»Hören Sie, wenn das ein Witz sein soll – ich kann jedenfalls
nicht lachen.«

Ich nicke, obwohl ich telefoniere, und er mich nicht sehen
kann und auch sonst niemand. Wenigstens fuchtele ich nicht herum. »Sie wissen, dass ich keine Witze mache.«

317

»Woher haben Sie diese Nummer?«

»Wir kommen vom Thema ab, Detective. Wir sollten mal lieber auf den Punkt kommen«, sage ich und kratze meinen Hoden. Das Jucken wird schlimmer.

»Und was soll dieser Punkt sein?«

Ich gehe zum Fenster. Sehe raus auf die Stadt. »Der springende Punkt oder, wenn Sie so wollen, der roten Faden besteht heute Nacht darin, dass ich weiß, dass Sie eine sexuelle Dysfunktion haben, dass Sie versuchen, damit zurechtzukommen, indem Sie Prostituierte benutzen, und dass diese Dysfunktion zu einem Mord geführt hat.«

Anstatt irgendwas abzuleugnen, zu fluchen oder mich zu bedrohen, sagt er kein Wort. Wir beide schweigen fast eine halbe Minute lang. Ich weiß, dass er immer noch dran ist: Ich höre das laute Summen der freien Leitung.

»Das ist doch absolut schwachsinnig«, sagt er schließlich.

»Charlene Murphy dürfte da anderer Meinung gewesen sein, als Sie sie mit ins Everblue genommen haben. Und ich bin sicher, auch Daniela Walker würde das nicht so nennen. Natürlich vorausgesetzt, Sie hätten sie nicht umgebracht.«

Wieder schweigt er einige Sekunden, während er die Tatsache verarbeitet, dass ich genau weiß, was er getan hat. »Was wollen Sie?«, würgt er schließlich heraus.

»Geld.«

»Wie viel?«

»Zehn Riesen.«

»Wann?«

»Heute Nacht.«

»Wo?«

»City Mall.«

»Ich kann nicht riskieren, dass mich jemand dabei beobachtet, wie ich Ihnen das Geld gebe. Wie wär's mit einem etwas unauffälligeren Ort?«

»Und wo sollte das sein?«

Ich kann mir genau vorstellen, was er denkt. Seine prompten Antworten beweisen das. Plötzlich macht er mit bei einem Spiel, für das er angeblich keine Zeit hat. Wie beim Schach stellt er mir eine Falle, aber auch wie beim Schach sehe ich, wie er sie vorbereitet. Ich bin diesem Kerl ein halbes Dutzend Schritte voraus. Niemand hat zehntausend Dollar bei sich, die er innerhalb einer Stunde einem anderen übergeben könnte. Er wittert einfach die ideale Gelegenheit, das Risiko zu eliminieren, das ich darstelle. Weil ich ihm das alles ziemlich schnell aufgetischt habe, hat er nicht genügend Zeit, um gründlich über die Sache nachzudenken. Er glaubt, dass er sich recht geschickt verhält. Clever. Dass er gerissener ist als ich. Aber ich hab mir das schon den ganzen Tag lang durch den Kopf gehen lassen.

»Wissen Sie, wo die Styx Bridge ist?«, fragt er.

»Draußen in Redwood, stimmt's?«, frage ich. Als ich in jener Nacht mit Walt eine kleine Spritztour gemacht habe, bin ich über die Brücke gefahren, um zur Autobahn zu gelangen.

»Kommen Sie um zehn Uhr unter die Brücke. Und versuchen Sie nicht, irgendwelche witzigen Aktionen abzuziehen.«

Ich bin kein Komiker. »Mach ich nicht.«

»Woher weiß ich, dass ich nach den zehn Riesen Ruhe habe?«

Gute Frage. Ich bin überrascht, dass er sie stellt, wenn man bedenkt, dass er es sich nicht leisten kann, in mir den Verdacht entstehen zu lassen, er plane meine Beseitigung. Aber auch darüber habe ich bereits den ganzen Tag lang nachgedacht.

»Für zehn Riesen gebe ich Ihnen die Fotos und die Negative aus dem Everblue. Und die Bilder, die zeigen, wie Sie in der Nacht, in der Daniela Walker starb, aus ihrem Haus kamen. Außerdem, wenn ich mehr Geld haben wollte, würde ich mehr verlangen. Aber ich will nur so viel, dass ich aus der Stadt verschwinden kann, bevor die Cops mich schnappen.«

»Also dann um zehn.« Er beendet die Verbindung, ohne auf

eine Antwort zu warten. Er hat kapiert, dass ich schlauer bin als erwartet, und dass ich so clever war, Fotos von ihm am Tatort zu machen; und er wird sich fragen, wie das überhaupt möglich war. Es dürfte eine Weile dauern, aber schließlich wird er erkennen, dass ich gelogen habe. Ich werfe einen Blick auf die Uhr. Ich habe mehr als eine Dreiviertelstunde, um nicht aufzutauchen. Viel Zeit, um alle möglichen Dinge nicht zu tun.

Viel Zeit, die ich jedoch nicht totschlagen werde.

Ich greife nach unten und kratze meinen Hoden durch den Verband hindurch, und mir wird klar, dass nicht derjenige, den ich noch habe, mir Probleme macht, sondern derjenige, der nicht mehr da ist. Das Jucken kommt von der Stelle, an der die Haut verheilt. Ich stehe auf, suche im Bad nach etwas, womit ich sie einreiben kann, und entdecke im Medizinschrank ein kleines Fläschchen Desinfektionsmittel. Ich nehme den Verband ab – er klebt an den Haaren, und ich muss einen Schrei unterdrücken – und will das Mittel gerade auftragen, als ich eine Schachtel Puder entdecke, die vielleicht von einem früheren Gast zurückgelassen wurde. Als ich fertig bin, sieht mein Hoden aus, als hätte man ihn mit Fingerabdruckpuder eingestäubt. Ich bringe den Verband wieder an und lege mich ins Bett in der Hoffnung, mich so weit entspannen zu können, dass ich schließlich einschlafe. Es stellt sich heraus, das Bett ist so bequem, dass ich darüber nachdenke, ob ich es irgendwie stehlen kann.

Kapitel 39

Die Sonne scheint, und der Friedhof ist fast menschenleer. Dicht an den Grabsteinen, dort, wo der Rasenmäher nicht hinkommt, beugen sich lange Grashalme in der warmen Brise. Nicht die Kirche, sondern der Friedhof ist der Ort, wo sie sich Gott am nächsten fühlt.

Der gestrige Abend hat kaum eine von Sallys Fragen beant-wortet, er hat sie nur noch mehr in Verwirrung gestürzt. Oder besser, er hat sie tiefer hineingeführt in Joes Fantasiewelt. Wie viele Dinge hält er noch vor ihr verborgen? Hat er sich etwa selbst verletzt?

Sie denkt an das Blut auf der Treppe in seinem Haus. Wenn Joe sich selbst verletzt hätte, müsste das im Freien geschehen sein. Das ist eher unwahrscheinlich.

So unwahrscheinlich wie die Tatsache, dass Joe Auto fährt?

Sie weiß, dass sie ihn zur Rede stellen muss. Eigentlich hat sie das heute bei der Arbeit vorgehabt, doch dann hat sie Angst be-kommen. Sie wollte Joe nicht verlieren. Obwohl das wahrschein-lich bereits geschehen ist. Vielleicht hat seine Mutter ihm noch nichts von ihrem Besuch erzählt, doch sie wird es bald tun.

Sie streicht sich mit dem Handrücken über das Gesicht und wischt sich die Tränen von den Wangen. Sie will Joe nicht im Stich lassen.

So, wie du deinen Bruder im Stich gelassen hast?

Die Tränen fließen ungehindert. Niemand wirft ihr vor, was mit Martin geschehen ist, jedenfalls behaupten das alle, aber Sally weiß, dass sie es trotzdem tun. Jedenfalls tut sie es. Und ihre Eltern ganz sicher auch. Wie Martin und Gott das wohl sehen? Tja, sie wird es eines Tages erfahren. Sie kramt ein Papiertaschen-tuch hervor und wischt sich übers Gesicht. Ein paar Minuten später sitzt sie in ihrem Wagen und fährt zu Joes Wohnung.

Sie kurbelt das Fenster herunter, und der hereinströmende Wind trocknet ihr sanft das Gesicht. Es wird langsam kühl. Dicke Wolken, die schon bald die Sonne verhüllen werden, deuten auf Regen hin. Manchmal, wenn sie nach einem Besuch bei ihrem toten Bruder nach Hause fährt, kann sie ihre Tränen einfach nicht mehr zurückhalten.

Sie parkt an derselben Stelle wie beim ersten Mal, als sie hier war. Sie greift nach ihrer Erste-Hilfe-Ausrüstung auf dem Rücksitz. Zuerst wird sie Joe helfen, indem sie die Fäden zieht, und dann wird sie ihm helfen, indem sie ihn zur Rede stellt.

Sie begegnet niemandem auf ihrem Weg ins oberste Stockwerk. Auf der Treppe sind immer noch die kleinen Blutflecken. Einige von ihnen sind inzwischen verschmiert und so groß wie das Glas einer Armbanduhr. Sie klopft an, aber niemand antwortet. Eine Katze erscheint am Ende des Gangs und kommt auf sie zu. Das Tier humpelt ein wenig. Sie geht in die Hocke und tätschelt es.

»Hey, mein Kleiner, du bist aber ein Lieber.«

Die Katze miaut zur Antwort, und fängt dann an zu schnurren. Noch immer neben der Katze kauernd, klopft Sally erneut an die Tür. Joe antwortet nicht. Kann es sein, dass er wieder ohnmächtig geworden ist? Oder wurde er ein weiteres Mal angegriffen? Sie klopft lauter. Höchstwahrscheinlich ist er nicht zu Hause, aber was, wenn er doch hier ist? Was, wenn er blutend auf dem Bett liegt und ihm auch noch der andere Hoden fehlt?

Sie greift in ihren Erste-Hilfe-Koffer, in dem sie den Nachschlüssel aufbewahrt, seit sie ihn hat anfertigen lassen. Sie steht auf und schiebt ihn ins Schloss.

»Joe?«

Joe antwortet nicht, denn Joe ist nicht zu Hause. Sie schließt die Tür hinter sich. Die Katze setzt sich auf den Tisch neben das Goldfischglas. Das Glas ist leer. Hat Joe die Fische nicht gefüttert? Hat er sich eine Katze besorgt, um sie zu ersetzen? Wieder liegen seine Kleider überall auf dem Boden, doch diesmal sind keine Blutflecken darauf. Der Vorrat Latex-Handschuhe, den sie dagelassen hat, ist kleiner geworden. In der Spüle befindet sich Geschirr, auf dem Tisch steht nicht abgedecktes Essen. Das Bett ist nicht gemacht und wurde wahrscheinlich auch nicht mehr gemacht, seit sie das letzte Mal hier war. Hätte Martin so gelebt?

Sally geht durch die Wohnung. Es ist nicht richtig, hier zu sein, doch was da mit Joe geschieht, ist auch nicht richtig.

Was mit Joe geschieht?

Sie sieht die Hefter durch, die er aus dem Revier mitgebracht hat. Inzwischen sind einige neue darunter. Die Fotos sind widerlich, und sie kann sie nur wenige Sekunden lang ansehen. Sie legt sie zurück. Warum hat Joe sie hier?

Eine noch wichtigere Frage lautet wahrscheinlich: Was passiert, wenn er nach Hause kommt und sie dabei ertappt, wie sie sich in seiner Wohnung umsieht? Ja, es ist das Beste, wenn sie geht. Sie will gerade nach der Katze greifen, als diese unter dem Bett verschwindet.

»Komm, mein Kleiner, komm. Du kannst nicht da drunter bleiben.«

Doch die Katze findet, dass sie das sehr wohl kann. Als Sally sich hinkniet und unter das Bett schaut, hockt die Katze genau in der Mitte. Neben ihr liegt ein kleines Stück Papier. Neugierig greift Sally danach.

Es ist ein Ticket aus einem Parkhaus. Das Datum, das samt Uhrzeit aufgedruckt ist, liegt mehrere Monate zurück. Es ergibt keinen Sinn, dass jemand so ein Ticket aufbewahrt, denn wenn man das Parkhaus verlässt, gibt man es zurück, damit der Angestellte in seiner Kabine am Eingang weiß, wie viel er einem berechnen muss. Sie schiebt die Hand unter das Bett und legt das Ticket zurück auf den Boden.

Sie schnippt mit den Fingern, um die Katze anzulocken, und einen Augenblick später schnurrt das Tier in ihren Armen. Sie trägt es auf den Gang hinaus, setzt es ab und verlässt das Haus.

Kapitel 40

Ich versuche, mich an Calhouns Stelle zu versetzen. Er wittert nicht nur die Chance, den Schlächter von Christchurch zu fassen, sondern auch den einzigen Menschen zu eliminieren, der über sein geheimes Leben Bescheid weiß. Ich bin sicher, dafür würde er sogar auf den Ruhm verzichten. Er wäre zwar gerne ein Held, aber er weiß genau, wenn er mich lebend schnappt, werde ich reden. Also muss er für Umstände sorgen, die ihm einen guten Grund liefern, mich bei meiner Festnahme auszuschalten. Das dürfte schwierig werden. Er wird in Erklärungsnotstand geraten.

Die einfachste Möglichkeit besteht darin, mich umzubringen und meine Leiche verschwinden zu lassen. Seinen Ruhm kann er sich dann an den Hut stecken, und die Akte, die mit meinem ersten Opfer angelegt wurde, bleibt weiterhin offen. Es wird zwar keine zusätzlichen Einträge geben, doch wird man sie auch niemals schließen können. Keiner erntete die Lorbeeren. Der Schlächter von Christchurch verschwindet einfach vom Erdboden. Während alle weiter mit dem Fall beschäftigt sind, spielt er vielleicht irgendwo Golf.

Ich werfe meine Jacke über, ziehe meine Handschuhe straff und verlasse das Zimmer. Die Hände verberge ich in den Taschen, aber das könnte ich mir genauso gut schenken, denn ich begegne niemandem. Ich begebe mich zu Calhouns Zimmer, das im obersten Stock liegt. Die Zimmernummer war in seiner Akte angegeben. Das Problem ist, dass ich nur mit einer Magnetkarte reinkomme.

Ich betrete den Fahrstuhl. Gerade als sich die Türen schließen, tritt ein Zimmermädchen aus einem der Zimmer, als hätte das Schicksal persönlich dafür gesorgt. Rasch drücke ich im Fahrstuhl auf den Türöffner und gehe zurück auf den Gang. Das Zimmermädchen lächelt mich an, als unsere Wege sich kreuzen. Sie ist etwa Mitte fünfzig, hat das erschöpfte Aussehen einer mehrfachen Mutter, die vierzig Stunden die Woche den Schmutz von Hunderten von Erwachsenen beseitigen muss. Ihr schwarzes Haar ist gefärbt, und sie ist so dünn, dass sie wahrscheinlich in tausend Stücke zerbrechen würde, sollte ich sie hochheben und gegen eine Wand schleudern. Ich lächle und nicke ebenfalls, dann drehe ich mich um und beobachte, wie sie ein paar Türen weiter stehen bleibt.

Ich warte, bis sie ins Zimmer gegangen ist, schaue mich um, ob ich immer noch alleine bin, und folge ihr. Irgendwie muss ich die richtigen Worte finden, um sie davon zu überzeugen, mir die Magnetkarte zu überlassen.

Ich lege ihr den Arm auf die Schulter, bevor sie mich überhaupt bemerkt, schlinge ihn dann um ihren Hals und drücke mit der anderen Hand gegen ihren Hinterkopf. Ich presse beide Arme ein wenig gegeneinander, damit sie weniger Luft bekommt. Sie fängt natürlich an, sich zu wehren, hört aber gleich wieder damit auf, als ich ihr zu verstehen gebe, dass das nicht in ihrem Interesse sein kann. Sie fügt sich, und ich frage mich, ob sie das schon häufiger durchgemacht hat. Vielleicht hat sie so ihre sechs Kinder bekommen.

Ich will ihr nichts tun. Sex kommt ohnehin nicht infrage, denn sie ist so alt, dass sie meine Mutter sein könnte. Sie macht einfach nur ihre Arbeit, erledigt wie ich einen schlecht bezahlten, erniedrigenden Job, und plötzlich kann sie das auch noch das Leben kosten. Ich werde ihr die Chance geben, es zu retten. Vorläufig zumindest.

Ich sage ihr, sie soll die Klappe halten, oder sie wird sterben. Sollte sie versuchen sich umzudrehen und mich anzusehen, wird sie dran glauben müssen. Sie kann an meiner Stimme erkennen, dass ich nicht bluffe.

Ich bitte sie um die Magnetkarten. Sie greift an ihre Hüfte, löst einen Clip und gibt sie mir. Sie weiß, die Karten sind es nicht wert, dass sie dafür stirbt. Ihrer Meinung nach kann ich alle Handtücher und sämtliche kostenlosen Seifen aus jedem Zimmer stehlen. Den Arm noch immer um ihren Hals gelegt, stecke ich die Karten in meine Tasche, drücke die Frau nach unten und stoße sie aufs Bett. Als ich mich auf ihren Rücken setze, beschwert sie sich nicht und weint nicht lauthals los. Sie lernt schnell. Aber man darf natürlich auch nicht vergessen, dass ich gedroht habe, ich würde ihren Mann und die Kinder umbringen.

Mit einem Leintuch fessle ich ihre Arme und Beine, und dann nehme ich ein zweites Leintuch, um ihr die Augen zu verbinden.

Ich sage ihr, sie soll sich zwanzig Minuten lang nicht von der Stelle rühren, danach werde ich zurückkommen. Vielleicht sogar schon früher. Sollte sie nicht mehr hier sein, werde ich sie finden und umbringen. Sollte sie noch hier sein, werde ich sie laufen lassen. Ich möchte hier keinen Tatort schaffen. Ich kann es mir nicht erlauben, dass irgendjemand deswegen auf mich aufmerksam wird. Zufrieden damit, dass sie eine Weile Ruhe geben wird, schlüpfe ich auf den Korridor, schiebe ihr Wägelchen ins Schlafzimmer, damit niemand es bemerkt, und schließe die Tür.

Ich ziehe die Magnetkarte durchs Schloss von Detective Robert Calhouns Zimmer. Er wird inzwischen auf mich warten und wahrscheinlich schon ziemlich ungeduldig sein. Schätzungsweise gibt er mir noch zehn Minuten, doch selbst wenn er in diesem Moment aufbrechen sollte, muss er erst wieder in die Stadt zurückfahren. Ich habe genügend Zeit, mich in seinem Zimmer umzusehen.

Nachdem ich die Tür hinter mir geschlossen habe, ist es stockdunkel, und ich ziehe die kleine Taschenlampe aus meiner Jacke, die ich mitgebracht habe. Die Küche ist größer als meine, und Calhoun hat eine reichere Auswahl an Geschirr, Töpfen und Besteck. Ich sehe, dass er sich ein Sandwich gemacht hat, bevor er gegangen ist.

Um dafür zu sorgen, dass die Ausgaben für die Polizei im Rahmen bleiben, müssen die Beamten ihre Zimmer selbst in Ordnung halten, und dazu gehört auch, dass sie den Abwasch erledigen. Calhoun ist ein Mann in den Fünfzigern, der im Augenblick nicht mit seiner Frau zusammenlebt, und das bedeutet, dass sich das schmutzige Geschirr stapelt und er seit etwa einer Woche nicht mehr abgewaschen hat. Wahrscheinlich wird er noch ein paar Tage lang von Junkfood leben, bis er schließlich das Geschirr spült.

Ich hole mein Messer heraus, lege es neben eines seiner Messer auf die Arbeitsfläche und überzeuge mich davon, dass die beiden wirklich identisch sind. Dann stecke ich jedes in einen eigenen Plastikbeutel, wobei ich sorgfältig darauf achte, Calhouns Fingerabdrücke nicht zu verwischen. Ich stecke die Beutel in meine Taschen, meinen in die linke, Calhouns in die rechte.

Perfekt.

Ich durchsuche seine Schubladen und Koffer. Obwohl er schon mehr als einen Monat hier ist, hat er kaum was ausgepackt. Ich finde eine Sammlung Pornos, Handschellen (Standardausführung – allerdings nicht bei der Polizei), sowie einen Lederknebel mit einem Gummiball in der Mitte, mit dem man ihn oder sie zum Schweigen bringen kann. Ich überlege, ob ich ihn mitnehmen soll, aber das wäre wahrscheinlich nicht besonders klug. Ich bin jedenfalls froh, dass ich meine eigene Technik habe. Ich finde auch noch ein paar andere Sexspielzeuge, von denen ich viele noch nie gesehen habe. Der Mann ist wirklich pervers, und ich fange an, ihn zu bewundern.

Als ich gehe, schließt sich die Tür automatisch hinter mir.

Es sieht so aus, als hätte das Zimmermädchen versucht, sich von ihren Fesseln zu befreien, doch das ist ihr nicht gelungen. Das hatte ich mehr oder weniger erwartet. Ich gehe in die Küche und besorge mir ein drittes identisches Messer, das ich ebenfalls in einen Plastikbeutel stecke.

Als ich wieder ins Schlafzimmer komme, sage ich dem Zimmermädchen, sie soll die Klappe halten und sich von mir wegdrehen. Dann knote ich die Leintücher auf, lege ihr einen Arm um die Schulter und gebe ihr tausend Dollar. Das wird sie definitiv zum Schweigen bringen, und ich stelle zufrieden fest, dass mir immer noch tausend Dollar bleiben, nachdem ich Becky kürzlich nicht bezahlt habe. Und es ist natürlich gut, das Zimmer nicht in den

Schauplatz eines Verbrechens verwandelt zu haben. Ich spüre, wie ihr Blick über das Geld huscht und sie es im Kopf bereits ausgibt. Ich sehe, dass sie denkt, sie hätte eigentlich mehr verdient.

Ich sage ihr, sie soll noch fünf Minuten bleiben, wo sie ist. Wenn sie mich verstanden hat, soll sie nicken. Sie nickt heftig, während sie noch immer das Geld ansieht. Ich werfe die Magnetkarten aufs Bett (eine schwierige Entscheidung, denn es könnte Spaß machen, mich auch noch in anderen Zimmern umzusehen), drehe mich um, gehe hinaus und schließe die Tür hinter mir. Eines der Messer fühlt sich schwerer an als dasjenige, das ich zuletzt mitgenommen habe, obwohl alle drei identisch sind. Calhouns Fingerabdrücke ziehen es nach unten.

Manchmal ist es geradezu peinlich, so kompetent zu sein. Als ich wieder in mein Zimmer komme, bringe ich mein Messer zurück in die Küche, reinige das, das ich aus dem Raum mit dem Zimmermädchen genommen habe, und stecke es wieder in den Plastikbeutel.

Es gibt jedoch noch viel zu tun. Das Leben wäre so viel einfacher, könnte ich jetzt zu dem Wagen im Parkhaus gehen, die Mordwaffe zu der toten Frau in den Kofferraum werfen und anschließend die Polizei anrufen. Doch leider habe ich die Frau damals nicht erstochen, und wenn ich jetzt auf sie einstechen würde, wäre jedem Pathologen, der einen Arm von einem Bein unterscheiden kann, sofort klar, dass es sich um postmortale Verletzungen handelt. Besonders nach so langer Zeit. Nein, ich brauche jemand Neuen. Jemanden, der noch frisch ist.

Ich werde heute Nacht ausgehen und einen kleinen Schaufensterbummel machen. Hausaufgaben gibt es vorher keine zu erledigen, denn die erübrigen sich, wenn man spontan sein will.

Die Nacht soll Spaß machen.

Die Nacht soll mir ein Lächeln aufs Gesicht zaubern.

Schließlich habe ich mir schon seit Ewigkeiten nichts mehr gegönnt.

Kapitel 41

Das größte Verbrechen in Christchurch City – abgesehen von Mode und altenglischer Architektur, Klebstoff-Schnüfflern, zu vielen Grünflächen, schlechten Autofahrern, Falschparkern, fehlenden Parkplätzen, herumstreunenden Fußgängern, teuren Geschäften, dem Smog im Winter, dem Smog im Sommer, Jugendlichen, die auf den Bürgersteigen Skateboard fahren, Jugendlichen, die auf den Bürgersteigen Rad fahren, alten Knackern, die jedem, der an ihnen vorbeigeht, Bibelverse ins Ohr brüllen, dämlichen Polizisten, dämlichen Gesetzen, zu vielen Betrunkenen, zu wenig Geschäften, bellenden Hunden, lauter Musik, Pissepfützen vor den Ladeneingängen am Morgen, Lachen von Erbrochenem im Rinnstein und, neben ein paar anderen Dingen, dem grauen Einerlei der Häuser – sind Einbrüche. Alle paar Minuten wird irgendwo eingebrochen. Das liegt hauptsächlich an den Teenagern, die zu bewaffneten Sexualstraftätern heranwachsen und irgendwann jemanden erschießen werden, um sich die tägliche Drogenration leisten zu können. Gleich danach kommen Autodiebstähle. Autos werden fast so häufig gestohlen, wie in Wohnungen eingebrochen wird. Deswegen würde man erwarten, dass die Leute ihre Autos mit Alarmanlagen ausstatten. Aber Pustekuchen. Sie ziehen es vor, sich teure Stereoanlagen einbauen zu lassen, die schließlich in irgendwelchen billigen Pfandleihhäusern landen. Es ist also nicht weiter schwierig, noch ein Auto zu stehlen. Jedenfalls nicht, wenn man weiß, wie. Wenn man so gut ist wie ich.

Ich gondele mit meinem neuen Wagen – irgendeinem Ford soundso – durch die Vororte auf der Suche nach einem Schnäppchen, halte Ausschau nach jemandem, der mich reizt, oder vielleicht auch nach einem Haus, das einigermaßen ungesichert wirkt, als es plötzlich Klick macht: eine Idee. Aus Erfahrung weiß ich, dass spontane Einfälle manchmal die besten sind. Allerdings, so rufe ich mir in Erinnerung, gibt es da Ausnahmen.

In meinem Aktenkoffer auf dem Beifahrersitz befinden sich Messer und Scheren sowie eine Zange. Der Aktenkoffer ist der Werkzeugkasten des modernen Serienkillers.

Ich fahre zu einem Kinokomplex in der Nähe, von denen anscheinend jedes Jahr ein neuer in der Stadt auftaucht. Parke den Wagen inmitten zahlloser anderer. Dann warte ich und kratze mich träge im Schritt. Der Strom von Menschen reißt immer wieder kurz ab oder schwillt erneut an, je nach dem, ob gerade eine Vorstellung anfängt oder aufhört. Die Langsamen, die Plappermäuler und die Behinderten brauchen am längsten, um zu ihren Autos zu gelangen. Schließlich entdecke ich das perfekte Opfer. Sie ist Mitte dreißig, schätze ich. Langes, blondes Haar, hohe Wangenknochen, schimmernder Rollstuhl. Mir scheint, so ein Mensch hat nichts zu verlieren, also ist es eigentlich kein Verbrechen, sie umzubringen – mein Gott, sie dürfte die Hälfte der Dinge, die ich mit ihr vorhabe, nicht mal spüren.

Ich beobachte, wie diese atmende Leiche sich tapfer in ihr Auto hievt, indem sie mithilfe ihrer Arme ihr Gewicht aus dem Rollstuhl auf den Fahrersitz verlagert. Mit einer Geschicklichkeit, wie sie sich nur Krüppel aneignen können, schwingt sie den Rollstuhl auf das Dach ihres Wagens und schnallt ihn fest. Erstaunlich. Es war das letzte Mal in ihrem Leben, dass sie das getan hat.

Ich folge ihr nach Hause. Der Ford ist ein neueres Model, das sich sehr angenehm bedienen lässt. Ich schalte die Klimaanlage ein und höre der Musik aus der Stereoanlage zu. Eine wirklich entspannende Fahrt. Ich parke einen Block von ihrem Haus entfernt und gebe ihr zwanzig Minuten, hineinzugelangen und sich einzurichten. Ich vermute, sie lebt allein. Erstens ist sie ein Krüppel, und es dürfte niemanden geben, der sie liebt; und zweitens wäre ihr Partner ins Kino mitgegangen, hätte sie einen. Bis jetzt habe ich noch nie darüber nachgedacht, dass es auch für die Be-

hinderten, die Zurückgebliebenen und die Krüppel eine Ver-
wendung gibt.

Das Haus hat nur ein Stockwerk – bei jemandem in ihrem Zustand kann man nicht mehr erwarten. Niemand scheint sich um
den Garten zu kümmern. Auf der Rampe für den Rollstuhl, die
zur Haustür führt, liegt eine Matte mit einem Willkommens-
spruch. Es ist kurz nach elf, als ich vor der Tür stehe. Ich fummle
am Schloss herum. Für jemanden, der im Rollstuhl sitzt, hat sie
nur wenig Sicherheitsvorkehrungen getroffen. So ist das Leben.
Diejenigen, die mit größter Wahrscheinlichkeit angegriffen werden – die Alten, die Schwachen, die Schönen –, besitzen im Allgemeinen höchstens eine Sicherheitskette oder ein Sicherheits-
schloss. Das ist nicht viel. Ein Kinderspiel für jemanden wie mich.

Der erste Hafen, den ich anlaufe, ist die Küche, in der sich die
gesamte Einrichtung auf Hüfthöhe befindet. Ich öffne ihren
Kühlschrank und mustere den Inhalt. Ich mache das nicht, weil
ich hungrig oder durstig wäre, sondern weil es eine Art Gewohn-
heit von mir ist. Der Kühlschrank hat nichts Aufregendes zu bieten. Anscheinend ist sie Vegetarierin. Üblicherweise kommen
mir keine Vegetarierinnen in die Quere.

Ich greife nach der Milch, trinke direkt aus dem Karton und
platziere ihn mitten auf den Tisch. Ich wische mir mit dem Arm
über den Mund, um den Milchschnurrbart loszuwerden und gehe dann durch den breiten, teppichfreien Gang zu ihrem Schlafzimmer.

Es muss ein Blitzangriff werden. Ich habe keine Zeit rumzu-
trödeln und will kein Geschrei riskieren. Also heißt es: schnell
rein und schnell wieder raus.

Kaum bin ich in ihrem Zimmer, mache ich sie mir so rasch gefügig, dass sie nicht mal begreift, was eigentlich vor sich geht. Ich
höre auf, sie zu schlagen, als ich plötzlich einen brennenden
Schmerz in meiner Hand spüre. Es scheint, als hätte ich mir den
kleinen Finger gebrochen. Ich bete, dass es nicht so ist; da Gott

331

mir bei meinem Hoden nicht geholfen hat, ist Er mir schließlich noch was schuldig. Ich hoffe, dass Er heute gute Laune hat.

Ich muss mir nicht die Mühe machen, der Frau die Beine zu fesseln. Reine Zeitverschwendung. Nur die Hände. Ich nehme das Kabel des Telefons, das neben dem Bett steht. Sie wird es nicht mehr brauchen. Nachdem ich sie gefesselt habe, massiere ich meinen Finger. Das Gefühl kehrt zurück, und ich atme mit einem Seufzer der Erleichterung aus. Gott liebt mich also doch.

Der Verband um meinen Hoden hindert mich daran, das zu tun, was ich normalerweise tun würde, doch wenigstens kann ich uns beiden auf die Art einen Gefallen tun und etwas Zeit sparen. Während ich sorgfältig darauf achte, dass meine Hände nicht allzu blutig werden, benutze ich das Messer, dass ich letzte Nacht sauber gemacht habe, und als ich fertig bin, packe ich es weg und hole das mit den Fingerabdrücken Calhouns heraus. Das Risiko, die Abdrücke zu verwischen, ist gering, jetzt, da das Opfer tot ist. Ich bin trotzdem vorsichtig, als ich die Klinge in eine der klaffenden Wunden schiebe.

Nachdem das erledigt ist, durchsuche ich ihre Schränke und Schubladen und leihe mir ein bestimmtes Gerät aus, das sie jetzt nicht mehr benötigt. Ich will gerade gehen, als ich ein Summen höre, das aus dem Wohnzimmer kommt. Es ist ein Aquarium. Stumm stehe ich davor und beobachte, wie etwa zwei Dutzend Fische im blauen Licht hin und her schwimmen. Sofort denke ich an Pickle und Jehova. Die Versuchung, mir zwei Fische aus dem Aquarium auszusuchen, ist gewaltig, doch ich weiß, dass ich die beiden niemals ersetzen kann. Nein. Die Leere in meinem Leben wird weiter bestehen müssen – wenigstens so lange, bis die Trauerzeit vorüber ist. Die Freude darüber, schon jetzt zwei neue Fische zu haben, würde nach Asche schmecken.

Ehrlich gesagt fühle ich mich ziemlich schlecht, weil ich die kleine Miss Krüppel umgebracht habe. Sie hat Fische geliebt, und ich liebe Fische. Wir beide haben mit ihnen zusammengelebt. Sie waren unsere Freunde. Wir waren ihre Götter. Vorhin war sie nur ein Mensch, den ich nicht gekannt habe, aber jetzt besteht eine gewisse Verbindung zu ihr. In einem anderen Leben wären wir möglicherweise Freunde geworden. Vielleicht sogar mehr. Ich lasse die Haustüre offen, denn ich vermute, dass man ihre Leiche schneller findet, wenn ein besorgter Nachbar oder ein mitternächtlicher Einbrecher vorbeischauen. Ich kann jetzt nur noch hoffen, dass sie ein schönes Begräbnis hat. Bevor ich zu meinem Wagen gehe, sehe ich nach, ob Blut an meinen Kleidern klebt. Ich habe ein paar dunkle Spritzer abbekommen, doch es ist fast unmöglich, sie auf meinem dunklen Overall auszumachen.

Ich fahre direkt zum Hotel, sehe mich rasch um, ob Polizisten in der Nähe sind, und gehe dann in mein Zimmer. Nachdem ich sicher angekommen bin, reinige ich die wirkliche Mordwaffe und rolle sie wieder in den Plastikbeutel ein. Ideal wäre es, wenn ich sie dorthin zurückbringen könnte, wo ich sie herhabe, doch wir leben nicht in einer idealen Welt. Ich werde sie also irgendwo anders verschwinden lassen.

Ich löse den Verband von meinem Hoden, und mir wird klar, dass ich ihn bald erneuern muss. Zuerst setze ich mich auf den Bettrand und betrachte meine Genitalien im Spiegel. Ich erwarte, ein schwarzes, infiziertes Etwas vorzufinden, das mich ins Krankenhaus oder in die Leichenhalle bringt. In Wahrheit sehe ich jedoch nur verschrumpelte Haut, die mit getrocknetem Blut und Puder bedeckt ist, und als ich beides mit einem feuchten Handtuchzipfel abtupfe, sehe ich, dass Melissa sehr effektiv gearbeitet hat. Nur durch das Kratzen hat sich alles entzündet, und als ich genauer hinschaue, erkenne ich, was das Jucken verursacht hat. Man hätte schon längst die Fäden ziehen müssen.

Ich will nicht, dass mich Melissa noch einmal besucht, um mir zu helfen, also gehe ich ins Bad und hole mir die Schere und die Pinzette, die ich entdeckt habe, als ich mich eingepudert habe. Ich schiebe mir ein Handtuch unter, als ich mich wieder aufs Bett setze, ziehe vorsichtig mit der Pinzette am Nylonfaden und schneide ihn mit der Schere ab. Sofort tut mir der ganze Unterleib, die Unterseite meines Magens und die obere Hälfte meiner Oberschenkel weh, doch der Schmerz ist zu ertragen. Jedes Mal, wenn ich ein Stück Nylonfaden durch die Haut ziehe, vibriert mein ganzer Körper. Ich frage mich, ob ich mich nicht besser betrinken sollte, bevor ich das hier erledige, komme aber zu dem Schluss, dass das nicht besonders sinnvoll wäre – nicht angesichts der Preise in diesem Hotel. Mein Sack fängt an zu bluten, aber nur leicht.

Ich mache alles sauber und dusche lange. Man kann den Duschhahn in verschiedene Richtungen drehen und den Druck des Strahls verstellen. Es ist wunderbar. Mein Unterleib fühlt sich besser an, und ich frage mich, warum ich nicht Chirurg geworden bin statt Putzhilfe. Nach einer halben Stunde steige ich aus der Dusche und trockne mich ab. Das Blut ist verschwunden – das von Miss Krüppel genauso wie mein eigenes. Auch das Pochen hat aufgehört und, was noch besser ist, das Jucken.

Ich sinke erschöpft zwischen die kühlen Laken und schließe die Augen.

Kapitel 42

Am nächsten Tag wartet die übliche Arbeit auf mich. Der alte Knabe von der Wettervorhersage hat sich seinen Gehaltsscheck diesmal verdient. Ich vermute, er schaut heute einfach nach der Sonne vor dem Fenster, anstatt den Bericht vorzulesen, den er in den Hand hält. Ich nehme das Treppenhaus, nicht den Aufzug, um jedes Risiko einer Begegnung mit Calhoun zu vermeiden. Im Foyer des Hotels gibt der Portier einer Gruppe von Touristen eine Wegbeschreibung in einem für sie unverständlichen Englisch. Taxifahrer tragen Koffer zu ihren Fahrzeugen oder laden welche aus. Leute reisen an. Leute reisen ab. Kein Calhoun.

Ich checke aus. Dabei sehe ich mich so häufig um, dass mich der Hotelangestellte wahrscheinlich für paranoid hält. Es ist nichts zusätzlich zu bezahlen, also muss ich die gestohlene Kreditkarte nicht benutzen. Der Angestellte fragt mich, ob ich einen angenehmen Aufenthalt hatte, und ich bejahe. Er fragt mich, woher ich komme, und mir wird klar, dass ich nicht »Christchurch« sagen kann, denn dann stehe ich wie ein Idiot da. Wer verbringt schon ein paar Nächte in einem Fünf-Sterne-Hotel in der eigenen Stadt? Ich sage ihm, dass ich aus dem Norden komme. Er fragt mich, von wo genau, und plötzlich kapiere ich, warum er mir all diese Fragen stellt – er ist scharf auf mich. Ich sage »Auckland«, und er erzählt mir, dass er auch aus Auckland stammt. Die Welt ist klein, sagt er. Ich sage zu ihm, nicht klein genug, und darüber muss er ein paar Sekunden lang nachdenken, bevor er begreift, dass er in meiner kleinen Welt nichts zu suchen hätte. Ich kann buchstäblich sehen, wie er diesen Gedanken verarbeitet, während sein Lächeln langsam verschwindet.

Ich gehe zu Fuß zur Arbeit. Es ist ein schöner Tag, und es gibt so viele Dinge, die mich freudig stimmen. Eines davon ist die Tatsache, dass mein Hoden heute Morgen nicht juckt. Sally ist auf meinem Stockwerk, als ich gerade mit dem Putzen anfangen will. Sie wirkt, als wäre sie nicht ganz bei der Sache. »Hast du was Aufregendes erlebt gestern Abend?«

Jetzt geht das schon wieder los. »Nicht viel. Ich war zu Hause und hab fern gesehen.«

»Klingt nett«, sagt sie und marschiert davon.

Ich beginne meinen Tag damit, dass ich die Toiletten im ersten Stock putze. Man hat die Leiche der verkrüppelten Frau gefunden. Tragisch, wirklich. Und unmenschlich, sagen alle. Es ist eine Schande, in was für einem Land wir leben, behaupten die Nachrichten. »Wo soll das alles noch enden?«, fragen die Leute, aber niemand fragt mich. In meinem Büro übermale ich die Blutspritzer auf meinem Overall mit einem Filzstift, sodass sie wie Tintenflecke aussehen.

Während gestresste Detectives nach dem Killer suchen, sitze ich im Büro und erledige einen Anruf mit dem Handy. Ich habe den Stuhl an die Tür gerückt, nur für den Fall, dass Sally vorbeischauen will.

Detective Calhoun nimmt ab. Ich entschuldige mich dafür, dass ich letzte Nacht nicht gekommen bin. Er erläutert mir in allen Einzelheiten, was er von mir hält. Wir tauschen noch ein paar freundliche Bemerkungen aus, bevor wir uns auf ein weiteres Treffen einigen. Heute Abend um sechs, im Haus der Walkers. Widerwillig stimmt er zu. Ohne mir zu danken, legt er auf.

Nach der Mittagspause höre ich mich sorgfältig um, weil ich wissen will, ob die Detectives dem Killer im Haus der Walkers eine Falle stellen wollen, doch niemand erwähnt den Ort. Calhoun hat die Information für sich behalten. Das bedeutet, dass er sich an seinen ursprünglichen Plan hält und mich umbringen will. Alle halbe Stunde oder so laufe ich Sally über den Weg, doch sie hat anscheinend keine Lust, sich zu unterhalten. Wenn sie mich am Ende des Korridors oder der Treppe sieht, starrt sie mich verwirrt an, doch kein einziges Mal kommt sie zu mir, um eines dieser unsäglichen Gespräche in Gang zu bringen, bei denen ich am liebsten schreiend weglaufen würde. Ich muss zugeben, dass ich die Lunchbrote vermisse, die sie mir früher gebracht hat, und ich mache mir im Kopf eine Notiz, dass ich gelegentlich erwähnen muss, wie hungrig ich bin, was sie hoffentlich motiviert, für weitere Brote zu sorgen.

Schließlich wird es halb fünf, und ich kann anfangen, den Tag zu genießen. In meinem Büro erledige ich noch einen Anruf mit dem Handy, und auch diesmal wähle ich das Revier an. Ich sage, dass ich mit jemandem von der Mordkommission sprechen möchte, und als ich erwähne, dass ich möglicherweise einige Informationen für sie habe, werde ich direkt mit Carl Schroders Anschluss verbunden.

Ich überspringe die Tatsache, dass ich ihm eigentlich meinen Namen nennen müsste, indem ich ihm sage, dass ich weiß, dass das üblicherweise so gemacht wird, doch obwohl ich gewillt bin, der Polizei zu helfen, bin ich nicht bereit, vor einem Gericht als Zeuge aufzutreten, und zwar aus Gründen, die ich nicht mit ihm diskutieren werde, die jedoch vor allem mit meiner eigenen Sicherheit zu tun haben. Er versucht, meine Ängste zu beschwichtigen, gibt sich dabei aber keine besondere Mühe, weil wahrscheinlich fünfundneunzig Prozent aller Anrufe, die er erhält, von Verrückten stammen. Trotzdem hört er sich an, als wolle er unbedingt erfahren, was ich weiß. Ich sage ihm, dass es nicht darum geht, was ich weiß, sondern darum, was ich gefunden habe. Ich beschreibe ihm den Weg zu einer Müllhalde, die drei Blocks weit vom Tatort letzter Nacht entfernt liegt. Als er mich fragt, wie ich es dort gefunden habe, antworte ich, dass ich einen Mann gesehen habe, der es weggeworfen hat. Als ich heute von dem Mord hörte, hätte ich beschlossen, die Polizei anzurufen.

Eine kurze Beschreibung des Mannes?

Sicher. Warum nicht? Ich gebe ihm eine kurze Beschreibung von Calhoun, bevor ich auflege, um mir nicht noch mehr Fragen anhören zu müssen. Die Beschreibung hat mit dem Bild, das von »mir« im Besprechungszimmer hängt, nichts zu tun.

Ich verlasse das Büro und sehe Detective Inspector Schroder, der an seinem Schreibtisch sitzt. Er sieht mich an, doch sein Blick ist vage. Dann, noch bevor ich die Tür erreiche, springt er auf, packt seine Schlüssel und rennt zu Detective Calhoun. Die beiden diskutieren kurz miteinander und gehen dann rasch in Richtung Ausgang.

Als ich nach Hause komme, spüre ich schon nach drei Schritten in meiner Wohnung, dass irgendwas anders ist, auch wenn ich nicht weiß, was. Es ist, als wäre jemand hier gewesen und hätte alles ein klein wenig verschoben. Ich bleibe stehen, drehe mich einmal vollständig im Kreis, doch ich finde einfach keinen greifbaren Anlass für das merkwürdige Gefühl. Es ist nur ein Eindruck. Vielleicht war Melissa wieder hier. Vielleicht auch nicht.

Ich ziehe ein Paar Latex-Handschuhe an, fahre mit den Händen unter die Matratze und suche nach dem Ticket aus dem Parkhaus, das ich vor Monaten als Erinnerungsstück aufgehoben habe. Aber ich kann es nicht finden. Ich schiebe meine Arme bis zu den Schultern drunter, bewege sie energisch hin und her, suche, suche ... Doch es ist verschwunden.

Melissa?

Warum sollte sie überhaupt an dieser Stelle nachsehen?

Aber ich weiß schon, warum. Die Leute verstecken andauernd irgendwas unter ihren Matratzen. Es war dumm von mir, das Ticket hier zu deponieren.

Ich ziehe die Laken vom Bett und werfe sie auf den Boden. Dann wuchte ich die Matratze und alles Übrige an die Wand, suche weiter, muss ganz sichergehen, dass es nicht da ist. Ich knie mich hin, sehe unter dem Bett nach und ...

Da ist es!

Gerade spanne ich das Laken wieder über die Matratze, als mir klar wird, wie es dorthin gelangt ist. Ich hatte das Bett hochkant gestellt beim Versuch, den verdammten Kater umzubringen. Ich lege das Ticket in meinen Aktenkoffer und ziehe die Handschuhe aus.

Nachdem ich ein paar Blocks weit gegangen bin, verschaffe ich mir das übliche illegale Transportmittel und fahre zu dem Haus, wo ich Calhoun treffen werde. Jeder von uns hat die Absicht, den anderen umzubringen, obwohl der andere das nicht wissen soll. Es ist zwanzig vor sechs, als ich ankomme. Ich bin mir sicher, dass ich schneller bin als Calhoun, weil Schroder ihn gebeten hat, ihn bei der Sicherstellung der Mordwaffe zu begleiten. Ich vermute, ich habe jede Menge Zeit.

Ich parke mehrere Blocks weit entfernt und gehe zu Fuß. Die Nacht ist so warm wie der Morgen, und die sanfte Brise entspannt mich. Als ich das Haus erreiche, befürchte ich plötzlich, dass die Bewohner wieder eingezogen sind und ihr Familienleben wieder aufgenommen haben. Ich hole ein paarmal tief Luft. Nein. Sollte hier jemand wohnen, hätte ich inzwischen davon erfahren.

Mit der mir eigenen Geschicklichkeit öffne ich die Haustür, die ich mit dem Fuß wieder hinter mir schließe. Im Flur warte ich und lausche auf ein Lebenszeichen. Niemand hier. Das Schlafzimmer scheint mir der beste Ort, denn hier hat sich alles Wichtige abgespielt, also gehe ich zuerst dorthin. Ich öffne meinen Aktenkoffer, und voller Bedauern darüber, dass ich keine Pistole habe, die dem ganzen Drama rasch ein Ende setzen würde, hole ich einen Hammer heraus. Das ist das Beste, was ich unter diesen Umständen tun kann. Doch wenn ich zu heftig damit zuschlage, zertrümmere ich ihm vielleicht den Schädel, und so beschließe ich, in der Küche nach etwas Geeigneterem zu suchen. Als stolzer Besitzer einer großen Bratpfanne kehre ich ins Schlafzimmer zurück. Sie besitzt eine Antihaftbeschichtung.

Ich setze mich aufs Bett, sehe zu, wie die Zeiger meiner Armbanduhr weiterrücken, und warte darauf, dass Detective Calhoun eintrifft.

Kapitel 43

Sie hat es satt, nicht Bescheid zu wissen. Sie hat die vielen Fragen satt. Und sie hat es satt, alles sattzuhaben.

Um Viertel nach vier verlässt Sally ihren Arbeitsplatz. Sie braucht sich nicht dafür zu rechtfertigen, dass sie früher geht. Die anderen wissen, dass ihr Vater krank ist und sie sich um ihn kümmern muss.

Es ist zwanzig nach vier, als sie das Parkhaus erreicht. Henry ist nicht da. Sie ist sich nicht sicher, ob sie enttäuscht oder geschmeichelt sein soll angesichts der Tatsache, dass er sich wohl nur wegen ihr um halb fünf hier einfindet.

Sie fährt am Polizeigebäude vorbei, wendet und findet einen Parkplatz auf der gegenüberliegenden Straßenseite. Es wird halb fünf, aber kein Joe weit und breit. Soweit sie sich erinnern kann, verlässt er das Revier immer um die gleiche Zeit. Ist er heute früher gegangen?

Sie wartet noch fünf Minuten. Nach wie vor kein Joe.

Was genau machst du hier eigentlich? Hast du vor, ihm zu folgen? Versuchst du immer noch, ihm zu helfen?

Genau. Sie will rausfinden, ob er irgendjemanden trifft. Vielleicht die Frau, mit der er sich am Anfang der Woche unterhalten hat, die Zeugin, die aufs Revier gekommen ist. Fünf Minuten später startet sie den Wagen und fährt los. Diese Warterei hat sich ohnehin nicht richtig angefühlt.

Sie steht an einer roten Ampel, als sie Joe im Rückspiegel sieht. Es wird grün. Sie weiß nicht, was sie tun soll. Einer der Fahrer hinter ihr fängt an zu hupen. Als sie sich umdreht, ist Joe bereits verschwunden. Wahrscheinlich sitzt er schon im Bus.

Sie fährt in Richtung Friedhof, doch schon nach wenigen Minuten wird ihr klar, dass sie Joe treffen will. Sie parkt in der Straße, wo er wohnt, und beschließt, höchstens zwanzig Minuten zu warten. Schon nach der Hälfte der Zeit taucht er auf.

Sie bleibt im Wagen sitzen, unsicher, ob sie Joe zur Rede stellen oder vorerst abwarten soll, ob ihn jemand besuchen kommt. Es ist eine schwierige Entscheidung, doch schon ein paar Minuten später wird sie ihr abgenommen, denn Joe verlässt seine Wohnung wieder. Er geht in die andere Richtung. Sie folgt ihm. Als sie die Straßenecke erreicht, biegt er nach links. Sie hat noch nie jemanden verfolgt, und plötzlich wird ihr klar, dass sie nicht besonders gut darin ist. Sie lässt den Wagen noch ein Stück auf die

Ecke zurollen und will gerade abbiegen, als Joe über die Kreu-
zung gefahren kommt.

In einem anderen Wagen als beim letzten Mal.

Sie fährt ihm nach und versucht darauf zu achten, dass immer
ein Wagen zwischen ihr und ihm ist. Schließlich erreichen sie eines der besseren Viertel. Er wird langsamer und fährt an den
Straßenrand. Sie fährt weiter und beobachtet ihn im Rückspiegel. Er steigt aus und geht bis zum Ende des Blocks, wobei sein
Aktenkoffer im Rhythmus seiner Schritte leicht vor- und zu-
rückschwingt.

Sie folgt ihm zu einem zweistöckigen Haus, wo er die Auffahrt
hochgeht und unter dem Vordach verschwindet. Irgendwas an
dem Gebäude kommt ihr vertraut vor, aber sie weiß nicht, was.
Wenn Joe hier in aller Unschuld einen Freund treffen will, warum parkt er dann soweit entfernt? Warum nicht in der Auffahrt?

Sie trommelt mit den Fingern gegen das Steuer. Gerne hätte
sie genug Mut, um an die Tür zu klopfen und Joe zu fragen, was
hier vor sich geht, doch wenn er in Gefahr ist, könnte ihn das nur
noch mehr in Bedrängnis bringen.

Zehn Minuten vergehen. Zwanzig. Nach einer Weile ertappt
sich Sally dabei, dass sie ein Gebet flüstert. Sie möchte, dass Joe
wieder auftaucht und weiterfährt; sie möchte, dass alles in Ordnung ist. Vielleicht stößt ihm gerade jetzt etwas Schlimmes zu,
und sie sitzt hier draußen herum und wartet, lässt zu, dass Joe was
zustößt, genauso, wie sie zugelassen hat, dass Martin vor fünf Jahren etwas Schreckliches zugestoßen ist.

»Dumm, dumm, dumm«, murmelt sie und schlägt sich mit
der flachen Hand an die Stirn.

Ein paar Minuten später biegt ein Wagen in die Auffahrt, und
ein Mann steigt aus. Sie ist zu weit entfernt, um genau zu erkennen, wer es ist, doch ebenso wie das Haus kommt auch er ihr vertraut vor. Er geht rasch auf die Haustür zu und dann nach drinnen.

Kapitel 44

Calhoun will sich gerade umdrehen, als ich hinter der Schlafzimmertür auftauche. Sein Arm schießt nach oben, um den Kopf vor der herabsausenden Bratpfanne zu schützen. Er schafft es, seinen Ellbogen dazwischen zu kriegen; die Pfanne schlägt donnernd dagegen und wird auf seine Brust abgelenkt. Er taumelt nach hinten, und ich stolpere in ihn hinein. Wir gehen beide zu Boden, und dann greift er in seine Jacke, um seine Pistole zu ziehen. Mein Verstand arbeitet rasend schnell: Ich erfasse, dass ich falle, und frage mich gleichzeitig, warum er die Waffe nicht schon von Anfang an in der Hand hatte; ich habe Zeit, darüber zu spekulieren, dass er wahrscheinlich erst mal mein Vertrauen gewinnen wollte, um zu erfahren, was ich weiß. Ich stemme mich hoch auf die Knie, während er seinen Oberkörper aufrichtet, und ich sehe die Überraschung in seinem Gesicht, als er mich erkennt, auch wenn dieses Wissen offensichtlich nicht das Geringste an seinem Vorhaben ändert, mich umzubringen.

Ich ramme meinen Kopf nach vorn gegen seine Stirn, was mir so wehtut wie ihm, doch wenigstens lässt seine Hand jetzt von der Waffe ab. Lichter tanzen vor meinen Augen, Hunderte, nein, Tausende, alle gleichzeitig und alle strahlend weiß, doch dann tauchen auch rote auf. Ich rutsche nach hinten, und das Zimmer scheint sich zu drehen. Genauso sicher, wie Calhoun dasselbe empfindet, so sicher bin ich mir, dass ich ihm keine zweite Chance geben darf. Ich habe noch immer die Bratpfanne in der Hand und beschließe, sie unverzüglich zu benutzen.

Als ich ihn ansehe, sind da zwei Detective Calhouns, zwei Schlafzimmertüren, zwei Versionen meiner gesamten Umgebung. Ich schüttle den Kopf; das Zimmer dreht sich noch immer, doch die Bilder schieben sich wieder übereinander. Ich lasse meinen Körper schwingen, hebe die Arme und schlage mit der Pfanne seitlich gegen seinen Kopf. Sie trifft seinen Wangenknochen und seinen Kiefer, wobei sie Ersteren wahrscheinlich zertrümmert und Letzteren möglicherweise ausrenkt. Er fällt nach hinten auf den Boden und bewegt sich nicht mehr. Erschöpft lasse ich die Pfanne fallen.

Ich rolle ihn auf den Bauch, binde ihm die Hände auf den Rücken und fessle dann seine Beine. Als ich ihm den Mund öffnen will, sehe ich, dass ich ihm tatsächlich den Kiefer ausgerenkt habe. Weil ich mich später noch mit ihm unterhalten muss, packe ich seinen Kiefer und versuche, ihn wieder zurechtzuschieben. Nichts passiert. Ich schlage mit dem Hammer dagegen, zuerst vorsichtig, dann fester, und nach ein paar Schlägen springt der Kiefer mit einem Knacken wieder an die richtige Stelle. Ich öffne seinen Mund und schiebe ein Ei herein, entscheide mich dann jedoch dagegen. Ich kann nicht riskieren, dass ihm das Ei in den Hals rutscht, während er bewusstlos ist. Stattdessen kneble ich ihn mit einer Unterhose des Ehemanns.

Als Calhoun aufwacht, habe ich bereits dafür gesorgt, dass er auf einem Stuhl sitzt, den ich aus dem Esszimmer geholt habe. Habe ihn mit einem Seil daran festgebunden, und weil die Stuhlbeine aus Metall sind, kann Calhoun ihn nicht zerbrechen, selbst wenn er es irgendwie schaffen sollte, ihn umzuwerfen. Zusätzlich habe ich seine Arme und Beine noch mit Klebeband an den Stuhl gefesselt. Wenn er nicht gerade Harry Houdini ist, verschwindet er nirgendwohin.

Ich gehe vor ihm in die Hocke. Er starrt mich an, als könnte das Gesicht, das er gesehen hat, bevor er bewusstlos geschlagen wurde, unmöglich dasselbe sein wie das, das er jetzt sieht. Wie kann es nur sein, dass Joe, der Putzmann, Joe, der geistig Zurückgebliebene, ihm das antut? Kann es sein, dass der Mann, den sie suchen, die ganze Zeit über für sie gearbeitet hat?

Ich nicke zustimmend. Ja, es ist nicht nur möglich, es ist eine unleugbare Tatsache.

Er gibt ein Grunzen von sich. Entweder, um zu zeigen, wie überrascht er ist, oder, um mich nach dem Warum zu fragen oder um den Knebel in seinem Mund zu testen. Was auch immer der Grund sein mag, allzu viel Lärm kann er nicht machen. Er muss höllische Schmerzen im Kiefer haben. An seiner Unterlippe klebt Blut. Ich würde ihm gerne erklären, dass das noch gar nichts ist im Vergleich zum Zerquetschen eines Hodens, doch ich schweige, schließlich will ich nicht, dass das irgendjemand erfährt.

»Du hast sie umgebracht, stimmt's?«

»Hmm-mm.« Er schüttelt den Kopf. »Ichab niemann um-ebrach.«

»Doch, das hast du.«

Diesmal schüttelt er den Kopf und wiederholt mit annähernd den gleichen Worten: »Nein, nein, habich nich, du rücker Bass-ard.«

Ich glaube, er hat mich gerade einen verrückten Bastard ge-nannt. Vielleicht bin ich das. Vielleicht ist das mein Problem. Ich überprüfe diese Theorie, indem ich aufstehe und ihm meine Faust in den Magen ramme.

Das gibt's doch nicht! Er hat tatsächlich recht. Allerdings bin ich auch ein cleverer Bastard, der jetzt einen Deal aushandeln will.

»Ich werd dir den Knebel abnehmen«, sage ich und beuge mich wieder zu ihm herab. »Du weißt, wie es läuft. Wenn nicht, kannst du es dir bestimmt vorstellen. Der kleinste Ton«, sage ich und hebe das Messer an seinen Mund, »hat unangenehme Fol-gen für dich. Nicke, wenn du das verstanden hast.«

Ich bin wirklich ein Bastard, denn ich halte ihm die Spitze der Klinge direkt unter das Kinn, sodass er sich sticht, wenn er nickt. Ich sorge dafür, dass das auch wirklich geschieht, indem ich das Messer jedes Mal, wenn er den Kopf hebt, ein Stück nach oben drücke. Schließlich nickt er mit den Augen. Ich schneide den Knebel mit dem Messer los. Er rutscht nach unten und legt sich wie ein Kragen um Calhouns Hals.

»Besser?«

Er nickt. Eigentlich nickt sein ganzer Körper.

»Du kannst reden, weißt du? Das ist der Sinn, wenn man einen Knebel beseitigt.«

»Hör zu, Joe, weißt du, wer ich bin?«

»Natürlich weiß ich das.«

»Gut. Du verstehst doch, dass es schlecht ist, so was zu tun? Es ist schlecht, Menschen zu fesseln, besonders Polizisten.«

»Ich bin nicht schwachsinnig.«

»Nein. Natürlich bist du das nicht. Ich meine nur, dass das Leben schwierig ist für ... für Leute, die so was Besonderes sind wie du. Ich meine ...«

Ich hebe die Hand. »Hör zu Bob, ich muss dich hier unterbrechen. Nur weil ich bei euch putze, bin ich noch lange nicht schwachsinnig, okay? Dir sollte so langsam klar werden, dass ich nicht der Idiot bin, den du jeden Tag gesehen hast, seit du in der Stadt bist.«

Er legt den Kopf leicht auf die Seite, um diese Information zu verarbeiten, und langsam begreift er, dass ich nicht der Joe bin, der schwer von Begriff ist, sondern ein ziemlich wütender Joe. Und außerdem ein superintelligenter Joe.

»Hör zu, Joe, ich wollte dich wirklich nicht beleidigen. Es ist nur so, dass – na ja, es war eine gewaltige schauspielerische Leistung. Du kannst mir nicht vorwerfen, dass ich darauf reingefallen bin.«

»Nein, das kann ich dir nicht vorwerfen, aber du kannst mit deiner Kriecherei aufhören, Bob.«

»Es gibt eine gewisse Grenze, und die hast du bis jetzt noch nicht überschritten. Wenn du mich gehen lässt, kann ich vergessen, dass das alles hier jemals passiert ist. Wir beide können wieder ein normales Leben führen. Sobald du aber irgendwas tust, sobald du mich verletzt, kann ich dir nicht mehr helfen. Das ist dir doch klar, oder? Wenn ich tot bin, bin ich nutzlos, stimmt's?

Okay? Du bist offensichtlich ein intelligenter Bursche, also bin ich mir sicher, dass du das verstehst. Und ich bin sicher, du weißt, dass dich ein nutzloser toter Cop in Schwierigkeiten bringt, Joe. Und wir beide wollen doch keine Schwierigkeiten, oder? Keiner von uns will einen toten Cop. Das wissen wir doch beide. Das bringt einfach zu viel Stress. Also, wie wär's dann, wenn du mich losmachst? Du nimmst mir die Fesseln ab, und wir unterhalten uns über alles, was dir Sorgen macht. Wir können uns über alles unterhalten, was du willst.«

»Du willst wissen, worüber wir reden werden?«

»Natürlich will ich das, Joe, natürlich. Aber du musst mir zuerst die Fesseln abnehmen, okay? Nimm mir die Fesseln ab und gib mir meine Waffe wieder, und dann gehen wir nach unten oder wohin auch immer du willst, das liegt ganz bei dir, das verspreche ich, denn das ist dein Spiel, du hast hier das Sagen, also können wir überall hingehen, und wir können über alles diskutieren, was du willst, wie lange es auch dauert.«

»Du hast keine Ahnung, wer ich bin? Abgesehen von Joe, dem Putzmann?«

»Du bist einfach nur der Putzmann. Joe, der sauber macht. Niemand sonst. Es kümmert mich nicht, ob du noch jemand anders bist, und wenn du noch jemand anders bist, dann geht mich das nichts an. Soweit es mich betrifft, kannst du sein, wer du willst. Für mich bist du einfach nur der Putzmann. Einfach nur Joe. Joe, der kein Verbrechen begangen und uns nur ein bisschen an der Nase rumgeführt hat, weil er so getan hat, als wäre er schwer von Begriff. Wie wär's damit, Joe? Wie wär's, wenn du mich losmachen würdest?«

Er schwitzt so heftig, dass ich mir langsam Sorgen darüber mache, er könnte aus all den vielen Knoten schlüpfen und das Klebeband würde in langen, silbernen Streifen von ihm abrutschen.

»Weißt du, wer ich bin?«

Er schüttelt den Kopf. »Nein.«

»Ich bitte dich. Du weißt es. Ich bin der Schlächter.«

»Ich weiß nicht, wer du bist. Und nachdem du mich losge-
macht hast, werde ich nicht mal mehr darüber nachdenken.
Okay, Joe?«

Aber das ist natürlich Schwachsinn. Schwachsinn, den man
diesen Burschen bei der Ausbildung beibringt. Er versucht, mit
mir zu verhandeln, doch er hat nichts, was er mir anbieten könnte. Das weiß er auch, aber was soll er sonst tun? Immer wieder
verwendet er meinen Namen, versucht, eine Verbindung zwischen meinem Namen und mir herzustellen, und will mich dazu
bringen, dass ich ihn als richtigen Menschen ansehe.

»Lass uns zunächst ein paar Annahmen aufstellen. Nehmen
wir erstens an, dass ich die Wahrheit sage. Nehmen wir zweitens
an, dass ich dich nicht gehen lasse. Und nehmen wir drittens an,
dass du nicht kooperierst bei dem, was ich vorhabe. Weißt du,
was dann passiert?«

Er nickt. Annahmen sind etwas, das Cops eigentlich nicht machen sollen. Sie sollen sich an die Fakten halten, nicht an irgendwelche potenziellen Möglichkeiten. Doch Calhoun hat inzwischen schon einige Tatorte gesehen. Er kann also eine durchaus
begründete Vorhersage machen, was mit ihm passieren würde,
und braucht keine weiteren Hinweise. Er muss lediglich im Kopf
die Leiche einer der Frauen durch seine eigene ersetzen.

»Ja. Ich weiß.«

»Gut. Dann erörtern wir schnell noch zusammen die Grund-
regeln, damit wir das hinter uns haben. Erstens, du bist allein.
Hilfe wird nicht kommen, und du kannst nicht fliehen. Das sollte dich jedoch nicht deprimieren. Du hast inzwischen wahrscheinlich begriffen, dass du längst tot wärst, wenn ich das im
Sinn hätte, richtig?«

Er nickt. Das weiß er wahrscheinlich schon, seit er wieder bei
Bewusstsein ist.

347

»Wenn du mit dem einverstanden bist, was ich vorhabe, dann ist es überaus wahrscheinlich, dass du nicht nur mit heiler Haut davonkommst, sondern du streichst auch noch was dafür ein, dass du überlebt hast.«

Als er das hört, fängt er langsam an zu nicken – beim Wort »einstreichen«, nicht beim Wort »überleben«. Plötzlich überlebt er nicht nur, er wird sogar reicher. Das klingt für ihn nach einem ziemlich guten Geschäft. Er malt sich bereits aus, wie er noch mehr Nutten bezahlt, und dabei weiß er noch gar nicht, wie viel er verdienen wird.

»Zweitens. Ich bin es, der hier die Fragen stellt, und du beantwortest sie wahrheitsgemäß. Sollte das nicht der Fall sein, gefährdest du damit die beiden positiven Aspekte der ersten Grundregel. Irgendwelche Fragen?«

Er macht den Mund auf, doch es kommt kein Wort heraus. Ja, er versteht. Perfekt.

»Ich nehme an, du willst wissen, wie viel Geld du bekommen wirst und was du dafür tun sollst.«

»Bitte.«

»Zwanzigtausend Dollar. Und die sind leicht verdient. Du musst niemanden dafür umbringen, denn das überlässt du mir.«

Er nickt und denkt, dass zwanzig Riesen nicht viel Geld dafür sind, gefesselt zu werden, aber immer noch besser, als gefesselt und erschossen zu werden. Zwanzig Riesen sind viel Geld, wenn man nichts dafür tun muss. Das ist der Teil des Plans, der ihm gefällt. Von dem ich wusste, dass er ihm gefallen wird.

Kapitel 45

»Ich will nicht, dass jemand stirbt«, sagt Bob, als meinte er es ernst, und als würde mich diese Absichtserklärung, selbst wenn sie ehrlich wäre, auch nur im Geringsten interessieren. Dass

Menschen sterben, spielt für ihn keine große Rolle, und für mich auch nicht. Wer jedoch eine Rolle spielt, ist Daniela Walker.

Ich lehne mich zurück auf meinen Ellbogen. Würde ich rauchen, wäre es jetzt an der Zeit, mir lässig eine teure Zigarette anzuzünden. Wäre ich ein Meisterverbrecher, der im Hintergrund die Fäden zieht, wäre es jetzt an der Zeit, meine weiße Perserkatze zu streicheln. Aber ich bin nur ein Putzmann, der nicht einmal mehr Goldfische besitzt, die er füttern könnte. Ein durchschnittlicher, alltäglicher Joe. Vielleicht würde ich ja meinen Mopp streicheln, wenn ich ihn bei mir hätte. Oder wenn ich einen Metalleimer dabeihätte, könnte ich einen bestimmten Rhythmus darauf klopfen. Aber so bleibt mir nichts anderes übrig, als mit dem Messer herumzuspielen und Bob dabei zu beobachten, wie er auf die Klinge starrt.

»Ich bitte dich, Bob, du hast doch schon mal jemanden umgebracht. Ich versteh nicht, wie du was dagegen haben kannst, dass noch jemand stirbt.«

»Ich hab niemanden umgebracht.«

Ich wackle mit dem Finger hin und her. »Nein, nein, nein. Keine Lügen, hab ich gesagt. Erinnerst du dich, dass ich erklärt habe, was passiert, wenn du lügst?«

Er nickt. Er erinnert sich.

»Gut. Es gibt ein paar Möglichkeiten, das hier zu erledigen«, sage ich, greife in meinen Aktenkoffer und krame darin herum. »Ich kann damit anfangen, die hier«, ich hole eine frisch geschliffene Gartenschere heraus, »für deine Finger zu benutzen. Bei jeder Antwort, die ich nicht hören will, schneide ich dir einen Finger ab.«

Ehrlich gesagt, das würde ich nicht. Ich werde ihm keinen einzigen Finger abschneiden, es kommt nur darauf an, dass er es glaubt. In dieser Hinsicht lenke ich seine Annahmen gezielt in eine falsche Richtung. Ich beobachte sein Gesicht, während er die Gartenschere mustert. Man braucht nicht besonders viel

Fantasie, um sich vorzustellen, wie sie sich um einen Finger schließt, wie sich die Klingen ins Fleisch senken und wie wenig Druck ich aufwenden muss, um den Knochen zu durchtrennen. Er stellt sich bereits vor, wie alle seine Finger hinter seinem Stuhl auf dem Boden liegen.

Ich wäre dazu in der Lage. Melissa genauso. Und er auch.

Wir drei haben schon mal jemanden getötet.

»Du hast sie umgebracht, stimmt's?«

Er nickt.

»Kannst du mir sagen, warum?«

Er zuckt mit den Schultern. »Ich bin mir immer noch nicht sicher.«

Nicht gerade eine detaillierte Antwort, aber ich glaube, dass das die Wahrheit ist – jedenfalls, soweit er sie versteht.

»Möchtest du, dass ich dir dabei helfe, die Gründe zu begreifen?«

Er verhält sich wirklich klug und nickt.

»Der Grund ist, dass du es kannst«, beginne ich. »Die Fähigkeit steckt in dir. Du wolltest diese Macht schon immer fühlen. Wie ist es, wenn man jemanden umbringt? Stell dir nur diese absolute Kontrolle vor! Immer wieder hast du es dir ausgemalt, aber natürlich nur in deiner Fantasie. Konntest dir nicht eingestehen, dass du es gerne in Wirklichkeit ausprobieren würdest. Du hast Angst vor den Folgen gehabt und überlegt, wie du der Schuld entgehen und nach der Tat als Unschuldiger dastehen könntest. Es gibt viele Lösungen für dieses Problem, aber warum solltest du sie in allen Einzelheiten erforschen? Bisher hast du dir die Tat ja nur vorgestellt, sie noch nicht mal ernsthaft in Erwägung gezogen. Doch dann, irgendwann, reicht dir die Fantasie nicht mehr aus. Nicht die Fantasien über das Töten, sondern die über den Sex. Gewalttätigen Sex. Also heuerst du eine Hure an, aber es ist nicht dasselbe, denn sie ist kein richtiges Opfer. Du willst sie umbringen, denn bei gewalttätigem Sex ist das der eigentliche Höhepunkt, doch du weißt, es ist sinnlos, sie zu ermorden, denn Huren sind bereits tot. Sie sind Zombies, die außer einer miesen Herkunft und viel Pech nichts zu bieten haben. Du musst einen besseren Menschen umbringen. Da taucht eines Tages Daniela Walker auf. Ein Opfer häuslicher Gewalt, das sich weigert, den Ehemann anzuzeigen.«

Er sagt nichts. Ich denke an die Abschnitte im Bericht des Pathologen, die frühere Verletzungen von Daniela erwähnt haben. Hätte sie ihren Mann verlassen, wäre sie noch am Leben. Und ein anderer Mensch tot. Denn Calhoun hätte sicher jemand anderen gefunden.

»Sie droht ihm. Sie geht sogar zur Polizei, doch am Ende des Tages sind ihre Angst und ihre Liebe ihm gegenüber so groß, dass sie nicht handeln kann. Diese Frau ist eine Versagerin. Du verstehst nicht, wie sie so einen Typen überhaupt nur heiraten konnte, ganz zu schweigen davon, seine Kinder zu bekommen. Aber du vergisst, dass er charmant war, als sie ihn getroffen hat, so charmant wie du, als du deiner Frau begegnet bist.«

Ich sehe ihn an. Meine Geschichte macht überhaupt keinen Eindruck auf ihn. Wenn sie wahr ist, und ich glaube, das meiste davon ist wahr, dann zeigt er mir das nicht. Das macht mich wütend. Aber nicht so wütend, als dass ich aufspringen und ihm die Kehle durchschneiden würde. Ich sitze nur da und warte.

»Du warst neu in der Stadt«, fahre ich fort, »also konntest du der Gelegenheit zu handeln nicht widerstehen. Du kennst ihre Adresse, und du bringst ihre Lebensgewohnheiten in Erfahrung. Ihr Mann arbeitet, die Kinder sind im Ferienlager. Gibt es eine bessere Gelegenheit? Bevor du sie angreifst, beschließt du, die Sache dem Ehemann anzuhängen, denn – gibt es einen idealeren Verdächtigen?

Clevererweise hast du diese Frage mit Ja beantwortet. Denn ein anderer Mensch passt geradezu perfekt, und der bin ich, also was machst du? Du hängst mir einen Mord an, den ich nicht begangen habe, und, um ehrlich zu sein, Bob, das hat mir nie gefallen. Aber du hast Glück, denn du bekommst die Chance, dafür zu sorgen, dass sich meine Gefühle dir gegenüber ändern. Du kannst dieses Haus entweder um einiges reicher verlassen – finanziell ebenso wie in charakterlicher Hinsicht – , oder du kannst dich in einem Leichensack direkt auf den Weg zur Hölle machen. Es versteht sich von selbst, dass die Bestrafung dort unten ewig währt, und die Ewigkeit, Bob, ist eine ganz schön lange Zeit.«

Ich frage mich, worüber ich eigentlich rede. Die Hölle? Satan ist mir absolut egal. Dieser schwule, rothäutige Arsch ist nichts weiter als eine Ausgeburt frommer Wahngebilde, ausschließlich erfunden zur Abschreckung von Mördern, Dieben, Vergewaltigern, Lügnern, Heuchlern und Pantomimenkünstlern – deren Zahl dadurch jedoch keinen Deut abnimmt.

»Ob du in der Hölle verrottest oder nicht, ist nicht mein Problem. Mein Problem ist, was du der armen Daniela Walker angetan hast. Nach allem, was ich erfahren habe, und nachdem ich jetzt an Ort und Stelle bin«, ich mache eine weit ausholende Geste, die das ganze Zimmer einschließt, »kann ich einige gut begründete und weit reichende Schlüsse ziehen.«

»Gut für dich.«

Ich lächle. »Du bist am späten Nachmittag in ihr Haus eingedrungen, bist nach oben gegangen, während sie geduscht hat, und hast im Schlafzimmer auf sie gewartet. In diesem Schlafzimmer.«

Die Szene kenne ich.

»Sie hatte keine Chance. Schließlich war das Überraschungsmoment auf deiner Seite, und du bist größer und stärker. Sie hat reagiert – aus Angst, weil sie sich vorstellen konnte, was kommen würde – , doch sie war nicht schnell genug, um dir zu entkommen. Du hast mit ihr gekämpft, hast es geschafft, sie aufs Bett zu schleudern, doch dann ist es ihr gelungen, auf dem Nachttisch nach der einzigen Waffe zu greifen, die sie finden konnte.« Um eine größere Wirkung zu erzielen, deute ich auf das Tischchen. »Sie hat sich gewehrt, und sie hat es geschafft, dich mit dem Füllfederhalter zu stechen, mit dem sie üblicherweise ihre Kreuzworträtsel ausfüllt. Die Wunde war nicht tief, aber sie war so schlimm, dass du wirklich sauer geworden bist. Du hast den Stift weggeworfen und weitergemacht. Aber der Füllfederhalter war dein Fehler, Bob, und das weißt du auch. Nachdem du sie umgebracht hattest, war dir alles egal. Der Schmerz und die Sorge, gefasst zu werden, waren verschwunden. Den Füllfederhalter hast du völlig vergessen. Bis du zurückgekommen bist. Dann war auf einmal nichts wichtiger als er, und es war reines Glück, dass du ihn unbemerkt austauschen konntest. Unbemerkt von allen außer mir.«

»Was willst du?«

Ich schüttle den Kopf. »Bob, Bob, Bob. Ich dachte, wir hätten eine Abmachung. Du weißt, dass du keine Fragen stellen darfst.«

»Sag mir doch einfach, was du von mir willst.«

»Das ist schon wieder eine Frage.«

»Nein. Es ist eine Bitte.«

»Und das ist noch eine Lüge.« Ich halte die Gartenschere hoch. »Du willst es einfach nicht anders, oder?«

Er schüttelt den Kopf. »Nein. Ich schwöre.«

»Was ist mit Daniela? Wollte sie es auch nicht anders?«

Bobs Gesicht ist nass, und er blickt in seinen Schoß. Wir beide schwitzen. Es ist ein heißer Abend, und die Fenster im Schlafzimmer sind noch immer geschlossen. Inzwischen sind sie seit drei Monaten geschlossen, und die Luft ist stickig und riecht nach verdorbenem Fleisch. Ich gehe zum Fenster. Öffne es einen Spalt weit. Atme die frische Luft von draußen ein. Der Geruch, die dicke Luft, der Druck auf meiner Haut – an all das habe ich mich gewöhnt, doch es ist eine große Erleichterung, es jetzt loszuwerden. Es ist wie in meiner Wohnung, als ich mit einem blutenden Hoden und einem Eimer voller Pisse eine Woche lang im Bett lag.

Ich setze mich, ziehe meine Jacke aus und fahre mit der Hand über mein feuchtes Hemd. Der Gedanke, an den Strand zu gehen, versucht, alle anderen zu verdrängen. Ich spüre, wie die See und der Sand an mir ziehen, obwohl ich zehn Kilometer vom nächsten Tropfen Meerwasser und dem nächsten Sandkorn entfernt bin. Hätte ich eine Badehose und den Körper, sie anzuziehen, würde ich an den Strand gehen, sobald das hier vorbei ist.

»Beantworte nur die verdammte Frage, Bob.«

Er legt den Kopf auf die Seite und blickt mich an. Er sieht aus, als täte es ihm leid, gefangen worden zu sein, aber nicht, Daniela Walker umgebracht zu haben.

»Ich wollte sie nicht umbringen.«

Die Luft scheint von Minute zu Minute klebriger zu werden. Ich erwidere nichts auf seine Antwort. Ich sitze nur schweigend da und mache mir klar, dass dieser Mann völlig in meiner Hand ist. Im Zimmer wird es ein wenig kühler. Irgendwo träumt Melissa von ihrem Geld. Und die Polizei steht kurz davor, zu den Abdrücken auf der Mordwaffe, die sie auf der Müllhalde gefunden hat, eine Übereinstimmung zu finden – falls ihr das nicht ohnehin schon gelungen ist.

Bob ist verloren. Er sitzt praktisch schon im Todestrakt. Es hat ihm nur noch niemand gesagt. Seine Familie, besonders seine Frau, wird mit dem Gestank der Schande leben müssen. Wie soll sie erklären, dass sie die ganze Zeit nicht erkannt hat, was für ein Monster ihr Ehemann ist? Oder wie kann sie rechtfertigen, es gewusst, aber nie irgendwas unternommen zu haben?

Ich frage mich, ob Bob ein Alibi für einige der anderen Morde hat. Während der ersten hielt er sich noch in Auckland auf. Weil diese grauenhafte Mordserie jedoch eine so große Bedeutung hat, wird die Polizei dafür sorgen, dass einige kleinere Unstimmigkeiten nicht ins Gewicht fallen, und solange keine neue Leiche auftaucht, werden die Beamten zufrieden damit sein, Calhoun zum Schlächter von Christchurch zu erklären. Ich habe so viele Flure geputzt, dass ich ganz genau weiß, wie sehr sie einen Verdächtigen brauchen. Sie werden ganz einfach die Klappe halten, nie erwähnen, dass die DNS-Proben nicht genau übereinstimmen, und sollten gelegentlich doch noch ein paar Leichen auftauchen – sagen wir, eine pro Jahr – , dann werden sie es einem Nachahmungstäter in die Schuhe schieben. So werden auch weiterhin alle glücklich damit leben: die Polizei, die Medien, das Land. Sogar ich werde damit glücklich sein.

»Okay, Bob. Dann erklär mir, warum der Mord an ihr ein Unfall war.«

Er hebt den Kopf. Starrt mir in die Augen. »Ich bin ihr nach Hause gefolgt, um mit ihr zu reden, klar? Nur reden. Ich wollte, dass sie ihren Mann wegen Körperverletzung anzeigt, denn der Typ ist ein richtiges Arschloch. Scheiße, du hast ihn wahrscheinlich selbst schon gesehen. Ein eingebildeter, arroganter Bastard. Er ist so von sich überzeugt, dass er glaubt, er steht über dem Gesetz, dass er das Recht hat, seiner Frau die Scheiße aus dem Leib zu prügeln. Ich folge ihr also nach Hause, um ihr zu sagen, dass sie einen Fehler macht, und als ich ankomme, sehe ich, dass sie alleine ist.«

»Das war nicht deine Aufgabe, Bob. Du solltest ausschließlich an meinem Fall arbeiten.«

»Ich weiß. Ich weiß das, aber, na ja, es ist einfach passiert.«

»Hast du gewusst, dass sie allein zu Hause sein würde?«

»Eigentlich nicht.«

»Das hört sich für mich wie ein Ja an, Bob.«

»Ich hab's vermutet.«

»Was auch der Grund dafür ist, warum du ihr gefolgt bist, richtig? Weil du dich nur mit ihr unterhalten konntest, während sie allein war.«

Er versucht, mit den Schultern zu zucken, bringt jedoch nur eine kleine Bewegung zustande. »Vermutlich.«

»Vermutlich. Okay, was ist dann passiert?«

»Ich bin ein paar Minuten lang draußen sitzen geblieben und hab darüber nachgedacht, was ich tun soll.«

»Darüber nachgedacht, ob du sie umbringen sollst oder nicht?«

»Nichts dergleichen.«

»Was dann?«

»Ich weiß nicht. Ich bin einfach nur dagesessen, hab das Haus beobachtet und darüber nachgedacht, wie ich sie am besten davon überzeugen kann, das zu tun, was sie längst hätte tun sollen. Als ich dann schließlich zur Tür bin und angeklopft habe, kam keine Antwort. Ich wollte schon gehen, aber aus irgendeinem Grund hab ich's nicht getan.«

»Weil du gesehen hast, dass das eine gute Gelegenheit ist.«

»Weil ich mir Sorgen gemacht habe. Was, wenn sie nicht antwortet, weil ihr Mann zu Hause ist und sie verprügelt? Weil das Essen nicht fertig ist, weil sie seine Schuhe nicht geputzt hat oder aus welchem Vorwand auch immer, den dieses Stück Scheiße braucht, um zuzuschlagen? Wie auch immer. Ich habe gegen die Tür gedrückt, und sie war verschlossen, doch ich hatte einige Schlüssel bei mir, mit denen man die meisten Schlösser knacken kann, also habe ich sie benutzt.«

Ich kenne die Schlüssel gut. Und ich weiß, dass es bei häuslicher Gewalt nicht darum geht, dass ein Mann seine Frau zu sehr liebt; es geht um Männer, die es lieben, eine Frau vollständig zu kontrollieren.

»Ich hab in der Küche nachgesehen und im Wohnzimmer. Ich hab sie gesucht.«

»Hast du ihren Namen gerufen?«

»Nein.«

»Weil du nicht wolltest, dass sie schon zu diesem Zeitpunkt weiß, wer sie besuchen kommt?«

Er schüttelt den Kopf. »Überhaupt nicht. Ich wollte nicht, dass ihr Mann weiß, dass ich da bin, falls er zu Hause ist und sie zusammenschlägt.«

»Das ist ziemlich lahm, Bob.«

»Nein. Ganz und gar nicht. Das Haus ist groß. Ich konnte nicht sicher sein, was da vor sich ging.«

»Und dann?«

»Sie war oben. Saß auf dem Bett und hat geschluchzt.«

»Was vermutlich der Grund dafür ist, warum sie nicht an die Tür gekommen ist?«

»Das hab ich mir auch gedacht. Als sie mich gesehen hat, ist sie beinahe durchgedreht. Ich hab ihr schnell erklärt, wer ich bin, aber das war gar nicht nötig, denn sie hat mich erkannt.«

»Sie muss erleichtert gewesen sein, dass du ein Cop warst und kein irrer Killer«, sage ich.

Falls er die Ironie bemerkt, zeigt er es nicht.

»Sie hat sich wieder hingesetzt, und wir haben uns unterhalten. Über ihren Mann, aber hauptsächlich über sie. Wie gesagt, es ging um sie, nicht um ihn. Er wird nie aufhören, Frauen zu schlagen. Es ist unmöglich, ihn davon abzubringen. Die Leute verstehen einfach nicht, dass solche Typen nicht rehabilitiert werden können. Ich meine, was sollte das Ziel einer solchen Rehabilitation sein? Er hat nie was anderes kennengelernt als Gewalt. Ich habe versucht, ruhig und vernünftig mit ihr zu sprechen, und das war auch okay. Am Anfang.«

Er unterbricht sich und sieht mich an. Seine Augen wirken feucht. Ich frage mich, ob dieser Irre mir sogar vorspielen könnte, dass er weint. Ich bringe ihn dazu, weiterzusprechen, indem ich den Griff um die Gartenschere etwas festige. Ich will unbedingt was über seine Gedanken erfahren.

»Schon bald konnte ich ihr nicht mehr klarmachen, was ich dachte und wie ich die Dinge sah.«

»Du meinst, auf die einzig richtige Art.«

»Ja. Kennst du das, Joe? Du weißt, dass du in einer Sache absolut recht hast, ich meine, es sind überhaupt keine Zweifel möglich, aber du schaffst es einfach nicht, dass dein Gegenüber dir zustimmt? Es ist nicht so, dass es dich nicht verstehen könnte oder dich nicht verstehen will. Es ist nur so sehr an das Falsche gewöhnt, dass es einfach keine andere Sichtweise geben darf.«

»Komm wieder zur Sache, Bob.«

»Schließlich waren wir nicht mehr einer Meinung. Das ging sogar ziemlich schnell. Und dann haben wir uns gestritten. Am Ende hat sie geschrien, dass ich verschwinden soll. Ich hab versucht, sie zu beruhigen, aber sie konnte oder wollte sich nicht mehr beruhigen. Dann hat sie versucht, die Polizei anzurufen, und das musste ich verhindern. Sie hat mich geschlagen, und ich hab zurückgeschlagen. Das Nächste, was ich weiß, ist, dass sie tot war und ich über ihrer nackten Leiche stand.«

Er schweigt. Wir lauschen beide dem lautlosen Zimmer. Friedlich, aber immer noch heiß. Ich glaube den größten Teil seiner Geschichte, auch wenn er was ausgelassen hat.

»Eine rührende Geschichte, Bob«, sage ich und tue so, als wischte ich mir mit einem imaginären Taschentuch die Tränen ab. »Sieht so aus, als hättest du dich für die klassische Verteidigungsstrategie entschieden. Bringen sie euch das im College bei, oder hast du das irgendwann aufgeschnappt, als du schon ein Cop warst? Siehst du, Bob, das, was du hier getan hast, ist überaus verbreitet. Du hast dem Opfer die ganze Schuld gegeben. Sie war plötzlich anderer Meinung, sie war unvernünftig, und sie hat dich geschlagen. Hätte sie irgendwas davon unterlassen, wäre sie heute noch am Leben. Hab ich recht?«

Keine Antwort.

»Hab ich recht, Bob?«

Wieder der Versuch, mit den Schultern zu zucken. »Ich weiß nicht.«

»Ich bitte dich, Bob, du weißt es ganz genau. Hier wiederholen sich einfach nur die üblichen Abläufe, die sich auch bei Fällen von häuslicher Gewalt abspielen. Sie hat es verdient, bestraft zu werden, denn sie war es, die plötzlich aus der Reihe getanzt ist. Hätte sie getan, was man ihr sagt, dann würde sie heute noch ein zufriedenes und glückliches Leben führen. Aber das hat sie nicht, und deshalb hast du sie umgebracht, auch wenn du dich nicht mehr daran erinnern kannst. Damit hätten wir übrigens die charakteristische zweite Phase erreicht, Bob. Wie viele der Killer, die du festgenommen hast, haben versucht, dir zu erzählen, dass sie sich an überhaupt nichts mehr erinnern? Wie viele haben sich damit rausgeredet, dies oder jenes wäre überhaupt nicht passiert, hätte diese oder jene Frau nicht verrückt gespielt? Und jetzt sag mir bitte, was wirklich passiert ist.«

»Ich hab erzählt, was passiert ist.«

»Ja, das meiste davon wahrscheinlich schon. Aber ich würde mein Leben darauf verwetten ...« Ich mache eine Pause wegen des dramatischen Effekts, entscheide mich dann aber anders. »Nein. Ich würde *dein* Leben darauf verwetten, dass du dich daran erinnerst, wie du sie umgebracht hast, und dass du dir jeder Sekunde der Tat vollkommen bewusst bist.«

»Ich kann mich nicht erinnern.«

Er klingt wie ein wimmerndes Kind. »So was wie *ich kann nicht* gibt es nicht, Bob.« Ich hebe die Gartenschere, um meiner Bemerkung Nachdruck zu verleihen.

Er sagt nichts, bis ich aufstehe.

»Okay, okay.« Wären seine Hände nicht gefesselt, würde er mir sie abwehrend entgegenstrecken und wie ein Verrückter herumfuchteln. »Ich erinnere mich.«

»Oh. Und an was erinnerst du dich?« Ich muss das nicht wissen, damit mein Plan funktioniert. Ich frage aus rein menschlichem Interesse.

»Wir haben uns gestritten, wie ich dir bereits gesagt habe, und dann hat sie zum Hörer gegriffen und gedroht, die Polizei anzurufen. Also hab ich sie geschlagen, und nachdem ich das getan hatte, wusste ich, dass es keine Möglichkeit mehr gab, sie zum Schweigen zu bringen.«

»Bob, ich bitte dich. Sie ist ein Opfer häuslicher Gewalt. Sie ist daran gewöhnt, die Klappe zu halten, wenn ein Mann sie schlägt.«

»Diesmal nicht. Sie sagte, ich würde meinen Job verlieren für das, was ich getan habe, und sie hatte recht, also habe ich sie wieder geschlagen, und diesmal heftiger. Dann habe ich sie zum Bett geschleppt und ...« Er unterbricht sich, entweder um darüber nachzudenken, was er als Nächstes erzählen will, oder um was zu erfinden. »Na ja, ich musste dafür sorgen, dass sie wie eines deiner Opfer aussah, Joe.«

»Und du hast genau gewusst, was du dabei zu tun hast. Du hast die Prostituierte gevögelt, die ich kürzlich umgebracht habe. Mit ihr hast du gemacht, woran du nicht mal denken darfst, wenn du mit deiner Frau zusammen bist. Und die Erfahrung mit Becky, der Hure, hast du bei unserer kleinen Miss Häusliche Gewalt genutzt.«

»Ich musste doch dafür sorgen, dass es echt aussieht.«

»Ist das alles, Bob? Wolltest du nicht auch ein bisschen Spaß haben? Komm schon, mir kannst du's sagen. Ich bin nicht dein Richter. Ich will einfach nur hören, dass du nicht besser bist als ich.«

Er starrt mich an. Sein Gesicht ist wutverzerrt. Er spuckt die Antwort geradezu aus. »Natürlich habe ich es genossen. Ich meine, wie könnte man so was auch nicht genießen? Reine Macht.«

»Reine Macht. Ist das nicht die Antwort, Bob? Ist es nicht das, wonach wir suchen?«

»Was willst du von mir?«

»Das ist eine Frage, Bob.«

»Das ist mir scheißegal, Joe. Sag mir, was du willst, oder verpiss dich. Du verschwendest meine Zeit, du kleines Arschloch.«

Ich bin nicht schockiert über diesen plötzlichen Ausbruch. Während der letzten Stunde habe ich bei ihm gleich mehrere bloß liegende Nerven berührt.

»Was ich verlange, ist einfach. Du musst nichts weiter tun als zuhören.«

»So einfach, was?«

»Stimmt.«

»Schwachsinn. Wobei soll ich zuhören?«

»Bei einem Geständnis.«

»Von dir?«

»Wie witzig, aber – nein. Du bist meine Sicherheit. Meine Lebensversicherung, wenn du so willst. Von dem Augenblick an, in dem du mein Gesicht gesehen hast, wusstest du, dass ich dich entweder umbringen oder einen Deal mit dir machen würde. Also, Bob, hier ist der Deal. Ich geb dir zwanzigtausend Dollar in bar dafür, dass du dir morgen Nacht ein Geständnis anhörst. Das ist alles, was du tun musst. Einfach nur dasitzen und dir alles merken. Glaubst du, du schaffst das?«

»Und was dann? Lässt du mich gehen?«

»Exakt.«

»Und was ist für dich drin?«

»Meine Freiheit. Und deine.«

»Und wenn ich mich weigere?«

»Dann werde ich dich umbringen. Jetzt sofort.«

»Ich will die Hälfte vom Geld jetzt gleich.«

»Du bist eigentlich nicht in einer Position, wo du irgendwas verlangen könntest, Bob.« Ich stehe auf und gehe auf ihn zu.

»Was machst du?«

Ich kippe den Stuhl nach hinten und ziehe ihn über den Teppichboden. Er ist verdammt schwer, und mein Hoden fängt wieder an zu pochen.

»Joe? Verdammt, was hast du vor?«

»Halt's Maul, Bob.« Ich ziehe den Stuhl weiter, und er hinterlässt Schleifspuren auf dem Teppichboden, aber schließlich gelingt es mir, Calhoun ins Bad zu schaffen. »Ich fürchte, du wirst die Nacht hier verbringen müssen.«

»Warum?«

»Es ist sicherer so.«

»Für wen?«

»Für mich.«

Ich hole noch ein Stück Klebstreifen aus der Tasche. »Möchtest du noch was sagen, bevor ich dich für die Nacht versiegele?«

»Du bist vollkommen verrückt, Joe, weißt du das?«

»Ich weiß eine Menge, Detective Inspector.«

Ich klebe ihm das Band über den Mund. Dann gehe ich ins Schlafzimmer und hole das Parkhausticket aus meinem Aktenkoffer. Ich gehe hinter Bob in die Knie, packe die Haut auf seinem Handrücken und verdrehe sie so lange, bis er die Hände voneinander löst. Dann presse ich das Ticket gegen seine Fingerkuppen.

»Du gehst nirgendwohin, Bob. Oh, die Toilette ist gleich hier, wenn du sie benutzen willst.« Ich grinse ihn an, gehe zurück ins Schlafzimmer und schließe die Tür hinter mir. Dann lasse ich das Ticket in einen Beutel fallen, der für Beweismittel benutzt wird, und lege beides in meinen Aktenkoffer.

Der Abend nähert sich dem Ende, und ich bin erschöpft. Die Hitze hat mich völlig ausgelaugt. Als ich das Haus verlasse, sperre ich ab. Die Straßenlaternen schimmern fahl in der dunklen Nacht. Die Luft ist warm. In der Brise kann ich gemähtes Gras riechen. Ich fahre mit Calhouns Wagen in die Stadt zurück und ziehe an der Einfahrt des Parkhauses ein Ticket aus dem Automaten. Ich fahre die Rampe rauf, bis die Autos immer seltener werden, und als ich ganz oben ankomme, steht nur noch ein Wagen da. Ich fahre eine so scharfe Kurve, dass eine Ecke der vorderen Stoßstange über die ganze Seite des anderen Wagens kratzt und eine tiefe Schramme und eine Reihe kleinerer Dellen hinterlässt. Als ich aussteige, sehe ich, dass die Reifen des anderen Wagens die Hälfte ihrer Luft verloren haben. Der Geruch, der aus dem Kofferraum dringt, ist fast nicht zu bemerken.

Da ich nichts mehr zu erledigen habe, gehe ich nach Hause, um eine lange Nacht ausklingen zu lassen.

Eine weitere Phase ist abgeschlossen.

Kapitel 46

Sie hat keine Ahnung, wohin sie eigentlich fährt, bis sie die lange, gewundene Auffahrt erreicht, die von schönen Bäumen gesäumt ist. Sie parkt den Wagen im Schatten und tritt hinaus auf den üppigen Rasen. Es wird noch eine Stunde hell sein, und so lange wird sie hierbleiben.

Sally geht zum Grab ihres Bruders und kniet nieder, sorgsam bemüht, es nicht zu berühren. In dieser Hinsicht ist sie immer sehr vorsichtig. Wie ein Wirbelwind jagen die Eindrücke durch ihren Kopf, bleiben ihr dabei völlig unbegreiflich, und diejenigen, die sie um ein Haar zu fassen bekommt, entschlüpfen ihr im letzten Augenblick wieder.

Joe und der zweite Mann sind mindestens eine Stunde lang im Haus geblieben. Sie war erleichtert, als Joe wieder rauskam und völlig in Ordnung schien. Sie war versucht, ihm zu folgen, doch noch lieber wollte sie wissen, wer der zweite Mann war. Sie wartete noch eine halbe Stunde, doch er war nicht wieder aufgetaucht. Höchstwahrscheinlich wohnte er dort.

Sie streicht mit den Fingern über das Gras, und die weichen Halme kitzeln ihre Handflächen. Sie hat sich die Adresse notiert, bevor sie weggefahren ist. Sie ist sich noch nicht sicher, was sie mit dieser Information anfangen wird. Wahrscheinlich wird der Block mit der krakeligen Notiz während der nächsten paar Wochen einfach auf dem Beifahrersitz liegen bleiben, bevor sie das Blatt zusammenknüllt und wegwirft.

Joe fährt verschiedene Autos. Joe hat Akten bei sich in der Wohnung. Joe fehlt ein Hoden. Joe trifft heimlich Leute.

Gut, okay. Joe ist zu irgendjemandes Haus gefahren, so, wie sie zu den Häusern anderer Leute fährt. Er ist reingegangen, hat Kaffee getrunken, Karten gespielt, die Zeit rumgebracht, zu Abend gegessen. Was ist daran so verdächtig?

Nichts. Außer dass Joe zwei Blocks entfernt geparkt hat und mit einem anderen Wagen weggefahren ist. Und das Haus – irgendwoher kennt sie dieses Haus.

»Also, was soll ich tun, Martin?«

Könnte ihr Bruder aus dem Grab heraus zu ihr Kontakt aufnehmen, würde er ihr wahrscheinlich raten: »Mach gar nichts.« Doch vor fünf Jahren war ihre Tatenlosigkeit der Grund für Martins Tod gewesen. Ihr Mangel an Verantwortungsbewusstsein, ihre Trägheit, ihre Unaufmerksamkeit trugen die Schuld. Sie hätte verhindern müssen, dass Martin in einer Fünfzig-Stundenkilometer-Zone von einem Wagen, der fünfundsechzig Stundenkilometer schnell war, angefahren wurde. Die Schule traf keine Schuld. Eigentlich nicht einmal den Fahrer. Nur sie allein. Sie weiß, dass einige Leute Gott dafür verantwortlich machen würden, und sie hat den Verdacht, dass ihre Eltern halb ihr, halb Ihm die Schuld geben.

Darum zuckt ihre Mutter immer zusammen, wenn sie den Arm um sie legt. Und darum haben ihre Eltern auch nicht versucht, sie davon zu überzeugen, auch weiterhin auf die Schwesternschule zu gehen, haben zugelassen, dass sie ihre Ausbildung aufgibt, damit sie ihnen helfen kann, die Rechnungen zu bezahlen.

Es war schwierig für sie, Gott nicht zu hassen. Er hatte Martin geistig behindert geschaffen. Und doch wäre es zu einfach, alles ihm anzulasten. Sie war es, die Martin hatte auf die Straße rennen lassen. Sie hatte vergessen, wie aufgeregt er immer wurde, wenn sie früher mit dem Unterricht fertig war und ihn von der Schule abholen kam. Bei solchen Gelegenheiten verständigte sie vorher stets ihre Eltern. Und ihre Mutter sagte immer, sie solle sich keine Sorgen machen, doch Sally machte sich Sorgen und fuhr trotzdem. Sie liebte Martins Gesichtsausdruck, wenn er aus der Schule kam und sah, dass sie auf ihn wartete.

Die Regeln waren einfach. Ihre Eltern hatten es Martin tausendmal erklärt. Er durfte nicht allein über die Straße gehen. Aber auch sie kannte die Regeln. Sie durfte nie auf der anderen Straßenseite parken und dort auf ihn warten. Entweder musste sie auf seiner Seite parken oder zu ihm rübergehen. Ihre Eltern hatten sie immer wieder daran erinnert, aber wenn man zu oft an etwas erinnert wird, neigt man dazu, es zu ignorieren. Man hört die Worte, aber sie verankern sich nicht im eigenen Kopf. Das zweite Problem bestand darin, dass sie spät dran war. Zwei Minuten zu spät. Wie oft ist sie die Strecke inzwischen schon im Kopf durchgegangen, die sie an jenem Tag zu seiner Schule nahm? Eine rote Ampel, die grün hätte sein können. Ein Auto mit einem Wohnwagen vor ihr, das vierzig statt fünfzig Stundenkilometer fuhr. Ein Zebrastreifen, den mehrere Leute besonders langsam überquerten. Alles zusammengezählt, wurden schließlich zwei Minuten daraus. Ein einfaches Rechenexempel, so, wie wenn man das Alter auf den Grabsteinen addierte, es durch die Anzahl der Gräber teilte und einen Durchschnitt von zweiundsechzig erhielt. Eine simple Gleichung, an deren Ende der Tod eines Menschen steht.

Sie hatte zwei Minuten später vor der Schule geparkt, als sie dort hätte parken sollen. Sie hatte die Tür ihres Wagens zwei Minuten später als vorgesehen geöffnet. Und Martin hatte sie von der anderen Straßenseite aus entdeckt. Am Ende ging es nur noch um Mathematik, fundamentale Physik und die Dynamik eines menschlichen Körpers. Martin, der ganz aufgeregt wird. Martin, der über die Straße auf sie zurennt, während sie aus dem

Wagen steigt. Martin, der die Bahn eines Objekts kreuzt, das sich so viel schneller bewegt als er selbst, und das so viel mehr wiegt. Sie war zu ihm gerannt und hatte sich neben ihn gekniet. Er lebte noch, doch zwei Tage darauf starb er. Sie hatte ihren Bruder im Stich gelassen, als er sie am nötigsten gebraucht hätte.

Sie wird Joe nicht im Stich lassen. Er braucht sie. Er braucht jemanden, der sich um ihn kümmert; der ihn vor dem Wahnsinn schützt, in den er irgendwie verwickelt wurde.

Kapitel 47

Die schwüle und leicht nach Schweiß riechende Luft umfängt mich auf meinem Weg nach Hause. Die Kleider kleben mir am Körper, meine Unterhose frisst sich ständig zu meinem Arsch. Als ich ankomme, vergrabe ich die Mordwaffe und die Handschuhe im Garten.

Ich gehe nach oben, ziehe den Schlüssel aus der Tasche und ... Oh, Scheiße!

Auf dem Boden direkt vor meiner Wohnung liegt Pickle. Oder Jehova. Das ist verdammt schwer zu unterscheiden. Ich wirble herum, suche nach dem flauschigen Bastard, der das angerichtet hat, doch er ist verschwunden. Ich gehe in die Hocke und berühre meinen toten Fisch mit dem Finger. Er fühlt sich an wie Gummi.

In der Küche finde ich einen Beutel für Beweismittel. Ich beuge mich gerade wieder über den Fisch, als ich das Miauen höre. Ich blicke auf und sehe den gottverdammten Kater am Ende des Korridors. Vor ihm auf dem Boden liegt der andere Goldfisch. Langsam hebt der Kater die Pfote, schiebt den Fisch ein paar Zentimeter auf mich zu und zieht die Pfote wieder zurück. Er legt den Kopf auf die Seite und miaut mich an. Ich hole ein Messer aus dem Aktenkoffer, der noch an der Tür steht.

Der Kater lässt mich nicht aus den Augen. Wieder hebt er die

Tatze und schiebt den Fisch noch ein Stück weiter zu mir. Dann setzt er sich hin. Verdammt, was soll das? Ich greife nach dem größten Messer, das ich finden kann.

»Komm, Kätzchen, komm.«

Er geht auf mich zu, bringt die halbe Strecke hinter sich, bleibt stehen, dreht sich kurz zum Fisch um, blickt dann wieder zu mir. Er miaut. Ich fasse das Messer fester. Dann geht er langsam zurück zum Fisch, hebt ihn vorsichtig zwischen den Zähnen hoch und trägt ihn zu mir. Einen Meter entfernt bleibt er stehen, legt den Fisch auf den Boden und macht ein paar Schritte zurück. Dann miaut er erneut. Ich lasse mich auf Hände und Knie nieder, sodass ich langsam auf ihn zukriechen kann. Dabei halte ich die Klinge meines Messers vor mir ausgestreckt.

Und dann begreife ich, was er macht. Er bringt mir meine Fische zurück. Wieder miaut er, doch diesmal ist es eher ein leises Wimmern.

»Braver Junge«, sage ich in freundlichem Ton, wobei ich ihn geschickt einlulle, sodass er glauben muss, ich hätte kein Interesse mehr daran, ihm das Fell über die Ohren zu ziehen.

»Komm, komm, mein Junge. Ich werd dich nicht umbringen, Kumpel. Ich werd dir nicht das Genick brechen.«

Er miaut und kommt ein paar Schritte näher. Ich krieche weiter auf ihn zu. Immer weiter. Jetzt ist er nicht mal mehr eine Armeslänge entfernt. Dann noch näher ...

Wir haben einander erreicht, und er drückt seinen Kopf nach unten in meine Hand.

Dann fängt der Bastard an zu schnurren.

Und ich? Was mache ich?

Ich fange an, dieses verdammte Vieh zu tätscheln. Ich kraule ihn unterm Kinn, als sei er der großartigste kleine Kater der ganzen Welt.

Ich sehe auf den Boden, auf dem meine beiden toten Goldfische liegen. Ich werde sie nochmal begraben müssen. Ich fasse mein Messer fester und fange an, dem Kater mit der Spitze den Kopf zu kratzen. Er dreht das Gesicht auf die Seite, sodass ich ihn besser erreichen kann.

Ich muss nur nach unten stechen, und dann wird dieses kleine Katzenvieh, das ich gerettet habe ...

Gerettet. Das ist das entscheidende Wort. Ich habe dieses Vieh gerettet, ich habe Geld für ihn ausgegeben, ich habe ihn zu mir nach Hause gebracht, und er hat es mir gedankt, indem er meine Goldfische umgebracht hat, und trotzdem rette ich ihn jetzt zum zweiten Mal. Ich rette ihn, indem ich ihn nicht umbringe. Ich lege das Messer beiseite.

Unter den wachsamen Augen des Katers verstaue ich die beiden Goldfische in dem Beutel für Beweismittel. Ich werde sie später begraben.

Ich betrete die Wohnung und setze mich aufs Sofa. Der Kater springt mir auf die Knie, und ich streichle ihn immer weiter. Nach ein paar Minuten schläft er ein.

Bevor ich zu Bett gehe, starre ich auf meinen Couchtisch und frage mich, ob ich mir jemals wieder Fische kaufen werde. Vielleicht. Wenn alles vorbei ist. Ohne sie kommt es mir so vor, als würde mir ein Stück meines Lebens fehlen. Ich fühle mich leer. Wenn auch nicht so leer, wie ich mich gestern gefühlt habe.

Als ich am nächsten Morgen erwache, bin ich völlig verschwitzt, und der Kater sitzt am Fußende meines Bettes. Ich habe wieder geträumt. Von Melissa. Gemeinsam waren wir irgendwo, vielleicht an einem Strand oder auf einer Insel, und mir wurde klar, dass ich mir ein falsches Bild von unserer gewalttätigen Beziehung gemacht habe. Anstatt sie umzubringen, lag ich neben ihr. Wir beide genossen den Sand, den Klang der See und die Sonne. Es war, als hätten wir beide eine schöne Zeit.

Ein Albtraum.

Aus meinem Traum bringe ich den Geruch des Meeres mit, der noch ein paar Minuten lang im Zimmer schwebt. Ich befreie mich davon, indem ich unter die Dusche trete. Ich wasche mir die Nacht vom Leib, die ganze Geschmacklosigkeit dieser Bilder, die letzten Fetzen des Traums. Als ich aus dem Bad komme, sitzt der Kater auf dem Küchenboden und putzt sich. Im Kühlschrank finde ich etwas, das nach Fleisch aussieht, und der Kater scheint ganz zufrieden damit.

Nachdem ich mir etwas Toast gemacht habe, mustere ich die Auswahl an Werkzeugen in meinem Aktenkoffer, bevor ich zur Arbeit gehe. Besonders wichtig ist, zu überprüfen, ob die Glock, die ich Calhoun abgenommen habe, vollständig geladen ist. Sie ist es. Alle fünfzehn Patronen sind bereit, der Spitze meines Fingers zu gehorchen, wenn sie den Abzugsmechanismus betätigt. Die erste Patrone wartet darauf, sich in die Kammer befördern zu lassen und vom Schlagbolzen getroffen zu werden, und das Pulver brennt förmlich darauf, sich zu entzünden. Das Gas. Der Druck. Die Explosion.

Die Macht.

Es dauert weniger als eine Viertelsekunde, bis der Finger am Abzug auf den mentalen Befehl des Schützen reagiert. Ein halbes Prozent einer Sekunde später trifft der Schlagbolzen die Patrone. Der vollständige Zyklus vom ersten Nervenimpuls bis zum Abfeuern der Kugel dauert eine Drittelsekunde. Die Kugel fliegt mit dreihundert Metern pro Sekunde.

Das Ziel kann in weniger als einer Sekunde tot sein.

Ich lege die Waffe zurück in den Koffer. Lasse die Katze aus der Wohnung. Gehe zur Arbeit.

Das Revier ist das reinste Irrenhaus.

Überall schwirren Detectives und Constables herum. Alle sind noch viel aufgedrehter als in den letzten Tagen. Die Männer haben die Ärmel hochgerollt und die Krawatten gelockert. An jeder Ecke unterhält man sich, an jedem Arbeitsbereich, in jedem Büro. Eine allgemeine Erregung hängt in der Luft wie ein Ballon, der nur noch die Hälfte seiner Luft hat. Während ich durch die verschiedenen Grüppchen von Leuten zu meinem Büro gehe, höre ich keine Unterhaltung vollständig mit, doch ich schnappe mehrere Bruchstücke auf.

»Wie lang hast du ihn gekannt?«

»Ich hab gehört, sein Sohn hat sich umgebracht.«

»Hat schon jemand in seinem Hotel nachgesehen?«

»Wo kann er denn sonst sein?«

»Was meinst du, wie viele hat er wohl umgebracht?«

»Und du hast ihn gekannt.«

»Und du hast mit ihm gearbeitet.«

Sie suchen nach Calhoun. Jagen ihn. Ich schließe die Tür zu meinem Büro, und einen Augenblick später klopft Schroder an und kommt herein.

»Morgen, Joe.«

»Morgen, Detective Schroder.«

»Hast du's schon gehört?«

Ich schüttle den Kopf. »Was gehört, Detective Schroder?«

»Wann hast du Detective Inspector Calhoun zum letzten Mal gesehen?«

Ich zucke mit den Schultern. »Gestern. Bei der Arbeit. Haben Sie ihn nicht gesehen, Detective Schroder? Er ist der Mann mit den grauen Haaren.«

»Hat er gestern irgendwas zu dir gesagt? Irgendwas Ungewöhnliches?«

Ich denke an unsere Unterhaltung, an seine Darstellung der Ermordung Daniela Walkers. »Nicht dass ich wüsste.«

»Bist du sicher?«

»Hmm ...« Ich lasse mir zehn Sekunden Zeit zum Nachdenken, und das ist sehr lange, wenn jemand einen anstarrt. Eigentlich bin ich auf einen dramatischen Effekt aus, doch schließlich wiederhole ich meine ursprüngliche Antwort: »Nein, Detective Schroder.«

»Sag mir Bescheid, wenn dir noch irgendwas einfällt.«

Ohne auf eine Antwort zu warten, dreht er sich um und eilt

davon, als müsste er überall gleichzeitig sein. Er sagt mir nicht, warum sie Calhoun suchen.

Ich beginne meinen Arbeitstag damit, dass ich die Toiletten putze. Als ich fertig bin, ist mehr als die Hälfte der Leute verschwunden, die sich zuvor im dritten Stock herumgedrückt haben. Der Rest interessiert sich nicht für mich. Werden sie das Haus überprüfen, in dem er sich momentan aufhält? Offensichtlich nicht. Warum sollten sie? Weil er dort zwei Leichen hinterlassen hat?

Da sich jede Menge Constables auf die Suche machen und jede Menge Detectives darüber nachdenken, wo sie selbst nachschauen könnten, ist es möglich, dass sie zufällig über ihn stolpern. Wenn das der Fall ist – was wird Calhoun ihnen sagen? Kann er es riskieren, ihnen von mir zu erzählen? Ich kann nur das Beste hoffen. Jetzt gibt es keine Hausaufgaben mehr, die mir noch helfen könnten. Ich bin allerdings durchaus erleichtert darüber, dass die Polizei glaubt, dass er sich versteckt und wahrscheinlich vorhat, das Land zu verlassen – aber wohl kaum an alten Tatorten herumhängen wird, um in Erinnerungen an seine Verbrechen zu schwelgen.

Ich schiebe den Staubsauger ins Besprechungszimmer. Der Raum ist ein einziges Chaos. Akten, Fotos, Zeugenaussagen. Zigarettenkippen, die man in volle Aschenbecher gestopft hat, zusammengeknüllte Servietten auf dem Tisch, leere Essenskartons im Mülleimer. Akten überall auf dem Boden, und mitten auf dem großen Tisch die beiden Mordwaffen. Die erste ist meine eigene, die Melissa benutzt hat. Die zweite stammt aus Calhouns Hotelzimmer. Beide sind mit einer dünnen Schicht weißen Puders bedeckt.

Ich sehe mir die Phantomzeichnung an, die mit Melissas Hilfe vor ein paar Tagen erstellt wurde. Direkt daneben hängt ein Foto von Calhoun. Man braucht schon einige Fantasie, wenn man zwischen beiden wirklich eine Ähnlichkeit finden will, doch das

371

spielt keine Rolle, denn jetzt haben sie die Fingerabdrücke, und das ist bei diesem Spielstand so gut wie ein Geständnis. Dass er heute nicht aufgetaucht ist, lässt ihn nur noch schuldiger aussehen. Er wusste, dass man die Mordwaffe gefunden hatte, und ihm war klar, dass er so schnell wie möglich aus Dodge City verschwinden musste.

Ich sitze am Tisch, hebe nacheinander die Plastikbeutel hoch und mustere die Messer. Ich nehme sie nicht heraus, ich bewundere sie nur durch das Plastik hindurch. Eigentlich ist »bewundern« das falsche Wort. Vielmehr erinnere ich mich. Mein Messer hat eine Geschichte. Calhouns Messer hat eine Geschichte. Vielleicht nur eine kurze Geschichte, aber, oh!, die ist bedeutend.

Nachdem ich das Zimmer geputzt und den Recorder an mich genommen habe (nicht nur das Band), gehe ich zurück in mein Büro und mache Mittagspause. Der Rest des Tages wird hektisch für jeden außer für mich. Für mich bringt er nur mentalen Stress. Ich beobachte jeden, um rauszufinden, ob ich selbst beobachtet werde und kurz davor stehe, festgenommen zu werden, weil man Calhoun an einen Stuhl gefesselt und mit Klebeband geknebelt in Daniela Walkers Haus gefunden hat.

Um halb fünf achte ich sorgfältig darauf, dass mich niemand sieht, wie ich das Ticket aus dem Parkhaus mit Calhouns frischen Fingerabdrücken darauf hinter seinem Schreibtisch verstecke. Ich kann es nicht einfach in eine der Schubladen legen, weil man den Tisch bereits durchsucht hat. So aber könnte man es übersehen haben, und wenn sein Arbeitsbereich nochmal durchsucht wird, wird man es finden. Wenn nicht, werde ich beim Staubsaugen darauf stoßen und es Schroder geben. Ich lasse es aus der Tüte für Beweismittel gleiten, ohne es zu berühren.

Mein Handy klingelt, als ich an diesem Freitagabend etwa fünfundzwanzig Minuten von meinem Fußmarsch zum Haus der Walkers hinter mir habe. Es spielt eine kleine Melodie, die mich schaudern lässt. Ich nehme es aus der Tasche und klappe es auf.

»Hallo, Melissa.«

»Hallo, Joe. Hast du einen netten Abend?«

»Bis gerade eben schon.«

»Oh, Joe, bitte. Das ist nicht sehr nett. Ich habe über dich nachgedacht, weißt du? Ich hab darüber nachgedacht, nochmal mit dir zu diesem Park zu gehen, um unserer angenehmen ersten Begegnung einen Teil zwei folgen zu lassen.«

»Was willst du?«

»Mein Geld. Hast du es?«

»Nicht alles.«

»Nein? Tja, das ist keine tolle Leistung, Joe, oder? Hundert Riesen, hab ich gesagt. Mit allem anderen verschwendest du nur meine Zeit.«

»Ich hab achtzig. Die übrigen zwanzig kann ich nächste Woche besorgen.« Ich lüge und weiß, dass das so weitaus realistischer klingt. Sie schweigt eine Minute lang. Das ist schon in Ordnung, schließlich bezahlt sie den Anruf.

»Achtzig Riesen reichen übers Wochenende, Joe, aber weil du mich im Stich gelassen hast, kostet es nächste Woche noch einmal vierzig.«

»Ich kann keine vierzig besorgen.«

»Das hast du schon bei den hundert gesagt, und schau nur, wie viel du geschafft hast.«

»Gut.«

»Wo sollen wir uns treffen?«

»Das überlässt du mir?«

»Natürlich nicht. Ich wollte dir nur ein bisschen Hoffnung machen. Das ist alles.«

»Ich überlasse es dir jedenfalls nicht. Wenn du das Geld willst, dann nur zu meinen Bedingungen.«

»Und solange du nicht ins Gefängnis willst, sage ich, wo's langgeht, Joe.«

»Scheiß drauf.«

»Scheiß auf dich, Joe.«

Sieh an. Wie ein altes Ehepaar.

»Hör zu, du hast meine Waffe. Für dich sollte es keine große Rolle spielen, wo wir uns treffen.«

»Ich vertrau dir nicht, Joe.«

»Es ist ein Haus, in dem ich jemanden umgebracht habe.«

»Die Leiche ist immer noch da?« Ihre Stimme steigt eine Oktave höher.

Ich schüttle den Kopf, obwohl ich telefoniere. »Ein früheres Opfer. Aber der Ort riecht nach Tod. Ich kann sogar eine Führung für dich veranstalten.«

»Etwa das Haus, in das du kürzlich diese Hure gebracht hast?«

»Genau«, sage ich. Ich weiß, dass sie mir gefolgt ist und die Nutte umgebracht hat, die im Kofferraum lag, während ich im Haus war.

Die Vorstellung scheint ihr zu gefallen. »Gut, dann treffen wir uns dort um sechs. Lass mich nicht warten, Joe.«

Sie beendet die Verbindung. Verdammt, ich hab nicht mehr viel Zeit. Ich nehme den Bus. Ich will keinen Wagen stehlen. Sollte ich jemals geschnappt werden, wäre heute der perfekte Tag dafür. Das spüre ich. Es ist warm, aber nicht so schwül wie sonst. Wenigstens noch nicht. Christchurch-Wetter. Schizophrene Hitze und das ganze Programm.

Ich erreiche das Haus, und mein letzter Abend als der Schlächter von Christchurch beginnt.

Kapitel 48

Ich beschließe, am Haus vorbei erst mal weiter zu gehen. Es ist Viertel vor sechs. Ich schlendere bis zum Ende des Blocks, bevor ich umkehre. Keine merkwürdig aussehenden Fahrzeuge. Keine Anzeichen dafür, dass irgendjemand auf der Lauer liegt. Und keine Melissa. Nur ein Vorort, der absolut normal wirkt.

Als ich über die Auffahrt zur Tür schlendere, fühlt es sich an, als käme ich nach Hause. Während der letzten Wochen war ich so oft hier, dass es zu einem Teil meines Lebens geworden ist. Wahrscheinlich wird der Ehemann der Toten bald damit anfangen, Miete von mir zu verlangen. Wenigstens bin ich heute das letzte Mal hier. Ich nehme den Anblick ohne Sentimentalität in mich auf. Tränen habe ich keine zu vergießen.

Im Haus ist es immer noch warm. Das wird wohl so bleiben, bis der Sommer zu Ende ist und der Herbst kommt. Wenn die Polizei heute hier war, wäre jetzt der Augenblick, auf mich zuzu-stürmen und mich festzunehmen. Aber das werden sie natürlich nicht tun. Sie sind nicht hier. Da bin ich mir sicher. Allerdings ...

Ich schließe die Augen. Warte. Zähle stumm, bis eine Minute vorbei ist, während ich auf jedes Geräusch im Haus und draußen auf der Straße lausche. Ein Rasenmäher, eine Frau, die ihren Sohn anschreit, er solle sich beeilen, ein Auto, das vorbeifährt. Im Innern des Hauses höre ich nur meinen eigenen Atem. Sollten ir-gendwelche Cops hier sein, werde ich sagen, ich dachte, ich solle hier sauber machen; dachte, das wäre ein Nebengebäude der Po-lizei, weil Dutzende von Detectives hier ein und aus gingen. Ich werde das Wort »Nebengebäude« falsch aussprechen und einige Sekunden lang nach einem Synonym suchen.

Ich öffne die Augen. Nichts. Ich bin immer noch allein.

Ich gehe nach oben, ohne den üblichen Zwischenstopp in der Küche einzulegen. Auch wenn ich noch so durstig bin – ich muss jetzt unverzüglich zur Sache kommen. Ich erreiche das Schlaf-zimmer, begebe mich direkt ins Bad und lächle den Mann an, der dort gefesselt auf einem Stuhl sitzt. Irgendwann während der Nacht oder vielleicht auch heute Morgen hat er sich vollgepisst.

Ich sehe ihm direkt in die Augen und entdecke dort denselben Hass wie letzte Nacht. Die Augen sind rot und verquollen, als hätte er sie gerieben, doch ich weiß, dass er das nicht getan hat. Er sieht aus, als hätte er nicht geschlafen, seit ich ihn gestern verlassen habe. Das Hemd hängt ihm aus der Hose, und auf dem Kragen sind Blutflecken. Seine Arme sind gerötet, denn er hat versucht, das Seil und das Klebeband zu zerreißen. Sein kurzes Haar sieht zerzaust aus. Auf dem Klebeband befinden sich einige getrocknete Tropfen Blut. Die rechte Seite seines Kiefers ist inzwischen grau geworden. Auf seiner Stirn wölbt sich eine große Beule. Das alles muss ihm durchaus bewusst sein, denn er kann sich deutlich im Spiegel sehen.

»Nein, nein, Sie brauchen sich nicht zu erheben«, sage ich und strecke die Hand aus.

Er lacht nicht, versucht nicht mal, ein bisschen Konversation mit mir zu machen.

»Okay, Detective Inspector, hier ist der Deal. Zwanzig Riesen für deine Ohren und deinen Verstand, okay. Du darfst nur nicht vergessen, dass ich die Waffe habe. Und ein Band von unserer Unterhaltung letzte Nacht.« Ich zeige ihm den Recorder, der seit Monaten in einer Topfpflanze versteckt war. »Wenn du irgendwas versuchst oder mir irgendwas passiert, geht das Band an deine Kollegen. Nicke, wenn du mich verstanden hast.«

Er hat verstanden.

»Das Ganze läuft so. In«, ich werfe einen Blick auf die Uhr, »fünf Minuten werden wir eine Besucherin haben. Sie wird hier hochkommen, und sie wird mich erpressen. Sie ist jedoch eine Mörderin, genauso, wie du ein Mörder bist. Ich kann mir gut vorstellen, dass du sie wiedererkennst. Deine Aufgabe besteht darin, ruhig im Bad sitzen zu bleiben. Sobald sie gestanden hat, werde ich die Tür öffnen, sie wird dich sehen und genauso schuldig sein wie du und ich. Somit stecken wir alle drei in einer Pattsituation. Einverstanden?«

Er grunzt.

»Ich nehme das mal als Ja.«

Noch ein Grunzen. Er schüttelt den Kopf, aber das spielt keine Rolle. Ich schließe die Tür und warte auf dem Bettrand mit meinem Aktenkoffer und ohne achtzigtausend Dollar.

Zehn Minuten später höre ich, wie die Haustüre geöffnet wird. Ich bleibe, wo ich bin. Melissa wird keine Probleme damit haben, mich zu finden.

Hier bin ich nun. An diesen Punkt haben mich all meine Phasen und Pläne geführt.

Ich höre, wie Melissa in die Küche geht. Die Kühlschranktür wird geöffnet. Dann das unverwechselbare Zischen, wie wenn jemand eine Flasche Bier aufmacht. Sind wir einander wirklich so ähnlich? Ich hoffe nicht.

Ein paar Minuten später kommt sie die Treppe hoch.

»Verdammt heiß hier oben, Joe.«

Ich zucke mit den Schultern. »Keine Klimaanlage.«

»Ich bin überrascht, dass das Haus immer noch Strom hat. Ist da das Geld drin?«, fragt sie und nickt in Richtung des Aktenkoffers.

»Hmm.«

Ich starre sie immer noch an. Sie ist noch schöner als in der Nacht, in der wir uns getroffen haben. Schöner als an dem Tag, an dem sie mich erpresst hat. Ihr schwarzer Minirock bietet einen guten Blick auf ihre langen, sonnengebräunten Beine. Sie trägt eine dunkle, purpurfarbene Jacke, die gut zu ihren purpurfarbenen Schuhen passt. Ihre Bluse ist aus schwarzer Seide. Sollte sie beabsichtigt haben, in diesen Kleidern einen umwerfenden Eindruck zu machen, so ist ihr das gelungen. Sie schaut kurz auf ihre teuer aussehende Uhr. Wieder frage ich mich, was sie sonst so tut und wie sie ihr Geld verdient. Vielleicht ist sie wirklich Architektin.

»Hast du eine Verabredung?«

Sie lacht. »Du schaffst es immer wieder, mich zum Lächeln zu bringen, Joe.«

»Ich versuch's.«

»Eigentlich wollte ich nur sehen, wann du endlich aufhörst zu quasseln und mir das Geld gibst.«

Ich lehne mich aufs Bett zurück. »Ich mache mir immer noch gewisse Sorgen.«

»Ach, tatsächlich? Mein armer, kleiner Joe. Du kannst Melissa alles erzählen.«

»Wenn ich dir das Geld gebe, was hindert dich dann, trotzdem zur Polizei zu gehen?«

»Ich bin ein netter Mensch, Joe. Ich lüge nie.«

Ja. Verdammt nett. »Mich hast du angelogen.«

»Du bist es ja auch wert, dass man dich anlügt.«

»Du hast meine Frage nicht beantwortet.«

»Ich bitte dich, Joe. Was du hier kaufst, ist Vertrauen. Was für eine Welt wäre das denn, wenn wir einander nicht vertrauen könnten? Sobald ich mein Geld bekomme, geht alles, was ich über dich habe, an einen sicheren Ort. Wenn mir also was passieren sollte«, sie wedelt mit der Hand hin und her, »so in der Richtung, dass mir jemand die Kehle durchschneidet, landen sämtliche Unterlagen bei den Cops. Und nur dann.«

»Und woher weiß ich, dass du nicht plötzlich wieder auftauchst und mehr verlangst?«

Sie zuckt mit den Schultern. »Das wirst du vermutlich nie wissen.« Sie nippt an ihrem Bier, und die Worte hängen in der Luft. Sie denkt daran, dass sie irgendwann wieder Geld von mir verlangen wird.

»Also, wie fühlt es sich an hier oben?«, frage ich. »In Gegenwart des Todes?«

»Hier oben gibt es nichts Totes.«

»Ist schon eine Weile her.«

»Wo hast du sie umgebracht?«

Ich stehe auf und stelle mich in die gegenüberliegende Ecke, an dieselbe Wand, in der sich auch die Badezimmertür befindet.

»Ich habe alle auf dem Bett umgebracht«, sage ich und tue so, als sei ich verantwortlich für Daniela Walkers Tod.

»Auf diesem Bett?«

Es ist ungemacht. Die Decken und Laken sind vom Gebrauch zerknittert. Man sieht immer noch einige Tropfen Blut. »Genau da.«

Sie geht darauf zu. Ich kann die Glock in ihrer Hand deutlich sehen. Meine Glock. Sogar als sie das Bett mustert, hält sie die Waffe auf mich gerichtet. Mit ruhiger Hand.

»Wie hat es sich angefühlt?«, fragt sie.

»Das solltest du eigentlich wissen.«

Sie dreht sich um und lächelt. »Stimmt, Joe. Weißt du, manchmal kommt es mir so vor, als sei da was ganz Besonderes zwischen uns.«

»Erpressung?«

»Nein.«

»Dass wir beide Mörder sind?«

Sie schüttelt den Kopf. »Nein, das auch nicht.«

»Was dann?«

»Ich glaube, es ist unsere Liebe zum Leben.«

»Wie poetisch.«

»Wenn du darauf bestehst.«

Ich bestehe auf überhaupt nichts. »Also, wie war's für dich, Melissa?«

»Wie war was?«

»Jemanden umzubringen.«

»Das hab ich früher schon gemacht.«

»Das ist nicht dein Ernst.«

»Nur ein paarmal. Aber es hat nicht so viel Spaß gemacht wie bei der Letzten.«

Da muss ich ihr zustimmen. »Ja, bei denen macht es wirklich Spaß, stimmt's?«

»Siehst du? Wir haben doch was gemeinsam. Wir sind nicht so

verschieden, Joe.« Sie streicht mit ihrer freien Hand über das Bett, als versuchte sie, den Tod zu fühlen, als versuchte sie, ihn durch die Poren aufzusaugen.

»Ich glaube, wir sind uns ähnlicher, als du dir das vorstellen kannst.«

Die Hand immer noch auf dem Bett, dreht sie sich zu mir um. Die Waffe zeigt unverwandt in meine Richtung. »Wie meinst du das?«

»Ich finde, auch du bist es wert, dass man dich anlügt.«

Sie richtet sich auf und starrt den Aktenkoffer an.

Ich nicke in Richtung des Koffers. »Nur zu, mach ihn auf.«

Die Waffe ist noch immer auf mich gerichtet. Sie beugt sich vor und lässt zuerst das linke und dann das rechte Schloss aufschnappen. Sie wirft mir einen Blick zu, klappt den Deckel auf und wendet sich ab, um hineinzusehen.

»Verdammt, was soll das, Joe? Wo ist mein Geld?«

»Du bekommst kein Geld, Melissa.«

Sie wirkt ehrlich überrascht. Anscheinend hat sie nie daran gezweifelt, dass ich bezahlen würde. »Wenn du glaubst, dass das Spiel so läuft, geh ich direkt zur Polizei.«

»Ach. Und wie willst du denen erklären, dass du mit in die Sache verwickelt bist?«

»Das wird nicht nötig sein.«

»Denk nach, Schlampe.« Ich nicke in Richtung der Badezimmertür.

»Hast du irgendwo eine Videokamera angebracht, Joe? Ich bitte dich, sei nicht kindisch. Ich werde jetzt einfach das Band mitnehmen. Dann werde ich dir in die Eier schießen. Oh, Verzeihung. In das, was davon noch übrig ist.«

Ich lasse mich von ihrer Bemerkung nicht provozieren. »Warum siehst du nicht einfach nach?«

Die Waffe im Anschlag, geht sie zur Badezimmertür. Sie bleibt stehen und öffnet sie langsam. Sie wirft einen Blick ins Bad und lacht. Vielleicht glaubt sie, ich hätte ihr eigens ein hübsches Geschenk mitgebracht.

»Ein Cop? Du wirst einen Cop umbringen?«, fragt sie.

»Ich werde ihn nicht umbringen. Dafür ist er viel zu wertvoll.«

Hinter ihr erkenne ich, wie Calhoun überrascht die Augen aufreißt, als er Melissa mit einer Waffe vor sich sieht. Sein Blick springt hin und her, denn er versucht, sich darüber klar zu werden, wer von uns beiden der Gefährlichere ist. Vor ihm steht die Frau, die ihm eine Beschreibung des Killers geliefert hat. Dieselbe Frau, die eine Pistole auf mich richtet. Und doch war ich es, der ihn zusammengeschlagen und gefesselt hat. Was zum Teufel läuft hier eigentlich, wird er sich fragen. Und wann wird er sein Geld bekommen?

Ich sehe auch, was Melissa durch den Kopf geht. Sie sammelt Dinge, die mit der Polizei zu tun haben, und sie fragt sich, ob sie diesen Typen ihrer Sammlung hinzufügen kann. Sie vermisst ihn mit den Augen, um zu sehen, ob in ihrem Haus noch Platz für ihn ist. Vielleicht in einer Wohnzimmerecke. Oder neben dem Kühlschrank.

»Ich verstehe nicht, was das soll, Joe.«

»Er wird bezeugen, wer du in Wahrheit bist.«

»Ach. Und was hast du gegen ihn in der Hand?«

»Genug.«

Sie sieht sich im Schlafzimmer um. Offensichtlich hasst sie es zu verlieren. Langsam schüttelt sie den Kopf. Ich höre, wie sie mit den Zähnen knirscht. Sie sieht wütend aus. »Es gibt da nur eine Sache, die du vergessen hast, Joe.«

»Und die wäre?«

»Ich brauche ihn nicht.«

Bevor ich reagieren kann, schnappt sie sich ein Messer aus meinem Aktenkoffer und rennt ins Bad. Sie steht hinter Calhoun, und seine Augen werden vor Angst immer größer, denn er weiß so gut wie ich, was gleich passieren wird. Der Stuhl unter ihm wackelt hin und her, als er versucht, seitlich auszuweichen, doch das hilft ihm nichts. Sie hält ihm das Messer an die Kehle und sieht mir in die Augen. Mein Blick wandert von den Augen des Detective, der inzwischen zu Stein erstarrt ist, zu den Augen der Frau hinter ihm. In ihnen entdecke ich Vergnügen, eine Art Genuss. Nicht über das, was sie gleich einem Cop, sondern über das, was sie meinem Zeugen antun wird. Ich habe kaum einen Schritt gemacht, doch jetzt wage ich es nicht, noch näher zu kommen.

»Denk drüber nach, Melissa«, sage ich und verhaspele mich fast bei diesen Worten. Ich hebe die Arme, die Handflächen nach vorn gerichtet. »Überleg dir gut, was du tust.«

Calhoun versucht, ihr einen flehenden Blick zuzuwerfen, und als Melissa das Messer von seinem Hals nimmt, verwandelt sich sein Flehen in Erleichterung – und dann in Grauen, als er das Messer plötzlich auf seine Brust zurasen sieht. Seine Augen funkeln vor Angst, und dann ist das Funkeln plötzlich verschwunden, als das Messer in seinen Körper eindringt.

Im selben Augenblick gibt er ein Geräusch von sich – eine Mischung aus Gurgeln und Grunzen –, und er zerrt noch heftiger an seinen Fesseln, als hätte er nicht eine Messerklinge in seiner Brust, sondern eine Hochspannungsbatterie, die ihm neue Energie verleiht. Doch selbst auf die Art hat er nicht genügend Kraft, das Seil und das Klebeband zu zerreißen. Der Stuhl schaukelt vor und zurück, als ihn Calhouns Körpergewicht über den Boden tanzen lässt. Blut spritzt aus seiner Brust. Es sammelt sich um die Messerklinge und breitet sich rasch auf seinem Hemd aus. Melissa lässt das Messer in seinem Körper stecken, tritt zurück und schaut ihm zu. Blut ist bis an den Spiegel und sogar an die Decke gespritzt. Er versucht, immer mehr davon hervorzuwürgen, doch weil das Klebeband seinen Mund verschließt, ist das unmöglich. Er bekommt kaum noch Luft. Sein Gesicht wird rot, und ich weiß nicht, ob er erstickt oder verblutet. Die Vorderseite des Klebebands, das als Knebel dient, rötet sich. Sein rotes Gesicht wird purpurn, so purpurn wie der Himmel, den ich im Park gesehen habe, als einer meiner Hoden zu Brei gequetscht wurde. Der Stuhl hüpft immer schneller über den Linoleumboden, die Stuhlbeine führen eine Art Stepptanz zu einer unhörbaren Musik auf. Calhouns Augen sind so weit aufgerissen wie nur möglich, und in ihnen sehe ich alle Arten von Angst und Wissen. Angst vor dem Tod. Wissen darum, dass genau dies seine letzten Sekunden auf dieser Welt sind.

Er sieht mich an, und ich glaube, er will, dass ich ihm helfe, aber ich bin nicht sicher. Ich stehe regungslos da, unfähig, irgendwas zu tun, um ihn zu retten. Sein Hals schwillt an, und sein Mund ist voller Blut. Es ist eine Art Wettrennen, was ihn zuerst umbringt – die Stichwunde oder die fehlende Luft –, und als der Stuhl aufhört zu tanzen, Calhouns Kopf nach vorn sackt und sein rasselnder Atem auf unheimliche Weise verstummt, kann ich nur raten.

Ich stehe mit offenem Mund da, die Zunge hängt mir fast heraus, und Schweiß tropft mir von der Stirn. »Du blöde Schlampe«, kann ich gerade noch flüstern. »Wie konntest du nur so was tun?«

Sie streckt den Arm aus und zieht das Klebeband ab. Ein Schwall Blut strömt zwischen Calhouns Lippen hervor und ergießt sich über sein Hemd. »Es überrascht mich, dass du geglaubt hast, ich würde es nicht tun. Ich hab doch gesagt, keine Tricks«

»Nein, das hast du nicht gesagt.«

»Tja, dann hättest du von dir aus drauf kommen sollen. Ich will immer noch mein Geld.«

»Ich hab es nicht.«

»Besorg es.«

Ich sehe zur Leiche. »Vielleicht lebt er noch«, flüstere ich. Ich will gerade zu ihm gehen, um nachzusehen, als sie mich aufhält. »Vielleicht«, stimmt sie zu, packt das Messer und zieht es raus.

»Nicht«, sage ich mit schwacher Stimme.

Sie beugt sich vor und lauscht auf seinen Herzschlag. Ich weiß nicht, ob sie was hört oder nicht. Dann zieht sie ihm die Klinge über die Kehle. Und macht einen Schritt nach hinten. Drückt einen Finger in die Wunde und steckt sich denselben Finger in den Mund. Sie lutschte das Blut ab.

»Falls er noch nicht tot war – jetzt ist er es auf jeden Fall. Und wenn du nicht willst, dass dich die Polizei am Montag am Arsch hat, würde ich vorschlagen, dass du mir das Geld bringst.«

»Gib mir vier Stunden.«

Melissa sieht an ihrer Jacke runter und entdeckt einige Spritzer Blut. Sie zieht die Jacke aus. Ihre Brustwarzen recken sich nach vorn, als hätte sie sich kleine Münzen vorn in den BH gesteckt. Sie zieht das Messer noch einmal über die Kehle des Toten, wobei ein schmatzendes Geräusch entsteht, als liefe jemand mit nassen Schuhen vorbei. Dann tritt sie hinter ihn und schneidet die Seile und das Klebeband durch. Sie lässt das Messer zu Boden fallen, hebt einen von Calhouns Armen und legt sich seine Hand auf ihre linke Brust. Sie stöhnt leise.

Als sie mich wieder anschaut, lächelt sie. »Willst du's auch mal versuchen?«

»Versprichst du, dass du mir keine runterhaust?«

»Nein, du Idiot. Möchtest du mal sehen, wie er sich anfühlt?«

»Er fühlt sich tot an.«

»Wenn du das Geld schnell genug besorgen kannst, Joe, dann haben wir immer noch einen Deal. Wenn nicht, wirst du bald derjenige sein, der sich tot anfühlt.«

»Wo und wann?«

Sie lässt den Arm los und sieht auf die Uhr, wobei sie im Kopf ihren eigenen Zeitplan überschlägt. »Um zehn. In unserem Park. Verspäte dich nicht.«

Unser Park. Natürlich. Ich werde nicht zu spät kommen. »Ich werd da sein.«

»Keine Tricks, Joe.«

»Keine Tricks.«

Dann dreht sie sich um und geht, und ich bin allein mit einer nutzlosen Leiche.

Kapitel 49

Allzeit bereit. Das gute alte Motto der Pfadfinder. Es gilt für alles im Leben. Es ist gleichbedeutend damit, immer seine Hausaufgaben zu machen. Ich kann gar nicht oft genug betonen, wie wichtig das ist.

Ich bleibe noch ein paar Minuten lang am Fenster stehen, bis ich überzeugt bin, dass Melissa nicht zurückkommen wird, und richte dann die Fernbedienung auf den Kleiderschrank. Ich drücke auf einen Knopf und schalte so die Videokamera aus, die darin läuft. Die Videokamera des verkrüppelten Mädchens.

Ich spule das Band zurück und setze mich dann auf den Bettrand, um mir im kleinen Sucher die Aufnahmen des heutigen Abends anzusehen. Genau wie ich mir das vorgestellt hatte.

Ich habe den Recorder erst eingeschaltet, als ich in die Ecke des Schlafzimmers gegangen bin. Die Linse der Kamera war so eingestellt, dass sie den größten Teil des Zimmers erfasste, wozu auch das Bett gehört. Ich sehe mir weiter das Band an. Ich erkenne Melissa, die über die Bettdecke streicht und kurz darauf die Badezimmertür öffnet und den Polizisten ermordet. Aufgrund des Kamerawinkels bin ich nirgendwo zu sehen. Hätte die Kamera mich aufgenommen, hätte ich diesen Teil herausgeschnitten. Sieht so aus, als könnte ich mir das sparen.

Ich ziehe die Waffe des Detectives aus dem Hosenbund und lege sie so aufs Bett, dass ich sie leicht erreichen kann. Die Pistole ist entsichert; sie war es schon den ganzen Abend über. Als Schutz vor Melissa, falls irgendwas schiefgelaufen wäre.

Doch alles lief wie am Schnürchen.

Melissa hat nicht alle Fesseln des Polizisten durchtrennt, also nehme ich mir ein Messer und erledige das. Der Geruch nach Pisse und Tod steigt mir in die Nase, während ich die schwere Leiche ins Schlafzimmer schleppe, wobei ich sorgfältig darauf achte, dass meine Kleider kein Blut abbekommen. Als ich ihn aufs Bett hieve, schaukelt er einmal auf und ab, bevor er ruhig liegt.

Auf der Suche nach etwas, in das ich die Leiche wickeln kann, sehe ich mich im Zimmer um. Weil das Blut durch die Laken sickern würde, gehe ich ins Bad und reiße den Vorhang von der Dusche, wobei die Plastikringe in alle vier Himmelsrichtungen davonfliegen. Ich rolle ihn in den Vorhang ein. Am Ende habe ich einen merkwürdig aussehenden Kokon vor mir, ein bisschen wie die Dinger, aus denen in einem billigen SF-Film der Fünfzigerjahre ein Monster geschlüpft wäre. Er liegt praktisch in einer Fruchtblase, während sein Blut die Innenseite des Vorhangs beschmiert. Ich gehe wieder ins Bad, spüle das Messer ab, mit dem Melissa ihn umgebracht hat, und lege es zurück in meinen Aktenkoffer.

Ich packe den Kokon bei den Füßen und schleife ihn nach unten, wobei sein Kopf gegen jede Treppenstufe schlägt. Dann ziehe ich ihn über den Boden in die Garage. Blut sickert aus dem Vorhang und hinterlässt Flecken auf dem Teppichboden, weil es mir nicht gelungen ist, ihn ordentlich einzupacken (Männer können nichts verpacken – eine bekannte Tatsache). Ich lasse ihn auf dem Garagenboden liegen, schalte das Licht an und sehe mich um. Alle Werkzeuge, die ich normalerweise in meinem Geschäft benutze, sind vorhanden. Ich greife nach einem Benzinkanister aus Plastik, der neben dem Rasenmäher steht und schüttle ihn. Er scheint fast voll zu sein. So um die fünfzehn Liter. Ich trage ihn zurück ins Haus.

Die Idee ist einfach. Feuer ist zwar nicht gerade idiotensicher, wenn man alle Beweise beseitigen will, aber es ist natürlich viel sicherer, als das Haus von oben bis unten sauber zu machen. Mithilfe eines Luminol-Tests könnte man auch nach dem Putzen noch rausfinden, an welchen Stellen Blut aufgewischt wurde, und dann ließe sich leicht eine Verbindung zu Calhoun herstellen. Feuer bietet eine viel bessere Garantie dafür, dass man nichts mehr finden wird.

Natürlich ist es keine besonders gute Idee, die Leiche an Ort und Stelle zu verbrennen. Damit sich das Feuer bis auf die Knochen durchfrisst, braucht es eine extreme Hitze, und je nachdem, wie schnell die Nachbarn die Feuerwehr rufen, ist die Chance, dass die Leiche vor deren Eintreffen vollständig zu Asche verbrennt, ungefähr so groß wie die, dass mein Hoden nachwächst. Der Pathologe wird die Leiche untersuchen, die aufgeschlitzte Kehle, den gebrochenen Kiefer. Vielleicht findet er sogar noch einige Rückstände des Klebebands im Gesicht und Reste des verkohlten Seils an den Hand- und Fußgelenken. Selbst wenn die Leiche bis aufs Skelett verbrennt, würde er die gezackten Kanten im Brustbein entdecken, die von dem Stich mit dem Messer stammen. Sie würden rausfinden, dass Calhoun ermordet wurde und man ihm was anhängen wollte.

Ich schraube den Verschluss des Kanisters auf und verschütte Benzin auf dem Bett und dem Teppichboden. Sofort steigt mir der Geruch in die Nase. Ein paar Sekunden lang finde ich ihn ganz angenehm, doch dann wird mir rasch übel, und ich würde mich am liebsten übergeben. Als das Zimmer so sehr mit Benzin durchtränkt ist, dass es schnell in Brand geraten wird, gehe ich durch die anderen Zimmer im Obergeschoss, wobei ich eine Benzinspur hinter mir herziehe. Dasselbe mache ich auf der Treppe und im Erdgeschoss. Ein wenig Benzin hebe ich mir für die Fahrt auf.

Ich öffne den Kühlschrank, suche nach einem Bier, finde keins und nehme mir stattdessen ein Glas Wasser. Dann hole ich meinen Aktenkoffer von oben und begebe mich nach draußen. Ich atme ein paarmal tief durch, um frische Luft in meine Lungen zu pumpen, dann spucke ich aus, um den Benzingeschmack loszuwerden.

Ich mache einen kleinen Spaziergang. Der Wagen, den ich gestern nach der Arbeit gestohlen habe, steht immer noch ein paar Blocks entfernt an der Stelle, wo ich ihn zurückgelassen habe. Ich fahre zum Haus und rückwärts in die Garage, schließe die Garagentür und verstaue die Leiche im Kofferraum. Ich wollte eigentlich nicht riskieren, heute Nacht mit einem gestohlenen Auto herumzufahren, doch jetzt bleibt mir keine andere Wahl. Würde ich mit einer in einen Duschvorhang gewickelten Leiche über der Schulter durch die Straßen marschieren, wäre das unter Umständen doch etwas verdächtig – sogar in dieser Stadt.

Ich suche nach einem Streichholz, finde aber keins. Wieder erweist sich, wie praktisch der Zigarettenanzünder aus dem Auto ist.

Dreißig Sekunden später glüht er rot. Ich halte ihn in der Garage gegen einen Lappen, der sofort zu brennen anfängt, und dann werfe ich den Lappen ins Haus. Das Feuer breitet sich über den Boden aus, klettert die Wände hoch und rast die Treppenstufen hinauf. Es kommt aus dem Nichts und erfüllt plötzlich jedes Fleckchen mit Leben. Es ist quicklebendig und hungrig. Ich brauche es nicht zu überwachen. Der Rest sollte ein Kinderspiel sein.

Ich öffne die Garagentür und fahre raus auf die Straße. Durch den Rückspiegel werfe ich noch einen Blick auf das Haus, aber ich kann nirgendwo ein Anzeichen für Feuer entdecken. Ich mache mir nicht die Mühe, darauf zu warten.

Während ich die Stadt hinter mir lasse, schalte ich die Stereoanlage ein und höre dasselbe Lied, das in Angelas Schlafzimmer lief, an dem Tag, als ich sie umgebracht habe. Das kann nur ein Omen sein – ein gutes, meiner Ansicht nach. Ich kann nicht anders, ich muss einfach mitsummen, während ich in Richtung

Norden fahre. Ich bin bester Laune, es ist ein milder Abend und alles läuft gut ... das Leben ist herrlich.

Heute Nacht werde ich nach einem idealen Ort suchen, um die Leiche zu beseitigen. Ich kann es mir nicht erlauben, dass man sie findet. Ich fahre durch die Ebenen von Canterbury auf der Suche nach einem dieser verrückten Feldwege, die scheinbar ins Nichts führen. Eine Stunde später finde ich einen. Ein Drahtzaun versperrt den Zugang. Ich knacke das Schloss.

Als ich irgendwann weit genug gefahren bin, halte ich an, öffne den Kofferraum und ziehe den Kokon zwischen die Bäume. Ich verbringe eine halbe Stunde damit, mithilfe einer Schaufel, die ich mir aus der Garage geliehen habe, eine knietiefe Grube zu graben. Ich trage immer noch meine Handschuhe. Wieder fühlen sich meine Finger an wie nasses Gummi. Als das Loch tief genug ist, trete ich der Leiche in die Seite, sodass sie mit einem dumpfen Plumps ins Grab fällt.

Das ist ein Land, in dem man immer mehrere Möglichkeiten hat. Wenn ich die Grube nicht zuschütte, wird die Leiche schneller in der Sonne verrotten, und allerlei kleine Tiere, die hier draußen leben, werden dafür sorgen, dass sämtliche Beweismittel rasch in ihrem Magen landen. Doch es gibt ein gewisses Risiko. Sollte irgendein Hinterwäldler von Bauer vorbeikommen, dürfte er die aufregendste Entdeckung seines Lebens machen.

Ich klettere in die Grube und schlitze mit einem Messer den Kokon auf. Mit der Gartenschere und einer Zange – und später mit einem Hammer – beseitige ich seine Zähne und seine Fingerspitzen. Ein grässlicher Job, also pfeife ich bei der Arbeit vor mich hin, und im Endeffekt ist die Schweinerei dann doch nicht ganz so groß, wie ich befürchtet habe. Ich halte die Werkzeuge und die entsprechenden Körperteile von mir weg, sodass ein geringeres Risiko besteht, mich mit Blut zu beschmieren, doch ganz vermeiden kann ich es nicht. Nach einer Weile habe ich einen gewissen Rhythmus gefunden, und die Zeit vergeht schnell.

Ich werfe Zähne und Finger in einen eigenen Plastikbeutel und lege noch seine Brieftasche und seinen Dienstausweis dazu. Dann gieße ich das restliche Benzin über die Leiche, stecke mithilfe des Zigarettenanzünders einen weiteren Lappen in Brand und werfe ihn auf die Leiche. Es riecht wie bei einem Barbecue. Nach fünfzehn Minuten ist das meiste von ihm verbrannt. Ich fange wieder an zu pfeifen, schaufele das Loch zu, trete die Erde fest und verstreue Blätter und ein bisschen abgestorbenes Gras darüber. Ich gehe zum Wagen und werfe Daniela Walkers Spaten in den Kofferraum.

Etwa einen Kilometer von meiner Wohnung entfernt halte ich an, verschütte überall im Wagen Benzin und zünde ihn an. In diesem Teil der Stadt wird sich niemand die Mühe machen, die Feuerwehr zu rufen. Den Rest des Weges zu meiner Wohnung lege ich zu Fuß zurück, die Videokamera und den Plastikbeutel trage ich bei mir.

Es ist halb zehn. Ich habe immer noch eine halbe Stunde.

Ich mache zwei Kopien des Bandes, obwohl ich nur eine brauche. Eine davon verstecke ich in meiner Wohnung, die zweite lege ich in meinen Aktenkoffer, um sie später an einen sicheren Ort zu bringen. Ich nehme das Bargeld aus der Brieftasche des Detectives und stecke es ein. Dann werfe ich die Brieftasche wieder in den Plastikbeutel. Die Finger werde ich später durch den Fleischwolf drehen und an die Nachbarshunde verfüttern. Den Zähnen werde ich mich mit einem Hammer widmen.

Zehn vor zehn gehe ich in Richtung Park. Die Nacht ist immer noch warm, und es ist Vollmond. Ein idealer Abend für eine Romanze und den Tod. In meinem Hosenbund steckt die Waffe eines Toten, die ich nicht vorhabe zu benutzen. In einer Scheide hinten in meiner Hose steckt mein kleines Messer, das mit der Fünf-Zentimeter-Klinge.

Der Park ist vollkommen leer, als ich eintreffe. Ich betrete den Rasen und gehe zu der Stelle, an der ich meinen Hoden verloren habe. Hier draußen ist es kühl und mich schaudert. Im Mondlicht sind die Bäume deutlich zu erkennen; sie deuten mit dunklen Fingern auf mich. Ich stehe auf dem Fleckchen Gras, auf dem sich mein Leben für immer verändert hat. Ich frage mich, ob sich hier Blutflecken befinden, aber es ist zu dunkel, um das zu erkennen.

Um zehn nähert sich mir eine einsame Gestalt.

Kapitel 50

Sie liegt im Bett, als sie kommen, um sie zu holen. Liegt wach im Bett und denkt an Joe. Fragt sich, wo er heute Abend war, als sie vor seiner Tür stand und klopfte. Sie ist nicht reingegangen. Ist auch nicht zu seiner Mutter gefahren, um ihn dort zu suchen. Ebenso wenig wie zu dem Haus, wo sie ihn letzte Nacht gesehen hat, obwohl sie eigentlich das Gefühl hatte, sie sollte es tun.

Das letzte Mal, als Polizisten zu ihr nach Hause kamen, liegt fünf Jahre zurück. Zwei Tage nach Martins Tod waren sie gekommen. Damals war es nur ein Polizeiwagen. Diesmal parken gleich mehrere direkt vorm Haus. Die Blaulichter blinken, die Sirenen schweigen. Nur das Hämmern an der Tür ist laut und vernehmlich. Durch die Spalten zwischen den Gardinen dringt Licht ins Zimmer und wirft rechts und links rotierende rote und blaue Muster auf ihre Tapete.

Sie hört, wie ihre Mutter und ihr Vater fragen, was los ist, und dann hört sie ihren Namen. Schnell rappelt sie sich auf und wirft genau in dem Augenblick einen Morgenmantel über, als die Tür geöffnet wird. Detective Schroder ist hier. Er sieht gestresst, müde und ziemlich sauer aus. Er sieht aus, als sei sie an irgendwas schuld.

»Was ist los?«

»Du wirst mit uns kommen müssen.«

»Was?«

»Bitte, Sally.«

»Kann ich mich anziehen?«

Er zögert, würde offensichtlich am liebsten ablehnen, doch dann ruft er nach einer Beamtin, die ins Zimmer kommt. »Beeil dich«, sagt er und schließt die Tür hinter sich.

Die Beamtin spricht nicht mit ihr, während sie in Jeans und T-Shirt schlüpft. Sie kennt die Frau, weiß aber ihren Namen nicht. Sie wirft eine Jacke über, zieht Socken und Schuhe an.

»Gehen wir«, sagt die Frau und öffnet die Tür.

Ein halbes Dutzend Polizisten stehen im Flur. Sie stellen ihren Eltern Fragen, ohne deren Fragen zu beantworten. Sie versucht ihnen zu sagen, dass alles in Ordnung ist, aber sie weiß nicht, ob das stimmt. Sie legen ihr keine Handschellen an, aber sie setzen sie hinten in einen Einsatzwagen und rasen mit ihr davon. Sie sieht, dass die Hälfte der Polizeifahrzeuge vor ihrem Haus stehen bleibt. Sie hofft, dass die Beamten hinterher wieder aufräumen werden, falls sie ihr Zimmer durchsuchen. Fast alle ihre Nachbarn schauen von ihren Vorgärten aus zu.

So schnell ist sie noch nie zum Polizeirevier gelangt. Doch die große Eile, sie aufs Revier zu schaffen, scheint plötzlich vergessen, denn nachdem man sie in ein Verhörzimmer gesteckt hat, lässt man sie allein, schließt die Tür, und dann verschwinden die Beamten erst mal für eine halbe Stunde. Sie wandert durch den Raum, setzt sich, steht auf und läuft wieder herum. Ihr Herz rast, ihre Hände zittern, und sie hat Angst, schreckliche Angst, obwohl sie nicht weiß, wovor. Was hat sie getan? Sie war noch nie hier drin. Der Raum ist kalt, und sie ist dankbar für ihre Jacke. Die Stühle sind unbequem. Auf dem Tisch haben andere, die hier warten mussten, ihre Spuren hinterlassen. Mit Fingernägeln, Schlüsseln, Münzen und allem, was sie sonst noch finden konnten, haben sie ihre Botschaften ins Holz geritzt.

Sie kennt den Mann nicht, der exakt dreißig Minuten später ins Zimmer tritt. Er ist ein durchschnittlich aussehender Typ mit unauffälligen Gesichtszügen, doch er macht ihr Angst. Er bittet sie, die Hände auszustrecken, und sie tut es. Er nimmt mehrere Abstriche von ihrer Haut, und als sie fragt, warum er das tut, antwortet er nicht. Dann geht er.

Als Detective Schroder schließlich hereinkommt, weint sie. Er setzt sich ihr gegenüber, legt eine Akte auf den Tisch, öffnet sie aber nicht.

»Tut mir leid wegen dem ganzen Theater, Sally, aber das hier ist wichtig«, sagt er, lächelt sie an und schiebt ihr eine Tasse Kaffee rüber. Plötzlich scheint er ihr bester Freund zu sein. Sie arbeitet hier schon lange genug, um zu wissen, dass das nur Taktik ist.

»Was ist denn bloß los?«

»Wie gut kennst du Detective Calhoun?«

»Nicht besonders gut. Warum?«

»Hast du dich je mit ihm getroffen?«

»Nie.«

»Du hast nie mal was mit ihm getrunken? Bist ihm nie zufällig in einem Restaurant begegnet? Oder beim Einkaufen in einer Mall?«

Sie betrachtet ihren Kaffee, rührt ihn aber nicht an. »Nein.«

»Warst du jemals in seinem Auto?«

»Was?«

»In seinem Auto, Sally. Bist du jemals mit ihm gefahren?«

»Nein.«

»Hast du ihn heute irgendwann gesehen?«

»Das hast du mich heute Morgen schon gefragt.«

»Dann frage ich dich jetzt wieder.«

»Nein. Ich weiß nicht, wann ich ihn zuletzt gesehen habe. Vielleicht gestern.«

»Magst du Feuer, Sally?«

»Wie meinst du das?«

»Feuer. Heute Nacht hat es gebrannt. Deshalb hat man Abstriche von deinen Händen genommen. Wir suchen nach Anzeichen für irgendwelche Brandbeschleuniger.«

»Aber ihr habt keine gefunden, stimmt's?«, sagt sie. Es ist keine Frage, sondern eine Feststellung.

»Du hättest Handschuhe tragen können.«

»Aber ich hab überhaupt nichts in Brand gesteckt.«

»Es war ein Haus.«

»Ich will einen Anwalt.«

Schroder lehnt sich zurück und seufzt. »Sally, ich bitte dich. Sei einfach nur ehrlich, dann brauchst du keinen. Wie lange kennen wir uns jetzt schon?«

»Seit sechs Monaten.«

»Vertraust du mir?«

»Im Augenblick nicht.«

Er grunzt und beugt sich wieder vor. »Das Haus, das niederge-brannt wurde, war ein Tatort. Dort hat man Daniela Walker um-gebracht. Und dort wurde Lisa Houston ermordet.«

Sie kennt die Namen. Beide Frauen sind Opfer des Schlächters von Christchurch.

»Ich hab das Haus nicht in Brand gesteckt.«

»Und du warst noch nie in Detective Calhouns Wagen?«

»Nein.«

»Okay. Dann gibt es nichts, über was du dir Sorgen machen müsstest.«

»Warum mach ich mir dann trotzdem Sorgen?«

Er lächelt sie an, aber sie kann keine Wärme in seinem Lächeln entdecken. »Ich zeige dir jetzt drei Dinge«, sagt er. Er öffnet die Akte, und zum Vorschein kommt ein mit einem Reißverschluss verschlossener Beutel für Beweismittel, der auf einem Foto liegt. Im Beutel befindet sich ein Ticket aus einem Parkhaus. Das Foto darunter kann sie nicht genau erkennen.

»Das haben wir gestern hinter Detective Calhouns Schreib-tisch gefunden. Wirklich interessant, was wir dadurch erfahren haben. Zum Beispiel sind seine Fingerabdrücke drauf. Wir wissen, dass es sich um seine handelt, weil jeder, der hier arbeitet, eine Akte hat, in der seine Fingerabdrücke registriert sind. Jeder. Sogar Leute, die keine Polizisten sind. Auch das Reinigungspersonal. Sogar Joe. Sogar du.«

Weil sie nicht weiß, was sie sagen soll, schweigt sie. Sie fasst ihr Kruzifix fester. Sie klammert sich daran, seit sie hier ist.

»Ein zweiter Satz Fingerabdrücke darauf stammt von dir.«

»Was bedeutet das?«

»Für sich genommen? Nicht viel. Es bedeutet, dass du, ebenso wie Detective Calhoun, irgendwann mal das Ticket in der Hand gehabt hast. Wir sind zu diesem Parkhaus gegangen, weißt du? Das Datum auf dem Ticket ist fünf Monate alt.«

»Fünf Monate?«

»Genau.«

Fünf Monate? Irgendwo in ihrem Hinterkopf ertönt eine kleine Klingel. Etwas klingt vertraut, aber was? Unglücklicherweise begreift sie es im nächsten Moment.

»Wir sind zu dem Parkhaus gegangen und sind jede Ebene abgefahren. Wir waren nicht sicher, wonach wir suchen sollten. Wahrscheinlich war es ja nichts weiter als eine falsche Spur. Doch auf der obersten Ebene haben wir Detective Calhouns Auto gefunden. Das Ticket gehörte aber nicht zu diesem Wagen, denn der konnte höchstens seit einem Tag da stehen. Als er ihn geparkt hat, hat er das Fahrzeug direkt daneben gestreift. Er hat eine Schramme hinterlassen, die sich über die ganze Seite des anderen Wagens zieht. Wir hatten also sein Auto gefunden, und das war gut, aber das hieß auch, wir mussten uns mit dem Besitzer des zweiten Fahrzeugs in Verbindung setzen. Die Versicherungen mussten verständigt werden. Zweifellos wäre der Besitzer ziemlich sauer. Kannst du dir vorstellen, was dann passiert ist?«

Sie schüttelt den Kopf. Ihre Angst ist so groß, dass sie nicht sprechen kann.

»Wir haben das Kennzeichen überprüft. Es stellte sich raus, dass der Wagen vor fünf Monaten als gestohlen gemeldet wurde. Die Meldung kam einen Tag nach dem Datum auf dem Ticket rein. Das bedeutet, das Auto wurde nachts gestohlen und dort oben abgestellt, und als der Besitzer einen Tag später zur Arbeit fahren wollte, musste er feststellen, dass er das nicht konnte. Also haben wir das Fahrzeug geöffnet. Und wir haben eine Leiche im Kofferraum gefunden.«

Sie schnappt nach Luft, und ihr Griff wird fester. Die Kanten des Kruzifix bohren sich in ihre Haut.

»Man hatte sie in Plastikfolie eingewickelt, umgeben von vierzig Kilo Katzenstreu.«

»Katzenstreu?«

»Das absorbiert den Geruch.«

»Ich hab nichts damit zu tun.«

»Es ist doch merkwürdig, dass Detective Calhoun seinen Wagen neben einem Fahrzeug abgestellt haben soll, in dem eine Leiche versteckt ist. Merkwürdig auch, dass wir das Ticket für dieses Fahrzeug erst finden, nachdem wir am Tag davor seinen Schreibtisch durchsucht haben. Noch merkwürdiger ist allerdings, dass deine Fingerabdrücke drauf sind. Hast du irgendeine Ahnung, wie sich das alles erklären lässt? Irgendeine Ahnung, warum dieses Ticket plötzlich aufgetaucht ist?«

»Nein«, sagt sie, aber genau genommen stimmt das nicht. Sie hat eine Ahnung, und die gefällt ihr nicht. Ganz und gar nicht.

Er legt den Plastikbeutel beiseite. Das Foto darunter zeigt den Wagen, den sie gestern in der Einfahrt vor diesem Haus gesehen hat. Der Wagen, mit dem Joe weggefahren ist.

»Das ist sein Auto. Du behauptest also, dass du es noch nie gesehen hast?«

»Ich ... ich weiß nicht.«

Er legt das Foto beiseite, und darunter liegt noch ein Plastikbeutel. Darin befindet sich der kleine Block, auf dem sie sich gestern was notiert hatte. Es ist die Adresse des Hauses, zu dem Joe gefahren ist.

»Warum hast du dir diese Adresse notiert?«

Sie zuckt mit den Schultern.

»Damit du nicht vergisst, es in Brand zu stecken?«

»Was?«

»Das ist die Adresse des Hauses, das letzte Nacht niederge-brannt ist. Das Haus, in dem zwei Menschen umgebracht wur-den. Wir haben das in deinem Wagen gefunden.«

»Oh Herr«, sagt sie, aber nicht zu Detective Schroder, sondern zu sich selbst. Sie weiß jetzt, warum ihr das Haus so vertraut vor-kam. Sie hat ein Foto davon in einer der Akten gesehen, die sie in Joes Wohnung überflogen hat.

An dem Tag, als sie auch das Ticket aufgehoben hat, das unter seinem Bett lag.

»Joe«, flüstert sie.

»Was?«

Sie fängt an zu schluchzen. Nach und nach passt alles zusam-men. Die Akten. Die Verletzung. Joe, der den Wagen eines Detec-tives fährt.

»Ich ... ich habe nichts ...« Sie unterdrückt ein Schluchzen. »Nichts, nichts damit zu tun. Bitte, du musst, du musst mir glau-ben.«

»Dann sag's mir, Sally. Sag mir, wie es passieren konnte, dass ich lauter falsche Schlüsse gezogen habe. Sag mir, wonach ich su-chen soll.«

Und das tut sie. Sie fängt damit an, dass sie ihm von Joes fal-schem Lächeln berichtet und von allem, was danach kam.

Kapitel 51

Alle Hausaufgaben sind gemacht. Alle notwendigen Vorarbeiten erledigt. Jetzt kommt es nur noch aufs eigentliche Verkaufsgespräch an.

Melissa kommt langsam über den Rasen auf mich zu, meine Pistole in der Hand. Sie vertraut mir so weit, dass sie mich in einem dunklen Park trifft, aber doch nicht so sehr, dass sie unbewaffnet käme. Was mich nicht überrascht. Und auch sie ist keineswegs erstaunt, als ich Detective Calhouns Pistole ziehe und auf sie richte.

Ich rühre mich nicht von der Stelle und warte geduldig. Sie bleibt einen Meter vor mir stehen. Sie lächelt nicht. Wahrscheinlich hat die Situation für sie nichts Heiteres. Zudem zeigt sie keinerlei Furcht.

»Sieht so aus, als könntest du gar nicht genug von mir bekommen«, sage ich und mustere sie von Kopf bis Fuß.

»So sieht's wohl aus, was? Hast du das Geld?«

Ich schüttle die Plastiktüte, die ich in der Hand halte. »Ich habe was viel Besseres als Geld.«

Sie richtet die Waffe auf mein Gesicht. »Ach ja?«

Ich reiche ihr die Plastiktüte. Jeder von uns hält seine Waffe auf den anderen gerichtet. Rasch wirft sie einen Blick hinein.

»Eine Videokamera.«

»Stimmt.«

»Wozu soll die gut sein?«

»Vielleicht möchtest du dir ja mal das Band ansehen.«

»Du Bastard.«

»Warum?«

Sie schleudert mir die Kamera entgegen. »Du verdammter Bastard.«

Ich fange an zu lachen. Dass sie flucht, zeigt wahrscheinlich, dass sie begriffen hat.

»Ich hab Kopien von diesem Band, Melissa, und sollte *mir* irgendwas passieren, zum Beispiel, na ja, ich weiß nicht, irgendwas eben, dann wird eine der Kopien des Bandes in die Hände der Polizei gelangen.«

»Du bist auch auf diesem Band, Joe.«

»Ehrlich gesagt, nein. Aber das spielt ohnehin keine Rolle mehr. Denn wenn du mich umbringst, habe ich nichts mehr zu befürchten von der Polizei.«

Sie starrt mich mehrere Sekunden lang schweigend an, dann seufzt sie. »Wir haben also eine Pattsituation. Um deine eigenen Worte zu gebrauchen – sollte mir irgendwas passieren, zum Beispiel, na ja, ich weiß nicht, irgendwas eben –, dann gelangen Kopien von allem, was ich über dich weiß, ebenfalls in die Hände der Polizei.«

»Das klingt nach einem ziemlich guten Deal«, sage ich, denn das ist das beste Ergebnis, auf das ich hoffen konnte. So ziemlich genau das, was mir vorschwebte. Klar, ich würde sie immer noch am liebsten in eine dieser Maschinen stecken, mit denen man Bäume entrindet, aber da mein Selbsterhaltungstrieb stärker ist, werde ich nichts dergleichen tun.

Sie nickt und legt ihre Waffe zurück in die Handtasche. »Na ja, ich kann nicht behaupten, dass es mir besonders viel Spaß gemacht hat, Joe.«

»Ich auch nicht.« Ich stecke meine Waffe ebenfalls weg.

»Was hast du mit dem Cop angestellt?«

Ich zucke mit den Schultern. »Das Übliche.«

Keiner von uns wendet sich ab. Die Unterhaltung ist vorbei. Die Regeln wurden festgelegt und sind uns beiden klar. Und doch stehen wir hier, nur einen Meter voneinander entfernt, und keiner kann dieses enttäuschende Ende einfach so auf sich beruhen lassen, indem er sich abwendet. Wir haben beide viel durchgemacht, und es würde uns das Herz brechen, nun mit leeren Händen davonzugehen. Es wäre, als würde man am Weihnachtsmorgen aufwachen und sehen, dass einem alle das gleiche Paar Socken geschenkt haben.

Das Mondlicht fällt ihr übers Gesicht, und ihre Haut wirkt bleich. Wieder bin ich von ihrer Schönheit ganz erschüttert. Wenn ich nicht den Wunsch hätte, sie mit einem Messer ...

Wir beide machen einen Schritt nach vorn, umarmen uns und fangen an, uns zu küssen. Sie schiebt mir ihre Zunge in den Hals, als sei da unten irgendwo der Heilige Gral, während ich versuche, meine Zunge in ihren Hals zu schieben. Unsere Körper reiben sich aneinander. Meine Hände streifen über ihren Rücken, und ihre über meinen, doch sie versucht nicht, an meine Waffe zu kommen.

Ich glaube, es ist wie Calhouns ursprüngliche Beschreibung des Mordes an Daniela Walker. In einem Augenblick nimmt er sie, und im nächsten ist sie schon tot. Es geschieht, aber ich bin mir kaum bewusst, dass es geschieht, weil mein Körper auf Automatik läuft. Der Hauptunterschied besteht darin, dass ich wirklich nicht weiß, warum ich es tue. Vor zehn Sekunden habe ich sie noch angestarrt, und jetzt grabe ich ihr die Hände in den Rücken und drücke ihre perfekten Brüste gegen meine Brust. Ein paar Sekunden später lösen wir uns voneinander und sehen uns an. Keiner weiß, was er sagen soll, und keiner weiß, was hier eigentlich vor sich geht.

Ich sehe den Hass in ihren Augen, und ich bin sicher, dass sie in meinen Augen die Wut erkennt ... und dann küssen wir uns wieder, diesmal noch heftiger.

Erneut lösen wir uns voneinander. Ich weiß nicht, ob der Hass und die Wut zunehmen oder nachlassen. Sie öffnet den Mund, um ewas zu sagen, ich mache dasselbe – und dann greift jeder nach dem anderen. Wir ziehen uns gegenseitig in eine leidenschaftliche Umarmung, unsere Lippen schmiegen sich aneinander, unsere Zungen umschlingen sich. Nichts anderes zählt mehr, und ich zweifle nicht daran, dass überall auf der Welt Menschen in genau diesem Augenblick ihre Liebe finden. Ich habe keine Ahnung, was ich finde, aber es gefällt mir.

Wie in der Woche, in der ich mit meinem zerfetzten Hodensack im Bett geblieben bin, scheint die Zeit lose an mir vorbeizutreiben, als sei ich an einem Ort, wo Zeit eigentlich keine Rolle spielt, sondern nur die Ereignisse selbst. Der Mond scheint immer noch, und als wir stolpern, versuchen wir einander zu halten, denn wir gehen – wohin?

Sie führt mich in ihre Wohnung, und dann sind wir in ihrem Schlafzimmer, und wenn ich noch denken könnte, würde ich glauben, dass sie mich umbringen will. Bevor mir bewusst wird, was eigentlich vor sich geht, sind wir beide nackt, und sie liegt auf mir, und mein Hoden drückt gegen sie, und ich habe keine Ahnung, wie viel Zeit vergangen ist, seit wir uns das erste Mal geküsst haben. Ich erwarte, das feuchte Gras unter meinem Rücken zu spüren, obwohl ich die Zimmerdecke sehen kann.

Passiert das wirklich? Ich blicke zu ihr hoch, und sie hat dieses Grinsen in ihrem Gesicht. Es sieht fast so aus wie damals, als sie meinen linken Hoden zerquetscht hat, doch ich entdecke nirgendwo eine Zange.

Ja, es geschieht wirklich.

Wieder gerät die Zeit durcheinander, als wir unter den Laken aneinander herumspielen – eine Ewigkeit, so scheint es –, und dann liegen wir nebeneinander und starren zur Decke. Schließlich schlafe ich ein und rühre mich nicht mehr von der Stelle, bis ich vom Lärm des Radioweckers aufwache. Es ist Wochenende, und das ist gut, denn ...

Der Kerl im Radio sagt mir, dass bereits Sonntag ist! Ich setze mich auf, sehe sie an und kann ehrlich versichern, dass ich kein Verlangen habe, sie umzubringen. Ich beobachte, wie sie schläft, und denke daran, wie es sich wohl anfühlen würde, sie zu zerfetzen, meine Finger und ein Messer in ihr Fleisch zu graben und sie so schmerzhaft wie möglich zu zerstückeln ... das könnte ich durchaus, es würde Spaß machen – und dennoch könnte ich ihr niemals wehtun.

Ich weiß, was dieses Gefühl bedeutet. Wenn ich sie mir so anschaue und sehe, dass ich sie jeden Augenblick umbringen könnte, wird mir klar, dass ich – nicht heute, nicht morgen, aber irgendwann – mein Leben neu ordnen muss. Ich halte ihr ein Messer an die Kehle, und sie erwacht und lächelt und wünscht mir einen guten Morgen.

»Also, Melissa, offensichtlich bringst du Leute um«, sage ich, nachdem ich ihr ebenfalls einen guten Morgen gewünscht habe.

»Offensichtlich.«

»Bist du gut darin?«

»Außerordentlich gut.«

»Möchtest du meine Mutter kennenlernen?«

Sie lacht, und dann lieben wir uns. Danach denke ich zurück an den Augenblick, als ich im Haus der verkrüppelten Frau gestanden und ihre Fische betrachtet habe. Damals habe ich keine Fische mitgenommen, denn ich wusste, sie könnten die Leere nicht ausfüllen, die ich empfand. Wusste ich damals schon, was ich heute weiß? Dass ich in Melissa verliebt bin?

All die Morde und die ganzen Fantasien sind Vergangenheit, und schließlich habe ich etwas gefunden: Liebe. Es sieht so aus, als hätte sich mein Leben Seite für Seite wie ein typischer romantischer Liebesroman abgespielt. Ich fühle mich wie ein richtiger Romeo, und Melissa ist die schöne Julia.

Ich stehe auf, ziehe mich an, unterhalte mich mit ihr, und plötzlich bin ich auf der Straße, unterwegs zu meiner Wohnung, und überall um mich herum sind Autos und Fußgänger. Manchmal begreife ich im Nachhinein, dass ich eine Straße überquert habe und um eine Ecke gebogen bin, ohne dass ich mir dessen bewusst war. Die Stadt sieht an einem Sonntagmorgen ziemlich hübsch aus.

Ich weiß, dass sie mich nie fassen werden. Dafür bin ich viel zu gerissen. Im Gegensatz zur landläufigen Moral kommt der Böse manchmal einfach davon. So ist das Leben. Man lernt nie aus.

Das glückliche Ende eines glücklichen Lebens. Darauf läuft alles hinaus. Ich war glücklich als Joe, der Schlächter von Christchurch, doch jetzt bin ich noch glücklicher als Joe, der Romeo. Diese verrückte, chaotische Welt hat dafür gesorgt, dass ich meine wahre Liebe finde, einen Menschen, der zu mir gehört. Ich werde meine Arbeit aufgeben und mir was suchen, das nicht unter meiner Würde ist. Mit einer Katze und einer zukünftigen Ehefrau habe ich unendlich viele Möglichkeiten. Ich habe zwei Fische verloren, aber dafür etwas gewonnen, das noch besser ist.

Gerade erreiche ich die Eingangsstufen zu meinem Haus, als neben mir mit quietschenden Reifen ein Wagen hält. Ich greife nach meiner Pistole, aber dann sehe ich, dass Sally im Auto sitzt. Darum haben die Reifen gequietscht – Leute wie sie fahren einfach beschissen. Ich kann mir nicht vorstellen, wie jemand in ihrem Zustand überhaupt einen Führerschein bekommen kann, aber ich vermute, dass sich das genauso abspielt wie bei der Jobvergabe an diese Leute: Jeder tut so, als wären sie so normal wie alle anderen. Sie öffnet die Tür und rennt um den Wagen herum auf mich zu, während sie den Motor laufen lässt. Sie keucht, als hätten sie diese sechs Meter völlig außer Atem gebracht. Ich habe eine Dose Katzenfutter in der Hand, von der ich nicht mal weiß, wo ich sie gekauft habe. Mein Aktenkoffer ist Gott weiß wo. Die Sonne scheint, es weht eine leichte Brise, und zum ersten Mal ist es nicht zu heiß. Alles ist perfekt. Einen Augenblick lang bin ich noch allein, und dann ist Sally da. Sie weint.

Seufzend lege ich ihr die Hand auf die Schulter und bitte sie, mir zu erzählen, was nicht in Ordnung ist.

Kapitel 52

Ich mache mir Sorgen, meine Nachbarn könnten vorbeikommen und mich anstarren. Sie könnten meinen, diese Frau sei meine Freundin. Dabei kann ich was viel Besseres haben als Sally. Genau genommen habe ich es schon.

»Sally? Was ist los? Warum bist du hier?«

»Weil du hier wohnst«, sagt sie und schnappt nach Luft. Ich frage mich, woher sie meine Adresse hat.

»Okay. Was willst du?«

Sie blickt hektisch die Straße entlang, warum weiß ich nicht. Zwei Autos parken in der Nähe. Das eine ist leer, im anderen sitzen vorne zwei Personen, die sich zu streiten scheinen. Ich vermute, die Frau auf dem Beifahrersitz ist eine Nutte und der Fahrer ein Mann, der vermutlich nicht genügend Bargeld bei sich hat.

»Mit dir reden. Dich was fragen.«

Ich sauge etwas Luft ein und schlucke. Sie wird noch mehr weinen, wenn sie mir ihre Frage stellt und ich sie zurückweisen muss. *Eine* Frau in meinem Leben ist genug. Angesichts der Geschwindigkeit, mit der sie hier angebraust kam, versucht sie wahrscheinlich schon seit einiger Zeit, ihren Gefühlen freien Lauf zu lassen.

»Okay. Was möchtest du fragen?«

»Ich will nicht, dass du mich weiter anlügst, Joe«, sagt sie, und ihre Stimme wird plötzlich lauter.

»Was?«

»Keine Lügen mehr«, sagt sie, und in ihre lauter werdende Stimme mischt sich Wut.

Ich habe keine Ahnung, woher das alles kommt, und bin mir nicht sicher, was ich sagen soll. Ich kann mir einfach nicht vorstellen, was sie meint, wenn sie von meinen Lügen spricht. Ich wusste nicht mal, dass Leute wie sie sich dessen bewusst sind, wenn man sie anlügt.

»Okay, Sally. Hol erst mal tief Luft«, sage ich. Um zu beweisen, dass ich genauso bin wie sie, füge ich hinzu: »Sauerstoff kommt von den Bäumen.«

Sie holt tief Luft, und ihr Gesichtsausdruck wird ruhiger, aber nur ein wenig. Ich kann mir denken, dass sie sich darauf vorbereitet, die große Frage zu stellen, aber wahrscheinlich nicht darauf, die große Abfuhr zu bekommen. Ich werde ihr erklären müssen, dass es nicht daran liegt, dass ich keine Beziehung mit *ihr* eingehen will, sondern daran, dass ich mit überhaupt niemandem eine Beziehung eingehen will. In Situationen wie dieser wird mir klar, dass es ein richtiger Fluch sein kann, dass mich die Frauen so sehr mögen.

Am besten bringen wir die Sache hinter uns. »Okay, Sally. Joe kann nicht lange zuhören. Ich wollte eben weggehen.«

»Aber du kommst doch gerade erst an!«, schreit sie, und innerhalb von Sekunden hat sie wieder diesen frustrierten Gesichtsausdruck. »Ich hab dich gesehen. Ich hab seit Freitagnacht gewartet! Ich musste immer wieder kommen, immer wieder. Ich wollte in deiner Wohnung warten, aber ich konnte nicht. Ich habe immer an einer anderen Straßenecke gewartet. Manchmal bin ich eingeschlafen. Manchmal bin ich nach Hause und hab mich ein paar Stunden lang ausgeruht. Oder ich bin um den Block gefahren und hab dich gesucht. Ich hatte kaum noch Hoffnung auf eine Möglichkeit, dich zu sehen. Ergab sich ja auch nicht, zumindest Freitagnacht nicht. Und auch gestern nicht. Aber inzwischen glauben sie nicht mehr, dass du zurückkommst. Deshalb ist kaum noch jemand hier.«

Ihr Gesicht ist rot und verquollen. Es scheint, als hätte sie während des Wartens fast ständig geweint.

»Sie? Noch hier? Was erzählst du da eigentlich, Sally?«, frage ich, aber wahrscheinlich weiß sie das selbst nicht. Was weiß sie denn überhaupt. Ihre Welt ist voller Kätzchen und Welpen und gutmütiger, lächelnder, gottesfürchtiger Menschen. Sie ist nicht in der Lage, überhaupt irgendwas zu verstehen. Wahrscheinlich kann man ein nettes, unschuldiges Leben führen, wenn man einfach verdrängt, dass man überhaupt lebt.

Sie wischt sich mit der Hand über die Wangen, verschmiert ihre Tränen. »Du musst es mir sagen, Joe.«

»Hör zu, Sally. Hol einfach tief Luft und sag mir dann, was so wichtig ist.«

»Ich möchte wissen, was mit deinen Narben los ist.«

Ihre Frage bringt mich aus dem Gleichgewicht. »Was?«

»Ich hab drüber nachgedacht, Joe. Sie sehen nicht aus, als würden sie aus deiner Kindheit stammen. Dazu sind sie nicht alt genug.«

Ich erinnere mich, wie ich am Freitag nach Hause gekommen bin und das Gefühl hatte, alles in meiner Wohnung sei ein klein wenig verschoben worden. Dasselbe Gefühl habe ich jetzt. Nur handelt es sich nicht mehr um meine Wohnung, sondern um die gesamte Straße. Um die ganze Welt. Ich verstärke meinen Griff um die Dose Katzenfutter. Ich nehme die andere Hand von Sallys Schulter und lasse sie zu meiner Tasche gleiten. Mit der Pistole darin. Die Leute in dem Auto ein Stück weiter die Straße hoch sehen uns an. Die Beifahrertür hat sich ein kleines Stück geöffnet. Der Fahrer spricht in ein Handy und trifft wahrscheinlich eine neue Verabredung. Die Nutte ist kurz davor, auszusteigen.

»Habe ich dir jemals von Martin erzählt?«, fragt sie und wechselt das Thema. Offensichtlich interessieren sie die Narben nicht mehr. Wahrscheinlich hat sie bereits vergessen, dass sie überhaupt danach gefragt hat. Sie führt die Hand zum Gesicht und wischt sich wieder die Tränen ab.

»Das ist dein Bruder, stimmt's?«

»Früher hast du mich an ihn erinnert. Jetzt nicht mehr.«

»Okay ...«

»Bist du wirklich geistig behindert, Joe?«

»Was?«

»Es war das Ticket vom Parkhaus. Deshalb bin ich hier. Die Adresse, die in deiner Personalakte steht, ist die Adresse vom Haus deiner Mutter. Die Polizei hatte keine Ahnung, wo du wohnst. Aber ich …«

»Die Polizei?«, frage ich, und plötzlich krampft sich mein Magen zusammen und sackt nach unten. »Was ist mit der Polizei?«

»Die Polizei glaubt nicht, dass du zurückkommst. Sie haben gewartet, aber du bist nicht aufgetaucht. Ich hab ihnen gesagt, wo du wohnst, weil ich schon mal hier war. Ich hab dir geholfen, Joe. Bei der Arbeit. Im Leben. Ich hab dir geholfen, gesund zu werden, nachdem man dich angegriffen hatte. Es ist mein Fehler, dass seither Menschen gestorben sind.«

»Du hast mir nicht geholfen. Das war Melissa«, fahre ich sie an, aber natürlich weiß sie nicht, worüber ich spreche. »Hör zu, Sally«, sage ich und versuche ruhig zu klingen, doch das Problem ist, ich bin nicht ruhig. Es kommt mir so vor, als stürzte die ganze Welt auf mich ein. »Wie meinst du das mit der Polizei?«

»Du hast mich angerufen. Ich bin gekommen. Ich hab dir geholfen, Joe.«

Ich werfe einen Blick auf die Straße. An beiden Enden tauchen Wagen auf. Außerdem Kleintransporter. Die Türen des parkenden Autos sind jetzt offen. Keine der beiden Personen ist eine Nutte. Sie steigen aus und kommen auf uns zu. Der Mann steckt das Handy ein und schiebt die Hand auf der Suche nach etwas anderem in seine Jacke. Angesichts des plötzlichen Verkehrslärms sieht Sally sich um. Sie scheint überrascht, in so einer heruntergekommenen Straße so viele Fahrzeuge zu sehen. Dass sie das Ticket erwähnt und gesagt hat, die Polizei kennt meine Adresse nicht, lässt bei mir jede Menge Alarmglocken schrillen. Plötzlich verschiebt sich die Achse, um die sich die Welt dreht.

Ich öffne den Reißverschluss meiner Jackentasche und schiebe die Hand hinein. Die PKWs und Kleintransporter nähern sich langsam. Ich blicke zu dem Paar, das auf uns zukommt.

»Ich dachte, du bist was Besonderes«, sagt sie. Sie klingt enttäuscht.

»Ich – ich bin was Besonderes.«

»Ich kann nicht glauben, dass du sie alle umgebracht hast.«

Ich trete einen Schritt zurück. Die langsame Sally hat etwas rausgefunden, wozu die Polizei nicht in der Lage war.

»Was redest du da nur?«, frage ich und werfe einen Blick über ihre Schulter.

»Du bist es. Du bist der Schlächter von Christchurch.«

Ich fasse meine Waffe fester. Ich kann sie hier draußen nicht benutzen, denn sie ist zu laut. Aber ich kann Sally zwingen, mit in meine Wohnung zu kommen, wo ich andere Werkzeuge habe. Oder dazu, eine kleine Fahrt mit dem Auto zu machen. Vielleicht irgendwohin, wo es ein bisschen malerischer ist, zum Beispiel ein Ausflug in den Busch. Was auch immer. Verdammt, ich muss nur von dieser Straße runter.

»Das stimmt nicht. Du kannst so was nicht einfach überall rumerzählen. Hör zu, komm mit nach oben und ...«

»Ich hab ihnen deine Adresse gegeben. Ich musste. Welche Wahl hatte ich denn? Das Haus, in das du am Freitag gegangen bist – warum hast du es angezündet?«

Sie wirft einen Blick über die Schulter und sieht in die gleiche Richtung wie ich. Plötzlich kommen alle Fahrzeuge mit quietschenden Reifen zum Stehen – wie Sally eine Minute zuvor. Die zwei Personen, die auf uns zugehen, fangen an zu rennen. Die Alarmglocken in meinem Kopf schrillen immer lauter. Die Welt rutscht noch ein wenig mehr aus dem Gleichgewicht, und alles gerät in einer kreiselnden Bewegung außer Kontrolle.

»Jesus, wovon sprichst du eigentlich?«, frage ich, während sich die Türen der Kleintransporter und PKWs öffnen. Überall tauchen schwarz gekleidete Männer auf. Sie kommen auf mich zu. Eine Wand aus Menschen, die Sicherheitswesten tragen. Die meisten von ihnen kenne ich.

»Tut mir leid, Joe.«

»Was hast du getan? Was hast du getan?«

»Weg von ihm, Sally«, schreit jemand. Es ist die Stimme von Detective Schroder. Nein, das ist unmöglich.

»Unmöglich.«

Sally schüttelt den Kopf. Wahrscheinlich fragt sie sich, wie es nur passieren konnte, dass während der letzten Monate alles so schrecklich schiefging. Dasselbe denke ich auch.

Ich lasse die Dose mit dem Katzenfutter fallen, ziehe die Pistole aus der Tasche und drücke Sally an mich, die Finger in ihr Kruzifix und ihre Bluse gekrallt. Ich richte die Waffe gegen ihre Schläfe. Sie schreit auf, sagt aber nichts.

»Ihr habt den Falschen«, sage ich und verfalle in die Sprechweise von Joe, dem Behinderten.

Ich drücke die Waffe fest gegen Sallys Schädel. Jemand schreit, ich soll sie fallen lassen, aber sie alle sind noch viel zu weit entfernt, um mich aufhalten zu können. Es sei denn, sie schießen. Aber das werden sie nicht tun, oder? Ich bin Joe. Jeder mag Joe. Und ich könnte mir vorstellen, dass ein paar von ihnen sogar Sally mögen.

Ich drücke sie fester an mich. Der Gedanke, den Rest meines Lebens im Gefängnis zu verbringen, ist unerträglich. Wirklich unerträglich. Doch genau das wird passieren. Sie werden rausfinden, dass die Waffe in meiner Hand Calhoun gehört hat. Sie werden meine Wohnung durchsuchen. Sie werden meine Messer finden. Und das Video, das ich von Melissa gemacht habe. Es ist unmöglich, dass ich aus dieser Sache heil rauskomme, indem ich Joe, den Behinderten, spiele. Vollkommen unmöglich.

»Leg die Waffe weg«, sagt Schroder. Ich habe ihn noch nie so wütend gesehen. So ... hintergangen.

»Ihr legt die Waffen weg. Oder ich erschieß sie.«

»Wir werden die Waffen nicht weglegen. Du weißt das, Joe«, sagt er und versucht ruhig zu klingen, doch es bleibt ein kleines Zittern in seiner Stimme. »Du weißt, dass wir nicht riskieren können, dich laufen zu lassen. Leg einfach die Waffe weg, dann wird niemandem hier was zustoßen.«

Schroder ist ein Schwachkopf, wenn er glaubt, dass ich die Waffe weglegen werde. Ich wollte, Melissa wäre hier. Sie würde wissen, was zu tun ist. Oder Mum.

»Ich bin doch der langsame Joe«, sage ich, aber niemand antwortet. »Ich bin Joe!«, schreie ich.

Das können sie Joe nicht antun. Ich bin einer von ihnen.

Aber sie tun es. Sie haben hier die Kontrolle, und das passt mir am allerwenigsten. Warum sind sie so sehr davon überzeugt, dass ich derjenige bin, den sie suchen? Plötzlich weiß ich die Antwort. Meine Angst vor dem, was sie finden werden, wenn sie meine Wohnung durchsuchen, war nur allzu berechtigt. Sally hat gesagt, sie seien Freitagnacht hier gewesen. Dann haben sie das Video bereits gefunden. Und die Messer. Die Akten und die Bänder aus dem Recorder.

Ich kann nichts mehr tun. Es ist unmöglich, wieder die Oberhand zu gewinnen, es sei denn ...

Die Idee kommt nicht einfach aus dem Nichts, denn sie war schon immer da, hat sich nur irgendwo versteckt gehalten und auf die Gelegenheit gewartet, rauszuspringen und mir in den Arsch zu treten. Jesus, es ist immer noch möglich, die Kontrolle zurückgewonnen, wenn auch auf die beschissenste Art, die man sich vorstellen kann. Doch es geht nur so – oder ich verbringe den Rest meines Lebens im Gefängnis. Es ist eine Entscheidung, für die ich eigentlich mehr Zeit bräuchte, aber ich habe keine Zeit mehr. Ich hab überhaupt nichts mehr. Abgesehen von meiner Pistole.

Die Männer sind jetzt nur noch ein paar Meter entfernt, alle ihre Waffen sind auf mich gerichtet. Ich beschließe, ihnen die Kontrolle zu nehmen. Beschließe, dass es hier nur noch um Joe geht. Ich nehme die Waffe von Sallys Kopf und richte sie gegen meinen eigenen. Sally schnappt nach Luft, als sie sieht, was ich tue. Aber sie ist auch die Einzige. Ich denke an Melissa. Ich werde sie vermissen. Ich hätte erwartet, dass ich mich für diese wenigen Sekunden, in denen ich wieder die Kontrolle habe, stärker fühlen würde.

»Leg die Waffe weg«, schreit jemand. Aber ich tue es nicht.

»Bitte, Joe. Bitte, wir können dir helfen«, sagt Sally. Wenn sie auch nur die geringste Ahnung hätte, wüsste sie, dass mir niemand mehr helfen kann.

Ich bin Joe. Der geistig zurückgebliebene Joe. Ich bin der Schlächter von Christchurch. Ich bin derjenige, der am Drücker ist, der hier die Kontrolle hat. Ich entscheide, wer lebt und wer stirbt.

Meine Beine fühlen sich schwach an. Ich glaube, ich muss gleich kotzen.

Na ja, man lernt eben nie aus.

Ich hole tief Luft, schließe die Augen und drücke den Abzug bis zum Anschlag durch.

Polizei bestätigt
Verbindung zu »Melissa« bei neuem Mordfall

Die Polizei hat bestätigt, dass der Constable, der vor vier Tagen in einem innerstädtischen Park gefunden wurde, wahrscheinlich ein Opfer der »Uniformkillerin« von Christchurch ist.

»Wir haben Hinweise darauf, dass der Mord an Constable William Sikes mit den anderen drei Morden im Zusammenhang steht, die wir alle mit einer Frau in Verbindung bringen konnten, die sich ›Melissa‹ nennt«, teilte Detective Inspector Carl Schroder mit, der die Ermittlungen leitet.

Die Opfer waren in allen vier Fällen Mitglieder von Sicherheitsdiensten oder der Polizei. Bei zwei von ihnen handelt es sich um Wachleute, deren nackte Leichen von Passanten entdeckt wurden. Ihre Uniformen waren am Tatort nicht auffindbar. Die Leiche von Detective Inspector Robert Calhoun, dem ersten mutmaßlichen Opfer Melissas, wurde nie gefunden, doch ein Video, das seine Ermordung durch eine Frau zeigt, konnte in der Wohnung des Reinigungsgehilfen Joe Middleton sichergestellt werden, der als Schlächter von Christchurch unter Anklage steht. Sein Prozess soll in etwa einem Monat beginnen.

Das genaue Datum der Verhandlung hängt davon ab, wie rasch sich Middleton von seinen Verletzungen erholt, die er sich bei der Festnahme zugezogen hat. Zeugen haben der *Christchurch Press* berichtet, dass er sich eine Pistole an den Kopf hielt, als eine namentlich nicht bekannte Frau gegen die Waffe schlug, sodass er sich ins Gesicht schoss, was zu ernsten, jedoch nicht lebensgefährlichen Verletzungen führte.

Die Polizei hat Middleton inzwischen verhört, konnte aber nur wenige Hinweise auf Melissa erhalten, bei deren Namen es sich wahrscheinlich um ein Pseudonym handelt. Die Frau hatte wenige Tage vor Middletons Festnahme die Polizei bei ihren Ermittlungen gegen den Schlächter von Christchurch unterstützt. Von Detective Inspector Schroder war lediglich zu erfahren, dass es sich bei ihr um eine wichtige Zeugin handelt.

Danksagung

Es ist seltsam, wie viele Menschen beim Schreiben eines Buchs eine Rolle spielen, obwohl es eigentlich eine einsame Tätigkeit ist. Glücklicherweise habe ich zahlreiche wunderbare Freunde, die mich während meiner Arbeit unterstützt und ermutigt haben. Von ihnen habe ich das nötige Feedback bekommen, und vor allem haben sie dafür gesorgt, dass ich nicht den Verstand verliere. Abgesehen davon, sie zu bezahlen, ist es schwierig, eine Möglichkeit zu finden, sie wissen zu lassen, wie sehr ich das alles zu schätzen weiß.

Daniel Myers gebührt die größte Anerkennung. Er ist vor allem ein Freund, zweitens mein größter Fan und drittens mein größter Kritiker. Ohne seine Vorschläge, seine aufmunternden Worte und seinen verdrehten Humor hätte ich sicher irgendwann während der letzten fünf Jahre aufgegeben. Ebenso danke ich Rebecca Kary, durch deren Bemühungen *Der siebte Tod* zu etwas wurde, das der Veröffentlichung überhaupt wert schien.

Viele haben das Manuskript während verschiedener Stadien gelesen. Paul und Tina Waterhouse, die mir die Seiten mit Hunderten von Korrekturen zurückgegeben haben; Daniel und Cheri Williams, die es begeistert gelesen und dann das Land verlassen haben. Ich kenne Paul und Daniel, seit ich fünf bin, und kann mir keine besseren Freunde vorstellen. Anna-Marie Covich, Aaron Fowler, Joseph Purkis, Philip Hughes, David Mee, Kim McCarthy, Nathan und Samantha Cook haben zusammen mit einigen anderen die mühevolle Aufgabe übernommen, frühere Entwürfe dieses Buches zu lesen. Besonders dankbar bin ich David Batterbury, der meine Manuskripte so rasend schnell liest, dass er es schafft, mich noch am gleichen Tag anzurufen und mir Fragen über das zu stellen, was er da gelesen hat, und der mich während unserer X-Box-Sitzungen am Freitagabend – zusammen mit Paul und Tina – mit seinen Anfällen von Enthusiasmus immer wieder ermutigt hat. Und natürlich Oddjy, die mir die Seiten zerknittert und voller Flecken zurückgibt, die es erträgt, dass ich ihr einzelne Passagen des Textes am Telefon vorlese, und die meine exzessiven Schimpfkanonaden aushalten muss, wenn ich beim Renovieren des Hauses wieder mal ein Werkzeug verlegt habe.

Schließlich möchte ich Harriet Allan und den Leuten von Random House für ihre Unterstützung danken und dafür, dies alles möglich gemacht zu haben. Harriet hat etwas getan, was kein anderer Verleger zu tun gewillt war: Sie hat das Manuskript kommentiert und mir die Chance gegeben, die Dinge richtig hinzubekommen.

Paul Cleave
Oktober 2005

Charlie Huston

»Wer harte, schnelle, lakonisch geschriebene Krimis mag, kommt an Charlie Huston definitv nicht vorbei.« **Stern**

»Charlie Huston liest sich wie Chandler auf Speed« **Playboy**

978-3-453-87779-5   978-3-453-43100-3   978-3-453-43205-5